DU MÊME AUTEUR

Aux Éditions Gallimard

LA DÉSINCARNATION (« Folio », n° 3769).
L'INVENTION DE L'AUTEUR (« Folio », n° 4241).

Aux Éditions de Minuit

LES CHAMPS D'HONNEUR, *roman.*
DES HOMMES ILLUSTRES, *roman.*
LE MONDE À PEU PRÈS, *roman.*
POUR VOS CADEAUX, *roman.*
SUR LA SCÈNE COMME AU CIEL, *roman.*
LES TRÈS RICHES HEURES, *théâtre.*

Flohic Éditions

LE PALÉO-CIRCUS.

Cité des Sciences/Somogy

ROMAN-CITÉ *dans* PROMENADE À LA VILLETTE.

Aux Éditions Joca Seria

CADOU, LOIRE INTÉRIEURE.
RÉGIONAL ET DRÔLE.

Aux Éditions du Seuil

CARNAC OU LE PRINCE DES LIGNES. *Illustrations de Nathalie Novi.*

Aux Éditions Actes Sud

LES CORPS INFINIS *(sur des peintures de Pierre-Marie Brisson).*

Aux Éditions Albin Michel

LA BELLE AU LÉZARD DANS SON CADRE DORÉ.

L'IMITATION DU BONHEUR

JEAN ROUAUD

L'IMITATION DU BONHEUR

roman

GALLIMARD

Il est plus honnête de confesser immédia-
tement à quel point je suis peu accessible au
désir d'exactitude.

Robert Louis Stevenson

À quoi je peux ajouter tout aussi honnêtement qu'un voyage en diligence, comme celui qui devrait vous conduire du Puy-en-Velay à Saint-Martin-de-l'Our, a priori, ce n'est pas dans mon registre. Mon registre, ce serait plutôt celui de la chenille processionnaire du pèlerin. Je ne sais si on en croise en vos montagnes des Cévennes, mais c'est surprenant de tomber dans un sous-bois sur ces longues cordelettes constituées de milliers de chenilles à la queue leu leu, dessinant en travers du sentier des arabesques mouvantes. Et si je mentionne cette extravagance naturelle, c'est que j'y vois un lien avec mon travail. Il vous suffit de remplacer les chenilles par des mots, et vous avez devant vous, virtuellement devant vous, un adepte de la phrase processionnaire du pèlerin. Pèlerin de son imaginaire, s'entend. Ce qui prédispose peu, ces déambulations de l'esprit, à prendre en charge une histoire comme la vôtre. Vous ne le savez pas, bien sûr, puisque dans le cas contraire il vous faudrait littéralement lire dans l'avenir, c'est-à-dire, d'où vous êtes, regarder par-dessus tout le XXᵉ siècle pour prendre connaissance de mes livres — ce qui, quand même seriez-vous dotée d'un formidable don de voyance prophétique, pose d'énormes problèmes, ne serait-ce que celui de tourner les pages à plus de cent ans de distance — mais la chose serait-elle possible, vous constateriez qu'il n'est pas dans ma façon d'embarquer à bord de mes ouvrages des vies étrangères à mon univers.

Du moins ce ne l'était pas. J'avais jusqu'à maintenant régulièrement repoussé les prétendants à ce périple romanesque, leur expliquant qu'avoir accueilli une tante Marie dans mes ouvrages ne m'obligeait pas à m'intéresser à toutes les cousines Bette, qu'avoir respiré les gaz de combat au cours du premier conflit mondial — oui, on en viendra à ce genre de méthode — ne faisait pas de moi le porte-parole des anciens combattants, et que l'évocation pluvieuse de ma terre d'enfance renvoyait moins à la Loire-Inférieure qu'aux petits hommes vêtus d'un manteau de paille courant sous l'averse dans une estampe japonaise.

(On vient d'en faire la découverte. Ces gravures colorées en à-plat, sortes de chroniques illustrées de la vie quotidienne au Japon, servaient à emballer les objets de porcelaine en provenance d'Extrême-Orient. On imagine la surprise du réceptionniste, qui peut-être préféra ces reproductions historiées dont il décora sa chambre au précieux service à thé qu'elles protégeaient, mais ce sera d'une grande influence sur l'art de votre temps. Et je dois avouer que d'admirer ces séries représentant les étapes d'un voyage entre Tokyo et Kyoto, par la route du Tokaido, m'aide à envisager votre périple futur entre Le Puy et Saint-Martin-de-l'Our. Ce qui à première vue fait moins rêver, mais on se trompe, toute route est le Tokaido.)

Mais j'avais beau plaider pour ma chapelle et sa faible capacité d'accueil, rien à faire, de sorte que tous ceux qui se présentaient à moi en m'affirmant que leur vie était un roman — sous-entendu bien meilleur que les miens — parce qu'ils avaient connu la misère, la guerre, pratiqué cent métiers, avalé des lames de rasoir, croisé Dieu, localisé l'Atlantide, aimé à tort et à travers, vécu au milieu de nulle part, tracé droit un sillon, ou labouré la face cachée de la Lune, je les dissuadais bien vite, inutile qu'ils insistent, je ne leur prêterais pas ma plume, ils se trompaient, je n'étais pas le bon auteur. Et j'étais persuadé qu'il en serait toujours ainsi, que je continuerais, sans rien demander à personne, à nourrir mes phrases d'entraperçus du monde et d'ondulations de ma pensée, jusqu'à ce que votre histoire, au hasard d'une marche sur le mont Lozère et du décryptage de votre nom grossièrement gravé sur une pierre, m'échoie entre les mains. Ce qui a changé considérablement ma façon de voir, car vous, c'est-à-dire la plus belle ornithologue du monde, et nul besoin qu'on me dresse le catalogue des prétendantes à ce titre pour en être convaincu, forcément on y regarde à deux fois. Et deux fois, en ce qui vous concerne, c'est encore une fois de trop, en dépit de toutes mes préventions concernant l'exercice littéraire auquel je m'étais jusqu'alors refusé, en dépit aussi, ce qui ne laisse pas de m'inquiéter, de toutes ces années d'écart entre nous.

Et puis, à la différence de ceux-là qui aimeraient que je leur serve de porte-plume et que je leur tende un miroir de prose où ils se mireraient à loisir, vous ne me forcez pas la main. Je dois reconnaître cependant, et pour des raisons que sans doute un jour j'exposerai, que l'aventure est tentante, et que si votre vie n'est pas un roman, elle est, car pour m'être renseigné j'en sais suffisamment long sur vous à présent, indéniablement du roman, ainsi que l'on dit d'un foulard qu'il est de soie — et si j'emploie cette métaphore vous devinez pourquoi. Mais cette perspective soudain, tout ce monde à réinventer, à porter à bout de phrases pour vous redonner vie, sachant d'autre part que les recettes traditionnelles pour le transcrire sont depuis longtemps dépassées, obsolètes, ne rendent plus compte de rien et que l'innocence en ce domaine appartient au paradis perdu du roman, au point que je me demande comment ils font ceux-là qui continuent à faire comme si de rien n'était, j'avoue qu'il va me falloir procéder à une sérieuse révision de mes dogmes poétiques.

Mais vous m'aiderez, n'est-ce pas ? Comment ? Par exemple en ne changeant pas de tenues vestimentaires comme de chemises, ce qui m'obligerait chaque fois à reprendre mes laborieuses descriptions sur le reflet moiré d'un tissu, le plissé d'une robe, l'entrelacs des dentelles, en ne multipliant pas les aventures sentimentales avec les ruptures inévitables et les scènes pénibles qu'elles impliquent — ne pas compter sur moi pour transcrire les cris et un vocabulaire de charretier —, en évitant les caprices sous prétexte que je vous aurais donné le beau rôle et que je ne pourrais plus me passer de vous — et c'est vrai qu'une vie n'est pas interchangeable —, en n'étant pas celle qui se plaint sans arrêt de la nourriture, de la chaleur, de l'inconfort des banquettes, des moustiques, n'est jamais bien là où elle est, préférerait être ailleurs, rencontrer quelqu'un d'autre, mais surtout pas un vagabond, mon Dieu, quelle horreur, vous m'avez bien regardée ? Celle-là, bien assez, et je laisserais sans regret la diligence l'emporter vers son ennuyeux destin. Mais celle-là, ce n'est pas vous. D'ailleurs n'auriez-vous que votre beauté et votre intérêt pour les oiseaux, ce ne serait pas suffisant non plus. Si je décide d'abandonner ma manière habituelle, comprenez, au risque de lever un coin du voile, que la véridique histoire de Constance Monastier, élue par moi plus belle ornithologue du monde, vaut vraiment la peine d'être rapportée, et que pour cette raison je suis heureux de vous inviter à bord de mon train de chenilles.

1

Même si, pour vous dire mon état d'esprit présent, je dois aussi avouer que je finis par trouver vain, cela va de soi, mais surtout agaçant d'aligner tous ces mots, toutes ces phrases pour simplement donner à voir ce qu'un simple coup d'œil enregistre en une fraction de seconde. Toute cette débauche de langage pour dire tout bonnement, dans l'acceptation la plus courante du monde tangible, ce qui est, et qui ne fait mystère pour personne, parfois les bras m'en tombent. D'autant que dorénavant, et c'est vrai pour vous et encore plus pour moi, les moyens de capter la surface des choses se sont tellement développés

(pour vous donner une idée du degré de représentation où nous sommes, peut-être avez-vous eu en main le stéréoscope de Jules Duboscq, cet appareil binoculaire dont une publicité de 1853 dit qu'il « reproduit avec une fidélité merveilleuse tous les objets de la nature et de l'art. Les images planes des statues, des bronzes, des cristaux, etc., apparaissent avec les saillies et l'aspect caractéristique de la matière qui les forme, les portraits avec leur modelé, les paysages avec leur perspective » — d'ailleurs, je peux témoigner de l'efficacité du procédé : enfant, j'ai eu aussi un de ces stéréoscopes, non pas le modèle de Duboscq en bois ouvragé et cuivre, mais un de ses dérivés, un appareil en plastique (un matériau nouveau) ivoire, offert par mon oncle Émile et ma tante Renée, au retour d'un voyage en Suisse d'où ils avaient aussi rapporté des chocolats (des montres, c'était inutile, l'oncle Émile, en fait un cousin germain de mon père, étant horloger). Je pus ainsi admirer comme si j'y étais deux planches de dix vues du Mont-Blanc, que l'on faisait défiler, après les avoir glissées verticalement dans la fente sommitale de l'appareil, à l'aide d'un petit levier actionnant une molette, et dont l'une des diapositives (dédoublées comme il se doit pour créer un effet de relief) représentait une saisissante crevasse de glace bleutée qui me faisait d'instinct repousser l'instrument binoculaire, comme si cet abîme soudain allait s'ouvrir sous mes pieds. Eh bien aujourd'hui on est en mesure de circuler à l'intérieur de ces images en trois dimensions, qui plus est animées — et je comprends que, de ce point où vous vous tenez, cela vous semble aussi hermétique et farfelu qu'un quatrain de Nostradamus, cependant ne me demandez pas de vous expliquer, sur ce point je suis aussi ignorant que vous.)

qu'on oublie que pendant des milliers d'années on s'est appuyé sur cette seule transmutation du réel en phrases pour le donner à voir. Ce qui — faire surgir un monde par le seul pouvoir combinatoire d'une vingtaine de gribouillis qui deviendront des lettres — constitue certainement l'invention la plus prodigieuse de toute l'histoire de l'humanité.

Vous avez sans doute en mémoire ces images d'Achille courant après Hector sous les murailles de Troie, du grand cheval de bois tiré à l'intérieur de la ville par les pauvres assiégés eux-mêmes, d'Ulysse ficelé à son mât, de Pénélope, jamais satisfaite de son ouvrage de tapisserie, de la flèche du marin échoué sur sa terre natale passant à travers l'anneau des fers de hache et venant se planter dans le cœur de la femme fidèle. Ces images font partie de nos vies. Depuis, le monde s'est si souvent éveillé sous une aurore semant gracieusement du bout de ses doigts des pétales de rose que nous avons cru sur parole le vieil Homère. Au point que l'obstiné Schliemann, ce négociant allemand enrichi dans le commerce des denrées coloniales, et qui a vendu tout ce qu'il possédait pour se consacrer à son idée fixe, après avoir appris sans le secours d'aucun professeur plusieurs langues vivantes et anciennes, s'être initié à Paris à l'archéologie dont l'enseignement est renommé depuis Champollion et son décryptage des hiéroglyphes, en ce moment même — je parle pour vous, bien sûr, car pour moi ça remonte à plus de cent trente ans, mais pour vous c'est exactement d'actualité — vient d'obtenir du gouvernement turc

(qui dirige alors, je le précise non pour vous, mais pour nous, cette fois, ce qui est pour quelques dizaines d'années encore l'Empire ottoman, un empire sur le déclin sans doute, plus aussi menaçant qu'au temps de Lépante où il fallut le bras de Cervantès pour le repousser, mais qui a encore de beaux restes, c'est-à-dire une grosse partie du pourtour méditerranéen, et qui, comme toutes les ex-grandes puissances, se montre très susceptible, ce qui veut dire que pour Schliemann la partie est loin d'être gagnée, d'autant plus qu'il doit traiter avec Murat V, un sultan que son entourage finira par déposer, cinq ans plus tard, en 1876, tellement il était fou.)

l'autorisation de faire des fouilles à Hissarlik, près de l'entrée du détroit des Dardanelles, où, d'après ses calculs tirés du texte même d'Homère, auquel il accorde une créance, euh, aveugle (la légende prétend que le fils bâtard de la fileuse de Chio n'y voyait rien, ce qui a sans doute beaucoup nui au crédit des romanciers), doit, selon lui, se situer Troie. Oui, la mythique Troie, qui jusqu'à vous n'est qu'une ville de papier sortie tout droit de l'imagination du vieil aède, un assemblage de mots, une construction poétique, un mirage lyrique, pas même un château de sable. Mais, et c'est à ce genre de chose qu'on voit que les temps changent, lui a décidé, en homme de son temps, positiviste, scientiste, rétif à l'imaginaire des poètes et de leurs semblables,

(vous avez peut-être lu les premiers ouvrages d'un de vos contemporains, l'auteur de *Thérèse Raquin*, roman paru trois ans plus tôt avec un certain succès. Émile Zola, ce nom vous dit-il quelque chose ? Un écrivain à barbiche et lorgnon, qui vient en cette année 1871 de publier *La Fortune des Rougon*, premier tome de la série, qui va en compter vingt, je préfère vous prévenir, des *Rougon-Macquart, Histoire naturelle et sociale d'une famille sous le second Empire*, et qui a décrété tout de go, en s'inspirant de la doctrine de Claude Bernard, un fameux physiologiste — si vous connaissez quelqu'un dont le système nerveux est particulièrement détraqué, je vous le recommande, c'est en ce domaine une sommité —, comme s'il lançait à la face du monde un mot d'ordre libérateur ou annonçait la fin d'un tyran, a décrété, écoutez bien, a décrété : « la mort de l'imagination ». Et pourtant il est romancier, c'est-à-dire un être d'imagination, mais tellement obnubilé par la vérité des faits, tellement soucieux de rattacher la littérature aux sciences expérimentales (d'ailleurs il présente son *Rougon* comme un « roman expérimental »), dites aussi sciences exactes — autrement dit, fausse, imprécise, la poésie, à ranger aux côtés de tous les opiums du peuple avec la religion et la superstition qui sont, comme toutes ces sornettes, autant d'affronts au règne de la raison —, que chaque fois qu'il nous décrit un aveugle il se sent obligé pour faire vrai, comme un chercheur dans son laboratoire reproduisant dans son éprouvette la rencontre fortuite d'un enfant et d'un chien enragé, de se bander les yeux pendant des semaines et de renverser chez lui tous les objets fragiles du bout de sa canne. Je force le trait, mais à peine, l'expérimentation, l'enquête fouillée, c'était sa méthode, ne rien avancer qui n'ait été vérifié par lui sur le terrain. Mais avec de sérieuses limites : on ne sache pas qu'il soit devenu alcoolique comme l'un de ses personnages pour l'accompagner dans sa déchéance. Émile Zola ne mourra pas d'une cirrhose du foie. Fermer les yeux — ou les ouvrir — ne suffit pas. Il faut aussi accorder toute son importance à l'oreille et au chant — et tenez, ce n'est pas pour rien, *L'Iliade* se divise en 24 chants.)

qu'une histoire pareille, entre Grecs et Troyens, pour un esprit fort comme Schliemann qui n'est pas du genre à se laisser berner — il n'a pas fait fortune pour rien dans le commerce —, ne peut pas s'inventer, que forcément l'auteur, une espèce de correspondant de guerre du nom d'Homère, était sans doute de l'expédition punitive achéenne partie de Grèce avec la ferme intention de récupérer la femme d'un roitelet du Péloponnèse, dont on sait qu'elle avait fugué avec un dandy voyou de la ville voisine, cette Ilion arrogante qui fait sa fière de l'autre côté du détroit, et d'ailleurs une bonne occasion de lui rabattre son caquet.

Le clerc de Ménélas se serait donc contenté de consigner par ouï-dire les événements sur ses tablettes de cire, enrubannant les turbulences de son récit épique d'un soupçon de rose ici et là, mais derrière le leurre poétique, tout est forcément vrai. De sorte que Schliemann avançant, son livre ouvert à la main, comme s'il était en possession d'une carte d'état-major sourcilleuse établie par notre grand reporter à l'ancienne, muni de ses autorisations officielles délivrées par le sultan fou, avisant, au bord du détroit, une colline dont la protubérance lui semble peu naturelle, se dit qu'il touche au but. D'évidence cette bosse haute d'une vingtaine de mètres et de faible superficie ne relève pas d'un vulgaire soulèvement du sol. Ce qui, cette impression à vue de nez, ce mon-petit-doigt-me-dit-que ne relève pourtant pas d'un argument scientifique, mais enfin, on ne se débarrasse pas du jour au lendemain de ces vieux restes d'animalité hérités d'un temps où, le progrès technique n'étant pas de ce monde, l'on n'avait pour avancer que ses seules intuitions et son nez en l'air. Mais s'accrochant à cette intuition, avec une précision mathématique qui annonce les analyses textuelles de nos plus brillants structuralistes,

(dans ce cas précis, je propose qu'on ne s'attarde pas à rédiger des notes en bas de page en dépit du caractère abscons des deux termes, je ne crois pas que ça en vaille la peine, c'était une sorte de farce précieuse comme en joue de temps en temps l'intellect, à quoi se livrent des esprits désœuvrés, c'est-à-dire sans œuvres — mais nous verrons peut-être plus tard ce qui s'est littéralement joué, car ce n'est pas sans lien, cette mathématique littéraire, avec notre écrivain enquêteur.)

il va procéder à la toute première tentative d'archéologie romanesque expérimentale, comme le disait notre ami de son roman.

Mais c'est dans l'air, ce formidable crédit accordé aux sciences, une véritable folie qui s'empare du vieux monde, comme s'il était pressé d'effacer son passif, ces milliers de siècles d'arriération où l'homme avait eu à subir les diktats de la nature, ce qui est désobligeant quand on se veut le maître et le possesseur de l'univers, d'où sans doute cet empressement à vouloir se débarrasser de cette dépendance peu digne de sa majesté faite homme. Cette envie qu'il lui prend de refaire le monde à son idée, un monde recréé de toutes pièces grâce à la puissance de la technologie et au savoir scientifique, un monde agencé comme une belle mécanique, organisé avec méthode, un monde qui ne devra plus rien au monde, où l'homme ne sera plus à la merci des contraintes aléatoires du temps qu'il fait et du temps qui passe, où l'homme évoluera dans un monde libéré du monde, j'aime autant vous prévenir, cette curieuse posture — être au monde en le niant — annonce des lendemains difficiles.

Mais peut-être dans ce train de la compagnie des chemins de fer d'Orléans qui vous conduit au Puy, vous-même sentez-vous ce changement des mentalités, cette effervescence des esprits. D'ailleurs le train qui pour les gens de votre temps commence à devenir familier maintenant est en voie de remplacer la traction animale et d'avoir définitivement le dessus, non seulement sur une ancienne façon de se déplacer qui ne pouvait excéder la vitesse d'un cheval au galop, mais aussi sur ce qui allait avec, par exemple les romans de chevalerie, et donc la figure du cavalier, du héros, toute une littérature épique et merveilleuse au sens traditionnel du terme, autant dire le monde d'avant, celui de la dépendance aux lois de la nature, qui obligeait pour s'en échapper à faire preuve d'imagination, si bien que l'on n'hésitait pas à faire tomber la neige quarante jours après la Pentecôte, ce qui nous mène en juillet, pour que le jeune Perceval puisse y contempler, comme on lui tendrait une photographie, le visage de sa belle amie dans les trois gouttes de sang d'une oie blessée.

Dans nos romans réalistes, le phénomène est absolument impossible. Vous entendez le chœur des critiques ? De la neige en juillet ? Et pourquoi pas des orangers sur le sol irlandais ? Avec le cheval, vous n'y prenez pas garde, mais disparaît en même temps tout ce qu'on lui faisait porter. Et ce qu'il portait, outre son propre imaginaire qui en faisait le seul rival du vent, c'était l'esprit chevaleresque : le courage, bien sûr, la parole donnée, mais surtout, je me répète, ce pouvoir de commander aux éléments quand nous vient le désir de contempler le visage de notre douce amie. Regardez déjà comme le plus rapide coursier s'essouffle vite à tenter de suivre une locomotive lancée à toute vapeur. Et bien entendu notre jeune romancier à barbiche et lorgnon, qui pour rien au monde ne voudrait rater ce train de la modernité, écrira un livre sur le sujet, ce qui l'amènera à piloter une locomotive sur la ligne Paris-Le Havre (comme si moi, pour vous parler du cheval, je m'étais imposé des heures et des heures de manège au bout d'une longe, avec cette façon un brin coincée de se soulever en cadence de la selle, le dos droit et la jugulaire sous le menton). Mais en fait, le sort du cheval, son beau chant du cygne, a été scellé dix ans plus tôt, en Amérique, quand les intrépides cavaliers du Pony Express entreprirent d'acheminer le courrier de St. Joseph, Missouri, à San Francisco, Californie, à raison de dix miles par heure et d'étapes longues de plus de trois cents miles, les cavaliers ne mettant pied à terre que pour changer de monture, utilisant sept à huit chevaux, et parmi ces postiers intrépides qui portaient en réalité le courrier de tous les miséreux qui s'étaient rués en Californie dans l'espoir de ramasser de l'or

(c'est la raison première du Pony Express, des lettres destinées à rassurer les familles sur de mirifiques concessions, pour l'acheminement desquelles on avait d'abord songé à importer, si farfelu que cela semble, des chameaux qui ne s'adaptèrent pas du tout au climat et au relief du Grand Ouest, de sorte que les 30 000 dollars votés par le Congrès pour les acquérir se révélèrent un mirage aussi coûteux que les rêves en or massif des chercheurs de fortune.)

on relève le nom du fameux William Frederick Cody. Il avait quinze ans à l'époque et se fera bientôt connaître sous le surnom de Buffalo Bill après qu'il aura massacré des milliers de bisons dont la langue, et la langue seule — la viande étant trop coriace après ces poursuites infernales à travers les grandes plaines —, servait à nourrir les ouvriers employés à la construction du chemin de fer reliant les deux grands océans, ce qui, cette liaison, sera réalisé en grande pompe le 10 mai 1869.

(Entre-temps, qui mit fin à l'expérience des facteurs à cheval, laquelle ne dura en fait que dix-huit mois, d'avril 1860 à novembre 1861, comme quoi la mythologie se nourrit de peu, eut lieu la guerre dont vous avez sans doute entendu parler même au cœur de vos Cévennes, et qui opposa les États du nord et du sud des États-Unis, pas si unis que ça, au fait, puisque les aristocrates du Sud, issus de cette lignée de Cavaliers — eh bien oui, c'est ainsi qu'on appelait les partisans de Charles Ier qui avaient fui le régime puritain après la victoire de Cromwell et s'étaient installés en Virginie —, voulaient faire sécession, se séparer des puritains métallurgistes du Nord, lesquels, ironique retour de bâton de l'histoire, s'étaient à leur tour réfugiés en Nouvelle-Angleterre et au Massachusetts après que la monarchie eut été restaurée en Angleterre, qui les en avait chassés. Une guerre civile américaine, officiellement menée sous le prétexte de l'abolition de l'esclavage, qui fut donc le prolongement différé, deux siècles plus tard, de la guerre civile anglaise qui opposait déjà deux conceptions de la société, deux mondes, celui des maîtres jouisseurs et celui des laborieux, le monde de l'indifférence hautaine et celui de l'idéologie vertueuse — les deux conflits s'arrangeant comme d'habitude pour faire des centaines de milliers de morts.)

Mais quinze ans, le petit Bill Cody, seul à cheval à travers les immensités désolées couvertes de chaparrals, et de *poison-oaks*, ces buissons épineux abritant serpents à sonnette, coyotes et autres animaux de mauvaise compagnie, vous vous rendez compte ? Quel âge a votre fils ? Douze ans ? Et vous l'imagineriez dans trois ans, alors que vous avez légitimement tremblé pour lui au cours des terribles semaines écoulées qui ont ensanglanté Paris, franchissant seul les Rocheuses, côtoyant les précipices, progressant au milieu des tribus indiennes en guerre et des pillards de toute espèce qui l'abattraient sans états d'âme pour s'emparer du sac qu'il transporte ? Pensant à vous et à ce qui vous a poussée à entreprendre ce voyage, on peut se demander si William Cody avait une maman. Si elle n'est pas morte de chagrin, après s'être accrochée en vain à la bride du cheval de son garçon pour le retenir. À moins qu'elle n'ait vécu ce départ comme un soulagement, tant le jeune homme se montrait exubérant, qui avait entrepris pour s'entraîner à viser juste de décimer le cheptel du voisin. On pourrait vérifier, il semble qu'il ait laissé des Mémoires, même si, fat comme il était, il n'a sans doute pas lésiné sur la mise en valeur de ses propres exploits.

Mais des hommes d'une sacrée trempe. Et pourtant l'illustre Buffalo Bill, la légende vivante du Far West, le garçon qui à quinze ans (mais savoir qu'à treize il se lança dans la *gold-rush* et ne trouva pas une pépite) parcourut 322 miles en vingt et une heures quarante minutes, record absolu des cavaliers du Pony Express, usant vingt et un chevaux pour acheminer son courrier, vous savez ce qu'il va devenir ? Directeur d'un cirque. Voilà où aboutit l'imaginaire chevaleresque, comme il s'était réfugié dans le roman dit de chevalerie. Un cirque avec lequel, coiffé d'une perruque pour garder ses longs cheveux de jeunesse qu'il n'avait plus, il sillonnera l'Europe, à bord de son Wild West Show. Il viendra même près de chez moi, à Saint-Nazaire, capitale de la construction navale depuis que Napoléon III a confié à la Compagnie générale transatlantique des redoutables frères Pereire une concession pour les traversées vers les Antilles et l'Amérique latine. C'est dire, ce galop sur les quais près des coques géantes métalliques, que le temps des cavaliers est bel et bien fini, remisé au rayon des souvenirs folkloriques et de la légende.

Une légende qui pour lui aura duré une petite quinzaine d'années, le temps d'en finir avec les bisons et les Indiens, autant dire qu'à trente ans, ce qui est bien jeune, il fut mis en retraite de sa vie de héros du Grand Ouest sauvage, n'ayant plus qu'à ressasser et embellir sa fulgurante épopée en jouant au cavalier derviche tourneur sur une piste de cirque, pour lequel il avait même engagé Sitting Bull, parfaitement, Sitting Bull, un des plus vaillants chefs indiens, un Lakota, un Sioux, le vainqueur de ce triple idiot de Custer (un quasi-sosie de notre William) à la bataille de Little Big Horn. Ce qui fait de la peine. Même si selon un chef piegan, autrement dit un Pied-Noir, ennemi irréductible des Sioux, c'était en réalité un couard qui ne se risquait en première ligne que lorsque la victoire était assurée, alors qu'au fort de la bataille il restait prudemment en arrière à faire ses invocations en sa qualité de *medicine-man*. Mais sitôt revenu dans ses terres, ou plutôt dans ce que l'État fédéral concédait à son peuple, Sitting Bull retournera à la résistance, ce qui lui vaudra d'être lâchement assassiné à Standing Rock. Désormais, place au cheval de fer et aux chevaux-vapeur. Et si je vous ai parlé de Buffalo Bill, c'est qu'il marque la fin pathétique et grandiose d'une civilisation, c'est-à-dire d'une forme de pensée, dont vous enregistrez l'inexorable agonie sous les coups de la modernité industrielle. Il est le dernier héros à cheval, la dernière statue équestre, l'ultime figure du roman de chevalerie. Et qu'il ait choisi de faire de sa seconde vie une volte poétique, où les guerres indiennes se faisaient en paillettes, voilà qui rejoint la neige en juillet que faisait tomber gracieusement Chrétien de Troyes sur son héros Perceval en mal de son aimée. Voilà qui nous prépare aussi à la suite, à votre rencontre romanesque avec un curieux sagittaire sous sa couverture équine — et pour la plus belle, la plus amoureuse cérémonie d'adoubement.

Et en attendant, pendant que votre train aborde à petite vapeur les premières pentes du Massif central, peut-être vous demandez-vous si ce monsieur allemand a retrouvé Troie, et si le texte d'Homère dit vrai, qui ferait du vieil aède une sorte d'ancêtre de notre écrivain-enquêteur. De fait, son livre à la main, Schliemann, en bon positiviste, une fois son permis de fouilleur validé par les autorités ottomanes, retournant son ouvrage comme on le fait d'une boussole pour bien se repérer, commence par identifier l'Etchen Tchaï comme étant le Scamandre (que Homère appelle aussi le Xanthe parce que ses eaux jaunâtres avaient le pouvoir de dorer la chevelure des filles, comme un rinçage à la camomille — et vous, dans quelle rivière rouge vous êtes-vous baignée, petite ?) et qui après avoir reçu le Simoïs (aujourd'hui le Mendcrou-sou), se jette dans l'Hellespont, ce bras de mer entre la mer de Marmara et la mer Égée. Pour Heinrich, pas de doute, l'Etchen Tchaï est bien ce fleuve qui charriait les corps des Troyens massacrés d'une manière fort peu chevaleresque

31

(mais le guerrier grec est un fantassin, voyez comment les Grecs se servent du cheval, comme d'une statue de carnaval qu'on est obligé de tirer à l'intérieur des fortifications et d'où sortiront de nuit, dans Troie endormie, des tourlourous armés.)

par le fougueux Achille qui n'hésite pas à lancer sa lance en bois de frêne dans le dos de ses ennemis, à faire rouler sur le corps des malheureux les roues cerclées de métal des chars des Achéens, blesse de son javelot un homme à genoux et l'achève à terre avec sa grande épée, éviscère le jeune fils d'Alastor qui le suppliait de l'épargner, s'amuse à percer de sa lance d'une oreille à l'autre la tête de Moulios et ainsi de suite jusqu'à faire déborder d'un flot sanguinolent les eaux du Xanthe. Achille est comme tout soldat glorieux un malade mental. D'ailleurs Homère lui-même ne se laisse pas aveugler par la réputation du fils de Pélée. De lui il écrit : « Il n'avait pas une âme douce et aimable, il n'était que fureur. »

La suite, vous la connaissez : les Troyens terrorisés par ce démon déchaîné, qui se réfugient derrière les murs de leur cité, Achille qui défie Hector avec des arguments de boxeurs s'insultant au moment de la pesée, l'un et l'autre se lançant dans une course-poursuite autour des remparts, ce qui, cet épisode célèbre, va donner à Schliemann l'idée d'une expérience grandeur nature, après qu'il eut identifié, au pied de la colline suspecte, des sources pouvant correspondre à celles mentionnées par le texte homérique. Il convoque deux de ses porteurs ottomans à qui il explique que l'un sera Hector, et l'autre Achille, et que de ce point marqué par cette sorte de lavoir où Andromaque lavait ses vêtements aux reflets luisants (dit le texte), ils devront faire en courant le tour de cette colline, et ainsi à trois reprises. Et sans comprendre à quoi rime ce jeu d'enfants, les deux hommes s'élancent. Son chronomètre à la main, le divin Schliemann les voit disparaître dans leurs longues robes, soulevant une poussière rouge sous leurs sandales, puis bientôt resurgir de l'autre côté, les exhortant de la voix à chaque tour comme un entraîneur exigeant sur le bord de la piste, les traitant de limaçons peut-être, jusqu'à ce quatrième passage devant les sources où il autorise enfin ses pisteurs titubants à reprendre leur souffle.

(C'est le moment qu'avait choisi le père des dieux pour sortir ses balances d'or. « Il y plaça les deux sorts : l'un celui d'Achille, l'autre celui d'Hector dompteur de chevaux. Et il leva la balance tenue en son milieu. C'est le sort d'Hector qui pencha et descendit vers Hadès. » Mauvais numéro pour le prince de Troie. Celui dont on comprend mieux par son qualificatif homérique l'attitude protochevaleresque, perd en grand seigneur, invaincu en somme, victime sur tapis vert de la loi du destin. Car jusqu'à ce quatrième passage aux sources, on remarque incidemment que le rapide Achille aux pieds légers, la flèche achéenne, n'était toujours pas parvenu à rattraper Hector aux pieds tout à fait ordinaires. On peut dire que jusque-là, en vitesse pure, les deux héros ne se sont toujours pas départagés. Ainsi Zeus n'aurait-il pas trafiqué sa balance il n'est pas dit qu'on eût reçu en héritage la brillante civilisation grecque. Troie sortant vainqueur du conflit, le cours de l'histoire eût été dévié, un peu comme si dans le conflit américain auquel je faisais allusion, les Sudistes avaient vaincu les Nordistes, où l'on voit que dans cette réédition moderne de la guerre de Troie, ce sont encore les cavaliers qui perdent.)

Mais pour Schliemann la preuve est faite. Homère avait si peu d'imagination qu'il a dit vrai : il est possible sans être un marathonien avant l'heure, un as des stades, de faire en sprintant trois fois le tour de Troie. Si ces hommes y sont parvenus, c'est qu'Achille et Hector ont véritablement existé, que Troie est là, et que l'imagination des poètes n'est qu'une vue de l'esprit.

Après quoi l'entraîneur scientifique convoqua solennellement ses caravaniers et leur exposa qu'à son avis ils touchaient au but. Il avait relu pour la énième fois *L'Iliade*, refait ses calculs, tiré les plans de sa comète troyenne, et selon lui la conclusion s'imposait, c'était ici. Puis, grimpant avec ses sherpas anatoliens au sommet de la colline, il ajouta : creusons (comprendre, creusez). Les hommes Sisyphe poussèrent leurs brouettes sur les pentes du promontoire, charrièrent des mètres cubes de terre et, leurs pioches rebondissant sur des amoncellements de pierres, finirent par trouver. Quoi ? Visiblement quelque chose qui ne pouvait appartenir qu'aux restes d'une cité enfouie. Schliemann raconte (ou nous lui faisons raconter) qu'il sentit son cœur vibrer, ou s'arrêter de battre, du moins manifester les signes d'une vive émotion. Troie ? Pour l'instant on y croit. Qu'à cet endroit précisément où devrait en bonne logique, selon le texte, se trouver Ilion, on tombe sur les restes d'une ville, il n'est pas besoin de se forcer beaucoup pour se laisser convaincre que les déductions du génial Allemand étaient formidablement prouvées, qu'il s'agit donc bien de la cité de Priam. À cet instant, la foule des sceptiques de la première heure se sent un peu confuse.

Mais lui est trop excité par sa découverte pour tirer vanité de la reconnaissance éclatante de la justesse de ses vues, et il presse les ouvriers d'entamer à la pelle et la pioche le sommet de la colline, lesquels mettent bientôt en évidence les soubassements des murs. Apparaissent ensuite les degrés d'un escalier dont les marches, une fois déterrées une à une, aboutissent à une cavité. Et dans cette cavité vidée de ses moellons, on exhume une niche qui, après qu'il y eut plongé sa torche, scintille de mille reflets d'or. De ce moment Heinrich Schliemann peut annoncer au monde qu'il vient de mettre la main sur la cassette de Priam, d'où il prélève pour sa jeune épouse un somptueux diadème qu'il dépose sur son front, en accompagnant son geste d'un baiser, peut-être.

Mais le serre-tête d'Andromaque vraiment ? La suite m'oblige à préciser que les ruines mises à nu, après un examen plus attentif, se révéleront non seulement postérieures à la date supposée du sac de Troie, mais sans doute à Homère en personne, et à moins de penser que le divin aède a écrit son livre en consultant sa boule de cristal, la question ne se pose donc pas. Mais pour le un peu moins divin Schliemann l'affaire semble entendue et ayant lu dans *L'Odyssée* que Nestor évoquait Mycènes comme une ville pleine d'or, il remonta dans ses bateaux, traversa le détroit, creusa encore, trouva la porte des Lions (une porte très rudimentaire, un linteau de pierre posé sur deux menhirs et surmonté d'un bas-relief triangulaire représentant deux lions se toisant du regard), fit collecte à nouveau d'armes et de bijoux qu'il identifia cette fois comme étant le trésor d'Agamemnon et qu'il offrit à sa jeune épouse qui ne savait plus où ranger ses parures, et partit plus loin exercer son métier d'orpailleur à l'ancienne.

Mais vous voulez savoir, n'est-ce pas ? Si ce n'était Troie, était-ce quand même Troie ? Homère est-il fiable ou farfelu ? Un géographe ou un poète ? De la butte d'Hissarlik, il ne doit plus rester grand-chose aujourd'hui, car à force de dégager les vieilles pierres, on — et à dire vrai Schliemann lui-même — découvrit bientôt sous les premières les ruines d'une autre cité, et puis d'une autre encore, et ainsi de suite, au point que le monticule se compose de neuf villes superposées. Ce qui fait une hauteur de deux mètres par ville, autant dire de petites villes basses de plafond pour un divin Hector d'un mètre cinquante. Ce qui démontre que Schliemann n'était pas aussi rigoureux qu'il le prétend, qui prenait dans le texte ce qui l'arrangeait et interprétait le reste à sa façon pour donner du crédit à ses conclusions — mais Zola s'arrangera pareillement avec la vérité quand il fit dans *Trois Villes* mourir une jeune agonisante revenue parfaitement guérie de Lourdes, avec cet argument : si la raison scientifique dit que cette fille désormais en bonne santé ne pouvait pas guérir, c'est donc qu'elle est morte.

Car le récit d'Homère qui s'achève sur les obsèques d'Hector ne dit pas un mot de la phase finale, de la razzia furieuse qui mit fin à dix ans de siège. Mais si l'on se rappelle la rage meurtrière d'Achille et comment Ulysse rentrant en possession de son royaume, après avoir liquidé tous les prétendants à son trône, tortura à mort les pauvres servantes de son palais, on se dit que le sac de Troie dont les chefs grecs gardent le souvenir d'un réjouissant massacre dut ressembler à celui de Constantinople par les croisés puis les Turcs, de Rome par les Goths d'Alaric ou de Mexico par Cortés et sa bande d'énergumènes. Et si je prends une actualité toute fraîche pour vous, sans faire pour autant des Troyens des communeux comme eux-mêmes s'appelaient — au lieu que nous les qualifions plutôt aujourd'hui de communards —, j'avancerais que les Grecs se sont conduits dans cette histoire, comme récemment les versaillais pendant ce qui est devenu désormais pour nous, et hélas sans inflation de langage, la semaine sanglante. Combien de morts, d'exécutions sans jugements ? Vingt mille ? Trente mille ?

Non, ne récriminez pas. Vous ne savez pas ce qui s'est passé pendant ces jours terribles à Paris. Vous n'en connaissez que ce qu'en rapporte la presse bourgeoise qui méprise profondément le peuple, la racaille comme elle l'appelle, et pour laquelle, à l'entendre, cette Commune n'aurait été pendant dix malheureuses semaines que le carnaval sauvage et paillard d'un ramassis d'ivrognes et de poissardes, de surineurs et de pétroleuses, c'est-à-dire de furies versant de leurs fenêtres du pétrole sur la tête des vaillants soldats défilant dans la rue avant de leur lancer des mèches enflammées. L'émotion légitime que vous avez violemment ressentie concernant votre fils, vous fait épouser pour l'heure toutes les calomnies de la thèse officielle. Je peux le comprendre. Mais avant de vous faire une opinion définitive, attendez d'en recevoir un autre écho, j'y veille, et vous aurez le meilleur des informateurs, mais jusque-là, de grâce, chère Constance, n'ajoutez pas foi aux horreurs qu'on colporte sur ces gens de Paris qui ont été l'honneur et la dignité de notre pays. Et si je me permets de vous appeler par votre prénom, c'est que, vous l'avez sans doute déjà compris à mots couverts, je fais grand cas de vous.

Mais au moment de vous rejoindre dans votre wagon du Paris-Le Puy, découvrant la décoration ferroviaire de votre époque, l'accoutrement des passagers, et dans la vitre « l'arme mortelle de votre profil » comme l'écrit un de vos contemporains, je désespère déjà de ne pouvoir embarquer dans ce voyage à remonter le temps une caméra, c'est à dire un appareil photographique reproduisant le mouvement même de la vie, qui me soulagerait de ce fastidieux travail de greffier consistant à rendre compte de ce qui est par le seul recours du verbe. Ce qui revient à peu près, cet art littéraire de la description, à remplir le ventre d'un affamé en lui lisant simplement le menu.

Comme je vérifiais dans le *Larousse du XXe* en six volumes de 1933

(sur le modèle inauguré par Pierre Larousse qui en ce moment même pour vous rédige son *Grand Dictionnaire universel du XIXe* dont il ne verra pas la fin, se tuant littéralement à la tâche, de sorte que vous ne pouvez pour l'instant en juger, attendez encore cinq ans — et si vous n'avez pas la patience d'attendre, Littré l'an prochain en aura fini avec son *Dictionnaire de la langue française* —, mais en gros il s'agit d'un dictionnaire alphabétique classique comme il s'en fait de plus en plus en ce siècle où la raison et la science, bras dessus, bras dessous, triomphent, imposant de classer l'ensemble des connaissances comme on le fait des éléments chimiques, et bien sûr de mettre en fiche la langue, ce qui impose d'écarter en les stigmatisant les rebelles inclassables, par exemple la poésie, l'imagination, la rêverie, l'émotion, ce dont se charge, pour la partie littéraire, notre nouveau romancier de la brigade littéraire scientifique.)

la date de la découverte de la supposée Troie dans les bouches d'Hissarlik, et que je cherchais dans la liste de noms la notice consacrée à Schliemann, je me suis arrêté sur la définition voisine de « schlitte ».

Quand bien même j'aurais ignoré de quoi il retournait, une gravure en insert dans l'article consacré au mot d'origine allemande (je sais bien que depuis la perte récente de l'Alsace et de la Lorraine le sujet est sensible, mais enfin, on ne va pas s'amuser à retirer du dictionnaire tous les mots qui n'évoquent pas de bons souvenirs) rend la chose explicite, qui représente un bûcheron le dos arc-bouté à un traîneau chargé de bûches, aux brancards avant recourbés parallèlement vers le haut comme des défenses de mammouths, qu'il retient de dévaler trop vite la montagne en prenant appui de ses pieds sur les traverses de bois qui comme les rails d'un chemin de fer grossier segmentent la pente, permettant au traîneau de glisser en évitant de trop violents soubresauts, lesquels seraient préjudiciables au chargement et à son pilote. D'ailleurs on peut craindre que les accidents ne soient pas rares, tant on sent la masse des bûches empilées susceptible de submerger à tout moment le forestier qu'on retrouvera enseveli sous les bois de ce cercueil abrupt. Mais simplement par curiosité, pour juger de la manière dont les collaborateurs du grand dictionnaire rendaient compte d'un objet aussi insolite pour qui n'est pas natif des Vosges — sachant que l'exercice pour eux consiste à se passer précisément du mot qui correspond le mieux, de tourner autour sans jamais y avoir recours (j'ai un oncle qui, soumis au même problème, aurait haussé les épaules en disant : pfft, une schlitte est une schlitte) —, je me suis appliqué à lire la définition en essayant d'oublier la gravure. Je vous la livre, ce qui pour vous constitue une sorte d'avant-première : « Encycl. La schlitte est un traîneau long, façonné pour recevoir une forte quantité de bois, et dont les patins se relèvent à l'avant en deux brancards arqués, entre lesquels se place le schlitteur pour diriger le traîneau et en modérer l'allure. L'emploi de la schlitte exige une voie spéciale, appelée chemin de schlitte, et dont le tracé est fort important à cause de la régularité qu'il faut donner à la pente. Cette voie est généralement faite d'une suite de troncs d'arbre parallèles dans lesquels sont encastrés des rondins de bois placés perpendiculairement à l'axe de la voie, et sur lesquels glisse la schlitte. La schlitte est surtout d'un emploi courant dans la chaîne des Vosges et la Forêt-Noire. »

Vous comprenez de quoi il retourne ? Voilà qui oblige à se creuser la tête pour se faire une image correspondant à peu près à la définition proposée, mais avouez que si je vous demandais de dessiner ce qui selon vous, après lecture, doit être une schlitte, comme vous n'en avez jamais rencontré dans vos Cévennes natales où les moutons pour franchir les cols n'ont pas besoin de ces traverses en escalier, avalant la pente en broutant tout ce qui pousse et dessinant de larges pistes caillouteuses, il n'est pas certain que le résultat ressemble au traîneau des Vosges. D'ailleurs je note que pour expliquer la schlitte le rédacteur triche un peu, qui ne peut se retenir d'employer les termes normalement interdits par son cahier des charges de schlitteur et de chemin de schlitte, ce qui donne un peu raison à mon oncle. Mais en fait ce type de description ne vaut que pour celui qui connaît l'objet et se demande comment le rédacteur va s'en tirer pour en donner une idée à peu près exacte. Lequel rédacteur ne se fait pas beaucoup d'illusions sur sa capacité à expliquer la chose, qui sait que le résultat de sa recomposition verbale aura si peu de chances de donner à voir l'étrange véhicule que pour éviter toute interprétation fantaisiste on prévoit d'adjoindre une gravure à son texte. Et c'est d'ailleurs cette gravure, posée sur son bureau, qui lui a servi à concocter sa définition.

(L'inspecteur Zola, confronté au même problème, n'aurait pas manqué de faire le déplacement jusque dans les Vosges pour noter scrupuleusement dans son carnet l'objet exotique qui servirait de brevet d'authenticité à son projet romanesque, laissant accroire que cette histoire est nécessairement vraie puisque la schlitte du roman a tout l'air d'une schlitte, c'est bien la preuve, non ? de sorte que le petit cousin vosgien des Rougon-Macquart pourrait très logiquement périr écrasé sous son chargement un jour qu'il aurait abusé de la liqueur de lichen pour noyer une déception sentimentale, après avoir appris la liaison de sa promise avec un ingénieur des eaux et forêts qui, son inspection terminée, serait reparti vers la capitale en la laissant enceinte d'un futur alcoolique.)

Mais en réalité, ma mémoire comme souvent m'a joué un tour puisque, après vérification pour recopier l'article, ce n'est pas une gravure mais une photographie. Et là évidemment, c'est encore plus clair et net. On se dit en la voyant qu'une schlitte ressemble à une paire de chaussons lapons parallèlement rangés au pied du lit de neige d'un géant nordique, mais c'est d'avoir sous les yeux le traîneau des Vosges qui permet cette dérive poétique, même si poétique, le mot ici est peut-être un peu excessif, disons amusée. Mais d'où l'on se dit que tout ce travail de description ne sert qu'à enfoncer des portes ouvertes. Une simple photographie, et hop, plus rien à ajouter. Difficile de lutter avec cette saisie impeccable du monde sur une plaque sensible. Et il n'y a pas que le pauvre rédacteur du *Grand Dictionnaire universel* Larousse pour trouver la concurrence déloyale. Les peintres de votre siècle sont en train de payer un lourd tribut à l'invention de ce M. Niépce avec son prénom à coucher dehors sous un manteau d'étoiles. Car enfin, Nicéphore — où ses parents avaient-ils déniché un nom pareil ? En fait à Constantinople, où ils furent un patriarche et au moins trois empereurs à le porter. Mais les parents du petit Niépce firent preuve en cette circonstance d'une bien étrange intuition, à se demander même si le hasard tient correctement son rôle dans cette affaire, car le patriarche en question, ancien commissaire impérial au concile de Nicée (le second), vous savez quoi ? il va prendre position en faveur, eh bien, des images. Ce qui n'allait pas de soi en ces temps influencés par la théologie hébraïque qui interdisait toute tentative de reproduction du divin, de sa création et de ses créatures.

Or à partir de là, tout bascule. Nicéphore, c'est donc celui qui en 787 rend possible, mille ans et des poussières plus tard, car on se doute bien que ça demande du temps, cette captation chimique de la surface des choses, l'invention de la photographie, et avant celle-ci, tout un art de la représentation, qui va permettre le formidable déroulé de la peinture occidentale, c'est-à-dire — étant donné que pour l'instant nul ne songe à faire poser un cerisier en fleur ou un saladier d'argent — cette capacité à exposer au vu et au su de tous les fidèles, par les moyens du dessin et des couleurs, le corps glorieux du Christ dans sa demeure tapissée d'or attendant sur un trône, dans son solaire éclat, l'heure dernière où il décernera les blâmes et les bons points. Car d'abord, on pare au plus pressé, la fin des temps étant annoncée pour bientôt, on ne ménage pas sa peine, rien n'est trop beau pour le Très-Haut : or et pierres précieuses, émaux et camées sont autant de placements pour le futur. Et puis, la fin des temps se faisant prier, à mesure que le danger s'éloigne, on commence à prendre son temps, on s'attarde sur le corps qui tarde à renaître, on en vient à douter autant de sa résurrection que de ses prophéties alarmistes, on s'autorise à le peindre sous toutes les coutures, avec de plus en plus de minutie, en retournant bien le pinceau dans la plaie.

Or ce corps n'est pas celui de n'importe qui, c'est le corps souffrant du fameux Jésus, lequel souffre aussi à vrai dire de sa double nature, pleinement Dieu, pleinement homme, qu'il peine à faire tenir dans son enveloppe charnelle, un peu comme la mixtion de l'huile et de l'eau, si bien qu'après décantation, on ne voit plus que l'aspect humain, et même terriblement humain sur la fin, quand une fois mort, le fils de Dieu, paupières mi-closes et mâchoire décrochée, ressemble à s'y méprendre à un cadavre. Inutile dès lors de lever les yeux pour suivre l'ascension de son âme vers les cieux sous la forme d'un petit enfant nu. À partir de ce moment où il n'y a pas d'échappée verticale envisageable on se demande quoi faire du corps, comment s'en débarrasser, et où. Alors on inspecte tout autour, on commence, oui, à regarder le monde, à inventorier notre ici-bas, à la recherche d'une place où l'enfouir, ce corps en décomposition.

Je m'en suis bien rendu compte quand j'ai voulu raconter la mort de mon père. Je ne vais pas revenir sur cette histoire que j'ai évoquée dans je ne sais plus combien de livres

(mes remarques peu amènes à l'égard de l'inspecteur Zola sont évidemment ridicules et déplacées, et ne s'expliquent que par notre activité commune. Cet acharnement *ad hominem* relève d'une querelle de chapelle et doit vous sembler injuste. De fait, ça l'est. Mais c'est aussi qu'un romancier capte dans ses choix esthétiques les enjeux et les options de son temps, et là, en dénonçant l'imagination, en donnant la priorité à la vérité sur le lyrisme, il engage clairement la littérature à marcher sur les brisées du monde scientifique. Je n'invente rien. Il faut quand même l'entendre, quand il assène d'un ton sans appel : « Nous enseignons l'amère science de la vie, nous donnons la hautaine leçon du réel. Nous sommes des savants. » Des savants, entendons : pas des poètes, autant dire pas des rigolos. De fait on ne pourra pas dire de celui-là qu'il a péché par humour. Mais ce qui me semble, cette profession de foi, une désertion poétique, une capitulation littéraire, voire un suicide, car s'enrôler sous la bannière de la science et de la raison positiviste, c'est se condamner à porter barbiche et lorgnons et tout ce que cela suppose — voyez comme il s'est fait la tête de l'emploi, la tête de Pasteur, un autre de vos fameux scientifiques —, c'est adopter cette rigueur implacable menant en ligne directe de la cause à l'effet, qui fait que Marie Lebranchu, à demi moribonde sur le quai de la gare d'Austerlitz, à laquelle le savant docteur Zola qui se penche sur elle ne donne pas la moindre chance de s'en sortir, ne peut scientifiquement revenir guérie de Lourdes. En conséquence de quoi le romancier, au nom de l'amère science de la vie, la fait mourir à son retour du pèlerinage dans la ville des apparitions, au grand dam de la dame qui s'est reconnue dans le personnage de La Grivotte et qui se porte comme un charme et n'en finit pas de remercier la petite Bernadette et la Sainte Vierge d'avoir, en un plongeon dans la piscine sacrée, repeint ses poumons à neuf.)

(C'est donc bannir les imprévus, les imprévisibles, les diversions, les contournements, les impasses, les impromptus, tout ce qui écarte du droit fil de cette visée déterministe impeccable, c'est ne pas admettre l'à-peu-près et les petits accommodements de l'existence (ce que l'homme Zola, constatant que tout n'est pas aussi simple, ne se refusera pas dans ses dernières années, menant une double vie bien rangée, la semaine chez son épouse et le week-end chez la douce Jeanne, la mère de ses deux enfants), c'est passer la vie, dont l'aspect à bien des égards peut paraître hirsute, au peigne fin — bien évidemment, aïe, ça tire. C'est enfin être affublé d'un terrifiant esprit de sérieux. À ce point, c'est un handicap. Et pour arranger le tout, c'est aussi de ce côté des doctrinaires qu'on trouve l'idéologie, c'est-à-dire la logique imparable de l'idée d'où l'imaginaire et la rêverie poétique sont impitoyablement exclus comme de la mauvaise graisse. Et ceux-là ont des idées bien arrêtées sur ce qu'il convient de faire. Autant vous prévenir que, de ce côté, il va falloir s'attendre à souffrir.)

mais je crois que fondamentalement leur raison d'être, à ces livres, ce fut de construire un tombeau où déposer la précieuse relique du souvenir de cet homme.

Car à présent que les anges ne transportent plus les corps dans l'au-delà, et que ceux-ci nous restent sur les bras, on est plus embarrassé qu'autre chose. On pense à les enfouir, bien sûr, mais ils s'arrangent toujours pour ressortir, hanter les esprits — comme quoi, il ne faut pas évacuer trop vite l'idée d'une résurrection. Les défunts, ça revient toujours. Au point que parfois on trouve même le moyen de déposer le corps du disparu dans des tombeaux vivants. Oui, oui, un corps vivant qui recueille un corps mort. Ça se fait. Et plus fréquemment qu'on ne le pense.

Vous ne me croyez pas ? Alors pensez à M. Monastier, maître soyeux à Saint-Martin-de-l'Our. À son sujet, je dois vous avouer qu'il a beau être votre mari et le père de votre garçon, je préfère vous prévenir tout de suite, je ne l'aime pas. Ça ne me regarde pas, bien sûr, mais si jamais pendant ce voyage de retour de Paris jusqu'en vos Cévennes il vous arrivait de faire une rencontre, loin de vous jeter la pierre, je serais le premier, après vous et l'heureux élu, à m'en réjouir. Je vous y engage même vivement. Comment cet homme, après la mort de votre père qui était son jardinier et alors qu'il vous hébergeait tous les deux dans une petite maison du parc, a pris généreusement sur lui de mettre la main sur vos douze ans d'orpheline, de vous réserver en somme, en vous prenant d'abord comme une petite employée de maison, jusqu'au moment où il jugerait bon, comme un Arnolphe moins scrupuleux, de vous glisser dans son lit, avant, à dix-huit ans, de vous faire un enfant dont il avait l'âge d'être le grand-père, c'est pour moi la manifestation de la survivance d'un privilège seigneurial qu'on croyait s'être évanoui dans la nuit du 4 août. Un abus de pouvoir qui, aujourd'hui, conduirait cet homme à la limite de la cour d'assises.

Bien sûr, vous étiez seule, sans famille, après avoir perdu votre mère à la naissance. Il vous a évité l'orphelinat, c'est vrai, mais ce beau geste qui fit s'émouvoir toute la commune devant tant de bonté n'avait rien de désintéressé. En bon industriel habitué aux placements mirifiques, il vous l'a fait payer au prix fort. Et comment s'y est-il pris sinon en recueillant en même temps que vous le corps de votre père qui s'était affaissé sous vos yeux, au milieu des parterres de la terrasse après s'être un moment appuyé sur sa pelle fichée en terre, comme s'il avait été victime d'un étourdissement passager et que la vie allait bientôt reprendre son cours normal après ce décroché momentané. Mais le manche de la pelle n'avait pu longtemps servir de tuteur au corps du jardinier. Vous avez crié, petite fille, quand vous avez vu votre père s'affaler entre les plants soigneusement entretenus, et la lame de sa pelle soulever un peu de terre. Et vous avez couru jusqu'à la filature prévenir M. Monastier, traversant en pleurant le vaste atelier de tirage sous le regard intrigué des ouvrières dont certaines n'étaient pas plus âgées que vous, car douze ans, du moins pour les plus misérables, c'était alors un terme que l'on jugeait suffisant pour dire adieu à l'enfance. Parfois même on n'avait pas la patience d'attendre et celles qui n'avaient pas encore atteint la limite d'âge légale pour étirer les fils de soie, on les enfouissait dans des paniers de coton lors de la visite d'un inspecteur. Même si c'était pour la forme, car l'inspecteur, M. Monastier le prenait par les épaules, lui expliquait la situation, les difficultés que traverse la sériciculture, l'invitait à sa table, le faisait reconduire à son hôtel, et l'autre s'en retournait persuadé que ce chevalier d'industrie était un bienfaiteur de l'humanité, qui prenait sur lui et sur sa fortune de tirer de la plus noire misère les petites Cévenoles en leur évitant ainsi d'emprunter le cours fatal qui dans cette carte du malheur mène de pauvreté à prostitution. Encore un émule de notre inspecteur de la littérature scientifique.

Mais le maître de ce lugubre palais de la soie était absent ce jour maudit, en voyage d'affaires selon le contremaître qui s'alarme de vos larmes et qui, après avoir demandé à trois femmes de l'accompagner, vous emboîte le pas jusqu'à votre terrasse clandestine. Le corps de votre père y reposait, sans vie, face contre le sol, bras ouverts, étreignant ce bout de terre dérobé qui avait sans doute constitué son seul capital, son petit chapeau noir à ruban ayant roulé entre les plants.

Cette terrasse, aménagée à flanc de colline, près d'un bois de châtaigniers, il l'avait chèrement gagnée sur les genêts et les ronciers, libérant de leur emprise étouffante un magnifique églantier aux épines rouges qui chaque printemps en hommage à son libérateur lui offrait ses délicates fleurs roses — et si ce n'est au printemps, vous aurez rétabli de vous-même les dates de sa floraison. Ce terrain-là, il le cultivait pour son propre compte. C'était, sans acte de propriété, l'annexion d'un replat de la colline, orienté au couchant, surplombant un horizon moutonnant duquel se détache de l'autre côté de la vallée le village de Saule dominé par son ancienne tour de guet, et qui avait échappé, ce lopin, à la gourmandise du notaire. Lequel partage avec votre mari la quasi-totalité des terrains communaux et bien au-delà.

Vous aviez l'habitude d'y accompagner votre père, l'aidant à de menus travaux sans doute, on peut l'imaginer, car vous n'apparteniez pas à un milieu qui eût applaudi à une partie de cerceau ou de marelle entre les parterres. Et que peut faire une petite fille dans un potager ? transporter jusqu'au jardin, dans des récipients pas trop pesants, l'eau de la source voisine (il y a encore un filet sortant de la roche mais qui, habilement canalisé au moyen de pierres plates posées sur chant et de troncs creusés de châtaigniers, un bois réputé imputrescible, irriguait plusieurs terrasses étagées sur le versant sud de la colline), éliminer les mauvaises herbes, déposer les graines dans les trous ménagés au plantoir, repousser ensuite par-dessus la terre du bout de ses sabots, la tasser légèrement, et puis ramasser ce qu'il y a à picorer dans les buissons, débusquer les champignons, tandis que lui sarcle, bêche, soigne ses plantations et consolide les murets avec les pierres arrachées au maigre sol pour éviter à la terre de suivre sa pente naturelle.

Ce qui est sûr, et ce qui ne manquait pas d'intriguer ceux qui vous apercevaient, c'est qu'on vous surprenait souvent à parler tous les deux tandis que vous reveniez de votre minuscule exploitation, votre père, coiffé de son curieux petit chapeau noir à ruban inconnu dans le pays, portant les outils sur ses épaules, et vous, soulevant à deux mains un panier où s'entassait la récolte du jour, votre abondante chevelure rousse de petite fille tirée non sans mal en bandeaux sur vos oreilles, d'où s'échappent des mèches frisottées captant comme au lasso des rayons d'un soleil enflammé. Ce n'était pas un homme mutique comme le sont souvent les gens d'ici, d'ailleurs d'ici, ainsi que le laissait supposer son chapeau, il ne l'était pas. D'où sortait-il ? Je n'en sais rien. Pas le courage de remonter le temps plus avant. Ce chapeau et votre chevelure indiqueraient-ils une origine plus à l'ouest. On trouve des chapeaux ressemblants en Bretagne mais aux bords plus larges, et de jolies rousses, aussi, mais ce n'est pas une spécialité. D'ailleurs origine, qu'est-ce que ça veut dire ? Nous avons appris depuis, c'est assez récent, que nous venions tous de la vallée de l'Omo en Éthiopie. Naissance il y a plusieurs millions d'années. Alors dans cette longue marche qui mène le père et la fille jusqu'à ce lopin arraché à la montagne, pourquoi revendiquer telle appartenance plutôt qu'une autre ? Le nom est une machine idiote à éliminer la presque totalité des ascendants. J'ai juste appris que vous aviez débarqué tous deux dans la commune alors que vous aviez trois ou quatre ans, que c'est la première femme de M. Monastier qui, désespérant de n'avoir pas d'enfants, vous a plus ou moins subtilisée et servi de nounou. Et ce jusqu'à sa mort.

Vous ne l'avez certainement pas oubliée, cette dame sévère dont la voix laissait parfois échapper des intonations de tendresse, comme un aveu informulé à travers lequel on devinait aisément qu'elle avait beaucoup refréné ses sentiments au cours de sa vie. Et quand on voit l'individu Monastier — pardonnez-moi, mais je vous ai dit qu'il ne comptait pas parmi mes favoris — on peut comprendre qu'il lui était difficile de s'épancher. Mais vous avez été sans doute sa seule joie. Même si ça ne transpirait pas trop dans cette façon raide qu'elle avait de vous faire la leçon, et comment assise on se tient le dos bien droit, et comment une chevelure ça se domestique,

(votre cuir chevelu a peut-être gardé le souvenir douloureux des décollements de racines qu'elle vous imposait à coups de brosse énergiques pour plaquer vos cheveux rebelles, au lieu que votre père se contentait de les attacher d'un ruban sur la nuque, et tant pis pour cette auréole cuivrée qui s'en échappait, qui vous valait d'être naturellement désignée dans le village comme la rouquine, même si je me demande si votre couleur ne correspond pas plutôt à ce qu'on appelle un blond vénitien, certes un peu soutenu, et l'idéal serait de glisser une mèche dans chaque ouvrage, ce qui éviterait la polémique, car je me méfie, certains lecteurs sont extrêmement pointilleux, qui se chargeraient par un courrier bien senti de me signaler qu'un blond vénitien, ce n'est pas du tout ça, qu'à Venise en 1358, etc., qu'il s'agit ici d'un roux-blond flammé, mais en dépit d'un lectorat en forte baisse, votre chevelure n'y suffirait pas, aussi je penserai à demander un tiré à part, à un seul exemplaire, de ce livre, dans lequel je glisserai une mèche coupée de vos cheveux, que je garderai précieusement pour moi, mais qui me servira de preuve le cas échéant si un lecteur acharné venait à faire intrusion chez moi en exigeant que je choisisse des témoins : monsieur (c'est moi), la question de ce blond vénitien se réglera sur le pré au petit jour, vous avez le choix des armes. Soit. Pour moi, ce sera la prose poétique à raison d'une phrase par paragraphe, et vous ?)

et comment on brode pour s'occuper les mains et ne pas rester à rien faire, et comment on ne garde pas les yeux levés comme une effrontée quand on se fait sermonner, et comment on les baisse, les yeux, pour éviter de croiser le regard des jeunes garçons et mille recommandations du même tonneau consistant à faire de vous une employée de maison modèle. Quant à avoir des gestes maternels, elle ne s'autorisait pas à outrepasser ce qui officiellement pour elle relevait d'un devoir évangélique. De plus, imaginer prendre la place de votre mère disparue, c'était certainement dans son esprit déchoir

de son rang d'épouse de notable. Je n'avancerais pas
que c'est à sa décharge, mais son mari n'a pas eu autant
de pudeur de classe pour glisser l'orpheline d'humble
extraction dans son lit. Ce ne fut sans doute pas une
partie de plaisir, n'est-ce pas ?

J'ai appris que c'est vous, petite fille qui, pour avoir
tapé dans l'œil de la dame un matin de marché sur la
place de Saint-Martin-de-l'Our, avez valu à votre père
d'être embauché par le maître soyeux en tant que jardinier alors qu'il, votre père, travaillait à reboiser les
monts, un projet pharaonique voulu par l'administration, destiné soi-disant à lutter contre l'érosion des sols
délaissés par les transhumants, qui nécessita une main-
d'œuvre abondante, mais qui fut encore un bon moyen
pour quelques-uns — suivez mon regard — de s'enri-
chir à bon compte sur le dos de l'État et des propriétaires de maigres arpents. Que votre père ait été attiré
par cette perspective d'un travail assuré pour longtemps, on le comprend sans peine. Ils furent des milliers de journaliers mobilisés pendant plus de soixante
ans à planter les hêtres et les sapins qui aujourd'hui
couvrent les collines et les causses.

Ainsi votre paysage familier n'est pas celui que nous
connaissons. Il faudrait s'obliger à arracher des forêts
entières pour entrapercevoir ce que vous avez sous les
yeux. C'est justement ce qui est fatigant dans ce travail
de romancier. Des gens comme notre inspecteur de la
littérature scientifique ne sont pas arrêtés par ce genre
de grands travaux. Qu'à cela ne tienne. S'il le faut, pour
les besoins de leur histoire, ils n'hésitent pas à déboiser
à tour de bras. Ils vous remettent les Cévennes en l'état

54

pour les besoins de leur roman. Mais moi, je pense au mal que se sont donné votre père et ses compagnons de misère pour couvrir ces montagnes de forêts. Je ne peux compter pour rien leur peine et leur sueur. Et tant pis si la vérité historique n'est pas respectée. On fera comme si le paysage n'avait pas changé. Je ne touche à rien. Mais vous verriez le mont Aigoual aujourd'hui, vous auriez du mal à trouver vos repères dans ce puissant massif forestier. Le regard est très vite arrêté. Et il faut grimper au sommet du mont où est installée une station météo pour découvrir un panorama qui nous porte les jours de clarté jusqu'à la Méditerranée, les Alpes et j'imagine la colonne Vendôme avant que nos amis de la Commune ne la jettent à bas — je vous expliquerai, si le geste vous a indigné, en quoi je leur donne bien raison.

C'est du moins, ce tour d'horizon prestigieux au sommet de l'Aigoual, ce qu'annoncent les guides touristiques que je suis tenu de croire sur parole car pour moi, lors de ma visite, ce fut pluie et brouillard, sans compter la brume permanente qui, depuis que j'ai sept ans, flotte devant mes yeux, puisque je suis myope (là aussi j'en ai fait la matière d'un livre dont le titre, *Le Monde à peu près*, dit bien de quoi il retourne — j'ai ainsi visité les lieux où vous vivez, à l'aveuglette, ce qui augure mal de leur tentative de restitution). À ce propos, l'inspecteur aussi n'y voyait goutte, mais au moins il portait des lorgnons, et puis j'ai un autre exemple célèbre, le vicomte de Chateaubriand en personne qui avait une bonne vue, lui, mais qui, de passage à Jérusalem censé être le but de son pèlerinage biblique, ne perd pas de temps à visiter les lieux, trop pressé de retrouver Natalie de Noailles au milieu des orangers des jardins de l'Alhambra à Grenade (ou, selon certains, dans la grande mosquée de Cordoue), après avoir fait le tour de la Méditerranée pour semer son acariâtre épouse — à Venise, où il l'a convaincue des dangers qu'il y aurait à le suivre : pirates, peste bubonique, naufrage, chute de cheval — et brouiller les pistes, de sorte qu'au moment de rédiger son *Itinéraire de Paris à Jérusalem*, il s'autorise à recopier vite fait les guides touristiques de l'époque après s'être enfermé dans la bibliothèque du couvent où il est logé, pillant allégrement les mémorialistes qui l'ont précédé dans leur relation du saint périple.

Après avoir parcouru vraiment les lieux sur les pas supposés du grand homme, Lamartine ne pouvait qu'afficher un scepticisme désolé à propos du Jourdain : « La description qu'il fait du fleuve est si peu exacte qu'elle peut laisser quelques doutes à ceux qui comme moi l'ont suivi de l'œil, du pied du Liban jusqu'à la mer Morte. » Le plus comique étant que Chateaubriand est censé avoir prélevé dans une fiole l'eau du fleuve sacré qu'il offrit par la suite pour le baptême du duc de Bordeaux — vraisemblablement de l'eau d'un puits quelconque. On comprend que le duc de Bordeaux n'ait pas été béni des dieux. Mais à son exemple, me plaçant sous la protection de mon saint patron François-René, je me réserve donc de consulter les ouvrages consacrés à votre pays, auquel cas je m'engage à citer mes sources, comme cette allusion à la tour de guet du village de Saule, qui s'est écroulée depuis, ce qui explique sa disparition — cela pour mes détracteurs — mais dont on trouve la mention dans la correspondance, publiée aux éditions de l'Our, d'un voyageur de commerce, Jean-

Mathurin Duvoiret, spécialisé dans les images pieuses, égaré au milieu de ces terres, pour lui, impies, et qui en profite pour dire tout le mal possible de la religion réformée « incapable de faire la différence entre la Vierge et Rachel dans *Bérénice* », ce qui donne à penser qu'il proposait aussi des images profanes).

Mais sur votre père, je n'en sais pas beaucoup plus. Tout ce que j'ai pu recueillir c'est que vous arriviez d'une région plus au nord, peut-être du Haut-Vivarais selon certains qui prétendent en connaître toujours plus long qu'ils n'en disent, comme s'ils étaient en possession de révélations croustillantes qu'ils garderaient pour la bonne bouche ou le bon moment, mais d'une région où l'on a conservé un vieux fond catholique en tout cas, car votre père n'allait pas au temple, ce qui ne vous a pas permis de recevoir les rudiments scolaires dispensés par la femme du pasteur et a incité la première Mme Monastier à s'en charger. Laquelle, tout en vous apprenant à lire, écrire et compter, en a profité pour vous vanter les mérites de la religion réformée, préparant ainsi à son insu le terrain pour une conversion nécessaire à votre mariage avec son pauvre veuf, ténébreux et terriblement consolé.

Sans doute serait-il possible d'engager un généalogiste pour retrouver la trace de vos ancêtres, et c'est certainement ce que ferait notre inspecteur de la littérature scientifique, enquête dont il se chargerait lui-même d'ailleurs, débarquant à la mairie d'Annonay, compulsant les registres de l'état civil, questionnant habilement les habitants du canton, notant tout dans son petit carnet. Un homme parti reboiser les Cévennes, ça doit bien se trouver, non ? Sur quoi on lui dresse une liste de trois cents noms qu'il va vérifier un à un dans les grands livres communaux. Il finit par identifier notre homme, votre père, remonte son arbre généalogique et conclut qu'avec de tels ascendants il s'apparentait certainement à une bête humaine. Vous voyez qu'il faut s'en méfier.

Mais ce corps vivant qui recueille un corps mort — votre bienfaiteur qui, comme un appeau, vous appelle par la voix de votre père et qui, vous ouvrant son lit, vous donne l'impression de soulever une pierre tombale pour retrouver votre disparu, vous comprenez maintenant ?

Vous aimez les oiseaux, je crois ? Oui, vous aimez les oiseaux. D'ailleurs, je peux bien vous le dire, c'est ce qui m'a plu tout de suite en vous. Véritablement charmé. Qu'une femme aussi jolie que vous l'êtes puisse identifier instantanément un oiseau aux premières notes de son chant ou à son allure en vol, c'est comme une grâce du ciel à mes yeux. C'est l'alliance des beautés du monde. Une sorte, oui, de perfection de la nature. Un miracle.

D'habitude, on associe aux oiseaux le petit frère prêcheur d'Assise et son prône fameux — et pour cela, loué sois-tu, Seigneur — mais honnêtement, le charme opère moins. On a beau se faire une idée aimable du Poverello, son programme consiste tout de même à se précipiter sur tous les lépreux qui passent pour les embrasser, se rouler dans les orties pour avoir entraperçu un quart du lobe de l'oreille de sainte Claire, et occuper le reste de ses jours et de ses nuits à de contraignantes macérations en attendant d'être transpercé par les rayons divins. Et puis, un point que les théologiens n'ont pas daigné soulever : quel besoin de chercher à enseigner aux oiseaux les voies mystérieuses de la Providence ? Aux poissons, je veux bien, qui ont tout de même dans l'ensemble l'air de ne pas comprendre grand-chose à ce qu'il leur arrive avec leur bouche en cœur et leurs gros yeux ronds, mais aux oiseaux ? On pourrait objecter à frère François que cela revient à prêcher des convertis. Dans la parabole évangélique les oiseaux sont clairement les bénis de Dieu, à qui tout est donné sans qu'ils aient à se tracasser du lendemain. Matthieu 6, 26 : « Regardez les oiseaux du ciel : ils ne sèment ni ne moissonnent, ni ne ramassent dans des greniers, et votre Père céleste les nourrit. » On les regarde et on se rappelle en effet que dans le même temps l'homme et la femme, après avoir été renvoyés du jardin d'Éden où apparemment la vie était autrement plus suave, ont été sommés de gagner leur pain à la sueur de leur front en labourant la vallée des larmes, ici présente, ce qui dénote deux poids deux mesures pour les créatures du Père céleste. Lequel Père céleste, par la bouche de son fils, se croit tenu de préciser, au cas où nous serait restée en travers de la gorge la sentence implacable qui nous condamne aux travaux forcés, comme si cette sentence avait été, sinon une faveur, du moins une distinction, toujours 6, 26 : « Ne valez-vous pas, vous, beaucoup plus qu'eux », les oiseaux ?

Vous, certainement,

(je l'ai vu au premier coup d'œil quand je vous ai repérée dans votre wagon, regardant mélancoliquement le paysage à travers la fenêtre, tandis que le train traversait le relief tourmenté de la Haute-Loire, enjambant sur des ouvrages d'art flambant neuf les gorges et les rivières. On voyait nettement votre profil

60

se refléter dans la vitre sur le fond des montagnes. Je crois que je pourrai le dessiner dans l'air, du bout de l'index, tellement la ligne en est fluide. Tenez, regardez, et dites-moi si vous vous reconnaissez : je pars de la racine des cheveux (ils sont tirés en deux bandeaux de miel doré couvrant vos oreilles et confluant en un chignon moussu sur votre nuque), je descends le front presque à la verticale, je creuse à la base du nez d'où je m'élance pour suivre l'arête légèrement concave qui me conduit, après une descente de quelques centimètres en oblique, à l'angle délicatement arrondi, saupoudré de rousseur, du bout du nez, ensuite un rapide surplomb rentrant entre les ailes d'une exquise finesse, formant avec la lèvre supérieure un angle pratiquement droit, la lèvre supérieure en saillie, les deux lèvres scellées traçant en coupe cet angle ouvert formé par deux segments d'arc, par lequel on figure schématiquement en deux coups de crayon un oiseau en vol, un peu comme la bouche humide de la jeune fille à la perle de Vermeer, mais Jan est un coquin qui demande à son modèle de montrer les dents dont l'émail impeccable de blancheur est un atout en ces temps anciens, puis j'arrive au menton qui, adoptant le même principe que pour le nez, réalise un compromis parfait entre l'angle et l'arrondi, je continue par un autre trait rentrant à l'horizontale qui bientôt se dédouble, formant une fourche dont une branche suivant le maxillaire inférieur remonte vers l'oreille et l'autre — ce qui m'oblige à lever la main et à procéder à une reprise du trait à l'endroit de l'embranchement — s'incurve avant de plonger vers le cou et votre gorge blanche, mais là, vous portiez ces chemisiers bien de votre temps boutonnés haut et qui coincent la glotte au-dessus du col. Je n'irai donc pas plus loin.)

(Mais rien de saillant, rien de rond dans ce profil, tout un art subtil de la négociation, entre courbes, angles et droites. En le traçant dans l'air il me semble l'avoir recueilli au bout de mes doigts, comme un jardin fleuri tient tout entier dans l'essence d'un parfum. Comprenez qu'il n'était pas difficile de vous distinguer au milieu des autres passagers, soufflant et s'éventant, délivrant une odeur capiteuse de transpiration et de paniers garnis où s'entassent bœuf en gelée et pâté en croûte, les hommes étalant leur ventre entre leurs cuisses, pontifiants, prudhommesques, les femmes corsetées, chapeautées, se retenant d'exploser, toujours prêtes à dénoncer l'impolitesse de l'autre. Mais cela, cet air potentiellement outragé, fait toujours plus ou moins partie de la panoplie des voyageurs de première classe.)

(Un journaliste américain de trente-trois ans, Samuel Langhorne Clemens, qui a voyagé trois ans avant vous à travers la France, s'il s'extasie sur la campagne — « Quelle terre ravissante, quel jardin », où les haies sont taillées au cordeau, où les murs de pierres ne s'éboulent pas, où les champs ressemblent à d'immenses pelouses, où les routes sont proprement entretenues — ne semble pas en revanche avoir gardé un bon souvenir des wagons de chemin de fer. Il admet pourtant que « les sièges et les dossiers sont bien rembourrés et très confortables », ce qui me rassure pour votre assise et votre dos, mais que, plus désagréable, « on peut fumer si on le désire ». Comme aujourd'hui, il est pratiquement interdit de fumer dans les trains, j'avais oublié d'ajouter aux effluves de nourriture et de transpiration une odeur âcre de tabac gris dont les volutes grises s'échappent du fourneau de la pipe d'un petit homme timide dans un coin qui, sans la remarque du journaliste américain, serait passé inaperçu. Peut-être s'agit-il d'un indicateur de police, chargé de traquer discrètement les proscrits de la Commune, puisqu'il s'abrite derrière la lecture d'un journal se félicitant de l'ordre qui règne à nouveau dans Paris. Mais croyez-vous qu'il vous aurait demandé si la fumée vous incommode ? Je vous l'ai dit, on a beau voyager en première classe, on n'en est pas pour autant plus courtois. Et pas moyen de l'expédier dans le couloir fumer sa pipe. Pour une raison simple, c'est qu'en ce temps il n'y a pas de couloir. Le wagon se compose de plusieurs compartiments pouvant accueillir chacun huit personnes (deux groupes de quatre en vis-à-vis), et pour celles-là, bouclées par le conducteur qui a verrouillé la porte au départ du train pour éviter tout risque d'accident, pas d'autre issue que d'attendre le prochain arrêt d'importance, des pauses de trente minutes, pour se dégourdir les jambes sur le quai.)

(Or j'ai l'impression que d'ici Le Puy, si je consulte la carte en suivant la ligne noire qui serpente au milieu des courbes de niveau, ponctuée de rectangles blancs indiquant les stations, des arrêts, il n'en reste pas beaucoup : Allègre, Lissac, Bornes, des gares de moindre importance, pas le genre d'endroits pour des voyageurs de première classe, de sorte que le chef de train ne déverrouillera pas la porte du compartiment, il ne sera pas possible de descendre respirer l'air chargé de particules de charbon brûlé, la consigne se résume donc à ceci : supporter et se retenir. Mais rassurez-vous, le terminus n'est plus très loin maintenant.)

(C'est au moment de franchir le grand viaduc de G... (qui n'est pas celui de Garabit, plus à l'ouest, le pont-rail métallique au-dessus de la Truyère, à l'arche en plein cintre, que construira dans une dizaine d'années un ingénieur appelé Gustave Eiffel, mais sur cette vieille carte en presque lambeaux, que je possède de la région, seule subsiste du nom de votre pont la première lettre) que se produisit le miracle préalablement annoncé. Apercevant soudain un oiseau planant au-dessus d'une vallée, vous n'avez pu vous retenir de le présenter à vos voisins, lesquels sortant plus ou moins en maugréant de leur torpeur due à la chaleur de juin et à la fatigue d'un long voyage depuis Paris, ne firent pas montre du même enthousiasme que vous — qu'on puisse déranger de paisibles voyageurs pour un motif si futile —, de sorte qu'après que vous les avez incités à regarder par la fenêtre — mais si, là-haut, voyez, au-dessus de cette montagne en dos de chameau — il y eut un remue-ménage gêné dans le wagon qui ne m'a pas permis d'entendre vos explications. De quel oiseau s'agissait-il ? J'ai appris d'un gros homme au ventre entre les cuisses qui a expliqué d'un air docte à son épouse qui l'interrogeait après vous avoir entendue le nommer : que c'est un petit rapace, voyons (sous-entendu : sombre idiote), mais une fois l'information recueillie — aussi vite que voyage la lumière, j'ai tout de même avec vous un sérieux problème de distance spatio-temporelle — il était trop tard pour moi quand je me suis avisé de fouiller le ciel bleu. Le temps de sortir mes jumelles de leur étui et de les régler, l'oiseau hautain en avait profité pour franchir la ligne des crêtes ou plonger brusquement sur un pauvre campagnol musardant dans un pré. Et comme le train après avoir franchi le viaduc entamait une longue courbe sur une incision à flanc de montagne qui l'amenait à changer de vallée, nous fûmes bientôt définitivement privés de la possibilité d'apercevoir votre petit rapace.)

(Je pourrais ne pas signaler la remarque de l'homme ventripotent au col de celluloïd cassé exhibant des miettes de collation dans sa moustache conquérante et prendre sur moi d'inventer qu'il s'agissait en réalité d'un condor ramené du Pérou à l'état de gros œuf, enfoui dans une couveuse de laine d'alpaga, par un spécialiste des Incas, lui-même natif d'Ambert, qui le mit à éclore sous une dinde auvergnate avant de lui rendre, au condor, sa liberté, mais par égard pour votre connaissance des oiseaux j'ai renoncé à faire preuve d'imagination, ce qui me coûte un peu car on me fait assez souvent le reproche d'en manquer, toujours ce même père qui n'en finit pas de mourir, franchement depuis le temps j'aurais pu passer à autre chose, et là, justement, un condor au-dessus des monts du Vivarais, traumatisé par sa dinde de mère, qui pour exprimer sa rage d'avoir été réduit à l'état d'une vulgaire volaille devient tueur d'enfants. Quel roman. Du coup, par une montée habile du drame (des enfants gardant des moutons dans une vallée enclavée et disparaissant comme par enchantement, à croire qu'ils se sont évaporés, dira un berger), je réinstallais parmi les habitants de cette région une psychose rappelant les heures les plus sombres de la bête du Gévaudan.)

(Mais n'ayez pas peur, le condor tueur ne vous enlèvera pas entre ses serres. Je l'ai renvoyé dans ses Andes natales. J'ai considéré que ce ne serait pas correct pour vous, cette fiction iconoclaste, indigne de cet amour que vous portez aux oiseaux, c'est pourquoi j'ai tenu à consulter un ouvrage sur la faune du Massif central afin de tenter de retrouver le petit rapace que vous aviez signalé aux voyageurs du Paris-Le Puy. De fait, les oiseaux de proie sont nombreux dans cette région, mais il faut savoir qu'après avoir pleuré sur leur disparition on a beaucoup œuvré pour réintroduire aigles, vautours et gypaètes, qui avaient peut-être déjà déserté ces montagnes au moment où vous les traversez. Comme j'ai lu qu'il n'est pas rare de croiser là-bas des faucons pèlerins, me fiant à la remarque de notre bourgeois ornithologue, voilà une proposition que j'adopte volontiers. Je connais leur cri qui me plaît beaucoup pour une raison que j'ai déjà dite dans un précédent livre, et que je développerai pour vous plus tard, mais qui implique au préalable que je vous tienne au courant d'une invention formidable à base de photographies animées, à quoi je vous demande de vous préparer, mais pour l'heure je ne vous en dis pas plus. D'autre part je me souviens d'avoir eu entre les mains une brochure où l'on nous informait que le faucon pèlerin était en piqué l'oiseau le plus rapide du monde, capable de frôler les trois cents kilomètres à l'heure, ce qui expliquerait aussi que je n'aie pas eu le temps de l'apercevoir.)

moi, c'est moins sûr, mais je n'ambitionne pas autre chose que d'être votre jongleur, et si vous m'accordez ce rôle, j'en serai très heureux. Un jongleur, au sens où on l'entendait au temps de Chrétien de Troyes et des romans de la Table ronde, c'est quelqu'un qui s'essaie à chanter aussi, à quoi je m'emploie depuis longtemps, c'est même, à vous je peux bien le dire, ma seule ambition, et par chanter, n'allez pas m'imaginer poussant la *canzonetta* sous votre balcon, non, chanter comme peut chanter une phrase poétique, sobrement, sur deux ou trois notes, avec un semis d'images, comme celle-ci, par exemple : « Il me racontait sa passion en buvant de grands verres d'eau de groseille, que je payais quelquefois », et quelquefois il me semble, à ce frisson souriant que j'éprouve en relisant certaines propositions faites par moi, que je ne suis pas loin de cette manière poétique.

Mais pour ce qui est de rivaliser avec les oiseaux, aucune illusion, c'est peine perdue. Il suffit de les entendre procéder au petit lever du jour de même qu'on le faisait autrefois du roi : d'abord un trille solitaire perçant la nuit sombre, comme une feuille noire que l'on entreprendrait de déchirer pour ménager une faille de lumière, bientôt rejoint par un deuxième chant hésitant, suivi d'un autre plus hardi, puis d'encore un autre qui ne veut pas se laisser souffler la vedette et entend avoir son mot à dire, et d'un autre encore, insistant, écoutez-moi, puis de dix, puis de cinquante, tumultueuse fanfare chatoyante de notes et de phrases musicales, le tout composant progressivement une symphonie pétulante et enjouée où chacun joue sa partition sans se soucier de l'autre : les mélodistes comme les merles ou les fauvettes, les roucoulants exaspérants comme les tourterelles, les choristes à vie sans espoir de devenir jamais solistes comme les mésanges, les moineaux, les rouges-gorges qui émettent des signaux brefs comme de facétieux télégraphes électriques, à chacun selon ses moyens, dans sa propre gamme et sa propre tessiture,

(pour vous, des musiciens d'une même formation donnant l'impression dans la fosse d'orchestre où ils ont pris place de ne pas parvenir à se mettre d'accord sur l'œuvre à interpréter et s'entêtant malgré tout à jouer chacun le morceau de son choix, ce n'est pas concevable, ce serait se moquer du monde, c'est-à-dire de Mozart, de Beaugency, de l'harmonie universelle et de la musique des sphères, mais pour nous, non. On nous a tellement seriné que si nous paraissions offusqués à l'écoute d'une prouesse orchestrale de ce type, c'est que nous n'y comprenions rien à rien, que nous étions vraiment bouchés, qu'on a presque fini par s'y habituer, tenant pour acquis que la musique n'est pas là pour adoucir nos mœurs, mais au contraire pour les bousculer, les exacerber, les amener à s'interroger sur cette tyrannie de la douceur, donc, ce à quoi, par la mise en scène d'un chaos sonore, réussissent très bien ces compositions qui ne diffèrent pas vraiment du moment où les instruments s'accordent, empilant les bruits et les fréquences, comme les oiseaux leurs trilles.)

avec cette conséquence inouïe que le jour qu'on disait englouti avec le crépuscule, à ce signal enchanteur, s'extirpe peu à peu de la masse des ténèbres.

Doucement la nuit cède, bleuit, devient laiteuse, avant de se fendre vers l'est d'une bande saumonée qui annonce le retour de l'attendu. Voilà, le jour est là. Alors, comme si les oiseaux avaient la claire conscience d'avoir fait leur travail, alors brusquement le concert s'arrête. Les petits plumeaux délurés passent à autre chose, s'occupent dans un va-et-vient incessant à rapporter les matériaux pour la charpente du nid, à capter une foule d'insectes et de vers pour les gloutons affamés qui, bec grand ouvert, attendent en piaillant dans leur conque de brindilles, font la police pour n'être pas dérangés par les intrus, signalent avec véhémence un chat rôdeur sur le toit — en ce moment même sous la fenêtre de mon bureau un chat tigré, les omoplates saillantes adoptant un mouvement pendulaire, marche le long de la gouttière en zinc, provoquant un mouvement de panique chez les étourneaux qui nichent sous les chevrons —, mais pour ce qui est du soleil, ce sera à lui de décider s'il apparaît ou préfère rester embusqué derrière les nuages. Ce n'est plus le problème des oiseaux, ils ont fait ce qu'ils avaient à faire. Quand on pense que pour arriver au même résultat, le lever du jour, les Aztèques massacraient des milliers de jeunes gens sur l'autel dressé tout en haut de la pyramide du soleil, persuadés que par ces flots d'un jeune sang versé ils transfusaient le monde même, le rechargeaient en énergie, le maintenaient en vie,

(les Aztèques ont sévi à Tenochtitlán, l'ancienne Mexico, que Hernán Cortés et sa bande d'orpailleurs mirent à sac, aidés par les peuples voisins qui ne supportaient plus de servir de chair sacrificielle aux fous du soleil. À ne pas confondre avec les Incas du Pérou dont est spécialiste notre introducteur du condor au-dessus d'Ambert, et si je me permets de jouer au professeur, c'est que les recherches sur les civilisations précolombiennes ne vont pas chercher loin à votre époque où un bon Indien est un Indien à plumes des plaines centrales d'Amérique et même, de préférence, un Indien mort — voir notre ami Buffalo Bill, le bébé postier du Pony Express, et son cirque bariolé. On n'a pas encore à cette heure découvert Machu Picchu, la cité sacrée des Incas au nord de Cuzco, avec ses blocs colossaux hissés et assemblés au millimètre au sommet d'une montagne en pain de sucre. Quant aux temples mayas, ils émergent tout juste de l'exubérante végétation du Yucatán (grâce notamment à Désiré Charnay, un natif de Fleurie dans le département du Rhône, qui s'est embarqué à trente ans pour le Mexique avec son appareil photographique et vient de publier le récit illustré de son voyage, *Cités et ruines américaines*, qui a eu un certain retentissement — ce titre vous dit-il quelque chose ? On aura sans doute l'occasion d'y revenir). Et je ne parle même pas des pauvres Indiens de la terre de Feu, fossiles vivants pour l'extermination desquels on organisera de véritables safaris. Il vous reste beaucoup à découvrir. Du coup je me demande, si on m'interpellait à plus d'un siècle de distance comme je le fais pour vous, quels royaumes endormis m'annoncerait-on, qui attendent sous nos pieds d'être réveillés ?)

on ne peut que prendre le parti des oiseaux. Ce qui tombe à merveille, puisque ce parti, c'est le vôtre.

Mais justement, les oiseaux, quel cauchemar pour moi. Vous, vous observez, vous entendez et vous dites voilà un faucon pèlerin ou un merle bleu. Moi, je vois votre beau visage qui a saisi dans l'instant l'instant magique de la révélation, et il me faudrait faire rentrer dans mes pages votre regard tourné vers le ciel, la courbe relevée de vos cils, votre écoute, l'expression lumineuse de votre sourire, l'aspect de l'oiseau, les notes de son chant, la nature de l'arbre, le souffle du vent, le bruissement des feuilles, les couleurs du ciel, la parure de la terre. Un monde, autant dire. Ce que résumera un grand poète, qui à cette heure pour vous est un petit garçon de trois ans qui joue avec sa sœur aînée : « Même pour le simple envol d'un papillon, le ciel tout entier est nécessaire. » Et toujours avec les mêmes pauvres moyens, le même carambolage de phrases, la même réserve de mots, même augmentée des trouvailles de Larousse ou Littré.

(Il ne suffit pas de piocher dans leur formidable travail de recension et d'accoler : train, vapeur, compartiment, première classe, chef de gare, La Chaise-

Dieu, bœuf en gelée, gros ventre, corset et plus belle ornithologue du monde, pour voir aussitôt apparaître la ligne Paris-Le Puy en juin 1871. Ou peut-être, en affinant nos sources d'informations, ce dont serait certainement capable notre inspecteur de la littérature scientifique, peut-être la ligne Paris-Le Puy en juin 1871, ou du moins dans ces eaux-là, mais pour tomber à la bonne heure sur le bon wagon, le seul qui nous intéresse — car nous ne sommes pas là pour faire une histoire des chemins de fer au xixᵉ siècle —, c'est-à-dire celui qui, par une fin d'après-midi, sur fond de montagnes, reflète dans sa vitre l'arme mortelle du profil de Constance Monastier, ce n'est pas pour me vanter, mais il n'y avait que moi. Même si, en fait, je reconnais que j'ai eu beaucoup de chance. Imaginez que je sois tombé sur la première Mme Monastier, par exemple ? Je ne m'embarquais certainement pas pour un récit au long cours où j'aurais mis ma prose poétique au service de son histoire triste de dame patronnesse mariée à un érotomane. La découvrant, malheureuse, sans doute, mais si peu avenante, je me connais, mon dévouement n'est pas si grand, j'aurais fait semblant de ne rien voir, ce qui m'est facile, j'ai annoncé partout que je me déplaçais à l'aveuglette, et, bras tendus, ayez pitié d'un pauvre aveugle, à la prochaine station, je changeais de train.)

Je viens de découvrir un auteur merveilleux, un immense naturaliste qui a laissé plusieurs ouvrages dont *Le Vent de la Pampa* et *Un flâneur en Patagonie*. Il s'appelle William Henry Hudson, est né au bord du Rio de la Plata à une dizaine de miles de Buenos Aires, a exactement votre âge, et en ce moment même marche, chevauche, à travers les grandes plaines grises du sud désolé de l'Argentine. Sa passion, c'est la vôtre. À lui seul il va découvrir et étudier des centaines d'oiseaux. Je regrette que vous ne puissiez lire ses livres qui ne paraîtront que dans une vingtaine d'années en Angleterre où il ira s'installer après sa grande flânerie, persuadé que les sociétés d'ornithologie de Londres dont il avait été le correspondant enthousiaste, les inondant de ses rapports poétiques et précis, l'accueilleraient à bras ouverts et seraient trop heureuses d'enrôler un si brillant sujet dans leurs illustres confréries. Ce qui ne fut pas le cas, comme on s'en doute. Les gens de science considèrent les amateurs éclairés aussi longtemps qu'il y a un océan entre eux. Pour le reste, on ne mélange pas. Mais il faudrait aussi que vous lisiez la préface de Michel Le Bris, un auteur et un découvreur important de ma génération, à qui je dois parmi mes plus beaux moments de lecture et la plus convaincante réhabilitation du roman, qui nous le décrit comme un « jeune géant d'un mètre quatre-vingt-dix, maigre, les yeux brûlants, aux longs cheveux noirs et à la barbe fournie, que l'on imaginerait plus volontiers dans la bande de Billy the Kid qu'en paisible ornithologue », le garçon Billy étant une petite frappe de l'Ouest sauvage, un Buffalo Bill qui aurait mal tourné — si tant est que le destin de notre tueur de bisons soit une réussite — et qui mourra d'une balle dans le dos à vingt ans. Mais il vous plairait, c'est sûr, pas Billy, non, le doux géant aux oiseaux.

Peut-être certains proscrits de la Commune réfugiés à Londres le croiseront-ils, quand il aura emménagé dans une misérable pension de famille de Bayswater, et qu'eux-mêmes seront logés à même enseigne. Mais il n'est pas en mon pouvoir de vous faire partir en Angleterre et d'organiser une rencontre. Même si je devine sa surprise en vous voyant débarquer sur les quais de la Tamise, avec pas seulement votre beau profil. Bon Dieu, la plus belle ornithologue du monde et elle vient pour moi ? Pas croyable. Et regardant par-dessus son épaule pour vérifier s'il n'y a pas méprise. Mais par-dessus son épaule, culminant à cette hauteur, il n'y a personne évidemment. Juste des oiseaux.

Et pour revenir à votre passion commune, le même, goûtant une reconnaissance tardive après des années de misère à Londres, publiera, en 1913, *Adventures Among Birds*, aventures parmi les oiseaux. Un beau résumé de vie, n'est-ce pas ? Dans *Idle Days in Patagonia*, que Hudson présente comme une compilation de longs jours à paresser, rêvasser, observer, déambuler, ce que tente de rendre en traduction, le mot flâneur, il réussit une prouesse inouïe : un chapitre entier sur les chants d'oiseaux, tout en reconnaissant qu'ils sont indescriptibles : « Nous ne disposons pas de signes pour représenter de tels sons sur le papier, nous sommes donc aussi impuissants à communiquer aux autres l'impression qu'ils produisent sur nous qu'à décrire les différents parfums des fleurs. » Mais s'il se lance dans cette impossible aventure, c'est d'abord pour réparer une injustice : le mépris dans lequel les naturalistes européens, Darwin en tête, tiennent les oiseaux d'Amérique, certes colorés, chamarrés, mais incapables d'aligner trois notes, illustrant l'axiome que le ramage est en raison inverse du plumage. À quoi le grand William Hudson oppose que le joli chardonneret siffle très bien, et de fait on ne sache pas que le vilain corbeau nous charme par sa protestation continuelle et cette façon de vomir son dégoût pour les choses de la vie.

Pour mener à bien son apologétique, il convoque toutes les ressources du langage — « ce torrent de notes aiguës, hautes, sans modulation, si différentes de l'aria lyrique, brillante et variée », « les petits fragments de musique aérienne et rêveuse », « le hâtif, fantastique pot-pourri de sons liquides et durs de la rousserolle » —, recourt aux correspondances, développe une théorie physique du chant, se livre à une analyse comparée Europe-Amérique, ramène tout le savoir musical, et quand il trouve que l'exercice bute sur l'essentiel, la restitution du chant, nous décrit l'émotion que telles notes entendues firent naître en lui : « Été, hiver et printemps, c'était en Patagonie un plaisir assuré que d'écouter le chant des oiseaux », de sorte que dire l'indescriptible est quand même une façon de décrire.

Or cela, si vous saviez comme je connais. Je me suis donné beaucoup de mal par le passé, et pour des raisons qui outrepassaient le simple exercice de style, à tenter de rendre au plus près, dans une débauche de langage, ce qu'on pourrait appeler le grain du monde. Pour vous donner un exemple, je me suis fait connaître par des pages interminables sur la pluie. Jusqu'alors, dans un roman, on se contentait d'écrire : il pleut, et ça suffisait bien, chacun comprenait qu'il était prudent de se mettre à l'abri ou de sortir les suroîts, alors qu'est-ce qu'il m'a pris de me lancer sans parapluie sous l'averse ? Raison avouée : c'est qu'ici au bord de l'Atlantique, au sud de la Bretagne, la pluie n'est pas une mince affaire. On ne s'en débarrasse pas en se contentant de tendre une main soupçonneuse au-dehors d'un abri et d'attendre que ça passe. Ça ne passe pas, ou très provisoirement.

Les spécialistes (les thermomètres, sans doute) ont constaté depuis peu un réchauffement de deux ou trois degrés de l'atmosphère qui devrait s'accentuer dans les années à venir et modifier sensiblement la carte météorologique, plaçant la Bretagne sous influence tropicale. A priori la perspective peut nous séduire. Nous demandons à voir. Du coup les subtilités de mes pages pluvieuses où je m'ingéniais à distinguer tous les types de précipitation, de l'ondée à l'averse, du crachin (une spécialité locale, sorte de postillons d'ange) au grain de tempête, se chargeront d'une nuance exotique, voire nostalgique pour ceux qui prétendront que c'était mieux avant et n'auront pas connu ce régime de douche écossaise bretonne, à présent qu'ils seront confrontés au système binaire du régime des tropiques : une saison sèche suivie d'une saison arrosée. Mais en attendant ces bouleversements climatiques, il me semblait être de mon devoir d'auteur, puisqu'il m'était apparu qu'il n'y aurait pas de salut pour moi en dehors du roman,

(en fait j'aurais aimé qu'on me reconnaisse écrivain sans avoir besoin d'écrire une ligne, « trouvant presque inconvenant d'avoir à avancer des preuves de ce que tu affirmais, ce talent d'écriture, demandant simplement qu'on te crût sur parole, mais en fait, personne ne te demandait rien, sinon ce que tu comptais faire plus tard, à quoi il t'est arrivé de répondre journaliste justement, parce que ça prenait vaguement la forme de la chose écrite, et qu'il te semblait que c'était plus facile à faire passer que : prix Nobel de littérature, ou "Chateaubriand ou rien", ce qui, ce défi lancé à la face du siècle, le XIXᵉ, est pour le moins gonflé, il est même étonnant que personne n'ait pensé à se frapper la tempe du bout de l'index en pensant très fort, mais pour qui se prend-il celui-là ? or, le plus incroyable, c'est que celui-là, le fanfaron arrogant, fut, non pas Chateaubriand, mais Victor Hugo, ce qui, de fait, n'est pas rien, même si, personnellement, et définitivement, c'est le vicomte que j'aime ».)

de me confronter à ce rideau humide qui voile notre ordinaire, de le transporter en une pluie de mots dans mon roman ayant pour cadre mon pays natal, parce que j'avais lu que ça se faisait dans le cours d'une histoire racontée, de marquer ainsi son territoire, de planter le décor, afin que les personnages n'évoluent pas dans un espace flottant, éthéré. Donc, ici, la pluie, pas de doute nous sommes en Loire-Inférieure, imaginant aussi, sans me lancer dans une théorie des climats comme Montesquieu, que cet enracinement liquide n'était peut-être pas sans influence sur notre rapport au monde. Dix pages pluvieuses plus loin, après avoir fait à peu près le tour de la question, même si à chaque retour dans mon village natal je découvrais être passé à côté de telle averse féconde, je recevais le surnom de « Mozart des pluviomètres ». Au début on renâcle un peu, mais bon, Mozart malgré tout.

La seconde raison plus secrète, plus fragile, c'est que je craignais de manquer de souffle, de ne pas parvenir à remplir l'équivalent d'un livre, si bien que, n'ayant pas le goût de monter des contes à dormir debout, dès que je trouvais matière à développement je me saisissais de l'occasion pour me lancer à corps perdu dans la description, eh bien, d'une goutte d'eau ou d'un dentier (en or, qui se logeait dans la bouche de ma grand-mère, et retrouvé dans sa tombe qu'il avait fallu rouvrir pour accueillir son fils, mon père, et si Schliemann en avait été l'inventeur, sûr qu'il le collait dans la bouche de sa jeune épouse), ou, sous toutes ses coutures, d'une voiture dite 2 CV, un véhicule pas du tout hippomobile contrairement à ce que laisserait penser son intitulé, mais mû par un moteur non à vapeur comme votre locomotive (moteur à combustion externe), mais à essence (moteur à combustion interne) — l'invention est pour bientôt. Mais là, je n'innovais pas, cet art de la description avait été pratiqué et goûté par le clan de nos Modernes, plus tard je vous dirai pourquoi, mais exercice sans grand risque, exigeant un minimum de virtuosité,

(parce que si vous vous lancez dans la description, par exemple, d'une tomate, ce qui pouvait se concevoir au moment de son introduction en Europe, à son arrivée d'Amérique, afin d'en vanter les qualités et de persuader les nouveaux consommateurs d'y goûter, ce n'est pas aujourd'hui avec l'intention de la faire découvrir au lecteur ou de convaincre les cuisiniers de l'adjoindre à leurs préparations. C'est joué depuis longtemps. Dans vos jardins, sur les terrasses bien exposées, il semble même qu'elle ait toujours fait partie du paysage. Je parierais que certains la défendraient comme un pur produit du Sud. Il s'agit donc, par cette volonté de décrire une chose connue de tous, purement et simplement, d'un exercice de style : c'est précisément parce que la tomate n'a pas besoin d'être présentée — nous sommes tous d'accord, cette tomate que voici est bien une tomate — que je vais devant vous me livrer à un numéro de cuisine littéraire et préparer à votre intention une sauce poétique. Sinon, si le but proposé est à caractère encyclopédique, mieux vaut se lancer dans la description de la schlitte, qui parle communément assez peu aux esprits. Après quoi le lecteur pourra se faire à lui-même la remarque : Ça, une schlitte ? Tiens, ce n'est pas idiot. Si j'ai bien compris, c'est le traîneau utilisé par le Père Noël pour distribuer des cadeaux aux petits enfants des Vosges ? Non, il n'a pas tout à fait compris, mais comme ce n'est ni l'endroit ni le moment, nous reprendrons spécialement pour celui-là, une autre fois.)

qui avait au moins le mérite de proposer une alternative à la fiction romanesque. Car notre inspecteur de la littérature scientifique ne le sait pas encore, qui s'acharne à graver au burin, planche après planche, livre après livre, toutes les classes de la société, persuadé de livrer les tables de la loi du genre, d'être un nouveau Moïse forçant ses lecteurs à renoncer à se vautrer devant les veaux d'or poétiques et les guidant vers la Vérité, mais le roman tel que vous le concevez, ce lieu où l'auteur raconte simplement une histoire en donnant à penser qu'il en connaît toutes les ficelles, ayant ce pouvoir absolu comme le diable boiteux de Lesage de soulever le toit des maisons et le couvercle des consciences pour dévoiler le plus intime, c'est bientôt fini. Bientôt on ne croira plus à l'innocence du conteur. On ne croira plus à ces historiettes trop bien ficelées qui prétendent en toute objectivité offrir une photographie impeccable de la vie comme elle est. On va lui demander des comptes sur la manière de traiter ses affaires, sur ses prérogatives de despote, sur sa torsion des destins pour parvenir à ses fins, comme le fit notre inspecteur pour cette pauvre Marie Lebranchu, en pleine santé recouvrée après son immersion dans les eaux miraculeuses de Lourdes, et qui s'étonne devant l'auteur de mourir sous les traits de la Grivotte. Une telle réinterprétation des faits, ce n'est plus de la licence poétique, c'est de la propagande. Encore quelques années, le temps de fourbir un réquisitoire implacable, et on va lui demander rien de moins, à ce gardien de la Bastille romanesque, où il enferme ses personnages, où il joue avec eux, où il en abuse, où il les enchaîne à un déterminisme de convenance, que de rendre les clés du roman.

Mais rendre les clés du roman, ce serait du même coup vous laisser en plan, enfermée dans votre wagon verrouillé alors que le train, crachant son panache noir entre les pitons du mont Aiguilhe et du rocher Corneille,

(dominé depuis onze ans, c'est tout récent — et au moins je suis sûr d'une chose, comme vous appartenez à la religion réformée vous n'avez certainement pas versé un centime pour cette horreur —, par la statue de Notre-Dame de France, haute de 16 mètres, dont le corps composé de 213 canons en bronze de fer saisis à Sébastopol symbolise la paix sans doute, c'est-à-dire aussi pieusement que la colonne Vendôme et ses prises napoléoniennes retraçant dans une spirale de bronze les grandes heures du carnage — ah, comme ils firent bien, Courbet et ses amis du comité artistique de la renverser (un photographe a immortalisé l'événement, qui nous montre la colonne saucissonnée, son ruban de bronze déroulé comme un ruban tue-mouches, et gisant piteusement à terre, et pour cette bonne action on va priver Courbet de tous ses biens, qui sera condamné, après un passage en prison, à la redresser à ses frais, ce qui va le miner et le conduire en exil en Suisse où il mourra.)

(Et d'ailleurs n'oubliez pas que la Commune de Paris a aussi commencé par une histoire de canons, ceux qui appartenaient à la garde nationale (formée de tous les hommes valides de la capitale), qui étaient la propriété non de la Nation mais des Parisiens qui les avaient payés de leurs deniers, avec lesquels ils avaient soutenu un long siège contre l'armée prussienne, et que l'ignominieux gouvernement versaillais, se méfiant comme de la peste des idées, si peu en phase avec la bourgeoisie, qui parcouraient depuis quelques années le monde ouvrier, de crainte que celui-ci ne les mette au service de leur cause, voulait saisir pour les fondre en un monument à la gloire de Thiers, peut-être, ce à quoi s'opposa le peuple de Paris qui estimait avoir légitimement des droits dessus et ne voulait pas se laisser dépouiller des insignes de son honneur. Et ce sont ces canons, dont on peut voir aussi une photographie prise d'un point plus élevé, qui nous les montre parfaitement alignés sur la butte Montmartre, avant qu'on ne bâtisse à cet emplacement une autre horreur dans le style de Notre-Dame de France (mais je préfère vous laisser la surprise), qui mirent, eh bien, le feu aux poudres et lancèrent le triste et glo-

rieux épisode de la Commune, le gouvernement républicain de Versailles prenant prétexte de cette rébellion
pour faire le siège de ses propres citoyens avec les
conséquences terribles que l'on sait — c'était il y a un
peu plus de trois mois maintenant, le 22 mars, et rien
que d'y songer, ça me rend malade.)

se faufile jusqu'à son terminus, au cœur de l'ancien cratère, où s'étage en amphithéâtre la ville noire en pierre
de lave.

Vous ne pouvez pas le deviner, mais pour nous
aujourd'hui, des personnes mourant de faim et de soif
dans des wagons scellés, cela nous renvoie instantanément au pire du xxᵉ siècle, qui ne s'est pourtant pas
montré avare en monstruosités de toutes sortes, mais
ces interminables convois ferroviaires transportant du
bétail humain vers de gigantesques abattoirs dont vous
n'avez pas idée, ce sont les prisonniers de la Commune
qui les inaugurèrent. Écoutez Élisée Reclus, votre grand
géographe, qui prit fait et cause pour l'insurrection
parisienne et fut traité comme des milliers de ses camarades, c'est-à-dire, oui, comme du bétail, puisqu'il fit
partie d'un convoi où s'entassaient des centaines de prisonniers, un voyage de trente et une heures, de Paris
jusqu'à Brest, dans des wagons à bestiaux aux ou-
vertures bâchées, sans nourriture, sans rien à boire :
« C'était un fouillis de bras, de têtes, et de jambes, on se
battait pour avoir un peu d'air, un peu de place, plusieurs d'entre nous, hallucinés, furieux, étaient autant
de bêtes fauves. » Où l'on remarque que toute la sauvagerie du xxᵉ siècle a été expérimentée pendant ces
décennies où le progrès technique et scientifique permit

82

une utilisation de l'horreur à plus grande échelle. L'armée ayant toujours demandé des moyens, c'est la science qui les lui fournit. On peut pourtant jurer que les premiers inventeurs de la ligne Paris-Saint-Germain-en-Laye n'avaient certainement pas songé qu'on ferait un tel usage de leur merveille à vapeur, même s'ils ne paraissaient pas rassurés. C'est ainsi que le Parlement priva le roi Louis-Philippe du voyage inaugural de crainte qu'en cas d'incidents techniques le pays ne se trouve décapité. On décida donc d'envoyer en délégation la reine Marie-Amélie et ses enfants, sans doute moins indispensables à la bonne marche du royaume.

Mais je ne veux pas inaugurer la série tragique en vous abandonnant cloîtrée dans votre voiture, fût-elle de première classe, qui plus est en compagnie des gros ventres et des tailles corsetées dont je ne suis pas certain qu'ils feraient montre dans une situation dramatique d'une grande solidarité. Je ne veux pas que chaque année, en ce triste souvenir de juin 1871, on dépose une gerbe sur le quai de la gare du Puy-en-Velay, à la mémoire de Constance Monastier et de ses compagnons d'infortune morts d'inanition dans le compartiment bouclé d'un wagon de chemin de fer, conséquence fâcheuse d'une vieille querelle littéraire, après que notre inspecteur eut annoncé la mort de l'imagination, et un autre la mort du roman, pour qui la marquise ne pouvait plus sortir à cinq heures, ni vous de votre wagon, et un autre plus tard encore, pour ne pas être en reste sans doute, carrément la mort de l'auteur, ce qui de fait ne nous donne pas une grande marge de manœuvre. Mais ne perdez pas confiance, je suis là et je tiens à vous.

D'ailleurs il y a heureusement quelque chose de beaucoup plus fort que les diktats des commissaires de la littérature scientifique, complètement dépassés d'ailleurs, si même ils existent encore, c'est l'organisation des chemins de fer elle-même, contre laquelle leurs âcres commentaires sur l'impossibilité de la fiction ne pourront rien, organisation admirable qui a tout prévu, les trains qui s'arrêtent dans les bonnes stations et arrivent à peu près à l'heure, et un personnel qualifié comme, n'en déplaise au journaliste américain qui devant cette multiplication d'agents en uniforme se moque de cette armée d'opérette qui se déploie dans les gares, cet employé à moustache conscient de l'importance de sa fonction qui a en charge, une fois le train à l'arrêt, d'ouvrir les portes avec son passe-partout en hurlant : Le Puy-en-Velay, terminus, tout le monde descend, avant de déplier d'un geste plein d'autorité le marchepied qui vous permettra de rejoindre sans encombre le quai.

Je n'attends pas d'un gros ventre, ou de l'homme de la sûreté caché derrière son journal qu'il vous aide à porter votre sac de voyage, vous l'avez retiré seule du filet suspendu horizontalement au-dessus des banquettes, vous avez ajusté votre délicieux chapeau de paille fleuri d'une rose en taffetas en vérifiant l'effet recherché dans un petit miroir au couvercle de porcelaine sorti de votre pochette, et quand arrive votre tour de quitter le compartiment (un replet fait son courtois et vous laisse passer devant lui, peut-être pour mieux vous admirer de dos, mais il fait une telle surenchère de salamalecs que, s'il ne tenait qu'à moi, je lui ferais se prendre les pieds dans sa canne prétentieuse à pommeau d'argent qu'il hisse jusqu'à son chapeau pour le soulever en signe de bonne éducation, ce qui l'enverrait, ce croc-en-jambe sournois, s'affaler ridiculement sur le quai), après avoir salué vos compagnons de voyage en leur souhaitant une bonne continuation, vous posez votre bottine blanche aux boutons nacrés sur la marche dépliée.

Pour ce faire, vous avez relevé légèrement d'une main pinçant le tissu à hauteur de la cuisse votre robe ivoire pour ne pas risquer de la piétiner, de sorte que, si on a l'œil, vous découvrez au-dessus de la tige quelques centimètres de votre mollet gainé dans un bas de soie couleur crème aux exquises broderies, provenant sans doute de Ganges ou du Vigan — les cours royales du monde se les arrachent —, ce qui semble bien naturel pour l'épouse d'un soyeux, même si, par ce temps caniculaire, ce n'est guère raisonnable. Mais quelle douceur, quelle perspective caressante, et quand on songe aux mains de maître Monastier, on a presque un haut-le-cœur de penser qu'elles sont passées par là, partant de la cheville et remontant comme des sangsues le long de la jambe, oui, bon, j'arrête. Puis vous tendez votre bagage à un porteur accouru à votre demande et vous le suivez vers la sortie tandis qu'il fend la foule des voyageurs sous la verrière noircie par la suie des fumées bouillonnantes sortant des cheminées des locomotives.

Mais foule, c'est beaucoup dire, l'activité de la ville et son réseau de dentellières à domicile n'en font pas un puissant centre industriel, ni un nœud forain que suffirait à animer la vente de tous les produits fabriqués dans les montagnes alentour. On n'y trouve pas de l'or, et si le train ne va pas plus loin, c'est que creuser la roche, enjamber les précipices ne permet pas d'avancer aussi vite qu'à travers les plaines, ça demande une logistique puissante, d'importants moyens financiers et matériels, et il faudra attendre un peu avant que la voie ferrée ne se hisse par-dessus les Cévennes jusqu'à Alès. Pourtant, à l'air décidé de l'homme à casquette bleue d'ouvrier qui use de son bras libre comme d'un parechocs pour dégager une foule imaginaire et ouvrir le chemin à la belle dame dans son sillage, on est en droit de se demander s'il ne considère pas la gare du Puy-en-Velay comme le centre du monde. D'ailleurs, se retournant, il demande à sa cliente : Vous venez de Paris ? comme s'il faisait allusion à une bourgade perdue aux confins de la civilisation. Et comme elle acquiesce d'un petit signe de tête, il ajoute : Eh ben, il s'en passe de belles là-bas. Et il raconte comment avec ses collègues il fait la chasse aux fuyards de la Commune qui voyagent clandestinement sur les essieux des wagons et se laissent glisser sur le ballast dès que le train ralentit à l'entrée de la ville, après l'aiguillage numéro un, pas confortable, c'est sûr, à se demander comment ils ne tombent pas dans le vide en franchissant le viaduc de G..., de quoi fiche la trouille ; lui, a horreur du vide, il a beau être né dans la montagne, c'est à peine s'il peut grimper sur une chaise, mais c'est tous les jours qu'il en arrive. L'inconvénient d'un terminus, qui amène toute la racaille.

Tenez, pas plus tard qu'hier, un type à cheveux longs portant une redingote noire en mauvais état, leur avait filé entre les doigts. Mais celui-là avait l'air plutôt mal en point, qui coupait à travers les voies, en se pressant d'une main le côté, le corps plié dont on ne savait si c'était une habitude des combats pour éviter les balles ou s'il cherchait à dissimuler sa haute taille, mais m'étonnerait qu'il aille bien loin. À croire qu'ils n'avaient pas bien fait leur boulot à Paris. Hein ? Qu'est-ce qu'il fabrique, le petit père Thiers ? Il ne sait pas ce que vous en pensez, mais selon lui on n'en a pas fusillé assez. Et elle, vous — et un instant je crains que vous n'approuviez les propos du porteur pris de vertige, que votre pensée, même par paresse ou politesse ennuyée, ne rejoigne la sienne, car il y a des choses qu'on ne peut laisser dire sans se rendre complice, des silences qui valent pour une approbation —, vous dévisagez le petit homme à casquette qui baisse son bras libre, conscient soudain dans ce creux de silence de s'être laissé emporter et d'avoir proféré une énormité qui ne passera pas aussi facilement qu'il l'avait cru tout d'abord, se fiant aux apparences, persuadé qu'une passagère de première classe ne pouvait qu'approuver l'énergique répression versaillaise.

Un instant — il faudrait nous voir, lui et moi — je suis suspendu autant que lui à votre réponse, n'imaginant pas continuer avec vous si vous partagiez sincèrement son avis. Ce qui est envisageable. Des femmes bien mises de la bonne bourgeoisie s'amusant de la pointe de leur parapluie à percer les yeux des cadavres des communards, ce fut presque un jeu pendant les derniers jours de la semaine sanglante quand les ultimes résistants se cantonnaient derrière quelques barricades autour des Buttes-Chaumont et du Père-Lachaise, et que le reste de la capitale était livré à la furie versaillaise, et les captifs jetés en pâture à ces enragés bien élevés.

Je n'invente rien. Nous avons des dizaines et des dizaines de témoignages. Notamment des journalistes de la presse de province rameutés par Thiers pour rendre compte de la vigueur de la répression et dissuader ainsi les éventuels candidats à la révolution sociale, qui raconteront leur écœurement à la vue de ces femmes, qui ne sont pas des catins, insistent-ils, non, de bonnes bourgeoises, jouant à crever de la pointe de leur parapluie les yeux des cadavres. Comme il ne s'agit que de gélatine et de tendons, une simple pression suffit à enfoncer le globe oculaire à l'intérieur de la cervelle. Et la femme qui vise si juste, pousse-t-elle un petit cri stupéfait au moment où la micro-baïonnette de son parapluie pénètre d'un coup dans le cerveau aux idées dangereuses, comme si c'étaient celles-là qu'elle cherchait à transpercer, étonnée dans le même temps qu'un œil de communard offre si peu de résistance ? Mais voilà de quoi sont capables les bien-pensants, ceux qui se prévalent d'une bonne éducation, d'être porteurs des valeurs humanistes, et qui considèrent l'homme aussi longtemps qu'il est à leur image.

Ce qui ne vaut pas bien sûr, cet effet de miroir complaisant, pour la populace et les sauvages auxquels ils tentent d'enseigner dans les colonies les rudiments de la civilisation, quitte à les enfumer, comme le fit un général dont j'ai oublié le nom, Vantini, ou Bugeaud, ou Galliffet, autant de monstres galonnés, mais c'est un fait, plusieurs centaines de rebelles arabes lors d'une expédition civilisatrice en Algérie, enfumés, oui, dans une grotte. Plus tard, pour ces exécutions en masse, les chimistes mettront au point des gaz toxiques, beaucoup plus raffinés et efficaces que ces techniques rudimentaires empruntées à la chasse au renard. Quand je vous disais que votre temps avait tout expérimenté de l'hor-

reur. Ah voilà, son nom me revient, Pélissier, un maréchal de France, Aimable, de son prénom, sans rire, et
ceux-là, ces massacreurs diligentés à la poitrine constel-
lée de médailles comme des roues de paon, applaudis
par la bourgeoisie qui se presse pour voir passer les
colonnes de prisonniers maltraités par la soldatesque,
les femmes distinguées ne pouvant se retenir de les frapper au passage de leur ombrelle, ou de leur main gantée
se saisissant d'une poignée de poussière à terre avant de
la lancer avec force sur les fédérés enchaînés. Pour
l'unique raison qu'elles avaient tremblé pour leurs
pauvres privilèges de cocottes ou d'épousées. Et vous,
comme celles-là ?

Pour moi j'aurais fait le nécessaire, on ne vous aurait
pas laissée mourir, ni vos compagnons de voyage, dans
votre wagon verrouillé, j'aurais la conscience en paix,
mais si séduisante et troublante que vous soyez, je ne
pourrais me réjouir avec vous de tous ces morts. Et
comme jamais je n'oublierais que derrière ce beau visage se cachent d'aussi intolérables pensées, je choisirais
de vous quitter sur ce quai de gare. La beauté n'a pas
toutes les excuses.

Mais heureusement je ne vous quitterai pas. Nous
continuerons ensemble. À un je-ne-sais-quoi, peut-être
un battement de paupières aux cils dorés destiné à combattre la somnolence de votre esprit après cet éprouvant
périple, je lis dans vos yeux couleur de grisaille atlantique aux reflets d'algues, que quelle que soit votre opinion, le petit homme à casquette n'obtiendra pas votre
approbation. Lequel revient à la charge, vaguement
inquiet à présent, se frottant machinalement le nez avec

la manche de sa veste de toile. Hein, il s'en est passé de belles à Paris ? Et vous, regardant la grande horloge au milieu du hall qui indique que l'après-midi s'achève : Tout est fini, maintenant.

Pour nous, un train qui entre en gare, c'est un train qui entre en gare, bien sûr, mais pas seulement, c'est aussi un train qui entre en gare en faisant brutalement irruption dans le salon indien du Grand Café, au 14 boulevard des Capucines à Paris, à deux pas de l'Opéra. Mais je ne sais si ce repère vous dira quelque chose, car le théâtre de l'Opéra commandé à un jeune architecte par Napoléon III n'est pas encore tout à fait achevé. Cependant, peut-être l'avez-vous vu en construction à l'occasion d'une précédente visite, dans un état bien avancé puisqu'il y aura bientôt dix ans que les travaux ont commencé. Je sais qu'en 1867, le gros œuvre était achevé, mais que des échafaudages empêchaient d'admirer la façade. Trois ans plus tard, ils avaient sans doute été retirés. Et je peux imaginer que lors de l'inscription de votre fils au collège de Versailles, vous vous êtes autorisés un petit tour dans la capitale, ne serait-ce que pour familiariser votre petit Louis à son nouveau décor, car, à dix ou onze ans au sortir d'une éducation cévenole, il y a de quoi se sentir déboussolé.

Et vous, était-ce votre premier grand voyage ? À dire vrai, je ne sais pas grand-chose vous concernant, tout ce que j'ai appris de vous, avant notre rencontre acrobatique par-dessus toutes ces années, dans le train, au-dessus du viaduc de G..., je le dois à la lecture des cahiers d'Octave Keller qui a noté ce que vous aviez bien voulu lui raconter. Peut-être lui en avez-vous confié davantage et qu'il a jugé que ces confidences ne regardaient pas les lecteurs, même si en fait de lecteurs il ne comptait que sur lui, puisqu'il ne semble pas avoir songé à publier le récit de cette période de sa vie. Ce fut surtout pour lui un moyen de se repasser votre aventure, alors qu'il traînait sa misère et son ennui dans des pays perdus au bout du monde, de retarder ce moment où les événements s'effacent les uns après les autres de la mémoire, et on a beau tenter de les recomposer, rien à faire, en dépit de nos efforts ils s'estompent — et même, un comble, les traits de la bien-aimée, comme si à force de les ressasser, nuit après nuit, on en usait la trame.

Au lieu que si on a pris soin de les consigner, reprenant le texte, on se dit, ah oui, c'est vrai, mon Dieu, ça m'était complètement sorti de l'esprit, et on revoit tel ou tel détail conservé intact dans l'épaisseur de l'écrit, comme si on y était encore. D'ailleurs je m'en veux de ne jamais prendre de notes. Il serait temps que je m'y mette. La mémoire, on a beau dire, est une passoire. Elle vous assure qu'elle a parfaitement tout retenu, que vous pouvez lui faire confiance, alors qu'à la première confrontation avec un témoignage resurgissant de profondeurs parfois pas très profondes, elle se montre penaude, prise en flagrant délit d'oubli. La mémoire est un simulacre. Pour un peu je donnerais raison à notre inspecteur de la littérature scientifique. Surtout bien sûr lorsqu'il s'agit comme ici d'une histoire authentique. Donc, Octave a bien fait, même s'il ne transcrivit pas les événements à chaud. Et tant mieux, car vous aviez mieux à faire, tous les deux, que lui de vous dire, au moment le plus inopportun, pouce, avant de sortir son carnet et son crayon pour noter la courbure de vos cils, un frisson remontant à rebrousse-poil votre bras, ou l'intonation de votre voix quand vous lui avez crié : Je viens avec vous, alors que, rompant avec le groupe et tournant le dos à la route, il s'engageait seul à travers une prairie grimpant vers un bois de hêtres.

Sans doute des détails de votre histoire sont-ils passés à la trappe, mais pour l'essentiel, on sent que votre biographe s'est dépêché, après vous avoir quittée, de consigner le plus beau. Vous, quoi. Et ce garçon, ne vous inquiétez pas, il n'a rien d'un voyou, d'un apache comme on les surnomme à Paris, de sorte que ne faites rien surtout qui risquerait de compromettre votre rencontre. Normalement, à moins d'un court-circuit temporel, elle doit se faire, puisqu'elle s'est faite, c'est même pour bientôt. Je vous demanderai juste un peu de patience.

Mais si vous pouviez l'apercevoir en ce moment, courant comme un animal traqué à travers la campagne, une main pressant son côté droit, au-dessus de l'os de la hanche, peinant à franchir les clôtures, s'accordant de marcher pour souffler un peu sous le couvert d'une futaie, l'œil et l'oreille toujours aux aguets, prenant soin d'éviter le plus possible la grand-route poudreuse qui rejoint Avignon et serpente entre les pains de sucre boisés de cette terre volcanique, dont la vieille George Sand, que vous avez peut-être lue, dit dans *Le Marquis de Villemer* qu'elle est plus belle que l'Italie — oui, elle parle bien du Velay où elle a enquêté avant de se lancer dans son roman, et on ne peut lui faire grief de comparer à la légère puisque, l'Italie, elle connaît, rappelez-vous, Venise, Musset, et le docteur consolateur, comment s'appelait-il déjà ? —

(mais un évitement de la grand-route qui se révèle parfois impossible lorsque la voie s'engage dans un défilé, le contraignant à forcer l'allure pour en sortir au plus vite, et vous verriez alors comme il grimace, sûrement qu'il souffre, cet homme, ce n'est pas du cinéma, ce qui pour l'instant, cette remarque, ne vous dit rien, mais attendez encore un peu, là aussi, alors disons que ces rictus de douleur n'empruntent pas au registre de la pantomime. D'ailleurs pour quels spectateurs ? Il est absolument seul sur le grand théâtre du monde, après avoir tenu un rôle de figurant sincère dans la pièce tragique qui vient de se jouer, à Paris. De même il hésitera à franchir le pont sur la Loire — sans doute celui de Coubon, avec son tablier en planches posé sur des piles en maçonnerie, si souvent emporté au cours des siècles par les débords du fleuve — de crainte, de l'autre coté de cet entonnoir, d'être cueilli par la maréchaussée ou l'armée, une armée sur les dents et à cran après sa piteuse prestation face à la déferlante prussienne, jugeant donc plus prudent de chercher un passage guéable à l'abri des uniformes, qu'il trouvera à quelques centaines de mètres en amont, car c'est une époque de basses eaux, du coup les bancs de sable et le faible débit rendent aisé, en acceptant de se mouiller les jambières, le franchissement du fleuve qui à cet endroit de son cours n'est qu'un gros ruisseau.)

(Ce qui m'amuse, moi qui fréquente la Loire à son embouchure à plus de mille kilomètres en aval, dont le large estuaire, il n'y a pas si longtemps encore, ne se pouvait franchir que par un bac entre Saint-Nazaire et Saint-Brévin, avant qu'on ne jette une arche en cloche entre ses deux rives, suffisamment élevée pour permettre sous elle le passage des navires-ventres, pétroliers, porte-containeurs, cargos, méthaniers, avec leur château arrière plus haut que des cathédrales, qui déposent sur le bord du fleuve où se pressent les usines pétrochimiques, leurs perfusions vitales. Mais pas de passagers, non, on n'y embarque plus comme à votre époque pour Veracruz et les Antilles à bord de l'*Impératrice-Eugénie* ou du *Ville-de-Brest*, ainsi que je vous le disais en commençant de raconter votre histoire. Fini le bruissement des langues sur les quais encombrés de ballots, les senteurs métissées, les élégances marines, les nouvelles du grand large, tout cet imaginaire à demeure qui nous a été enlevé, vous devinez bien qu'on le regrette.)

vous auriez de la peine, votre cœur se serrerait.

Hier au soir, après avoir échappé aux cheminots empressés à lui faire la chasse

(Du moins certains, car après avoir remonté en sens inverse la voie ferrée pour ne pas se jeter dans la souricière de la gare, il ne serait pas allé bien loin, avec la meute des enragés à ses trousses, si un ouvrier occupé davantage à fumer qu'à remblayer le ballast ne lui avait lancé : Passe plutôt par là, en lui pointant une barrière du bout de sa cigarette coincée entre ses doigts, si tu continues tout droit, tu files sur le poste d'aiguillage et ils seront dix à te tomber sur le paletot. Et comme il hésitait, se demandant s'il fallait croire la parole de l'homme, ce dernier insista : À ta place, je traînerais pas, t'en trouveras pas beaucoup des bonnes natures comme moi — avant de tirer voluptueusement sur son bout de mégot noirci.)

et avoir passé deux bonnes heures à travers la campagne, d'abord à grimper sur le plateau qui domine la ville du Puy puis à chercher un endroit propice où se restaurer et passer la nuit, un peu après le cône volcanique de la Garde de Mons, alors qu'il était visiblement épuisé et que le jour s'assombrissait, arrivant à proximité d'une ferme, une masure à gros moellons avec une grange attenante, il a demandé au paysan en blouse noire qui en sortait, son seau de la traite à bout de bras, s'il n'aurait pas du pain à lui vendre, un morceau de lard, ou du fromage, tout en sortant une pièce, non de la poche de sa redingote, mais de sa ceinture, la montrant au fermier en signe de preuve, coincée entre le pouce et l'index, lequel, visage couperosé barré d'une épaisse moustache, chapeau plat à large bord sur la tête, sans doute pas aussi âgé qu'il n'y paraît, observe sans un mot cet étrange individu à la mise de citadin dépenaillé, avec ses cheveux noirs trop longs, son visage émacié et sa barbe de plusieurs jours, avec son regard fiévreux et cet essoufflement qui l'empêche de se redresser tout à fait, avec sa redingote déchirée par-dessus une chemise trop élégante en dépit de sa saleté, avec ses bottines couvertes de poussière et son ton pointu qui ne doit rien au parler d'ici, ce qui, mon tout, pour l'homme de la terre n'augure rien de bon. Celui-là n'est pas de son monde. Il n'a pas besoin d'éprouver dans sa paume cornée la main du vagabond pour pressentir qu'il a la peau fine des gratte-papier, des professeurs, des employés de la mairie ou de la préfecture, de tous ceux-là qui le regardent de haut quand lui, en paysan gêné, épelle maladroitement son nom.

D'ailleurs ce vagabond fortuné avait largement de quoi dîner ailleurs. Avec sa pièce, on lui servait un repas copieux dans n'importe quelle auberge, et en plus on lui rendait la monnaie, au lieu qu'ici les liquidités manquent, et notre fermier serait obligé d'empocher le tout, ou de rajouter des œufs et un flacon de vin en supplément. De sorte que, non décidément, ce visiteur intempestif ne m'inspire aucune confiance. Lui dire de passer son chemin, que ce n'est pas un cabaret, ici, que les mendiants comme lui feraient mieux de travailler, à quoi l'autre répond qu'il n'est pas un mendiant puisqu'il propose de payer son repas, et qu'en plus il est tout à fait disposé, pour le prix de son couvert, à effectuer quelques travaux, et même à rajouter cette seconde pièce qu'il sort encore de sa ceinture. De quoi amadouer l'homme de la terre qui après avoir lustré sa moustache grisonnante lui montre ce tas de bois scié, jeté en vrac sous l'espèce d'auvent, il trouvera la hache dans la remise, le billot est cette souche posée au milieu de la cour. Qu'il commence par fendre les bûches, après, on verra. S'il met de l'ardeur à l'ouvrage, peut-être le citadin aux mains douces a-t-il une chance d'épater et de convaincre son hôte des bois, qui estimera que, oui, ça vaut bien une assiettée de soupe, ces ampoules désormais sur les coussinets de ses doigts, et pour la nuit un couchage dans le fenil, à condition que l'oiseau de passage consente à lui remettre son briquet ou ses allumettes, car on n'est jamais trop prudent.

Mais décidément, ces gens de la ville sont vraiment des bons à rien. Le pauvre garçon est ressorti de la remise la hache à la main, a posé une bûche sur la bille de bois, renoncé à retirer sa redingote comme le lui suggérait son hôte, et alors qu'empoignant le manche à son extrémité il s'apprêtait à lever les bras au-dessus de la tête, il n'était pas parvenu à hauteur de l'épaule qu'il a violemment grimacé, comme si l'instrument était trop lourd pour lui, vous vous rendez compte ? ça pèse quoi, une cognée ? Plus lourd qu'un porte-plume, mais enfin, un grand gaillard comme lui. Normalement, soulever une hache tout le monde peut le faire. Plus délicat est d'abattre le tranchant de la lame bien dans l'axe sur le diamètre exact de la bûche, sans transformer, par un coup mal centré, semblable à ce jeu de puces consistant à presser le bord d'un jeton pour l'expédier en l'air, celle-ci en projectile qui traverserait à grande vitesse la cour de la ferme avant de pulvériser la fenêtre ou d'assommer une poule. C'est là que l'homme des bois attendait son citadin en se caressant la moustache, se promettant déjà de se mettre aux abris en prévision d'un coup malencontreux, et de l'accabler de ses sarcasmes.

Mais pauvre garçon. La hache s'est lentement dressée, a hésité un moment alors qu'elle peinait à franchir l'horizontale, puis est retombée, ratant piteusement la bûche sacrificielle érigée sur son billot, et qui n'a même pas vacillé. Une fillette s'en serait mieux sortie. Ce dont l'homme des villes honteux semble bien conscient puisqu'il n'a pas levé les yeux de peur de croiser le regard moqueur du paysan. Il a simplement appuyé l'instrument contre le tronc, et sans un mot a tourné le dos, puis la main sur son flanc il a repris le chemin sans demander son reste, et passant devant la ferme s'est remis à courir à petites foulées, le corps plié vers l'avant, comme si à chaque pas il manquait de trébucher, s'enfonçant tête baissée dans la nuit tombante qui dessine en ombre bleue un porche sous la coupole des arbres, écartant de sa course lente les branches basses, fendant les fougères, avant de disparaître derrière le coteau qui protège la ferme des vents du nord.

Le paysan l'a suivi des yeux aussi longtemps qu'il le pouvait, comme s'il craignait que ce faible des bras ne lui ait joué la comédie et ne revienne à la faveur de la nuit piller son cellier ou l'étrangler. Mais moi qui sais, je peux vous dire que le grand jeune homme fiévreux n'a pas été très loin. Tombant sur un filet d'eau qui s'écoulait d'un champ, il l'a remonté péniblement jusqu'à cet endroit entre deux rochers d'où il sourdait de terre, s'est mis à genoux, a pris de l'eau dans la coupe de ses mains, a bu comme un petit animal, a recommencé plusieurs fois avant de s'asperger longuement le visage et de mouiller ses cheveux qu'il n'a même pas pris soin de lisser en arrière, ce qui lui donne un air de chien mouillé avec ces perles d'eau pendant à ses mèches. Puis il a suivi un chemin charretier qui traversait le plateau et traçait deux sillons clairs dans le jour finissant. Il a avisé un bosquet à l'écart, a hésité un moment, puis on a vu son corps plié se diriger vers la masse sombre des feuillages.

Une fois à couvert, il ne s'est pas enfoncé profondément dans le bois. Il s'est couché sur le premier tapis de feuilles qui s'est présenté, s'est recroquevillé en chien de fusil, a effectué quelques torsions du cou, comme s'il vérifiait que du côté de la tête tout fonctionnait normalement, a relevé le col de sa redingote, s'est tourné et retourné jusqu'à trouver semble-t-il la meilleure position pour son flanc endolori, et son immense fatigue n'a pas tardé à avoir raison de sa vigilance. Mais hormis les chiens errants et les loups qui rôdent encore dans la région et qui s'approcheraient à pas feutrés pour le renifler, il n'a plus rien à craindre. La nuit du plateau le protège.

Vous l'avez deviné, c'est cet homme traqué qui vient à vous, vous apportant la part à venir et insoupçonnée de votre destin, qui déposera à vos pieds cette vie nouvelle surgissant soudain au milieu de l'existence la plus conventionnelle. Oui, cet homme-là, incapable de fendre le bois, qui marche courbé, hagard, dans ses habits déchirés, comme un malfaiteur tentant d'échapper à la surveillance des forces de l'ordre. Ce qui ne manque pas de vous inquiéter. Est-ce que je ne confondrais pas ? Lui, votre sauveur, ayant tant de mal à se sauver lui-même ? Ayez confiance. Il a le regard fiévreux du fou d'oiseaux qui traverse en ce moment la Patagonie et qui stupidement, faute d'un bon conseiller, va rater la plus belle ornithologue du monde pour la seule raison qu'il s'est mis en tête de convaincre les naturalistes de Londres que le chant des oiseaux d'Amérique n'a rien à envier à ceux d'Europe, lesquels naturalistes, bien sûr, n'en auront cure. Quelle erreur. Au lieu de chercher la femme. Mais notre Octave appartient à la même famille, celle des rêveurs obstinés, qui se moquent bien des strapontins que dispose çà et là la société pour calmer les ardeurs des ambitieux. Les rêveurs obstinés ont mieux à faire.

Au physique, sachez qu'il est toutefois moins grand que William Hudson, et s'ils appartiennent tous deux à la gamme des ténébreux, personnellement je le trouve beaucoup plus beau. Mais pour les oiseaux des cieux, vous aurez du travail. C'est un garçon des villes, au nez dans les livres. Il a tout à apprendre. Aussi inculte que moi, hors l'étourneau sansonnet dont je finis par connaître les mœurs depuis qu'ils nichent sous mon toit. C'est pourquoi je tendrai l'oreille quand vous lui donnerez ses premières leçons.

Mais cette découverte de Paris à l'occasion de l'inscription de votre fils au collège de Versailles, un an plus tôt, oui, je vous imagine très bien, tenant la main du petit Louis, arpentant tous deux les Grands Boulevards, les yeux bien ouverts, libres comme l'air, car vous pensez bien que je n'ai pas songé une seconde à vous encombrer de l'autre ignoble, j'ai bien pris soin de laisser M. Monastier à Saint-Martin-de-l'Our où quelqu'un, son contremaître sans doute, a réussi à le convaincre qu'il était indispensable à la bonne marche de ses filatures. Je ne vais pas pendre à votre bras, pour cette échappée belle, l'abuseur de votre jeunesse, celui qui peut-être retire en les roulant, après vous avoir assise sur le bord du lit, avoir retroussé votre robe et dégrafé les attaches qui les maintiennent tendus, vos bas brodés achetés à Ganges, goûtant dans le même mouvement qui dénude votre cuisse la douceur de la soie et de votre peau, ne pouvant s'empêcher d'apprécier en connaisseur tout au long de ce glissement l'enivrante texture, ses mains enserrant votre jambe, qu'il vous a forcée à lever pour commencer à la hauteur de cette frontière de couleur, à mi-cuisse, entre le bas et la chair, l'enroule-

102

ment vertigineux de la gaine de soie. Et d'imaginer sa silhouette penchée sur vous dans une chambre d'hôtel à Paris, se redressant en exhibant votre bas qui pend au bout de son bras levé, dont il n'est plus possible de lire les broderies chiffonnées, et qu'il laisse tomber mollement à terre, petite méduse translucide sur le plancher, non, vous n'y pensez pas, de toute manière moi, je préfère ne pas y penser, qu'il reste à Saint-Martin-de-l'Our, l'amateur de votre fraîche chair.

Je veux voir votre visage souriant, détendu, désencombré. Je ne supporterais pas ces rides de tourment à votre front tandis que vous déambulez dans les rues de la capitale avec votre garçon, et que vous vous étonnez du flot des calèches et des fiacres, des omnibus et des charrettes de livraison qui laissent dans leur sillage de lourds effluves qui renseignent quelquefois sur leur chargement, hum, voilà la marée qui passe, de l'encombrement des trottoirs devant les grands magasins où les ombrelles se fraient un passage en force tout en exigeant des excuses, et des cris lancés par les vendeurs à la sauvette, la marchande des quatre-saisons, le vitrier, le rémouleur, le crieur de journaux, l'aboyeur de foire, toutes ces voix des rues, qui, je le dis non pour vous

(parce que, pour l'instant, il est encore pour un mois dans le bain matriciel, délivrance le 10 juillet 1871 — ce qui nous donne une conception neuf mois plus tôt autour de la mi-novembre, en plein siège de Paris, ainsi faisait-on de la résistance chez les Proust, en préparant au nez et à la barbe des Prussiens la relève, et d'ailleurs le bientôt nouveau-né manifestera en dépit d'une constitution fragile un intérêt jamais démenti pour les militaires, ou pour leur uniforme, ou pour les militaires dans leur uniforme. La naissance se fera à Auteuil, dans la belle maison de son oncle Louis Weil, où la famille s'est réfugiée fuyant la Commune. Et pour un peu je vous demanderais, le moment venu, dans quelques semaines, d'envoyer à l'épouse, née Jeanne Weil, du célèbre médecin Adrien Proust, un message de félicitations pour avoir donné au monde un écrivain de cette ampleur, ce qui ne manquera pas de la flatter, les mamans ont toujours de hautes vues pour leur fils — je dis ça, mais en ce qui concerne la mienne, je ne sais pas trop, je ne crois pas qu'elle ait jamais manifesté une quelconque ambition pour moi, sinon par défaut, à travers cette recommandation impérative concernant notre avenir : tout sauf commerçant, ce qui permet certainement de devenir écrivain ou président de la République mais le champ des possibles est vaste qui englobe bon à rien et à pas grand-chose et de toute manière ne m'a pas empêché de me retrouver à vendre des journaux, à Paris, rue de Flandre, mais elle avait tout de même réussi à faire passer que le mieux à son avis c'était de ne pas faire comme tout le monde, et cet échange avec vous par exemple, ne relevant pas d'une pratique courante, sinon chez certains pensionnaires d'hôpitaux psychiatriques, eh bien, dans ce sens, elle peut se montrer satisfaite.)

mais pour mes contemporains qui l'ignoreraient, se trouvent répertoriées dans un roman, *La Prisonnière*, de l'embryon d'écrivain qui pour l'heure en termine avec la vie intra-utérine, ce qui nous oblige à imaginer un Marcel Proust en fœtus de huit mois, sans col amidonné ni moustache, frileusement replié sur lui-même, emmagasinant ses premières sensations plongé dans le grand bain amniotique où les bruits parviennent assourdis, filtrés par la peau tendue du ventre gonflé de Jeanne, petit monde dans le grand monde, vivant au rythme binaire des battements lourds du cœur de la mère qui cogne contre la membrane. Et pour avoir une idée approchante de ce que ce garçon en ce moment perçoit, il vous suffit de vous immerger complètement dans l'eau de votre bain en compagnie d'un réveille-matin dont vous vous serez assurée au préalable qu'il supporte l'humidité, un modèle qu'aujourd'hui nous qualifions de waterproof — mais sinon, laissez tomber, je ne voudrais pas que par ma faute M. Monastier vous fasse une scène, insinuant de sa voix de vieillard aigrelet que vous n'avez qu'un petit pois dans la cervelle, car enfin se baigner avec un réveille-matin, comment peut-on être aussi stupide. Pourtant ce martèlement subaquatique doit ressembler d'assez près au monde sonore intra-utérin.

Car il faut que vous sachiez que ce qui va faire la force de ce garçon, à savoir sa méthode de remémoration pour partir à la recherche d'un temps passé que lui dira perdu, il la trouvera fortuitement, par immersion justement, lorsque au retour d'une promenade arrosée de pluie normande, il trempera une tartine de pain grillé dans un bol de chocolat chaud, ce qui, dans la version définitive, se transformera d'une manière plus mondaine en « un de ces gâteaux courts et dodus appelés Petites Madeleines qui semblent avoir été moulés dans la valve rainurée d'une coquille de Saint-Jacques » trempé dans une tasse de thé.

(Comme je ne sais de quand date l'invention de la madeleine en question, ou doutant qu'on la trouve déjà dans le commerce, à tout hasard je vous communique la recette : 125 g de farine, 125 g de beurre fondu, deux œufs entiers et deux jaunes, 250 g de sucre et le zeste râpé d'un citron. On manipule bien la pâte aromatisée d'eau-de-vie, on la verse dans des moules beurrés, puis on fait cuire à feu modéré, dessus et dessous.)

C'est alors, à la première sensation éprouvée par le gâteau amolli dans le thé, fondant contre son palais, qu'il se trouve envahi par une émotion inouïe qu'il associera plus tard à un souvenir d'autrefois, quand il rejoignait dans sa chambre sa tante Léonie, et de là, écrit-il, comme ces petits papiers japonais qui trempés dans un bol se déploient jusqu'à figurer des fleurs, tout lui est revenu de son enfance. Mais vous voyez comme la madeleine dodue, semblable à un ventre de femme enceinte, comme l'évocation du coquillage d'où sortirent Jacques le Majeur et Vénus, comme la mouillette, cette plongée qui altère la carapace dure des apparences l'émiette, la dématérialise, la traverse, comme tout nous renvoie à ce petit pré-Marcel imbibé de liquide amniotique dans le ventre de Jeanne, guettant la date historique du 10 juillet pour faire son entrée dans le grand monde.

Notez cependant qu'il n'invente rien. Depuis toujours, chacun a pu expérimenter à partir d'une sensation fortuitement éprouvée ce voyage éclair dans le temps. Vous-même, ce pourra être, par exemple, le parfum d'un églantier aux épines rouges, et à peine la senteur des fleurs vous aura-t-elle envahie qu'aussitôt vous

106

serez saisie par un froid de glace en revivant en condensé la chute de votre père, son chapeau à ruban roulant au milieu des parterres de la bancelle, vos mains se collant d'effroi contre votre visage, votre course essoufflée jusqu'à la filature pour demander de l'aide, votre robe aux prises avec un buisson de ronces, la traversée de l'atelier sous le regard des ouvrières, et puis le chagrin, l'infini chagrin dans un corps de petite fille. Mais ce que j'en dis c'est par défaut, en composant avec le peu que je sais de vous. Au vrai ces remontées dans le temps visent surtout des souvenirs enfouis, des segments épars d'informations stockées dans les méandres de notre cerveau, qui, sans cette occurrence fortuite d'une odeur, d'un son, d'une saveur, n'auraient jamais l'occasion de se présenter à la conscience, et s'ils nous surprennent c'est bien par leur caractère insolite, inattendu, fugitif, sortes d'effluves d'enfance, impressions fugitives, évanescentes, sur lesquelles on peine à greffer un fait précis, c'est le je-ne-sais-quoi d'un presque rien, évanoui aussitôt qu'inhalé, quand cette vision de votre père s'affaissant au milieu de votre potager, nul besoin de la senteur d'un églantier pour qu'elle repasse sous vos yeux.

Combien de fois s'est-elle présentée à votre esprit depuis ce jour maudit ? Des milliers sans doute. Elle est affleurante. Un rien, comme un pas sur un pré gorgé d'eau, la fait remonter à la surface. La petite fleur rose de l'églantier n'a rien à vous apprendre de plus que vous ne sachiez déjà sur votre chagrin et la perte de cet homme : savoir que vous l'aimiez, que vous l'avez pleuré, et que son absence a permis dans un grand élan charitable à M. et Mme Monastier de vous prendre avec eux dans leur grande et belle demeure sur les hauts de

Saint-Martin-de-l'Our et de vous offrir la vie qui va avec, une vie inespérée pour une fille de journalier, de sorte que nous ne saurons jamais ce qu'il en aurait été pour vous si votre père avait vécu.

Ou si. La vie aurait été moins rose, on vous aurait trouvé un travail à la filature aux côtés des petites Cévenoles, des journées entières à dérouler le fil des cocons. Vous auriez épousé un ouvrier, un berger, un bûcheron, ou au mieux, étant la plus jolie, le contre-maître de la manufacture. Vous seriez allée au temple, votre fichu noir noué sous le menton, vous auriez accommodé la châtaigne à toutes les sauces, pratiqué l'art de la reprise, voué un culte à Marie Durand, la prisonnière de la tour qui porte votre nom à Aigues-Mortes où la dangereuse petite récitante de psaumes fut enfermée à quinze ans et libérée trente-sept ans plus tard, ce qui par imitation, l'imitation de Marie Durand qui exhortait ses camarades de geôle à résister, vous aurait rendue obstinée, ferme, pieuse, déterminée, peu encline à recevoir les joies de ce monde.

Il y aurait eu des enfants, beaucoup d'enfants, mais pas votre Louis, pas ce Louis-là, et donc pas de voyage à Paris pour l'inscrire dans cette prestigieuse institution versaillaise, selon le souhait de son père qui le rêve en chevalier d'industrie, puis un an plus tard pour lui rendre visite après les épisodes tragiques qui ont secoué le pays, autrement dit pas de rencontre — j'anticipe un peu — avec l'homme blessé qui s'éveille sur son tapis de feuilles sèches à l'abri des branches étales d'un hêtre à travers lesquelles il découvre une nuit étoilée avant de changer en grimaçant de position, juste une vie de devoir où le corps ne connaît rien d'autre que la charge de travail qui doit le conduire avec un peu de chance, pour peu qu'il appartienne au petit nombre des prédestinés, à la droite du Père. Voilà surtout ce que dit l'églantier qui en sait moins long qu'il ne nous le fait sentir.

Il existe des précédents célèbres à ces remontées fulgurantes dans le temps, sur lesquelles je ne reviendrai pas sinon pour préciser qu'elles ont pu se faire par l'entremise d'une pervenche entraperçue au pied d'une haie, ou d'une grive perchée sur la plus haute branche d'un boulcau dont le gazouillement propulsa son auditeur instantanément dans le domaine paternel, et si je vous dis que le bouleau poussait dans le parc du château de Montboissier, sur les confins de la Beauce et du Perche, et que le domaine paternel se situe à Combourg, c'est comme de vendre la mèche, immédiatement vous devinez de qui il s'agit. Du coup, ne jouons plus à cache-cache, la pervenche, elle, est à porter au crédit du ronchon genevois dont la myopie l'obligea à se courber au ras des pâquerettes pour découvrir la petite fleur bleue qui le ramène au temps béni des Charmettes, au-dessus de Chambéry, quand il se promenait avec une dame rondouillarde qu'il appelait sa bonne maman. Or elle ne l'était pas — rondouillarde, si, mais pas maman — et c'est tant mieux car, après qu'elle l'eut recueilli, elle attendit patiemment qu'il grandisse à cœur pour lui ouvrir son lit. Mais encore une fois je suis stupide. Veuillez me pardonner, si je vous ai fait de la peine en évoquant inconsidérément cette adoption dévoyée du jeune Jean-Jacques par Mme de Warens. Ce qui doit éveiller en vous une ancienne blessure.

Je dois dire aussi, concernant ce pèlerinage express en mémoire, que notre embryon de Marcel devenu écrivain mentionne honnêtement l'épisode de la grive, suggérant même en s'autocitant : « N'est-ce pas à une sensation du genre de celle de la madeleine qu'est suspendue la plus belle partie des *Mémoires d'outre-tombe* ? » Manière élégante de ne pas se revendiquer comme l'inventeur de cette translation émotionnelle à travers le temps et l'espace, manière nettement culottée aussi, car c'est faire de Chateaubriand une sorte d'ébauche, de préfiguration tâtonnante du grand auteur à venir, lequel, fort de sa marque déposée, madeleinisée, admet reconnaître en son ancêtre un brouillon.

Mais vous vous souvenez peut-être de l'immense jeune homme, ce connaisseur absolu des oiseaux d'Amérique, dont j'ai pu regretter qu'il n'ait jamais songé à vous donner rendez-vous sur les quais de la Tamise, et qui en ce moment traverse à pied et à cheval les plaines de Patagonie, oui, William Hudson. Eh bien, dans ce livre du flâneur dont je vous parlais, il mentionne un fait analogue. Il est à ce moment-là à Londres et commence à se languir de sa terre natale, où d'ailleurs il ne remettra plus les pieds. Et faute de reprendre le bateau pour couper court à sa nostalgie, ce dont il n'a pas les moyens, car sitôt installé à Londres il va connaître la misère, se mettant en ménage avec une femme de onze ans plus âgée que lui, sa logeuse, une ancienne soprano — un bel oiseau en somme —, et aussi peu douée que lui pour les choses matérielles, il avait remarqué dans un terrain vague une haute plante aux fleurs jaune pâle, l'herbe aux ânes, qui pousse aussi sur les pampas de la Plata et sur laquelle il aimait se pencher pour que son parfum lui permette d'entreprendre ce voyage instantané que sa bourse ne pouvait lui offrir, car à peine y plongeait-il le nez que le miracle à chaque fois se reproduisait, qui le ramenait en Argentine.

À noter que ces trois exemples concernent des naturalistes, plus ou moins émérites, mais des gens qui avaient le souci de nommer les plantes et les oiseaux, de se rattacher à la figure mère. On a tous en tête les images du vieux Rousseau herborisant, de Chateaubriand habillé en jardinier plantant lui-même les arbres de la Vallée-aux-Loups. Comme si au fond ce lien sensoriel établi par la pervenche, la grive ou l'herbe aux ânes (« c'est une plante d'un aspect assez mélancolique, évoquant dans un esprit imaginatif la figure d'une jeune fille que la nature aurait tout d'abord destinée à être son type le plus parfait ») était une manière de se rattacher à la permanence de la nature, de se présenter soi-même comme une extension de ce grand corps du monde, de laisser entendre que pervenche, grive, herbe aux ânes ou petits d'hommes, nous sommes faits de la même eau première, que nous sommes là de toute éternité.

Au lieu que notre ami sorti du ventre de Jeanne va au contraire utiliser comme remonte-temps, non plus une odeur, un son, ou une couleur dans la palette de l'univers, mais une saveur qui est le résultat d'un alliage, d'une création, d'un dosage où tout est compté, pesé, de manière à pouvoir se reproduire à l'identique, à éliminer tout effet de surprise, et qui n'a, cette saveur, aucun équivalent à l'état de nature. Le goût de la madeleine, aussi longtemps qu'un fou de dessert ne s'est pas lancé à mélanger les ingrédients précités, n'existe pas.

Et ça dit quoi ? Qu'avec la pervenche, la grive et l'herbe aux chats on peut remonter très loin, que le monde préexiste à l'homme, tandis qu'avec la madeleine, le monde est d'invention récente, qu'il n'est plus le lien fondamental, la référence, qu'on peut s'en détacher, s'en passer, qu'il n'est qu'une question de cuisine, bonne pâte dont on fixe la composition, qu'il se concocte, se déguste, s'invente à mesure, et que cette remémoration ne doit pas tant au hasard qu'à une savante reconstruction. Autant dire, toute la différence entre la nature et la culture, entre les chasseurs cueilleurs et les laboureurs, entre le chaos et l'ordonnancement. Ce qui, cette recréation, sonne le glas du monde ancien. Du coup, il convient de ne pas prendre à la lettre ce souvenir recomposé lié à la madeleine. Ce souvenir-là est un roman.

Notre inspecteur de la littérature scientifique par exemple ne pourrait envisager une seconde de faire reposer son enquête minutieuse sur une sensation aussi volatile, il serait hors de question de cautionner une telle démarche sans avoir dûment vérifié l'assertion de son auteur. À peine débarqué de sa schlitte, il demanderait à goûter la fameuse madeleine, la retournerait longtemps dans sa bouche, reprendrait une petite gorgée de thé, craignant devant l'absence d'effet de n'avoir pas laissé assez macérer le gâteau, mastiquerait comme un lapin, lèverait les yeux au ciel, recracherait délicatement dans le seau à ses pieds à la manière des œnologues, avant de conclure doctement en agitant son lorgnon : Messieurs, contrairement aux allégations de certains charlatans qui aiment berner l'espérance en vendant des lotions capillaires miraculeuses aux chauves, j'affirme (il agite son lorgnon dans l'air et un verre s'en détache qui atterrit sur le bureau du greffier, renversant son encrier) que cette pâtisserie qui fait le bonheur des fabricants de Commercy n'a rien d'autre à nous offrir que son goût exquis, oui, messieurs, j'affirme, et je pèse mes mots (c'est un écrivain scientifique équipé d'une balance de précision du vocabulaire), que la tante Léonie n'habite pas à cette adresse (il marque une pause pour juger de son effet). N'escomptez pas davantage un voyage dans le temps, le surgissement d'une émotion lointaine, une quelconque hallucination qui exigerait de classer ce gâteau parmi les opiacés. Si le temps passé tenait dans une madeleine, il y a longtemps que Paris serait en bouteille. J'affirme, oui, j'affirme qu'il n'y a pas plus de souvenirs dans cette madeleine que de cheveux sur le crâne de ce greffier (qui, appliqué à détacher son col blanc maculé d'encre, aimerait bien que l'inspecteur l'oublie un peu). (On pourra lire l'intégralité de son intervention dans *L'Éveil de la Beauce* sous le titre en capitales : « J'affirme ».)

Mais vous comprenez maintenant ? Non ? Si vous n'aviez reçu les leçons de catéchisme de la première Mme Monastier qui vous a convaincue en des termes horrifiés qu'il s'agissait de fadaises papistes, je vous dirais que c'est comme la présence réelle dans l'hostie, présence qui fut jadis l'objet d'une querelle violente, à propos de laquelle on s'est beaucoup étripé. Mais cette ingestion d'un quartier de temps sous les deux espèces, la madeleine et le thé, le corps et le sang, mangez et buvez-en tous car ceci, la poésie, est l'alliance nouvelle et éternelle qui nous sauvera de l'oubli, il s'agit bien de la même chose, non ? d'une histoire, à la lettre, de revenants ? Or vous confiez le mystère de l'eucharistie à notre inspecteur, et il se fait fort de résoudre l'énigme. Il demande juste une petite seconde, le temps de se rincer la bouche après en avoir terminé avec sa démonstration précédente, puis il prend par son extrême bord la petite rondelle blanche de pain azyme entre le pouce et l'index, l'expose à la clarté d'une fenêtre afin de tester si par transparence on n'y découvrirait pas une vague forme blottie dans l'épaisseur de la tranche, puis la dépose sur sa langue, la plaque contre son palais, lève les yeux au ciel, recrache (recracher l'hostie, mon Dieu, pardonnez-lui, qui ne sait pas qu'il risque les flammes de l'enfer) et affirme qu'il n'y a pas plus de corps du Christ dans une hostie que de tante Léonie dans une madeleine (ce qui ne fait cette fois que trois lignes en petits caractères dans *Le Clairon du Berry*), avant de remonter sur sa schlitte.

Mais c'est ainsi. Désormais, à ce jeu de la vérité, tout ce qui n'est pas scientifiquement prouvé n'existe pas. Et vous savez quoi ? Ce ne sera pas sans conséquence. Car bientôt on ne va plus croire à ces histoires. Pour qu'elles reçoivent l'imprimatur on s'avisera de les passer au sérum dit, eh bien, de vérité, un produit qui une fois injecté vous engourdit le cerveau lequel ne trouve même plus la force de dissimuler, d'inventer, c'est-à-dire retrouver. Ce qui a contrario signifie que ce travail de l'imaginaire exige un formidable effort de volonté, que c'est une force puissante, qu'il suffit donc de l'anéantir au nom de la vie réelle qui ne tolère pas ces fadaises pour se rendre maître des esprits.

Peut-être est-ce de cette force, rétive au quadrillage de la pensée, que les pouvoirs se méfient. Mais pour obtenir ce nouvel imprimatur, cela impliquera désormais de ruser. De semer dans son récit, pour l'attester, des petits îlots de vérité, ce qui fera illusion quelque temps, comme ces cris de Paris dans le livre futur de notre auteur embryonnaire. Ce qui, cet enregistrement, est bien pratique pour nous, car tandis que vous marchez sur les Grands Boulevards, tenant par la main le petit Louis, nous disposons de la bande sonore.

Ainsi le temps me parle. Je peux entendre le refrain du rémouleur : tam tam tam, c'est moi qui rétame, même le macadam, celui de la marchande des quatre-saisons : à la tendresse, à la verduresse, artichauts tendres et beaux, les exhortations du vendeur de bigorneaux, du tondeur de chien, du chevrier, du repasseur, à quoi s'ajoutent le claquement des sabots ferrés des chevaux trottinant sur les pavés, le roulement des voitures, les bruits sortant des ateliers — cliquetis des machines à coudre, marteaux sur l'enclume, casseroles entrechoquées —, les chanteurs de cour, vendant pour quelques sous leur partition, et bien sûr le tintamarre des oiseaux, le tout donnant une idée de cette musique contemporaine dont je vous parlais précédemment, au point qu'un compositeur de renom ayant invité des mélomanes dans un appartement de New York se contenta d'ouvrir la fenêtre par où s'engouffrèrent les rumeurs de la ville. Ce qui donne raison rétrospectivement à notre spécialiste de la madeleine, lequel voyait dans ces cris de Paris une sorte d'opéra populaire, le lamento du marchand d'escargots n'évoquant rien de moins pour lui que la musique de Rameau.

En fait, les dates concordent, vous avez vraisembla-blement admiré, au cours de vos sorties parisiennes, et d'autant plus qu'un chantier de la sorte attire tou-jours la curiosité, la façade du nouvel Opéra conçue par le jeune Garnier avec « son rez-de-chaussée surélevé, percé de sept arcades, et surmonté d'une loggia avec seize grandes colonnes en pierres monolithes, reliées par des balcons et accompagnées par dix-huit colonnes de marbre », sans oublier « l'attique richement sculpté », du moins selon la formulation tirée de l'ouvrage de notre ami Pierre Larousse. S'il n'est pas responsable de la définition à partir de laquelle on n'a d'ailleurs qu'une faible idée du bâtiment — reconstitué à partir de ce descriptif, le palais pourrait abriter aussi bien la fée Carabosse qu'un prince des *Mille et Une Nuits* —, il a peut-être profité en mélomane averti de la grande scène lyrique inaugurée un an avant sa mort.

L'Opéra est toujours là, un des monuments les plus emblématiques de la capitale, que je connais comme tout le monde, avec sa célèbre sculpture qui orne la façade depuis 1869, de sorte que, bien sûr, vous l'avez vue, cette *Danse de pierre* (du même Carpeaux on visitera un bas-relief du pavillon de Flore intitulé — on sent une autre époque : *La France impériale portant la lumière dans le monde et protégeant l'agriculture et la science* — et rien sur la poésie, évidemment), mais si j'emprunte au lexicographe sa définition, c'est que, vous pensez bien, je ne me suis pas attardé à compter les colonnes, et n'ai pas grand souvenir de « l'attique richement sculpté ». Je me promets d'y regarder de plus près la prochaine fois. Enfin, si je ne trouve rien de mieux à faire. Cependant je ne crois pas que le Grand Café existe toujours. Je vérifierai aussi, mais si je consulte l'annuaire des rues je vois que le 14 du boulevard des Capucines est occupé aujourd'hui par un magasin de vêtements américains. Eh bien oui, américains, ce qui est courant depuis que la France éclaire le monde à la bougie et que la lumière, celle qui éblouit, est passée de l'autre côté de l'Atlantique avec armes et bagages, c'est-à-dire agriculture dans les plaines du centre et science au bord de la mer des Caraïbes et du Pacifique, au point d'avoir réussi à envoyer des hommes planter un drapeau sur la Lune, ce qui, en dehors d'un aspect symbolique qui nous dit qu'être dans la lune n'est pas une affaire de rêveurs et nécessite des calculs astronomiques, ne se révèle pas d'un intérêt fou (c'est comme marcher sur du sable en habit de scaphandrier en faisant des bonds de kangourou).

Pour vous qui évoluez encore dans cette grande lumière de France qui vient de brûler trente mille des siens sur le bûcher des barricades de la Commune, vous vous demandez peut-être comment l'on vit désormais dans l'ombre. Eh bien, comme dans la caverne de

Platon. On sait par les images projetées sur nos murs comme par une immense lanterne magique qu'il se passe des choses au-dehors. Dans l'ombre, on est dans le salon indien du Grand Café, là où aujourd'hui on propose des vêtements venus d'Amérique, ce qui pourrait s'apparenter à des ombres en relief et en couleurs. Mais ne pensez pas cependant que nous nous habillons comme Buffalo Bill, avec veste en peau à longues franges et bottes pointues constellées d'étoiles (enfin certains, si), disons pour résumer que ce type de magasin nous propose une garde-robe à peu près complète, pantalon, chemise et blouson, en solide toile de coton bleu indigo, telle qu'elle est utilisée encore par les vachers de là-bas et qui connaît depuis de longues années un succès constant dans la vieille Europe et dans une grande partie du monde. Cette uniformité vestimentaire planétaire, c'est un peu comme si on était parvenu à imposer aux fermiers américains le port de la blouse auvergnate — ce qui n'est pas le cas. D'ailleurs Buffalo Bill en tenue de bougnat dirigeant un attelage de bœufs, il n'est pas certain que son Wild West Show eût marqué autant les esprits.

Vous le verriez en ce moment parader dans les rues de Denver avec ses compagnons desperados, Commanche Bill, Wild Bill et Mountain Jim, où il vient prendre du bon temps entre ses exploits, précédé partout de sa jeune et éclatante légende de tueurs de bisons et d'Indiens, de recordman de la poste et de prince des éclaireurs, allant de saloon en saloon, de table de poker en table de poker, de fille en fille, son revolver à crosse de nacre sur la hanche prêt à sortir de son étui, on ne risque pas de le prendre pour un bouvier du Cantal.

Quand ces quatre-là pénètrent dans un bar, tout le monde se précipite pour leur offrir la tournée et leur tendre un fauteuil qu'on veillera au préalable à essuyer de sa manche. Et ils ont quoi ? Entre vingt-cinq et trente-cinq ans. Et ils vont s'imposer comme les maîtres du monde et de l'élégance. En comparaison, le beau Brummell qui se torture toute une matinée les méninges pour bien assortir sa cravate à ses gants, est une sombre momie, un corps mort au flanc de la vieille Europe, un spectre. Au lieu que Buffalo Bill, Commanche Bill, Wild Bill et Mountain Jim arpentant revêtus de leur long cache-poussière les rues de Denver, ça valait le coup d'œil. Autre chose que nos généraux stupides et pleutres défilant la poitrine bombée sous la tribune où officie le sinistre M. Thiers.

Si j'ai pu avoir accès à l'agenda des quatre desperados, c'est par un autre petit oiseau — Bird, prénom Isabella, native du Yorkshire, en Angleterre — qui, après avoir visité l'Australie et la Nouvelle-Zélande, se prépare à partir pour les montagnes Rocheuses, et qui va laisser de sa découverte du Colorado un merveilleux compte rendu épistolaire adressé à ses sœurs, paru sous le titre *A Lady's Life in the Rocky Mountains*, où jamais peut-être la splendeur de la nature, le coucher d'un ciel flamboyant ou le lever d'une aube de neige n'ont été aussi bien rendus, dans lequel elle nous raconte son incroyable aventure au milieu d'ours mal léchés, de loups hurlants, d'Indiens farouches (Utes et Cheyennes) et d'aventuriers à la gâchette facile du genre de nos amis descendus des montagnes.

De Denver où convergent tous les aventuriers à des milles à la ronde, elle écrit par exemple que le whisky y est synonyme « de tous les crimes, de tous les maux, et la cause de la plupart des rixes à coups de feu des camps miniers. On trouve peu de buveurs modérés, on boit généralement avec excès ». Elle arrive ainsi dans les hôtels avec son petit sac de toile après avoir confié son grand oiseau — Birdie, son cheval — à un garçon posté devant l'établissement qui s'entraîne à cracher le plus loin possible. Seule femme dans cet univers exclusivement masculin à l'exception des, disons, danseuses, elle passe sous les balles, écarte poliment les buveurs excessifs et demande dans un pur anglais au portier s'il n'aurait pas une chambre pour elle. La plupart du temps, un simple plancher à l'étage couvert de jus de chique, sans même une couche. Mais jamais la moindre plainte. Le plus étonnant c'est qu'elle va croiser dans les Rocheuses, à plus de deux mille mètres d'altitude, deux des compagnons de bordée de William Cody. On devine même qu'elle éprouva une violente passion pour l'un d'eux, le beau Mountain Jim en dépit d'un œil arraché par les griffes d'un grizzly, avec ses longues boucles blondes qui cascadent sur ses épaules et son écharpe rouge, le plus sombre parmi les astres solaires des Rocheuses, une sorte d'ange du mal, l'antithèse de son monde presbytérien, qu'elle présente comme un exquis compagnon, galant homme, vivant en trappeur dans une cabane de rondins au milieu des dépouilles de gibier éventré et de carcasses nettoyées par les loups, récitant des poèmes en traversant les défilés, écrivant un petit article sur le spiritualisme, n'ayant jamais un geste déplacé à son endroit, prêt à venir en aide au sacrifice

120

de sa vie, tout en ne faisant que peu de cas de celle de ses semblables.

Mais sur ce dernier point, qui valait à l'homme des montagnes une réputation de loup-garou telle qu'on menaçait les enfants dissipés d'appeler pour qu'ils se tiennent tranquilles Mountain Jim, on l'avait mise en garde : « Quand Jim est sobre, c'est un parfait gentleman, mais quand il a bu, c'est le plus terrible bandit du Colorado. » Mr Nugent, comme elle finit par l'appeler avec beaucoup d'égards, après qu'il lui eut révélé son identité, comme si elle avait choisi délibérément d'écarter la légende pour retrouver l'homme vrai, lui confiera ainsi lors d'une chevauchée fantastique sous l'orage, dans une nuit de fin du monde, son destin tragique de possédé du démon, et ses plus noirs méfaits. Et elle, Isabella, consciente du gouffre entre eux, qui sait qu'aucun salut n'est possible pour celui qui n'implore pas la rédemption, quand elle attend de lui une promesse, un désir d'amendement, une contrition, qu'il s'accorde le droit à réclamer comme toute créature de Dieu sa part de pardon, s'éprend plus fortement encore de l'homme perdu.

Elle vibre de la tête aux pieds quand il a un geste, un regard, un mot d'une finesse incongrue. Pourquoi bataille-t-elle contre son plus vif souhait qui serait de se glisser comme une petite fille dans ses bras après qu'à demi morte de froid, changée en statue de glace, alors qu'elle est venue le rejoindre au mépris de toute prudence dans cet hiver des Rocheuses, il lui prépare un café, l'installe près du feu, la couvre d'une fourrure ? Bien sûr que son éducation victorienne, que ses préceptes de fille de pasteur la retiennent de s'abandonner, mais on devine surtout que cette retenue a une raison plus profonde, qu'elle a le clair sentiment, mille fois plus fort que cet élan qui la pousserait vers lui et qu'elle pourrait ensuite se reprocher, que pour lui garder toute sa beauté leur histoire devra demeurer sur ces cimes tendres où couve sans jamais se déclarer un désir de feu. Ainsi quand elle est reçue dans la repoussante cabane de Jim, « remplie de fumée et très sombre, jonchée de foin, de vieilles couvertures, de morceaux de bois, de poires à poudre, de revues, de vieux livres, de mocassins usés, de fer à cheval et de débris de toutes espèces. Il n'avait point à me donner d'autre siège qu'un tronc d'arbre, mais il me l'offrit avec autant de grâce que si c'eût été un fauteuil somptueux ». Vous avez bien entendu. Dans un cadre sauvage aux antipodes des châteaux languedociens du Moyen Âge tendus de tapisseries brodées, nous nous retrouvons ici, dans cette masure sordide au cœur des montagnes Rocheuses, dans la plus raffinée des cours d'amour.

Car c'est bien une femme amoureuse qui s'exprime ainsi, non ? Et même si vous n'avez connu jusqu'à présent que les étreintes glaçantes de Monastier, si vous avez inlassablement repoussé ces rêveries dorées où vous substituez en pensée à l'époux qui s'agite sur vous un corps jeune et ardent, vous savez tout n'est-ce pas des sentiments qui traversent notre Isabella ? Oui, vous le savez, ces choses vivent en nous, nous sont données. C'est un cri d'amour assourdissant qui nous contraint à faire la sourde oreille pour ne pas nous briser le cœur comme un globe de cristal. Vous le savez tellement que vous donneriez beaucoup pour être à sa

122

place, pour vivre cette émotion tendue comme un fil de soie.

Mais je vous l'ai dit, au mépris des règles du temps qui ne nous permettent pas de se voir en avant de soi, bientôt, vous aussi. Et vous aurez à vous poser la même question de ce pas que l'on s'autorise à franchir ou non. Le moment venu, ce sera à vous, et à vous seule, d'en décider. Je n'en dis pas plus. En attendant regardons-le, cet homme sombre à la beauté d'ange, dans son accoutrement de trappeur, veste en peau déchirée, bottes dépareillées, donnant un coup de pied à son chien Ring qui se permet des familiarités avec l'entrante, dégageant cette bille de bois encombrée de détritus, la nettoyant d'un plumeau en queue de castor, et après s'être tourné vers la lady frigorifiée qui le regarde bouleversée, d'un geste d'une exquise délicatesse l'invitant à s'asseoir.

Car, après ce que je vous ai raconté d'elle, ses chevauchées sur tout terrain et par tous les temps, ses rencontres viriles avec les parias des Rocheuses, son aptitude à s'adapter à des conditions de vie extrêmes, son costume hawaïen qui la dispense de monter en amazone, il ne faut pas imaginer que notre petit oiseau est une sorte de garçon manqué, buvant comme un mineur de Denver et faisant le coup de poing pour un regard de travers. Pas du tout. Cette lady est une petite dame (elle doit trouver un marchepied pour grimper sur son cheval), qui voyage seule avec son mètre cinquante, sa constitution fragile et son dos en compote. Et quand on lui proposera un revolver, car les nuits ne sont pas sûres, elle s'empressera le lendemain de s'en délester, embarrassée par cet objet insolite qui dépasse désagréablement de sa poche et alourdit son vêtement.

En toute circonstance elle fait preuve d'un extraordinaire courage et d'une impeccable tenue, rédigeant son courrier le soir au coin du feu, dans sa cabane d'altitude, dont les rondins empilés qui composent les murs ménagent des interstices par où s'engouffrent le vent et la poudreuse qui au matin recouvre sa couche d'un glacis blanc. Le thermomètre affiche des températures polaires. Non seulement l'encre gèle dans l'encrier, mais aussi les œufs et le lait, et le paysage est à ce point encombré de neige qu'il ne faut pas espérer l'arrivée d'une colonne de ravitaillement avant le printemps. Ce qui oblige à ne compter que sur ses seules ressources. Il n'y a que des fous comme elle et Jim, qui habite de l'autre côté du canyon, pour s'aventurer à de telles hauteurs, en la seule compagnie de l'hiver et des loups qui attendent la nuit pour attaquer les chevaux parqués dans le corral. N'importe qui d'autre trouverait légitime de se lamenter, de soupirer après son chez-soi, de s'interroger sur l'extravagance des raisons qui l'ont poussée à s'embarquer dans d'aussi déraisonnables aventures. N'importe qui, mais pas elle. Peut-être parce que dans son Yorkshire trop bien élevé, elle sait qu'elle n'a aucune chance de rencontrer Mr Nugent, surnommé Rocky Mountain Jim, abrégé en Mountain Jim, et qu'il faut entreprendre de longues courses à travers le monde pour en dénicher de semblables.

En fait, elle, c'est une merveille dans votre genre. En nettement moins jolie, cependant. Après quelques recherches je viens de découvrir son portrait. C'est étonnant

124

comme les femmes de l'époque victorienne ressemblent à la reine Victoria, laquelle ne représente pas l'acmé de la séduction féminine. De quoi effectivement rendre neurasthénique. Or c'est de dépression que souffrait Isabella dans son comté où elle s'occupait avec sa sœur d'œuvres de bienfaisance, jusqu'à ce qu'un médecin perspicace lui conseille une vie rude au grand air. Ni une ni deux. Ce sera le Canada, les îles Hawaï, le Japon, la Corée, les États-Unis, le Tibet, la Chine, le Maroc, l'Australie, toute une vie de voyages, comme une malade qui veille à prendre scrupuleusement ses médicaments, et pas à la manière de ses compatriotes, en empruntant des paquebots et des trains de luxe, en descendant dans les palaces et sous les tropiques, ne ratant pour rien au monde l'heure de la cérémonie du thé servi par des boys. La méthode de notre petit oiseau des îles Britanniques consistera au contraire à emprunter à peu de frais, car ses moyens sont limités, les sentiers les moins fréquentés sur lesquels il deviendra possible de trouver l'infréquentable.

Mais la fureur de Mr Nugent, avant qu'ils ne se croisent enfin à Estes Park, veillés par les 4 400 mètres du pic de Long, d'une certaine manière, je la comprends. Une femme comme celle-là, dit cette fureur, une femme comme celle-là ou je fais un malheur. Parce que toutes les autres ne sauront jamais habiter cet abîme de démesure en moi, je veux une femme démesurée d'un mètre cinquante pour partager ces altitudes où l'air raréfié confère à la lumière une clarté d'au-delà et à l'esprit des dons de voyance. Je veux une femme voyante, en mesure de voir en lieu et place d'un tronc d'arbre un fauteuil somptueux. Et dans sa recherche frénétique il élimine les êtres comme d'autres fauchent un champ de foin dans l'espoir d'y trouver une aiguille. Et il a raison de s'acharner (enfin, selon sa logique démente) puisqu'il la trouvera, sa pointe fine. Mais trop tard. Ce sera son leitmotiv dès lors que l'inespérée surgit sur le seuil de la cabane de la désolation. Vous arrivez trop tard, petite Isabelle. Les vers du mal ont fini par me ronger le cœur. Avec ce qu'il me reste j'ai tout juste de quoi déployer devant vous ce fauteuil d'arbre, mais prenez place, ma princesse des forêts, vous êtes ici chez vous dans ce palais des neiges, votre sommeil sera bercé par les larmoiements du vent et veillé par ma garde de loups. De mon œil arraché j'arrêterai la patte de l'ours, et de mon œil clair comme les eaux du lac, vous voyant assise près des flammes où se consume l'esprit du mal, je verserai mon tribut de larmes de joie.

Car ce que ne dit pas Isabella dans son compte rendu épistolaire, mais qu'elle confia à son retour en Angleterre à sa sœur Henrietta, sa confidente, c'est que Mr Nugent, la terreur des montagnes, lui demanda sa main. On imagine la fabuleuse demande dans l'antre noirci, Jim exposant à la lumière flottante des flammes la belle moitié de son visage, gardant pour l'ombre son cœur mutilé et se préparant à livrer son plus dur combat, tandis qu'elle tend ses mains vers le foyer, le chien Ring couché sur ses pieds. Le moment lui semble propice, comme à la fin d'un affût. C'en est fini de ce long silence préparatoire. Il se lance, annonce timidement qu'il aimerait réciter un poème, ce qui sans qu'il ait besoin de réponse lui est accordé. C'est un poème d'amour où la question du bonheur est suspendue à un seul mot de l'aimée. Et Isabella, tournant son visage vers le chevalier noir des Rocheuses : C'est de vous ? Ce qui sous-entend : évidemment que c'est de vous, qui recouvrez d'un linceul poétique vos noirs méfaits, qui écrivez sur la neige comme vous débarrassez un arbre couché pour en faire le trône d'une princesse. Et puis, après un temps de pause : Vous me laissez un peu de temps, n'est-ce pas ? Car c'est le genre de proposition qui mérite qu'on s'y arrête.

Elle s'y est arrêtée, elle a campé de longs mois dans les Rocheuses, elle a médité des jours et des nuits dans sa cabane d'hiver soulevée par le vent. Au vrai, elle n'y est pas seule. Elle partage sa villégiature des hauteurs avec deux braves garçons, gardiens de troupeaux, qui comme Jim n'en reviennent pas de cette cohabitation en un si rude pays avec la lady des Highlands, laquelle les pousse à ne pas blasphémer, à tenir en ordre leur logis, à balayer, briquer, cuisiner, se laver, sans qu'elle ait besoin d'élever la voix tant ses compagnons sont ébahis par son courage, son esprit de décision et son humeur toujours égale. Le ménage fait à trois se déroule au mieux, tandis que lord Jim, sur l'autre versant de la vallée, compose ses partitions poétiques, hurlant à la face du pic de Long son lamento ardent et débitant comme un Don Giovanni du crime la liste de ses victimes. On ne sait si notre princesse des neiges traverse fréquemment la vallée quand le ciel se met en pause, franchissant à cheval les lacs gelés, se frayant dans le ciel une route étoilée. À l'en croire leur voisinage galant pourrait se résumer à trois ou quatre visites, mais on sait que leurs échanges furent plus intenses.

Et puis il y eut la fantastique ascension commune du pic de Long. 4 400 mètres, je vous le rappelle, soit quasiment l'altitude de notre mont Blanc. Aujourd'hui où l'on escalade à la seule force du petit doigt les parois les plus abruptes, où l'on saute comme un bouquetin d'un sommet himalayen à un autre, on sourit devant cette gravure de l'ascension du géant des Alpes en 1787 par le physicien de Saussure, qui le représente, cette gravure, coiffé d'un tricorne, accroché à une échelle posée en travers d'une crevasse, se cramponnant aux montants de bois comme un enfant pris de vertige, soutenu dans sa tentative par des paysans de Chamonix équipés comme à la ville — enfin comme à la campagne — au point qu'on se demande s'il est véritablement raisonnable de se hisser à ces hauteurs en un tel accoutrement.

C'est que vous n'avez pas vu Mountain Jim s'improvisant guide de haute montagne pour répondre au souhait de notre adorable excentrique, désireuse de rajouter son mètre cinquante aux quatre mille du pic de Long : « Il portait une vieille paire de grandes bottes dans lesquelles était enfoncé un pantalon de peau de daim, attaché par une écharpe usée, une chemise de cuir et, par-dessus trois ou quatre gilets en loques non boutonnés, un feutre râpé à grands bords d'où s'échappaient des boucles fauves et mal peignées. Avec son œil unique, un long et unique éperon, un couteau à la ceinture, un revolver dans la poche de son gilet, avec sa selle recouverte d'une peau de castor d'où pendaient les pattes, ses couvertures derrière lui, son fusil en travers de la selle, sa hache, sa cantine et d'autres objets suspendus à la fourche, il avait l'air du plus épouvantable bandit. »

Mais après ce portrait à rameuter ses peurs de petite fille, Isabella s'autorise un délicieux transfert qui laisse augurer du changement de ses sentiments vis-à-vis de Mr Nugent : « Par contraste, il montait une petite jument exquise, légère, pleine d'audace, souple, mais pas assez forte pour lui, et il l'irritait incessamment pour en faire parade. » Autrement dit, cette figure composite du sagittaire, toute l'ambivalente séduction de l'ami Jim après qu'il se sera montré sous son meilleur profil lors de l'ascension dantesque du pic de Long, marque le vrai début de leur histoire.

Avant l'assaut final, ils ont bivouaqué à trois mille mètres. Jim a dessellé les chevaux, les a attachés à l'abri, a traîné des troncs d'arbres pour le combustible, allumé un grand feu, distribué des morceaux de bœuf séché, et toujours prévenant, préparé un thé bu à petites gorgées dans des pots ébréchés. Une fois restaurés, tandis que le vent souffle dans les pins et que monte le hurlement des loups, alors que les ombres dansent sur le visage de la lady, il entreprend de réciter un poème de sa composition et de chanter *The Star Spangled Banner* (que nous connaissons nous, aujourd'hui, comme l'hymne américain mais qui ne l'était pas alors puisqu'il ne le devint que soixante ans plus tard), avant d'achever la soirée en racontant d'effrayantes histoires d'Indiens. À la suite de quoi une Isabella frémissante se retire à l'écart du foyer où elle s'enroule dans ses couvertures, veillée par le chien Ring. Là, gardant les yeux ouverts sur la nuit de glace où scintillent des paillettes d'or, elle épie, troublée, la respiration apaisée de son étrange guide qui, demeuré près du feu rougeoyant, n'a pas tardé à sombrer. Et maintenant dors, petite fille, fais de beaux rêves. Tu verras s'y pencher alternativement les faces d'ange et de démon de Jim.

Isabella dont la première moitié du séjour dans le Colorado avait été marquée par l'ennui et un sentiment de désolation devant le mode de vie des colons, décidément bien peu fréquentables, trouve soudain tout merveilleux, suspendue, la fille du bon pasteur, aux moindres propos d'un desperado, en extase devant sa manière de seller son cheval, de faire le feu, le café, de chanter, de versifier (entre nous, il m'étonnerait que sa poésie vaille grand-chose, sans doute exagérément pontifiante, s'essayant à donner le change, plutôt qu'à cerner au plus près sa condition de terreur des montagnes, mais c'est une constante chez les tyrans qui se piquent tous d'écrire des bluettes élégiaques) et quand il lui dresse une couche épaisse faite de jeunes branches de pin, ce matelas sommaire qu'elle rejoint après les récits d'Indiens devient comme de juste « un lit luxueux ». On le voit. Pour Isabella, Jim, c'est du luxe. Et peut-être vous dites-vous qu'elle a bien de la chance, qu'à sa place, étant libre comme l'air, vous ne balanceriez pas. Vous lâcheriez sans regret sa morne vie de dame patronnesse et les dimanches du Yorshire pour son prince noir. Parce que les hommes de cette envergure se font plutôt rares, qu'elle n'en recroisera pas de sitôt au milieu des ventres replets et des moustaches satisfaites, et que l'ordinaire des jours n'offre rien de vraiment palpitant.

Mais à sa place, vous ne l'êtes pas, ou pas encore, protégée de ce genre de tourment intérieur par tous les empêchements de votre vie, protégée de la rencontre par des rencontres qui le sont si peu, tellement convenues, tellement solennelles — le pharmacien, le pasteur, le colonel de l'escadron de gendarmerie, les représentants des soyeux qui viennent évaluer la marchandise, le notaire —, qu'elles font penser que décidément il ne se passera jamais rien. Protégée aussi par M. Monastier, par la dette de votre histoire pour le remboursement de laquelle vous n'avez pas encore le sentiment d'avoir grassement payé de votre personne, par Louis qui a encore besoin de vous, sur qui vous avez reporté tout votre amour et que vous ne voulez pas laisser entre les seules mains de son père, par la filature où votre présence a parfois d'heureuses conséquences pour les ouvrières lorsque l'une tombant malade vous vous arrangez en douce pour subvenir aux besoins de sa famille, par le qu'en-dira-t-on de Saint-Martin-de-l'Our qui n'a pas été tendre avec vous, par la peur de l'aventure dont on ne sait ce qu'elle nous réserve, par l'inconnu qu'on n'a même pas les moyens d'imaginer, par de pauvres privilèges d'épouse de notable saluée cérémonieusement par les mêmes ménagères qui dans votre dos vous surnomment l'intrigante, par un train de vie sans souci, par la familiarité avec un paysage auquel on se prétend viscéralement attaché et qu'on déclare être le centre du monde, par la somnolente et apaisante routine, par les interdits d'une religion qui ne rigole pas tous les jours.

Mais sur ce dernier point, vous vous trompez. Isabella est de même confession que vous, et voyez, le Seigneur n'entre pas beaucoup dans ses hésitations. Peut-être lui demande-t-elle de l'aider mais c'est d'elle à Lui. Elle ne nous en fait nullement part. Elle semble prête à absoudre Mr Nugent de tous ses crimes pourvu qu'il renonce à la boisson et s'arrête de proférer les mots les plus grossiers qu'elle ait jamais entendus. Ce qui, encore une fois, ne l'empêche pas de le considérer comme un parfait gentleman.

Du coup, vous vous demandez, n'est-ce pas, à quoi peuvent bien ressembler de tels sentiments qui ensanglantent le cœur et le gonflent de joie ? Apprenez que le terrible Mr Nugent, alors qu'une aurore citron enveloppait le fabuleux à-pic terminal de cinq cents mètres, se donna pour mission de conduire jusqu'au sommet notre Isabella qui proposait déjà qu'ils renoncent au vu de la difficulté, et que pour cela, comme au découragement s'ajoutaient la fatigue, l'essoufflement provoqué par l'altitude et le vertige à contempler les gorges profondes, il la tira par les bras, la poussa, enveloppa ses mains de ses loques quand ses doigts de fine Anglaise bleuirent, l'exhorta de la voix sans proférer de blasphèmes, la porta dans les passages difficiles, et Isabella se laissa faire, se coula dans ses bras, s'enroula autour de ses épaules alors qu'il la soulevait comme un jeune daim jusqu'au sommet, dérapant sur les plaques de neige, se relevant le souffle court, refusant d'entendre ses supplications qui l'intimaient de la laisser là, qu'il continue seul l'escalade, mais lui, avec obstination, se relevant encore, la soulevant à nouveau, repartant le cœur battant à rompre, se raccrochant à une saillie de la roche, se hissant pas à pas, accomplissant dans le même mouvement ascensionnel un acte de foi et une parade d'amour, se portant à la hauteur de sa renommée qui lui avait valu son surnom de montagne vivante, comme s'il faisait corps avec les Rocheuses, en était leur conscience, Mr Nugent enfin offrant à son amour, du haut du pic de Long, ce qu'il avait de plus beau à lui offrir : le monde à ses pieds.

Le sommet est une vaste esplanade couverte de galets où il ne fait pas bon rester, tant le froid y est intense et le vent violent que rien n'arrête, tant les corps sont épuisés, les langues gonflées par la soif. Juste le temps de glisser leurs noms et la date de leur exploit dans une boîte de fer-blanc qu'il dissimule dans une crevasse (l'a-t-on retrouvée comme j'ai retrouvé vos noms gravés ?), et le couple des cimes redescend en glissade sur le granit lisse, Jim devant, Isabella assujettissant ses pieds sur les larges épaules de son compagnon, ayant tout loisir d'admirer le panorama, les lacs blancs au fond des vallées, l'embrasement des monts sous le feu solaire, l'éclat des neiges se parant des couleurs de l'arc-en-ciel. Isabella ivre, assurée par les épaules butoirs de Jim, goûtant la vie comme jamais, et quand sa robe s'accroche à un rocher qui la suspend au-dessus du vide, le chevalier servant s'empare de son couteau et tranche net le tissu, le corps libéré se recevant en contrebas sur un édredon de neige où il va la recueillir.

Au cinéma — mais je ne vous ai pas encore expliqué ce qui s'est passé le samedi 28 décembre 1895 dans le salon indien du Grand Café, à deux pas du nouvel Opéra dont vous avez admiré avec votre Louis la façade — on les verrait rouler enlacés, bouches scellées l'une à l'autre, les deux corps confondus dévalant la pente et se couvrant de neige, car la caméra serait là, cet appareil photographique captant le mouvement même de la vie, tenue par Dieu lui-même, Il sait tout faire, on peut tout Lui demander, car à part Lui à cette hauteur qui d'autre, il n'y a pas grand monde, on ne peut demander aux vautours de se charger de filmer — c'est le terme retenu — la scène. On dévalerait la pente avec eux, partageant le même ébahissement, la même surprise de l'amour, l'image tentant de suivre le mouvement des corps roulant nous donnerait le tournis, nous serions comme Jim et Isabella, desperado poète et aventurière presbytérienne, secoués, portés, nous serions la rencontre même, nous serions un atome de l'amour divin, nous ne redouterions qu'une chose, que le sort se montre tragique, que les différences de classe soient irréductibles, que cet éblouissement ne constitue qu'un aveuglement passager, que les conventions sociales reprennent le dessus. Or un des attraits du cinéma c'est d'avoir inventé « la fin heureuse », c'est-à-dire que, au plus fort du désespoir, on nous promet par des signes convenus — l'affiche, le genre abordé, les comédiens — que tout se passera bien, que ces deux-là, si apparemment incompatibles soient-ils, franchiront tous les obstacles disposés sur leur route pour, après ce parcours du combattant, faire de leur rencontre un triomphe, une apothéose.

Mais *A Lady's Life in the Rocky Mountains* n'est pas du cinéma. À la demande en mariage de Jim, Isabella va dire non, elle ne sera pas Mrs Nugent. Mauvaise fin pour les rêveurs qui, tassés dans les sièges du salon indien du Grand Café, espéraient malgré tout un amendement solennel de Jim qui aurait suffi à libérer l'espérance. On les aurait laissés enlacés dans la neige et profitant du mot Fin apparaissant sur l'écran, on se serait levé bien vite de son siège avant que la belle histoire ne se gâte. Mais Isabella a dû tout peser au cours de ses longues ruminations au milieu des neiges, elle s'est visionnée à vie dans la cabane de rondins du trappeur, occupée à dépecer le gibier que son homme aurait rapporté de ses chasses, à gratter, tanner et assouplir les peaux, soigner les fourrures avant de les porter au printemps au marché de Denver, faire sécher la viande découpée en fines lamelles en prévision du long hiver, rencontrer les femmes indiennes pour qu'elles lui livrent leurs secrets de cuisine, et dans le pemmican vous mettez quoi ? Ah tiens, vous mélangez la viande, la graisse de bison et les airelles et vous faites revenir à feu doux combien de temps ? merci madame Taureau Assis, je m'en souviendrai, et vous madame Cheval Fou, pour la confection d'une tente de voyage, vous avez besoin de combien de peaux ? car nous aimerions beaucoup partir quelques jours Jim et moi, les voyages me manquent un peu, j'avais déjà parcouru une grande partie du monde avant de le rencontrer, et j'avoue que parfois j'ai la nostalgie de ces contrées lointaines, de ces peuples différents.

Quant à imaginer Mr Nugent suivant sa fiancée et s'installant dans le Yorkshire, déguisé en clergyman avec ses cheveux longs bouclés et sa moitié de visage signée par les griffes de l'ours, ce n'est pas la peine de se raconter des histoires. Mountain Jim n'est pas la petite Pocahontas qui, devenue Mrs Rebecca Rolfe par son mariage avec un officier anglais et conduite par lui en Angleterre, sut si bien conquérir le cœur de la reine qu'elle fut de toutes les fêtes avant de mourir à vingt-deux ans en 1617, victime d'un choc thermique entre la douceur de sa Floride et les brumes givrantes de Londres. Mountain Jim soignant ses orchidées dans la campagne anglaise, ce serait même dommage. C'est ainsi qu'Isabella, le cœur en lambeaux, s'en retourna seule et poursuivit sans son prince noir que nul ne vint remplacer son existence aventureuse.

À vous maintenant.

2

J'avais d'abord pensé à vous laisser la parole. Après tout, il s'agit de votre histoire et vous êtes a priori mieux placée que moi pour la raconter, et d'autant plus qu'elle remonte à un temps que je ne connais qu'à travers certains témoignages,

(Et en ce qui concerne les événements récents, je vous recommande la lecture de la formidable *Histoire de la Commune de 1871* de Prosper-Olivier Lissagaray, qui paraîtra fin 1876 à Bruxelles, je vous dirai le moment venu comment il sera possible de se procurer l'ouvrage, car bien évidemment la police française va tout faire pour empêcher sa diffusion — vive la République, n'est-ce pas ? —, ce qui obligera l'éditeur à ruser, le titre en couverture annonçant en effet une *Histoire de France* par Henri Martin, et le premier feuillet reproduisant une gravure à l'effigie du duc d'Anjou, roi d'Espagne, mais sitôt la première page tournée, éclate la rage flamboyante du dernier combattant de la Commune de Paris, du dernier défenseur de la dernière barricade élevée rue Ramponeau, s'alarmant du fait, qui justifie son entreprise, que « les victimes glis-

139

sent dans la tombe » et que « les perfidies libérales
menacent de surpasser les calomnies usées des monar-
chistes ». Mais comme c'est bien long d'attendre et
qu'il faut laisser une empreinte à chaud de la tragédie, d'ici à quelques semaines et toujours à Bruxelles
qui est le refuge de nos exilés, paraîtra du même,
comme un premier témoignage en forme d'aide-
mémoire qui servira de base à son grand œuvre, *Huit
Journées de mai derrière les barricades,* mémento de
364 pages que Lissagaray, s'adressant aux survivants
de ce qu'il nomme la plus haute marée du siècle,
appelle à compléter.)

mais mieux placée, ce n'est pas forcément vrai. Ainsi
quand j'ai pour la première fois aperçu votre profil dans
le reflet de la vitre du wagon de la ligne Paris-Le Puy
au-dessus du viaduc de G..., c'est une vision de vous
qui vous échappe, que vous n'auriez pu saisir. Pour une
bonne raison : il n'existe pas d'autoportrait de profil. Au
fait si, j'en connais un, d'un garçon mort l'an passé pour
la patrie à Beaune-la Rolande en tentant de reprendre
stupidement, à la tête de ses hommes, une ferme tenue
par les Prussiens, mais l'attribution en est douteuse,
peut-être le tableau est-il d'un ami de Frédéric Bazille
et non de lui, peut-être même de cet ami du Havre, un
nommé Claude Monet, rencontré dans une académie
parisienne, « assez fort en dessin » comme il l'écrit à
son père, et avec qui il partagea son atelier. Le portrait
n'est pas signé, mais qu'il représente son auteur est
d'autant plus improbable qu'on sait qu'aucun jeu de
miroirs ne rend possible l'opération qui consisterait à se
peindre comme sur un médaillon.

D'ailleurs à ce propos, tous les autoportraits disent la même chose. Ils disent : regardez-moi, voyez comme je ne m'épargne pas, comme je plonge jusqu'au tréfonds de mon être, comme la lucidité et moi, nous ne faisons qu'un, ce qui, cette posture, coupe l'herbe sous le pied à toute critique : comment saurait-elle se montrer plus perspicace ? Sauf qu'aucun parmi ceux-là ne s'est présenté sous un air idiot ou en ravi de la crèche, contrairement à la myriade de modèles qui ont posé devant leur chevalet et qui n'ont sans doute pas tous été heureux de se découvrir ainsi. L'autoportrait, c'est Mountain Jim récitant sa poésie cosmique au bivouac, la nuque appuyée contre la selle de son cheval posée dans l'herbe. Il faut avoir les yeux d'Isabella pour ne pas lui dire : Hé Jim, tu es sûr que ton esprit franchit l'univers en sautant d'une étoile à l'autre ? D'ailleurs je constate que le temps se gâte, aussi dès que tu en auras fini avec tes visions de tueur en série, il sera prudent de redescendre.

Mais c'est vrai que c'eût été plus simple. Vous preniez la parole, vous teniez une sorte de journal de votre retour de Paris à chez vous, à Saint-Martin-de-l'Our, et je n'avais plus qu'à intervenir de loin en loin pour un petit rappel historique, me contentant de notes érudites en bas de page, du genre de celle-ci suite à l'apparition du rapace au-dessus du viaduc : « Gustave Brioude, un ornithologue d'Ambert, héritier d'un célèbre fromager, consacra une partie de sa fortune à chercher à introduire en Haute-Loire le grand condor des Andes. Ce témoignage capital de Constance Monastier, alors que, faute d'avoir réussi à se reproduire, les oiseaux ont disparu, atteste que l'opération a bien été tentée. La date, juin 1871, permet en outre de ruiner la thèse d'Étienne Du Lez qui prétend dans son étude parue dans *Les Cahiers du Velay* de février 1922 que l'expérience serait plus tardive. »

L'ennui cependant de vous laisser la plume, c'est qu'on ne disposerait plus que de votre point de vue, lequel ne nous priverait pas uniquement de votre profil. Vous nous raconteriez par exemple comment le porteur fanfaron vous a accompagnée de la gare jusqu'à l'Hôtel de France, à deux pas, de l'autre côté de la place, en silence après avoir compris à votre ton, quand vous lui avez répondu que c'était fini maintenant, que vous n'aviez pas envie d'abonder dans son sens, et comment en vous laissant dans le hall de l'hôtel il a ôté cérémonieusement sa casquette — tiens, il est chauve avec trois ou quatre cheveux frisottants — pour vous remercier de la pièce que vous avez sortie de votre bourse de tissu brodé fermée par une cordelière et glissée dans sa main, mais pas un mot sur les regards insistants des voyageurs de commerce installés devant leurs verres de liqueurs colorées dans la salle du café. Les avez-vous même sentis ou auriez-vous fait le choix, par désintérêt, modestie, ou pour qu'on ne vous taxe pas de vanité, ou parce que vous y êtes tellement habituée que vous n'y prenez plus garde, de ne pas les mentionner ?

Or à votre arrivée, alors que vous meniez votre petite transaction avec le porteur dans l'entrée, les conversations se sont instantanément arrêtées, les buveurs, la tête tournée vers l'apparition blanche sous sa coiffure cuivrée, ont suspendu leur geste, comme si entre leur boisson et vous ils hésitaient un moment, se demandant s'ils ne faisaient pas fausse route, si on ne les avait pas trompés sur le meilleur du monde, avant d'avaler prestement une gorgée sur le mode mieux vaut tenir une médiocre ivresse que courir tout son soûl après la beauté. On a même entendu une des rares femmes du groupe, à son teint vermillon une habituée certainement, lâcher goguenarde, tandis que vous étiez penchée sur le comptoir à remplir votre fiche de police, et qu'on pouvait vous admirer de dos, bien plus grande que je n'avais cru, la taille fine dans votre robe ivoire, que, eh bien, elle ne se risquerait pas à aller aux cerises avec vous. Ce qui ne fit pas rire ses compagnons qui étaient tous candidats à la cueillette, vous imaginant assise sur une branche, jambes pendantes, croquant les cerises, et eux au pied de l'arbre comme de vils renards. Ce qui, devant le peu de succès de sa remarque, la fit rire jaune, enfin, orange (mélange du jaune et du vermillon), et l'incita à verser de l'eau sur le sucre posé sur la cuillère percée, à cheval sur son verre d'absinthe verte.

Pendant ce temps, ignorant ce qui se tramait dans votre dos, vous remplissiez scrupuleusement toutes les lignes de la fiche de renseignements. Nom : Monastier, prénom Constance Émile Anastasie (Émile et Anastasie, était-ce le prénom de vos parents ?), date de naissance : 13 août 1841, à Annonay (je m'en doutais un peu), profession : mère au foyer, mais tout vous échappe de ce qui se trame derrière vous et qui dit mieux qu'une description forcément laborieuse à quel point l'apparition de la beauté dans le champ du monde est un effroi, tendant à chacun un miroir en négatif, le suspendant à la prochaine éclipse de cette lumière aveuglante pour revenir en catimini occuper sa place à l'ombre. Pour rendre visible cet éclat l'écriture n'a qu'un pauvre puzzle à proposer, qui demande au lecteur d'agencer mentalement une chevelure aux reflets d'un coucher de soleil, des yeux couleur du temps, un teint de premier matin du monde, un nez hiéroglyphique, un corps de reine, une allure de princesse, de sorte qu'au final on ne sait absolument pas à quoi ressemble la beauté en question. D'autant que la reine peut être Victoria et la princesse, dite des cimes, dans le poème que lui consacra Jim au pied du pic de Long, notre Isabella. Il est dès lors plus pertinent de se glisser dans le regard des buveurs du Puy. On peut leur faire confiance. Eux au moins ne se paient pas de mots, et quand un pan de ciel s'invite parmi eux, savent à qui s'adresser : Bon Dieu, font-ils mentalement, le verre en suspens.

J'aurais bien aimé m'attarder à compléter avec vous votre fiche, ne serait-ce que pour apprendre le nom et la provenance de vos parents, mais nous aurions raté cette scène stupéfiante de la salle en apnée où le soleil couchant, traversant les grandes vitres de l'établissement, donne un ton acajou aux tables et aux boiseries. C'est un choix d'auteur, bien sûr, mais si j'opte pour votre seul point de vue, comprenez que nous ne verrons que la fiche sur le comptoir, le porte-plume entre vos doigts, l'encrier où vous plongez la plume métallique en veillant à ne pas tacher votre manche de soie. Nous ne verrons même pas la tête du portier qui de l'autre côté du comptoir sur votre droite, dévore votre nuque de lait sous le chignon. Parce que, aussitôt que vous vous serez redressée, il prendra un air affairé, sourcils froncés en se saisissant de votre fiche, et vous n'aurez qu'une pensée, alors qu'il la décortique d'un regard sévère : pourvu qu'il me signale que tout est bien conforme, car je suis trop fatiguée, après cette journée de train, pour chercher un autre hôtel. Heureusement que j'ai pour vous les yeux derrière la tête. Les auriez-vous, alors qu'après avoir sacrifié aux formalités vous prenez l'escalier recouvert dans sa partie centrale d'un tapis rouge maintenu à l'angle des marches par des tringles de cuivre, que vous vous seriez brusquement retournée pour forcer les buveurs à replonger le nez dans leur verre.

Autre travail dont me dispenserait votre journal intime : la description — c'est un classique, même Chateaubriand s'y est collé lors d'un séjour forcé en Suisse (une page narquoise en forme d'exercice de style destinée à faire « plaisir à l'école littéraire moderne ») — que vous ne manqueriez pas de faire de votre chambre,

(or je vous ai confié en commençant ce récit comme aujourd'hui il m'en coûte de dire ce qui saute aux yeux. En une fraction de seconde n'importe quel appareil photographique ruine en un cliché cette prétention du vocabulaire à rendre compte de ce qui est. Pour m'éviter ce compte rendu où s'éprouve la vanité de la langue, j'en suis à imaginer organiser une visite guidée de votre chambre à l'Hôtel de France. J'ouvrirais un petit bureau sur l'esplanade à la sortie de la gare du Puy, une sorte de kiosque avec une enseigne à *L'imitation du bonheur*, et les lecteurs, à ce moment de l'histoire où l'on va pénétrer dans votre chambre, tombant sur un paragraphe blanc dans le texte, justifié par une note explicative en bas de page — plutôt que d'entreprendre une description forcément imparfaite de la chambre de Constance, l'auteur vous invite

à venir sur place la découvrir à l'Hôtel de France —,
pourraient décider de faire le voyage dans le Velay et
se livrer de visu à un état des lieux, avant de poursuivre leur lecture dans le wagon du retour et de tenter au-dessus du viaduc de G..., en se fiant aux éluc-
brations d'Étienne Du Lez, d'apercevoir le grand
condor des Andes.)

nous livrant la couleur et les motifs du papier peint, des
rideaux, de la courtepointe, le lit qui grince quand vous
y posez vos bagages, les deux guéridons au plateau de
marbre gris, le petit bureau de merisier sur lequel vous
avez ouvert votre cahier et posé votre nécessaire d'écriture, l'armoire à glace à deux battants (profitez-en pour
essayer de vous saisir de profil, même en manipulant la
porte et en jouant à distance avec le miroir ovale pivo-
tant de la table de toilette en face, voyez, pas moyen,
Frédéric Bazille n'a pu se peindre de profil — à moins
qu'il ne soit parti d'une photographie ou d'une esquisse
de son ami).

En reprenant mon courage à deux mains, je pourrais
bien sûr vous relayer dans la description de votre chambre. Après tout, c'est mon travail. Ce fut même, cet art
de la description, tout ce qui est resté au roman après
qu'on l'eut jugé responsable, au nom de l'humanisme
dont il était un avatar, de tous les crimes du xxe siècle,
comme si le roman — d'où l'annonce de sa mort —
devait disparaître avec cette vision humaniste du monde
qui avait promis de nous conduire de la barbarie à la
paix universelle et au bonheur pour tous et n'avait pu
empêcher les wagons de la mort (auxquels je faisais
allusion lors de votre arrivée au Puy), l'élaboration

d'armes terrifiantes destinées à raser la planète, et des organisations étatiques envoyant à l'abattoir, au nom de leur propre bonheur, des millions d'individus traités moins bien que des chiens.

Vous vous rappelez comme notre inspecteur de la littérature scientifique avait son mot à dire sur la marche du monde. Persuadé qu'avec ses romans vérités, reportages et plaidoyers, il participait à cette transformation de la société. De quoi, menton haut et verbe fort, jouer triomphalement de son lorgnon. Eh bien sachez qu'aujourd'hui aucun auteur n'oserait adopter une telle posture — officiellement du moins.

(Mais cette façon péremptoire d'avoir son mot à dire sur tout, de distribuer les bons points de moralité publique, d'accuser à tort et à travers, de se présenter comme un pic de la conscience, on parlera le moment venu de l'attitude des écrivains contemporains, voire de l'inspecteur lui-même au moment de la Commune. Hum, pas joli joli. Il faudra beaucoup de déconvenue à leurs héritiers de plume avant qu'ils ne se résignent à revenir à ce point zéro du jugement.)

Officiellement le roman ne la ramène plus. Il fut un temps, après la guerre terrifiante au mitan du siècle qui désespéra de la nature humaine, où les romanciers se sont privés de tout ce qui faisait les ingrédients du genre : l'intrigue (autrement dit le sens de l'histoire, savoir, le bonheur c'est par là, et au lieu de la félicité annoncée on débouche sur l'horreur, alors autant laisser tomber), les personnages (agglomérés dans des masses informes et anonymes), le style (rendu complice de la catastrophe et de son bilan idéologique), l'émotion (forcément déplacée face à la montagne de cendres des corps brûlés) pour ne conserver que cet art minimal de la description, du fragment. Moins compromettant et plus honnête d'une certaine manière, dans la mesure où tout commentaire sur la tragédie eût été, poétiquement parlant, inopportun.

Or je viens de là. De cette attitude qui consiste à établir, comme un greffier après la bataille, une sorte d'état des lieux de ce monde en charpie. Ainsi je remarque que vous avez oublié de nous dire si votre chambre bénéficie d'un éclairage au gaz ou à la bougie, si la descente de lit est usée à l'emplacement où l'on pose les pieds en se levant le matin tout en demeurant assis sur le bord du lit (ce qui nous vaudrait trois pages sur le tapis, sa trame, ses motifs et sa texture), si les gravures représentent des paysages des environs, des monuments, des scènes de chasse, des oiseaux (une dizaine de pages — mais dans ce dernier cas j'augure que vous l'auriez noté). Quoi qu'il en soit, et c'est en cela que votre apport serait déterminant, plus que sur le mobilier à l'Hôtel de France que nous pourrions retrouver dans des catalogues d'époque, tiendriez-vous le journal de votre aventure, nous en apprendrions beaucoup sur ce qui m'échappe et me condamne à une périlleuse divination : vos pensées les plus secrètes.

À un journal on se confie, on s'y montre parfois d'une impudeur et d'une audace telles qu'on veille à le bien camoufler dans le secret d'un secrétaire pour n'être pas pris en flagrant délit de rébellion. Ce qui veut dire qu'on est seul à se percevoir de la sorte, que cette image de soi qu'on étale dans les pages, n'est connue de personne d'autre. Le journal aboutit toujours au même constat : les autres ne nous voient pas comme nous pressentons que nous sommes. Le journal est toujours l'histoire d'un malentendu, d'un mal perçu, il se propose toujours de réparer cette erreur de transmission. C'est dire si le déballage de vos humeurs nous fournirait des renseignements précieux sur votre état d'esprit du moment,

(rassurée quant à votre fils, vous vous épanchez, vous appréciez ces rares instants de liberté, aimeriez que le voyage se prolonge, redoutez de retrouver votre belle maison où vous pèse, depuis le départ de Louis, ce tête-à-tête avec Monastier, rêvez d'une autre vie, êtes lassée de cette répétition monotone des mois et des années, affligée de la médiocrité de vos compagnons de route et de rail et de ceux qui vous attendent, ce qui, cette version, pour la suite de l'histoire, me convient mieux que si je lisais, écrit de votre main, que vous tarde de regagner Saint-Martin-de-l'Our et le lit conjugal.)

ce qui me faciliterait grandement la tâche. Car je redoute tellement que vous ne correspondiez pas à l'idée que je me suis faite de vous. On prête beaucoup à la beauté. On ne peut se retenir de lui accorder un crédit qui ne repose que sur la perte de son propre jugement face à elle. Mais, et c'est pour cette raison que j'hésite à vous laisser la parole, comment ce même journal nous apprendrait-il qu'à peu près à la même heure où vous tracez ces lignes qui se dérobent à nos yeux, dans un bosquet perdu sur le plateau dominant Le Puy, à l'abri des branches planes d'un hêtre, somnole, enroulé dans sa redingote poussiéreuse, le fugitif à la main au côté, et qui n'est pas un général autopromu empereur ?

Bien que ce ne soit pas ce qu'enseignent les règles élémentaires du savoir-vivre, il y a vraiment intérêt à ce que je m'en mêle, sinon je craindrais qu'avec Octave vous ne vous ratiez, ce qui ferait de ses cahiers entre mes mains un tissu de mensonges, une matière romancée, une fiction. Octave romancier ? Je ne veux pas le croire. D'ailleurs j'ai retrouvé sa trace dans un opuscule publié par les Amis de la Commune qui recense tous les acteurs du drame sanglant à avoir témoigné, et pas seulement comme Lissagaray, Allemane ou Louise Michel dans des ouvrages faisant autorité, mais dans des carnets retrouvés ou à travers des lettres. Et je ne me suis pas embarqué dans cette histoire que j'ai reprise à mon compte pour que, par une maladresse, une étourderie dans la programmation, une mauvaise concordance des temps — le vôtre et celui d'Octave —, vous renouiez, comme si rien ne s'était passé, après un retour en diligence sans encombre, avec votre morne vie huguenote et le triste Monastier, et que le jeune homme fiévreux, arrêté par les gendarmes en redescendant du plateau, ne soit expédié, après un jugement hâtif où il échapperait de peu à la peine capitale, dans les bagnes de Nouvelle-Calédonie avec ses camarades de rébellion.

À l'intérieur de vos écrits intimes, vous ne disposez pas de cette vision panoramique et de ce don d'ubiquité qui m'ont permis à la fois d'admirer, en compagnie des buveurs, votre montée de l'escalier (votre silhouette s'élevant marche à marche, droite et ondulante, c'est une merveille, on apercevait sous une légère envolée de votre ourlet votre cheville gainée de soie) et de conserver un œil sur notre fugitif qui subissait au même moment l'examen de passage de la cognée. Seule, vous ne sauriez être là et ailleurs, avoir des informations sur tout. Moi non plus, notez bien, mais ma marge de manœuvre est beaucoup plus importante. Je dispose d'ouvrages de référence, de dictionnaires, de sommes, d'informateurs de tous bords, des cahiers d'Octave, du journal de route d'un autre voyageur ayant traversé les Cévennes, et mon esprit plane au-dessus des montagnes comme celui de Jim.

(Ainsi, franchissant l'océan et trois années, je peux vous donner de ses nouvelles, ce que votre journal, même en le postdatant, ne pourrait faire. J'ai d'ailleurs le regret de vous annoncer que son comportement toujours passablement énervé, qui ne dut pas s'arranger suite à sa déception amoureuse, lui vaudra d'être abattu quelques mois après le départ de sa princesse des cimes, d'un coup de fusil tiré du seuil de sa porte par un dénommé Evans, alors que le sombre desperado passait à cheval devant sa cabane. Or Isabella connaissait cet Evans. Faut-il interpréter ce geste tragique comme l'épilogue d'une querelle d'amoureux ? Mais ce n'est qu'une supposition. Isabella n'en laissa rien paraître, même si elle semble en savoir plus long qu'elle ne le dit.)

Et puis, connaissant que vous n'avez des derniers événements que le son de cloche versaillais, je ne peux pas laisser passer les contrevérités, alimentées par une presse bourgeoise, haineuse et revancharde, c'est-à-dire

Le Gaulois, Le Figaro et consorts, que vous seriez amenée à relayer dans votre journal intime. Des pages entières vomissant le relieur Varlin, l'honnête, le magnifique Varlin et ses amis de l'Internationale des travailleurs, je ne le supporterais pas. Votre beauté serait inefficace face à l'infamie. Nous couperions net. Je cesserais de m'intéresser à vous pour me lancer dans une passionnante étude biographique sur Eugène Brioude et son entêtement à vouloir introduire le condor des Andes au-dessus d'Ambert. L'extrême dignité, la générosité et le courage de certains des acteurs de la Commune appartiennent au plus haut de l'humanité. J'entends bien être vigilant et rectifier le tombereau d'insanités déversées par ses détracteurs. Et à ce sujet, je me prépare à entendre des horreurs de la part de vos compagnons de diligence, même si je suppose que dans le train, me rappelant la colonie des ventres replets, les propos devaient être du même tonneau, reprenant à leur compte la sempiternelle rengaine, que les communeux étaient un ramassis de poivrots et d'assassins, les femmes des souillardes, et bien évidemment tous des paresseux qui considéraient que de tels talents méritaient bien qu'on les paie à ne rien faire. Mais il y avait trop de bruit, les convois de ce temps brinquebalent vraiment beaucoup, et je ne percevais qu'un mot sur deux de ce qui se disait. Et puis j'ai raté la majeure partie du voyage, n'ayant pris le bon wagon qu'à quelques kilomètres du terminus, trop absorbé par le reflet de votre profil pour m'intéresser à la conversation, d'autant plus qu'à ce stade les esprits commençaient sans doute à s'épuiser sous l'effet conjugué de la fatigue, de l'endormissement et de la chaleur.

152

Enfin une dernière chose, qui n'est évidemment pas de votre ressort, mais qui me tient à cœur. Tous ces détours, ces précautions, ces préventions pour venir jusqu'à vous — vous vous êtes aperçue que tenir la chronique de votre vie revenait à me poser crûment la question du roman, et plus précisément du roman en tant que genre, laquelle pour moi ne va pas de soi. Elle s'accompagne même, disons, d'un certain trouble. Ce trouble, autrefois, se composait d'un fort pourcentage de perplexité. Mais il a évolué avec le temps. Je l'interpréterais aujourd'hui, et notamment depuis notre rencontre, comme une sorte de mirage poétique dansant dans mon esprit. Jim me comprendrait certainement. Pour vous, cela relève d'une évidence. Vous seriez sans doute d'accord avec un dictionnaire actuel, déclinaison en réduction de la somme de notre ami Pierre Larousse, qui définit le roman ainsi : « Œuvre d'imagination en prose dont l'intérêt réside dans la narration d'aventures, l'étude de mœurs ou de caractères, l'analyse de sentiments ou de passions. » Vous vous dites que ça va sans doute mieux en le disant mais que c'est enfoncer une porte ouverte. Et de vous-même vous proposez à l'appui de cette proposition d'irréfutables exemples : *Le Bossu*, *Les Trois Mousquetaires*, *Les Mystères de Paris*. Un roman, ça imagine, ça analyse et ça raconte, pas de quoi se plonger dans des abîmes de réflexion. Pourquoi voir des problèmes là où il n'y en a pas ?

Pourtant, si on prend à la lettre la déclaration de notre inspecteur de la littérature scientifique qui a doctement annoncé la mort de l'imagination, on est obligé de constater qu'il ne répond plus à la définition de l'ami Pierrot. À l'en croire Émile Zola n'écrit pas d'œuvres d'imagination, donc Émile Zola n'est pas romancier. (C'est pourquoi il préfère se présenter comme le journaliste vedette de *L'Éveil de la Beauce*. D'ailleurs nous l'avons échappé belle. Imaginez que le rédacteur en chef de ce quotidien, enchanté de son reportage sur « schlitte et pulsions sexuelles dans le massif vosgien », l'ait envoyé à vos trousses en lui suggérant de s'intéresser cette fois aux Cévennes et à la crise du ver à soie. Il débarquait en fanfare, lorgnon sur le nez et carnet à la main, en gare du Puy, prenait une chambre à l'Hôtel de France, et saisi par la stupeur des buveurs de liqueurs et d'absinthe au moment de votre arrivée, se lançait dans une vibrante dénonciation du fléau de l'alcoolisme : « J'accuse les bouilleurs de cru d'être responsables de cette expression hébétée que j'ai lue sur le visage des intempérants du Puy-en-Velay à mon arrivée à l'Hôtel de France, etc. » En fait il n'a surtout pas vu que vous étiez juste derrière lui.)

C'est qu'il s'en est passé depuis un siècle et demi. L'inspecteur a bien senti que quelque chose ne pouvait plus durer, que les temps avaient trop envie d'améliorer leur ordinaire pour se raconter des histoires, que face au matérialisme triomphant, dorénavant il faudrait s'en tenir à la seule vérité, la vérité des biens que l'on possède ou que l'on convoite, la vérité du monde tel qu'il est. D'ailleurs vous pouvez témoigner que jusque-là je m'y suis tenu. Tout ce que j'ai raconté sur vous était exact, n'est-ce pas ? Or c'est là que le bât blesse. L'ami Pierrot offre une seconde définition : « Récit invraisemblable, mensonger. » Ce qui entre les deux propositions ne laisse plus beaucoup de place puisque si je dis la vérité, ce n'est plus un roman, c'est un reportage, et si j'affabule c'est un tissu de sornettes, donc un déni scientifique, une manipulation destinée à éloigner du monde réel que des esprits forts s'occupent à améliorer. Où l'on voit que le roman est impossible. Ce qui peu à peu nous a conduit à l'enterrer et bientôt à rouvrir le caveau pour y jeter son auteur devenu inutile. Ce qui revient, dès lors qu'on se propose de raconter une histoire, à prétendre participer à une course hippique sans jockey ni cheval, à raconter la trépidante histoire du Bossu sans Lagardère, ni Aurore, ni la botte de Nevers, ni le château de Caylus, ni le Régent et ses turpitudes, ni le récit qui les fait vivre. De sorte que normalement, une histoire comme la vôtre, pour un auteur revenu fatalement d'entre les morts, réduit à l'état de casaque volante, c'est de l'ordre du non-sens, de la faute de goût, ça peut même être le symptôme d'une maladie de cerveau, ce qui semble bien compréhensible, si l'on songe que ces querelles littéraires ne sont sans doute pas sans laisser des séquelles.

(Le tout petit garçon sans sa moustache, pour quelques jours encore dans le ventre de dame Jeanne, plus tard se demandera aussi, alors qu'adolescent il rêve de devenir écrivain mais se désole de n'avoir pas la moindre idée, s'il n'est pas victime d'un problème au cerveau : « Et ces rêves m'avertissaient que puisque je voulais un jour être écrivain, il était temps de savoir ce que je comptais écrire. Mais dès que je me le demandais, tâchant de trouver un sujet où je pusse faire tenir une signification philosophique infinie, mon esprit s'arrêtait de fonctionner, je ne voyais plus que le vide en face de mon attention, je sentais que je n'avais pas de génie ou peut-être une maladie cérébrale l'empêchait de naître. Parfois je comptais sur mon père pour arranger cela. » Et si le garçon pense à son père pour arranger cela, c'est-à-dire ce vide sidéral de l'esprit, c'est qu'en ces temps de positivisme triomphant il n'oublie pas que le professeur Adrien Proust a fait sa thèse de doctorat précisément sur les maladies cérébrales, ce qui nous explique aussi pourquoi, ailleurs, plus tard, après avoir compris qu'il y avait plus à découvrir dans une madeleine que dans l'anatomie du cerveau — les deux moitiés superposées d'une madeleine figurant assez bien les deux lobes du cerveau —, le fils, éprouvant l'impasse à laquelle aboutissait pour son travail de romancier la pensée rationaliste, rompant avec le père et prenant le parti de la mère, c'est-à-dire opérant ce glissement de l'analyse clinique à l'émotion d'un baiser, conclura : « Chaque jour j'attache moins de prix à l'intelligence. »)

Comment voulez-vous, dès lors qu'on m'a bien enfoncé dans la tête que ce type de récit était juste bon pour anesthésier les masses, les détourner de leur avenir glorieux, que je prenne sur moi de raconter une attaque de diligence, une traversée à pied des Cévennes, ou la naissance d'un sentiment amoureux, tout ce dont nous allons voir besoin pour la suite ? Que vous endossiez la responsabilité de raconter votre histoire, dans un sens ce serait vraiment plus commode pour moi. Votre récit serait daté d'une période où de telles aventures romanesques, même si elles commencent à sentir le roussi, sont encore recevables — et d'autant plus qu'il s'agirait du roman vrai de votre vie. En outre, c'est un vieux procédé (*Don Quichotte*, par exemple) qui consiste à attribuer le récit à un auteur inconnu dont on a, au fond d'une malle, retrouvé le manuscrit. Il me suffirait de me faire passer pour l'heureux découvreur. Le travail était fait. Avec cet avantage que Cervantès a quand même été obligé d'écrire son *Don Quichotte* pour donner corps à sa supercherie, au lieu que moi, je me reposerais entièrement sur vous, je n'aurais qu'à m'attribuer un rôle d'inventeur, au sens ancien, du roman exhumé d'une certaine Constance Monastier. Ce qui me dédouanerait d'endosser ces aventures d'un autre temps, aujourd'hui sévèrement condamnées.

De toute manière, depuis le salon indien du Grand Café (en réalité une salle de billard souterraine de douze mètres sur huit, à laquelle on accède par un escalier assez raide et désagréable, selon un témoin de la première heure), depuis cette première séance publique du samedi 28 décembre 1895, pour tout ce qui relève des péripéties romanesques et de leur compte rendu, inutile de se lancer dans des fresques poétiques grandioses : les cavalcades et les coups de feu, maintenant c'est le cinéma qui s'en charge.

Quand, comme moi, on n'y est pas habitué, il y a de quoi être surpris. Je vous avoue que découvrant, place de la Gare, la diligence sur le départ attelée à quatre lourds chevaux à la robe brune, je ne m'attendais pas à une telle masse. Pour vous, rien de plus ordinaire, elle fait partie de votre paysage. Une diligence, ça court les rues. Le train n'allant pas partout, c'est elle qui prend le relais et dépose dans les petites villes les voyageurs. Et il en sera ainsi, pensez-vous, aussi longtemps que les chevaux trotteront. En fait, non, ce mode de transport n'en a plus pour longtemps. Encore une petite trentaine d'années, et peu à peu, il va disparaître, remplacé par des voitures marchant toutes seules. Eh bien oui. Non pas à la vapeur, comme le train, mais en brûlant de l'essence dont les gaz comprimés à l'intérieur d'un moteur actionnent des pistons qui par une suite de transmissions et de cardans font tourner les roues. Je n'y connais pas grand-chose et il est fort possible que je me trompe mais je ne vais pas me documenter plus avant. Pour vous, ça n'y changerait rien. Profitant des renseignements que je vous livrerais vous n'iriez pas déposer un brevet du moteur à explosion en prenant de vitesse ses inventeurs, et qui ferait que la première voiture à moteur s'appellerait la Monastier, par exemple. Il s'agit juste de vous expliquer la raison de ma stupeur en découvrant grandeur nature les dimensions imposantes de votre diligence.

En fait, nous ne la connaissons plus que par le cinéma où elle joue un grand rôle, notamment dans ces films qui racontent des histoires de l'Ouest, ainsi qu'on les appelle sans préciser davantage, sachant qu'il ne s'agit pas de la Bretagne mais de la traversée jusqu'au Pacifique des États-Unis d'Amérique à l'époque de Mountain Jim et de Bill Cody. On peut bien sûr grâce à ce procédé se faire une idée de ce à quoi elle ressemblait, mais rien ne remplace la confrontation avec l'original. Et là, quelle masse. C'est une grosse patache, surnommée la Montagnarde, ce qui va bien avec son aspect massif, préparé à affronter les conditions les plus rudes du long hiver des plateaux cévenols quand la neige s'affale si vigoureusement que c'est à l'oreille qu'on se repère, en se fiant au carillon étouffé d'un clocher de tourmente. Car la voiture n'a rien de la grâce légère des légers tilburys qui trottinent à vive allure sur les chemins. C'est une sorte de malle volumineuse à deux portes, haut perchée sur quatre roues de charron cerclées de fer, sur le toit de laquelle un commis entasse les bagages qui accompagneront les huit personnes qui vont se serrer en vis-à-vis à l'intérieur. Elle a déjà beaucoup roulé, la poussière et des éraflures nombreuses couvrent ses flancs, et la capote de l'auvent à soufflet qui abrite la banquette du postillon dominant l'attelage, laisse apparaître une déchirure de quelques centimètres qui pourrait se transformer en gouttière en cas de pluie violente. Mais le postillon est du genre à tenir pour négligeable la fureur du ciel. C'est un homme massif et courtaud, à la face rougeaude encadrée de deux favoris broussailleux. Sa veste longue, en drap vert à l'origine, tombant jusqu'aux genoux, est également couverte de poussière, ce qui doit correspondre pour lui à la poudre noire sur l'uniforme de l'artilleur.

Il se trouve qu'on l'aperçoit sur une mauvaise photographie prise deux ans plus tôt à Saint-Jean-du-Gard qui constituait une des dernières étapes sur la ligne allant du Puy à Alès. À dire vrai, je ne suis pas certain qu'il s'agisse du même cocher, mais une légende indique que cet homme dont je n'ai pas retenu le nom, conduisit son quadrille à travers les Cévennes pendant quarante ans, jusqu'à sa mort en 1887. Ce qui colle parfaitement. Alors disons que c'est le même, fidèle à son poste, qui ce matin au milieu de la place devant la gare, énumère de sa voix sonore et roulante, tradition reprise par les compagnies de chemins de fer, les diverses étapes qui jalonnent son itinéraire. Ce qui me fait tout drôle de saisir au vol parmi la litanie des communes traversées — Goudet, Langogne, Luc, Chasserades, etc. — le nom de Saint-Martin-de-l'Our. Je suis certainement plus impatient que vous de m'y rendre, d'y aller voir de plus près. Depuis le temps que je me suis familiarisé avec votre pays, je me demande si l'image que je m'en fais, à partir d'une description trouvée dans une revue historique illustrée d'un dessin à la plume datant à peu près de votre époque, est exacte ou complètement erronée. Pour la description des lieux, je ne peux pas me permettre n'importe quoi, même si je ne suis pas aussi rigoureux que notre inspecteur qui lui

160

aurait déjà fait le voyage et trouvé publiquement à s'indigner. Alors que moi, ce qui me chagrine, ce sont vos bas de soie brodés retirés par Monastier, découvrant vos cuisses d'albâtre.

Vous vous tenez de dos, à l'écart, gracieuse sous une ombrelle blanche — bon Dieu, diraient les fins connaisseurs de beauté de l'Hôtel de France que vous avez quittés après un petit déjeuner où vous vous êtes contentée de quelques gorgées de thé et d'un biscuit trempé dans votre tasse. Ça ne vous a rien rappelé ? Vous n'avez pas été emportée vers un souvenir d'enfance ? Non ? C'est normal, ça ne marche pas à tous les coups. Votre nouvelle robe est plus sombre que celle de la veille, qui sous le soleil oblique de la matinée prend une couleur de miel doré. En tournant autour de vous et vous attrapant de trois quarts, alors que je me prépare à savourer votre beau visage tavelé, je vous découvre le front sévère et les lèvres pincées, ce qui gâte un peu votre charme. Mais je crois comprendre les tourments de votre esprit. Ça ne vous dit rien de rentrer, n'est-ce pas ? Non, ça ne vous dit rien. Je l'ai vu tout de suite. Du coup je vous en veux moins de présenter ces traits durcis. Voilà qui rentre mieux dans mes plans. Cet air pincé en dit aussi long sur vos sentiments qu'une page inédite de votre journal intime. Je peux donc endosser votre parole et me fier aux apparences.

De fait, vous semblez peu pressée de vous mêler aux autres voyageurs — vous aurez bien le temps par la suite —, tournant le dos à un groupe de quatre hommes dont un prêtre ensoutané, et d'une femme, laquelle, habillée comme une demi-mondaine, ce qui l'oblige à

161

relever le bout de sa traîne quand elle déambule sur place, fait des mines derrière un éventail chinois qu'elle secoue avec énergie. Elle rit soudain à gorge déployée de la plaisanterie d'un homme d'une quarantaine d'années, d'assez belle allure, à la chevelure argent, qui s'est approché ostensiblement pour profiter de ce courant d'air bienvenu et plonger un œil dans son corsage. C'est vrai que la journée s'annonce chaude. Mais je vous plains à l'idée qu'il embarque avec vous. Ce genre d'individu, c'est tout ce que je déteste. On se dit que notre Isabella avait bien raison de préférer la courtoisie aristocratique de la pire crapule aux comportements vulgaires des gens pontifiants de son milieu.

Sur ce point en plein accord avec Jim, apprenez dès maintenant qu'Octave ne porte pas ceux-là dans son cœur. Il les a vus à l'œuvre, les fleurons de la bourgeoisie bien-pensante : hautains, méprisants, sans pitié, péremptoires, lâches, veules. Je peux vous le dire, puisqu'il le raconte dans ses cahiers : c'est le meurtre de Victor Noir par un membre de la famille Bonaparte qui a décidé de son engagement politique. Sa vie a basculé à partir de ce jour où un homme de la haute société, autant dire, ce qui vaut pour à peu près tous ceux de sa caste, une brute maniérée — oui, oui, c'est ainsi —, a tiré à bout pourtant sur un jeune homme de vingt ans sans en être pour autant inquiété. Et pour une raison suffisante : le tireur était le cousin du prince impérial, de Napoléon III. Comment aurait-il pu être inquiété ? Octave défila avec les deux cent mille Parisiens qui remontèrent les Champs-Élysées pour récupérer le corps du jeune homme retenu par la police à Auteuil. Il était parmi la foule des indignés sur laquelle l'armée aurait tout bonnement tiré si quelques-uns parmi les contestataires, dont Rochefort le journaliste que vous connaissez peut-être et Delescluze, un ancien de la révolution de 1848 et futur acteur de la Commune, pressentant le massacre, n'avaient in extremis enterré le corps sur place au lieu de le ramener en cortège à Paris, ce qui eût provoqué une émeute et sa brutale et sanglante répression.

Le maréchal Canrobert — un maréchal, c'est vous dire le niveau — avait déjà promis une fusillade nourrie pour arrêter les manifestants, jubilant déjà à l'image des corps des premiers rangs tombant comme des mouches, de la foule affolée, hurlant, se piétinant, refluant vers les rues adjacentes, ce qui eût constitué une bonne répétition en prévision de la semaine sanglante de mai. Et une promesse à ne pas prendre à la légère — ce que n'ignoraient pas Rochefort et Delescluze qui optèrent pour cette inhumation à la sauvette au cimetière d'Auteuil plutôt que pour des funérailles au centuple — car l'armée a l'habitude de ce genre de ball-trap impromptu sur cibles humaines. Vous ne l'avez peut-être pas su — même aujourd'hui on ne trouve plus trace de cette infamie —, mais à Aubin, dans le bassin minier aveyronnais, elle a ainsi tiré sur des grévistes, tuant quatorze d'entre eux, en blessant cinquante autres, c'est-à-dire sur des hommes déjà laminés par la misère, s'accrochant à des lambeaux de vie, auxquels on va jusqu'à interdire le cri de la désespérance. Cette même armée qu'on vous présente comme la gloire, l'honneur et la sagesse de la nation, si jamais vous êtes sensible au carnaval de l'uniforme, je préfère vous prévenir, Octave la vomit. Et puis, tiens, moi aussi.

Au cas ou vous balanceriez, je vous rappelle les dragonnades qui mirent à feu et à sang le pays cévenol après la révocation de l'édit de Nantes, je vous remets en mémoire par exemple, entre autres bagatelles, le massacre de quinze lavandières par les troupes du comte de Gévaudan. Sans doute que leurs battoirs représentaient une réelle menace pour nos vaillants soldats. Vous en parlez encore dans vos veillées, ressassant les images sublimées de la folle équipée des camisards. Et là aussi, ce n'était qu'une manière habituelle de faire. Quelques dizaines d'années plus tôt, toujours sous le même règne, l'illustre Turenne avait procédé de même dans le Palatinat dont tous les villages furent pillés, rasés, femmes violées, et hommes passés par le fil de l'épée. Et pourtant de Turenne, on fait grand cas dans nos manuels scolaires. Turenne, Villars, Canrobert, Bonaparte, Bugeaud, Galliffet, la liste est presque aussi longue des tueurs en série que le nombre des galonnés à côté desquels Jack l'Éventreur fait figure d'ange.

(Si je prends la précaution de dire presque, c'est surtout à cause de Vauban, pour ses propos lucides sur les places fortes, dont eurent été bien avisés de s'inspirer les concepteurs de notre future ligne Maginot (oh, rien, encore une lubie de militaires idiots), mais aussi pour *La Dîme royale*, l'ouvrage qui occasionna sa disgrâce auprès de Louis XIV, dans lequel il propose d'imposer les puissants pour soulager les misères du royaume, Vauban dont cette géniale pipelette de Saint-Simon, pourtant peu familier de l'exercice d'admiration, dit le plus grand bien, faisant le portrait d'un personnage dont la laideur physique est en raison inverse de ses qualités morales.)

Mais je suppose que vos compagnons de voyage vont se pâmer à la seule évocation de ces phares de l'humanité, de ces apôtres de la civilisation, de ces guides suprêmes des peuples. L'inquiétant pour nous, c'est qu'on n'en a pas fini. Ça va nous occuper tout un siècle. Le dithyrambe va aller en s'amplifiant, jusqu'à nous faire chanter à pleins poumons reconnaissants : « Maréchal, nous voilà », une chanson de circonstance remerciant un vieillard galonné d'avoir sauvé la France, alors que cette fois-là les Allemands, pour leur troisième tentative, étaient en trois semaines à Brest, Bayonne, Boulogne, puis Toulon quand ils le décidèrent. C'est vous dire qu'il n'a rien sauvé du tout. Ce qui n'empêchait pas l'autre abruti d'écouter béatement l'hymne à sa gloire.

Car si le XXᵉ siècle se montre plus meurtrier, le mérite n'en revient pas aux hommes, qui sont les mêmes, qui répondaient déjà présents aux ordres de Galliffet pour la semaine sanglante, à ceux de Sheridan, l'homme d'une formule fameuse, pour laquelle il suffit de changer la population visée, disant que les seuls bons Indiens qu'il ait rencontrés étaient des Indiens morts. Pour les hécatombes record qui vont suivre, il convient d'abord de rendre justice au progrès technique. Quand les Prussiens en janvier de cette année bombardaient Paris, occasionnant une centaine de morts, leurs canons postés sur les hauteurs de Montrouge n'atteignaient même pas la rive droite, au lieu que soixante-quatorze ans plus tard une seule bombe lâchée au-dessus d'une ville du Japon fera plus de cent mille victimes en un éclair. Une telle prouesse, vos compagnons de route applaudiraient des deux mains, bravo, que n'avions-nous cette arme merveilleuse pour stopper les troupes allemandes. En fait non, car après, quand on sait que d'un souffle on peut effacer la terre de la Voie lactée, ça oblige à changer la façon de faire, la façon de voir, et donc à changer sinon les hommes, du moins les mentalités. Si l'on tient à la survie de l'humanité, évidemment.

Mais je me méfie du vif-argent avec ses airs de bellâtre et ses ronds de jambe devant les dames. Le genre prêt à tout pour parvenir à ses fins. Pas regardant sur les moyens. Évidemment au moment d'embarquer, il s'écarte pour vous laisser passer, vous invitant à prendre appui sur sa main tendue. Tant qu'il y est, il pourrait tout aussi bien vous mettre les mains au bas du dos pour vous pousser. Ne vous laissez pas impressionner par son pseudo-savoir-vivre. Demandez à monter la dernière de manière qu'on vous concède la place auprès de la vitre, et si possible dans le sens de la marche. Voilà, comme ça, c'est mieux. Si vous étiez placée au milieu sur la banquette opposée vous n'auriez aucune chance d'apercevoir notre fugitif. Comme je ne compte pas sur vos compagnons pour se porter à son secours, il revient à vous, et à vous seule, de jouer la bonne Samaritaine. Les autres, verraient-ils un corps gisant en travers du chemin, comme le divin Achille, ils commanderaient au cocher de lui passer par-dessus, flairant une entourloupe. Ces gens-là voient la racaille partout. D'autant que les rumeurs vont bon train sur la place de la gare où se croisent badauds et portefaix sous le regard des dentellières depuis longtemps à l'ouvrage sous leur coiffe blanche en forme d'abat-jour à froufrou ceinturé d'un ruban de couleur vive, un châle chatoyant sur les épaules. Il se raconte que récemment la diligence a été attaquée et les voyageurs dévalisés, voire égorgés, mais non, pas égorgés rectifie le monsieur à gilet gonflé qui sait raison garder.

Le postillon confirme en hochant gravement la tête, cependant il ne s'agissait pas de la Montagnarde mais du Courrier, et il ferait beau voir, en montrant le fusil caché sous son siège. Une arme autorisée par la compagnie et l'administration, destinée à se protéger des loups qui rôdent à la tombée de la nuit. Et notre homme de faire le geste d'épauler et de viser très haut, ce qui l'amène, en suivant la ligne de mire, à ajuster la statue monumentale de la Vierge en peau de canon sur son piton rocheux, avant de se raviser et de dévier légèrement par crainte peut-être que le ciel n'interprète mal son geste. Et il a raison de se méfier, car si la statue commémore on ne sait plus trop quel prestigieux massacre, elle rappelle aussi que la toute première apparition de la mère de Dieu a eu lieu ici, au Puy, au XIIᵉ siècle, ce qui indique que la décision de lui élever un monument à sa gloire en remerciement d'avoir choisi cet endroit-là précisément pour sa visite inaugurale, fut longuement débattue. Ce qui implique, ce délai de huit siècles, certaines réticences.

Mais au fait, qu'est-ce qu'on attend ? Les retardataires dit le cocher, les septième et huitième passagers. L'usage impose de patienter deux heures, après quoi, on s'autorise à donner le départ, mais la semaine dernière, alors qu'elle avait fait depuis longtemps le plein, la Montagnarde ne s'est mise en branle qu'en début d'après-midi et on n'a jamais su pourquoi. Une indigestion de picotin pour le cheval de tête ou un excès de boisson pour le cocher. Mais cette fois, on va pouvoir partir. Un homme d'une trentaine d'années, un citadin en redingote crème, impériale au menton, cheveux longs ondulés coiffés en arrière — pour un peu il pourrait servir de doublure à Buffalo Bill dans son Wild West Show —, arrive précipitamment accompagné d'un garçon poussant cette sorte de brouette à claire-voie comme on en rencontre sur les quais de gare, sur laquelle s'entassent plusieurs sacs, une malle et, enveloppé dans une couverture noire, ce qui doit être un appareil photographique.

Ce qui est, car l'homme, après s'être présenté, après avoir expliqué que son compagnon de route, malade, avait choisi de faire demi-tour et que donc il ne fallait pas l'attendre, d'ailleurs voici son billet, demande aux passagers d'avoir l'obligeance de patienter une minute. Il a en projet de faire un récit illustré de son périple jusqu'au royaume de Saba qu'il se propose de découvrir dans les sables et il aimerait d'abord prendre des vues de la place, de l'attelage, et du cocher, pour quoi il entreprend de déballer précautionneusement son attirail : une grosse boîte cubique en bois roux, dans laquelle est fiché un cylindre noir, supportée par trois pieds télescopiques dont il entreprend de régler la hauteur. Puis il ouvre sa malle dont il a dénoué les sangles, et en sort des flacons, des chiffons, des boîtiers qu'il emporte avec lui sous la grande cape noire qu'il a accrochée à son appareil, le tout composant dès lors une curieuse créa-

168

ture, hybride d'homme et de science, un Minotaure du futur à cinq pieds.

Les passagers sont tous redescendus et observent son manège. Vous reprenez votre place à l'écart, comme si cette démonstration publique n'était pas de votre goût, tandis que les uns et les autres s'informent entre deux clichés sur la technique employée, le temps de pause, la qualité des vues. La demi-mondaine tourne et retourne autour de l'appareil : elle est chanteuse de cabaret, entreprend une tournée dans les villes du Sud avec son pianiste — le petit homme chétif qui en arrière souffle bruyamment du nez dans un grand mouchoir blanc, ce qui lui vaut de sa soliste un sévère : Roméo, soyez plus discret, je vous prie — et a déjà eu l'honneur d'être photographiée par M. Tournachon. Le connaissez-vous ? L'opérateur ne répond pas, qui d'un regard aiguisé, supérieur, panoramique, organise en pensée sa prochaine prise de vue. Au moment de replonger sous sa cape noire il vous demande de vous retourner, oui, vous madame sous l'ombrelle. Ne bougeons plus, dit-il, car à ce moment les plaques sont sensibilisées au collodion et elles ont besoin d'un peu de temps. Surtout ne bougez plus. Maxime Dumesnil, artiste photographe écrivain, tient dans son viseur une vierge canon, la place de la gare du Puy et la plus belle ornithologue du monde.

Ma première idée, alors que je vous imaginais marchant dans les rues de Paris en compagnie du petit Louis, admirant la façade du nouvel Opéra, comptant avec lui, au risque de vous endormir debout, les innombrables colonnes de la loggia, ma première idée, profitant de ma situation qui me permet à plus de cent trente ans de distance de prédire ce qui est arrivé, ma première idée avait été de vous faire marcher. Il est tentant parfois de se prendre pour un romancier, et l'imaginaire n'est pas à l'abri des dérives totalitaires. De fait le procédé aurait relevé du délit d'initié, c'est-à-dire de celui, en l'occurrence l'auteur, qui profite d'une connaissance que l'autre n'a pas pour l'abuser, mais il était donc dans mon intention d'écrire ceci : que le samedi 28 décembre 1895, un train entrait dans le salon indien du Grand Café, au 14 boulevard des Capucines. Et vous auriez ouvert de grands yeux incrédules : une nouvelle gare à cet endroit ? une locomotive folle qui saute par-dessus le quai et défonce la vitrine de la buvette sur laquelle est peinte la tête de Tatanka Yotanka (Sitting Bull — Taureau Assis) ou de Makh-Piya-Luta (Red Cloud — Nuage Rouge), provoquant des blessés, des morts peut-être ? Mais soyez rassurée, il n'y eut pas de victimes, tous en furent quittes pour un semblant de frayeur. Ma blague est éventée. Je vous en ai suffisamment dit.

Vous savez maintenant qu'on n'a pas construit une nouvelle gare à deux pas de l'Opéra, et que tout s'est joué — ce train faisant irruption devant des spectateurs médusés — sur un écran tendu au fond d'une salle de billard en sous-sol, louée trente francs par séance au propriétaire qui avait si peu confiance en la nouvelle invention de la famille Lumière qu'il refusa de prendre vingt pour cent sur les entrées, ce qui l'eût enrichi fabuleusement. Mais médusés vraiment, les spectateurs ? Ceci, c'est la légende. Comment croire un instant que ce train filmé au moment de son entrée en gare de La Ciotat ait effrayé des gens habitués aux diapositives projetées par des lanternes magiques. Ils avaient déjà vu des images animées et attendaient enfin qu'elles rendent le plus exactement possible le mouvement de la vie. C'était dans l'air depuis longtemps. Certains avaient assisté aux projections plus ou moins privées de l'Américain Muybridge, venu à Paris présenter le galop syncopé d'un cheval et le pas d'un homme,

(ou cette *dancing girl* légèrement voilée à la romaine, dont la rotation sur elle-même qui consiste principalement à découvrir ses jambes en soulevant d'un bras levé un pan de sa robe transparente — toujours cette vieille technique qui consiste à déshabiller les femmes sous un prétexte artistique — est décomposée en une suite de douze clichés, mais ce qu'on sait moins c'est que cet Américain distingué a tout de même tué de sang-froid l'amant de son épouse pour quoi, et par une justice de classe, il fut, ce grand scientifique, acquitté — Isabella avait raison, le parfait galant homme, c'est Mountain Jim, tué l'année même où Muybridge accomplissait sa vengeance, mais dans le cas de Mr Nugent on ne jugea même pas utile d'instruire le procès d'Evans, son exécuteur, qui avait débarrassé le monde d'une ignoble vermine.)

ou du très sérieux Marey, qui, grâce à son fusil chronophotographique, captait le vol d'un pigeon, ou de son disciple Demeny beaucoup plus souriant que son maître, articulant sous l'œil malicieux de son phonoscope, en se frisant la moustache : je vous aime (et aussi, sur une autre bande accouplée à un disque : vive la France, mais bon, le ton est rigolard), ou de Raynaud dont la mère était du Puy et qui dans quelques mois reviendra s'y installer, vous pourrez assister à ses débuts si vous le souhaitez (je vous donne son adresse, 39 place du Breuil, mais il est officiellement professeur de sciences), et de beaucoup d'autres, travaillant parfois sans le savoir en même temps, mettant au point en tâtonnant des appareils plus ou moins performants projetant des photographies animées (même si Raynaud dessine ses bandes, des histoires dignes du cinéma comique muet qui arrivera vingt ans plus tard, mais son intention de départ était de fabriquer un jouet pour distraire un enfant), comme si cette idée de progrès qui est la grande idée de ce demi-siècle, c'est-à-dire de mouvement rapide, d'avancée vertigineuse, incitait les bricoleurs du monde entier à chercher à capter cet emballement du monde,

(je le dis pour mes contemporains, car évidemment, vous n'avez aucune chance de le trouver même dans la meilleure librairie, toute cette longue marche vers le cinématographe — sachant que cette invention a porté d'autres noms comme kinétographe, chronoscope, vitagraphe, photothéagraphe, chronovivagraphe, trucoscope et bidulographe, avant qu'on se décide pour celui-là, abrégé en cinéma — est savamment racontée depuis la caverne de Platon jusqu'à cette séance au Grand Café, en passant par tous les avatars de la lanterne magique, dans un ouvrage intitulé *Le Grand Art de l'ombre et de la lumière*, par Laurent Manonni. Ils pourront ainsi s'y référer avec grand profit et grand plaisir, ce qui m'évitera de le plagier bêtement, ce que j'ai commencé à faire, aussi je me permets en mon nom et au vôtre, car sans vous je l'aurais ignoré, de témoigner à son auteur notre commune gratitude.)

lequel ne peut plus se voir en peinture, c'est-à-dire immobile, figé, prenant la pose, appuyé sur son sceptre royal, la jambe avantageuse et le regard hautain. Il se sent des fourmis dans les pieds. Il cherche à comprendre le galop du cheval, le vol d'un oiseau, l'équation de la vitesse. Il veut voir comment ça marche, comment ça court, comment ça vole, comment ça file. Et tous ceux-là, en faisant défiler rapidement une succession de clichés photographiques, créaient un semblant de mouvement, où l'on pouvait voir un cheval courir, un oiseau s'envoler, une femme danser.

Mais l'impatience était grande d'en finir avec ces balbutiements des premiers inventeurs, ces images stroboscopiques, saccadées, incapables de créer l'illusion du vivant plus de quelques secondes. Et encore, à condition de ne pas être trop regardants. On voulait voir enfin sur un écran les dames flâner comme elles flânent parfois, entraînant ce léger balancement de l'ourlet d'une robe, comme vous faisant les cent pas sous votre ombrelle, place de la Gare devant la diligence, et les enfants s'amuser, qui roulent un cerceau, se chamaillent, dissimulent une pierre sous un chapeau abandonné pour qu'un passant joueur s'y écrase le pied, et les hommes parader, les pouces sous l'emmanchure des gilets, se posant à la terrasse d'un café pour y échanger des propos pleins de gravité, et les amants s'embrasser, et les chiens courir après les chats, et les chevaux sauter par-dessus les obstacles, et les trains entrer en gare déversant sur le quai la foule des voyageurs modernes.

(Car la modernité, c'est la grande affaire, celle qui obsède vos semblables, la face avenante du progrès, son laissez-passer, son laisser-faire. Des jeunes gens en ce moment même l'ont bien compris, qui, lassés de peindre des plats en argent reflétant au milieu d'une touche grise le portrait de l'artiste, d'aligner des compositions florales dans un vase de Delft et des portraits d'hommes satisfaits sur un fond passé au jus de chique, vont planter leur chevalet sur le pont enjambant les rails de la gare Saint-Lazare, et s'attacher à saisir dans le bouillonnement bleuté des locomotives, ce monde nouveau qui naît sous leurs yeux. Mais il faut croire qu'il fait peur ce monde industriel qui dit adieu à la nature, qui la voile derrière la fumée noire de ses usines, car les mêmes jeunes gens vont dans le même mouvement se ménager une base arrière, en emportant dans cette ruée progressiste une nature souriante qui sera désormais la zone de repli d'un monde essoufflé, une nature qu'ils réaménagent pour reposer les sens, transforment en jardin d'agrément, saisissant en paysagistes sensibles le meilleur de ce qu'elle donne aux différentes heures de la journée, aux différents mois de l'année, par exemple les miroitements de la lumière sur un champ de coquelicots, les flamboiements de l'automne, ou la si colorée palette d'un paysage enneigé, une nature pacifiée, mise au pas, plus du tout menaçante, une nature pour curistes, fatigués par le rythme de la modernité.)

(Et leurs travaux vont faire grande impression, et sans doute que ce sont eux, sur leurs toiles éclairantes, qui ont préparé les esprits à cette arrivée du train en gare de La Ciotat dans le salon indien du Grand Café. On pouvait aller de l'avant, on ne lâcherait pas la proie pour l'ombre, on se montrait prévoyant : au cas où l'avenir se montrerait par trop mécaniste, froid, implacable, on emportait avec soi dans ce voyage à grande vitesse un pique-nique radieux, une nature docile, reposante, une impression de printemps permanent, chatoyant, déposée à l'ancienne sur une toile.)

Car c'était pour assister à cela, la reproduction à l'identique de cette vie qui va à grands pas, que les gens se pressaient — mais se pressaient c'est une façon de parler car pour l'instant ils ne sont que trente-trois à l'occasion de cette grande première à avoir acquitté leur droit d'entrée, et ils ont eu tout loisir de choisir leur chaise parmi la centaine déployée dans le sous-sol empuanti par la fumée du tabac et aéré par un ventilateur fixé au plafond. Et quand apparut, statique sur l'écran de 280 centimères de large et de 2 mètres de haut, l'image d'un atelier d'usine, les spectateurs commencèrent à protester, ils ne s'étaient pas déplacés pour assister à une projection photographique. À croire que la science patine, fait du surplace. La photographie est déjà septuagénaire. Mais avant que les impatients n'exigent qu'on leur rende leur monnaie, Charles Moisson, chef mécanicien aux usines Lumière, dissimulé dans sa cabine tendue de toile noire, se met à tourner la manivelle du projecteur, et aussitôt les portes de l'atelier s'ouvrent, s'en échappent avec un naturel confondant des ouvriers et des ouvrières, certains juchés sur des bicyclettes,

(ah oui, la bicyclette, c'est pour très bientôt mais il vous faudra patienter encore cinq ou six ans avant de pouvoir en enfourcher une. En attendant je vous donne la définition du *Petit Robert*, un jeune frère de l'ami Pierrot : « Appareil de locomotion formé d'un cadre portant à l'avant une roue directrice commandée par un guidon et, à l'arrière, une roue motrice entraînée par un système de pédalier. » Où il est démontré encore une fois qu'une définition de ce type n'est là que pour respecter le contrat du rédacteur. Car, en dépit des apparences, ceci n'est pas une schlitte à roues. Et c'est dommage que vous ne puissiez vous en faire une idée juste (où se situe le pédalier ? à quoi ressemble-t-il ? quels sont sa taille, sa forme, le système de transmission ? pédale-t-on avec les pieds ? les mains ? se tient-on en amazone, à califourchon ? est-on assis, et sur quoi ? couché ? à combien peut-on tenir ?) car c'est la dernière belle trouvaille à hauteur d'homme, cette bicyclette, ensuite ça va devenir très compliqué et très cher de se déplacer autrement qu'à pied. Par exemple l'inspecteur qui était un romancier scientifique moderne, conduisant les trains, se partageant méthodiquement entre deux femmes, pratiquant assidûment la photographie, aimait beaucoup la bicyclette. D'ailleurs on ne l'imagine pas en cavalier. Le cheval, c'est décidément trop animal.)

(La bicyclette fut ainsi une manière douce, intermédiaire, transitoire, de chevaucher le progrès, d'aborder ce désir de vitesse qui va nous emporter. Un homme à bicyclette, c'est exactement la figure du sagittaire. La bicyclette remplace le cheval. Et voilà comment on sort de l'animalité, comment la technique supplante notre moitié animale. On aurait peut-être dû en rester là. Qui veut faire l'ange fait la bête, vous savez bien. Mais vous, je peux vous imaginer, filant sur les petites routes de campagne, le vent se jouant de votre chevelure fauve qui dépasse des buissons, obligeant les paysans penchés sur les sillons à se redresser, soudain méditatifs devant ce vitrail animé illuminant la paix du soir.)

et le journal *La Poste*, rendant compte dans son édition du 30 décembre de cette étonnante soirée, de conclure : « Tout cela s'agite, grouille. C'est la vie même, c'est le mouvement pris sur le vif. »

Mais en fait, le problème qui se pose pour moi, et pas seulement pour moi, c'est que dans ce programme inaugural distribué aux spectateurs, il n'est nullement question d'un train entrant en gare de La Ciotat. Pourtant si je demande autour de moi quels sont les deux premiers films projetés de toute l'histoire du cinéma, tous les sondés s'empresseront de citer *La Sortie de l'usine Lumière à Lyon* (ça, c'est vrai, on l'a bien vu), mais aussi, à égalité, le fameux train. Or le programme de ce samedi 28 décembre 1895 est formel : aucun train à l'horizon, ni à La Ciotat ni ailleurs. Tenez, je vous donne à lire la liste des dix petits films projetés :

(au passage, les rédacteurs du programme veillent à préciser — et pas de doute, pour eux c'est un argument publicitaire destiné à convaincre de la nouveauté de leur invention — qu'il s'agit de « sujets actuels ». Sujets actuels, voilà qui dit bien que les gens en ont soupé des vieilleries, de cette représentation d'un monde qu'on continue de leur imposer et qui n'existe plus. Un exemple, que vous connaissez peut-être : je ne crois pas que Meissonier qu'on vous présente comme le plus grand peintre de son temps (aujourd'hui on le considère comme un navet) ait jamais peint autre chose que des sujets inspirés des tableaux des siècles précédents — scènes d'intérieur et tableaux de genre — et sur la fin de sa vie, sans doute parce qu'il a fini par se persuader que, comme au xviiie siècle, les grands peintres sont les peintres d'histoire, c'est toute l'épopée napoléonienne qu'il entreprend de retracer. (Au fait, tous les chantres de Napoléon, à commencer par ce lèche redingote de Béranger, comme le surnomme un autre natif du Puy et ami de Varlin, sont des navets. L'ami de Varlin s'appelle Jules Vallès, il était à ses côtés pendant les jours sanglants.) Mais sa science du détail était telle, et sa connaissance anatomique des chevaux, que Muybridge, l'assassin de l'amant de sa femme, sans doute lui aussi admirateur de Napoléon, demandera à le rencontrer lors de sa venue à Paris, et Meissonier impressionné, qui organisera chez lui dans sa maison atelier une projection en vingt-quatre images seconde du célèbre cheval au galop, fera le portrait du savant américain.)

(Pourtant si on comptait sur Meissonier pour savoir à quoi ressemblait votre époque, on passerait à côté de toutes ces inventions qui vont, oui, changer la vie. On ne trouvera chez lui ni appareils photographiques, ni électricité, ni machines à coudre, ni usines, ni locomotives, ni bateaux à vapeur, ni télégraphe (chez pas grand monde d'ailleurs, ni, je le dis pour mes contemporains, chez Van Gogh, un peintre de treize ans plus jeune que vous, qui d'ailleurs écrivait à son frère : Je ne peux m'empêcher d'aimer Meissonier).

Si l'on n'a d'autres sources documentaires que ses tableaux, on se dit que le XIXᵉ siècle, c'est comme le XVIIIᵉ, hormis de notables modifications vestimentaires. Ce qui, ce changement de garde-robe, ne valait pas le prix d'une révolution, surtout pour être habillé aussi tristement, hommes enfilés dans des tuyaux noirs et femmes bardées de tissus. Mais à la décharge de ceux-là qui ne voyaient pas filer le monde, nous sommes tous plus ou moins affublés de lunettes à retardement.)

1. *La Sortie de l'usine Lumière à Lyon.* 2. *La Voltige.* 3. *La Pêche aux poissons rouges.* 4. *Le Débarquement du Congrès de photographie à Lyon.* 5. *Les Forgerons.* 6. *Le Jardinier.* 7. *Le Repas.* 8. *Le Saut à la couverture.* 9. *La Place des Cordeliers à Lyon.* 10. *La Mer.*

Constatez par vous-même. Pas le moindre train entrant en gare de La Ciotat. Or si cette image fantôme a imprimé durablement les esprits, c'est que la légende voulait que les spectateurs des premiers rangs aient reculé d'effroi quand ils virent la locomotive foncer sur eux à travers l'écran. Ce qui revient à assimiler les témoins de cette première mondiale à de quelconques sauvages du fin fond de la forêt amazonienne, considérant l'usage du feu et de la sarbacane comme des sommets indépassables du génie humain, et, après le passage d'un explorateur, s'étonnant de cette obstination de l'aiguille de la boussole à ne jamais perdre le nord ou que l'arbre soit si proche aperçu à travers ce cylindre fermé aux deux extrémités par deux disques transparents sans qu'on puisse pour autant, main tendue, en cueillir une feuille.

180

Et d'ailleurs cette vision amazonienne du cinéma assimilant les spectateurs à des primitifs, renvoie à cette frénésie de voyages à la découverte des derniers espaces vierges de la planète qui s'emparent de certains au moment où se clôt l'ère commencée avec Christophe Colomb et les grands navigateurs, alors qu'il n'a jamais été aussi facile de traverser les mers. Et parmi ces aventuriers de la onzième heure, notre Isabella, bien sûr, mais aussi un jeune garçon de Charleville qui, venu à pied de ses Ardennes natales, a pris fait et cause pour la Commune sur laquelle il a traîné son regard bleu délavé avant de partir à la découverte de territoires inconnus en Éthiopie, et aussi le journaliste Stanley qui en ce moment même retrouve le missionnaire Livingstone qu'on croyait perdu corps et âme au fond du lac Tanganyika, et Désiré Charnay qui s'apprête à repartir au Mexique, sans oublier cet extraordinaire prétentieux de Maxime Dumesnil qui s'est mis en tête, une fois démontré qu'il n'avait aucun talent poétique, de retrouver et de photographier le royaume de Saba enfoui dans les sables du Yémen. Cependant ne vous laissez pas impressionner par ses grands airs de monsieur je sais tout. Attendons de voir.

Mais cette vision amazonienne de la première séance de cinématographe au sous-sol du Grand Café dit ceci : que les scientifiques et les inventeurs sont les explorateurs modernes, les nouveaux Colomb, que la modernité est un nouveau continent à conquérir, et le bon peuple un ramassis de sauvages. Ce en quoi sont tout à fait d'accord les rédacteurs du *Figaro* et du *Gaulois* quand ils décrivent les mœurs des communeux.

Sauf que ça ne s'est pas passé comme ça. Les spectateurs ne sortaient pas d'une tribu amazonienne, n'étaient nullement impressionnés par une invention qui s'était fait attendre, et ont d'autant moins reculé d'effroi que la caméra, située sur le quai, filme le train qui arrive en oblique, et que dans le pire des cas, même si la locomotive s'emballe, elle percutera le mur de gauche du salon indien. Pour écraser les spectateurs il aurait fallu que l'homme à la manivelle installe son appareil au milieu des rails, et du coup, c'est pour sa vie qu'on aurait eu des craintes. Mais tout s'est bien passé. Le porteur sur le quai qui se dirige vers nous en tirant son chariot s'est délesté de ses bagages, les voyageurs, parmi lesquels une majorité de femmes arborant des chapeaux comme des pièces montées agrémentées de fleurs et de rubans, tous inclinés sur le front, patientent sagement à un mètre de la bordure du quai pour ne pas risquer d'être happés par la locomotive, puis le train ralentissant, une maman agrippant sa petite fille par la main se précipite pour s'assurer deux places assises, bientôt suivie de l'ensemble des passagers, à l'exception d'un homme du peuple, placide, chapeau noir plat sur la tête, portant un panier d'osier qu'il passe d'une main à l'autre, qui prend le temps de regarder défiler les wagons et laisse passer la cohue avant d'embarquer bon dernier. Le film est très bref. Il s'intitule très exactement : *Arrivée d'un train à La Ciotat (France), Lumière n° 653* (est-ce à dire que c'est le six cent cinquante-troisième film tourné par les frères ? Ce qui, de fait, nous éloigne grandement de cette première au Grand Café), association frères Lumière. Et voyez, c'était bien de la propagande, cette supposée frayeur des spectateurs. De cette projection organisée sur mon écran de verre, je suis sorti indemne. Le train m'a juste traversé l'esprit. Sans dommage.

Sans dommage ?

Me voilà comme Buffalo Bill, le sagittaire ultime, contraint de mettre en pages mon Wild West Show. Car si les trains de l'Union Pacific et du Central Pacific ont battu à plate couture les cavaliers du Pony Express, les prenant non seulement de vitesse mais transportant en quelques jours ce qu'une caravane de chariots aurait mis des mois à acheminer d'une côte à l'autre, remisant définitivement l'ère du cheval au rayon des civilisations anciennes,

(voyez comme la première idée de Muybridge est encore de s'intéresser à la proclamée plus noble conquête de l'homme, de décortiquer image par image le mystère du galop, résolvant d'un coup en vingt-quatre clichés une vieille énigme qui voulait que l'animal conserve toujours un sabot en contact avec le sol, et c'est au moment où l'on découvre par la grâce de la science qu'il vole, qu'il va s'évanouir dans la nature, et vous-même qui passez du train à la diligence, vous ne le sentez pas peut-être mais vous êtes, oui, à cheval entre deux mondes.)

le train du Grand Café, sorti tout droit des usines Lumière, a causé autant de dégâts, jetant de même au rebut le roman de chevalerie, autant dire le roman d'aventures avec son héros plus ou moins chevaleresque, son point de vue dominant et ses rencontres successives qui vont l'amener d'un point de sa vie à un autre, le condamnant, le roman, comme le pauvre William Cody coiffé de son postiche bouclé, à faire son cirque, qui consiste pour l'ami de Jim à faire tourner des chevaux maquillés comme des caniches autour d'une piste, et les contraindre à se dresser sur leurs membres postérieurs pour saluer d'un hennissement sonore les spectateurs du premier rang bien plus effrayés par la majesté de l'animal que par le train de La Ciotat, et pour le cirque romanesque, dépossédé de son domaine aventureux, de ses chevauchées fantastiques, à faire des arabesques avec les phrases, à épater la galerie d'un bon mot poétique, à se mettre en scène, à faire le roman du roman, à s'applaudir pour donner le signal de la claque et à saluer à tout bout de champ, c'est-à-dire à signer.

Vous vous rappelez le surnom d'Hector, le guerrier le plus civilisé de *L'Iliade* à côté duquel le fougueux Achille fait figure de demeuré du pléistocène ? Hector, le dompteur de chevaux. Ce sont d'ailleurs par ces mots que s'achève *L'Iliade*. Et que fait la piétaille grecque pour impressionner les Troyens ? Elle construit un grand cheval en bois poli. Les Grecs sont les inventeurs du cheval de bois. Ainsi le roman commence avec le cheval et finit avec sa représentation. L'image l'emporte sur la chose. Mais vous me comprendrez mieux quand le prétentieux Maxime en aura fini avec la plus belle ornithologue ayant jamais posé sur la place de la gare du Puy. (Je suis tout de même ravi de posséder un portrait photographique de vous. J'ai hâte qu'il le développe. Malheureusement le résultat sera en noir et blanc, ce qui nous privera de cette petite moue rousse au moment de l'ouverture de l'obturateur alors que vous hésitez à déclencher à sa demande un sourire.)

Mais cette fois, ça semble bien parti puisqu'on est en train de hisser sur le toit son précieux matériel, dont il surveille soigneusement l'arrimage en répétant faites bien attention au jeune garçon qui, juché sur l'impériale, prend un malin plaisir à jouer les acrobates, s'approchant sans crainte du bord en portant une main à l'oreille pour mieux saisir les injonctions du photographe qui lui tend encore le trépied, après avoir vainement tenté d'embarquer dans l'habitacle sa boîte magique, sous prétexte que son camarade avait acquitté la huitième place, mais on lui a fait comprendre que cette place libre donnerait un peu d'aise aux sept passagers et que de toute façon, les bagages, c'est au-dessus. Et maintenant que l'acrobate s'est assuré que les malles et les sacs ne bringuebaleraient pas trop, il saute du toit, se réceptionne avec souplesse, reçoit on ne sait pourquoi une bourrade du postillon, s'éloigne en maugréant, est rappelé par Maxime qui lui offre ostensiblement une pièce pour le remercier de son aide (tiens, un beau geste), ce qui agace le maître de la diligence, qui du coup s'en retourne vérifier l'attelage, tire sur la bride, la courroie de reculement, la dossière, le porte-brancard, la sous-ventrière des chevaux, n'hésitant pas à leur passer entre les jambes, et s'autorisant une caresse sur le chanfrein quand un impatient trépigne en émettant un petit hennissement.

186

(Ce sont des boulonnais, non ? L'ami Pierrot m'explique qu'ils sont parmi les chevaux de trait les plus dociles : « Il a la tête forte, le chanfrein droit, les yeux petits, l'encolure très fournie garnie d'une crinière touffue et assez courte, le poitrail musculeux et très large, le garrot épais quoique élevé, le dos un peu ensellé, la croupe avalée, double et fortement charnue, les membres forts, à larges articulations et garnis de crins inférieurement », ce qui jusque-là semble coller parfaitement avec nos quatre costauds, mais la suite me laisse un doute : sa robe serait « grise, gris pommelé, plus rarement rouan vineux ou bai ». Rouan vineux me plairait bien, mais « se dit de la robe des chevaux quand elle est mélangée de blanc d'alezan, et de noir », ce qui honnêtement ici n'est pas le cas. Alors des auvergnats, peut-être.)

Mais le cocher semble satisfait de son inspection. Il contrôle encore une fois la bonne fermeture des portières, vous annonce dans l'entrebâillement que attention on va partir, escalade avec une aisance surprenante pour son volume la face bâbord de son siège, tire le fouet de son étui, et d'un geste de pêcheur à la ligne, mais en beaucoup plus vif, fait claquer la longue lanière qui s'abat sur la croupe des chevaux (« double et fortement charnue »), tout en accompagnant son geste d'un ordre hurlé aux animaux, quelque chose comme atchouc, qui en langue cheval doit signifier qu'il vaut mieux ne pas faire sa bête en demeurant immobile. À cet instant, la tête massive des chevaux s'abaisse, les courroies se tendent, et la Montagnarde enfin s'ébranle. Quelques piétons s'écartent devant l'attelage. On entend les roues cerclées de métal qui écrasent le gravier de la place, et alors que l'imposant véhicule s'engage sur une voie pavée, que les sabots ferrés déclenchent des étincelles en battant la pierre, que les chevaux entament un staccato rythmé qu'ils vont devoir tenir des heures durant, déjà les corps commencent à chahuter à l'intérieur. À quoi il leur faudra s'habituer pendant plusieurs jours. Ce qui épuise le dos. Il fait encore doux, mais en dépit d'un vent rafraîchissant qui descend des montagnes, la température risque de s'élever avec le soleil. De quoi présager une traversée éprouvante des montagnes cévenoles.

Mais plus que la poussière et les ornières, les heurts et les haut-le-cœur, ce que vous avez à redouter, ce sont les trois hommes qui vous font face (je ne compte pas le curé qui a remis sa barrette sur la tête et s'est plongé derechef dans son bréviaire, même si on peut le soupçonner de profiter de sa lecture pour glisser un regard vers vos pieds et entrapercevoir vos chevilles sous la robe légèrement raccourcie par votre position assise, voire de remonter en pensée les bas brodés, avant de replonger en se flagellant dans ses pieuses lectures) : le vif-argent, Maxime, et un bourgeois ventru qui insiste absolument pour se présenter sans que personne lui ait rien demandé. En fait, c'est qu'il est très fier de sa situation et aimerait faire profiter sans plus tarder ses codétenus de son importance : maître Abeillon, notaire à Saint-Jean-du-Gard — et incidemment, pas de chance, le nom revient souvent dans les propos du soyeux dès qu'il est question de placements, le notaire de votre époux. Oui, pas de veine, vraiment.

Ces derniers kilomètres avant le retour à la triste réalité quotidienne de Saint-Martin-de-l'Our, vous vous les réserviez, vous projetiez de les consacrer à la rêverie, à contempler longuement le vol des rapaces, à vous ravir de leurs cris qui ressemblent à un message en morse dont il vous semble parfois découvrir le sens caché, à vous laisser envahir par des pensées plus sensuelles peut-être, auprès d'un autre corps, plus tendre, plus ardent, et qui sait, à imaginer pour la suite de vos jours une autre vie, comblée d'amour et de bonheur, parce que l'un ne va pas sans l'autre, n'est-ce pas ? et là, c'est comme si Monastier vous avait dépêché un chaperon pour surveiller vos faits et gestes, annihiler toute velléité d'escapade par l'esprit. En conséquence vous ne pouvez faire autrement que de vous présenter en retour, non sans avoir noté au préalable que le hasard fait décidément bien les choses (alors qu'intérieurement vous avez senti votre cœur se décrocher et un voile sombre recouvrir vos douces pensées) : Je crois que vous connaissez mon époux, je suis Constance Monastier. Et le ventru aussitôt de se répandre en gonflant son jabot : Non, pas possible, on m'avait abondamment vanté la belle Mme Monastier mais je dois dire que ce ne sont que de vils racontars, je me porte violemment en faux — et après avoir marqué un temps pour ménager ses effets —, oui, vils et injustes, car ils sont bien en dessous de la vérité. Et le voilà qui fait le beau, dégouline de compliments, se lamente que ce coquin de maître soyeux n'ait jamais amené sa charmante femme à l'étude, mais on va réparer cette lacune au plus vite, il faudra venir dîner un soir, il y tient, mais non ce n'est pas du dérangement, c'est un honneur, au contraire, un privilège, etc. Un crétin, quoi. Évidemment Maxime et le vif-argent, Ernest Valorges pour vous servir, madame (servir quoi, il va falloir le surveiller, celui-là), n'en perdent pas une miette. À cause du gros lard ils ont maintenant un boulevard devant eux pour se montrer à leur avantage.

Car aussitôt la conversation s'engage, volubile, dont vous occupez le centre. Vous voudriez être au bout du monde, je vois votre regard gris-vert s'échapper un instant par la fenêtre où défilent lentement dans la montée vers le plateau les buissons et les murettes qui enserrent les champs, chercher une aide dans le ciel vide d'oiseaux, avant de revenir soutenir assauts de galanterie et surenchères de bons mots. Mais là, il convient de ne pas se montrer d'une folle exigence, si tant est qu'un supposé bon mot en requière jamais, et je vous rappelle celui de Valorges accompagné d'une œillade qui se voulait séductrice : Constance, la fidélité a un prénom, reste à lui trouver un nom. Monastier, je crois vous l'avoir dit, avez-vous répliqué d'un ton sans appel, même si le nom prononcé fit sur votre rêverie l'effet d'une purge violente, et Valorges devant votre trouble dut se dire que sa banderille avait d'emblée trouvé le bon interstice, car il s'adossa d'un air satisfait, comme un joueur qui passe son tour après avoir marqué un point.

Heureusement Chloé de Sancy (que les autres occupants de la Montagnarde ont traduit instantanément en Mariette Peluchon ou Thérèse Dugenou) n'entend pas se laisser souffler la vedette. Sur le merveilleux hasard qui semble parfois officier en sous-main, elle a son mot à dire, puisque figurez-vous que l'autre jour, alors qu'elle venait de triompher au cabaret de l'Oiseau Bleu,

190

à Versailles, bien sûr, car, quand bien même on lui eût proposé un pont d'or, pour rien au monde elle n'eût accepté de chanter pour des êtres aussi répugnants, pis que des sauvages, qui n'ont pas hésité à incendier Paris — et déjà on comprend immédiatement de quoi sera nourrie la conversation à venir —, et donc inutile de vous rapporter à nouveau cette passionnante histoire du marquis de quelque chose, certainement aussi titré que sa chanteuse favorite, qui au moment de la complimenter sur sa prestation, alors qu'elle lui tendait la main qu'il s'est empressé de porter à ses lèvres, car ces gens-là ont de l'éducation, mais j'ai oublié la suite, sinon qu'elle s'est écriée, non, monsieur le marquis, vous me faites marcher, or non, il ne la faisait pas marcher, c'était bien vrai — mais quoi, je ne sais plus, et je ne suis pas certain que vous-même ayez retenu en quoi ce hasard était si merveilleux, car comme elle se tournait vers vous, moins en signe de solidarité féminine que pour bien marquer qu'elle ne se laisserait pas intimider par une petite pécore de province, vous avez répondu : Oui, c'est effectivement incroyable, alors qu'elle vous demandait si vous connaissiez le marquis de quelque chose dont bien entendu vous n'avez jamais entendu parler. Votre incroyable s'appliquait au hasard, évidemment, mais Chloé demeura un instant stupéfaite à la pensée que vous puissiez compter parmi vos relations une personnalité aussi éminente. À votre décharge, le roulement, le cahotement sur la chaussée et le martèlement des sabots font un vacarme épouvantable à l'intérieur de la diligence, je ne l'aurais pas cru à ce point (c'est une première pour moi), de sorte qu'il est facile de perdre le fil d'une conversation, surtout d'un aussi grand intérêt.

Assis à la gauche de Chloé, sommé de confirmer : N'est-ce pas, Roméo, que le marquis etc., le petit homme étriqué a simplement hoché la tête, sans interrompre son marmonnement silencieux, ni détourné son regard de la partition déployée sur ses genoux qu'il décrypte du bout des lèvres. De lui, vous n'avez rien à craindre, trop accaparé par son emploi de souffre-douleur à plein temps. Il va passer l'essentiel du voyage le nez dans ses notes. Chloé expliquera qu'il étudie un opéra tout spécialement composé pour elle par un jeune musicien plein de promesses, incidemment fou amoureux d'elle, au sujet duquel un violoniste de l'orchestre d'Offenbach lui avait confié que le maître, invité à se prononcer sur la composition du jeune homme, aurait estimé qu'il avait manifestement devant lui un avenir. Elle a soulevé la partition pour donner à lire le titre calligraphié à la plume sur la chemise cartonnée. D'où vous êtes, à moins de faire pivoter la partition, ce dont ne s'est pas souciée Chloé qui visiblement se passe très bien de votre avis, vous n'avez aucune chance d'apercevoir l'intitulé que découvrent les passagers de la banquette opposée. Alors je vous le dis. Le livret s'intitule : *La Cerise sur le gâteau* — ce qui, a priori, n'annonce pas un chef-d'œuvre. Ce que nous confirme sa future interprète qui nous décrit un divertissement enjoué, un brin coquin, mais avec de vrais morceaux de bravoure nécessitant la voix d'une grande soprano (laquelle se tient à votre gauche).

Ce qui m'épate le plus, c'est que l'ouvrage est effectivement recensé dans le dictionnaire des œuvres lyriques du xixe siècle en France, aux éditions Lafontaine, 9 rue

Lachaume dans le Vᵉ arrondissement de Paris (les éditions ont disparu mais on peut consulter l'ouvrage à la Bibliothèque nationale). Comme on pouvait s'y attendre, ses auteurs classent *La Cerise* dans le genre opérette : musique de Sébastien Duru, livret de Pitou du Percy. C'est l'histoire d'une couturière, toujours une chanson au bord des lèvres, qui devient cantatrice et finit par épouser l'homme qui l'a remarquée et lancée. Un des airs principaux, un duo, commence ainsi, alors que la couturière apporte son linge dans une grande maison où le fils de famille, séduit pour l'avoir entendue chanter, lui demande de se présenter. Elle : Je m'appelle Cerise, Lui : Ne dites pas de bêtise. Elle : Je suis repasseuse. Lui : Vous êtes une chanteuse. Je n'ai pas eu le courage de lire plus avant. En revanche, le dictionnaire nous donne la liste des interprètes, lors de la création de l'œuvre le 13 septembre 1875 au théâtre de Villefranche-sur-Saône. Chloé de Sancy n'y figure pas. Ladite Cerise est interprétée par Solange Ménard. La nouvelle conquête du jeune Duru ? Ou Chloé aurait-elle repris son vrai nom, voire un autre, pour qu'on ne puisse établir un lien compromettant avec la première partie, moins reluisante, de sa carrière ? Il existe pour la même période un dictionnaire des interprètes lyriques, que je n'ai malheureusement pu consulter. Certains le feront certainement et on en saura davantage.

D'ici là, on chargera l'inspecteur de mener l'enquête, ce qui nous vaudra un nouveau roman social où l'on croisera une petite cousine des Rougon dans les coulisses de l'Opéra, buvant en cachette avant l'ouverture du rideau afin de vaincre son trac, grâce à quoi également il pourra lancer son fameux cri d'alarme dans *Le*

Coq de Brière (« J'assigne Mozart, etc. »). Mais au cas où Solange Ménard et elle feraient deux, pour l'instant n'en dites rien à Chloé. Qu'elle conserve ses illusions.

Elle les garde tellement bien qu'elle affirme que, sans les soudards de la Commune, l'œuvre aurait déjà été montée à l'Opéra-Comique, salle Favart (ce n'est pas celle que nous connaissons, l'ancienne ayant été détruite en 1887 par un incendie pour lequel il serait très injuste d'incriminer les communeux). Elle avait l'accord de principe des deux directeurs Leuven et Du Locle. Et tout a capoté à cause de ces, elle ne trouve pas de mots pour les qualifier. Prussiens, peut-être, suggère Maxime, histoire de rappeler une vérité première : que sans la sommitale bêtise impériale et l'abyssale stupidité des stratèges de l'armée française, Paris n'aurait pas eu à subir un douloureux siège de plusieurs mois pendant le très rigoureux hiver précédent, avec les conséquences que l'on connaît. Je vous vois un sourire amusé qui n'a malheureusement pas échappé au photographe. Lequel encouragé par la belle passagère, profite de son avantage et assène à la pauvre Chloé qu'elle devrait se réjouir de la résistance farouche des Parisiens qui la priva de chanter devant les Prussiens. Et pourquoi ? s'étrangle Chloé. Parce qu'ils sont connaisseurs, madame. Et poussant plus loin le bouchon : Je ne suis pas certain que *La Pomme pour la soif* ou je ne sais plus quel fruit de saison supporte la comparaison avec *Tannhäuser*, par exemple.

Chloé sans se démonter déclare que ce ne doit pas être un compositeur de grande renommée, puisqu'elle n'en a jamais entendu parler. Wagner vous dit-il quelque chose ? réplique Maxime. Évidemment il se plaît à rappeler qu'il y a dix ans il a assisté à la première française de *Tannhäuser* à l'Opéra de Paris (l'ancien, celui d'avant Garnier, qui était situé rue Le Peletier et qui va brûler lui aussi, et toujours sans l'intervention des communeux), et que, en dépit d'une vilaine cavale qui a fait chuter la pièce, il était d'accord avec son vieil ami Barbey pour affirmer haut et fort que c'était un chef-d'œuvre, mais comme personne ne connaît les gens auxquels il fait allusion, il s'enferre en ajoutant quelques noms censés capter l'attention et peser leur poids de célébrité, mais Chloé, ayant repris du poil de la bête, commente sobrement que bien sûr, photographe, on ne peut pas avoir tous les talents. Ce qui plaît beaucoup, cette saillie, au notaire, visiblement exaspéré par l'air de supériorité du gandin, et qui en profite pour demander à la chanteuse si nous aurons la chance de l'applaudir bientôt. Mais certainement, pas plus tard qu'à la fin du mois, au grand théâtre d'Alès. Elle y interprétera des airs d'opéra et des chants patriotiques.

Sur quoi, Maxime lève les yeux au ciel : Un grand théâtre à Alès. Mais il a perdu la manche. Vous regardez à nouveau par la fenêtre. Toujours rien en vue, pas d'homme courant en redingote noire sur les coteaux, qu'un petit âne dodelinant disparaissant sous une montagne de foin, que mène sur le bas-côté de la route un jeune garçon aux pieds nus qui n'ose pas lever les yeux vers vous quand la diligence passe à sa hauteur en l'enveloppant d'un nuage de poussière. Alors que ces petits paysans misérables animent depuis toujours votre paysage, il vous vient soudain à l'esprit que si vous n'aviez pas été aussi jolie, si vous n'aviez pas tapé dans l'œil du maître soyeux et de son épouse, c'est le sort qui vous attendait, cette errance des va-nu-pieds. Plus tard, vous le raconterez à celui qui pourra l'entendre. À la lumière de ce qui se sera passé, vous interpréterez alors cette révélation comme un signe annonciateur, une révision nécessaire avant la rencontre.

À l'intérieur les hommes ont sorti leur tabac : cigarettes pour le notaire et Valorges, pipe pour Maxime qui, blessé peut-être par la remarque de la cantatrice, a longuement tassé les brins noirs dans le fourneau avant de sortir son briquet à mèche d'amadou. Sa passe d'armes avec Chloé a momentanément mis un frein aux conversations. Roméo s'autorise même à lever le nez de sa partition tandis que sa maîtresse s'évente avec son éventail comme pour chasser cette atmosphère de calomnie qui flotte dans l'étroit habitacle. Tout en soufflant sa fumée par la fenêtre ouverte, qu'on voit s'élever en volutes grises jusqu'aux bagages du toit, Valorges vous fixe avec insistance, ce qui vous contraint à paraître absorbée par la contemplation du panorama. Parfois, lors d'un changement de position, sa chaussure vernie entre en contact avec votre bottine, ce qui vous oblige à la retirer précipitamment, à accepter sa demande d'excuses comme s'il se désolait de sa maladresse, et à vous recroqueviller dans votre coin, jambes plaquées contre la porte, tout en reprenant votre contemplation du paysage qui n'abuse pas votre vis-à-vis. C'est le postillon qui vous tire momentanément d'embarras. Comme la pente pour gagner le plateau se fait de plus en plus rude, qui progresse sur un terrain mouvementé entre les pains de sucre volcaniques, il demande aux voyageurs de descendre se dégourdir les jambes, le temps de franchir un passage au pourcentage plus accentué.

À peine avez-vous fait quelques pas sous un soleil véhément qui vous incite à déployer votre ombrelle, que le vif-argent s'approche de vous. Il voit comme moi votre chevelure flamboyer sur le fond lumineux de la toile blanche. On croirait un *tondo*, ces toiles circulaires qui dessinent autour du portrait une large auréole. Il me revient que les Vierges de Van Eyck ont votre couleur de cheveux, cette même frisure fine, ce même teint d'ivoire aux doigts de rose qu'on rencontre souvent chez les filles des Flandres. Et puis votre taille élancée. Oui, il y a du Nord, chez vous. Le petit chapeau à ruban de votre père, ce serait intéressant de se livrer à des recherches sur les coutumes vestimentaires de ces régions. Il faudrait que je consulte le catalogue d'un musée des arts et traditions populaires.

Sans que vous l'ayez remarqué, les cahots de la route ont détaché, à hauteur de votre nuque, une mèche qui serpente sur votre épaule. Ce qui n'échappe pas, ce signe tentateur, à Valorges, qui s'approche de vous le bras tendu et le poing fermé qu'il tourne vers le ciel avant d'ouvrir ses doigts : Je crois que ceci vous appartient. Vous portez une main à votre nuque, découvrez la mèche échappée de votre chignon, et prenez l'épingle dans sa paume en rougissant. Je l'ai trouvée sur votre siège. Merci, je me recoifferai plus tard. Après avoir déclaré que nous avions beaucoup de chance de voyager en compagnie d'une cantatrice, il vous demande : Jouez-vous d'un instrument ? Comme s'il vous avait rangée spontanément dans la famille des nantis qui apprennent aux filles l'aquarelle, la broderie et le piano. Mais en fait il est possible qu'il ait deviné que votre mise élégante ne disait pas toute la vérité. Ce qui expliquerait son aplomb, ses regards appuyés cherchant au-delà du jeu de la séduction brutale à percer votre secret.

Il a déjà bien noté tout à l'heure que la revendication de votre nom d'épouse manquait de vigueur. Une bonne bourgeoise se serait récriée d'un ton outré. Par sa question sur la musique il sait que vous ne pourrez faire autrement que de vous découvrir. Que vous ayez appris le piano, personnellement j'en doute. Je repense à la petite fille du jardinier s'amusant à identifier les oiseaux à leur chant, se faisant reprendre par son père pour avoir confondu un rossignol et je ne sais quelle variété de fauvette (je peux supposer que cette science des oiseaux vous la tenez de votre père, de ces longues heures passées sur la terrasse dominant le village de Saule, non ?) et portant à deux mains le panier de la cueillette jusqu'à la petite maison du parc, une masure de deux pièces qu'on n'imagine pas accueillir un piano et encore moins un professeur de musique. Je n'aurais pas parié lourd sur votre pratique musicale, pourtant à ma grande surprise, vous lui confirmez que vous jouez parfois de l'harmonium pendant les offices, mais que votre répertoire se limite aux psaumes et à quelques cantiques. Sans doute est-ce la première Mme Monastier qui vous a enseigné les rudiments du clavier en même temps qu'elle vous préparait à adopter un nouveau catéchisme. Ce qui se pratiquait aussi, cet apprentissage sommaire de la musique à des fins religieuses dans nos campagnes de l'Ouest.

Ce qui me rappelle également un film auquel, je crois, vous seriez sensible,

(car après avoir enregistré *La Sortie de l'usine Lumière* et *Arrivée d'un train à La Ciotat* on s'est vite lassé du réel. Le réel n'a rien d'autre à proposer que sa propre reproduction et il n'y a pas de quoi en faire une histoire. Ou si, mais des milliers, ce qui oblige à les reconstituer de bout en bout, à quitter la masse indifférenciée, ce survol de la foule qui se presse sur le quai de la gare, pour fondre en piqué, par exemple, sur le garçon au panier qui embarque bon dernier dans les wagons. Nous chercherons à percer les raisons de ce manque d'empressement, nous imaginerons à son allure un peu gauche que la grande ville — Toulon, ou Marseille — l'intimide, que son destin pourtant l'y attend, qu'il va y faire des rencontres qui vont bouleverser le cours de son existence, enfin, vous voyez, de sorte que bien vite, à force de croiser des bouts de vie sans pouvoir les suivre, le cinéma s'est mis à faire son roman. Il commence par de courtes nouvelles animées, ou plutôt une mise en mouvement de ces planches humoristiques qui paraissaient dans la presse, de bonnes blagues (rarement bonnes, en fait, toujours à base de méchanceté) en deux ou quatre dessins, comme celle de l'arroseur arrosé : un homme arrose son jardin au jet, un garçon facétieux marche sur le tuyau, le jardinier ne voyant plus rien sortir jette un œil dans son tuyau, et c'est le moment qu'attend le gamin pour retirer son pied, la suite vous la devinez, l'arroseur est effectivement arrosé — ce qui est une variante du chasseur chassé des images d'Épinal où un chasseur se fait tirer par un lapin), et puis des histoires plus compliquées, plus mouvementées, où vont intervenir des chevaux, des voitures automobiles, des comédiens acrobates, des filles abandonnées, des vagabonds, des Indiens, des mousquetaires, des enfants orphelins, des pharaons, des Vikings, des aveugles, des trains, des banques, des danseuses levant la jambe, des bars, des déserts, des montagnes, des pirates, de la neige, des îles, des alcooliques, des prêcheurs, des grizzlys, des chiens, des misérables, des prospecteurs, des trois-mâts, des pirogues, des baleines, des aventuriers, des diamants, des fantômes, des vampires, des fourmis rouges et, au milieu des pires dangers, les plus belles femmes du monde — ce qui a longtemps fait tout l'intérêt du cinéma.)

dans lequel une vieille fille anglaise, excessivement prude et rigide, accompagne son frère, pasteur presbytérien, en Afrique centrale, dans un village d'une dizaine de huttes, où elle le seconde dans ses tâches missionnaires. Ainsi quand le film commence, elle est au temple — une case rectangulaire aux murs en pisé et au toit de paille surmonté d'un clocheton — assise devant un harmonium, actionnant d'un battement de pieds alternatif le soufflet, et plaquant ses accords avec l'énergie de la foi pour tenter vainement d'harmoniser les voix disparates et braillardes des Africains, à moitié nus, la face scarifiée et bariolée, qui composent l'assistance.

Il faut que la caméra s'approche de l'officiant et de sa sœur Rose pour que de cette bouillie sonore émergent une mélodie identifiable et des paroles sacrées qui parlent drôlement d'un désert stérile, ce qui, cette métaphore au milieu d'une végétation luxuriante, ne doit pas aider à la bonne réception par les indigènes du message divin. Voilà qui n'aurait rien de bien passionnant, cette vie irrémédiablement anglaise de deux névrosés au cœur de la brousse africaine, si le personnage de Rose n'était joué par Katharine Hepburn. Or ça ne m'avait pas frappé au début, mais maintenant que vous partagez cet harmonium en commun, oui, je vous trouve certaines affinités : taille élancée, chevelure rousse, tavelures sur le visage, port majestueux, mais moins guindé chez vous, moins assuré aussi.

Dans *African Queen* (le titre de ce film), Rose est bien plus âgée (Hepburn avait quarante-cinq ans au moment du tournage) mais sa tenue impeccable en toutes circonstances, son chapeau à bord plat maintenu par des épingles dont elle révise régulièrement de ses mains le bon arrimage de peur qu'il ne s'envole, ses quatre épaisseurs de cotillon, combinaison, chemise et robe, son courage, sa courtoisie impitoyable, sa façon de s'adresser à l'unique membre d'équipage de l'*African Queen* — un rafiot dont on se demande par quel miracle il n'a pas encore coulé — en lui donnant, à ce vieil aventurier ivrogne et dépenaillé, du Mister Allnutt à tout propos (prononcez « misteur Haulnatte » avec une pointe de dégoût aristocratique) — oui, je vous y verrais bien, le dégoût aristocratique en moins.

Or Rose a d'autant moins de raisons de faire la fine bouche, qu'elle n'a de sa vie jamais approché un homme et que là, le misteur Haulnatte en question, si porté sur la bouteille, si sale, si bourru soit-il, est interprété par Humphrey Bogart, grande figure du cinéma américain, qui pour composer un alcoolique n'avait pas besoin de se forcer, c'était pareil pour lui dans la vie, ce qui lui joua, à cinquante-sept ans, le plus vilain tour, mais vous devinez bien qu'on ne l'a pas embarqué sur cette épave uniquement dans le but de porter le courrier au couple de missionnaires perdus dans la jungle. Humphrey Bogart, si on lui donne un rôle à ce moment de sa carrière, c'est forcément le premier. Et si on lui adjoint Katharine Hepburn au générique, ce n'est pas pour qu'elle fasse tapisserie. Elle finira nécessairement par lui tomber dans les bras. Mais Rose, qui n'entend pas céder au premier venu, fût-il le seul homme en vue dans cet enfer vert, feint de l'ignorer. Elle est comme vous, elle ne sait pas ce qu'il va lui arriver, et le lui annonce-rait-on, qu'elle préférerait s'enfuir, quitter cette histoire abracadabrante plutôt que de partager quoi que ce soit avec un aussi répugnant individu, mais je vous rassure tout de suite, elle saura ouvrir les yeux, et pour elle tout se passera au mieux (quant à vous, quant à votre avenir, je vous en ai déjà beaucoup trop dit).

Et ce qui va la faire changer d'avis ? Comme souvent, la guerre. Après la mort de son frère, sous le double choc d'un coup de crosse et de l'effondrement de son univers,

(le village est incendié par l'armée allemande — eh bien oui, ne vous étonnez pas de la retrouver là, son unité récente, signée à Versailles dans la foulée de sa victoire contre la France, il y a cinq mois à peine, va donner à l'Allemagne un féroce appétit. Partie bien après ses rivales, elle tient comme la France et l'Angleterre à se tailler un empire outre-mer et réclamera sa part du gâteau africain, ce qui situe Kungdu, le village de Rose et de son frère, très certainement au Cameroun. Autant dire que c'est ce même conflit commencé officiellement en 1870, à base d'impérialisme et d'expansionnisme, qui va nous occuper soixante-quinze ans, voire davantage, avant que ne soient soldés tous les comptes et les arriérés idéologiques. Mais pour l'instant, ça va se jouer à l'extérieur, dans les derniers territoires à coloniser, vous ne vous en rendrez pas compte, à moins de vous lancer dans des affaires juteuses ou de vous passionner pour ces peuples du bout du monde qui ne semblent pas apprécier à leur juste valeur les bienfaits de notre civilisation. (En fait, vous vous en rendrez compte, les expéditions en Extrême-Orient vont faciliter le commerce de la soie et contribuer au déclin des filatures des Cévennes.) Mais vous avez ainsi devant vous quarante années à peu près tranquilles, pendant lesquelles vous pourrez faire de la bicyclette, conduire une automobile, aller au cinéma, regarder les avions voler, assister à l'Exposition universelle, appeler à distance avec un appareil téléphonique, vous éclairer à l'électricité, quand dans le même temps vos Cévennes se videront de leurs habitants.)

elle devra embarquer à contrecœur sur la *Reine africaine*, apprendra à tenir la barre, astiquera les cuivres et, hygiéniste jusqu'au bout des ongles, videra dans la rivière toute la réserve de gin de misteur Haulnatte. Ce qui est cruel pour le pauvre Charly qui s'insurge un peu, mais il faut le comprendre, il ne sait pas encore que cette ivresse ne vaut rien en comparaison de celle que va lui faire découvrir la grande fille austère qui pour l'heure s'abîme dans la lecture des livres saints. Et il va tellement gagner au change.

Vous les verriez ensuite, vous penseriez comme tout le monde que cet amour-là valait bien de passer par autant d'épreuves. Car avant que l'addition des difficultés ne les révèle l'un à l'autre, ils vont devoir affronter un vrai parcours du combattant, et un combat à balles réelles. Imaginez que Rose a convaincu misteur Haulnatte de venger sa patrie en se lançant dans une folle équipée sur la rivière, au milieu des rapides, des insectes, des sangsues, des hippopotames, des cataractes et des crocodiles, à l'issue de laquelle, après avoir manqué d'un rien d'être tous deux pendus pour espionnage au profit de la couronne britannique et s'être mariés en catastrophe, la corde au cou — ce qui constitue une illustration littérale de l'expression métaphorique utilisée pour le mariage : se passer la corde au cou —, ils couleront le *Louisa*, un cuirassé ennemi.

(Oui, c'est cela, le cinéma, où une épave, un ivrogne et une bigote sont en mesure de faire pièce à l'armée allemande. Vous comprenez que le roman ne pouvait lutter, qui se voulait un miroir qu'on promène sur une grande route. Peu de chances que ne s'y reflète une histoire aussi invraisemblable. Même si je sais bien qu'on en fit d'abord un roman, mais d'un genre nettement tardif, écrit par un de ceux-là qui ne savaient pas que la guerre était finie, que le roman romanesque était enterré depuis un bon moment, or ce survivant fossile, qui se soucie de le lire encore ?

au lieu que nous ne nous lassons pas d'assister à l'arrivée de la reine d'Afrique dans la clameur des chants de Kungdu, de revoir misteur Haulnatte qui a laissé sa cabine à Rose, se couvrir comme un mendiant de sa couverture pour se protéger d'une pluie torrentielle, d'éprouver le doux effroi des deux héros quand après avoir franchi les rapides ils se congratulent en se tombant dans les bras, et que de cette étreinte qui leur fait se demander ce qu'il leur arrive, ils ne reviendront pas, de rire avec Rosie de l'imitation de tous les animaux de la faune africaine par son compagnon qui se dandine sur le pont et se gratte les aisselles comme un chimpanzé, ou de frémir avec eux en apercevant cette ondulation massive des crocodiles se jetant goulûment dans la rivière en glissant sur la berge, comme si, découvrant le vieux bateau à vapeur ballotté par les eaux tempétueuses, ils se pourléchaient par avance les babines : un garde-manger qui passe.)

(L'inspecteur avait tellement travaillé à cette idée que l'imagination était morte, qu'interdite désormais de roman, lequel serait scientifiquement prouvé par la vie vraie ou ne serait pas, elle s'est réfugiée dans ce genre nouveau du cinéma, avec armes et bagages, c'est-à-dire les armes terrifiantes du réalisme où l'image donne à voir la vie même et le bagage romanesque où un mousquetaire peut ferrailler d'une main et envoyer de son autre main un baiser à sa reine de cœur, de sorte qu'il ne lui fallut pas longtemps au cinéma pour tricoter des récits extravagants aussi vrais que nature. Mais ce type d'histoire requiert beaucoup d'innocence, et les genres la perdent vite, qui finissent par se scléroser, s'user, qui pour perdurer, créer l'illusion de

leur survie, se font, comme les gouvernants, mani-
pulateurs, roués, cyniques, terroristes, tentant de se
régénérer à coups de calfatages formels et de déclarations fracassantes : successivement la mort de l'imagination, la mort du roman, la mort de l'auteur, la
mort du texte en attendant la mort de l'écriture. Le
cinéma, qui est un genre comme un autre, aujour-
d'hui en est là, aussi moribond que le roman, mais
pendant un demi-siècle il en a bien profité. Et nous,
avec lui.)

(Comment ne pas y croire — autant dire qu'il s'agit
bien d'un acte de foi —, à ce bateau ivre affrontant
une rivière de premier matin du monde, à cet homme
et cette femme embarqués dans la plus formidable aventure de toute l'histoire de l'humanité, cette
découverte effarée du sentiment amoureux quand
apparemment tout les oppose, que la distribution des
cartes les condamnerait chez notre inspecteur, pour
l'un à prendre les crocodiles pour les symptômes
d'une crise aiguë de delirium tremens, ce qui nous
vaudrait une incrimination virulente contre les fai-
seurs de sacs à main dans *Le Tambour de Kungdu*, et
pour l'autre à finir vieille fille aigrie en empoison-
neuse de son frère. Au lieu que vous les verriez, Rosie
et Charly maintenant, ayant abandonné toutes leurs
préventions, leur armure sociale, leurs préjugés —
mais je ne vous en dis pas davantage, cette transformation du monde, car quand le regard change, c'est
le monde qui change, vous aurez bientôt l'occasion
de l'expérimenter par vous-même.)

Une bonne chose. Vous avez remis fermement le vif-argent à sa place. Même si je me méfie. Vous ne seriez pas la première affectant de repousser un soupirant avant de se rendre à ses avances. Mon côté analphabète polyglotte, sans doute, mais j'ai beaucoup de mal à traduire je vous déteste par vous me plaisez beaucoup. Moi qui prends tout à la lettre, qui me bats pour qu'on la respecte, qui veille à lui faire dire principalement ce qu'elle dit, comprenez que je me montre prudent. Ce langage des subtilités amoureuses obéit à une syntaxe qui parfois m'échappe. Cependant je remarque que Valorges a l'air un brin vexé, toujours ça de pris, qui s'approche du petit groupe penché sur le sort de la roue arrière gauche de la Montagnarde. C'est pour cette raison que je n'ai pas suivi votre entretien. J'avais bien remarqué que le postillon, après un choc brutal contre un rocher — c'est sa faute, il serrait de trop près la muraille taillée dans le flanc de la montagne, je l'ai vu tout de suite, et maintenant il accuse les chevaux de cet écart en les traitant de tous les noms —, avait stoppé son attelage et était descendu précipitamment de son siège pour juger des dégâts. Visiblement l'état de santé de la roue le préoccupe. Il jure comme, eh bien, un charretier — effectivement une spécialité de la profession, mais rendons-lui justice, il est difficile de se faire bien comprendre de quatre chevaux, qui n'ont pas forcément appris la même langue, d'où cette règle d'or chez les voituriers de ne jamais panacher dans un attelage un boulonnais et un auvergnat, par exemple — en inspectant les rayons.

Et là, cette fissure franche à proximité du moyeu, il y a de quoi s'inquiéter. Ce qui n'inquiète pas outre mesure les voyageurs. Il suffit de changer la roue, et le tour est joué, ce ne sera pas la première fois qu'un tel incident se produit. C'est même chose courante. Après tout ce temps perdu au départ, ils ne sont plus à cinq minutes près. Le problème, explique le postillon, c'est qu'il n'y a pas de, et là il me faudrait transcrire une dizaine de jurons plus formidables les uns que les autres, roue de secours, que la, jurons formidables, roue de secours, c'est celle-là, avec son bois fendu, qu'il a fixée la veille au soir en laissant l'ancienne chez un forgeron du Puy pour qu'il en change le cerclage qui risquait de déjanter après avoir perdu des clous. D'accord, il n'aurait pas dû s'embarquer ainsi sans roue de rechange, c'est inadmissible, tout le monde peut se tromper sauf un postillon,

(en aparté, pour agrémenter votre temps de pause je vous propose une définition : « Petits flotteurs en forme d'olive qui, placés entre la flotte principale et le scion de la canne, maintiennent le fil de la ligne à fleur d'eau. » De quoi s'agit-il ? Non ? Vous donnez votre langue au chat ? Car bien entendu, la flotte et le scion ne vous sont pas plus qu'à moi familiers, et telle quelle, la formulation s'appliquerait aussi bien à l'accastillage du cuirassé *Louisa*. Alors ? En fait, on les trouve dans la boîte magique du pêcheur, au milieu des leurres et des mouches, et on les appelle des postillons.)

cependant si mesdames et messieurs les voyageuses-geurs ne sont pas contentes-tents ils peuvent toujours s'en retourner à pied, suggère le voiturier imprévoyant qui empoigne d'une main le rayon fissuré et s'efforce en tirant dessus d'en tester la résistance. Quoi ? Marcher par cette chaleur ?

Au fond de la vallée une brume vaporeuse étouffe la ville du Puy qui dans son cratère semble mijoter. On a grimpé si haut que les gigantesques pitons rocheux qui supportent les canons de Marie et la chapelle d'Aiguilhe paraissent de simples stalagmites. Pas un nuage, ou des lambeaux effilochés, et le ciel à l'horizon se confond avec les montagnes bleues. En contrebas la Loire entame une boucle et dessine une fine géographie au milieu des sables qui encombrent son cours. On rejette la proposition de Maxime de descendre s'y baigner (il n'est décidément pas en vogue, on a déjà refusé qu'il déballe son attirail alors que pris d'une sorte d'extase en embrassant de son regard professionnel le panorama il se proposait d'en faire un cliché). Pas question donc de revenir en arrière. Et devant ? Le Monastier-sur Gazeille, à une dizaine de kilomètres, précise maître Abeillon — et tout le monde se tourne vers vous, comme si vous disposiez d'un laissez-passer. Alors qu'est-ce qu'on fait ?

demande le postillon dont le pouvoir de décision a été entamé par son impéritie.

Qu'est-ce qu'on fait ? Moi, je ne suis pas charron. Je me souviens assez nettement, dans mon enfance, de la dernière charrette à cheval remontant le bourg avec ses deux immenses roues plus hautes que les ridelles, et du paysan droit comme un aurige conduisant debout son attelage, la visière de sa casquette rabattue sur les yeux pour se protéger des rayons du couchant (l'orientation est-ouest de l'église dont le porche d'entrée donne sur le haut de la place me confirme dans mon souvenir), mais de là à prétendre que la roue en bois pourra tenir jusqu'à Langogne où se trouve le prochain relais de poste, je ne veux pas prendre sur moi la responsabilité d'un accident entraîné par le bris du rayon, avec le risque que la voiture verse dans un ravin. Je ne sais même pas conduire une automobile actuelle pour laquelle il faut un permis qui sanctionne la réussite à un examen de passage que j'ai toujours pris soin d'ignorer. Que le postillon prenne sa décision en son âme et conscience. C'est lui qui tient les rênes, et si j'en crois la photo de Saint-Jean-du-Gard il les tiendra encore dans vingt ans. Tout ce que je peux dire c'est que ce voyage ne sera pas son dernier, et donc que vous vous en sortirez.

En revanche, cet incident n'arrange pas nos affaires. S'il choisit de dételer et de partir à cheval à la recherche d'un maréchal-ferrant, comme il en fait la proposition, on n'est pas près de se remettre en route et vous allez rater votre rendez-vous avec la rencontre même. Or il faut faire vite. Octave ne tient plus debout. Quand ce matin il a voulu se lever aux premières lueurs du jour, sa douleur au flanc s'est réveillée et un premier mouvement pour se déplier a eu l'effet d'un coup de poignard. La souffrance, la faim et le découragement ont failli avoir raison de lui. Il a été traversé, écrira-t-il, par la tentation de rester sur son tapis de feuilles mortes. Il serait tellement plus simple d'arrêter là, de se décomposer sur place, de devenir terreau, de renaître en mousse des bois, en surgeon de hêtre, d'attendre la fin dans l'aube tiède, sous le dôme musical des chants d'oiseaux.

Vous n'étiez pas là pour le renseigner, mais son esprit était bien trop douloureux pour s'inquiéter dans ce tohu-bohu du nom des solistes. Dans l'aube tiède, ce fut pourtant une douce consolation pour le presque moribond, ce concours de chant improvisé, cette frénésie de vie, et un air a tourné dans sa tête,

(Du moins c'est ce qu'il raconte et même si on ne met pas en doute son témoignage, on ne peut s'empêcher de sentir le procédé romanesque. C'est un lettré, et on a vu comment le chant de la grive pouvait aider à voyager à travers le temps et l'espace. Quand j'ai fait passer les carnets d'Octave à Michel Le Bris en vue d'une réédition (je ne vous cache pas que j'aurais aimé les voir publier à côté de nos amis William Hudson, le fou d'oiseaux, et Isabella Bird), c'est ce genre de détail qui l'en a empêché. Il m'a même soupçonné de les avoir écrits, ce qui ferait de moi un faussaire habile (je possède un exemplaire de la première édition de 1929), et m'a un peu alarmé car je trouve le style d'Octave souvent pompeux, et manquant de naturel. Comme le mien ? Bien analysé, appuieront certains. Il me semble pourtant que je m'en sors mieux. Il est vrai aussi — et en cela j'étais d'accord avec l'éditeur — que ses longues digressions sur l'avenir de l'humanité alourdissent son récit, par exemple tout le passage sur la gestion des coopératives par les ouvriers eux-mêmes, qui devrait conduire à abolir toutes les distinctions de classes, mais en même temps, c'est bien le moins à sa place d'y croire, et il saura justement vous convaincre.)

(De plus s'il mentionne Varlin, Clément, Vallès, Jourde, Allemane, Rochefort et quelques acteurs notoires de la Commune, rien ne prouve, hormis Clément, qu'il les ait fréquentés plus intimement en dehors des réunions publiques, quand des confidences recueillies à chaud apporteraient un contrepoint émouvant à leurs déclarations officielles, nous renseigneraient sur leur état d'esprit du moment. Comme la plupart des récits des combattants de la Commune, le sien oscille entre une vision élargie reconstituée après coup et la valorisation d'actions personnelles qui peinent à se hisser au niveau du drame en train de se jouer. On comprend qu'il n'a pas eu un rôle de premier plan, même si celui-là ne fut pas négligeable puisque, en tant qu'élu du XIe arrondissement, on lui confia le soin de rédiger les communiqués et d'organiser une école populaire. Peut-être se méfie-t-on un peu de lui. Avant la Commune, il était précepteur dans le faubourg Saint-Germain. Il n'appartient pas à la famille des artisans, relieurs, cordonniers, doreurs ou typographes, qui fournit l'armature de la rébellion, ni à cette race de révoltés permanents, comme Vallès, qui tout jeunes vomirent l'Empire, manifestèrent à la moindre occasion, eurent maille à partir avec la police de Napoléon III, animèrent des réunions secrètes, et s'engouffrèrent dans la Commune comme dans une cour de justice.)

(Sa première action aura été de défiler au milieu des cent mille Parisiens indignés par l'assassinat de Victor Noir. Une prise de conscience tardive mais cette justice de classe permettant aux puissants d'agir en toute impunité semble avoir constitué un élément déclencheur de son engagement. Peut-être lui permit-elle d'ouvrir les yeux sur la société huppée qu'il servait et dont il encourageait par son enseignement les principes inégalitaires. Mais de là, les événements se précipitant, il eut sans doute à faire sur le tas son éducation politique. Eût-elle été plus ancienne, il n'aurait pas omis de mentionner l'A.I.T., l'Association internationale des travailleurs dont Varlin fut un des premiers adhérents français et qui tint son premier congrès à Londres, il y a six ans. Mais on ne peut douter de la sincérité de son engagement. Sa plaie au côté et sa condition d'homme traqué en seront le prix. Voilà, vous en savez un peu plus long maintenant.)

celui du gai rossignol et du merle moqueur qui accompagna les semaines enflammées d'avril et de mai, une chanson un peu mièvre et sentimentale, qui détournée de son sens avait fini par devenir une sorte d'hymne révolutionnaire, instillant par un curieux renversement du temps la nostalgie d'un avenir meilleur.

Son auteur avait été à ses côtés pendant les deux longs mois de l'insurrection parisienne, avait participé activement au *Cri du peuple*, le journal de Vallès, s'était battu courageusement sur les barricades et puis Octave avait perdu sa trace dans ce Paris transformé en charnier, dans cette atmosphère de fin du monde qui avait préludé à l'écrasement final.

Il était déjà une figure célèbre parmi les chansonniers, et si *Le Temps des cerises* avait pu devenir un chant révolutionnaire en dépit de sa destination première, c'est que l'ardeur militante de Clément ne pouvait être prise en défaut, qui s'était exprimée dans d'autres recueils, par exemple, « Les Chansons du morceau de pain » ou « Les Chansons de l'avenir », dans lesquels il prenait déjà parti pour un quatre-vingt-neuf des ouvriers. Pourtant ce fut à celle-là, écrite pour les amoureux, qu'on confia le trésor de l'espérance, comme un message codé pour les générations futures : n'oubliez pas l'amour, ou votre révolution ne sera qu'un énième avatar de la tyrannie.

Le gai rossignol et le merle moqueur avaient tellement représenté l'espoir d'un printemps pour le monde qu'Octave ne s'attendait pas sous les branches des hêtres à les retrouver là, ceux-là et d'autres, non pas à l'état de symboles, mais bien vivants, petits êtres vaillants de chair et de plumes, s'activant dès l'aube sans compter, à coups de sifflements, de trilles, de pépiements et de roucoulades, ne laissant à personne le soin d'annoncer la bonne nouvelle : qu'après le jour des morts, il y aura encore un autre jour, qui sera un jour pour pleurer, et qu'un autre suivra, qui sera pour se réjouir. C'est peu dire que le merle ne se moque pas du monde et que la gaieté du rossignol est empreinte de gravité. Il écrit — et là il faut le croire — qu'il fut pris de honte devant sa faiblesse à la pensée de ses compagnons de malheur qui ne pourraient jamais plus témoigner. Pour tous ceux-là, qui avaient rejoint l'anonymat de la fosse commune, des corps hâtivement recouverts de chaux vive, il se devait de se remettre en marche. Comme l'avait dit Varlin, l'admirable : « Un jour l'histoire verrait clair. » Eugène Varlin, relieur, et parmi les plus belles figures d'homme, ne le verrait pas, ce jour de clarté. Pour lui et les dizaines de milliers de regards morts, il fallait le préparer, ce beau jour, le parer, comme on prépare le jour des noces, ce qui donnait à ceux qui avaient encore de quoi vivre l'obligation de reprendre la longue marche vers davantage d'humanité. Alors, debout camarade.

Quand il cherche à se lever en grimaçant, il se sent tellement faible qu'il se rappelle qu'il y a plus de vingt-quatre heures qu'il n'a rien mangé. Le refus du paysan, la veille au soir, ravive soudain la vieille animosité entre la campagne réactionnaire et la ville républicaine. Non seulement la province n'a pas suivi, à l'exception de quelques villes, mais elle a regroupé ses forces pour écraser ces bons à rien de Parisiens, forts en gueule mais incapables de retourner la terre et de soulever une hache. Il maudit toute cette chouannerie, ce reliquat d'Ancien Régime tout disposé à rétablir la monarchie et l'ordre ancien ou le bon serviteur rend hommage à son seigneur et maître. À Versailles — Versailles, c'est tout dire —, on ne rêve que de ça, Thiers ayant avoué qu'il n'avait aucun goût pour la République. Et puis surtout en finir avec ces idées nuisibles qui ont commencé à trouver un début de réalisation pendant ces quelques semaines. D'où l'impérieuse nécessité de placer un cordon sanitaire autour de la ville rouge pour éviter leur diffusion, et si possible de les tuer dans l'œuf, ces bizarres idées de justice, et comment mieux y parvenir qu'en écrasant chaque tête gangrenée par ces germes pernicieux. D'où l'extraordinaire propagande orchestrée par Thiers et les siens pour assimiler les communeux à des bandits, des pillards. Alors qu'ils n'ont même pas touché à l'or de la Banque de France, ni détourné une seule fourchette en argent de l'Hôtel de Ville, dont toute la luxueuse quincaillerie sonnante partira à la fonderie pour se transformer en monnaie. Drôles de voleurs qui s'accordent une rémunération misérable de 15 francs par jour, ce qui équivaut au salaire d'un ouvrier qualifié, ne puisent pas dans les caisses des finances, et ne songent même pas, alors que l'argent manque de tous côtés pour faire face aux dépenses dues à la guerre, à s'attaquer à la réserve centrale gardée par quelques fonctionnaires. Ce qui ferait, cette intégrité, s'étrangler d'indignation n'importe quel desperado à l'ouest des Rocheuses.

Mais Octave craint que, sûr de son bon droit, le paysan ne s'empresse à la première occasion d'alerter les gendarmes. De ce fait, il n'osera plus se présenter en exhibant devant lui, comme un talisman, la pièce entre ses doigts. Quant à voler un pain ou une pomme, dans son état qui lui interdit de courir, ce serait la plus sûre invitation à goûter aux pontons de Rochefort, Brest ou Toulon.

Sorti du bois il retrouve le sentier de la source, buvant à longs traits dans ses mains avant de reprendre sa route. Son intention est de gagner un port du Sud et d'embarquer sur un navire qui le mènera loin de l'enfer qu'on lui promet. Toutes les condamnations par contumace ont été les plus sévères. De son procès — car la justice fut expéditive à Versailles — pour l'instant il ne sait rien, ni même s'il y a eu jugement. Il se rappelle avec terreur la vingtaine de cours prévôtales qui aussitôt qu'un quartier était nettoyé par les lignards exécutaient d'abord et jugeaient ensuite : à Montmartre, au Luxembourg, au parc Monceau, au Châtelet, dans les prisons, dans les gares. Pour aller plus vite et remplacer l'aspect artisanal des pelotons d'exécution, les généraux Vinoy, Galliffet, Cissey recommandaient la mitrailleuse, le moulin à café, selon les Parisiens. Le progrès, c'est la vitesse. Ici, la vitesse d'exécution. Il ne doute pas qu'on statuera sur son sort.

Son élection dans le XIᵉ arrondissement, même à un rang modeste, le place parmi les responsables. Et pour ceux-là, ce sera systématiquement les travaux forcés ou la déportation, voire la peine de mort. De toute manière, pour ce qui est de la peine capitale, le plus gros a été accompli sur le terrain. Au moins vingt mille victimes, trente mille peut-être, ou davantage encore. À ce compte-là, la justice de Versailles composée de vingt-quatre conseils de guerre fut clémente, qui après les arrestations en masse — quarante mille hommes, femmes et enfants —, sur les cinquante mille décisions rendues prononça quatre-vingt-sept peines capitales dont vingt-six furent exécutées. On oublie également le millier de prisonniers n'ayant pas survécu au transport, à l'entassement dans des prisons où l'on dormait debout, à la vie terrible des pontons. Octave ne sait pas encore à quoi il échappe. Les archives militaires nous renseignent : Octave Keller, condamné par contumace à la déportation en enceinte fortifiée. Une peine de dix ans. C'est à peu près celle qu'il s'infligera.

S'il a choisi de passer par le centre du pays, c'est que le Couloir Rhodanien est trop dangereux. C'est un engorgement, une nasse, où les gendarmes auraient beau jeu de le cueillir. En revanche il ne nous dit pas pourquoi à l'instar des proscrits il n'a pas cherché d'abord à gagner Londres ou Bruxelles où s'exila la presque totalité des communeux. Qui plus est, des villes beaucoup plus proches de Paris. On peut avancer une explication. Il évoque, alors qu'il se plaint du climat de l'Australie où il a trouvé un emploi de contremaître dans une carrière, une petite maison de campagne dans le Loiret qui semble être le berceau de sa famille maternelle et pour laquelle, sous le soleil accablant dans ce désert de pierres, il éprouve une violente nostalgie. Il nous dit qu'il y passa un été auprès de sa grand-mère, et en garde des souvenirs heureux, réinventés peut-être à l'aune de ses désagréments présents, et liés aux activités des champs. Ce qui explique qu'il sera tout disposé, cet homme des villes qu'on croirait plus sensible à la poésie des pavés, à écouter vos leçons de nature. Il faut dire que dans son malheur il a une chance inouïe : le professeur Constance Monastier en cours particuliers, d'autres se bousculeraient, demandez à Valorges. Non, ne lui demandez pas.

Et donc plutôt que prendre la direction de Bruxelles ou de Londres, Octave a-t-il pensé, blessé, trouver refuge dans le havre du Loiret, et tenter de le rejoindre, avant de se raviser pour ne pas mettre les siens en danger et de poursuivre vers le sud ? On peut aussi considérer que c'est un être ombrageux, solitaire, peu enclin à se mêler, et qu'il ne se sentait pas de force à confronter son militantisme de fraîche date aux solides débatteurs qui se regroupaient dans les cafés d'exil. Et puis, il faut aimer la compagnie bruyante, les joutes interminables sur des points dogmatiques, la parole verbeuse. C'est aussi un homme de plume, pas un tribun. Trop poète pour être idéologue, trop idéologue pour être poète.

De fait, dans ses carnets, quand il s'essaie au lyrisme, les ciels flamboient et la roue du destin broie les humiliés, et je vous ai déjà dit qu'il n'y faisait pas montre d'une solide connaissance politique. Il s'agit plutôt d'un rêve éveillé, empirique, nourri de toutes les initiatives lancées par la Commune. Il insiste notamment, en tant qu'ancien précepteur dans les beaux quartiers, sur la nécessité d'un enseignement obligatoire et gratuit pour tous, qu'il a tenté de mettre en pratique dans son arrondissement en annexant une institution religieuse. S'il s'indigne du sort réservé aux orphelines par les bonnes sœurs, quand il découvre le traitement qu'elles leur infligent, il ne semble pas en revanche avoir vis-à-vis de l'Église des positions aussi radicales que celles d'Allemane, par exemple, qui œuvra à l'interdiction des congrégations.

(Ceci, pour le plaisir, quitte à donner du grain à moudre à l'antipapisme de vos coreligionnaires, alors que plusieurs éléments de la Commune viennent annoncer aux sœurs de la rue Saint-Jacques la laïcisation de leur établissement et qu'elles cherchent à détourner à leur profit une partie des biens appartenant à la ville : « Tout à coup [*écrit Jean Allemane, le futur fondateur du mouvement ouvrier socialiste révolutionnaire*], une jeune sœur, superbe d'indignation, arrache sa coiffe et s'écrie, les yeux pleins de larmes : "J'en ai assez d'un pareil métier. Ces vêtements me font honte. Je les quitte, aussi la congrégation, et rentre dans la vie civile." » Vous voyez, enfin une bonne action à porter au crédit des communeux.)

De toute manière, ce qui nous touche dans ses carnets, c'est vous. Oh, dans le second, cette apparition de votre corps blanc quand, au matin, il soulève la couverture qui vous a abritée de la nuit du mont Lozère, que spontanément, impressionnée par votre nudité, vous vous couchez sur le côté et repliez vos jambes, et qu'il note comme imprimée au tampon au-dessus de votre hanche, sur le côté opposé au sien, une tache de sang séché provenant de sa plaie, et que, la découvrant, il se penche sur vous, attrape un pan de sa chemise rougie jetée dans l'herbe et humide de rosée, et entreprend doucement d'effacer la cicatrice de la nuit, puis à voix basse comme pour ne pas troubler votre éveil, alors que vous ouvrez vos yeux d'océan sur la révélation amoureuse : Pardonnez-moi, je vous ai blessée. Puis : Tout est réparé, maintenant — avant d'arranger délicatement de ses doigts votre chevelure rousse, et d'approcher centimètre par centimètre de vos lèvres entrouvertes.

Il n'est pas possible qu'il ait inventé une telle scène. Tout est vrai, n'est-ce pas ? De toute manière je le saurai bientôt. Je serai à même de vérifier si la version que nous livrent ses carnets est conforme à ce qui s'est réellement passé au moment de votre rencontre. Car tout ce qui m'intéresse, c'est vous. Le reste, on le trouve ailleurs. Sur les jours de la Commune il ne nous apprend pas grand-chose, sa relation des événements ne peut se comparer à celles de Lissagaray, Allemane, Vallès ou Louise Michel ; quant à la suite de ses pérégrinations, je ne diligenterai pas des inspecteurs aux quatre coins du monde pour le suivre à la trace pendant ses dix années d'errance et recenser toutes les carrières d'Australie afin de vérifier ses dires. Là, son histoire rejoint les récits de ces dizaines d'aventuriers qui depuis quelques années s'égaillent à travers la planète pour rapporter un témoignage inédit avant que ne se referme le grand livre des découvertes. Et sur ce point le sien est bien inférieur, puisque trop centré sur lui-même, à celui d'Isabella partant à la découverte des îles Hawaï, du Colorado, de la Nouvelle-Zélande (mais également de l'Australie), puis de la Chine, du Tibet, du Japon, de la Corée, qui, elle, nous donne à voir les contrées qu'elle visite.

Au fond, Octave n'a rien vu des pays traversés. Enfermé dans le ressassement des mêmes douleurs où vous apparaissez au milieu comme une trouée de lumière, il n'avait plus les moyens de s'ouvrir au monde, c'était au-dessus de ses forces. Ses dernières forces, il les a jetées à vos pieds, des forces d'amour, de celles qui font trembler sur ses bases après le grand tremblement des jours d'agonie. Il vous les a confiées comme on dépose un trésor dans une cache sûre avec l'espoir de le retrouver intact à son retour. Vous en êtes l'unique dépositaire. Ensuite, quand il se remet en marche, c'est un homme atrophié qui parcourt le monde, presque en aveugle. Il n'a rien vu de l'Égypte. Et s'il se rendit bien au pied des pyramides qui sont à deux pas du Caire où il enseigna quelques mois, il n'en fait pas mention dans ses cahiers. C'est par une photographie que vous aurez sous les yeux que nous le savons. Il n'a rien vu non plus de Pondichéry où il tenta de se lancer dans le négoce des cotonnades. Il n'a rien vu de l'Australie, et nous ne compterons pas sur lui pour apprendre qu'on y trouve à foison des kangourous ou que des hommes y vivaient bien avant l'arrivée des colons, s'armant d'une planchette courbe qui s'appelle reviens.

Et le traumatisme de la semaine sanglante n'explique pas tout. Louise Michel, d'ailleurs absente de ses carnets, prit fait et cause pour les premiers habitants de la Nouvelle-Calédonie. Son sort pitoyable et les conditions terribles du bagne ne l'empêchaient pas de s'indigner du traitement qu'on réservait aux indigènes. Au contraire, elle voyait en ceux-là des compagnons de la commune misère, quand d'autres parmi les communeux eux-mêmes auraient volontiers prêté main-forte à leurs gardiens pour participer à la chasse aux Kanaks. Où l'on s'aperçoit que la souffrance ne rend pas forcément solidaire de toutes les souffrances. Dans quelques années on va voir Rochefort, dont je vous ai déjà parlé, le directeur de *La Lanterne* et de *La Marseillaise,* un opposant farouche de l'Empire, un combattant formidable, un irréductible qui votera contre Thiers et, bien que n'ayant pas participé directement au soulèvement parisien, sera condamné malgré tout au bagne calédonien d'où il s'évadera au bout de quatre mois, on va voir Rochefort, l'âpre républicain, soutenir de sa plume acide l'ignoble général Boulanger, un des bouchers de la Commune, un va-t-en-guerre nationaliste ayant sévi en Kabylie, en Cochinchine, en Tunisie, et on sait de quelle manière.

Mais on se dit aussi que si Octave avance les yeux fermés, c'est qu'il n'a pas envie de se réveiller de son songe lozérien. Il s'applique à ce que son rêve l'accompagne partout où ses pas le mènent, comme un talisman précieux, un tendre vaccin contre le rugueux spectacle du monde, lequel, pour qu'on établisse son diagnostic, n'a pas besoin qu'on lui prête une constante attention. La misère, on le sait, est omniprésente, il suffit de se baisser pour ramasser n'importe où ses pauvres morceaux. Nul besoin d'en analyser tous ses composants pour la juger intolérable. Octave a tout loisir de poursuivre sa réflexion et d'échafauder des solutions pour un meilleur avenir. Nul besoin désormais d'être aux premières loges. Il sait maintenant que la Commune est partout, partout l'espérance et la barbarie, la générosité et la veulerie, le don de soi et le vol de l'autre.

Mais il sait aussi que ne se reproduira pas deux fois ce mystère qui organisa votre rencontre au cœur des Cévennes, seul point sur le planisphère où la croisée de vos vies sera suspendue à une seule parole, celle que vous prononcerez, ce quasi-cri, lorsque, agrippant votre robe pour vous permettre de mieux courir, vous lancerez à l'adresse du réprouvé : Je viens avec vous, en vous précipitant vers la silhouette sombre qui peine à gravir le coteau. Et considérant le peu d'intérêt qu'il porte ensuite à l'écoulement de ses jours, il est raisonnable de penser qu'Octave estimait qu'ils valaient moins la peine sans vous.

Dans très peu de temps je saurai si tout ce qu'il avance sur votre rencontre est conforme à ce qui s'est réellement passé entre vous. Pour un peu, en vous hissant sur l'impériale, sur la petite banquette derrière le cocher, qui est inoccupée, au moment où la diligence se remet en route au pas dans la montée, avant d'attaquer le plateau au petit trot pour ne pas fatiguer la grande roue arrière, vous pourriez presque l'apercevoir. Il est à quelques kilomètres de vous.

Depuis l'aube il marche. Après s'être désaltéré à la source, il a retrouvé le sillage du chemin à la double ornière blanche, bordé de mûriers et de noisetiers, qui descend du plateau vers le Monastier-sur-Gazeille et que vous allez emprunter. Se dirigeant vers le sud-est il a assisté au lever du soleil sur sa gauche, derrière les montagnes, d'abord une poudre rose sur le bord du ciel au-dessus des crêtes, comme un maquillage d'aujourd'hui sur les paupières des femmes — je pense souvent qu'il est dommage que vous soyez venue trop tôt —, et lorsque le soleil s'est extirpé de derrière les montagnes, il se souvient que ce fut pareil à une flambée de nuages.

226

Mais de ce moment il a cessé de regarder loin devant lui. Son regard fiévreux ne supporte plus la brûlure des rayons. Et il ne peut progresser une main à son flanc et l'autre en visière. Il ne prend même plus la peine de chercher à se dissimuler.

D'ailleurs s'il avait toutes ses forces, il voyagerait de nuit et s'embusquerait dès le lever du soleil. Solution à laquelle se rangerait tout esprit sensé soucieux d'échapper à la vigilance de la maréchaussée, sachant qu'un gendarme normalement constitué vit le jour et dort la nuit, ce qui fait de cet espace nocturne une zone hors la loi, investie par les apaches et les monte-en-l'air. Mais le problème, dans les ténèbres, c'est qu'on n'y voit pas grand-chose. Or il n'a pas de boussole, pas de cartes, ne connaît pas sa route, sait seulement qu'il doit gagner le sud, ce qui l'oblige à se repérer à vue. De toute manière, il est trop épuisé pour chercher à se dissimuler. Couper à travers champs pour éviter la route, enjamber les murettes, franchir les haies et les massifs de genêts, exige dans son état trop d'efforts. Alors, tête baissée, au mépris des règles de la plus élémentaire prudence, il suit la double ornière de craie blanche, creusée par les charrois, s'aidant de ces lignes jumelles comme de béquilles couchées. Arrivera ce qui arrivera.

À cette heure matinale le chemin accueille déjà quelques chemineaux, rouliers, bouviers, bergers, colporteurs, mais peu de cavaliers qui, du fait de la célérité de leur monture, ont moins besoin de se lever aux aurores. On n'oublie pas de se saluer, d'un simple hochement de tête ou d'un Bonjour la compagnie. Certains s'étonnent devant sa mise. Des feuilles sèches sont collées sur sa redingote, qu'il n'a pas pris la peine de secouer, de sorte qu'il n'est pas besoin d'être sorcier pour deviner où cet homme a dormi : à la belle étoile, ce qui ne cadre pas avec sa tenue, même défraîchie, de citadin, de sorte qu'on ne peut s'empêcher, avec ses traits creusés, son regard enfiévré, de le trouver suspect.

Il est apostrophé par un trimardeur qui s'alarme de le voir à l'arrêt à quelques mètres de lui, tentant de reprendre son maigre souffle alors que l'effort fourni n'impose pas une pause aussi longue. Ça n'a pas l'air d'aller, mon gars. Instantanément le cœur lui bat plus fort, il se redresse, dirige son regard en direction de l'invective, et se rassure un peu, ce n'est pas de cet homme-là, en quasi-haillons avec son chapeau de guingois sur lequel il doit lui arriver de s'asseoir, installé tranquillement le dos appuyé contre un rocher et tirant sur une pipe à long tuyau, que viendra le danger. Il ne doit pas valoir beaucoup mieux que lui sur l'échelle des réprouvés de la société. T'as rien dans le ventre, hein ? Et comme il devine à l'intérêt que soudain Octave lui porte qu'il a visé juste : De ce côté j'ai rien à te proposer, les temps sont durs pour les crève-la-faim dans mon genre, mais si tu veux partager un peu de tabac. Hier, j'ai trouvé une blague sur le chemin. Je l'ai vue tomber de la selle d'un cheval. Tu penses bien que je ne me suis pas précipité pour la rendre à son propriétaire. Il y a même des feuilles à cigarettes, si ça te dit. Ça ne nourrit pas, mais ça calme l'appétit.

Octave hésite un moment. À moins que tu sois pressé, ajoute l'homme en clignant des yeux, mais fais attention quand même. On trouve des gens pas très recommandables dans le coin, si tu vois ce que je veux dire. Et sa face s'éclaire d'un large sourire sur quelques dents résiduaires, tandis qu'il se gratte le torse en glissant la main par une large déchirure de sa chemise. Non, tu ne vois pas ? Deux bêtes à moustache et bicorne. Aussitôt Octave se tourne vers le lointain indiqué d'un coup de menton par son informateur. Le nuage de poussière, c'est eux. Je les ai repérés tout à l'heure dans la montée. Ne t'inquiète pas, ils ne nous ont pas encore dans le collimateur, ils ont le soleil dans les yeux. Mais ce n'est pas une raison pour moisir dans le coin. Et se levant d'un bond, ce qui étonne d'un homme de cet âge, même s'il semble difficile de lui en donner un, on vieillit vite au grand air, il se saisit de sa besace et file se mettre à couvert derrière un chaos rocheux. Puis se retournant : Qu'est-ce que tu attends ?

Ils sont maintenant assis sur un surplomb qui domine une vallée herbeuse que le soleil envahit progressivement et au centre de laquelle se regroupent des moutons autour d'un abreuvoir naturel, dont le bord sur le versant a été empierré pour retenir l'eau de ruissellement. On entend en contrebas le tintement des clarines qui rendent un son creux, un peu fêlé.

(Il s'agit ci-dessous de moutons américains, mais ils doivent avoir à peu près le même goût : « Les brebis appelaient leurs agneaux, ceux-ci répondaient avec des intonations merveilleusement humaines, interrompant de temps à autre leurs cris tendres et chevrotants pour croquer à la hâte quelques touffes d'herbe fanée. Parmi le brouhaha confus des bêlements qui accompagnait le déferlement de ces bêtes au milieu des collines, chaque mère identifiait la voix de son petit et inversement. » On aura reconnu le vieux John Muir qui, reprenant le journal de son séjour dans la sierra californienne alors qu'il n'avait pas trente ans (c'était il y a deux ans) et qu'il accompagnait une transhumance dans la vallée du Yosemite, se lance dans son numéro favori de grand béat devant les merveilles de la nature, où dans un paysage paradisiaque les nuages sont des montagnes nacrées, les vallées des jardins féeriques, les cascades d'une somptuosité cristalline, les montagnes d'une splendeur céleste, où l'air est traversé de parfums divins, l'arbrisseau indiciblement élégant, la rose sauvage d'une éclatante beauté, etc., et ainsi à longueur de page, de sorte que l'émerveillé permanent nous fatigue un peu. Inutile de vous dire que pour ce qui est de l'appréhension des mêmes paysages nous préférons cent fois chevaucher en compagnie de notre Isabella qui ne s'extasie devant le spectacle des Rocheuses que du jour où dans chaque pierre, chaque buisson, chaque sommet, elle voit se dessiner le visage du beau Jim. Jusqu'alors, rappelez-vous, elle était plutôt encline à trouver son séjour ennuyeux. Mais à propos du vieux John, j'aurai besoin de vos lumières. Il décrit un oiseau dont il ignore le nom, ce qui n'est pas dans ses habitudes de grand incollable du livre des merveilles. Et là je m'adresse à la plus belle ornithologue du monde.)

L'homme a éteint sa pipe, pas la peine d'attirer l'attention, dit-il, on reprendra plus tard. Au fait, il commence à faire bougrement soif. Tu n'aurais pas par hasard de quoi se rafraîchir le gosier ? Mais il sait bien que l'autre n'a pas, pas dans son état, c'est juste une façon de parler, de se présenter, d'éviter tout malentendu, et poursuivant son monologue : Note bien que ça ne me regarde pas, mais si tu ne veux pas attirer l'attention, tu ferais mieux de refermer ta redingote. Tu as comme une tache rouge sur le côté. Le jeune homme au visage hâve ne se donne même pas la peine de ramener le pan de sa veste. J'ai fait une chute, glisse-t-il, ouvrant la bouche pour la première fois. T'es tombé sur du plomb, c'est ça ? Pas la peine de m'en raconter. À ton accent je devine d'où tu viens. Paris, c'est toute ma jeunesse, moi aussi j'ai fait le coup de main en quarante-huit. J'ai même vu le père Hugo, je crois bien que c'était à Bastille, ou peut-être à Nation, tenu en joue par un ouvrier. On ignorait de quel bord il était. Lui aussi, je crois bien. Mais en joue, parfaitement. Sa carrière a bien failli se terminer ce jour-là. On ne rigolait pas. Enfin, là non plus ça n'a pas rigolé, hein ? Sur le trimard on est au courant de tout, mieux que dans la presse et aussi vite. Avec moi tu n'as rien à craindre. Tiens, ils sont passés, maintenant. Regarde-les de dos sur leurs canassons avec leurs retroussis ridicules qui se soulèvent en cadence. Cette fois, on va pouvoir fumer tranquilles.

La diligence. Pour vous, c'est encore le seul moyen, en dehors de la marche ou d'un cabriolet, de rejoindre Saint-Martin-de-l'Our. Il vous est naturel de vous retrouver au milieu des montagnes, confinée dans cette chaise roulante aux relents de sueur, de nourriture et de crottin, sonnée par le vacarme infernal des roues cerclées de fer qui écrasent la terre et rebondissent sur les pierres, ballottée par une suspension sommaire, rebondissant jusqu'au plafond lorsque la maladresse du cocher n'a pu contourner le creux d'une fondrière asséchée, retombant brutalement sur la banquette dont la bourre écrasée n'est plus en mesure d'assurer une réception en douceur, soûlée de fatigue, suffoquant de poussière, et comme si cette liste de désagréments ne suffisait pas, forcée de partager votre maigre espace vital avec des passagers de plus ou moins bonne compagnie. Laquelle ne s'arrange pas à présent qu'une chaleur lourde a pris possession de l'habitacle.

En dépit des vitres baissées, il est vain d'attendre une amélioration du dehors où l'ombre est rare, et l'air comme une pierre à feu, de sorte que les corps peu à peu s'abandonnent, s'effondrent sur eux-mêmes, s'évasent. C'est un sauve-qui-peut général. Les premières politesses soigneusement maniérées du début du voyage ont cédé une à une devant les règles brutales du sans-gêne et du chacun pour soi. Hormis l'abbé qui commence à piquer du nez dans ses saintes écritures et qui transpire à grosses gouttes dans sa robe, glissant un mouchoir entre son col amidonné et le cou, s'autorisant à retrousser ses manches sans oser toutefois dégrafer ne serait-ce qu'un bouton de son habit,

(pour la soutane rouge des enfants de chœur, il fallait compter dix-huit boutons, je viens de le lire dans un petit texte autoédité, qui compile des souvenirs d'enfance au pays de la Mée, une région proche de Châteaubriant, or son auteur paraît bien renseigné, qui est trop au fait du rituel et du vocabulaire d'Église pour n'avoir pas payé de sa personne dans sa prime jeunesse, on peut donc penser que, pour la taille adulte, le nombre de boutons était encore plus élevé, de quoi, au soir d'une journée éprouvante, renoncer à se dévêtir et se coucher tout habillé. De plus le tissu est rêche, épais (je le dis pour vous : la soutane qui distinguait au premier coup d'œil un prêtre d'un pasteur a pratiquement disparu, remplacée par un habit de clergyman aussi peu seyant mais davantage dans le ton de la modernité, jusqu'à ces dernières années où elle tente un retour timide, incongrue tout d'abord dans le paysage, et puis on finit par à nouveau s'y faire comme on se fait sinon à tout du moins à beaucoup), et le noir retenant la chaleur, une soutane en été, c'est un four solaire, une cuisson à l'étouffée. Ce qui, transformé en esprit de pénitence, permet de renouer sobrement avec la tradition des saints martyrs brûlés ou ébouillantés. Ainsi notre abbé qui part pour quelques jours de récollection au prieuré de Notre-Dame-des-Neiges qui ne sera que dans trois ans une abbaye — d'ailleurs il évoque cette éventualité comme s'il travaillait à son changement de statut, et peut-être est-il en mission d'étude — semble avoir choisi d'expier toutes les fautes de la Commune, puisque vous l'avez entendu comme moi confier d'un air meurtri qu'il allait prier pour le salut de la France, de sorte que cette suée constitue sans doute son cilice-vapeur.)

chacun a manifesté plus ou moins bruyamment son malaise (un soupir un peu poussé pour vous, de frénétiques battements d'éventail pour Chloé, quelques jurons ici et là), ou tombé la veste (les hommes), ou déboutonné les chemises (Valorges et Maxime, mais vous aussi, vous avez discrètement ouvert le col de votre chemisier, dégageant l'amorce encore lointaine d'une gorge blanche, ce qui n'a pas échappé à Valorges qui ostensiblement cherche à prolonger du regard ce micro-déshabillage), ou maugréé contre le ciel (Abeillon qui tient ainsi à affirmer sa libre-pensée devant le prélat), avant de sortir son nécessaire à boissons : pour Chloé une bouteille de vin d'orange censée adoucir ses cordes vocales (mais seulement les cordes vocales, car sa voix vire aux aigus à mesure qu'elle en consomme), pour vous, une tisane verdâtre que vous versez dans un quart métallique et dont, non merci, sans façon, je ne vous demanderai pas la composition, et pour les hommes divers alcools, forts comme il se doit, sous peine de manquer à l'exigence de virilité.

234

Votre vis-à-vis a avancé sous votre nez, en vous pro-posant d'y goûter, une flasque dont le simple arôme débouche instantanément les sinus, ce qui vous occa-sionne un petit mouvement de recul, ce qui le fait rire, cet imbécile, qui pour bien montrer votre petite nature, s'empresse d'en prendre une lampée au goulot. Maxime, lui, se sert dans un petit verre qu'il avale à fines gorgées après avoir trinqué sans enthousiasme avec maître Abeillon lequel lui propose de comparer le contenu de leurs flacons. Quant à Roméo, il profite que Chloé lui présente un dos de trois quarts, occupée à séduire le vif-argent qui a tort selon elle de lui préférer la petite pécore des Cévennes, pour s'offrir une rasade d'une bouteille qu'il se hâte de glisser sous son siège. Mais Roméo, je vous ai vu, vous allez vous gâter la main — qui reçoit en punition un coup d'éventail sur sa partition. L'ordinaire d'une diligence par forte cha-leur.

Car j'ai été heureux en m'informant ici ou là de constater que tous les témoignages se recoupent, que la perception que j'en ai de mon lointain poste de vigie, ne se distingue pas du lot commun. Si je compare avec la foule d'anecdotes concernant la diligence, je dois avouer que votre expédition n'a rien que de très banal. Tenez, cet écho, par exemple, cueilli parmi d'autres : « Le voyage était lent et inconfortable. Une femme seule devait tout autant craindre la poussière de la route que la promiscuité avec les autres voyageurs, la plupart du temps des hommes, des représentants de commerce, des notaires, des ingénieurs, que le désœuvrement du voyage et l'usage de viatiques alcoolisés rendaient parfois entreprenants. » Nous y sommes presque, n'est-ce pas ? Et du coup, la présence de maître Abeillon dont je me demandais en le trouvant là s'il était bien à sa place — la Montagnarde était-elle digne d'un homme de son rang, n'aurait-il pas dû se déplacer en cabriolet, par exemple, et avoir son cocher personnel — n'a en réalité rien de surprenant. D'ailleurs, votre surprise, en le découvrant, ne venait pas de l'incongruité de sa présence, mais simplement de sa présence.

Pour un peu, par cette restitution naturaliste de la traversée des Cévennes, je pourrais presque passer pour un disciple de l'inspecteur, embarqué dans une étude de mœurs pointilleuse, et pour ce faire ayant par moi-même testé, comme l'inspecteur prenant des escarbilles dans l'œil lors de son expérience ferroviaire, ce type de transport à l'ancienne, prenant place d'abord à l'intérieur puis sur le siège du cocher pour crayonner les croupes puissantes des chevaux, les crinières volant au vent, le poil fumant, les sacrements du postillon, le fouet s'abattant bien loin devant sur le cheval de tête, et au bout de quelques kilomètres de ce train, demandant à l'aurige d'arrêter son attelage, après lui avoir serré la main en lui prodiguant mes remerciements les plus sincères, en m'engageant à lui envoyer, mais non, c'est bien normal, le roman à sa parution, préférant continuer à pied plutôt que de subir plus longtemps ce barattage à vous retourner les organes comme des cartes (je réfléchirai toutefois avant de lancer dans *Le Coq de Brière* mon brûlot : J'accuse les cochers de rouler en état d'ébriété au point de ne pas avoir vu l'ornière qui a précipité ma Constance au plafond).

Vous êtes bien placée pour constater que je n'invente rien. Seriez-vous l'huissier de ce récit que vous n'auriez qu'à signer mon rapport sans une retouche. Mais ces précisions s'adressent bien sûr à mes contemporains pour qui les déplacements en coche relèvent d'un autre temps qu'ils sont dans l'impossibilité d'avoir connu, même dans l'enfance des plus anciens d'entre eux, les vies n'étant pas d'une grande élasticité,

(notre auteur du pays de la Mée, qui m'a offert en personne son ouvrage, raconte bien un voyage en diligence, de Châteaubriant à Nantes, mais il ne peut en parler par expérience, puisqu'il nous donne une indication assez précise qui permet de le dater : son héroïne, une tailleuse, se rend à l'église Saint-Nicolas dont le style gothique ne doit pas nous impressionner. L'auteur nous dit qu'elle vient d'être achevée, or nous savons que la fin de sa construction remonte à 1876, ce qui fait de son Antoinette votre contemporaine. Peut-être à la rigueur a-t-il connu cette dame déjà âgée dans sa petite enfance et qu'il se souvient de son récit, mais pour avoir emprunté en personne ce mode de transport il lui faudrait avoir au moins cent ans (en tout cas il ne les fait pas), lequel avait déjà été remplacé dans les années vingt du XXe siècle par des autocars, c'est-à-dire des omnibus à moteur dont la puissance s'évalue évidemment en chevaux.)

et qui pourraient me suspecter de surenchère romanesque. Quoique, après mes *Vies de Loire-Inférieure*, il paraisse douteux qu'on m'intente un tel procès.

Mais c'est que pour eux, mes contemporains, le voyage en diligence ne renvoie pas à une promenade plus ou moins confortable entre Châteaubriant et Nantes, voire Le Puy et Saint-Martin-de-l'Our, mais à l'Overland Stage Line, par exemple. Et instantanément nous sommes transportés dans les déserts de l'Ouest américain, au milieu des immenses monolithes de Monument Valley, les six chevaux de l'attelage lancés au grand galop, une meute d'Indiens farouches et braillards à ses trousses qu'éjecte de leurs montures bicolores un tireur habile, juché sur l'impériale qu'il a libérée des bagages qui l'encombraient en les jetant par-dessus bord. Mais bien vite le tireur doit en venir aux mains lorsqu'un des sauvages, debout sur son apaloosa, réussit d'un bond prodigieux à se hisser jusqu'sur le toit de la diligence, ce qui nous vaut un combat épique au poignard, dont l'issue, en dépit de ce moment où l'homme blanc, renversé sur le dos, la tête au-dessus du vide qui défile sous sa nuque, retient de son poignet la lame qui doit lui transpercer la gorge, tourne rarement — mais en fait jamais, sauf si on ne sait comment se débarrasser d'une crapule, souvent un tricheur (Valorges, par exemple, mais ici, ce n'est malheureusement pas moi qui décide de son sort) — en faveur de l'homme peinturluré.

C'est que le cinéma, celui du train en gare de La Ciotat, de la sortie de l'usine Lumière à Lyon et de l'arroseur arrosé, est passé par là, qui a embarqué dans son aventure le mouvement même, le train bien sûr, mais aussi le galop des chevaux, le balancement soyeux d'une robe, un corps suspendu par une corde au-dessus du précipice, et la corde qui s'effiloche fil à fil au contact du rocher, des voitures automobiles se poursuivant dans les rues de New York ou Chicago, des hommes, revolver au poing, debout sur les marchepieds, des balles atteignant leurs cibles, une bouche sensuelle qui se retient de pousser un cri, un cavalier sautant en selle du premier étage, des cartes truquées qui se retournent opportunément sur le tapis, des joueurs qui ne l'entendent pas ainsi, du goudron, des plumes, un regard plongeant dans un décolleté palpitant, et avec le mouvement et la vitesse, je vous l'ai dit, tous les exclus du naturalisme, les héros casse-cou et intrépides des romans-feuilletons, les évincés de l'imaginaire depuis que déclaré mort il ne tolère que la reproduction à l'identique du triste quotidien, tous ceux, les cœurs vaillants, capables de se balancer à un lustre pour échapper à leurs poursuivants, de résister seuls à une armée de coupe-jarrets ou de desperados, de gagner le cœur de la fille dont ils ont trucidé le père, de débarrasser l'humanité d'un individu nuisible, d'un Peyrolles, d'un Gonzague, sans le moindre tourment, se contentant après leur juste forfait d'essuyer la lame de leur épée d'un mouchoir en batiste ou de souffler sur le canon fumant du revolver avant de le réinstaller dans son étui ficelé contre la cuisse, tous ceux, les remuants, les pois sauteurs, dont le roman, n'admettant que le naturel et bientôt les seules contorsions de la pensée ou de la phrase, ne voulait plus. Le cinéma a été pour ceux-là, pour ces héros sans famille, dont la littérature scientifique ne voulait plus entendre parler,

(ce qui est dommage, car ils parlaient d'or, écoutez : « Adieu Aurore, reprit-il, nos fiançailles n'auront pas de lendemain. Mme la princesse vous pardonnera cette mésalliance contractée avec un mort », et celui-là tenant des propos d'une si pure élégance « c'était Lagardère, le beau Lagardère, le casseur de têtes, le bourreau des cœurs », revenu de son intrépide jeunesse, de ce moment où il lui échoit dans les fossés du château de Caylus, une petite fille entre les bras, une Aurore aux doigts de rose. Ou encore ce docteur ivrogne en territoire apache, présentant sous son chapeau melon repoussé haut sur le front un visage boursouflé et une mine défaite à la fille publique qui s'inquiète auprès de lui de savoir si elle a droit au bonheur : « Qui suis-je pour décider du bien ou du mal. » Et nous ne rions pas, car nous l'avons vu tout au long de ce périple en diligence se soûler à mort, et nous sommes bouleversés, étreints, placés devant la plus élémentaire vérité humaine, et nous savons instantanément que Dallas, la méprisée, la résignée à son sort, commence à ménager une place dans son cœur pour l'accueillir, ce bonheur, au cas où il ne passerait pas très loin, où il aurait par exemple le visage d'un grand nigaud courageux et d'une exquise prévenance nommé Ringo Kid.)

(Oui, ils parlaient d'or, ces aventuriers au grand cœur, ces têtes brûlées. Ils n'étaient pas condamnés aux grognements monosyllabiques, aux fadaises et aux lieux communs débités à n'en plus finir sans jamais hausser le ton — mais la voix, oui, pour donner de l'intensité — de crainte de s'écarter du quotidien, de tromper le réel avec l'imaginaire. Ils avaient droit à l'épanchement poétique, à la dissertation philosophique, le verbe ne les impressionnait pas. Et pour cause, ils n'avaient peur de rien. Or la poésie est affaire de courage, et n'oublions pas que les mêmes chevaliers intrépides inventèrent le genre courtois. Et rappelez-vous les vers gourmés de notre Mountain Jim. Avec le romanesque, on a perdu gros. En même temps disparaît ce qui le portait, l'enrubannait, c'est-à-dire la parole ornée, lyrique, légèrement grise, enivrante, enjôlante, la parole qui ne craint pas de se livrer, de se faire plus belle, plus précise, plus profonde, plus réfléchie en son miroir des âmes.)

un home d'accueil, un orphelinat.

Et pour jouer les chercheurs d'or à la parole fleurie, il a suffi au cinéma de puiser à la source, enrôlant sur-le-champ les Buffalo Bill et les Mountain Jim, qui n'eurent pas même le temps de mettre pied à terre ni de se changer avant de passer dans leurs mêmes accoutrements, avec bottes et monture, sur l'écran pour reprendre comme si de rien n'était leurs poursuites infernales et leurs chevauchées fantastiques. Un peu comme si on avait inventé le cinéma à la fin du XIIᵉ siècle et que Guillaume le Maréchal en personne, le prince des chevaliers, eût été sollicité pour jouer son propre rôle, ou engagé comme conseiller sur l'art et la manière de tenir la lance, de désarçonner un adversaire, d'enfiler son armure, d'organiser un tournoi, qui ne ressemblait pas à ce que huit siècles plus tard le cinéma en a fait, une joute en ligne où deux cavaliers de part et d'autre de la palissade foncent l'un vers l'autre, lance en avant, jusqu'au choc qui voit un cheval déguisé en tente de cirque regagner seul son paddock, alors qu'en fait de tournoi il s'agissait d'une vraie bataille, pas du tout rangée, entre deux groupes de mercenaires sur un espace non délimité, englobant les champs, les vallons, les villages, où tous les coups étaient permis, à qui capturerait l'autre pour le rançonner, et mieux valait ne pas se trouver au milieu.

Les jongleurs du temps ont bien sûr, pour célébrer les exploits des hommes à cheval, inventé le roman de chevalerie, mais ce miroir sublimé qu'ils tendaient à leurs commanditaires — ce qui limite la critique — ne reflétait pas la crasse des hommes en armes, la boue, la paille de couchage, la goujaterie, la violence envers les humbles. Et avec la distance du temps, on n'aperçoit plus que des boîtes de conserve à cheval. Au lieu que nos desperados engagés sur les plateaux, on leur a demandé de ne toucher à rien, de ne pas cirer leurs bottes, ni de dépoussiérer leurs habits de peau, ni de dénouer leurs jambières. Seule restriction : ne pas lancer leur jus de chique sur l'œil de verre de la caméra.

(Le 4 février 1896, soit à peine plus d'un mois après la première représentation des frères Lumière au Grand Café, les frères Werner — les frères, ça se fait beaucoup dans le cinéma, il y aura aussi les frères Warner, les frères Taviani, les frères Coen, les frères Dardenne, et la liste est longue —, qui avaient importé le kinétographe de l'Américain Edison, proposaient aux amateurs une série de petits films parmi lesquels on trouvait : *Combats d'Indiens dans la prairie*, *La loi de lynch*, *Scène sur la frontière* (là où officient les desperados), autant dire que le cinéma fut tout de suite disposé à accueillir et recueillir les héros du Grand Ouest, les victimes de la mort de l'imagination, les exclus du roman nouveau, les Buffalo Bill condamnés faute de combattants à se mettre en scène. Dernière précision, le petit Marcel qui continue de tourner virer sans sa moustache dans le ventre de dame Jeanne verra, sans doute boulevard Poissonnière, les petits films des frères Werner. Plus tard il écrira : « Quelques-uns voulaient que le roman fût une sorte de défilé cinématographique des choses » — ça, c'est pour les émules de l'inspecteur de la littérature scientifique, une pierre dans son jardin. « Cette conception était absurde » — et voilà pour les théories de l'inspecteur. « Rien ne s'éloigne plus de ce que nous avons perçu en réalité qu'une telle vue cinématographique. »)

(De sorte qu'il ne restera au roman, abandonnant le romanesque et le rendu du réel, autrement dit le mouvement et la duplication, que l'immobilité, la vie enfermée dans une chambre avec l'étude minutieuse des battements et des intermittences du cœur, les miroitements de l'esprit, les réverbérations de la mémoire, et ensuite, une fois cette voie épuisée, on en viendra à ronger l'os du texte, le texte mis à nu, réduit à l'état de jeux de mots, de jeux avec les mots. Gymnastique de la phrase et contorsions poétiques de la langue qui ne m'ont pas préparé à faire le récit de vos aventures. Mais quand passe la plus belle ornithologue du monde, on comprend qu'il est temps de réviser ses préjugés et on passe outre aux 95 critiques apposées sur les couvertures du roman comme sur les portes du château de Wittenberg.)

Je vous ai déjà parlé de Comanche Bill qui défilait avec ses deux amis précités dans les rues poussiéreuses de Denver où il écumait les bars et embarquait les filles, et surnommé ainsi parce qu'il ne pouvait pas voir un Indien en peinture. Isabella avec qui il fait par hasard un bout de chemin en direction de l'incontournable Denver, ignorant tout du personnage, le trouve de plutôt bonne compagnie (mais peut-être que la vraie nature de la petite Anglaise cavalcadante est de tomber amoureuse des beaux voyous) : belle prestance, boucles blondes tombant presque jusqu'à la ceinture, chapeau à large bord, yeux bleus, costume en daim brodé de perles, et ce qui étonne surtout notre Isabella, c'est son impressionnante armurerie : un fusil posé en travers de la selle, deux pistolets dans les fontes, une carabine en bandoulière, et enfin, glissés dans la ceinture, deux revolvers et un couteau. On ne saurait se montrer trop prudent. Plus tard elle découvrira avoir voyagé avec le plus grand exterminateur d'Indiens de la frontière. « Son père et sa famille furent massacrés par eux à Spirit Lake, et ils emmenèrent sa sœur, qui n'avait alors que onze ans. Depuis lors il a voué sa vie à la recherche de cet enfant, tuant les Indiens partout où il les trouve. » Doit-il son surnom au fait que les massacreurs étaient des Comanches ? Mais visiblement il ne s'embarrassait pas de ce genre de détails : Apaches, Utes ou Cheyennes faisaient pareillement l'affaire. Tout comme pour le général Sheridan (ou Galliffet, Vinoy, Cissey, Mac-Mahon, les bouchers de la Commune, ou pratiquement n'importe quel galonné exhibant deux trois ou quatre étoiles sur son épaulette), un bon Indien est un Indien mort.

Mais les amateurs de films du Grand Ouest auront reconnu le scénario de *La Prisonnière du désert* (en américain *The Searchers*), une des splendeurs du cinéma (je fais mon John Muir), et c'est le même Ringo Kid, qui demande en mariage la prostituée Dallas et lui offre une vie de fermière de l'autre côté de la frontière après qu'il aura liquidé les assassins de son père, c'est le même, revenu de son innocence première et de l'esprit pionnier dont il ne reste que l'esprit de vengeance qui, quinze ans plus tard, se transforme en une réincarnation de Comanche Bill, recherchant d'une manière névrotique, non sa sœur mais sa nièce, parcourant cinq années durant les montagnes et les déserts du Canada à la frontière mexicaine avec l'idée non pas de ramener la petite fille devenue entre-temps une jeune femme et l'épouse d'un chef comanche, mais de la tuer, parce que devenue impure, souillée, parce que cet homme méprise les métis, les sang-mêlé, parce que le rêve de pionnier qui l'anime n'est désormais que celui fantasmatique de la domination universelle de l'homme blanc. Et entre les deux histoires, la vraie de Comanche Bill et la simulée d'Ethan, le chercheur maniaque, il ne s'est pas écoulé plus de temps qu'entre les guerres napoléoniennes et vous. Mais ce temps a suffi pour parachever la conquête de l'Ouest jusqu'à la côte du Pacifique, régler la question indienne, créer une mythologie cinématographique dans laquelle les aventuriers mal dégrossis de cette épopée grandeur nature atteignent à la dimension héroïque comme notre camarade William Cody, en faire ensuite la critique et épuiser définitivement le genre.

Alors vous comprenez que votre Montagnarde avec le rayon fêlé de sa roue arrière a bien du mal à suivre le rythme d'enfer imposé par l'autre cocher à la voix éraillée haut perchée qui, sous la menace constante des Apaches qui y sèment la terreur sans qu'on nous en explique les vraies raisons, mène la voiture de l'Overland Stage Line à travers les étendues désertiques et majestueuses de Monument Valley.

(Témoignage irréfutable — ce désert sculpté de stèles monumentales de roches rouges — de la main invisible du Créateur, dirait le vieux John. Et pour vous en donner une infime idée, pensez à Montpellier-le-Vieux, mais après vérification je me rends compte que c'est un mauvais exemple. Ce chaos rocheux sur le causse Noir, façonné par l'érosion et donnant l'impression d'une ville ruinée — et c'est vrai que, de loin, ou du moins en étant affublé d'une bonne myopie comme moi, l'illusion est saisissante —, est encore caché par la forêt, et c'est l'inévitable Alfred-Édouard Martel, l'explorateur de centaines de gouffres, qui en fera le relevé topographique en 1884, mais pour l'heure il n'a que vingt-deux ans, et comme il écume déjà les cavités des environs, je préfère vous prévenir, au cas où vous seriez amenée à le rencontrer, j'ai vu sa photo, ce n'est pas du tout votre genre.)

En surimpression, derrière le petit train de sénateur de votre voiture au rayon fissuré sur les routes des Cévennes, on ne peut s'empêcher de voir la fabuleuse diligence de *Stagecoach* lancée à vive allure. Celle-ci a envahi tout notre imaginaire. Toute histoire désormais mettant en scène une diligence nous renvoie à elle, est obligée de composer avec elle, comme deux planches en croix nous ramènent automatiquement au Golgotha. Nous, et je parle de ce point où j'écris, ne savons plus comment on lisait un roman avant l'invention du cinéma, comment se fabriquaient les images. Il a installé dans nos mémoires un magasin des accessoires dans lequel nous puisons sans y prendre garde : la diligence, mais aussi la cape des mousquetaires, le cliquetis des rapières, une robe à crinoline, un porteur d'eau dans une rue étroite et pavée, la crinière volante d'un cheval, un Indien des plaines, les villes champignons de la ruée vers l'or, la loi de Lynch, le supplice de la roue, une fête à Versailles, un mousquet se chargeant par la gueule, un trappeur dans les Rocheuses, une plume d'oie, et cette substance mystérieuse qui saupoudrée sur la feuille en sèche l'encre, un casque à cimaise, une course de chars. Un lecteur de votre temps, un lecteur populaire de roman-feuilleton, n'a aucun moyen de savoir à quoi ressemblaient les mœurs et les coutumes du XVIIe siècle. Pas de gravures, sinon pour les collectionneurs, de sorte qu'on ne saura jamais quelles images défilaient sous ses yeux quand il lisait l'incroyable aven-

ture d'un cadet de Gascogne et de ses trois amis mousquetaires.

Je sais bien qu'on raconte que *Stagecoach* est inspiré
d'une célèbre nouvelle d'un camarade et disciple de
notre inspecteur, mais ce n'est pas vrai. Le roman d'où
est tiré le scénario s'appelle *Stage to Lordsburg* et son
auteur Ernst Haycox — et il n'a pas eu besoin de copier
pour inventer une telle histoire. La vôtre, par exemple,
m'a été offerte, plus vraie que nature, et c'est bien ce
qui m'embête, ce périple en voiture à travers les
Cévennes quand je suis obligé, pour vous apercevoir et
vous suivre, d'écarter rien de moins que l'histoire de la
conquête de l'Ouest, ses diligences, ses chevaux embal-
lés (qui n'ont rien à voir avec nos percherons, bretons et
auvergnats), ses caravanes de chariots, ses Indiens, ses
gardiens de troupeaux, autant d'images subliminales
qui s'invitent spontanément dans votre histoire et la
parasitent. Car enfin, des Apaches dans les Cévennes.

Dans la diligence de l'Overland Stage Line, à côté de Ringo Kid et de Dallas, du docteur « qui suis-je » alcoolique, du représentant en whisky, du banquier véreux (pléonasme) et de l'épouse enceinte d'un militaire, on trouve également un joueur professionnel. Oui, quelqu'un qui gagne sa vie en jouant aux cartes, c'est-à-dire en plumant ses adversaires. Un joueur, donc un tricheur, quelqu'un capable de coups tordus comme d'abattre un rival d'une balle dans le dos. Vous pourriez me dire que bien sûr, je connais, il est assis en face de moi, c'est Valorges et ses affaires nébuleuses, pour ne pas dire louches,

(il s'est vanté de réaliser des placements mirifiques. Maintenant selon lui il ne convient plus d'être petit joueur, d'investir dans des manufactures obsolètes héritées d'Olivier de Serres ou de Colbert, l'avenir est au monde, aux grands investissements qui vont changer le visage de la planète, il y a partout des routes à construire, des canaux à percer, des mers à rejoindre, des mines à creuser, des arbres à découper en planches, à saigner pour en récolter le caoutchouc et la térébenthine. Ce qui a l'air, ces prophéties juteuses, d'intéresser maître Abeillon qui depuis un moment tend l'oreille. Et Valorges, après avoir marqué une pause rêveuse à la pensée de ces montagnes d'or qui n'attendent que lui pour être piochées à pleines mains : « Votre mari est dans la soierie, si j'ai compris. Eh bien croyez-moi, en permettant aux navires venant d'Extrême-Orient de gagner plusieurs jours de mer par cette voie nouvelle, l'ouverture du canal de Suez va porter un coup fatal à nos filatures. » À quoi vous vous contentez de répondre que nous avons déjà eu à subir la maladie du ver à soie, avant de regarder à nouveau par la fenêtre.)

(Mais toujours rien à l'horizon borné par les collines, dont certaines sont blanches de moutons et jaunes de genêts. Sur la route, la Montagnarde qui grimpe au pas croise un curieux vagabond qui ne ressemble pas aux pauvres hères qui hantent habituellement la région. Celui-là vous apercevant, soulève cérémonieusement son chapeau écrasé, et vous fait galamment la révérence. Vous vous retournez pour suivre jusqu'au bout son geste gracieux et vous lui adressez un petit sourire. Mon Dieu, quel sourire, vos yeux qui se plissent et cette lumière d'océan soudain entre vos paupières. Ce qui agace Valorges, je le comprends, mécontent que vous accordiez à ce va-nu-pieds l'attention que vous lui refusez. Mais il va falloir qu'il apprenne, notre Ernest, car en fait de vagabond, vous allez faire très fort, il ne sait pas ce qui l'attend. Pour mémoire future, ce cri du cœur : Je viens avec vous, en agrippant votre robe pour courir vers une loque noire peinant à gravir le coteau.)

toujours à faire le beau avec sa chevelure argent et ses bonnes manières qui permettent de glisser une main ici ou là.

Mais vous vous trompez. Le joueur de *Stagecoach*, dandy cynique, trouble, capable de brouiller ses cartes et sa vie pour embarquer sur un coup de tête, qui est au vrai un coup de cœur, dans la même voiture qu'une jolie femme dont il sait pourtant qu'elle va rejoindre son mari et envers laquelle il sera d'une correction exemplaire, a une distinction aristocratique et une élégance vestimentaire que même la course-poursuite finale ne prendra pas en défaut, juste une mèche gominée se décrochant sur son front, l'humanisant, le montrant sous son meilleur jour, élégance qui se fera chevaleresque quand il pensera à réserver sa dernière cartouche pour cette femme dont il sait qu'elle risquerait le pire en tombant aux mains des Apaches. Ainsi, mis à part le banquier, ce qui est bien normal — non seulement il vole ses clients mais en plus il tient un discours véhément contre les impôts qui ruinent les gens de bien dans son genre —, tous les passagers de la diligence, jusqu'au shérif qui a pris place sur la banquette aérienne auprès du cocher, ont droit à notre sympathie.

Et maintenant comparez. À présent que l'alcool commence à faire son effet, observez votre petit joueur en dépit de ses fanfaronnades d'illuminé du profit, regardez Valorges. D'abord qu'il retire ses mains de vos genoux, sous prétexte qu'un cahot de la diligence l'a précipité sur vous, qu'il arrête de vous écraser le pied comme on le fait d'un mégot, et de faire tomber son

étui à cigarettes pour se pencher et demeurer longuement à contempler le plancher, et au moment de
remonter son étui de faire glisser le dos de sa main
contre votre bas de soie. Mais cette fois, c'est le geste de
trop, et vous vous accordez une remarque bien
sentie, que vous avez certainement longuement rumi-
née, mais qui ne rate pas sa cible : « Je crois que vous
vous trompez de maison. » Oh la tête de l'Ernest, son
air rageur, sa moustache qui se déforme au-dessus de sa
lèvre, on le voit prendre violemment sur lui pour ne pas
vous envoyer un chapelet de qualificatifs tous plus dis-
tingués les uns que les autres.

Par chance pour lui, vos compagnons de voyage n'ont
pas relevé votre trait — il aurait plu à Maxime —, qui
ont entamé un sujet de débat consensuel sur lequel,
entre deux lampées, ils se montrent intarissables. Même
l'étriqué Roméo qu'on aurait pu penser davantage solidaire des exploités, étant donné la façon dont Chloé en
use avec lui, ne se prive pas de déverser sa bile. Mais
sans doute ne souhaite-t-il pas qu'on l'assimile à cette
pègre qui a mis Paris à feu et à sang. Décidément l'alcool délie les langues. Des langues chargées de fiel. Je
vous en prie, bouchez vos oreilles. C'est l'espérance
qu'on traîne dans la boue, c'est l'idée de justice qu'on
insulte, c'est toujours la même pauvre figure du monde
sur laquelle les puissants se plaisent à cracher comme
les desperados expédient leur jus de chique sur les
colonnes de ce décor de bar, versant des larmes noires
sur le faux marbre rose.

Valorges en profite pour se refaire une virginité idéologique. De la racaille, glisse-t-il négligemment comme

si ceux-là, les incendiaires de Paris, n'avaient pas quitté ses pensées et qu'après une longue rumination il nous livrait le fruit de son analyse. Et le curé, ah le curé, le voilà émoustillé, notre gras dégoulinant qui retrouve son souffle : Heureusement que le châtiment divin les enverra tous rôtir en enfer. Et il agite un bréviaire menaçant, tout en passant un doigt entre son col blanc et son cou irrité.

(Autre petit plaisir au cœur de la tragédie, offert par l'intrépide Allemane dans ses Mémoires : le citoyen Beaudoin qui est allé de lui-même se placer contre le poteau d'exécution où il succombera sous les balles de la République qu'il a contribué à sauver, irrité par le prêtre qui tient absolument à lui faire embrasser le crucifix dans l'espoir qu'un pieux repentir à l'ultime seconde lui permettra in extremis d'accrocher peut-être le purgatoire, se saisit soudain de l'homme en noir et, le serrant fermement dans ses bras, crie aux soldats du peloton : Feu, nom de Dieu, feu, mais tirez donc. Beaudoin mort de rire. Le citoyen Beaudoin, qui a donné sa vie parce qu'il jugeait intolérable la détresse des millions de petites mains de la société, et indécente la danse des bien-pensants sur le corps et l'esprit des exploités.)

Mais la justice divine ne suffit pas à notre père gras. C'est un farouche partisan de la double peine. Autrement dit : sur la terre comme au ciel. Avant les flammes de l'enfer que les impies goûtent à celles du bûcher, que par un acte purificateur le feu détruise toute cette vermine, comme on le fait avec les vieux matelas. Et il se déclare tout disposé, si personne ne se portait candidat, à y jeter en personne la torche enflammée, après avoir arrosé au préalable les fagots de pétrole. Car qui a péché par le pétrole périra par le pétrole. Et fort de cette libre interprétation du texte biblique, il peut s'autoriser à déverser sa pieuse détestation. Pensez que ces — il cherche un mot qui traduirait son indignation, son dégoût, mais le dictionnaire n'a rien à lui proposer d'assez fort, et pourtant ce n'est pas ce qui manque : charognes, ordures, immondices, la liste est longue, non, décidément, il n'a pas de noms pour les qualifier — n'ont pas hésité à assassiner ignominieusement un saint homme d'Église, l'archevêque Darboy. Aussi fait-il une prière pour que très vite notre bien-aimé Pie IX entame son procès en béatification.

En quoi il se trompe et ferait mieux de s'intéresser davantage à la Bonne Presse. Il y aurait lu que Mgr Darboy s'est opposé l'an passé, lors du dernier concile interrompu par la guerre, au dogme de l'infaillibilité du pape proclamé le 18 juillet, ce qui risque de compromettre gravement, cet impair, son avenir parmi les saints. Mais pour l'abbé dégoulinant le gras, il ne fait pas de doute qu'il a rejoint — regard énamouré vers le ciel — la cohorte des bienheureux martyrs morts pour leur foi. À quoi Maxime, très en verve, après avoir ingurgité le mélange du notaire — en fait, il n'est pas si éloigné, par son élégance vestimentaire et son air hautain, du joueur de la diligence de l'Ouest, dont je vous ai parlé —, réplique que la foi dans les valeurs de la bourgeoisie, ce n'est pas le meilleur moyen de gagner le royaume des cieux, lequel, sous réserve d'une mauvaise interprétation des Évangiles, accueillera plutôt le chameau contorsionniste qui aura réussi l'exploit de passer

à travers le chas d'une aiguille plutôt que le riche spécu-
lateur trop ventru pour franchir la porte étroite du paradis. Et puis il avait imaginé les anges des légions du
Christ autrement que sous les traits des soudards versaillais.

Quoi ? Maxime avec nous ? Pas croyable. Il prend
même plaisir maintenant à dénoncer l'ignominie de
M. Thiers, le renégat universel, le Talleyrand en réduction. C'est un homme de paix, coupe maître Abeillon.
Homme de paix, l'homoncule Foutriquet ? ricane
Maxime en reprenant la terminologie des communeux.
alors que déjà au moment de l'insurrection de 1848 il
avait proposé à Louis-Philippe de quitter Paris et d'y
envoyer l'ignoble maréchal Bugeaud à la tête de cinquante mille hommes pour faire le ménage ? Cela fait
plus de vingt ans qu'il rumine son plan, le vieux nabot.
Chien de garde de la bourgeoise, oui, homme à tout
faire de la paix bourgeoise, la paix sociale, laquelle en
traduction ne signifie rien d'autre que la possibilité de
capitaliser et d'exploiter en paix. Ce qui a le don d'irri-
ter notre notaire, enfin le vôtre, enfin le notaire de
M. Monastier, qui se lance dans un vigoureux plaidoyer
en faveur de celui qui a sauvé la France, et pas seulement la France,

(Abeillon sort un papier qu'il déplie et lit à haute
voix, en levant un doigt chaque fois qu'un point
important du texte lui paraît devoir être souligné :
Les mesures qu'il a prises — le gouvernement de la
République — étaient indispensables au maintien de
l'ordre (doigt levé). Il a voulu et il veut en finir avec
un comité insurrectionnel (doigt levé) dont les

membres, presque tous inconnus (doigt levé, mais on se demande bien pourquoi, car même aujourd'hui où les moyens d'information sont tout autres, je ne connais pas les candidats de ma circonscription), ne représentent que les doctrines communistes (main et bras levés), que les doctrines communistes et mettraient Paris au pillage et la France au tombeau. Signé, tout en repliant la déclaration et la glissant dans la poche de sa veste, Adolphe Thiers. C'était bien vu, non ? En fait, nous pensons que c'était très mal vu, mais nous savions que sur ce point nous serions en désaccord avec maître Abeillon.)

celui sans qui on pouvait tirer un trait sur le droit le plus fondamental — doigt levé — de l'humanité. Lequel ? s'informe Maxime. Et l'autre, d'un ton outragé, comme si la réponse allait naturellement de soi : Mais la propriété privée, voyons.

Ce qui est loin de valoir pour toute l'humanité, répond notre Maxime en envoyant sa fumée au plafond de la diligence. On comprend que les révoltés de Paris ne se soient pas sentis concernés par un tel programme. La plupart des ouvriers travaillent soixante-douze heures par semaine, et n'ont pas toujours de quoi se mettre sous la dent et payer leur terme. Alors la propriété privée pour ceux-là qui n'arrêtent pas de faire des navettes au mont-de-piété pour y déposer un pantalon ou une paire de chaussures dans l'espoir de glaner quelques sous pour acheter un pain. Maxime semble être bien renseigné sur l'institution qu'il décrit longuement. On doute qu'il ait lui-même connu ce genre de vaches maigres, mais dans le milieu artiste auquel il semble appartenir, ce n'est pas rare. Il évoque plusieurs cas pathétiques dont il a visiblement été le témoin, notamment ce jeune homme qui dépose l'alliance de sa mère, morte quelques années auparavant.

Pas de quoi cependant démonter l'argumentaire du notaire qui ressort sa sentence favorite, fruit de sa longue expérience de nécrophage, que, du jour où elle lui est apparue comme à Constantin la croix dans le ciel des Roches Rouges, il n'a cessé à chaque occasion de ressortir, ce qui lui vaut la réputation d'un grand esprit, d'un quasi-philosophe : La propriété, mais le tonnerre roulant à l'intérieur de l'habitacle l'oblige à reprendre et à élever la voix — et le doigt —, la propriété est le plus sûr baromètre des mérites de chacun.

On ne va pas commenter. Car enfin, au hasard, sans chercher bien loin, les mérites de maître Abeillon, hein ? Bon, passons. De toute manière, vous n'écoutez pas. Ça ne vous intéresse pas. À Valorges qui vous a demandé quel était votre sentiment sur la question, vous avez répondu que nous n'entendiez rien à la politique, avant de reprendre votre contemplation silencieuse du paysage. Vous parviennent des bribes de conversations indignées où il est question de, toujours pareil, décidément l'outrance verbale marque ses limites, racaille, vermine, assassins, poissards, souillons, ivrognes, pétroleuses, incendiaires, sauvages, bêtes fauves (mais après réflexion les bêtes fauves sont moins féroces et on leur trouve des circonstances atténuantes, car la misère n'excuse pas tout, ce serait trop facile, d'être pauvre n'empêche pas de se montrer digne et de respecter les institutions, etc.), porcs, fange, déchets humains. Pour information, au cas où il y aurait dans votre esprit confusion, tous ces qualificatifs renvoient bien chaque fois au peuple de Paris, c'est-à-dire à des hommes, des femmes, des enfants, à des gens à qui on n'accorde que le strict nécessaire pour entretenir leur force de travail, après quoi, quand ils ne sont plus bons à produire, ils peuvent bien rejoindre le caniveau où est leur vraie place. Voici donc l'idée que les bien-pensants se font des gens qui par leur incessant labeur leur permettent de vivre dans le confort.

Autre information, malheureusement Maxime n'est pas le dernier dans ce concert d'indignation. S'il n'a que mépris pour l'engeance bourgeoise qui lui arrache des commentaires narquois à chaque protestation de maître Abeillon,

(ou cette autre réplique, qui, je dois le dire, m'a amusé, à l'adresse de cette pauvre Chloé, laquelle se lamente que les rustres parisiens ont contrarié l'envol de sa carrière : Gambetta ne vous a pas laissée grimper à bord de son ballon ? Chloé portant aussitôt la main sur sa gorge comme si le cœur venait de lui manquer, de son autre main donnant un coup d'éventail sur la partition de l'étriqué Roméo qui a le tort d'y laisser courir un doigt avec lequel il suit les lignes des portées, et du tac au tac, narines frémissantes : Que n'êtes-vous demeuré avec vos amis de la Commune, c'est là qu'est votre place, avec la lie. Mais lui : Ce ne sont pas mes amis, madame, sinon je serais effectivement à leurs côtés. Quel dommage, en effet, quelle bonne recrue il aurait faite. Maxime sur les barricades, affichant cet air insolent que prennent

258

les sabras de la Liberté quand la grande fille coiffée de son bonnet rouge guide le peuple. On peut l'imaginer courageux, se rendant négligemment au poteau d'exécution, sortant une cigarette de son étui et à l'abbé qui lui présente le crucifix : C'est un briquet ?)

il n'accorde aucun crédit au peuple, il lui concède le droit d'exister mais il n'en attend rien.

Ou plutôt il a adopté cette théorie en vigueur chez les artistes de votre temps qui ont une vision aristocratique de leur art, qui militent pour un art désengagé, se drapent dans le concept pur de l'art pour l'art, lequel n'aurait de comptes à rendre qu'à un comité sacré où siégeraient Michel-Ange et Pétrarque, au lieu qu'un peuple éduqué à qui l'on donnerait des rudiments d'instruction voudrait tout niveler à son état. Ce serait le règne des choses médiocres. Il cite Renan dont il partage l'analyse : l'inégalité et l'exploitation sont les conditions indispensables pour l'éclosion d'un art authentique.

(Pour Valorges ces querelles esthétiques ne valent pas votre gorge découverte, à présent que vous avez déboutonné plus amplement votre col tant la chaleur est insupportable, et que vous tamponnez votre cou transpirant d'un petit mouchoir de batiste. Il a ouvert un autre flacon et, l'alcool s'accumulant dans ses veines, perd peu à peu toute retenue. Le regard rivé à la naissance de vos seins, il a essayé de glisser son pied entre vos jambes et de le remonter en soulevant votre robe. Vous avez voulu prendre vos compagnons de voyage à témoin en poussant un petit cri. Personne n'a réagi, à l'exception de Chloé qui s'est tournée un quart de seconde vers vous et, sourcils levés, paupières lasses, ne s'est pas donné la peine de dissimuler son sentiment, quelque chose comme : qu'est-ce qu'il lui prend à la pimbêche ? avant de s'intéresser à maître Abeillon dont elle commence à trouver le portefeuille séduisant.)

Cet art a besoin d'un public cultivé, habitué au beau, d'une élite. La véritable grandeur du peuple est dans son ignorance, dans le sacrifice spontané de sa vie par lequel il permet à ceux qui ont des dispositions supérieures de s'exprimer. Et Maxime, aussi pontifiant que le bourgeois Abeillon, met un point final à sa démonstration : L'égalité revendiquée par la Commune, cette république sociale et universelle qu'elle appelle de ses vœux, serait la négation de toute liberté, la négation de la nature elle-même. Ce serait la mort de l'art.

On ne traite pas avec la canaille, renchérit un Valorges sèchement rabroué par vous, très belle, et soucieux de revenir dans le jeu de la conversation. Maître Abeillon, impressionné par un si pertinent exposé, qui lui est plus accessible que la démonstration intellectuelle de Maxime, se penche sur la banquette pour mieux féliciter son auteur et applaudir à une sentence aussi parfaite et définitive. Rien d'autre à ajouter, vous avez raison, je le dis depuis le début, on ne traite pas avec la canaille. Sinon, vous verrez, pas de raison que ça s'arrête. Qu'on leur accorde ça (et il montre le dos de sa main jusqu'au poignet), et ensuite on sait ce qui arrive, ce n'est pas seulement le bras qui y passe, mais (et d'un geste du doigt rapide comme l'éclair, traçant une découpe autour de son cou qui ne laisse aucun doute sur son sort futur au cas où ceux de son espèce auraient la faiblesse de céder aux exigences du peuple) la tête.

Comme vous faites bien de ne pas écouter. Vous avez repris votre position rêveuse, après avoir glissé un foulard de soie bleue plié en huit ou seize sous votre tempe appuyée contre le rebord de la fenêtre. Ce n'est pas seulement pour atténuer le choc des secousses, c'est aussi une manière de reposer votre esprit de tous ces propos haineux, de déposer vos pensées sur un socle plus doux pour ne pas contrarier l'avenir, histoire de lui ménager un nid non pour le ressentiment mais pour l'amour. Car il va vous falloir beaucoup de force pour vous arracher à cet univers qui est le vôtre. Pour vous lancer vers l'autre, le différent. Après ne sera plus comme avant.

De ce moment précisément. Nous y sommes. Tenez, regardez, il est là, sur votre droite, à une centaine de mètres devant vous : cette petite silhouette noire à mi-pente qui longe péniblement le coteau, en s'accrochant aux arbrisseaux, qui titube, s'arrête pour reprendre son souffle ou faire le point. Et puis la tache plus claire de son visage maintenant, balafrée par ses mèches noires, alors qu'il vient de se retourner. Peut-être a-t-il entendu le galop des chevaux. Aussitôt il vous intrigue cet homme visiblement égaré, qui ne ressemble ni à un vagabond ni à un berger, qui devrait logiquement suivre la route plutôt que de s'égarer dans les sous-bois. Ce n'est pas non plus un cueilleur de champignons ou de framboises, ce n'est pas la saison. Et puis il n'en a vraiment pas l'allure. Vous plissez légèrement les yeux pour mieux tenter de distinguer ses traits. Oh ces deux petites poches ivoirines qui se forment alors en dessous de votre regard d'océan, la courbe de vos sourcils qui plonge et se fait soucieuse, la ligne d'implantation de vos cheveux d'or brun qui s'abaisse sur votre front et concentre vos pensées. Je vois la petite fille en vous, la petite fille de la terrasse en face de la montagne de Saule.

Avant de vous laisser à lui, à l'homme blessé aux idées d'autre monde, que je vous dise : plus je vous observe, plus je trouve votre beauté incroyablement émouvante. C'est un frémissement, un chant d'oiseau. Je ne lui ai pas rendu assez justice. En tout cas bien moins que les buveurs de l'Hôtel de France au Puy-en-Velay, saisis par votre arrivée dans le hall et stoppant l'ascension vers leurs lèvres de leurs verres d'absinthe, ou que le chemineau nonchalant en guenilles qui sur le bord de la route vous a tiré son chapeau, ou même que Valorges, oui, l'ignoble Valorges, qui aurait pu jeter son dévolu sur la fauvette versaillaise, sur Chloé de Sancy, à la poitrine plus généreuse, plus solaire, aux mines étudiées de grande séductrice balançant son éventail avec la grâce d'un épervier, plutôt que d'essayer d'entrapercevoir la naissance à peine enflée de vos seins de jeune fille.

Mais sans doute le vif-argent a-t-il reconnu qu'ils étaient tous deux, Chloé et lui, du même monde, de ces aventuriers prêts à tout. Il n'a pas eu besoin d'une longue étude pour reconnaître la fille délurée qui n'a pas froid aux yeux et se donne des grands airs, ce qui n'a d'ailleurs échappé à personne, ce qui lui vaut les sarcasmes de Maxime, qui préfère s'abstraire de ce monde bipolaire dont aucun bord ne convient à son idée de la beauté pour partir à la recherche de la reine de Saba au milieu des sables du désert yéménite — cette invitation au voyage, cette fuite au loin, sous d'autres cieux, ils vont être nombreux à l'expérimenter, tous ceux, les fous de poésie, de peinture et d'ailleurs qui éprouvent de la lassitude pour ce monde ancien. Mais Valorges, avec une beauté comme la vôtre, il ne sait comment s'y prendre. Il lui faut avaler des flacons entiers d'alcool fort pour s'autoriser les gestes qui d'ordinaire constituent son ordinaire. Vous devinez bien qu'avec les grisettes il ne fait pas tant de manières, ne prend pas de gants. Et pour celles-là aussi, qui ont droit comme les autres aux égards, il faut donner raison au meilleur des combattants de la Commune.

Écoutez Varlin l'admirable, au congrès de Genève du 3 au 8 septembre 1866, lors de la seconde réunion de l'Association internationale des travailleurs, alors qu'on débat sur le travail des femmes et qu'il s'oppose à la majorité qui s'en tient aux idées conformistes de Proudhon, eh bien oui, Proudhon, l'homme qui déclare que la propriété c'est le vol mais, sur le rôle de la femme, se montre aussi obtus que les bourgeois qu'il dénonce à grands cris : la place de la femme, c'est à la maison, à charge pour elle d'élever et d'éduquer les enfants — pour le ménage, on ne se pose même pas la question. Et Varlin l'admirable monte à la tribune. C'est un jeune homme de vingt-sept ans, fils d'un journalier agricole d'un hameau de la Seine-et-Marne, autant dire que la pauvreté n'a rien à lui apprendre sinon qu'elle ne relève pas de la fatalité. Il est beau garçon, il coiffe en arrière son épaisse chevelure noire et porte une barbe taillée. Par son métier de relieur, il appartient avec les imprimeurs à l'aristocratie de la classe ouvrière, cette race d'ouvriers lettrés qui, depuis quatre siècles, assemble avec des petits caractères en plomb et relie page à page les plus beaux textes de l'esprit humain, les plus intelligents, les plus subversifs. Comment ne tireraient-ils pas profit de ces phrases qui leur passent sous les yeux ? comment n'en feraient-ils par leur miel ? C'est pourquoi ils furent de tous ces conflits où le peuple prenait la parole et ne savait trop comment formuler les sentiments qui le traversaient. Et pas seulement le besoin de pain.

Varlin l'admirable est à la tribune et parle. Écoutez, nous n'aurons plus l'occasion de l'entendre : « Comme vous tous je reconnais que le travail des femmes dans les manufactures, tel qu'il se pratique, ruine le corps et engendre la corruption. Mais partant de ce fait, nous ne pouvons condamner le travail des femmes d'une manière générale. Car vous qui voulez enlever la femme à la prostitution, comment pourrez-vous le faire si vous ne lui donnez pas le moyen de gagner sa vie ? Que deviendront les veuves et les orphelins ? Elles seront obligées ou de tendre la main ou de se prostituer. Condamner le travail des femmes, c'est reconnaître la charité et autoriser la prostitution. »

Et dénonçant les véritables causes : le manque d'éducation, les mauvaises conditions hygiéniques des manufactures, l'excès des heures, les rémunérations trop minimes, il proposait de lutter pour une meilleure organisation du travail et la mise en place d'une véritable coopération qui donneraient autonomie et dignité aux femmes. Sa proposition fut rejetée. Et nous sommes au congrès de Genève de l'Association internationale des travailleurs. Pas des travailleuses, semble-t-il. Dans cinq ans, les femmes de Paris seront en première ligne à ses côtés. Celles que vos compagnons de route appellent les pétroleuses, les souillardes, les harpies, les mégères.

L'inspecteur de la littérature scientifique, qui a perdu là une belle occasion d'accuser, de dénoncer, d'incriminer, de crier, J'accuse Thiers, Je dénonce Versailles, J'incrimine Galliffet, Je crie au massacre, reconnaît qu'elles avaient une réelle connaissance politique. Dans les clubs où se réunissaient les orateurs, elles ne manquaient pas de faire valoir leurs vues, lisant souvent leur discours avec aplomb, argumentant, raisonnant, et incitant les hommes à davantage de courage. Et le comble pour notre inspecteur qui faisait la navette entre Versailles et Paris pour écrire ses articles et les envoyer par exemple au *Sémaphore de Marseille*, c'est qu'elles sont pour la plupart jeunes et jolies. C'est dire, cet étonnement, l'idée que se faisait jusqu'alors notre inspecteur des femmes du peuple. La même que celle de vos compagnons, en somme.

Mais au moins a-t-il été voir sur place, toujours selon son immuable principe, débarquant avec son petit carnet, ajustant ses lorgnons de myope, observant, réduisant le romancier privé d'imagination et rivé au réel à un labeur de journaliste, ce qui à force va faire des ravages, puis repartant le soir se mettre à l'abri à Versailles auprès des partisans de l'ordre avec le sentiment d'avoir été un fidèle héraut de son temps, un Joinville des classes populaires, la verve et la simplicité en moins.

Sauf qu'à la différence de Joinville il aura raté les nouveaux Saint Louis de cette beaucoup plus juste croisade, il aura raté Vallès l'insurgé, Varlin l'admirable, l'intrépide Allemane, l'incandescent Lissagaray, plus tous les autres dont on n'entend pas les voix dans ses articles. En fait il rate tout. Ainsi à propos des femmes qu'il n'a pas cherché davantage à rencontrer, il se contente de noter, c'est malin : « Elles croient à la République avec la même ferveur dévote, le même aveuglement mystique qu'elles mettaient à croire au bon Dieu quand elles étaient petites. » En outre c'est idiot, et on surprend notre inspecteur en pleine dérive imaginative. Car que sait-il de la foi de leur enfance ? Leur a-t-il posé la question de sa voix chuintante ? il avait un cheveu sur la langue. Voilà comment on colporte des a priori et des présupposés dont on fait la loi commune. Voilà comment, sous couvert d'une pure doctrine à l'exigence photographique, on se fait trafiquant de la vérité. De plus, la foi de l'inspecteur en la République n'a pas l'air bien solide — alors qu'officiellement, je le rappelle pour mes contemporains, elle a été proclamée le 4 septembre dernier après Sedan et la débâcle lamentable de l'armée impériale face aux

Prussiens. On se demande qui fait preuve d'aveuglement entre ces femmes et lui.

Et si je vous parle des femmes, c'est aussi pour vous dire que leur mouvement d'émancipation est en marche,

(l'émancipation, c'est la grande affaire de la seconde moitié de votre siècle : l'émancipation des travailleurs par les travailleurs eux-mêmes, l'émancipation de la classe ouvrière par rapport à la bourgeoisie comme la bourgeoisie s'est émancipée de l'aristocratie par la révolution de 89, l'émancipation des communes, et puis, à venir, l'émancipation des femmes, des peuples colonisés, de l'individu, de sa libido — ne rougissez pas, très belle, l'avenir proche vous réserve en ce domaine d'éblouissantes découvertes.)

et que vous y participerez, que l'on montre encore vos réalisations à Saint-Martin-de-l'Our même si les guides touristiques que j'ai pu consulter oublient de vous mentionner. Vous n'aurez pas semé en vain. Et puis il faudra encore du temps, mais l'attitude de Valorges et de ses semblables envers vous, tous ces gestes déplacés seront un jour sévèrement jugés, au point qu'un tel comportement, même si ce n'est jamais gagné, au lieu d'être rangé parmi les valeurs tant prisées de l'affligeante gauloiserie, pourra valoir à son auteur des ennuis. Pas trop tôt, me direz-vous. Mais là où vous êtes, à qui pourriez-vous vous en plaindre ? Au prêtre aux yeux de qui vous êtes la cause première du péché ? Aux notables qui agissent comme des porcs, déglutissant de la moralité à tout propos avant de finir leurs dis-

cours entre deux râles au bordel ? À la maréchaussée ?
À ces émissaires en bicorne, infatués et grotesques, qui
pourchassent les cherche-pain, les sans-logis, les proscrits, et les traînent enchaînés à la croupe de leurs chevaux ?

Il vous a échappé — votre attention toujours fixée sur la silhouette sombre qui marche péniblement à mi-pente — que vous veniez de porter la main à votre bouche, comme pour étouffer un cri. Mais pas au vif-argent qui ne vous quitte pas des yeux, intrigué déjà par le froncement de vos sourcils et ces deux petits sillons creusés verticalement au-dessus de votre nez, et qui a aussitôt tourné la tête pour suivre la direction de votre regard. Il ne lui a pas fallu longtemps pour apercevoir que ce qui vous retenait ainsi depuis quelques secondes et qui vous avait conduite à ce geste de pure inquiétude, c'était la silhouette grandissante d'un vagabond qui venait de chuter lourdement et dont le corps dévalait maintenant en roulant la colline.

Sans vous en rendre compte vous avez décollé le dos de votre siège lorsque sa chute s'arrêtant sur un replat il a tenté de se relever, se dressant avec effort sur ses avant-bras, ramenant ses jambes sous lui, offrant le spectacle humiliant d'un homme à quatre pattes, ce qui a fait dire à Valorges : Tiens, un mouton noir, on dirait qu'il broute, ce qui a déclenché immédiatement votre appel à lui venir en aide. Car un homme blessé, affamé, abandonné, les textes sacrés dont on vous abreuve au temple vous ont appris qu'il avait droit, comme tous les hommes, à notre compassion, quelle que soit sa condition, que c'est notre devoir de lui porter secours, et que, sans spéculer outre mesure, nous serons récompensés pour notre geste au centuple (mais sur ce dernier point j'ai un doute, il est possible que, chez vous, avec votre histoire d'élus et de prédestination, ça ne suffise pas).

De toute manière, ce programme de charité publique, si nous en étions vraiment les ardents missionnaires, depuis le temps il ne devrait plus y avoir un gramme de misère dans nos chrétiennes contrées. Et pas qu'on sache — voir tous ces démunis que l'on croise sur la route, voir le massacre de mai. Et puis c'est une question d'interprétation. L'histoire du Bon Samaritain — et si on lui accole ce qualificatif c'est qu'il a d'ordinaire mauvaise réputation, de sorte que Bon Samaritain, c'est comme bourgeois gentilhomme, c'est ce qu'on appelle un oxymore —, c'est d'abord une parabole. Il ne s'agit pas d'un fait divers, l'inspecteur n'a pas fait le voyage jusqu'en Samarie avec son carnet et ses lorgnons, n'a accusé personne dans *Le Buccin de Jérusalem*. Ce récit n'est pas à prendre à la lettre, c'est une fable qui incite d'abord à sauver les âmes, de sorte que monsieur le curé, qui connaît tous ces développements théologiques sur le bout de son missel, ne se sent pas concerné par votre appel (d'ailleurs il vient d'une femme, donc d'une créature du démon), pas plus que maître Abeillon, qui ne croit au salut que par les placements plus juteux de notaire et s'empresse de donner son avis définitif sur la question : Ce sont les ivrognes qui roulent dans les fossés, et croyez-moi, on ne peut rien pour ces épaves humaines qui à peine remises sur pied retournent à l'auberge assouvir leur vice.

Mais enfin, comment trouverait-on un homme ivre ici alors que nous sommes à des kilomètres de la moindre bouteille ? Cet homme a forcément un malaise, ou il s'est blessé en tombant au point de ne plus pouvoir se relever. Mais non, insiste maître Abeillon qui en profite pour fixer Chloé droit dans les yeux de manière à la prévenir qu'elle va assister en direct à un mot d'esprit : Il ne risque rien, tout le monde sait qu'il y a un bon Dieu pour les ivrognes, et se tournant sur sa droite pour ajouter un étage à sa pièce montée de bons mots : Sauf votre respect, monsieur le curé. Lequel hoche benoîtement la tête sans abandonner ses saintes écritures et turpides pensées. Ce qui n'a pas, cette dérobade du prélat, échappé à Chloé qui adresse au ventru notaire un sourire d'une complicité éloquente. Elle se félicite d'apprécier un si bel esprit avant, comme tous les autres passagers, de se tourner soudain vers vous qui, le buste à demi passé par la fenêtre, poussez un cri pour alerter le cocher.

Celui-ci craint tellement qu'on ne lui donne de mauvaises nouvelles de sa roue arrière au rayon fissuré, qu'il entreprend aussitôt de tirer sur ses guides pour stopper la Montagnarde en actionnant son frein. Mais qu'est-ce qui vous prend, dit le notaire, qui n'imaginait pas qu'une Mme Monastier puisse adopter un tel comportement, dont on lui avait dit et répété qu'elle était la discrétion même, en quoi elle avait tout intérêt si elle voulait faire oublier ses origines et ses méthodes très, pour ne pas paraître inconvenant, disons légères, d'ascension sociale.

L'homme est toujours sur son replat, lequel l'a retenu de glisser jusqu'à la route qui passe en contrebas. Il est allongé maintenant, ayant renoncé semble-t-il à se redresser. Non pas inerte, car il s'est tourné sur le côté, présentant son visage souffrant, de sorte qu'il n'y a pas une seconde à perdre. Vous ouvrez la portière, sautez presque sur la chaussée et vous vous précipitez, au milieu du nuage de poussière jaunâtre soulevé par l'arrêt de la voiture, jusqu'au talus de faible hauteur que vous escaladez en grimpant sur un petit rocher, ce qui vous oblige à soulever l'ourlet de votre robe. Cet empressement, c'est sans doute pour se porter au secours de la détresse faite homme, mais pas besoin de lire dans vos pensées pour deviner que ce qui vous donne des ailes c'est de fuir la prétentieuse bêtise et la méchanceté. Vous n'en pouvez plus de cet enfermement avec aussi peu d'humanité. Certes ils sont nos semblables, et moi, sans trop de retouches, je m'y reconnais. Mais pas semblables à vous, pas à Varlin l'admirable. Non, pas pareils. Vous éprouvez le besoin, sous peine d'étouffer, de renouveler l'air de vos poumons, de les purger de tous ces miasmes de fulgurantes sottises, fût-ce en avalant cet air brûlant et alourdi des senteurs des plantes qui sitôt mis pied à terre vous transforme en cracheur de feu.

L'intérieur de la voiture, bien qu'une étuve, vous épargnait ce soleil vertical et sa lave de plomb qui provoquent ce miroitement au milieu de la route en terre comme une immense flaque argentée incongrue par cette canicule, qui s'évanouit quand on s'en approche et se recrée aussitôt quelques dizaines de mètres en avant. La ligne des crêtes se dissout dans une brume lumineuse, flottante. Vous vous dites que cet homme qui marche tête nue a peut-être été victime d'une insolation, certainement même, ce qui expliquerait cette sorte d'ivresse qui le faisait tituber. Ne devriez-vous pas d'abord vous munir d'une gourde, d'une serviette pour humecter son front ? Mais non, les autres en profiteraient pour rajouter quelques remarques de leur cru. Et vous n'avez pas envie de les revoir. Pas déjà. Quelqu'un, parmi les plus démunis, a besoin de vous. Toute votre attention est tournée vers cette forme sombre sur le replat gazonné, étendue au pied d'un buisson arborescent de bruyère rose.

Il vous vient que cet élan vous arrache à des années d'effacement, de soumission, d'ordres reçus que vous n'avez jamais discutés. Parce qu'on ne manque jamais de vous faire remarquer la chance que vous avez eue d'épouser un homme comme Monastier, le bienfaiteur de Saint-Martin-de-l'Our, qui en bonne logique aurait dû prendre pour épouse en secondes noces une fille de son rang. Les propositions ne manquaient pas du côté des dynasties de soyeux. Son âge n'était pas un handicap, loin de là. La manufacture reviendrait bien vite à sa descendance. Comment s'est-il tourné vers une fille de journalier venue on ne sait d'où ? Sans doute connaissait-elle la recette de philtres puissants pour lui avoir fait ainsi perdre la tête et lui mettre le grappin dessus. Ce genre de recettes qui impose simplement d'avoir la jambe légère. Après, une fois que l'enfant s'agite dans son ventre, il est facile à ce genre de créature d'implorer le père de payer de toute sa vie un moment d'égarement.

Et c'est vrai que Monastier ne vous a pas envoyée accoucher ailleurs, sur un causse perdu dans une bergerie ravitaillée par les corbeaux, ou dans un institut spécialisé d'une ville lointaine, qu'il aurait pu moyennant une modeste pension, voire pas de pension du tout, vous éloigner à jamais. Mais il ne l'a pas fait. Sans doute parce qu'il ne se résignait pas à imaginer que l'œuvre de sa vie puisse tomber dans l'escarcelle d'un concurrent, que son nom disparaisse, et qu'il lui manquait d'inscrire sur la façade de la manufacture, comme le font les gros commerçants, Monastier et fils, au moment où ce dernier, formé par ses soins, serait en mesure de l'accompagner dans son travail, puis de prendre le relais. Vrai aussi qu'il s'en était occupé, que c'est lui qui avait tenu à envoyer le petit Louis à Versailles pour qu'il y poursuive ses études dans une institution de renom que fréquentaient les enfants des capitaines d'industrie. Vous n'avez pas à lui reprocher d'avoir été un mauvais père.

Ce que vous pourriez lui reprocher, alors que vous veniez d'emménager dans la grande maison de la propriété après la mort de votre père, du vivant donc de la première Mme Monastier, c'est qu'il ait pris l'habitude la nuit d'entrer en catimini dans votre chambre. Cette frayeur de chaque soir quand vous redoutiez d'entendre le léger grincement de la porte dont il avait pris soin de huiler les gonds, cette façon qu'il avait de repousser les draps et d'inspecter votre corps de toute jeune fille, son bougeoir à la main, tandis que la petite flamme rouge orangé projetait sa tête immense sur le plafond, et qu'il vous obligeait de garder les yeux ouverts.

La suite, chacun en détournant son regard pourra la lire. C'est le récit de vos cicatrices intérieures. Mais ce qu'il faut dire aussi, c'est que si cet homme était fou, ce fut d'abord de vous, fou de votre beauté, de vos fines taches de son sur votre gorge, de votre grâce longiligne, du balancement de votre robe quand vous vous faufilez entre les fauteuils du salon, et que la vraie raison qui l'a conduit à vous épouser, plus encore que la perspective d'assurer une descendance, c'est qu'en vous envoyant accoucher ailleurs il craignait de ne jamais vous revoir et qu'il ne pouvait se résoudre à se passer de votre présence. Une fois débarrassé de l'enfant, il aurait pu vous transformer en servante, ce qui aurait permis de vous avoir à demeure et d'user avec vous sans ménagement. Et nul dans la bonne société n'aurait trouvé à redire. Mais il tenait sans doute à cet enfant tardif que n'avait pu lui donner sa première épouse et il faut croire qu'il ne vous voyait pas en bonne à tout faire.

Mais pour vous, depuis lors, combien de sous-entendus, de regards de travers, de sourires pincés ? Combien, loin de votre époux, sur le marché, par exemple, de propos à double sens, comme celui-ci qui vous avait fait l'effet d'un filet d'eau glacée, alors que vous hésitiez en raison de son prix à acheter une pièce de tissu : Ça s'arrangera sur l'oreiller. Et vous aviez planté là l'étal et le marchand, pour qui c'était une réplique habituelle — il ne peut tout de même pas se renouveler à chaque cliente —, pour partir en courant à travers la place encombrée jusqu'à la manufacture, comme vous l'aviez fait petite.

Il vous vient que de ce moment où vous avez commandé au cocher de stopper ses chevaux, pour vous diriger vers cet inconnu qui comme un christ venait de chuter sur son replat, c'est comme si vous lui aviez demandé d'arrêter le cours de votre vie pour en descendre. Que celle-là, l'imposée, la subie, continue sans vous. Désormais vous ne serez plus d'humeur à pactiser avec les adorateurs de la bonne conscience, les chantres des convenances, tout plutôt que ce confinement confortable au prix du silence de votre vie. Mais tout, c'est-à-dire quoi ? Le regard de vos soi-disant semblables ? Le reproche qui s'y lit ? Le désaveu que les mêmes vous infligeront ? Mais ce désaveu, cette indignation publique qui vous clouera au pilori, c'est votre honneur, très belle, très digne d'amour.

La diligence ayant dépassé le corps alangui sur son carré d'herbe et de pierres vous oblige à rebrousser chemin. Mais la pente ne vous permet pas de courir comme vous le souhaiteriez, et vous pensez encore à ménager votre robe que vous tenez toujours de votre main gauche. Valorges et Maxime qui sont descendus de la voiture après vous, intrigués par votre curieux manège, vous voient ralentir votre allure au moment de vous approcher du gisant. Votre pas se fait prudent, comme lorsqu'on s'approche d'un animal blessé dont on veille d'abord à s'assurer qu'il ne sera plus en mesure de manifester sa mauvaise humeur quand on examinera sa plaie. Mais vous avez raison, c'est bien sur un animal blessé que vous allez vous pencher. Il a le cœur en lambeaux et son esprit est à vif, qui ressasse les images terrifiantes des jours passés.

Lui découvre vos pieds, vos bottines, qui foulent l'herbe à pas comptés. Information capitale pour lui. Ce ne sont pas des bottes de cavalier comme en portent les gendarmes, de sorte qu'il n'esquisse pas un mouvement. Pour l'instant il n'y a pas péril en la demeure, même s'il n'oublie pas que des femmes aussi bien chaussées s'amusèrent à percer de leurs talons les yeux des cadavres. Mais celle-là n'est pas portée par l'hystérie des foules. Comme vous vous tenez immobile maintenant à un mètre de lui, il lève vers vous son regard fiévreux, vous fixe un instant en curieux — qu'est-ce que vous lui voulez ? — et laisse retomber sa tête. Visiblement, vous ne lui faites pas peur. Il a repris sa position de repos, choisissant pour sa joue une touffe d'herbe un peu moins maigre. C'est le signe que vous attendiez pour vous pencher sur lui. Vous vous accroupissez doucement. Il voit votre robe s'évaser et dessiner une corolle dorée autour de vous. Vous vous entendez demander un peu bêtement à cet homme agonisant s'il a besoin d'aide. Il relève à nouveau son visage torturé à demi masqué par ses cheveux longs, la bouche entrouverte où se glisse une longue mèche qu'il essaie avec sa langue de dégager et que devant son agacement vous retirez d'un doigt en frôlant sa joue mal rasée. Ce qui lui fait instinctivement rejeter la tête en arrière. Ce qui vous surprend, et vous retirez votre main coupable qui trouve refuge contre votre poitrine. Je ne voulais pas, dites-vous — ceci murmuré à voix basse, comme on s'adresse aux grands malades dans les parages de la mort, comme si, par pudeur peut-être, vous vous reteniez d'en dire davantage.

Vous ne vouliez pas quoi ? Pas lui faire de mal, on le sait bien, mais comprenez-le, il a oublié qu'une joue peut recevoir autre chose qu'un violent coup de crosse. Vous lui proposez alors de le conduire jusqu'au prochain relais de poste, où il se trouvera bien un médecin pour le soigner. Mais il vous fusille du regard, marmonne, pas besoin de secours, saura se débrouiller tout seul. D'ailleurs pour bien prouver que son cas ne relève pas de la médecine, comme s'il avait simplement profité d'un moment de repos, il essaie à nouveau de se redresser, y parvient presque, et ce serait presque drôle cet homme souffrant affirmant que tout va bien, si à peine debout, vacillant, il n'avait dû se résigner à poser un genou à terre pour ne pas perdre complètement l'équilibre. Intérieurement vous triomphez, vous avez pu en juger, cet homme n'est pas ivre. Vous allez pouvoir l'imposer à vos compagnons de voyage.

Venez, dites-vous, en le prenant par-dessous le bras pour l'aider à se remettre debout. Mais à nouveau il se dégage et, perdant votre soutien, s'écroule une fois encore à terre. La chute lui arrache un rictus violent qui lui tord la bouche. Vous vous penchez à nouveau, affolée à présent par l'urgence, redoutant qu'il ne soit trop tard, vous lui glissez que vous allez chercher du secours, mais lui, recroquevillé sur sa couche d'herbe : Laissez-moi. Allez-vous-en. Et presque méchamment, alors qu'il devrait économiser son souffle : Si vous voulez vous rendre utile, ce ne sont pas les pauvres qui manquent sur la route.

Les pieds ne bougent pas sous l'ourlet de la robe. Ils n'ont pas déserté comme il l'aurait cru. Ils demeurent immobiles, écrasant les brins d'herbe. Cette femme a de grands pieds. Que se passe-t-il là-haut ? Il lève les yeux, moins faraud à présent, pas fier de sa sortie, un brin honteux, s'attendant à devoir supporter un regard dédaigneux, outré, méprisant, se préparant en réponse à vomir sa haine des dames patronnesses, de ces bourgeoises bien sous tout rapport, qui frappaient de leur sac et de leur parapluie les cohortes des prisonniers enchaînés, qui les invectivaient avec des mots orduriers, qui criaient : à mort. Son regard sombre se hisse avec peine le long de la robe dorée, remonte le corps planté droit dans le ciel chargé de lumière jusqu'au beau visage blanc auréolé d'une chevelure solaire. Vous ne clignez pas des yeux quand son regard croise enfin le vôtre. Et il devine pourquoi. Ces deux petites lentilles tremblotantes où brillent des éclats de soleil ne seraient pas restées longtemps en équilibre sur le bord de vos paupières. Et il baisse misérablement la tête.

Décidément, on ne peut rien dire qui vaille pour l'ensemble du monde. Il nous surprendra toujours. On ne peut l'enfermer dans une formule, dans une équation. Il n'est jamais tout à fait là où on l'attend, ni comme on l'entend. Les calculs tombent toujours à peu près, et parfois se révèlent même complètement erronés. Et vous l'entendez murmurer : Pardonnez-moi, oui, vous avez bien entendu, pardonnez-moi, il vous demande pardon. C'est à ce moment que les deux larmes en suspens au bord de vos paupières ont glissé sur vos joues. Et on ne le croirait pas à voir vos larmes, mais c'est aussi à ce moment que le monde a basculé pour vous vers son versant ensoleillé.

Mais lui n'a rien vu. Il n'a pas reçu comme une eau baptismale versée sur son front l'une de ces perles de bonté. Sa tête est déjà retombée. Il ne lutte plus désormais, ne cherche plus à donner le change. Et puisqu'il s'est abaissé à demander pardon, autant que sa posture humiliante remplisse son estomac qui le tiraille plus fort encore que sa plaie : Si vous aviez quelque chose à manger, implore-t-il. Et vous le voyez s'asseoir péniblement sur le talon de ses bottes, le buste penché en avant, comme un pénitent, fourrager à deux doigts dans une poche intérieure de sa veste et en sortir une pièce qu'il vous tend sans vous regarder. Le cri vous a échappé, vous avez eu ce même geste que dans la diligence tout à l'heure, la main qui se porte devant votre bouche et cherche à la bâillonner. En écartant le pan de son vêtement, il vous a donné à voir une tache d'un rouge brun étalée sur sa chemise au-dessus de sa ceinture.

À votre cri, son regard s'est à nouveau levé vers vous. Comprenant ce qui le motive — il lui suffit de tracer une droite entre votre regard et sa plaie —, il demeure ainsi quelques secondes, presque résigné, suspendu à votre réaction, comme s'il s'attendait que vous prononciez la sentence. Il lui semble que, cette fois, c'en est fini, qu'il ne pourra escompter votre clémence. Comme ceux de votre milieu, vous le rangerez automatiquement parmi les criminels, parmi ceux qui comptent pour rien le sang des autres et le leur. Vous n'aurez plus qu'à alerter vos pareils et dans quelques heures la maréchaussée sera là pour le cueillir sur son rectangle d'herbe. Il n'aura pas bougé, n'ayant même plus la force de ramper jusqu'au sous-bois.

La vie est décidément surprenante, capricieuse, usant du coq-à-l'âne, comme si un librettiste ingénieux se plaisait à battre les cartes de la destinée, à les mélanger de telle sorte qu'on ne puisse induire des suites logiques, des martingales prévisibles, qui commanderaient que partant d'un point on arrive immanquablement à tel autre. Comment aurait-il pu inventer que son histoire s'achèverait au milieu des collines écrasées par le soleil, dans les senteurs aromatiques de juin, au pied d'une bruyère arborescente, quelque part vers le sud. Quelle ironie du sort pour un pur citadin comme lui. Il aurait mieux fait de réserver à sa ville martyre son dernier souffle. Au lieu qu'ici, ce dais de lumière, ce carillon de clarines, comme si dans ce brouillage de cartes il avait tiré la fin d'un autre, quand il devrait reposer sous un ciel de fumée salué par le crépitement des fusillades et le râle des agonisants.

Mourir pour mourir, il regrette à présent de ne s'être pas jeté sur la mitraille quand il tentait avec les siens de retarder l'avancée de l'armée en élevant de piètres barricades qui ne résistèrent pas longtemps aux canons des Versaillais. Il regrette, après avoir été raflé avec des centaines et des centaines de ses compagnons d'armes, d'avoir profité du chaos pour s'extraire de la montagne des corps que la mitrailleuse avait fauchés dans les jardins du Luxembourg. Il regrette d'avoir pensé à sauver coûte que coûte ce qu'il lui restait de peau. Il regrette sa lâcheté.

Varlin l'admirable, lui, n'avait même pas cherché à défendre sa vie. Il avait fait ce qu'il lui semblait devoir être fait pour peu qu'on ait une certaine idée de la dignité et de la justice, pour mériter simplement le nom d'homme. L'histoire lui signifiait cruellement que son rôle s'arrêtait dans la puanteur mêlée des corps en décomposition, de la poudre et des incendies. Et quand il sut qu'il n'y avait plus rien à espérer, il enjamba la barricade de la rue de la Fontaine-au-Roi, l'une des dernières à résister, et s'avança dans les rues jonchées de cadavres, errant les yeux dans le vague, hébété devant l'ampleur de la tragédie, soûlé de fatigue et de nuits sans sommeil, s'offrant sans résistance à la foule déchaînée contre lui après qu'un misérable prêtre, déguisé en bourgeois, n'ayant même pas le courage d'afficher ses convictions, et qui pour ce haut fait d'armes fut décoré de la Légion d'honneur, l'eut reconnu alors qu'il était assis sur un banc, rue Lafayette, et dénoncé au lieutenant Sicre, le courageux Sicre qui prudemment revint avec ses lignards pour s'emparer de la grandeur de l'homme.

De là, c'est moi qui vous parle, car je ne crois pas qu'Octave ait su la véritable fin de l'admirable, commence ce qu'il faut bien appeler sa montée au calvaire. On va le conduire à Montmartre, rue des Rosiers (qui n'est pas celle d'aujourd'hui, ceci pour mes contemporains), pour le présenter au général Laveaucoupet, un héros à la mode Galliffet, un de ceux, expéditifs, qui ne s'embarrassent pas des procédures et des finasseries judiciaires. Sur son passage, dès que les soldats s'écartent du condamné, feignant d'oublier qu'ils sont là pour le protéger et lui assurer un jugement selon les lois de la République, la foule le conspue, le traite des noms les plus orduriers, le pousse, le frappe, croche-pieds, coups de poing, de canne, de parapluie. Et quand l'Admirable trébuche, ses gardiens le relèvent en lui expédiant dans les côtes et le menton la crosse de leurs fusils.

Mais Eugène Varlin n'a pas une plainte, qui progresse entre deux rangées de haine. Les coups des contempteurs de l'ordre sont frappés si violemment que bientôt un œil sort de son orbite et pend sur sa joue tuméfiée. Il avance aussi droit qu'il le peut sur sa *via dolorosa*, vers là où tout a commencé quand les Parisiens unis s'opposèrent à ce que les factieux de Versailles récupèrent les canons qu'ils avaient payés de leur sueur et de leur courage, avec lesquels ils avaient défendu leur ville tout un rude hiver contre les Prussiens. Parvenu devant le boucher Laveaucoupet, il confirme son identité, je suis bien Eugène Varlin, et il n'en dira pas davantage.

À quoi bon, il sait depuis longtemps ce qui l'attend. Le choix de la rue des Rosiers pour son exécution n'est pas innocent, c'est là que, le 18 mars, les Parisiens, furieux que les pleutres de Versailles les désarment, avaient exécuté les généraux Thomas, un fusilleur de 48, et Lecomte, qui avait donné ordre à ses hommes de tirer sur la foule. La veille de ce triste 28 mai, Varlin l'a dit à Vallès : « Nous serons dépecés vivants. Morts, nous serons traînés dans la boue. » Le dépeçage a déjà commencé avec cet œil qui pend hors de son orbite, avec ses vêtements en lambeaux, avec le sang qui coule de ses plaies. Je suis bien Eugène Varlin. Autrement dit vous n'allez pas fusiller quelqu'un d'autre à ma place. Ce qui va bien avec son sens de la justice. C'est tout ce que la brute galonnée a à savoir. Ce n'est pas maintenant qu'il va entreprendre son éducation politique, lui expliquer qu'il donne sa vie pour l'espérance d'un monde meilleur, que ce monde ne peut se gagner que de haute lutte car les gens de son espèce, celle du général, ne proposeront pas d'eux-mêmes d'abandonner leurs privilèges d'exploiteurs de tous bords, de céder une parcelle de leurs pouvoirs, de partager le magot gagné sur le dos des travailleurs. Alors qu'on en finisse, et vite. C'est bien l'avis de l'exécuteur Laveaucoupet qui déclare que la peine de mort sera immédiatement appliquée, que la sentence est sans appel, qu'il la juge douce en comparaison des crimes de l'accusé. Quels crimes ? D'avoir bafoué les vraies valeurs, celles de la classe possédante et de la bonne société bourgeoise.

La foule est si pressante que les soudards préposés à l'exécution ne sont qu'à trois ou quatre pas du condamné. Pense-t-il, l'Admirable, que quelques jours plus tôt il a tenté vainement de s'interposer pour éviter le massacre des otages de la rue Haxo ? Y a-t-il quelqu'un dans la foule qui voudrait intervenir en faveur de cet homme ? L'envoyé spécial du *Sémaphore de Marseille*, notre inspecteur de la littérature scientifique, ne voudrait-il pas profiter de l'occasion pour lancer une accusation retentissante à la face du général Laveaucoupet ? Mais il a déjà repris son billet pour Versailles, pressé d'envoyer son compte rendu du jour. Alors, non ? Personne vraiment ? Très bien. Exécution. Mais les deux tireurs qui épaulent à présent et visent le cœur, là où tout s'est joué pour Varlin, dont ils espèrent qu'en l'arrêtant de battre on en finira avec ces utopies néfastes — et au fond, c'est peut-être ce cœur que la presse bien-pensante appelle le « spectre rouge » —, mais les deux tireurs qui arment et pressent la détente vont rater leur coup. L'homme défiguré est toujours debout. Ce n'est peut-être pas aussi facile d'éliminer le meilleur de l'homme, l'innocence et la générosité, la justice et le recours. Peut-être que la main tremble, que l'épaule assure mal l'appui de la crosse, que l'œil cligne au mauvais moment.

Honte des bourreaux obligés de recharger leur fusil. La foule s'impatiente. Ce répit donné au condamné, c'est une grâce inique, il n'y a plus de justice. Mais à la seconde tentative, le corps s'affaisse et tombe à terre. La foule applaudit, satisfaite. A-t-elle entendu les derniers mots du condamné ? Oh rien. Pas de révélation fracassante, pas d'injures à l'égard de ses bourreaux, simplement l'expression d'une constante conviction, jusqu'à l'ultime souffle : « Vive la République, vive la Commune. »

Le lieutenant Sicre se penche sur le corps couché sur le côté, son pistolet à la main, traquant le moindre signe de vie, le moindre soulèvement de la poitrine, le plus infime tressautement nerveux, prêt à y mettre définitivement un terme d'une balle à la tempe. Il le retourne du pied, y donne quelques coups de la pointe de ses bottes. Mais pas de réaction. Il n'y a là qu'un tas de chair morte. Les soudards maladroits ont fini par viser juste. Une vermine en moins. À tout hasard il fait les poches du supplicié. Rien qui vaille, sauf dans son gousset, voyez-vous ça, une montre de prix. Et ça jouait les amis du peuple. Il la contemple un moment alors qu'elle balance comme un pendule au-dessus du corps sans vie, puis la glisse dans sa poche. Prise de guerre. Preuve de sa vaillance. Justification infaillible de ses galons. Un brave.

Et c'est ainsi qu'il exhibera dans les dîners en ville où l'on s'extasie devant son courage au feu et ses dons de stratège le cadeau offert par ses compagnons relieurs reconnaissants à Eugène Varlin. Pour eux il avait développé une assurance contre le chômage en instituant un système d'épargne et de crédit mutuel. Chaque sociétaire versait vingt-cinq centimes par mois. Et puis, le capital augmentant, il prévoyait de fonder « une association de production dans laquelle nous aurons la complète disposition de nous-mêmes et du produit de notre travail », autrement dit une coopérative. Et pour ce qui est de l'analyse de la condition ouvrière, il s'affirme d'emblée comme le plus intelligent et le plus lucide. S'il envisage un regroupement, une union des forces et des moyens, c'est qu'« aujourd'hui, il ne faut plus se faire d'illusions, l'augmentation considérable du matériel de notre industrie a rendu impossible à l'ouvrier isolé tout espoir de s'affranchir. Et si quelques-uns, confiants dans leur courage et leur énergie, tentent encore de s'établir, ils se préparent de rudes labeurs qui trop souvent ne sont payés que par de pénibles déboires et d'amères déceptions. Mais ce qu'un homme seul ne peut faire est possible pour dix, et facile pour cent ».

En remerciement pour son action en leur faveur, les ouvriers relieurs avaient encore prélevé quelques centimes sur leurs salaires pour offrir à leur président cette montre qu'exhibe le pitoyable Sicre dans les dîners en ville. Elle circule ainsi de main en main, les convives posant leurs couteau et fourchette pour admirer l'objet tout en mastiquant, comme s'ils voulaient vérifier que le temps de la Commune s'était bien arrêté. Hommes idiots : le tic-tac de la montre de Varlin, c'est la bombe à retardement des misérables.

Je ne saurais vous dire ce qu'on a fait du corps du supplicié. Sans doute a-t-il reçu sa dose de chaux dans une fosse commune, comme la plupart de ses camarades de combat : une dose qui brûlait les chairs et ne laissait que les os blanchis. Mais j'ai une proposition à faire. Le Panthéon qui était jusqu'à l'an passé une église va à l'occasion de la mort de Victor Hugo se transformer en un temple à la mémoire des grands hommes, sorte de cimetière des morceaux choisis de l'histoire récente de notre pays. On y mettra Victor Schœlcher, par exemple, l'homme qui, alors qu'il était sous-secrétaire d'État aux colonies dans le gouvernement de 1848, émit le décret abolissant l'esclavage dans les colonies françaises. Ce qui aurait dû être fait depuis longtemps, et nous lui en savons gré. Mais le même joua un rôle trouble pendant la Commune, engageant des pourparlers avec Versailles, avant de se tenir à l'écart du mouvement, alors non, on ne placera pas l'Admirable à ses côtés. D'autant qu'on y trouve aussi le cœur de Gambetta, qui, du temps qu'il était associé aux autres organes vitaux du même, avait soutenu la politique de Thiers, après la Commune, sans doute, mais quand même, c'était vite oublier, un mois après, les méfaits du maître fossoyeur, et puis aussi, tiens tiens, notre inspecteur de la littérature scientifique qui rentrait prudemment à Versailles après avoir émoustillé sa libido à contempler les jolies révolutionnaires qui y laissèrent leur vie. Il est vrai que, plus tard, il fit preuve de courage, et peut-être en souvenir de ces jours de printemps qui lui inculquèrent le virus de la justice.

Mais, si la fonction du bâtiment est d'être la vitrine des vertus humaines exemplaires, outre que sur certains il y aurait à redire, le martyr de la rue des Rosiers y suffit amplement qui les concentre toutes, au plus haut, et avec désintéressement et humilité. Comme l'écrit l'incandescent Lissagaray dans son *Histoire de la Commune* de 1871 : « Ce mort-là est tout aux ouvriers. » Voilà, sortez les grands hommes. Faites place à l'Admirable, faites place à la pensée et au cœur d'Eugène Varlin.

Octave a entendu la voix douce lui conseiller de refermer sa redingote et de ne pas s'inquiéter. Et pendant que vous vous éloignez en courant, dévalant la pente sans plus aucun souci de votre mise,

(juste avant de retrouver la route, vous avez glissé sur l'herbe et parcouru quelques mètres sur le dos, mais dans votre enthousiasme : Ce n'est pas un ivrogne, criez-vous, vous n'y avez pas attaché d'importance, ne prenant même pas la peine de lisser votre robe en vous relevant, continuant de courir vers vos compagnons de route qui ne reconnaissent pas la jeune femme réservée de la diligence dans ce tourbillon solaire qui fond sur eux.)

il s'exécute docilement, enfile avec difficulté trois ou quatre boutons dans leurs boutonnières, vérifie qu'on n'y verra rien, et presque élégant attend votre retour. Par une température caniculaire, il sera ce vagabond impeccable qui marche cérémonieusement comme s'il se rendait à l'église.

De cet épisode pourtant, il ne dit pas grand-chose, peut-être parce que la fièvre et l'épuisement lui en ont ôté le souvenir, notant simplement que vous êtes revenue en compagnie de deux hommes, que ce fut pour lui un soulagement et une source d'inquiétude, ne sachant à quoi il devait s'attendre, une interpellation brutale ou une opération de secours, mais que vos mots, alors que vous avez lu un début de panique dans son regard, l'ont rassuré, n'ayez pas peur, ce sont des amis — ce qu'il ne faut pas entendre, Valorges et Maxime des amis, mais enfin ils ont accepté de vous aider, moins pour la bonne cause que pour vos beaux yeux, vos beaux cheveux, vos bas de soie brodés que votre dégringolade a découverts, vos grands pieds et tout le reste, mais ils ont aussi passé outre à leurs préventions, séduits plus qu'ils ne voudraient l'avouer par cette femme insoupçonnée, énergique, irradiante, de celles que l'inspecteur avait rencontrées au cours de ses escapades parisiennes, et comme lui, tellement habitués à ne considérer les épouses que comme des supplétives, qu'ils n'en croient pas leurs yeux, car c'est vous qui commandez à présent : Prenez-le sous les bras, faites bien attention, et nos duettistes de soulever Octave qui s'efforce de ne pas grimacer, et l'étrange cortège bringuebalant de dévaler avec précaution la pente herbue que vous ouvrez de votre démarche sautillante, vous retournant de temps en temps pour prendre des nouvelles, tandis que les autres passagers, la main en visière au-dessus des yeux, vous attendent sur la route en bougonnant. On ne va quand même pas le prendre avec nous, ce — ce quoi, au juste ? Sans risque d'erreur, ce bon à rien, tranche Abeillon. Et qui sait si ce n'est pas une ruse pour nous dépouiller, avance Chloé. Oh, dans son état, je ne le

292

crois pas, ose contredire l'étriqué qui ne reçoit qu'un regard courroucé, preuve du bien-fondé de sa remarque.

La discussion s'est poursuivie sur un ton vif après que vous avez donné une gourde d'eau tiède au miraculé, assis à terre, dans la poussière, le dos appuyé contre la roue arrière de la voiture, qu'il a vidée d'un trait, la gourde évidemment, alors que vous lui recommandiez de prendre son temps, lui expliquant que dans son état il lui fallait se réhydrater doucement, que c'était mauvais pour sa santé, et une pomme dont il n'est très vite resté que la tige. Des débats le concernant, celui qui se jetait sur la nourriture n'a rien retenu. Et pourtant son embarquement est loin d'être acquis. Plusieurs options : Abeillon et Valorges sont d'avis de le laisser sur place. Chloé et le curé ne fraient pas avec n'importe qui mais ne s'opposeront pas à ce qu'on le conduise jusqu'au prochain relais de poste (Chloé parce que le récupéré n'est pas vilain garçon, et le curé parce qu'il n'arrive pas dans sa tenue à dire : Dieu y pourvoira). Et Maxime, entre deux bouffées de cigarette, hausse les épaules. Il a bien reconnu en Octave son semblable. Peut-être même se sont-ils déjà croisés dans les cafés où se rencontre ce genre de jeunesse, à Montmartre ou sur la montagne Sainte-Geneviève, même si comme lui il a un peu passé l'âge de l'engouement et de la détestation forcenés. Au premier coup d'œil il l'a installé dans une soupente froide, penché sur une petite table bancale et noircissant rageusement des pages et des pages, maudissant la gent littéraire et se drapant dans la posture du génie ignoré de ses contemporains — ce qui n'est pas tout à fait juste pour Octave en dépit de ses cahiers, et dessine surtout par un effet de miroir un autoportrait du photographe éclairé, dont on peut penser qu'il a dû revoir ses ambitions artistiques à la baisse. Quant à Roméo, il laisse tomber d'un ton énigmatique qu'il n'a pas de religion.

C'est vous, très belle, qui enlevez la décision. Vous demandez simplement à vos camarades (depuis que Valorges et Maxime sont vos amis, on ne se refuse rien) de prévenir un médecin à la prochaine halte qui reviendra vous chercher, car de tout ce temps vous demeurerez auprès du naufragé. Protestation virulente de Valorges qui ne peut continuer sans vous, qui plus est en vous abandonnant aux mains (enfin, c'est une image) d'un étranger (comme si déjà vous ne l'étiez plus l'un pour l'autre) et convainc ses, euh, compagnons, de prendre le garçon avec eux et de l'installer derrière le cocher sur l'impériale, où il doit être possible de lui faire une place en comprimant les bagages.

L'ennui c'est que le cocher ne veut pas s'encombrer d'un individu dont il ne sait rien, qui pourrait le poignarder dans le dos, conduire la Montagnarde ailleurs, où il la désosserait ainsi que ses passagers, traçant un tableau sombre de l'imprudence à ne pas commettre pour dissimuler qu'il préfère être seul aux commandes, sans avoir quelqu'un pour le regarder diriger son attelage et se livrer à des commentaires sur le métier. Et puis Maxime ne veut pas qu'on déplace ses malles et ses appareils. Classés fragiles. Alors, qu'est-ce qu'on fait ? On le prend avec nous dans la voiture et, pour que tout soit bien en règle, vous acquitterez le prix de son voyage — propos accompagnés du geste d'ouvrir votre aumônière et d'en tirer votre bourse. C'est combien, monsieur ? à l'adresse du postillon qui dit qu'on verra ça à l'auberge, trop heureux de garder sa position élevée pour lui seul. Mais ça maugrée dans les rangs.

Cette fois, il n'y a plus grand monde pour vous soutenir. Chloé se demande si elle ne va pas être victime d'un évanouissement, mais elle attend pour tomber de moins haut d'être installée sur son siège, le curé a une parabole sous le coude par laquelle on comprend qu'on embarque une des multiples incarnations du Malin, Roméo commence à entrer en religion, qui sait par expérience que chaque désagrément de sa chanteuse se traduit pour lui en coups d'éventail. Et Abeillon hasarde perfidement qu'il n'est pas certain que M. Monastier, et il laisse sa phrase en suspens, comme s'il était inutile d'en rajouter. C'est pourtant ainsi qu'il nous a recueillis, mon père et moi, alors que nous n'avions pas beaucoup plus en poche que cet homme. Oui, c'est vous qui venez de parler. Là vous m'avez soufflé, et maître Abeillon, pantois devant l'aplomb de la belle soyeuse, balbutie : Ce sera répété à qui de droit, mais puisque vous le dites. Et il fait un geste évasif de la main, signifiant par là qu'il ne jure plus de rien, que les dés sont jetés, que ce n'est pas faute d'avoir joué les Cassandre — même si en fait de Cassandre il n'a rien annoncé du tout — et qu'il n'en pense pas moins. Mais maître Abeillon, penser.

Vous avez laissé votre place à Octave, près de la fenêtre, pour qu'il bénéficie, non pas de la fraîcheur pour laquelle il n'y a rien d'autre à faire qu'à attendre le soir, mais des senteurs de l'air, qu'il n'ait pas trop à souffrir de l'atmosphère délétère qui règne à l'intérieur. Vous vous êtes assise à ses côtés, affirmée, vigilante, protectrice, et je ne peux m'empêcher, mais peut-être que je me trompe, de déceler sur vos lèvres un petit air de contentement. Et puis un changement dans votre attitude, imposé bien sûr par votre nouvelle place sur la banquette, mais pas seulement, et que tous peuvent noter : vous ne vous absorbez plus dans la contemplation du paysage qui défile au petit trot des chevaux. Vous faites face à Maxime qui du coup a sorti un petit livre de poésie de sa poche — à l'alignement des vers vous avez identifié un recueil de sonnets mais vous n'en voyez pas le titre — plutôt que d'avoir à affronter cet océan pacifique qui déferle de vos yeux. Vous ne savez pas encore à quoi attribuer ce sentiment de victoire. À votre voisin, sans doute, mais pas directement à sa personne.

D'ailleurs vous ne l'avez pas encore regardé ce vagabond, jusque-là vous n'avez vu en lui qu'un homme blessé, affamé, apeuré, à qui vous avez parlé comme à un enfant, comme au petit Louis quand il était alité, à cette différence que vous n'avez pas osé poser votre main sur son front pour juger de sa fièvre. Vous sentez son épaule contre votre épaule, d'autant plus fortement que vous tenez à quatre maintenant sur la banquette, et l'épaule dénudée de Chloé, à votre gauche, qui a rabattu son décolleté sur son bras, ne compte pour rien. Vous ne savez pas trop non plus ce qui vous a poussée à agir ainsi. Peut-être ce désir de n'être pas assimilée à ceux-là dont vous avez eu à subir les propos insanes depuis le départ du Puy. Le choix que vous avez fait d'arrêter la voiture vous a mise brutalement seule de votre bord, ce qui immédiatement vous a plu, qu'une décision aussi évidente que celle-ci suffise à tracer une ligne de démarcation entre eux et vous, entre la bêtise et (là, c'est moi qui le dis) la grâce, c'est-à-dire entre l'impossibilité d'un ailleurs, et ce mélange de joie et de générosité légère. Mais seule, vous ne l'êtes plus tout à fait à présent. Cette épaule contre votre épaule, c'est déjà votre victoire.

Car ce n'est pas seulement à la manifestation d'un acte de charité que vous nous avez conviés, à une démonstration évangélique. Les chemineaux encombrent les routes, vous en avez croisé des dizaines depuis ce matin, et ce n'est pas au plus démuni que vous avez accordé votre attention. Cette silhouette noire, au loin, ne s'apparentait pas à la horde des gueux et des misérables. C'est comme si, aussitôt entrevue, elle avait rempli une place vide en vous, du moins l'avait révélée, comme un panonceau indiquant : attention béance. Je ne dis pas dans votre cœur, ce serait allé trop vite en besogne, mais dans ce qui fait que vous êtes vous et pas une autre, avec cette histoire-là qui est la vôtre, c'est-à-dire avec cette arrivée sur la place de Saint-Martin-de-l'Our, sur les épaules de votre père, un jour de marché. En cet homme fuyant hors des sentiers battus, vous vous êtes reconnue vagabonde, c'est-à-dire d'un autre monde que celui dans lequel on vous a maintenue, enclos dans ses montagnes, campé sur ses restanques, confit dans la mémoire des fous de Dieu, dans le respect du travail, d'une éducation rigide et des traditions. Vous avez retrouvé la petite fille qui, venant d'une région plus au nord, et peut-être de plus loin encore, accompagnait cet homme au curieux petit chapeau à

297

ruban pendant qu'il franchissait les collines à la recherche d'un emploi de forestier ou de journalier. Si vous avez enregistré au loin cette mise noire qui n'est pas celle des gens que vous fréquentez, c'est qu'elle disait l'autre en vous, la repoussée dans les lointains de l'enfance.

Ce sentiment d'un manque que vous avez toujours ressenti comme une douleur lancinante, on avait décidé pour vous que c'était l'angoisse du divin, l'obscur en chacun de soi, qui ne sera apaisé que par l'entrée dans le domaine des élus, des bénis de Dieu. Ce qui se tient. Il reste toujours une part de soi qui ne trouve pas à s'employer, qui n'est visiblement pas faite pour trouver satisfaction en ce monde, mais vous avez encore de la marge avant de parvenir à ce noyau dur, irréfragable, vous avez à vous reconnaître, vous avez dans cette zone fantôme où errent la figure de votre père et l'esprit de votre mère morte en couches, des ressources formidables dont ils seront quelques-uns à tirer profit. Voir notamment le garçon fiévreux appuyé contre votre épaule.

Ce qui n'échappe pas à Valorges qui ne peut s'empêcher d'évaluer le degré de pression entre votre épaule et celle du vagabond, son vis-à-vis désormais, essayant de glisser son regard entre vous deux comme une lame tranchante pour vous décoller de lui. De plus, il a perdu la place de choix, celle qui lui permettait de ramasser indéfiniment son étui à cigarettes qui n'en finissait pas de lui échapper des mains et de le remonter en caressant vos bas. Ce qui le contraint à adopter une autre tactique. Il a profité de l'arrêt pour recharger sa flasque en alcool, et au moment de porter le goulot à ses lèvres, en vous fixant droit dans les yeux, il porte un toast : À notre sœur de la charité, dit-il. Puis, en séducteur habitué à souffler le chaud et le froid pour saper l'assurance et la contenance de sa proie : À la belle madame, euh, Monastier, c'est ça ? en guettant l'approbation d'Abeillon, lequel opine d'un mouvement de menton, tout en posant, Valorges, sa main droite sur vos genoux, comme s'il vous adressait une tape amicale. Vous la lui faites retirer d'un geste rapide comme on chasse une mouche. Contre votre épaule Octave a suivi ce jeu de main, jeu de vilain, et pour la première fois s'attarde à dévisager le vif-argent, et le regard noir qu'il lui jette à la face comme un gant incite l'offensé qui ne veut pas donner l'impression de se dérober à lui tendre son flacon. Après tant d'émotions, un peu de remontant ?

Octave sans répondre ferme les paupières et renverse sa tête sur le dossier. Comme vous êtes fière. Quand il eût été plus simple pour lui d'avaler une gorgée et de remercier. Il rejoignait la franche veulerie des hommes où les bouteilles et les sous-entendus graveleux circulent comme des cartes de visite, et comme par magie vous disparaissiez. À nouveau seule. Au lieu que cette fin de non-recevoir, cette façon de dire au buveur : vous et moi nous ne sommes pas de la même eau, je ne trinque pas avec n'importe qui. Sans tirer de conclusions trop hâtives, disons qu'en la circonstance votre voisin n'a pas fait preuve d'ingratitude à votre égard. Vous vous accordez de tourner la tête vers la fenêtre pour accrocher du coin de l'œil le visage endormi. Mon Dieu, comme il est maigre.

Maxime aussi a vu le regard sombre transpercer son voisin, et se fermer les paupières devant le flacon tendu. Il a reconnu cette forme de mépris dont il usait jadis avec ceux que littéralement il ne pouvait pas voir, toute la clique des entrepreneurs véreux, les rustres et les brutaux, les peu regardants sur les moyens, qui avaient profité de leurs hautes relations et du maillage policier qui tenait les ouvriers tranquilles pour se bâtir des fortunes. Il se souvient, alors qu'on détruisait Paris pour tracer de larges avenues et installer ces gares qui selon le mot de l'empereur constitueraient les nouvelles portes de la capitale, et que lui-même prenait des notes en prévision d'un grand roman toujours en cours, dont l'achèvement est remis à son retour de voyage, d'avoir croisé sur un chantier les redoutables frères Pereire (ceux-là mêmes qui à la tête de la Compagnie générale transatlantique œuvrèrent pour faire de Saint-Nazaire la tête de ligne pour l'Amérique centrale et latine) surveillant, le cigare aux lèvres, en botte et chapeau haut de forme, les pouces passés sous l'emmanchure du gilet, l'éventration d'un quartier, lançant d'une voix forte leurs recommandations à l'adresse des contremaîtres qui répercutaient brutalement leurs ordres, puis consultant leur montre comme s'ils craignaient de dépasser l'heure d'achèvement des travaux, avant de rebrousser chemin sur la passerelle en bois enjambant la fosse béante sous leurs pieds où jouaient encore, jusqu'à il y a peu, des enfants miséreux. D'authentiques bandits.

Comme quelque temps plus tard, à l'occasion d'un dîner en ville un bourgeois extasié vantait leurs mérites devant lui, Maxime, en guise de fin de non-recevoir, avait de la même façon fermé les yeux, sans répondre, comme sous le coup d'un soporifique puissant ou d'une alimentation trop riche. Et comme l'autre s'indignait, quelle impolitesse, quelle muflerie, il s'était levé, bras tendus, les yeux toujours fermés, et était sorti de la pièce comme un somnambule. En fait, je ne sais si la scène décrite dans son roman à caractère fortement autobiographique, qu'il finit à son retour du Yémen, a vraiment eu lieu, et s'il en fut le personnage principal, mais j'ose penser qu'il évoque là un souvenir personnel, qui de fait collerait bien avec ce que l'on devine de lui. Le livre s'appelle *La Reine de Saba* et paraîtra sans succès en 1879 chez Letouzey et Ané, éditeurs, 17 rue du Vieux-Colombier.

Au vrai, je viens juste de me le procurer par l'intermédiaire de la bouquinerie La Forge dont le libraire s'est spécialisé dans la recherche de livres introuvables. Je l'avais lancé sur la piste, sans même connaître le titre du roman de Maxime. Alors vous imaginez mon émotion au moment où il m'a tendu le livre toilé de lin, en parfait état, qu'il venait de recevoir, portant sur la tranche, au milieu d'un cartouche vert, en lettres dorées : Maxime Dumesnil, *La Reine de Saba*. Je me suis jeté dessus comme j'aurais ouvert une lettre m'apportant de vos nouvelles, mais à ma grande déception il n'est pas question de vous, ni du périple à travers les Cévennes qui ne fut pourtant pas de tout repos. Il y fut sans doute contraint par le thème de son ouvrage, celui d'un jeune homme romantique renonçant aux vanités du monde littéraire et artistique, si peu conforme à ses aspirations poétiques, pour convoler avec un mirage vieux de deux mille cinq cents ans dans le désert yéménite.

En réalité je croirais plutôt que son aventure éthiopienne lui a fourni une sortie alors qu'il s'embourbait dans des considérations sur la décadence des esprits — par exemple, ce passage, page 59 : « On tendrait — et certains parmi nos plus éminents auteurs — à nous faire croire que le monde n'étant que ce qu'il est, il serait criminel de lui présenter une image de lui non conforme à sa réalité. Ce qui reviendrait, en retour, à le contraindre à ressembler à son reflet dans le miroir romanesque, et de mauvaise copie en mauvaise copie, de pastiche en stylisation, à le rendre méconnaissable, au point de le priver de ce qui fait sa force : son esprit de création. » Et l'analyse s'étale ainsi sur dix pages au cours desquelles Maxime appelle à la rescousse la théorie du transformisme de Lamarck (confirmée par Darwin, note-t-il, ce qui laisse à penser qu'il vient tout juste d'en prendre connaissance, mais seulement sans doute par ouï-dire) et qui démontre selon lui que, si le monde n'avait eu pour souci que de se reproduire à l'identique, nous en serions encore à Cro-Magnon. Et il se montre tellement content de sa pique qu'il la fait suivre de trois points d'exclamation.

Où l'on comprend aussi qu'il est bien informé et suit de près l'actualité puisque la découverte de notre ancêtre direct aux Eyzies-de-Tayac, en Dordogne, est toute récente : il y a seulement trois ans pour vous. Mais son effet tombe à l'eau quand on sait que c'est le même à face de brute qui a peint les merveilles que nous allons découvrir à Altamira, dans une grotte des monts Cantabriques, l'année de la parution de son roman — on ne peut donc lui faire grief de sa remarque —, des fresques en rouge et noir, peuplées de bisons, de faons, de sangliers, d'une beauté à couper le souffle, au point qu'ils seront nombreux à ne pas y croire, estimant qu'il ne pouvait s'agir que d'une supercherie, c'est-à-dire d'une œuvre récente. Que de presque bêtes en aient su aussi long que Meissonier, voilà qui dépassait les esprits. Nos spécialistes à qui on ne la faisait pas avaient des idées bien arrêtées sur l'évolution. Ils la voyaient comme une élévation permanente et continue de l'humanité, à travers laquelle, au fil du temps, un brouillon d'homme partant de rien, c'est-à-dire du sauvage, arrivait à tout, autrement dit à Meissonier — ce qui, de fait, mérite réflexion et permet d'hésiter.

Mais on comprend le propos de Maxime, et il est louable qu'il ait vu assez tôt les dérives du naturalisme professé par notre inspecteur de la littérature scientifique, condamnant l'auteur non seulement à reproduire le monde à l'identique, ce qui était déjà dans l'air depuis quelques dizaines d'années et ce qui rejoint la critique que Huysmans adressera à l'inspecteur lui-même, mais l'obligeant, le monde, à se conformer à ces nouveaux canons idéologiques avec cette conséquence que « chaque fois qu'un élément de la société enfreindra les tables de la loi naturaliste, il sera pointé du doigt, dénoncé, mis à l'amende ». Et il met solennellement en garde : « On finira par demander des comptes à la beauté. » Mais pour être plus crédible, il eût mieux valu qu'il vous fasse entrer dans son roman. Lui qui fait si grand cas de la beauté, on ne peut pas dire que d'avoir voyagé en compagnie de la plus belle ornithologue du monde l'ait durablement impressionné, ce que je considère comme une injustice folle, une faute de goût, quand même je serais le seul à vous voir ainsi. J'ai eu beau fouiller son texte, nulle trace, ou peut-être lors de l'épisode où, au milieu des dunes, rongé par les amibes, son héros imagine l'apparition de la reine de Saba, enveloppée de ses seuls voiles devant Salomon subjugué, mais avec sa peau couleur de café et ses cheveux noir de jais, on est quand même assez loin du supposé modèle, c'est vraiment parce que j'insiste.

De toute manière, son roman est passé inaperçu. Je n'en ai pas trouvé de recension dans la *Revue des Deux Mondes* dont j'ai consulté tous les numéros ayant suivi sa parution, et l'exemplaire en ma possession est si bien conservé que je doute qu'il ait eu beaucoup de lecteurs. Peut-être par cet ouvrage en gagnera-t-il quelques-uns et parmi ceux-là, qui sait, un ardent zélateur qui en parlera comme d'un précurseur visionnaire du roman contemporain et se fendra d'un article-événement dans *L'Ampoule de Saint-Germain*, alimentant trois soirs durant les conversations du milieu : Comment ? Vous n'avez pas encore lu Maxime Dumesnil ?

En revanche on en apprend beaucoup sur son intérêt pour la photographie et les raisons de son choix : « Notre groupe d'amis comptait un photographe avec lequel nous avions des discussions passionnées tournant principalement autour de cette question : la photographie est-elle un art ? Ce qui ne relevait pas seulement du plaisir de débattre d'un sujet à la mode en réactualisant la querelle des anciens et des modernes. D'une certaine manière nous savions que de la réponse dépendait notre avenir. Si autrefois les partisans des anciens prônaient l'imitation, ils ne recommandaient nullement d'imiter servilement le réel. Ils n'attendaient pas du récit d'Homère qu'il se présentât comme un manuel de stratégie militaire sur l'art et la manière de conduire un siège. D'ailleurs s'y seraient-ils fiés, j'aurais craint de graves déconvenues pour les princes poliorcètes » (petite coquetterie philologique de notre ami Maxime, poliorcète étant le titre honorifique décerné à Louis XIV pour avoir soutenu victorieusement de nombreux sièges). Plus loin, il poursuit : « Les poètes du groupe s'en tiraient par une pirouette syllogistique : puisque la photographie reproduit à l'identique le réel, si la photographie est un art, alors le réel est un art, et donc tout ce qui est est de l'art, un bouton de gilet pas moins que la statuaire grecque. »

En fait, on y viendra. Encore quelques dizaines d'années et le trouble aura gagné les esprits, mais pour l'heure Maxime ne nous épargne rien des divers arguments qui s'échangent autour de la table encombrée de verres et de bouteilles, dans la pièce enfumée d'un entresol, chaque coup porté impliquant une nouvelle tournée générale, comme si tout le groupe se sentait menacé dans ses repères esthétiques face à l'argument du photographe : « La photographie est un art parce qu'on en débat et qu'on ne s'est pas posé ce genre d'interrogation lors de l'apparition de la machine à coudre. » Mais Maxime intelligemment déplace le propos : « Art ou pas, il n'empêche qu'il semble bien difficile au romancier qui prétend rendre fidèlement la description d'un monument ou d'un paysage, de rivaliser avec ce regard minéralisé, statufié, fossilisé, qu'est la photographie. » Autrement dit, pour ce qui est de la prétention naturaliste, on peut repasser. Si le mot d'ordre est la mort de l'imagination et l'absolue fidélité au réel, la photographie aura toujours une longueur d'avance.

Aurais-je eu plus tôt entre les mains le livre de Maxime, je n'aurais peut-être pas commencé ce récit par un raisonnement similaire, savoir cette difficulté à donner à voir ce qui est par un amoncellement de mots et de phrases — exemples à l'appui de la vanité de l'entreprise avec les définitions, empruntées au dictionnaire, de la schlitte et de la façade du nouvel Opéra conçu par le jeune Garnier — quand un regard, ou une photographie, résout en une fraction de seconde, même si le temps de pause était un peu plus long à votre époque, et avec infiniment plus de précision, la question du rendu des apparences. Et il prophétise : « Les premières tentatives d'images animées peuvent nous donner à penser que dans un avenir proche ce sera le mouvement même de la vie qui sera enregistré. Après quoi, les tenants du naturalisme seront mis dans la situation des peintres de portrait à l'avènement de la photographie. On n'aura plus besoin de leurs talents approximatifs traversés, quoi qu'ils s'en défendent, par des vestiges parasites des récits d'imagination. » Et de conclure un peu sentencieux, déclaration de guerre à l'adresse des tenants d'un réalisme outrancier bientôt mis au chômage par cette photographie animée dont il annonce l'invention imminente : « On n'attend qu'une chose d'un poète : c'est qu'il chante. » Et il ajoute, sarcastique, visant toujours les émules de l'inspecteur : « Eh bien, dansez maintenant. »

Maxime n'ayant pas reçu le don du chant choisit donc la danse. Comprenant que tous les ingrédients romanesques traditionnels ne pouvaient lutter avec l'aventure de la modernité (« La photographie est à la modernité ce que fut l'imprimerie pour la Renaissance : un nouveau mode de propagation des connaissances doublé d'une révolution morale et esthétique. Qui sait quelle nouvelle Réforme transitera par ses plaques sensibles ? ») il décide de faire de sa vie un roman, d'en être son propre héros, en parcourant l'espace et le temps, son appareil photographique dans ses bagages, pour rapporter à ses contemporains le portrait plus vrai que nature de « la reine des sables », manière de poser que la photographie est aussi une affaire d'imaginaire et que la poésie n'est peut-être plus là où on avait l'habitude de l'attendre. Et pour justifier sa démarche, il a cette formule : « Si l'aventure ne se vit pas au quotidien, il reste à faire de son quotidien une aventure. » Et il part.

Son double, en l'occurrence Maxence de Miremont — la particule ne fait jamais de mal en cette période de violente nostalgie monarchique —, moins tenu que son créateur par les contingences de la vie qui obligèrent celui-ci à passer par Le Puy-en-Velay et Nîmes pour on ne sait quelle raison (peut-être délester une vieille tante d'une partie de son héritage, c'est pourquoi on attend son biographe), prend le train jusqu'à Marseille d'où il embarque sur un vapeur pour l'Égypte et, de là, à dos de dromadaire, direction le royaume de Saba. Ou du moins ce qu'il en reste : « À l'emplacement supposé du palais de la belle je déterrai une rose des sables que j'offris en pensée à ma dame du temps jadis. » Moins chanceux que Schliemann, Maxence-Maxime, quand on se rappelle que l'archéologue allemand au même moment offrait à sa jeune épouse un diadème puisé dans le trésor de Priam sur lequel il venait de mettre la main.

On peut tout de même se demander si le roman de Maxime, illustré de huit planches photographiques du désert, dont trois représentent des pans de mur remontant sans doute à l'époque romaine, donc nettement postérieurs au royaume de Saba, n'a pas eu un lecteur attentif. Vous vous souvenez de Désiré Charnay, cet aventurier qui, il y a treize ans, partit pour le Mexique avec son matériel photographique et d'où il revint avec des vues des temples mayas enfouis dans la jungle du Yucatán, photographies que l'on trouve dans un des albums qui accompagnaient le récit de son voyage, parus tous deux en 1863 sous le titre : *Cités et ruines américaines* ? Il n'est pas interdit de penser que Maxime l'a rencontré, ou du moins a assisté à l'une des nombreuses conférences que Charnay donna à son retour, lesquelles tombaient à point nommé, puisque Napoléon III était justement en train de monter sa calamiteuse expédition mexicaine qui tourna, vous le savez, au désastre pour Maximilien et par contrecoup pour l'Empire, et que Désiré, souvent plus avisé, approuva, mais comme il était toujours à la recherche de subventions, courant les ministères pour financer ses voyages, sa déclaration était peut-être plus intéressée qu'à prendre à la lettre.

Que Maxime se soit inspiré de son aîné, cela ne fait pas de doute. Ils sont nombreux à l'époque même de

Charnay à s'être lancés à la découverte des zones blanches des planisphères dans l'intention d'en rapporter des images inédites. Dans le même temps que Charnay, le jeune Henri Mouhot s'embarquait avec son chien pour le Siam et la Cochinchine où il découvrit les fabuleux palais d'Angkor aux dentelles de pierre mangées par la végétation, mais s'il était lui aussi photographe, il recula devant les difficultés de transport que lui imposait son matériel. Par chance, c'était un remarquable dessinateur, et ses croquis d'Angkor Vat n'ont rien à envier à une mauvaise photographie.

Mais jusqu'alors les contemporains ne disposaient, pour se faire une idée de ces confins, que de gravures souvent trompeuses. Et nul besoin pour s'en convaincre de voyager jusqu'en Patagonie. Pas très loin d'ici se trouvent les fameux alignements de Carnac, plusieurs sites du néolithique composés de milliers de pierres dressées alignées sur cinq, sept ou treize rangs, en bordure de l'océan. Or, si vous en croyez les dessinateurs de votre temps, qui en guise de mesure étalon croquent au pied du géant de pierre un minuscule paysan breton en chapeau et culotte bouffante, un menhir doit être aussi haut que l'obélisque de la Concorde. La réalité est plus modeste, presque décevante, et c'est peut-être cette déception que traduit la surenchère des dessinateurs. Car, à Carnac, on rencontre de grosses pierres, certes, mais on peut allégrement jouer à chat perché sur la plupart d'entre elles. Ce qui signifie aussi, ce numéro d'illusionniste, que les prétendus artistes ne regardent plus, qu'ils ne donnent plus rien à voir de ce qui est, qu'il est donc urgent d'y aller voir de plus près. Il est possible après tout que l'imagination se soit ainsi épuisée à tenter de combler les trous de la connaissance et qu'elle ait fini par s'effondrer sur elle-même, vidée de sa substance, l'inspecteur n'ayant plus qu'à enregistrer son acte de décès.

Maxence de Miremont — et on peut penser qu'il est le porte-parole de l'auteur — avance que le regard usé de ses contemporains attend de cet œil de verre neuf de l'appareil photographique qu'il lui réapprenne à voir le monde « tel qu'il est et non comme je l'imagine, ce qui est bien plus beau », écrira plus tard un poète diplomate, qui lui aussi profita de ses voyages officiels pour faire ample provision d'images. Et c'est vrai que sur l'une des photos d'un petit temple dans le jeu de paume à Chichén Itzá, Charnay n'a pas besoin d'en rajouter, contrairement aux graveurs de Carnac, pour frapper les esprits. Il fait lui aussi poser près d'une colonne l'un de ses accompagnateurs mexicains, dont le bras levé atteint sans trop de mal le sommet d'un empilement de fûts de pierre. La modestie de la dimension de l'ouvrage à demi étouffé encore par la végétation pléthorique du Yucatán n'enlève rien à sa beauté, à sa puissance et à son mystère. Il est tel quel, sans nul besoin de description hyperbolique, une formidable invitation au voyage.

Mes contemporains savent que le jeune poète de Charleville qui erre en ce moment sur les routes ardennaises après avoir tenté de rejoindre Paris où de « folles colères » le poussaient à rallier l'insurrection communarde, demandera à sa mère, quelques années plus tard, dans une lettre expédiée d'Éthiopie où il fait commerce principalement de café, de lui faire parvenir un matériel photographique avec lequel il va réaliser quelques photos floues du marché de Harar et de lui-même. Il n'est pas difficile de deviner qu'il nourrissait le même projet que Désiré et Maxime : l'idée d'un livre total, regroupant texte et photographies — et le texte, nous l'avons, il l'a fait parvenir à la Société de géographie — pour rendre compte de la réalité de ces terres lointaines, sans avoir à passer par les laborieuses descriptions de paysages qui, de ciels tourmentés bleu lavande en roches ocre jaune veinées de rouge, ressemblent davantage à une vieille palette de peintre qu'au désert arabique. Le négociant en café, armes, ivoire, musc et gommes, avait eu assez à redouter ce genre de prose dans sa jeunesse dont il s'était abondamment moqué, pour ne pas chercher à inventer sous le soleil accablant du Harar, pendant les longues heures de l'après-midi où Maxence le surprit écrivant à sa table — car on peut raisonnablement penser qu'il s'agit du même, « un étrange commerçant », dit-il —, une autre façon de rapporter des fragments d'un monde inédit.

L'un des mots clés du vocabulaire du cinéma, alors que le metteur en scène estime en avoir fini avec une scène, c'est : Coupez. Par exemple, nous sommes à la fin d'un film, le héros embrasse l'héroïne sur la bouche, ce qui choquerait à votre époque où dans les théâtres des Grands Boulevards l'homme n'en est même pas encore à embrasser sa propre main posée sur la bouche de la femme aimée, un simulacre qui constituera pourtant par la suite le chaînon érotique entre cette pudeur de jadis et nos débordements actuels, car aujourd'hui, il est, ce baiser sur la bouche, recommandé aux petits enfants qui sont autorisés à le regarder et à le commenter, ce qui les gêne bien souvent, les enfants préfèrent détourner la tête, ne pas voir, ce qui vous dit à quel point nous avons beaucoup évolué sur ce chapitre de la démonstration des sentiments, au lieu que les enfants, eux, n'ont pas varié, et encore, ce baiser public qui vous choque, c'est ce que nous avons de plus doux comparé à des scènes que vous n'imaginez même pas, où les corps eux-mêmes sont sollicités dans leur nudité, dans leurs débordements les plus intimes, oui, tout ce qui se passe dans le secret d'un lit entre un homme et une femme, dévoilé, exhibé, parce que le cinéma est un miroir attrape-tout, qui se faufile partout, pour qui rien de ce qui est ne peut se montrer, mais vous pensez bien qu'arrivé à ce stade, il est comme notre inspecteur avec ses carnets et ses enquêtes, le réel est un mur contre lequel on se cogne, dès lors qu'on ne tolère plus le simulacre, il n'y a plus d'autre possibilité ensuite que le ressassement du même, autrement dit continuer à se frapper la tête contre ledit mur, et c'est pour cette raison qu'il y a bien longtemps déjà que le cinéma connaît les affres migraineuses du réalisme, et qu'à vrai dire il n'est pas plus fringant que le roman, l'a vite rattrapé dans ces errements, mais n'anticipons pas, pour vous le cinéma n'existe pas encore, laissons-lui le temps de découvrir, de s'amuser, d'inventer, et il ne va pas s'en priver.

Mais je vous disais que le metteur en scène éructait « Coupez » pour signifier aux amants qu'ils pouvaient arrêter de mélanger leurs langues, même s'il est arrivé que des acteurs s'entêtent, poursuivent comme s'ils n'avaient rien entendu : Mais enfin, j'ai dit coupez, et eux, parcourant du bout des lèvres le contour des lèvres de l'autre, se regardant un moment, stupéfaits, intrigués, avant de s'aboucher à nouveau, oubliant la foule des techniciens rassemblés sur le plateau, témoins de cet extravagant dérapage amoureux qu'aucun scénario n'avait prévu, et voilà qu'ils ont des gestes tendres à présent, que leurs mains se glissent sous les chemises, mais enfin vous êtes sourds, j'ai dit coupez, vous voyez comme le cinéma est un art brutal, coupez, ils n'ont que ce mot à la bouche, alors que visiblement ils s'aiment ces deux-là qui à leur goût ont encore besoin de temps pour s'apprécier. Ils ne vont quand même pas obéir à un tyran qui leur commande de cesser de s'embrasser sous prétexte qu'à partir de ce moment, voulu par lui, il n'a plus que faire de l'amour, qu'il faut maintenant passer au réglage très délicat de la scène suivante, située au milieu du film — car un tournage se fait dans le désordre —, où les mêmes se détestent cordialement — c'était avant qu'ils ne se découvrent l'un l'autre, tant il est vrai qu'une première impression est parfois trompeuse, au hasard, Octave, mais je ne vous en dis pas plus — de sorte qu'après s'être trouvés, il leur faudrait déjà jouer à s'étriper ? Mais l'homme à la manœuvre derrière sa caméra s'en moque, qui fulmine : Mais coupez bon sang.

C'est ainsi que si je confiais votre histoire à un metteur en scène, il tronçonnerait votre diligence, oui, oui, la découperait en tranches pour mieux vous filmer. Par exemple, ce moment crucial où après avoir violemment parlé de la Commune et déclaré que Victor Noir n'avait eu que ce qu'il méritait,

(je vous rappelle qu'il s'agit de ce jeune journaliste de vingt-deux ans chargé par le directeur du journal *La Revanche*, dont les rédacteurs avaient été calomniés par Pierre Bonaparte, de demander réparation au prince, lequel l'assassina de sang-froid et en toute impunité puisqu'il n'y eut même pas jugement, ce qui provoqua, vous le savez, la colère du peuple de Paris. Or la tombe du jeune homme est l'un des monuments les plus visités du Père-Lachaise encore aujourd'hui. Et pour une raison qui n'a rien à voir avec son courage et la lâcheté des puissants. Je vais sans doute vous faire rougir. Il se trouve que le gisant de Victor Noir, représenté sur la dalle de pierre la redingote ouverte, le chapeau haut de forme comme échappé de la main, laisse percer sous les plis de bronze de son pantalon, à hauteur de l'aine, un gonflement qu'on pourrait attribuer à une semi-érection, que les visiteuses en mal d'enfant ou d'amour s'empressent de caresser, et peut-être les impuissants, ou les saint Thomas, certains, hommes et femmes, allant même jusqu'à s'allonger dessus, ce qui est une curieuse façon d'entretenir la mémoire de la jeune victime. D'abord on laisse entendre que la confrontation avec son bourreau s'accompagna pour lui d'une émotion érotique, et ensuite on fait fi de l'indignation populaire, de la barbarie des nantis, de ce sentiment d'injustice qui poussa des centaines de milliers de Parisiens à descendre dans la rue. Mais ils sont nombreux dans l'histoire, et parmi les plus beaux esprits, saint Éloi, saint Antoine, le grand Albert, Abélard, à n'avoir survécu qu'à travers de vulgaires gris-gris. Qui se souvient qu'Abélard fut le plus grand penseur de son temps, le premier à enseigner le doute à ses étudiants, ce qui, en un siècle, le XIIe, où on ne tolérait pas la moindre contestation des saintes écritures, pouvait le conduire au pied du bûcher. Et voyez ce qu'on a retenu de lui. Pour un peu il nous faudrait l'imaginer errant la nuit dans les allées du Père-Lachaise et se penchant sur le gisant de Victor Noir pour retrouver sa virilité perdue.)

Valorges, de plus en plus imbibé, sous prétexte de vous confier un secret, s'inclina jusqu'à mettre le nez dans votre chemisier, ce qui vous obligea à le repousser de vos deux mains appliquées sur ses épaules. Et comme il s'en indignait : Elle est bien susceptible, la petite dame, il eut la surprise d'éprouver une vive douleur au tibia suite à un violent coup de botte.

Et c'est là que, pour connaître l'identité du vigoureux donateur, le montrer en gros plan, les paupières toujours closes et paraissant abîmé dans un profond sommeil, le metteur en scène commande de découper la Montagnarde (qui plus est une relique qu'il est possible d'admirer dans son intégrité heureusement au musée de Saint-Jean-du-Gard), dans le sens de la largeur de manière à pouvoir filmer la scène. Car comment voulez-vous qu'il glisse sa caméra volumineuse entre les deux banquettes, sans déranger les voyageurs, en leur intimant de poursuivre leur conversation comme si de rien n'était, poursuivez, faites comme si je n'étais pas là, alors que deux scieurs de long grimpés sur des escabeaux de chaque côté de la diligence ont déjà entrepris de la découper par la moitié et que de la sciure dorée tombe du plafond, provoquant un éternuement fantastique de Valorges ?

Cette façon sauvage de faire, c'est justement ce qui me retient de confier votre histoire à la caméra, même si j'en rêve parfois, quand il me semble qu'il serait tellement plus simple de vous donner vraiment à voir, pour cette raison que je vous ai dite, cette impossibilité par le vocabulaire de vous rendre justice. Vous apparaîtriez sur l'écran comme dans l'encadrement de la double porte vitrée de l'Hôtel de France. On découvrirait l'air éberlué des buveurs d'absinthe, celui martial du portier, puis ses yeux posés sur votre nuque aux cheveux relevés alors que vous vous penchiez pour la remplir sur la fiche de renseignements, on verrait votre reflet dans la vitre du train, on vous verrait de dos, de face, de profil, en gros plan, c'est-à-dire votre visage occupant le plein écran, où se dévoilerait grain à grain ce semis de rousseur sur votre front, on vous suivrait dans votre ascension du monumental escalier, admirant le léger déhanchement du corps à chaque marche, le bas de la robe soulevé d'une main afin de ne pas entraver la montée, nous entrerions avec vous dans votre chambre, la caméra se substituant à votre regard pour en faire le tour, nous jetterions un œil dans votre sac de voyage après que le garçon l'aurait déposé sur votre lit, nous en sortirions avec vous votre tenue de nuit, cette longue robe blanche au col de dentelle, mais je vous promets qu'au moment de votre toilette, sitôt que vous auriez retiré les épingles de votre chevelure, libérant les lourdes mèches fauves qui se dérouleraient sur vos épaules, nous nous retirerions de la chambre. Et tant pis si l'envie de demeurer dans un coin nous démange.

Je me vois bien jetant dehors le metteur en scène, le cadreur (l'homme à la caméra), le preneur de son (oui, oui, et d'ailleurs l'invention est en cours, on enregistre aussi le son : le bruit des épingles sur la plaque de marbre de votre table de toilette, cet air que vous fredonnez et que je ne connais pas, le pépiement sifflé des hirondelles par la fenêtre entrouverte, le bruissement de la foule sur la grand-place) et la cohorte des assistants : allez ouste, tout le monde dehors, maintenant laissez-la, et je vérifierai que personne ne se cache sous le lit ou dans l'armoire pour filmer votre toilette intime, car pardonnez-leur ou non, mais ils savent très bien ce qu'ils font.

L'autre raison qui me pousserait à faire appel au cinéma c'est que je ne comprends toujours pas pourquoi Maxime ne vous a pas accordé une place dans son roman : est-ce que je serais seul à reconnaître la beauté ? Au moins, les spectateurs pourraient juger sur pièce. On organiserait à la sortie des séances où serait projetée votre histoire un concours destiné à élire la plus belle ornithologue du monde, une sorte de plébiscite. Mais je suis certain du résultat. Afin de lever toute ambiguïté, je vous ai même trouvé un sosie, par hasard, en feuilletant un magazine féminin, c'est-à-dire une revue hebdomadaire ou mensuelle où au milieu des photographies de jeunes filles présentant vêtements et sous-vêtements, maquillages et crèmes antirides (qui remplacent les rondelles de concombre), on tombe sur un article de fond qui vous explique que la ménopause serait pour la femme le meilleur âge de la vie, synonyme de plein épanouissement, mais survolant le texte je n'ai peut-être pas tout saisi, et d'ailleurs votre double n'était pas là pour illustrer l'article et déclarer que jamais de sa vie elle ne s'était sentie aussi femme — là, c'était une autre, une Béatrice, qu'on ne nous montrait pas et dont on avait sciemment maquillé le prénom afin qu'on ne vienne pas l'importuner dans son nouvel âge d'or.

Votre sosie était photographié à l'entrée d'une soirée chic, en robe de mousseline rose cerclée de rubans bleus, épaules nues, la robe tenant on ne sait comment, peut-être simplement accrochée à la pointe des seins, les deux tons ayant visiblement été empruntés à l'*Autoportrait à l'abat-jour* de Chardin réalisé au pastel vers la fin de sa vie, où il affiche, besicles sur le nez, un turban de nuit maintenu par une faveur bleu pâle, un air bougon.

On ne signale pas que votre double s'intéresse aux oiseaux, mais ce n'est pas impossible puisqu'elle habite un ranch, c'est-à-dire une grande ferme d'élevage aux États-Unis, de vaches ou de chevaux, mais de là à l'imaginer en fermière, il ne faut tout de même pas exagérer, c'est son petit Trianon de dix mille hectares, quelque part dans le Colorado ou le Texas,

(Isabella dans sa traversée des Rocheuses s'étonne souvent de l'absence de chants d'oiseaux, et le rapporteur de l'expédition qui tenta, sept ans après Lewis et Clark, d'ouvrir une autre voie vers le Pacifique en suivant la rivière Columbia, note surtout l'abondance des vautours qui se montrent envahissants au détriment des autres espèces : « Le vautour doré (*Vultus aura*) pendant son vol est un des oiseaux les plus imposants. Étendant ses ailes immenses, et décrivant lentement des cercles majestueux sans avoir l'air de remuer un muscle ni d'agiter une plume, il semble se mouvoir par pure volition. C'est seulement quand il descend des nuages pour se jeter sur une charogne qu'il trahit ses vils penchants et son odieux caractère. De près, il est dégoûtant : son plumage est déguenillé, sa tournure ignoble, son plumage nauséabond. » On n'en voudra pas à votre sosie de préférer les chevaux.)

mais la ressemblance est inouïe, elle m'a sauté aux yeux au point que je me suis demandé comment les rédacteurs a ient réussi à se procurer votre photo, retouchée bien sûr, car c'était d'évidence une jeune femme d'aujourd'hui, mais j'avoue que mon cœur a fait un bond. Vous ici ? même doux sourire émergeant des profondeurs, même chevelure un peu fauve, même regard d'océan, même port gracieux, même silhouette élancée, même si elle est vraisemblablement plus grande que vous car la population a gagné plusieurs centimètres en plus d'un siècle et celles qu'on appelle aujourd'hui les top models sont toutes des géantes. Mais comme les vôtres, ses pieds ne rentreront certainement pas dans la pantoufle de vair de Cendrillon. Pas de mariage princier à espérer.

Cependant les goûts ayant évolué, votre époque préférant les silhouettes enveloppées étranglées à la ceinture, il me vient à l'esprit que vous ne correspondez certainement pas aux critères de beauté de la société de votre temps, ce qui expliquerait que Maxime ne vous ait pas enrôlée dans son roman. Mais non, ne m'a pas échappé le saisissement des buveurs d'absinthe suspendant un instant leur vice au moment de votre entrée dans le hall de l'Hôtel de France. Et puis il y a Valorges, Valorges et ses mines de séducteur de guinguettes, sa mise d'écumeur de bals de sous-préfecture, qui vient de demander à Maxime de permuter avec lui, sous prétexte qu'il serait allergique à la poussière soulevée par les roues de la diligence,

(il y a déjà un petit moment qu'on le voyait affecter des écoulements de nez et sortir son mouchoir en y enfouissant bruyamment son visage, comme s'il était au bord du malaise, et qu'à la prochaine crise il serait pris d'un éternuement formidable qui décoifferait les passagers et soufflerait le toit de la voiture, et le plus curieux c'est que Maxime accepte sans discuter, alors qu'il occupait la meilleure place, celle que personnellement pour rien au monde je n'aurais lâchée, m'y accrochant de toutes mes forces, prétextant que l'échange est impossible, et pourquoi ? figurez-vous, je vous le donne en mille, un dépôt de glu sur mon siège.)

de manière à se retrouver en face de vous et à reprendre son petit jeu consistant à tout faire tomber pour avoir à se baisser et favoriser ses écoulements nasaux.

Il n'a pas jeté son dévolu sur cette pauvre Chloé, ses grands airs, ses épaules généreuses, qui s'accordent sans doute mieux aux caprices du temps. Chloé, c'est la routine. Au lieu que vous. Même si je le soupçonne de s'être lancé un défi. Il doit être tellement plus excitant pour lui de chercher à faire chuter une femme réservée, de bonne tenue, de bonne société, au lieu que les filles comme Chloé, il suffit de les inviter à dîner dans un restaurant à la mode, de déboucher cérémonieusement une bouteille de champagne, d'en répandre la moitié sur la table et les voilà aux anges.

Non, décidément, il ne se trouve que Maxime à faire exception. Mais, bon Dieu, j'y pense soudain. Peut-être que sa préférence ne va pas aux femmes. D'ailleurs au départ du Puy il devait être accompagné d'un ami dont il annonça la défection en raison d'une indisposition.

321

Ce qui arrive. On peut aussi se fâcher. Ce qui cependant ne préjuge en rien de la relation des deux amis. Mais une chose est certaine, sa reine de Saba flottant dans ses voiles au-dessus des dunes, ce n'est pas cette vapeur en lévitation qui nous pousserait à affronter le désert, ses crotales et ses dromadaires, pour au final enlacer une nuée. Un idéal féminin plutôt désincarné. On en viendrait presque à donner raison à l'inspecteur qu'on croit reconnaître sous les traits de l'écrivain Bergon, zozotant (son cheveu sur la langue le dénonce) : « Cher monsieur de Miremont, notre héros n'est plus le pur esprit, l'homme abstrait du XVIIIe siècle, il est le sujet physiologique de notre science actuelle, un être qui est composé d'organes et qui trempe dans un milieu dont il est pénétré à chaque heure. La conception d'une âme isolée, fonctionnant toute seule dans le vide, devient fausse. C'est de la mécanique psychologique, ce n'est plus de la vie. » La reine de Saba flottant dans le vide, à croire que Maxime s'est amusé au détriment des théories scientifiques de notre inspecteur, lequel à propos de Thérèse Raquin déballait son art que nous ne lui ferons pas l'injure d'appeler poétique : « J'ai simplement fait sur deux corps vivants le travail analytique que les chirurgiens font sur les cadavres. »

Mais ce qui, ses préférences masculines, expliquerait qu'il ait accepté — Maxime, pas l'inspecteur qui en pince pour les filles de la Commune et n'a lancé aucun « Je m'étrangle » d'indignation dans *Le Sémaphore de Marseille* pour les sauver — le troc de Valorges pour se retrouver face à Octave. Juste une supposition, bien sûr, mais quand je vous imaginais une rivale je pensais plutôt à Chloé, à moins que notre photographe n'ait un faible pour les petites brunes maigrelettes flottant dans leurs robes trop larges empestant la fumée de cigarette, et c'est vrai que dans la Montagnarde on ne trouve pas ce modèle et, auquel cas, comme l'écrira plus tard le minuscule Marcel qui pour l'heure tricote des bras et des jambes dans le ventre de sa dame Jeanne : vous n'êtes pas son genre.

Mais ce coup de pied formidable,

(avant que le metteur en scène n'ait fini de découper
la diligence dans le sens de la largeur pour placer sa
caméra et découvrir le coupable, ce qui devra
attendre demain car les deux scieurs de long, stoppant net leur va-et-vient, ont prétexté qu'ils avaient
dépassé l'heure, ce que leur interdit formellement
leur convention qu'ils tendent, preuve à l'appui,
article 12, au maître du cinéma, lequel, voyez ce que
j'en fais de votre convention, chiffonne la feuille de
papier, la roule en boule, et entreprend je ne sais
pourquoi de l'avaler, j'avais tout de suite deviné que
le coup ne pouvait venir que d'Octave. Évidemment il
trompe son monde avec son air endormi, sa face
souffrante et la sueur gouttant à son front, mais je me
demandais comment il parvenait à supporter sans
broncher les propos ignominieux de Valorges sur
Victor Noir assurant qu'il aurait pris plaisir à le descendre lui-même si le prince ne s'en était chargé, et
son attitude répugnante à votre égard, son haleine

alcoolisée sur votre gorge et son nez dégoulinant dans votre chemisier.)

(Eh bien je dois dire que la réponse ne s'est pas fait attendre. Et comme je l'espérais, de la manière la plus franche, la plus nette possible. Au moment même où le vif-argent s'indignait de votre susceptibilité, s'apprêtant, mais Octave ne lui en a pas laissé le temps, à ajouter quelque chose, du moins j'imagine, comme : j'en ai maté de plus farouches que vous, ma petite, le pied droit est parti tout seul en suivant une diagonale légèrement ascendante, la pointe de la botte percutant à pleine vitesse le tibia du blasphémateur vulgaire. Et si Valorges n'avait pas crié sa douleur, hurlant mais qu'est-ce qu'il lui prend, il est complètement malade, on ne se serait aperçu de rien. Ni vu ni connu : voyez, notre malade dort. Vous n'allez pas l'accuser tout de même, pas lui, pas dans son état.)

(Et bien entendu le metteur en scène occupé à négocier avec ses scieurs de long pour qu'ils achèvent leur découpage avant de partir, a tout raté. Et rater une scène aussi essentielle dans votre histoire, c'est rater le film de votre vie. Ce qui signifie qu'à la reprise des prises, le lendemain, il y a longtemps que la diligence à demi découpée avec sa longue lame dentée engagée dans le toit et sa roue fêlée aurait poursuivi sa route tant bien que mal, le cocher ne cessant de jurer et de se signer, de pousser et de retenir son attelage, prêt provisoirement à tout — renoncer à s'enivrer, à proférer des jurons, à battre ses chevaux, son épouse — pourvu qu'il parvienne jusqu'au prochain relais de poste, le maître du cinéma retrouvant le lendemain les lieux désertés, appelant en catastrophe le producteur pour lui raconter qu'on a volé la voiture et ses passagers et qu'il va lui falloir, au choix, faire venir des éclaireurs indiens pour qu'ils en retrouvent la piste en collant leur oreille au sol, ou louer une autre diligence et engager d'autres comédiens, pour un autre film qui de toute manière n'aurait rien à voir avec celui en cours. Car le producteur n'ayant pas d'Indiens sous la main demanderait alors au scénariste de donner un peu plus de nerf et de piment à cette histoire, lequel remplacerait la diligence par un dirigeable, un proscrit de la Commune par un égaré de la retraite de Russie, la femme d'un maître soyeux par un hermaphrodite tibétain, la plus belle ornithologue du monde par un Pygmée spécialiste des fourmis rouges, la traversée à deux du mont Lozère par une invasion de Martiens.)

(Ce qui ne manquerait pas de créer un conflit avec le maître du cinéma qui tient à ce que sa fiancée qui le harcèle depuis des semaines ait le premier rôle féminin, et insiste auprès du producteur pour que l'héroïne ne soit plus une grande rousse mais une petite brune fumant cigarette sur cigarette. Or vous imaginez les conséquences si le producteur souscrivait aux desiderata du maître ? Maxime qui renonce à son homosexualité et se tourne vers votre doublure maigrelette, et du coup refuse de changer de place avec Valorges, lequel, peu sensible aux charmes de la fiancée du maître, jette par ennui son dévolu sur Chloé, et puis ce pauvre Octave qui n'intéresse plus personne et que selon toute probabilité on laisserait mourant sur son carré d'herbe ? Autant dire que cette histoire ne me concerne plus.)

(À moins que le maître du cinéma n'accepte de changer de fiancée (je crois qu'il n'y serait pas hostile) et ne se tourne vers la fille du ranch habillée par Chardin, laquelle, en revanche, pourra ne pas être sensible au prestige du maître et à ses shampooings colorants. Et puis, si j'en crois l'article qui la présente, il y aurait un *ranchero* auprès d'elle. Nous imaginons le comité d'accueil : le mari de la belle, une sorte de Mountain Jim, posté, une carabine à la main, devant le portail de l'enclos surmonté d'un crâne de bison, et expédiant au postulant une volée de gros sel, le maître à son retour ayant à subir entre deux bains de siège les réprimandes jalouses de la petite brune tabagique, laquelle, puisque c'est comme ça, ne le fera pas son film, qu'il en trouve une autre, éparpillant dans la pièce les feuilles du scénario ayant récolté votre moisson d'amour.)

vous en avez suivi la préparation et la réalisation, en enregistrant à même votre épaule, collée contre celle d'Octave, les étapes successives : d'abord un frémissement de tout son corps aux propos de Valorges sur Victor Noir et la Commune, un tremblement qui ne devait rien à la fièvre, plutôt une réponse de l'organisme qui, tenu par sa conscience à la réserve, ne peut cependant se maîtriser tout à fait, manifestant silencieusement un désaccord en tambourinant des doigts sur une table ou par un battement frénétique du pied, et c'était comme si des capteurs incorporés à votre bras vous renseignaient à chaque instant sur la montée de l'agacement de votre siamois de voyage, puis, alors que le dégoûtant se penchait vers vous pour se livrer à une étude plus approfondie de l'entrebâille de votre chemisier, vous avez senti soudain une tension des muscles chez votre greffon, lesquels se contractèrent une poignée de secondes avant de se relâcher brusquement.

C'est à ce moment que Valorges que vous veniez de repousser des deux mains a lancé son cri de douleur suivi d'invectives en se prenant la jambe. Car l'endormi, vous ne pouviez le voir, ne perdait pas une miette de ce qui se tramait, l'oreille perpétuellement aux aguets, à quoi l'avait exercé son statut de fuyard dont la survie dépend de sa vigilance, entrouvrant de temps en temps ses paupières, et bouillant littéralement jusqu'à ne plus pouvoir se contenir, au point, comme un gamin sur son banc de classe, de balancer son vilain coup en douce. Ce qu'il raconte un peu différemment dans ses cahiers, mais il les a écrits pour vous, c'est pourquoi je vous en laisse la primeur. Sans trop dévoiler, disons qu'il insiste beaucoup sur l'insupportable de la mémoire bafouée de ses camarades — c'est avec ce genre de passage qu'il se lance dans un vibrant plaidoyer en faveur de la Commune — et néglige peut-être un peu trop à mon sens l'occasion qui se présente à lui de défier un rival et de lui régler son compte.

Car je note qu'il réagit non à la violence du discours de Valorges, mais seulement au moment où celui-ci s'autorise avec vous des gestes déplacés. Il ne se l'avoue pas, mais il est possible que l'argument idéologique avancé pour justifier son geste ait bon dos, et que ce tendre coudoiement que vous partagiez et que rappelait chaque cahot de la voiture l'ait rendu un tant soit peu possessif. Sans nier la volonté de châtier un ennemi de classe, je crois que, plus simplement, il n'était pas vraiment disposé à ce que le contact établi avec vous se rompe, et encore moins enclin à partager.

Mais pour vous, quelle merveille. Cet homme fiévreux que vous avez sauvé et que vous bercez contre votre épaule, par ce geste frappant vous témoigne qu'il n'est pas un ingrat. Il est ce chevalier blessé ramassé sur le bord de la route qui retrouve avec ses maigres forces la voie qui le conduit à réparer sans cesse les outrages et à venger l'honneur d'une dame. Vous relevez à ce moment la tête d'un petit air de défi, et je lis sur vos lèvres ce sourire imperceptible que je commence à bien connaître chez vous. La bêtise et la méchanceté du monde ont subi un coup d'arrêt. Façon de dire qu'il y a des limites. Tout n'est pas permis. Le chevalier l'a clairement exprimé. Vous vous retenez de dévisager votre poseur de bornes. Pour la première fois, quand on vous a appris à toujours baisser les yeux, à ne jamais soutenir un regard sous peine de ruiner votre maigre espérance de salut, il vous vient l'envie de prendre entre vos mains le visage d'un homme, de le détailler longuement, de vous sentir en pays connu, de retrouver dans le relief de ce visage tous les tours et détours de la carte du Tendre, dans ses joues concaves et mal rasées, dans ses orbites creuses, dans ce nez saillant, dans ce front en sueur que vous dégageriez des longues mèches noires qui le zèbrent, dans cette bouche entrouverte quêtant un souffle frais, dans ces paupières ourlées de poussières et de fatigue.

Et lui, se laissant dévorer par vos yeux, goûtant chaque parcelle de ce moment qui met en pause les lois de l'attraction des corps, ayant tout ce temps compressé pour détailler chaque grain de votre peau, ce semis de rousseurs sur votre front, l'arc du sourcil plus blond que vos cheveux, ces deux dépressions obliques sous vos pommettes quand vous souriez, cette brume de transpiration au-dessus de votre lèvre, le menton à croquer, et découvrant que l'iris se compose d'un disque rayonnant de filaments vert et or, comme des paillettes d'algues sous une mer transparente.

Pour l'heure vous n'osez pas rêver plus avant, d'autant que Valorges ne vous en laisse pas le loisir, qui gesticule sur sa banquette, grimace, se frotte le tibia en relevant la jambière de son pantalon (quelle horreur, il a des fixe-chaussettes), prend à partie ses voisins, maître Abeillon qui fait celui qui n'a rien vu, le curé qui replonge dans son sacramentaire, Chloé qui attend avant de se prononcer de juger de l'effet qu'elle produira sur le nouveau passager qui en dépit de sa mise ne ressemble pas à un traîne-savates, Roméo qui ne s'est jamais autant passionné pour sa partition, Maxime se fendant d'un petit ricanement hautain, et Valorges qui crie au scandale, demande qu'on arrête immédiatement la diligence, qu'on jette dehors ce voyou. D'ailleurs il est certain qu'il s'agit d'un de ces bons à rien de la Commune, un de ces lâches fuyards qui quittent comme des rats (bien mettre l'accent sur « rats ») le navire parisien. Et vous laisseriez filer un individu représentant une aussi grave menace pour l'ordre public ? remarque narquois Maxime, qui manifeste peut-être ainsi son penchant pour le proscrit ? Ne serait-il pas préférable en ce cas de le livrer à la justice ? La justice ? s'étrangle Valorges, vous savez ce que j'en fais ?

On s'en doute, et on ne veut pas le savoir. Cet homme n'a certainement pas la même idée que nous de ce qui est juste ou non. D'ailleurs, personnellement, j'ai trouvé juste, par exemple, ce coup de pied par lui reçu, en quoi nous sommes manifestement en désaccord, même si ce genre de réparation ne figure dans aucun article du code pénal.

Au milieu de ce remue-ménage, Octave a ouvert les yeux, et sans décoller son épaule de la vôtre a fixé sans ciller de son regard fiévreux le vociférant, l'obligeant à bafouiller et à prendre en vain les autres à témoin, avant de baisser les paupières, comme si la cause de l'interruption de sa sieste était une chose négligeable, ce qui clôt l'incident. Mais à partir de ce moment votre vis-à-vis ne vous ennuiera plus. Son porte-cigarettes ne glissera plus au sol, il n'aura plus à le ramasser au risque en le remontant de soulever votre jupe et de frôler vos bas de soie. En revanche il achèvera jusqu'à la dernière goutte son second flacon, ce qui, après quelques paroles marmonnées du genre comment je t'aurais trucidé toute cette canaille, contribuera à son assoupissement, sa tête glissant bientôt sur le prélat qui, toujours empoisonné par son amour du prochain, essaie de se débarrasser avec ménagement de l'importun en soulevant son épaule pour remettre la tête droite, ce qui demeure sans effet, laquelle retombe au premier cahot.

Et vous, très belle, transfigurée, je le vois bien, le dos droit ondulant pour s'adapter aux mouvements de la voiture, après avoir longuement réfléchi à la manière de signifier votre gratitude, vous profitez de l'endormissement de votre tortionnaire pour tourner votre visage vers la fenêtre, et sous prétexte d'admirer l'or des genêts escaladant la colline, vous glissez un chuchoté merci à votre chevalier errant aux paupières baissées.

Sur ce qui vous remplit présentement et qui vous semble pour la première fois s'approcher au plus près de l'idée que jusqu'alors vous vous faisiez de l'amour — mais vous osez à peine en formuler le nom, on n'est jamais trop prudent — lorsque Monastier se penchant sur vous, vous le remplaciez, en mobilisant toutes les forces de votre esprit, par un corps jeune, aimant, désirable, sur ce doux envahissement qui rend le monde, sa canicule et sa bêtise, aussi léger à porter qu'une écharpe de soie, sur cette sensation radieuse qui pourrait imiter le bonheur si d'aventure on vous demandait d'en faire un dessin, je pourrais pour en apprendre davantage sonder votre cœur, m'infiltrer dans vos pensées, ce que permet l'écriture, beaucoup plus habile en ce domaine pénétrant que toute cette quincaillerie sophistiquée et hors de prix que réclame le cinéma,

(même la plus petite caméra, et à l'heure actuelle on en fabrique de la taille d'un cheveu, après s'être infiltrée par votre oreille, ne filmerait au mieux que vos neurones, c'est-à-dire un assemblage de fibres nerveuses qui sont à la rêverie ce que le vautour au sol est à sa volition, mais de toute manière, avant que le maître du cinéma en ait fini avec les scieurs de long qui réclament pour poursuivre leur travail que tout dépassement d'horaire leur soit facturé à deux cents pour cent, vous seriez déjà loin, et le maître étant passé complètement à côté de cette scène capitale, on se demande à quoi ressemblerait le film de votre vie, le coup de pied vigoureux d'Octave remplacé sans doute par une séquence beaucoup plus spectaculaire, une bagarre aux poings ou un duel au pistolet, ce qu'on a déjà eu mille fois l'occasion de voir, mais quoi qu'il en soit je n'assisterai pas à sa projection, rien que d'imaginer la petite brune à votre place, tout le plaisir que je me faisais de vous voir et qui m'épargnait les fastidieuses descriptions disparaît, je préfère me remettre à ma machine à écrire lumineuse. Vous en petite brune tabagique ? Et pourquoi pas, dans le rôle d'Octave, un petit gros, ce qui lui permettrait, quand il s'effondre sur le coteau, de mieux dévaler la pente en roulant.)

mais au fond je sais ce qui vous agite. En ce domaine, nous nous ressemblons tous.

Je sais aussi que c'est une première pour vous, car du bonheur, de ce quelque chose qui s'apparente au bonheur, qui l'imite à s'y méprendre, vous n'avez entrevu que celui que donne un enfant, lequel est autre, ne relève pas de ce remue-ménage amoureux. Et d'ailleurs le petit Louis, il vous faut le partager avec son père qui compte en faire son successeur, rêvant déjà à des cartes de visite au nom de Monastier père et fils, avec une gouvernante rigide que vous a léguée la première Mme Monastier et qui vit dans la crainte permanente de Dieu qu'elle imagine en palefrenier fouettard, mettant en garde le garçon contre la moindre mauvaise pensée, avec un précepteur décrépit qui cite des maximes latines à tout bout de champ et donne l'impression de regretter les jeux du cirque. Pas de place au milieu de cette galerie sévère pour les élans de la passion. Devant soi, du devoir à perte de vue, rien que du devoir, et pour seule échappée, les oiseaux, vos fidèles compagnons de la bancelle, que vous avez appris à observer, identifier et depuis peu à dessiner, vous procurant tous les ouvrages sur votre sujet d'étude favori.

En cela Monastier ne se montre pas chien qui un jour vous a offert les trente-six volumes de l'*Histoire naturelle* de Buffon dans son édition originale, ce qui, je me suis renseigné auprès du libraire de La Forge qui aurait désiré apprendre le nom de l'heureux propriétaire pour lui en proposer un bon prix — mais j'ai fait le mystérieux et gardé notre secret —, vaudrait aujourd'hui de l'or. Votre seule ambition manifestée fut de vous inscrire à la Société d'ornithologie d'Alès, mais refusée, Monastier estimant que ce n'était pas respectable pour une femme de votre rang — ce qui vous valut en échange de son refus de recevoir les trente-six volumes précités dont un seul concerne les oiseaux. Comme j'aimerais que vous ayez entre les mains les livres de vos confrères de cœur, celui du cher William Hudson — mais il n'est pas encore écrit — ou les journaux, écrits ceux-là mais pas encore édités, et il vous faudrait les lire en anglais, du fameux chevalier Audubon, dont la famille paternelle est originaire de ma région,

(d'ailleurs Jean-Jacques vécut pas très loin d'ici, étudiant et croquant dans sa jeunesse les oiseaux des marais des bords de Loire, avant d'embarquer à vingt ans pour les États-Unis où il devint John-James, non sans avoir au préalable pris des cours de dessin à Paris auprès de David en personne, c'est du moins ce qu'il prétendait mais comme il était hâbleur, rien n'est moins sûr. Ne s'agirait-il que d'un élève de David, ce ne serait déjà pas si mal.)

qui entreprit de reproduire grandeur nature et dans leur environnement naturel tous les oiseaux d'Amérique du Nord, un projet démentiel qui absorba toute son énergie pendant plus de trente années, qui lui fit mener la vie des coureurs des bois, s'aventurer dans des zones à hauts risques, négliger un peu sa famille, mais bonne nature, sans jamais avoir d'ennuis avec les Indiens, quand d'autres n'en sont jamais revenus.

Mais faible compensation pour vous, assise à votre bureau devant la fenêtre donnant sur les montagnes bleues, ces croquis de pics épeiches, de bruants jaunes, ou de geais nichant dans les arbres de votre jardin, en comparaison de ce drôle d'oiseau noir en compagnie duquel vous aimeriez poursuivre votre voyage jusqu'à Vladivostok. Vous n'en demanderiez pas davantage à la vie, pourvu qu'elle vous accorde de rester en contact permanent avec son épaule, sur laquelle, la fatigue s'installant, vous finiriez par poser votre tête rousse.

Cette lune rousse se couchant sur un soleil noir dans un voyage autour de la terre, ce n'est pas sans me rappeler quelque chose. Oh, rien d'astronomique dans cette rencontre, elle ne bouscule pas l'ordonnancement du ciel, pas d'éclipse en vue, pas de collisions apocalyptiques de galaxies en folie,

(à ce sujet je vous signale qu'il vous faut ajouter une neuvième planète à notre système solaire, mais vous ne pouvez pas le savoir, elle ne sera découverte qu'en 1930, une petite planète, à peine plus grosse que la Lune, qui met 248 ans et 157 jours pour faire le tour du soleil, au rayonnement si faible qu'elle avait échappé jusque-là à la lunette des astronomes, même à Galle qui avait pour la première fois de son observatoire de Berlin observé Neptune en suivant à la lettre les calculs de Le Verrier, c'était il y a quinze ans, mais le compte est bon maintenant, plus rien à attendre de la grande banlieue solaire, que le grand froid des ténèbres, ah j'oubliais, la petite lune, on l'appellera Pluton.)

simplement ce moment sidérant où, toute résistance anéantie par le sommeil qui se rit des convenances, une tête remplie de songes fait d'une épaule inconnue son oreiller.

Ce qui pour moi évoque obligatoirement un célèbre voyage, non en diligence, car nous sommes deux ou trois ans après la découverte de Pluton, mais dans un bus sur le modèle de ceux que vous avez pu prendre à Paris, mû à présent par un moteur, donc sans chevaux, je vous en ai déjà parlé, et si je me répète, c'est que je peux imaginer que ces nouveautés ne vont pas de soi pour vous, même si la plupart se concoctent dans les laboratoires de votre temps. Et ce bus fait la navette entre Miami et New York, le long de la côte atlantique des États-Unis. Et maintenant fermez les yeux, nous sommes au cinéma.

Je suis Clark Gable, un fameux comédien américain, fine moustache, une mèche noire rebelle que trois tubes de Gomina n'arrivent pas à domestiquer sur le haut du crâne, et ça ne va pas fort puisque mon patron vient de me congédier comme un malpropre. J'ai eu beau faire croire au téléphone — une invention qui permet d'échanger des paroles à distance —, pour épater les copains qui tendaient l'oreille, que c'est moi qui ne travaillerais plus une minute de plus pour son torchon minable, la réalité, c'est que je suis dorénavant un journaliste au chômage, parfaitement démuni, au point de monter à bord d'un bus qui, par la route numéro un, va remonter le pays jusqu'au nord, ce qui de Miami fait une trotte, et promet des heures et des heures d'inconfort, plusieurs nuits en trompe l'œil et une descente peu reluisante sur le pavé new-yorkais. Mais on ne me plaint pas. Nous avons bien remarqué à la lecture du générique, du type de ceux que vous trouvez sur les programmes de théâtre, affichant la distribution de la pièce, la présence de Claudette Colbert.

Il est sûr qu'elle n'a pas, la petite brune, la beauté de Louise Brooks, Lana Turner ou Gene Tierney, ces lumières noires des studios de cinéma, mais justement, celles-ci en femmes fatales, ça se termine toujours mal, et en plus, sorties du plateau, elles deviennent folles, alcooliques, ou cleptomanes, au lieu qu'avec la petite Française d'origine, débarquée à quatre ans aux États-Unis avec la volonté farouche des émigrants, nous avons une chance pour qu'elle obtienne ce qu'elle désire et qu'au final tout s'arrange. C'est-à-dire, pour ce qui nous intéresse, avec de l'amour. L'argent, ce n'est pas tant qu'on s'en fiche, mais il lui est donné par sa naissance. D'ailleurs c'est elle qui ouvre le film en jeune fille riche, gâtée et horripilante, s'amourachant d'un gigantesque imbécile qu'elle décide de rejoindre contre l'avis de son père, auquel, en dépit de son immense fortune, on ne peut donner tort quand il suspecte le bellâtre de s'intéresser davantage à son portefeuille qu'à la prunelle des yeux de sa tendre chair.

Mais on n'a pas d'inquiétude. Le bellâtre, le scénariste en a fait pour plus de précaution un crétin des Alpes, de sorte que pas une seconde il ne nous vient à l'esprit que notre mutine pourrait le préférer au séduisant Clarky et ses sourires en coin. Dès lors tout va se jouer dans le fameux bus qui joint Miami à New York, et qui va réunir sur une même banquette, celle du fond, nos deux inconnus. Tout va se jouer avec la tête de Claudette s'endormant à son insu sur l'épaule de fine moustache, lequel ne va pas bouger de la nuit pour ne pas risquer de la réveiller. Nous aimerions y être dans ce bus, n'est-ce pas ? Nous aimerions prendre la place de ces deux-là qu'un sort contraire a jetés sur la route ? Eh bien, vous, vous y êtes.

Je dois maintenant vous avouer que pour provoquer cette rencontre de la lune rousse et du soleil noir (en clair, de votre tête sommeillant sur l'épaule d'Octave dans la Montagnarde) j'ai essayé d'infléchir votre histoire. Ce qui ne s'est pas passé ainsi en réalité, je le sais bien, à aucun moment vous ne vous êtes laissée aller, ni gagner par l'endormissement comme Valorges, et d'ailleurs, à moins d'être ivre mort, il me semble difficile étant donné les conditions du voyage, la voiture qui gîte et tangue, fait des sauts de cabri sur les pierres du chemin, le vacarme du roulement, les roues qui grincent, de fermer l'œil. Sinon, comme Octave, pour ne pas voir les affreux. Mais c'était tellement tentant de rejouer avec vous deux à New York-Miami. Alors j'ose à peine vous le dire, mais pour être en mesure de me passer et de me repasser cette scène comme je le fais pour fine moustache et la mutine, pour qu'elle ne se dissolve pas dans le cours du temps, pour la retenir, la graver, pour que dans dix mille ans, à l'ouverture de cette caverne magique, on soit submergé par la même émotion, j'ai écrit au maître du cinéma.

La règle veut qu'on lui fasse parvenir une note d'intention qui dise la nature du projet avant de détailler l'histoire. Elle commençait ainsi :

« Cher maître, voilà c'est fini, et mal fini : trente mille morts au cours de la semaine sanglante de mai 1871. L'armée qui s'était couchée devant les Prussiens, s'est refait une santé en écrasant les insurgés de la Commune de Paris, ceux qui avaient refusé de capituler, et qui abandonnés à leur sort avaient entrepris de jeter les bases d'une nouvelle République sociale et universelle. Dans la diligence qui du Puy conduit les passagers à travers les Cévennes jusqu'à Alès, on ne retient que la version diffusée par les versaillais : la Commune ? un ramassis d'ivrognes et de sauvages. Jusqu'à ce que les voyageurs se trouvent obligés, par une passagère de la diligence, Constance Monastier, la jeune épouse d'un maître soyeux des Cévennes et qui revient de rendre visite à son fils de douze ans, pensionnaire dans une institution versaillaise, d'embarquer un homme traqué. C'est par cet homme que nous allons apprendre l'autre version, celle des insurgés. Il va développer pour sa compagne de fugue les idées dont ses camarades se sont nourris pour inventer ce nouveau monde. Occasion de développer toutes les thèses en présence, celles qui à l'intérieur de la Commune opposaient les majoritaires — blanquistes et néo-jacobins — qui s'inspirant de la première commune de 1793 voulaient rétablir à travers la formation d'un Comité de salut public une dictature jacobine, aux fédérés proprement dits, influencés par les doctrines de Proudhon et de Bakounine qui connaissaient le danger de ces dérives autoritaires et les refusaient. Autant de doctrines qui passaient au-dessus de la tête de la masse des communards, simplement désireux d'inventer un nouveau mode de vie dont ils seraient les gestionnaires, mais c'est du côté des fédérés, des minoritaires qu'on trouve les plus belles figures, notamment Varlin l'admirable, ouvrier autodidacte, correspondant de la première Internationale des travailleurs à Londres, qui refusa l'exécution des otages et finit martyrisé par ceux-là mêmes pour lesquels il se battait, ou Vallès, le républicain viscéral qui vomissait les Napoléon, petit et grand. Drôles de révolutionnaires qui prélevèrent à la Banque de France juste de quoi payer la solde des fonctionnaires et de la garde nationale, quand il y avait des millions dans les coffres, qui dans le premier comité de la Commune refusèrent d'avoir davantage qu'un revenu misérable de trente sous, et qui démissionnèrent une fois organisées les élections démocratiques. Le programme de la Commune ? On n'a pas eu beaucoup d'idées depuis : séparation de l'Église et de l'État, réduction du temps de travail, mesures sociales, instruction gratuite et obligatoire pour tous. »

Vous avez lu avec moi. Surtout ne vous alarmez pas de l'audace des propositions et de la tournure politique de l'affaire. Elle jouera pleinement son rôle dans votre histoire. Et je ne perds pas de vue l'essentiel : votre rencontre,

(en fait, j'ai volontairement coupé dans cette présentation les éléments de l'histoire qui vous concernent. Je ne veux pas déflorer à vos yeux ce qui va suivre. Le maître du cinéma en sait donc pour l'instant plus long que vous sur vous-même, mais ne vous inquiétez pas, ce sera sans incidence pour le meilleur de votre vie qui est à venir.)

or pas de rencontre sans son contexte. De plus il faut savoir ménager ses effets. Le maître, que j'avais eu l'occasion de croiser à l'occasion d'un concert annoncé comme organique — chaque auditeur doté d'un stéthoscope fourni sur présentation du billet d'entrée devait, sur ordre du compositeur dont la partition était constituée du dessin d'un corps écorché projeté sur un écran géant, ausculter son voisin —, me remercia pour cette leçon d'histoire qu'il connaissait sur le bout des doigts,

(en fait, il se vantait, j'ai eu l'occasion par la suite de le tester : il confondait Malon et Varlin, avait bien lu Lissagaray — c'est bien le moins — mais parlait par ouï-dire des Mémoires d'Allemane dont il ignorait tout du bagne calédonien, preuve qu'il n'avait pas ouvert son ouvrage, et il prétendait avoir eu entre les mains les cahiers d'Octave, ce dont je doute fortement, la version des Éditions de l'Our de 1929, agrémentée d'une préface de Louis Monastier, n'ayant connu qu'un modeste tirage de trois cents exemplaires. De plus elle est aujourd'hui introuvable, raison pour laquelle j'avais proposé à Michel Le Bris une nouvelle publication avec quelques photographies de Saint-Martin-de-l'Our et des îles Marquises, augmentée d'un appareil de notes que j'avais en partie rédigées et que j'ai intégrées, devant ses réserves, dans ce texte.)

dont il ne mettait naturellement pas en cause l'intérêt, sûrement pas lui, se croyait-il obligé de préciser (sans doute parce qu'il se souvenait d'avoir bataillé auprès de la production pour obtenir double ration de rhum, ou de frites ou de cocaïne pour les techniciens de plateau, ce qui, cette victoire sociale arrachée de haute lutte, compensait à ses yeux une certaine tendance à la tyrannie), et me pria en revanche de lui donner de plus amples détails sur la compagne de fugue. Vous voyez que j'ai du nez. Je pressentais que la petite brune tabagique commençait à lui peser Et pourtant à aucun moment je ne signale dans cette note que nous voyageons en compagnie de la plus belle ornithologue du monde. Mais à cette remarque j'ai su que je l'avais ferré.

Je lui ai donc expédié le début de votre histoire légèrement remaniée pour les besoins du cinéma et pour cette raison que je vous ai dite, que j'avais envie de voir et revoir votre tête se posant comme un oiseau de feu sur l'épaule d'Octave. Une petite entorse à la vérité sans conséquence pour la suite de vos aventures, mais qui pouvait donner plus de piquant et d'émotion à ce voyage en diligence à travers les Cévennes, et qui surtout ne laisserait pas d'intriguer. Ces deux-là vont-ils s'aimer ? De plus, je craignais que les propos échangés par les uns et les autres sur la Commune ne finissent par lasser. D'autant que parmi les sujets de conversation à bâtons rompus, j'avais également glissé, afin qu'on situe votre appartenance sociale, un petit topo sur la grande crise séricicole de 1855-1860, par quoi s'amorce le déclin de la soie dans les Cévennes.

À Maxime qui vous interroge sur la raison de cette crise, je vous fais répondre que les vers à soie furent victimes d'une terrible épizootie. Épizootie ? s'intéresse Maxime. Et là je ne suis pas très fier de moi, mais je vous mets en bouche la définition du dictionnaire telle que nous la livre l'ami Pierrot dans son édition de 1930.

Vous répondez donc : « L'épizootie a la même signification qu'épidémie mais le terme est réservé aux animaux. » Ah, commente Maxime, de l'air de celui qui se propose de glisser le mot dans son prochain roman (mais aucune trace dans *La Reine de Saba*, puisqu'il n'évoque pas votre rencontre et se prive du coup de l'occasion d'une longue digression savante sur l'élevage des vers à soie. Et à moins de débarquer en pleine épizootie chez les dromadaires, ce n'est pas un mot d'usage courant). Et comment est-on venu à bout de ce fléau ? interroge Chloé qui veut sortir de son rôle de bécasse.

(Je note que dans le scénario elle fait moins peste que dans la réalité où elle ne fit pas montre à votre égard d'une grande solidarité féminine, j'aurais donc pu forcer le trait, en faire une virago hystérique, profitant de la moindre occasion pour vous arracher le corsage, ce qui aurait ajouté une pointe d'érotisme, votre poitrine soudain découverte, mais je n'avais pas envie de vous mettre en difficulté ni qu'elle vous fasse de mal.)

Comme votre voisine se trouve bien disposée envers vous, vous lui répondez qu'un grand savant est venu tout exprès de Paris, et après avoir localisé l'origine du mal au fond de ses éprouvettes, l'éradiqua. Et par quel moyen ? continue de se passionner la douce Chloé. Mais à ce stade de mon enquête, je n'en sais trop rien. J'ai expliqué au maître du cinéma qu'il faudrait que je me renseigne auprès de biologistes chevronnés, car je ne veux pas vous faire dire n'importe quoi. Dans le scénario, j'ai écrit que Pasteur piquait chaque ver à soie à l'aide d'une microseringue prélevée dans la mallette de poupée de sa petite-fille, mais c'est une blague, en attente de la vérité.

Quant à Valorges, en homme d'affaires avisé, il fait judicieusement remarquer, en jetant des coups d'œil à maître Abeillon — qu'il le reprenne s'il dit des sottises —, que l'ouverture du canal de Suez dans lequel il a fortement investi, et dont l'inauguration par l'impératrice Eugénie remonte à deux ans maintenant, devrait favoriser considérablement le trafic avec l'Extrême-Orient en évitant le contournement de l'Afrique, entraînant du même coup une arrivée massive des soieries de Chine, produites à moindre coût, et davantage que l'épi, euh, l'épi...chose, enfin, la maladie du ver, il se pourrait que ce soit ce commerce avec le bout du monde qui porte un coup fatal aux soyeux des Cévennes. Là encore, je ne jurerais pas que Valorges soit en mesure de produire une si pertinente analyse (à moi, ça m'est facile, j'ai tout le recul nécessaire), mais c'est un effet d'annonce qui a son importance dans la suite de votre histoire. Mais ne vous méprenez pas, le vrai Valorges est une crapule.

Le maître du cinéma a en tout cas trouvé tout à fait passionnant ce diverticule encyclopédique qui lui permettrait, selon une esthétique qui lui est chère, d'intégrer dans son film des images de reproduction des vers à soie. Je ne sais s'il imagine des coïts frénétiques, mais il semblait tout excité à ce stade de sa lecture. Il rêvait tout haut. Il découpait l'écran en deux moitiés. D'un côté il filmait la transformation de la chrysalide en papillon et de l'autre un dévidage des cocons dans une

345

filature — ce qui lui permettrait de dénoncer au passage les conditions de travail de la classe ouvrière —, aboutissant par étapes successives à un foulard de soie reproduisant les ailes du papillon, les deux moitiés se superposant pour se fondre dans une seule image. Comme je voyais qu'on commençait à vous perdre de vue, j'ai suggéré que ce foulard aux couleurs du bombyx du mûrier, il en enveloppe vos épaules. J'ai dit : On pourrait pour qu'il s'anime le jeter sur ses épaules. Mais les épaules de qui ? Eh bien de l'héroïne, de Constance. Mais à son regard j'ai compris qu'il ne vous englobait pas dans sa vision. Ce qui m'a fait douter, non de ses compétences, mais de son intérêt pour votre histoire. Or moi, sans vous, les intrigues amoureuses du ver à soie, à dire le vrai, enfin, vous me comprenez.

Nous arrivions à la séquence du relais de poste, sur laquelle, à mesure qu'il reprend ses esprits, Octave se montre plus bavard dans ses cahiers. J'avais donc des images à proposer au maître, un lieu, car s'il omet de nommer le village, par la description qu'il fait de la bâtisse où vous vous êtes arrêtés pour la nuit, et connaissant l'itinéraire emprunté autrefois par la Montagnarde, il m'a été facile de le retrouver. Ces bourgades de montagne sont restées longtemps en l'état, après que leurs derniers habitants ont fui vers la ville, étrangement préservées, comme si on les avait gardées sous cloche, juste un peu fanées, desséchées, comme un bouquet de mariée sur la commode d'une chambre désertée. Rien n'a changé, ou si peu. Ce qui est une aubaine pour tourner en décor naturel. Les décorateurs qui travaillent à remonter le temps n'ont pas grand-chose à faire quand ailleurs il leur faut reconstruire des rues entières en carton-pâte et trompe l'œil.

Les industries locales fermant les unes après les autres, les terrasses ne suffisant plus à nourrir la population, les petites cités se sont vidées inexorablement. On peut penser aussi que, outre les raisons économiques, certains en avaient soupé de la châtaigne à tous les plats, toutes les sauces, tous les repas, sans doute étaient-ils désireux de goûter à autre chose. Le bâtiment qui vous a accueillis et qui a fait office de relais jusqu'à l'arrêt de la diligence, a été récemment acquis par une famille hollandaise qui l'a aménagé en halte pour les randonneurs. À la belle saison ils sont nombreux à arpenter les Cévennes. Et d'ailleurs je ne désespère pas qu'un jour les mêmes empruntent ce qui s'appellerait le Chemin de Constance, lequel les conduirait du Puy jusqu'à Saint-Martin-de-l'Our. L'idée serait bien sûr que la première partie du voyage s'effectue en diligence. On sortirait la vieille Montagnarde de son musée qui emporterait les promeneurs jusqu'à ce point en haut du col où — mais je ne vous en dis pas plus, d'autant que je crains pour cet épisode une réaction négative du maître du cinéma que je sens moyennement disposé depuis que, pressé de vous retrouver, j'ai provoqué en tournant les pages du scénario l'envol de ses papillons.

Situé à la sortie de Chassevagnes, un bourg aux maisons noirâtres construit en enfilade au creux d'une vallée resserrée, le relais de poste occupe une haute bâtisse en pierre de schiste, à la façade percée de petites fenêtres fermées par des volets de bois pour empêcher l'été la chaleur de pénétrer, et l'hiver la froidure. Elle a conservé le porche par où s'engouffrait la Montagnarde, tout heureuse cette fois-ci — du moins son postillon — d'arriver à bon port avec sa roue fêlée. En fait, le porche que nous voyons aujourd'hui n'est pas d'origine. L'ancien était effondré lorsque les propriétaires actuels se sont portés acquéreurs du bâtiment, et il est probable que le reste de la maison aurait suivi s'ils n'avaient pas entrepris de le relever en se fiant scrupuleusement aux photographies d'époque. Et c'est vrai que, tel quel, on jurerait qu'il a vu entrer la diligence et reçu la plus belle ornithologue du monde.

(À ce sujet, j'ai caché au maître votre intérêt pour les oiseaux de crainte qu'il ne saute sur l'aubaine pour me proposer de filmer en temps réel l'éclosion d'un œuf.)

C'est vous qui êtes descendue la première de la voiture alors qu'elle s'immobilisait en grinçant au milieu de la cour carrée dont une aile abrite encore aujourd'hui les chambres de l'auberge et l'autre la clède où sèchent les châtaignes. Le postillon s'était dépêché de descendre de sa haute loge pour vous ouvrir la porte en ôtant d'un geste seigneurial son chapeau, tandis qu'un garçon d'écurie s'occupait déjà des chevaux. Votre bottine sur le marchepied, puis l'autre, et bientôt vous repreniez contact avec votre terre d'enfance. Encore un pas et vous vous retournez. Le blessé apparaît à votre suite dans l'encadrement de la petite porte qui le contraint pour la franchir à se voûter, lançant son regard fiévreux sur la cour enclose de bâtiments, estimant leur hauteur, découvrant les toits de lauze, les cheminées aux souches massives, couvertes d'une épaisse plaque de schiste posée sur un pilotis de pierres dressées, se sentant pris au piège, ayant pour première intention de fuguer en empruntant la sortie, prétextant que grâce à vous il ne s'était jamais senti aussi bien, qu'il n'avait pas de raison de s'éterniser, qu'il préférait

349

bien mieux dormir au grand air, et il en était là de ses plans d'évasion lorsque vous l'avez vu flageoler sur ses jambes et que vous lui avez tendu votre main.

D'ordinaire, dans ce genre de scène, la situation est inversée, c'est l'homme qui offre son bras. Mais en cette circonstance, il n'eut d'autre ressource que de saisir vos doigts secourables et de s'y agripper pour descendre les deux marches sous peine de s'étaler sur le sol rocheux de la cour. Il a alors levé les yeux vers vous, vos regards se sont ajustés, suivant le plus court chemin menant de l'un à l'autre, se mettant à l'arrêt, se posant, se nouant à l'autre, et tous ceux qui vous ont surpris ont suspendu eux aussi leurs activités, le garçon d'écurie, le postillon, une servante d'auberge qui accourait au-devant des voyageurs, ceux de la diligence qui étaient descendus par la porte opposée, ceux qui attendaient leur tour dans la diligence, comme s'ils ne voulaient pas rater cette mise en pause du monde, interrompant par quelques secondes d'un silence éberlué sa marche en avant. On aurait presque pu entendre Maxime demandant à toute la maisonnée de ne plus bouger le temps de réaliser son cliché. Et s'il y a songé, alors qu'il suivait immédiatement Octave et fut le mieux placé pour constater cet instant de stupeur, on ne peut que le conjecturer puisque, je vous l'ai dit, il ne fait aucune allusion dans son roman à sa traversée des Cévennes. À moins d'avancer, ce qui serait hasardeux, que la fameuse scène des dunes où la reine de Saba met à la voile devant Maxence de Miremont repoussant une invasion d'amibes, serait un décalque de ce qui s'est réellement passé au relais de poste, sous le seul prétexte que Maxime dit qu'au milieu des soieries flottant autour de son « corps astral » il fut touché par le faisceau noir de son regard ourlé de khôl.

D'autre part, tant mon impatience est grande de précipiter votre rencontre, il est possible que je m'abuse sur ce vis-à-vis qui ne dura qu'un instant, pourtant savez-vous ce qu'Octave en dit dans ses cahiers ? — « Pour la première fois depuis de longs jours, à la vue de son beau visage, éclairé d'un sourire qui disait ce que j'avais oublié, tout simplement la bienveillance, mon esprit s'est détourné des visions d'horreur dont je ne parvenais pas jusque-là à me détacher. » Et vous concernant une chose est sûre : cette petite seconde d'éternité (je cite un poète à venir) fut pour vous l'occasion d'observer enfin le visage de votre servant dont vous n'aviez saisi dans la voiture que le profil. Alors ? Comment l'avez-vous trouvé ?

J'ai demandé au maître du cinéma si, pendant que la petite troupe rentrait se restaurer dans la grande salle de l'auberge en emboîtant le pas à la servante, un grand échalas en blouse grise, qui avance tête baissée en traînant ses sabots, il ne pourrait pas s'attarder dans la cour à filmer les chevaux. On ne les créditerait pas au générique, mais ce serait bien de leur donner une certaine importance. Je vous ai expliqué que pour moi leur abandon marque la fin d'une civilisation dont l'origine se situerait plutôt du côté des Troyens et du vaillant Hector — rappelez-vous, le « dompteur de chevaux » — que des fantassins grecs, poussiéreux et transpirants, avec leur casque leur tombant sur les yeux quand ils courent sus à l'ennemi et que le vent de la course soulève leur jupette.

La caméra s'attarderait à suivre les gestes du valet d'écurie détachant les harnais, calmant les bêtes d'une petite tape sur l'encolure, caressant le chanfrein, s'adressant à eux sans hurler ni jurer, ayant commerce avec eux, prenant langue avec eux, amenant, en les tirant par le licou, les quatre massifs chevaux à sortir des brancards qui reposent à présent à terre, leurs sabots, entourés d'un pagne de longs poils blonds, cognant lourdement contre la roche qui affleure par plaques dans la cour, les conduisant jusqu'à l'écurie qui ferme la cour sur l'arrière, et sans doute ce garçon est-il particulier, quand d'autres se montreraient beaucoup plus abrupts mais c'est pour cette raison que j'ai insisté auprès du maître pour qu'il l'intègre dans son film. On pourrait même lui rendre hommage au générique, puisque j'ai découvert qu'il s'appelait Germain Escobué. Je crois avoir retrouvé, sans garantie toutefois, une photo qui le représente posant devant le relais, tête rasée, oreilles décollées, des bretelles passées sur une chemise sale retenant un pantalon flottant, et, à son regard en dessous, visiblement gêné par l'objectif, on reconnaît le genre de garçon qui sans ses chevaux serait démuni, et ils doivent être nombreux aujourd'hui dans ce cas que l'on prive de cette possibilité de communiquer, parlant la langue d'espèces disparues qui leur reste en travers de la gorge.

Mais ma suggestion s'est heurtée à une moue du maître. N'était-ce pas une bonne idée d'enregistrer les derniers faits et gestes d'une civilisation, d'adresser, à travers ce reportage authentique, un petit signe à Homère, Hector, et autres garçons d'écurie ? Les bonnes idées ne sont souvent que des idées, a disserté le maître, d'ailleurs, personnellement, il ne savait pas filmer les chevaux. Est-ce à dire qu'un cheval passant devant votre caméra n'imprime pas la pellicule ? Si, sans doute, sinon il n'existerait pas ce qu'on appelle des, comment déjà, westerns, mais lui ne savait pas, c'est tout. Et le ton, froid, détaché, ne trahissant ni contrariété ni regret, laissait entendre que c'était le genre de besogne, filmer des chevaux, à laisser à d'autres, voire aux tâcherons. J'ai tout de même insisté. Comment se faisait-il qu'un maître du cinéma avoue une telle indisposition, serait-ce alors parce que les chevaux bougent tout le temps ? Auquel cas on pourrait engager un *horse whisperer* pour les calmer. J'avais vu récemment l'histoire formidable d'un nommé Tom Booker qui n'avait pas son pareil pour rendre un cheval, passablement énervé, doux comme un agneau — et également amadouer une très jolie femme, mais c'est une autre histoire. Le maître m'a gratifié d'un regard charitable et a proposé : Et si nous allions voir ce qui se passe à l'intérieur de l'auberge.

À l'intérieur, les huit, assis sur deux bancs, étaient installés de chaque côté d'une grande table à l'épais plateau de bois, mais selon un arrangement différent de celui de la diligence, comme si certains n'avaient pas eu envie de reprendre un pénible face à face. Devant eux la servante en sabots avait disposé de pleines assiettes de soupe. On retardait le moment d'allumer les chandelles en dépit du fait que le jour tardif en cette saison avait du mal à se glisser par les portes et les fenêtres tout juste entrebâillées pour faire barrage à l'épaisse chaleur du soir. Les rayons cotonneux qui tombaient à l'oblique peinaient à éclairer la pièce enfumée, aux poutres noircies. Une petite dame sèche, une coiffe de dentelle posée sur des cheveux gris tirés, jupe noire bouffante protégée par un tablier qui n'avait plus de couleur, à la peau aussi ridée qu'une vieille châtaigne, officiait devant la cheminée, une louche en main, proposant à ses visiteurs de reprendre un reste de soupe qui mijotait dans la marmite posée sur un trépied au-dessus d'un feu de braises. Il y avait encore quatre convives, assis à une autre table, et à leur mise ostensiblement rustique, sans doute des gens chargés du reboisement, qui d'ailleurs se contentaient de boire, jetant des coups d'œil aux arrivants et échangeant à voix basse. J'aurais bien aimé surprendre leurs propos, et surtout ceux vous concernant, mais le maître m'a expliqué que c'était du ressort de la police. Je n'ai pas insisté.

Il acceptait cependant de détailler tout ce monde, leur façon de se tenir, les mines de Chloé qui ayant passé un doigt sur la table en conteste la propreté, prenant ses voisins à témoin en leur collant le coussinet de son index sous le nez, Roméo, qui jappe, la tête dans l'assiette, Abeillon qui fait chabrot, autrement dit qui verse dans sa soupe une rasade de vin, en se fendant d'un aparté à l'oreille de Chloé dont l'outrance appliquée et la remarque savamment indignée, on ne croirait pas ça de vous, nous autorisent à penser qu'il attribue des vertus aphrodisiaques à son brouet, Valorges qui sert en vain son numéro de charme à la servante qui comprend bien qu'il ne s'adresse pas à elle et préférerait cent fois qu'on la laisse tranquille, le curé qui repousse dignement son assiette vide en refusant de céder à la tentation peccamineuse d'en reprendre, Maxime, dos bien droit, avant-bras sur la table qui lâche : Volontiers, c'est excellent, au moment où la fille en sabots lui propose un supplément, Octave en bout de table qui avale lentement, en profitant de chaque cuillerée, sans décoller les yeux de son écuelle, et maintenant qu'il en a terminé, demeure prostré, à côté de Maxime et face au curé, aussi silencieux que lui, loin de vous qui ne pouvez le voir, partageant à l'autre extrémité le même banc.

Sans doute est-il aux abois. Il y a un instant, il a sursauté quand la porte s'est bruyamment ouverte pour laisser entrer deux hommes, s'en voulant peut-être d'avoir ainsi manifesté sa frayeur, ce qui de fait n'a pas échappé à Maxime qui, du coup, s'est retourné et a négligemment commenté : Ce sont deux soiffards. Et vous, très belle, qui n'osez vous pencher en arrière pour surveiller votre blessé, prendre de ses nouvelles, le rassurer, lui confirmer d'un simple mouvement de tête que, pour son couvert et son hébergement, il n'a pas de souci à se faire, vous êtes occupée à converser avec une petite fille hirsute, les cheveux frisottant dans tous les sens, deux traces de chandelles grisâtres sous le nez, qui s'est approchée de vous en serrant dans ses bras un pauvre paquet de chiffon : C'est ta poupée ? lui avez-vous demandé. Elle a fait oui de la tête tout en tortillant ses pieds. Tu peux me dire comment elle s'appelle ? La petite fille a marmonné un nom, que vous avez été seule à entendre. Il est très joli, avez-vous dit. Et toi, ton prénom ? Elle a répondu : J'ai quatre ans à Noël. Alors vous lui avez expliqué que vous étiez la maman de Louis, mais il est beaucoup plus vieux que toi. Il a quel âge ? a demandé la petite fille, visiblement très intéressée par la question, tout en continuant de sucer son pouce. Bientôt douze ans. Et pourquoi il n'est pas avec toi ? Parce qu'il est à Paris et qu'il étudie. Et vous vous êtes retenue d'ajouter : comme toi plus grande, parce qu'il était inutile de se raconter des histoires. Ce qui attendait mademoiselle quatre-ans-à-Noël, c'était la manufacture ou une place de servante à l'auberge.

La petite fille était maintenant sur vos genoux, et comme la femme en sabots lui demandait de ne plus vous importuner, vous lui avez dit avec votre sourire merveilleux qu'elle ne vous dérangeait pas du tout, que vous aimiez les enfants, et plus particulièrement les jolies petites filles comme elle. Sur quoi la peut-être maman au visage sans grâce exprimant toutes les vicissitudes de la vie, regardant sa petite fille sur les genoux d'une belle étrangère, sans qu'on sache si elle en tirait de l'amertume ou de la reconnaissance, répliqua, presque en dépit d'elle : On voit qu'ils vous aiment aussi, avant de s'en retourner vers la cheminée.

Mais qui n'aime pas la belle Mme Monastier, a surenchéri Abeillon, assis en face de vous, le ventre glissé sous la table. Qu'est-ce qu'il voulait dire ? Vous l'avez regardé. Il s'est senti obligé d'ajouter : Ce ne sont pas ces messieurs qui me contrediront. Et d'un geste large de la main il engloba non seulement la tablée mais les autres convives qui fort heureusement ne sont pas suspendus à la parole du notaire, auraient même plutôt tendance à ostensiblement n'y pas prêter attention, et de toute manière n'ont rien remarqué, les deux soiffards n'étant plus à même de faire la différence entre la cuisinière, la fille en sabots et vous, et les quatre forestiers poursuivant leur conversation sur les essences d'arbres mal choisis, à leur avis de spécialistes, pour le reboisement — ce qui est de la pure supputation puisque le maître a refusé par pudeur de s'intéresser à leur sort, et rien ne dit que nous n'avons pas affaire à des bûcherons des Vosges, descendus pour quelques mois de leurs montagnes, et commentant avec nostalgie la dernière course de schlittes.

Vous n'avez pas eu la possibilité de le voir, mais à ce moment Octave a lancé un regard noir en direction de l'imbu notaire et si ce dernier n'avait pas été à l'autre bout de la table, il aurait sans doute eu l'occasion de goûter au fameux coup de pied transversal. Ce qui n'a pas échappé, cet éclair ténébreux, à Abeillon qui perfidement en a profité pour relancer la conversation sur la Commune, affectant soudain de redevenir sérieux pour vous demander des nouvelles de la capitale, puisque je crois comprendre que vous avez été aux premières loges, n'est-ce pas ?

Non, pas du tout, vous vous êtes contentée de vérifier que tout allait bien pour votre fils, lequel ne fait pas ses études à Paris mais dans un collège de Versailles, et là, hormis les cantonnements militaires et les nombreux soldats dans les rues, les rumeurs incessantes qui se contredisaient d'un jour à l'autre, vous n'avez pas grand-chose à raconter de plus que ce que tout le monde aura pu lire dans les gazettes. Les cours au collège n'avaient même connu aucun arrêt. Il avait juste fallu procéder au remplacement d'un professeur de latin parti rejoindre les insurgés.

Un professeur de latin, s'esclaffe Abeillon, ce n'est pas de mon temps qu'on aurait vu des choses pareilles. De votre temps, vous voulez dire en février 48 ? Là, c'est Maxime qui vient de planter sa petite banderille coutumière. Et il poursuit en regardant monter au plafond la fumée bleue de sa cigarette : Je viens justement d'avoir des nouvelles d'un ancien professeur de rhétorique à Louis-le-Grand qui, après avoir combattu sur les barricades, a fui en Californie. Ils seraient paraît-il plus de trente mille là-bas.

À se prélasser au soleil. Tous des lâches, a marmonné rageusement Valorges, espérant, ou non, ne pas être entendu par Maxime. Mais entendu, puisqu'il s'attira cette remarque qui fit monter la tension d'un cran : Se préoccuper d'améliorer le sort de ses semblable ne correspond pas à ma définition de la lâcheté, mais nous pouvons en débattre. Si vous en avez le courage, bien sûr.

Comme les voix s'échauffaient et que la dame en sabots suggérait à la petite fille aux paupières ensommeillées qu'il était l'heure de se coucher, vous l'avez redescendue de vos genoux, et comme mademoiselle quatre-ans-à-Noël s'accrochait à vous et retenait de lourds sanglots à l'idée de vous quitter, vous lui avez proposé de l'accompagner jusque dans sa chambre. Si sa maman était d'accord, bien sûr. Mais quel moyen a une servante de refuser quoi que ce soit à une belle dame ?

À votre retour,

(après avoir attendu à son chevet que la petite fille
s'endorme en lui racontant une histoire dans laquelle
sa poupée de chiffon finissait par épouser un prince
en porcelaine, vous avez gardé longtemps sa main
dans votre main, craignant en la retirant qu'elle ne se
réveille, et puis aussi, ce peu d'empressement à
rejoindre le groupe, parce qu'il vous était agréable, au
rythme du souffle tranquille de l'enfant, de suivre les
vagabondages de votre esprit. Cette histoire de la
poupée à l'issue de laquelle l'amour triomphait des
différences de naissance, il n'était pas difficile pour
vous de la transposer, même si, comme dans les
contes, tout s'ingéniait à contrarier la réunion des
amants. Ainsi, au moment le plus tendre de votre
rêverie, se substituant à celle d'Octave, la figure de
Monastier vous est apparue, celle d'un vieillard à présent, et pour tout le monde, du moins officiellement,
l'image de votre sauveur, et peu importe que ledit
sauveur se soit remboursé au centuple, en livres de

chair. Combien d'années à redouter chaque nuit que ne s'ouvre la porte de votre chambre ?)

(Le calcul est simple : toute votre jeunesse. Et à présent que le vieil homme n'a plus les ardeurs de la maturité, se doute-t-on qu'il s'invite encore certains soirs et après vous avoir demandé d'ôter votre chemise soulève le drap et poursuit, son bougeoir à la main, l'inspection minutieuse débutée peu de temps après qu'il vous avait recueillie ? Comment faites-vous pour demeurer malgré tout aussi gracieuse, aussi aimable ? Pour ne pas en vouloir à la vie ? Bientôt, cet homme qui a quarante ans de plus que vous ne sera plus, et vous serez seule dans la grande maison, à contempler des siècles de solitude. Votre vie aura été vécue, et vous serez ingrate de vous plaindre puisqu'elle vous aura offert le gîte et le couvert, ce qu'elle refuse à beaucoup. J'ai bien compris que l'attention que vous portiez à la petite fille signifiait autre chose qu'un débord d'instinct maternel. À sa place, vous imaginiez le petit Louis déambulant morveux entre les tables, et vous, sabots aux pieds, servant sans résignation ni révolte les dîneurs. Cette femme et vous, elle ne le croirait pas à vous voir, pourtant vous vous ressemblez. Vous aussi, vous êtes la servante du seigneur.)

les convives s'étaient dispersés. Ne vous voyant pas revenir, supposant que vous en aviez profité pour vous esquiver, Valorges avait gagné sa chambre. D'autant qu'il n'était pas très chaud à la perspective d'assister au concert de Chloé qui, sur l'insistance d'Abeillon, avait accepté de chanter a capella. Pendant que vous berciez la petite fille, la voix aiguë s'est faufilée jusque dans l'aile réservée au couchage de la maisonnée — pour ces deux-là, juste un toit sous les lauzes, et deux paillasses posées sur un châlit en planches. Et il n'est pas impossible que Chloé ait contribué en sourdine à l'endormissement de l'enfant. Mais vous étiez trop loin pour identifier la mélodie. De toute manière, hormis les chants religieux, vous ignorez ce qui se chante dans les théâtres, à quoi l'on applaudit. On vous a tellement dit que c'étaient des lieux de perdition et que le diable était dans chaque rime. La rime s'annonce, on l'attend, et huit ou douze syllabes plus loin elle est exacte au rendez-vous, tout comme le diable à qui l'on vend son âme contre son ombre, la jeunesse, la construction d'un pont, la fortune, et qui jamais n'oublie à l'heure dite de revenir chercher son dû.

Mais ce que vous avez noté au premier coup d'œil, en retrouvant la salle de l'auberge, c'est l'absence d'Octave. Les portes et les fenêtres étaient maintenant ouvertes par où entraient la fraîcheur et les senteurs du soir, et du dehors vous parvenaient les voix d'Abeillon et de Chloé qui poursuivaient leur échange sur un banc en contemplant les ombres enveloppant peu à peu la montagne. Du groupe de la diligence, seul Maxime était encore attablé qui prenait quelques notes dans un carnet en se faisant servir de petits verres d'une liqueur verte. Il leva les yeux vers vous et lut l'affolement sur votre visage. Vous avez pivoté sur vous-même pour vérifier qu'aucun coin de la salle n'échappait à votre inventaire, puis vous l'avez interrogé d'un regard dont vous ne soupçonniez pas à quel point il était implorant. Comprenez qu'il ne pouvait rester, dit Maxime à mi-voix après s'être assuré qu'il ne serait entendu que de vous seule. Et comme vous ne souffliez mot, il entreprit de reboucher son encrier et de ranger sa plume dans un beau plumier incrusté de nacre. Et il ajouta : Tenir un journal, c'est une manie de vieux garçon. Parfois, lorsque je suis fatigué je n'écris qu'une ligne ou deux, mais pas un jour depuis que j'ai seize ans je ne me suis couché sans avoir noté un événement de ma journée, ou une pensée. Et vous : Il y a quelques mots sur notre voyage dans votre journal ? Bien sûr, dit Maxime. Sur ce monsieur vulgaire, sur le notaire imbu de sa personne, sur le couple improbable formé par la chanteuse et son pianiste, sur vous, et vous ne m'en voudrez pas si je vous dis que vous êtes mon plus beau paragraphe. Et ? Oui, sur lui aussi.

Puis il sembla hésiter au moment de reposer son verre de liqueur qu'il venait de siffler d'un trait. Pardonnez-moi, mais si vous avez un peu de temps à m'accorder avant de monter dans votre chambre, puis-je vous montrer quelque chose ? Il n'est pas dans mes habitudes d'exhiber mon travail de photographe. D'ordinaire je suis plutôt réticent à le faire aussi long-temps que je n'ai pas arrêté une sélection qui me convienne. Ces photographies sont l'autre forme de mon journal intime mais, en souvenir de cette journée, je voudrais faire une exception. Je crois que ça pourrait vous aider.

La photographie a fait quelques progrès depuis que Niépce a pris un premier cliché de sa volière dans son jardin, à Chalon-sur-Saône, mais elle exige toujours une solide constitution. Et Maxime pose sur la grande table de bois la lourde caisse qu'il aurait aimé embarquer avec lui à l'intérieur de la diligence plutôt qu'elle rejoigne les bagages sur l'impériale. Si j'insistais tant pour qu'on la manipule avec précaution, c'est qu'à l'intérieur c'est aussi fragile que du verre. En réalité, c'est du verre, des centaines de plaques de verre. Cette malle, je l'ai fait fabriquer tout exprès par un artisan du faubourg Saint-Antoine. Un vrai artiste, bien plus que la plupart de ceux qui le proclament sur les toits. Il est peut-être mort à l'heure actuelle. La majorité des communeux était composée de gens comme lui, travaillant seuls dans des échoppes, ou à trois ou quatre dans de petites fabriques où ils avaient tout loisir de discuter et de s'informer. La stupidité impériale avait donné du grain à moudre à leur mécontentement, et ils avaient appris à réfléchir et à s'organiser, dans la clandestinité parfois. En contact avec tous les milieux, ils étaient les mieux placés pour constater les différences de traitement selon qu'on est puissant ou misérable. Alors, quand l'occasion s'est présentée, ils se sont dressés en proposant d'organiser la vie autrement.

C'est pour cet autrement qu'ils ont payé le prix fort. Non seulement les relieurs et les imprimeurs, qui par leur métier ont accès aux brûlots les plus subversifs, mais aussi les rétameurs, les menuisiers, les tailleurs, les blanchisseuses, les boulangers, les fondeurs de suif, et beaucoup de cordonniers aussi, comme Trinquet ou Gaillard qui a joué un rôle important dans les dernières semaines en organisant les barricades. Il faut comprendre qu'un cordonnier en sait plus long sur la misère du monde que la police la mieux équipée. Les chaussures, c'est ce à quoi on songe en dernier quand on veut donner le change. On commence toujours par soigner le haut. Pour une bonne raison, il n'y a que les pauvres qui gardent les yeux baissés. Les chaussures sont le meilleur indicateur de la misère, et un cordonnier est le dernier rempart qui évite à la misère d'aller pieds nus. Après, c'est que tout manque : au menu le froid, la faim, la peur, la saleté, l'alcoolisme, les maladies, l'ignorance. Un cordonnier, ça travaille devant son public, ça entend, ça parle, ça sait tout. Et il a toutes les raisons de s'indigner, lui dont le métier consiste à élever les gens de quelques centimètres. Mais si je vous lasse avec mes histoires, dites-le-moi. Vous pouvez avoir envie de vous reposer. La journée a été éprouvante.

Je vous en prie, continuez.

Vous savez, une révolution, quand on la vit de l'intérieur, ce n'est pas ce qu'on peut en lire par la suite dans les ouvrages des historiens où il semble qu'elle avance par la seule force des idées. Vu de près, ce n'est pas toujours beau à voir, c'est pour le moins brouillon et ça marche sur la tête. De plus, ce sont rarement les meilleurs qui se font entendre. Dans le brouhaha des réunions politiques, au milieu de la confusion et de l'échauffement des esprits, il se trouve toujours des braillards cruels et des tyrans en herbe pour étouffer les voix avisées. J'ai assisté à certaines de ces réunions, et c'était plus atterrant qu'autre chose. Après un échange d'envolées lyriques, d'analyses verbeuses et de slogans simplistes comme ceux que distillaient les disciples de Blanqui, du genre « qui fait la soupe doit la manger », immanquablement il se trouvait quelqu'un pour avancer en déclenchant des hourras qu'il en avait assez des palabres, qu'il n'y avait qu'à se servir et qu'il fallait crever les curés et les bourgeois.

Vous étiez avec eux ?

J'étais à Paris. C'est ma ville, je n'allais pas la laisser tomber. Mais pas aux côtés des insurgés, non, même si je comprends leurs raisons et leur combat. Au risque de vous choquer et pour résumer les choses crûment, nous ne sommes pas du même milieu, et je ne crois pas à ces sauts de classe ni à la sincérité de ces rapprochements volontaires. Très vite les conventions et les préjugés de chacun reprennent le dessus. On ne s'en débarrasse jamais complètement. Ce qui limite les échanges. Quant au fait de demeurer sur place, je n'avais aucun mérite. Dans les beaux quartiers de l'ouest de la capitale, hormis certaines difficultés d'approvisionnement, on ne craignait pas grand-chose. Ils furent les premiers libérés, si le terme signifie ici quelque chose, et de toute manière on n'y éleva aucune barricade. D'ailleurs je ne suis pas certain que ma mère aurait accepté d'entasser son mobilier Louis XV au milieu de la rue de Passy, pour arrêter, ne parlons pas de l'armée française qu'elle appelait de ses vœux pieux, mais même les Prussiens qu'elle ne portait pourtant pas dans son cœur. Et puis on ne peut pas être monarchiste et se faire le héraut des idées républicaines. Mais si je n'ai aucun goût pour ces débordements populaires qui nous donnent un avant-goût de ce que serait une gouvernance par le peuple, je déteste tout autant le monde triomphant de la bêtise satisfaite dont j'ai eu à subir la suffisance et les sentences prétentieuses pendant toute mon enfance. Pour échapper à cet univers, j'ai pensé que le mieux serait de prendre de la hauteur, en me consacrant à la littérature. C'est une décision louable. Encore faut-il le talent qu'elle requiert. Ce qui ne va pas forcément avec. Et quand bien même l'aurais-je, ce talent, ce dont il m'arrive de douter, et c'est un euphémisme, il faudrait encore qu'il s'accorde avec mon temps.

Vous êtes écrivain ? Vous avez rougi en posant votre question, impressionnée peut-être par la profession de foi de cet homme élégant. Vous êtes intérieurement flattée. C'est la première fois qu'on s'adresse à vous ainsi, et vous ne savez pas encore à quoi vous le devez. Mais vous avez peur de ne pas tout saisir, l'observation silencieuse des oiseaux ne vous a pas préparée à ces batailles de mots. La petite fille de la bancelle n'est jamais très loin, plus proche encore de mademoiselle quatre-ans-à-Noël que du fils de bonne famille. Car sur ce qui s'est passé au fond vous ignorez tout des causes profondes.

Vous n'avez eu pour vous éclairer que des propos de diligence. Quand des rumeurs autorisées firent état d'une possible attaque de Versailles par les Parisiens, vous vous êtes précipitée sans avoir la moindre idée de ce qui se jouait. Votre Louis était en danger, vous accouriez. Et vous n'étiez pas la seule mère dans le parloir de l'institution à s'alarmer pour sa progéniture.

Mais aujourd'hui, alors que le péril est écarté, que la vie pour vous se prépare à reprendre son cours normal, il semble au contraire, à mesure que vous vous approchez du triste cercle d'ennui de Saint-Martin-de-l'Our, que rien n'est tout à fait comme avant, comme si les événements avaient disséminé dans l'air leurs grains de pollen et que vous en rapportiez sur votre manche. Car si vous avez rougi, ce fut aussi d'entendre cette voix nouvelle sortant de vous, intriguée, intéressée, passant outre aux convenances, et que vous n'avez pas cherché à retenir. Alors êtes-vous écrivain ?

Et Maxime répond que, pour l'instant, il s'emploie à le devenir, ayant commencé l'année précédente un roman au sujet contemporain mais vous devinez bien qu'après ce qui s'est passé la composition initialement prévue n'a pas résisté à cette onde de choc. Ne pas mentionner les derniers événements, c'eût été une faute poétique majeure, oui, poétique, insiste-t-il, comme si vous alliez le reprendre sur ce point. Ce qui vous touche aussi, cette forme de sollicitude. Son objectif aujourd'hui, ce serait de parvenir à intégrer dans son histoire l'ébranlement politique des derniers mois, cette intense tragédie populaire, d'écrire une sorte d'éducation non pas sentimentale mais morale de sa génération, comme

Flaubert, dit-il, et vous vous êtes rappelée en frémissant : ce même Flaubert qui avait fait scandale en racontant une histoire d'adultère ? avait intégré dans son livre la révolution de 1848. C'est pourquoi il a choisi de rester.

J'ai beaucoup marché dans Paris, attendant d'être à l'abri des regards pour noter dans mes carnets ce que j'avais vu et entendu, car il fallait se montrer prudent, les insurgés se méfiaient des espions de Thiers qui pullulaient, et mieux valait ne pas être pris pour l'un d'eux. Curieusement cette défiance disparaissait lorsque je me présentais avec mon matériel photographique, alors que le risque était bien plus grand pour eux que je ne communique mes clichés à la police. Laquelle d'ailleurs, une fois informée je ne sais comment, a demandé que je les lui remette. J'ai refusé, bien sûr, ce qui m'a valu un interrogatoire désagréable, qui l'eût été bien davantage si ma famille n'était pas intervenue. Mais il est vrai que je n'ai pas eu de difficultés à faire poser les combattants devant leurs barricades, comme si ces barricades représentaient leurs châteaux forts, et qu'ils en étaient les seigneurs — mais des châteaux de cartes en réalité, qui ne résistèrent pas longtemps aux canons de l'armée.

L'ennui est que ce matériel photographique est, vous le voyez, encombrant et lourd, et que j'avais besoin qu'un ami m'accompagne pour m'aider à le transporter. Vous devinez bien que la plupart avaient mieux à faire, c'est-à-dire à fuir ou à se battre.

(De fait, dix ans plus tôt, voici comment son biographe, Pascal Mongne, présente l'équipée de Désiré Charnay au Mexique, ce Bourguignon de trente ans qui le premier rapporta des clichés des cités mayas : « Celui-ci (le matériel) se composait essentiellement d'une chambre photographique lourde, encombrante, et surtout fragile. À cela s'ajoutaient des caisses pesantes qui abritaient des plaques de verre vierges et les clichés déjà réalisés. Enfin un laboratoire portatif destiné à la préparation des émulsions. » Plus loin : « Dans le noir le plus total, Charnay préparait son émulsion. Une fois cette émulsion délicatement déposée sur la plaque de verre et abritée de la lumière par un châssis, il devait courir jusqu'à sa chambre photographique afin de commencer le plus vite possible la prise de vue. Les émulsions étaient alors très instables et la prise de vue pouvait durer très longtemps. » Dix ans plus tard, le système s'est un peu allégé, mais quand Maxime ouvre sa grande malle tapissée de velours noir, dans laquelle les plaques de verres sont glissées verticalement entre des lamelles de bois et isolées par des coussinets de tissu, vous constatez qu'il reste encore beaucoup de progrès à faire avant qu'il n'ait la souplesse d'utilisation d'un carnet et qu'il se niche dans une poche — ce qui explique qu'on fera pendant longtemps encore appel aux dessinateurs pour illustrer les livres sur les oiseaux.)

J'ai ainsi photographié le quotidien de la Commune, les premières barricades, quelques personnalités comme Eugène Vermersch, l'un des rédacteurs du *Père Duchesne*, que je connaissais un peu, ou le vieux Beslay qui pendant les journées de juillet 1830 avait porté en triomphe Chateaubriand sur ses épaules alors que ses amis et lui l'avaient reconnu traversant les Tuileries. Et puis la foule des anonymes. J'ai aussi fixé un événement marquant de la Commune. Ayant assisté par hasard à la réunion où le comité des artistes décidait d'abattre le monument de la barbarie, autrement dit la colonne Vendôme, j'ai pu obtenir une invitation pour le 16 mai, jour de l'exécution de la sentence.

Une invitation ? Comme vous êtes mignonne en montrant votre surprise. (Là, c'est moi qui parle.) Je vous vois écouter avec tellement d'attention cet homme qui vous donne des nouvelles d'un autre monde que, prise par son récit, vous avez laissé échapper votre étonnement. La nuit tombe à présent, s'invitant par la porte et les fenêtres qui s'ouvrent pour accueillir un peu de fraîcheur. Votre chevelure accroche l'éclat d'une chandelle que la femme en sabots pose sur la table. Elle dort ? lui demandez-vous en souriant. Petit hochement de tête de la servante.

Oui, une invitation. (C'est Maxime qui reprend la parole.) Pas très républicain, n'est-ce pas ? En fait les organisateurs n'avaient pas envie que le monument s'abatte sur la foule qu'ils n'auraient pas réussi à contenir. Mais j'ai les photographies de la colonne à terre et de Courbet, c'est un peintre renommé, levant les bras. La photo n'est pas très nette mais on le reconnaît à sa longue barbe et à son embonpoint. Je vais vous montrer. J'ai emporté tous mes tirages. L'ironie de l'histoire, c'est que j'avais pensé utiliser ces photographies comme un répertoire de souvenirs pour donner plus d'acuité aux pages de mon roman, mais quand j'ai tenté de les décrire en vue de les intégrer à mon histoire, je me suis trouvé emphatique, inauthentique, voire injuste quand je les tournais en dérision. Mes essais ne rendaient rien de la force et de l'humanité des clichés que j'avais sous les yeux. C'est la première révolution photographiée, vous savez. Comme si nous avions des photos de la prise de la Bastille et des piques exhibant les têtes de Foulon et de Berthier. On porterait un autre regard, n'est-ce pas ? Vous hasardez : Peut-être vous faut-il laisser passer un peu de temps. Oui, c'est ce que je me suis dit.

(Je vous sens contente d'avoir visé juste. À votre ton, plus affirmé, et à ce geste affiché de replacer une mèche fauve derrière votre oreille. À la place de Maxime, impressionné par la justesse de votre remarque, je vous aurais demandé comme une faveur d'accepter de lire les pages de ce roman en cours, mais pour qu'il y songe il lui faudrait d'abord se débarrasser de tous ses préjugés et de cet air supérieur qu'il ne quitte jamais tout à fait et qui singe la posture aristocratique. Et puisqu'il a évoqué Chateaubriand, je me permets de citer cette remarque du vicomte à propos des siens : « Cette hauteur était le défaut de ma famille. Elle était odieuse dans mon père, mon frère la poussait jusqu'au ridicule, elle a un peu passé à son fils aîné. Je ne suis pas bien sûr, malgré mes inclinations républicaines, de m'en être complètement affranchi, bien que je l'aie soigneusement cachée. » Mais à lui, je pardonne tout.)

Il est resté un moment silencieux, puis, tout en reprenant de fouiller dans sa malle : C'est entre autres pour cette raison que j'ai précipité mon départ pour le Yémen.

(Dans son roman, il attribue sa décision de partir à une sorte de tristesse existentielle, un énième avatar du mal du siècle, une inaptitude fondamentale à épouser les valeurs de son époque, et le paradoxe avec son intérêt pour la photographie n'est qu'apparent selon lui puisqu'il explique que la photographie fixe le temps, l'arrête, le retient d'avancer, qu'elle est en réalité « une chausse-trape du progrès ». Étrangement il ne dit rien de ces excursions parisiennes, expédiant la Commune en quelques lignes, à la manière de Flaubert évoquant les années où Frédéric cherchant à oublier sa passion pour Mme Arnoult connut la mélancolie des paquebots — ce qui donne chez Maxime : « Cet ébranlement d'un monde nouveau qui secoua la capitale le temps d'un printemps tragique, et dont il fut le témoin sans passion, confirma Maxence dans son désir d'embarquer pour des pays lointains à la recherche d'un royaume disparu. Ces batailles d'*Hernani* et ces joutes artistiques lui parurent insipides face à ces combats sanglants au nom d'un avenir meilleur pour lequel il ne parvenait pas à prendre fait et cause. »)

Et tout ce préambule à votre intention, pour ce qu'il a senti de cet intérêt que vous avez porté au fugitif, pour que vous puissiez vous aussi vous repasser quelques-unes des images qui enfiévraient son regard, comme un dédommagement, une consolation à son départ, une manière de replacer son souvenir dans le décor de ces deux derniers mois, pour le rejoindre par une communauté de pensée. Ainsi quand Maxime qui vous avait passé une plaque de verre vous vit orienter en transparence la flamme de la chandelle derrière la silhouette d'un homme jeune posant avec ses camarades devant une barricade, appuyé à la montagne de pavés empilés qui le dépassait d'un bon mètre, grand, tête nue, les cheveux longs, et en veste noire, contrairement aux gardes nationaux qui arboraient fièrement leur casquette de confédérés et leur uniforme à double rangée de boutons dorés, se penchant par-dessus votre épaule, alors que la flamme mettait en évidence le visage du combattant, il fit ce simple commentaire : Oui, ce pourrait être lui.

« J'étais persuadé en quittant le relais de poste de ne jamais la revoir. Bien que je fusse tiraillé par le désir de rester près d'elle, le risque était trop grand pour moi d'être dénoncé, et pour elle qu'on l'accusât d'avoir aidé un homme recherché. En outre, je n'avais aucune confiance dans ses compagnons de voyage, hormis peut-être le dandy qui, alors que nous soupions et que la porte s'ouvrait brusquement, signala qu'il s'agissait d'ivrognes, par quoi il me faisait comprendre que, bien que j'eusse sursauté, je n'avais pas à m'inquiéter. De même dans la diligence, il avait remis à plusieurs reprises à leur place les deux passagers les plus véhéments, mais c'était un plaisir qu'il s'offrait sur mon dos. Il ne les portait visiblement pas dans son cœur, et son attitude méprisante avait certainement contribué à attiser leur animosité contre moi.

« Il était plus sage que je profitasse de la nuit pour me rapprocher davantage de mon point d'embarquement. J'avais volontairement éliminé Marseille, notamment en raison du bagne. Parmi les nombreux déportés qu'on embarquerait pour la Nouvelle-Calédonie, il se trouverait peut-être quelques-uns de mes amis et je ne voulais pas sur leur passage croiser leur regard et entendre le bruit de leurs chaînes traînant sur les pavés. Il me semblait que dans une telle situation j'aurais à la fois à me retenir de les rejoindre et à me reprocher de ne pas le faire. Quitte à partager leur sort, il eût mieux valu dans ce cas rester auprès d'eux à Paris et ne pas chercher à s'enfuir. Mon idée était de gagner un petit port de la côte languedocienne, de monter à bord d'un bateau de pêche et de faire du cabotage jusqu'en Espagne. De là je pourrais mieux organiser ma fuite. Mais pour mener à bien mon projet j'avais les Cévennes à traverser. La résistance farouche des Cévenols face aux armées du roi, quand, à la révocation de l'édit de Nantes, Louis XIV lança ses dragons pour convertir de gré ou de force les récalcitrants, m'avait en outre convaincu que je serais plus en sûreté sur ces routes que par la voie directe longeant la vallée du Rhône.

« De m'être restauré m'avait rendu quelques forces, et ma blessure me faisait moins souffrir. Bien que je m'en voulusse de la quitter ainsi, sans lui témoigner ma gratitude pour ce qu'elle avait fait pour moi, je profitai du départ de la jeune femme, qui s'offrait d'accompagner jusqu'à son lit la petite fille de l'auberge, pour m'esquiver. On s'approchait de la pleine lune, la nuit était claire, et il me serait ainsi facile de suivre la route qui à la sortie du village remontait en pente douce. Mais ils étaient quelques-uns à prendre le frais, assis à deviser sur un banc devant l'auberge, aussi je décidai d'emprunter une sortie sur l'arrière. Apercevant dans la cour la diligence, j'eus l'idée de me munir d'une couverture, car j'avais souffert du froid la nuit précédente.

J'en trouvai une sous le siège du cocher, la jetai sur mes épaules, et je me faufilai par les champs jusqu'à ce que je fusse certain de n'être pas aperçu par les gens du relais.

« Une fois franchi le col qui constituait la porte naturelle de la vallée, je repris la route principale et profitai d'un ciel clair pour couvrir le plus de distance possible, me réservant de faire halte, le matin venu, dans un sous-bois, où je pourrais m'assoupir à l'abri des regards. L'altitude, même modeste, commençait à produire son effet et la température marquait un net contraste ave la canicule de la journée. J'appréciai la couverture quand, aux premiers chants d'oiseaux, alors que l'horizon blanchissait à peine, je m'endormis épuisé dans un taillis. Ce n'est qu'à mon réveil que je m'aperçus qu'elle devait servir à couvrir les chevaux tant son odeur était prégnante. J'hésitai à m'en débarrasser mais je savais pour avoir lu Napoléon Peyrat et ses *Pasteurs du désert* que le froid pouvait s'abattre sur la haute montagne, même à la belle saison. Je l'enroulai et dénouai ma ceinture dont je me servis comme d'une sangle pour l'attacher et la transporter jetée sur mon épaule.

« J'avais pris soin, la veille au soir à l'auberge, de glisser dans ma poche un quignon de pain ainsi que ma part de fromage que j'avais feint d'avaler, ce qui constitua un excellent petit déjeuner arrosé du filet glacé d'une eau de source sortant d'un rocher, laquelle en dévalant la pente s'en allait grossir un petit ruisseau en contrebas. Je regrettai de n'avoir pas une gourde avec moi, car le soleil était déjà haut et après une ascension longue de plusieurs kilomètres au milieu des noisetiers, la route déboucha sur un petit causse aride, dont les pierres étaient si blanches, émergeant d'un tapis d'herbe sèche, qu'il me sembla qu'un troupeau entier de moutons y avait péri, victime de la sécheresse et de la soif.

« Çà et là de maigres buissons abritaient de petits oiseaux au bec fin et au ventre blanc et comme j'entamais la traversée du plateau, je surpris un corbeau gigantesque qui s'affairait entre les pierres. Sans doute y avait-il déniché une pauvre charogne, mais son envol à mon arrivée m'étonna par son envergure. Ses ailes d'encre prirent lourdement appui sur l'air surchauffé et je ne me pus m'empêcher, en dépit de mes préventions, alors qu'elles semblaient tracer dans le ciel des lettres volatiles, d'y lire un mauvais présage. D'autant que ma blessure recommençait à m'élancer. Mais ce que je craignais par-dessus tout, n'ayant pas d'endroit où me dérober à leur vue, c'était de croiser une voiture ou d'avoir à saluer des cavaliers.

« Fort heureusement, sans doute en raison de l'heure et de la chaleur qui incitaient les voyageurs après s'être restaurés à s'accorder une sieste plutôt qu'à affronter un soleil à son point dominant, j'atteignis bientôt sans incident l'extrémité du plateau d'où l'on pouvait jouir d'un merveilleux panorama. J'en profitai pour faire une pause et mâcher longuement le morceau de pain que j'avais conservé, tout en contemplant le moutonnement bleu des collines, les champs verts clôturés de murettes, à main gauche des falaises calcaires abruptes au-dessus desquelles tournoyaient des rapaces, et au loin, sur un pic rocheux, les ruines d'un château fort à partir duquel les seigneurs de jadis devaient rançonner toute la contrée. J'imaginai qu'un chemin devait passer à son pied en empruntant un défilé à l'entrée duquel ils improvisaient une barrière d'octroi.

« En suivant des yeux le ruban gris de la route qui esquivait habilement les dépressions du paysage, je discernai un nuage de poussière plus important, comme en soulèvent les voitures lourdement attelées. Il s'agissait sans doute de la diligence qui avait profité de mon sommeil matinal pour me rattraper et me dépasser. J'eus une pensée mélancolique pour la femme aux cheveux roux. Elle était vraiment d'une beauté peu commune et la vérité m'oblige à dire que je n'aurais peut-être pas pris ce parti de m'enfuir, la veille au soir, si, au cours du repas, l'un des convives, le gros homme fat qui minaudait pour obtenir de sa voisine qu'elle nous chantât une chanson idiote, n'avait évoqué l'existence d'un M. Monastier, également propriétaire d'une puissante manufacture. Ces deux états cumulés, de femme de la bourgeoisie et de complice de l'exploitation du peuple, me firent renoncer à ma rêverie nigaude. Cependant mes préjugés, si déterminés fussent-ils, avaient du mal à repousser le souvenir tendre de sa main tendue et du regard étonné que nous avions échangé alors que, m'apprêtant à descendre de la diligence, j'avais senti mes jambes défaillir. Sur ce seul moment j'aurais été capable d'hypothéquer toutes mes chances d'évasion.

« Mais lorsque au milieu de la soirée elle proposa d'accompagner la petite fille de l'auberge jusqu'à sa couche j'interprétai son geste comme une fin de non-recevoir. Elle remettait ainsi de l'ordre dans ses affaires et me faisait savoir que je n'avais pas à interpréter dans un sens erroné le trouble passager dont elle avait été un temps la victime. Ce qui avait précipité ma décision de m'éclipser sans attendre son retour puisqu'il était évident qu'elle se retirerait ensuite dans sa chambre. Mais l'imaginant de nouveau seule dans la diligence face à ses tortionnaires, j'éprouvai comme un pincement à l'idée que l'homme dont j'avais meurtri le tibia, ce qui m'avait occasionné un vif plaisir, comme si par ce geste de cour d'école j'avais vengé la mémoire de mes camarades, pût reprendre ses travaux d'approche et poser les mains sur ses genoux.

« C'était vraiment un être répugnant comme il en pullulait depuis le second Empire, prêt à toutes les aventures pourvu qu'elles lui fissent miroiter un tas d'or. Et sur les moyens à employer pour parvenir à ses fins, il était évident qu'il s'imposait peu de limites. Je pressentais que la peur des bien-pensants, attisée par les derniers événements, d'être débordés par les revendications du peuple et de voir resurgir le spectre d'une république sociale universelle, conduirait à une reprise en main brutale qui offrirait aux gens de son espèce toute latitude pour mener en toute impunité leurs sordides affaires. Et je me forçais à penser que, malgré l'aide qu'elle m'avait apportée, cette femme partageait l'idéologie des possédants.

« La descente du causse fut plus périlleuse que je ne l'aurais cru, et je regrettai douloureusement d'avoir songé à couper au plus court entre les lacets quand une glissade me précipita quelques mètres en contrebas. Je me relevai en grimaçant. Ma blessure s'était rouverte et du sang s'étala à nouveau sur ma chemise. Je décidai de la retirer et de m'en faire un bandage que je nouai serré autour de ma taille. Cette cautérisation eut le mérite de stopper l'hémorragie, mais en cet état je ne pouvais plus donner le change, j'avais l'air d'un pirate revenant d'un abordage et il me fallait impérativement me séparer de la route. Je regrettai de n'avoir pas une carte à ma disposition, et ma direction me poussant vers le sud je veillai en cette heure de l'après-midi à laisser mon ombre derrière moi.

« D'avoir progressé sur un terrain mouvementé, pentu, d'avoir parfois été contraint de revenir sur mes pas quand un fourré se révélait infranchissable ou que je débouchais sur un à-pic, m'avait épuisé et je recommençais à éprouver les affres de la faim. J'avais eu la chance de découvrir un cerisier au milieu d'un champ où paissaient quelques vaches, mais ma joie fut de courte durée en constatant avec désagrément que ses fruits étaient si aigres que je les recrachai. L'après-midi touchait à sa fin lorsque passant un col fraîchement emprunté par les moutons, qui avaient laissé accrochées aux épines des buissons des petites touffes de laine comme des marques que je n'aurais qu'à suivre, j'eus la surprise d'apercevoir, une centaine de mètres plus bas, installé au milieu de la route qui courait à flanc de montagne, un groupe de six personnes dont une femme, qui semblait attendre on ne savait trop quoi.

« Leur présence était d'autant plus insolite en ce lieu isolé qu'il était peu probable que nous eussions affaire à des promeneurs ou à des botanistes, lesquels ne se

seraient pas livrés entre eux à d'aussi frénétiques gesti-
culations. Mon premier réflexe fut de rebrousser chemin mais mon regard fut attiré par une silhouette féminine qui se tenait sagement à l'écart du groupe et qui
m'avait jusqu'alors échappé. Le soleil couchant embra-
sait sa chevelure et j'oubliai instantanément ma décision
de faire retraite. Négligeant toute prudence, j'entrepris
aussitôt de dévaler la pente. Quand ils me virent, les
naufragés agitèrent les bras, comme si échoués sur une
île inhospitalière ils tentaient d'attirer l'attention d'un
navire de passage. Bien vite cependant ils cessèrent
leurs signaux de détresse quand ils comprirent qu'ils
demandaient à un plus naufragé qu'eux de les secourir.
Mais je m'en moquais. Attirée par leurs cris, ma bien-
faitrice tourna la tête vers le spectre déguenillé descendant de la colline qu'on lui montrait du doigt, et après
être demeurée un instant en arrêt, au lieu de rejoindre
ses compagnons d'infortune, elle effectua une demi-
volte qui fit tourner sa robe blanche et sans précipitation elle marcha à ma rencontre. »

Qu'est-ce que c'est que cette histoire ? interroge soudain intrigué le maître du cinéma. Maintenant que je l'ai ferré avec mes naufragés, je ménage mes effets. La petite brunette allume une autre cigarette, qui rejoint la première déjà entre ses lèvres. Bien évidemment les cahiers d'Octave ne peuvent pas pour l'instant nous renseigner puisque je vous rappelle, chers maître et brunette, si vous m'avez suivi — il me semble deviner que la brunette acquiesce derrière son nuage de fumée —, que notre ami — parlez pour vous, remarque le maître en passant sa main dans ses cheveux colorés —

(oui, c'est mon ami. J'ai ainsi beaucoup d'amis à travers les âges, vers qui je me tourne dans des situations difficiles et qui me donnent conseils et courage, dont je m'inspire. Ils sont mes compagnons de vie, mon armée des ombres. La plupart, c'est vrai, sont écrivains, mais pas uniquement. Croyez bien que lorsque certains problèmes d'injustice se posent, je demande son avis à Varlin l'admirable. Et une fois obtenu, j'essaie de le suivre.)

bien sûr, je parle pour moi, et je m'honorerais d'avoir eu le centième de son courage, mais là n'est pas la question, donc je rappelle que cet ami, s'étant séparé du groupe la veille au soir, n'a aucun moyen de savoir ce qui a conduit les voyageurs à cette extrémité, il serait même en droit de s'étonner, comme vous le feriez peut-être, mais enfin qu'avez-vous fait de votre diligence ? Vous m'ôtez les mots de la bouche, confirme le maître, un brin agacé.

En revanche nous pouvons reconstituer son propre itinéraire à lui, à la lecture de ses cahiers, cahiers écrits, du moins ce premier concernant la Commune et sa fugue, si l'on en croit la préface de Louis Monastier qui a toutes les raisons d'être bien informé, trois ans après les faits, alors qu'Octave était répétiteur à Alexandrie, ce qui lui laissait du temps. Et la date de rédaction est importante car il n'était pas encore complètement usé par cette vie de déraciné, et en même temps plus tout à fait sous le choc de la semaine sanglante, ce qui donne à son récit un ton plus détaché, car je vous assure que s'il avait tenu comme Maxime le journal de sa traversée des Cévennes jusqu'à ce moment où il retrouve une Constance naufragée, son récit aurait eu une tonalité beaucoup plus dramatique, hachée, douloureuse, un air de colère qui disparaît dans la version de 1874, où l'on sent qu'il entreprend d'écrire le roman de sa vie, employant pour ce faire les poncifs littéraires de son temps, Michel Le Bris me faisant remarquer l'abus du subjonctif imparfait qui enlève à son texte toute spontanéité, mais j'ai tenu malgré tout à le restituer tel qu'on peut le lire dans l'édition de 1929, alors qu'il m'eût été facile de procéder à une légère réécriture, mais je craignais dans ce cas qu'on ne reconnaisse ma façon, ma tournure d'esprit, on m'aurait accusé d'avoir tout inventé. — Pourquoi ? Ça ne l'est pas ? Décidément il ne comprend rien à rien, notre maître du cinéma. La maîtresse tabagique, plus fine, lui signifiant sa bourde en lui donnant un rapide coup de coude qui lui fait avaler de travers les scorsonères au gingembre dont ils raffolent et que lui prépare tout exprès le chef du restaurant, la brunette commandant, elle, un cendrier.

C'est comme le quasi-monologue de Maxime sur la Commune, poursuit le maître des scorsonères, beaucoup trop long, il faudrait procéder à des coupes. Je la plains, votre Hortense. Subir un tel lavage de cerveau. Je l'arrête : Hortense peut-être, je ne la connais pas, mais pas ma Constance, au contraire, elle n'en perd pas une miette, elle découvre. Mais j'ai beau expliquer au maître que j'ai retranscrit fidèlement les propos de Maxime, que ce soir-là, devant cette femme qu'il a vue faire preuve d'indépendance et de courage en se portant, au mépris de sa condition, au secours d'un proscrit, il s'était senti en dette, ce qui signifie souvent payer de sa personne, ici en confidences sonnantes et trébuchantes, que ce n'était justement pas le moment de l'arrêter, que je regrettais de l'avoir si mal jugé, de l'avoir pris jusque-là, disons-le, pour un imbécile, que c'était une occasion formidable de recueillir le sentiment des milieux intellectuels de l'époque qui furent bien loin de prendre le parti des insurgés, voyez l'ignoble Dumas fils volant au secours de son ami Bonaparte et vomissant la plèbe, le styliste Flaubert qui met dans le même sac les ouvriers et les Prussiens et, en bon disciple de Galliffet, veut jeter le tout à la rivière, la bonne dame de Nohant qui du fond de sa campagne berrichonne exécute les communards, le soi-disant doux Gautier qui compare les combattants de Paris à des gorilles échappés d'un zoo, sans parler du très répugnant Du Camp pour qui ces mouvements de foule ne sont que des convulsions d'ivrognes, et du non moins répugnant Daudet qui évoque une grande bacchanale, et que, décidément, Maxime vaut mieux que ce ramassis de donneurs de leçons prétentieux, mais le maître ne veut rien entendre, il continue de tailler dans les propos du photographe de la Commune : Quel spectateur supporterait de tels boniments aujourd'hui ?

Il veut bien m'accorder d'utiliser des mots de plus de deux syllabes, ce qui dénote chez lui une large ouverture d'esprit et un goût certain de l'aventure, mais de grâce, tenez-vous-en à des phrases courtes, je ne dis pas d'écrire en style télégraphique. Non, il ne le dit pas, de toute manière qu'il le dise ou non je ne l'écoute plus, je le laisse à son activité de découpeur de dépêches, je pense à vous, à votre joie lorsque apparut dévalant la colline la silhouette spectrale d'Octave, et à mesure qu'il s'approche de vous, votre joie se transformant en inquiétude quand vous découvrez son maigre torse nu sous sa veste noire, et enroulée autour de sa taille une bande ensanglantée. Vous marchez à sa rencontre, le cœur serré, et ce qui se passe ensuite il le raconte aussi dans ses cahiers, mais je préfère que ce soit moi, lui écrit à trop de distance de cet événement, trois ans depuis qu'il vous a serrée dans ses bras, c'est trop long, non qu'il vous ait oubliée, c'est parce qu'il ne vous a pas oubliée qu'il se lance dans la relation de ce qu'il considère comme le miracle de sa vie, mais il se livre à un travail de remémoration qui parfois, outre une certaine emphase, lui fait commettre quelques erreurs.

Pour dire les choses simplement, il se montre plus fringant dans son récit qu'il ne l'était quand vous avez marché à sa rencontre. À le lire il semble prêt à vous offrir sa protection, alors que, le pauvre, regardez-le, il titube, et c'est tout juste si ce n'est pas vous qui le recevez dans vos bras quand parvenu à trois mètres de vous, essayant de se dresser il enfouit le pied dans un trou du sol et manque de trébucher. Mais il retrouve un précaire équilibre et relevant la mèche qui lui mange le front il vous dévisage de son regard fiévreux, et sa respiration est si rapide qu'on ne sait si la marche en est la seule responsable.

Vous reprenez votre face à face interrompu de la cour du relais de poste, mais interrompu à nouveau, ce qui nous prive de son épilogue, par vos compagnons de route qui à ce moment se mettent à hurler à l'adresse de l'arrivant qu'ils s'empressent de tenir au courant de la situation : On a été attaqués, on nous a tout pris, même la diligence. Puis trouvant louche soudain cette apparition presque concomitante du réprouvé, Valorges suggérant : C'est peut-être lui qui les a prévenus. Pourquoi a-t-il disparu hier soir ? Où est-il allé, sinon prévenir ses complices ? Ce qui produit son petit effet, tous les regards se braquant sur Octave, prêts à la curée, tous sauf le vôtre qui soudain vire au furibond et s'arrachant à la contemplation de la figure émaciée, se tourne vers le dénonciateur, et la voix cingle : Qu'aurait-il besoin dans son état et sa situation de revenir ? Pour elle, dit Valorges en la montrant du doigt. Pour elle, répète-t-il, en prenant les autres à témoin. Ô douce accusation. Et Valorges bafouille devant votre visage qui dans l'instant s'illumine, et se retirant honteusement du groupe, il ramasse une pierre du chemin qu'il lance violemment par-dessus la combe.

Vous vous retenez de demander au fugitif : Est-ce vrai ? Est-ce pour moi que vous êtes revenu ?

Non, ce n'est pas vrai. Quand il a cherché à se fier au soleil, les contournements qu'impose la marche en montagne, les broussailles impénétrables, les chaos rocheux qui soudain se dressent verticalement, les fondrières où l'on s'enfonce jusqu'aux genoux, se sont ingéniés, d'impasses en repentirs, à placer son ombre devant lui, ce qui, à cette heure de la journée, lui faisait mettre le cap sur la frontière allemande, d'où l'on n'embarque pas facilement pour l'Espagne. Et si la diligence avait continué avec vous à bord son chemin en direction de Saint-Martin-de-l'Our, vous ne vous seriez sans doute jamais revus. Seulement voilà, il se trouve,

(voir l'entrefilet relatant l'agression, en page trois de *La Gazette de l'Aigoual* paruc la dernière semaine de juin et consultable à la bibliothèque d'Alès : « Si la gendarmerie fait état de soupçons, on ignore pour l'instant les auteurs de cette ignoble agression qui ne peut être le fait de Cévenols. Il serait judicieux de vérifier l'emploi du temps d'un grand nombre de journaliers venus de tout l'Empire pour travailler aux reboisements des massifs. Gageons que les coupables seront bientôt arrêtés. La direction du journal partage l'émotion qui a saisi la population et transmet aux victimes de cet acte odieux l'expression de sa très profonde commisération. »)

que la vieille Montagnarde a été attaquée.

Par des bandits de grand chemin ? s'étrangle le maître du cinéma. Par des, il prend son élan, *outlaws* ? Mais on est en plein western. Où a-t-on vu une ineptie pareille ? Eh bien, dans les Cévennes, sur les routes isolées du Massif central, un peu partout. C'était une persistance de l'insécurité qui avait été la règle depuis toujours, et qui imposait aux pénitents en route pour Compostelle de se regrouper afin de former des convois de plusieurs centaines de personnes, car un homme seul était un homme mort. Rappelez-vous les coquillards. Les quoi ? Les coquillards, une bande de malandrins qui arborant la coquille à leur cou se faisaient passer pour des pèlerins de Saint-Jacques. Les voyages étaient tellement incertains, tellement périlleuses les traversées de forêts qu'on préférait utiliser les cours d'eau et les voies maritimes infestés pourtant de pirates et autres barbaresques.

Mais nous ne sommes plus au Moyen Âge. Ah oui ? Et l'attaque du train postal, les détrousseurs du Paris-Venise, les violeurs de l'autoroute A6 ? C'est même cette insécurité des voyages qui a fait le succès du chemin de fer. L'intitulé même, un chemin de fer, entendez un chemin en fer, autrement dit une route blindée, à l'épreuve des balles. Et le cheval de fer, c'est celui caparaçonné qui résiste à la charge et avance sans encombre au milieu des périls, c'est une armure ambulante. Tous les voyageurs prenant le train endossent la panoplie protectrice du chevalier. Sinon, à part cette peur, il n'y avait pas vraiment d'intérêt à quadriller le monde au moyen de deux rails parallèles enjambant les rivières, les vallées, traversant les montagnes, éventrant les villes et d'un coût pharaonique. C'est un non-sens, ces mains courantes tendues à travers les continents. Mais il est vrai que l'intérêt, les maîtres de forges, les seigneurs de l'acier l'ont perçu tout de suite et ont poussé à la roue, une affaire en or, des millions de kilomètres de rails à étirer au nom de la civilisation, voilà qui délasse de la fabrication des canons.

La brunette approuve. Mais avec ses cigarettes qui la transforment en locomotive à vapeur, elle sent mieux la chose. Le maître quant à lui repousse son assiette, adresse en connaisseur un petit signe flatteur au garçon qui l'interroge du regard, et dit que de toute manière : Je ne sais pas filmer une attaque de diligence.

Je m'en doutais un peu. Aussi je m'empresse de lui confirmer que ce n'est pas un problème du tout, puisque nous arrivons après la bataille, mais bataille, façon de parler — je le rassure au cas où il s'imaginerait avoir à tourner Waterloo, le retour —, car les compagnons de la diligence n'ont pas opposé une résistance farouche. La voiture a été stoppée par un rocher roulé au milieu du chemin et masqué par un tournant, ce qui a contraint le postillon à tirer vigoureusement sur ses guides pour arrêter son attelage. Cinq hommes masqués d'un foulard ont entouré la diligence en tenant en joue le cocher et les passagers avec des armes récentes à canon long, ce qui me fait penser après vérification sur une planche illustrée de l'ami Pierrot qu'il s'agissait plutôt de fusils que de carabines (on m'apprend que les chassepots apparus à Magenta, quatre ans plus tôt, ont fait merveille, selon les propos extasiés d'un général exterminateur), et du coup dénoncerait peut-être des déserteurs de Sedan ou autres faits d'armes de la glorieuse armée.

L'un d'eux a dit en ouvrant la porte : Tout le monde descend, et surtout n'oubliez rien, et ils sont tous descendus, et n'ont rien oublié. Quand on leur a demandé de livrer spontanément leurs objets personnels, bagues, tabatières, alliances, colliers, montres, monnaie, ils ont été jusqu'à retourner leurs poches pour preuve de leur bonne foi.

(En fait, j'ai craint pour vous, lorsque l'un d'eux s'est approché et a entrepris d'écarter le col de votre robe : Et par là, on n'a rien à cacher ? Mais comme vous le repoussiez de la même façon que vous aviez repoussé les avances de Valorges, le chef a joué au grand seigneur en vous priant d'accepter ses excuses pour cet outrage indigne de votre beauté, tout en donnant un coup de pied au derrière de l'importun qui s'affala sous les rires de ses complices, et faisant suivre son geste réparateur d'une parodie de révérence.)

Puis les hommes ont roulé le rocher qui a basculé dans le ravin, deux d'entre eux se sont installés sur le siège du cocher, les autres ont pris place à l'intérieur, et le chef a agité un petit mouchoir par la fenêtre pour remercier et saluer les dépouillés.

Quand Octave les retrouve, ils ont déjà parcouru plusieurs kilomètres à pied et s'accordent une halte pendant laquelle ils débattent de la meilleure option, car le prélat, Abeillon et Chloé, qui vient de briser son talon, n'en peuvent déjà plus. Faut-il envoyer le cocher en éclaireur jusqu'au prochain relais pour qu'il revienne avec une autre voiture — mais demeurer sur place à attendre, c'est demeurer à la merci de ces bandits de grand chemin, et la perspective d'une nuit à la belle étoile ne réjouit pas grand monde — ou poursuivre cahin-caha en avançant lentement pour ne pas semer les éclopés, ou jouer la carte du chacun pour soi ? Sur quoi Maxime remarque que débattre du sexe des anges n'a pas permis d'arrêter les Turcs, et que personnellement il poursuit sa route. Il espère ainsi se donner une chance de tomber sur la diligence qui est trop repérable pour qu'ils ne l'abandonnent pas, et de récupérer avant qu'il ne soit trop tard ce qui lui tient à cœur : ses carnets, son matériel et ses plaques photographiques qui n'intéressent sans doute pas nos malandrins.

Valorges décide sur-le-champ de l'accompagner, Abeillon soudain requinqué partage son analyse,

(en fait il a avoué que sa malle était équipée d'un double fond dans lequel sont dissimulés des bons de liquidations (heureusement l'ami Pierrot encore une fois vient éclairer notre lanterne : ce sont des bons « émis par l'État après la guerre de 1870, pour le règlement des indemnités allouées aux victimes de dommages matériels résultant de la guerre et de l'insurrection de la Commune »), mais un acte républicain selon le notaire qui en espère un rendement à la hauteur de son engagement.)

le curé s'en remet au ciel, le cocher aimerait également récupérer son bien (ce qui lui éviterait les saillies de ses collègues hilares racontant qu'il est le seul postillon capable de transporter ses passagers sans chevaux ni voiture) et Chloé s'informe : Roméo, vous chaussez du combien ?

Les uns et les autres ayant donné leur avis, tous se tournent vers vous : Qu'est-ce que vous faites ? Vous nous suivez ? Moi ? Je vois votre regard détailler un à un vos compagnons de route : la face rougeaude et transpirante sous ses favoris du notaire qui gère les affaires de votre mari, Valorges qui guette le moment où vous aurez besoin de son aide, le curé, frémissant à l'idée d'affronter ces terres schismatiques, qui interroge le cocher : l'abbaye de Notre-Dame-des-Neiges, est-ce encore loin ? Chloé qui a l'air de penser, alors la dinde, tu comptes nous faire attendre longtemps ? Roméo qui a peur de l'ombre de sa maîtresse et Maxime qui se préoccupe d'abord du sort de ses clichés. Et vous marcheriez au milieu d'eux comme une condamnée rejoignant le lieu de son exécution ? Vous retourneriez, entourée de cette garde rapprochée, reprendre comme si de rien n'était le cours triste de votre existence ? Vous poseriez pour ce tableau ainsi légendé : La mariée remise sur le droit chemin par les bien-pensants eux-mêmes ?

Il se raconte que dans les moments critiques où l'on se sent proche de la mort on revoit l'ensemble de sa vie défiler en accéléré. Alors, qui s'apprête à mourir en vous dès lors que tout vous revient ? La bancelle, le petit chapeau à ruban de votre père roulant sur les parterres, la course effrénée jusqu'à la manufacture, les leçons de catéchisme de la première Mme Monastier, l'apprentissage de l'orgue, la première nuit dans la grande chambre du premier étage résonnant de vos sanglots de petite fille, la terreur des visites nocturnes du maître soyeux, le dégoût de soi, l'envie de fuir et la peur de l'inconnu (ce mot de Monastier : Tu es libre de partir, ma petite, on se retrouvera dans une maison close), les premiers tressaillements dans votre ventre, le oui murmuré à votre époux devant le pasteur et la sortie du temple sous les ovations des ouvriers trop heureux en ce jour chômé de bénéficier d'un repas copieux et de vin en abondance, l'enfant à partager, les critiques quand vous vous rendiez coupable de lui marquer votre affection, l'observation consolante des oiseaux, vos rapports écrits le soir à la bougie sur votre petit bureau posté devant la fenêtre de votre chambre, et envoyés clandestinement en tremblant à la société d'ornithologie, votre joie de les voir publier dans son fascicule semestriel (mais comme j'ignore quel pseudonyme vous servait à les signer, il m'est difficile d'en retrouver la trace, et d'ailleurs je n'ai pas mis la main sur un seul exemplaire de la revue, peut-être dans un grenier poussiéreux), l'inscription de Louis dans une institution de Versailles, votre séjour à Paris l'an dernier en sa compagnie, cette décision subite de partir le rejoindre, motivée aux yeux de tous par les rumeurs alarmantes en provenance de la capitale.

Mais à présent vous ne donneriez plus votre main à couper que le sort de votre fils justifiait à lui seul ce départ précipité. Que cherchiez-vous à fuir ? Passant en revue vos compagnons de voyage il vous apparaît que ce sont eux et leurs semblables, les gardiens impitoyables, où que vous alliez, de votre ligne de vie. Souvent, interrogeant votre main, vous cherchiez à interpréter cette brisure de la longue ride qui traverse sa paume. Votre crainte était qu'elle corresponde à votre changement brutal de statut par votre mariage avec le maître soyeux, de sorte que tout serait déjà joué, qu'il n'y aurait plus rien d'autre à attendre pour vous que le lent déclin du corps entre quatre murs. D'autres fois vous avez rêvé que cette brisure était à venir, qu'elle pouvait dépendre de vous, être le résultat de votre seule volonté, ainsi qu'on procède avec une branche en l'empoignant par ses deux extrémités et en la percutant contre le genou.

Vous hésitez encore. Vous attendez un signe du réprouvé. Qu'il se lance à l'assaut de ces moulins à paroles et qu'il les disperse dans le vent des souvenirs amers. Vous le suppliez du regard. Mais Octave qui vous voit si élégante dans votre robe blanche, en est encore à penser que votre place est parmi eux, que d'ailleurs il a bien tort de se détourner de son but pour écouter les doléances de gens pour lesquels il n'a que mépris, pour qui le crime commence quand on touche à leurs biens, et qui se moquent éperdument des caniveaux de sang dévalant les ruelles de Belleville. Ceux-là l'enverraient avec joie au peloton d'exécution s'il poursuivait avec eux. Et elle ? Croit-il qu'elle partage leur façon de penser ?

Sans doute elle semble hésiter, et il est vrai qu'à aucun moment elle n'a paru approuver, ne serait-ce que d'un air entendu, les propos ignobles de ses compagnons de voyage. Mais on ne lui ôtera pas de l'esprit qu'elle est de leur bord. Quant à son geste secourable, il convient de le replacer dans son éducation qui la poussait à jouer jusqu'au vertige, en étreignant un renégat, son rôle de dame patronnesse. Elle compte sans doute que dans une vie future cette bonne action pèsera lourd sur le bon plateau de la balance. Elle n'a fait somme toute que son pieux devoir. Il n'a pas besoin de s'encombrer d'une infirmière à bon Dieu. Il en a assez vu. À quoi bon contempler plus longtemps le spectacle de la veulerie bêlante. Et se retournant, Octave se remet à grimper péniblement le pré qui mène au col. Dans son dos pend la couverture roulée au bout de sa sangle passée sur son épaule. On entend alors la voix outrée du postillon qui crie en direction du fugitif : Eh, vous. Octave se contente de tourner légèrement la tête en présentant son profil : C'est à moi que vous vous adressez ? Oui, c'est à vous. Vous emportez ma couverture. Votre couverture ? À son odeur ce serait plutôt celle de vos chevaux. Si je les croise et qu'ils me la réclament, je ne manquerai pas de la leur rendre. Et il reprend sa montée.

Le postillon prenant ses passagers à témoin leur quémande un soutien pour qu'ils l'aident à intercepter le pilleur de diligence. Mais sans succès, sans obtenir autre chose qu'une marque de dédain. Comme si ceux-là allaient courir le moindre risque pour récupérer un si pauvre butin. Débrouillez-vous, ce ne sont pas nos affaires, lui glisse Valorges. Pour un chiffon puant ? soupire Chloé, et Maxime : Dites-vous que vous vous conduisez bien mieux que saint Martin qui n'avait concédé que la moitié de son manteau. Et Abeillon, reprenant contact avec vous : Madame Monastier ? et comme vous paraissez ne pas l'avoir entendu, répétant après s'être raclé la gorge : Madame Monastier, vous sentez-vous prête à repartir ?

Vous eût-il simplement appelée par votre prénom. Mais ce Monastier qui claque soudain à vos oreilles, vous enchaînant à vie à cet homme et déroulant sous son patronyme une succession de jours avilissants, ce Monastier vous fait l'effet d'un seau d'eau froide jeté à la tête, vous tirant brutalement de votre torpeur. Et de ce moment, écoutez bien — là, je m'adresse au maître du cinéma —, écoutez bien, vous allez assister à la plus belle scène du monde, oui, la plus belle scène du monde. Et ne dites pas mazette, en prenant cet air ironique, c'est une chance merveilleuse qui s'offre à vous, comme il ne s'en représentera plus jamais. Je me permets d'insister, car vous avez sous les yeux la plus belle ornithologue du monde et un authentique rescapé de la semaine sanglante, en à peu près bon état, ce qui n'était pas évident à trouver étant donné l'ampleur du massacre, trente mille morts, je vous le rappelle, et pour ajouter à notre plaisir, ces deux-là évoluent dans un écrin, au milieu des plus beaux paysages que l'on puisse admirer. Comme vous pouvez vous féliciter de m'avoir rencontré. Aussi écoutez bien, car ce qui dans un instant va battre à vos oreilles, c'est le grand cœur du monde qui déplace les montagnes, ce à quoi je vous invite, c'est à être le témoin d'un miracle.

Un miracle ? Mon Dieu, dit le maître.

Le miracle de l'amour, soupire une brune rêveuse qui a tout saisi et s'imagine déjà arpentant les collines au bras d'un sosie d'Octave, prévoyant toutefois de demander aux bandits d'honneur qu'ils aient l'élégance de ne pas la dépouiller de ses cigarettes.

Et le couperet s'abat : Cher ami, je ne saurai trop vous encourager à en faire un roman.

Un roman ? Mais enfin, qu'est-ce qu'il raconte ? Ceci n'est pas un roman. Vous savez bien, vous, que c'est l'histoire de votre vie, que c'est précisément parce qu'elle était incroyablement romanesque qu'en désespoir de cause, étant donné précisément l'impossibilité du roman — qui fait que, me serais-je lancé dans une telle entreprise, on m'aurait opposé que nous ne sommes plus en 1871 —, je me suis tourné vers le maître pour qu'il la raconte en images, votre histoire, en essayant de le convaincre que ce serait bien mieux pour votre beauté, pour les Cévennes, pour les chevaux, pour les plis de votre robe, la redingote de Maxime et les favoris d'Abeillon, autant de choses que je peinerais à rendre en alignant des milliers de mots, au lieu que lui, il lui suffirait de crier : Moteur, et aussitôt, on serait avec vous, la montagne, les chevaux, Maxime et le vagabond de votre vie. Que le maître se renseigne, s'il ne me croit pas. Qu'il relise les cahiers d'Octave, lui qui prétendait bien les connaître. Et puisque l'ouvrage est introuvable, je peux lui proposer, à condition qu'il en prenne soin et ne le découpe pas en morceaux comme il le fait avec sa pellicule, mon exemplaire du livre de Maxime. Et qu'on n'y trouve pas trace de vous, c'est bien la preuve a contrario que *all is true*, comme disait Balzac.

(Je m'autorise cette double coquetterie linguistique pour ne pas être en reste devant le maître qui a glissé : *mutatis mutandis* et *the show must go on*, comme disait Fred Astaire — en fait il ne fut pas le seul, mais un formidable danseur.)

Je ne saurais trop lui conseiller de voyager jusqu'à Saint-Martin-de-l'Our, de visiter l'ancien relais de poste, la manufacture transformée en musée, la petite école. Qu'il demande à son producteur de lui offrir un billet jusqu'aux Marquises à la recherche de la sépulture dont on m'assure que chaque année, à une date précise, on la fleurit encore.

Que veut-il dire par faire un roman ? Qu'il se défausse ? Que votre histoire ne le passionne pas ? Ou qu'il ne saurait pas non plus filmer la plus belle scène du monde ? Ce n'est pourtant pas sorcier. Il n'y a qu'à vous suivre. Mais il faut qu'il se dépêche. Vous n'allez pas attendre cent sept ans qu'il donne le clap — une sorte d'ardoise désarticulée dont le bord inférieur ne tient plus que par un angle, si bien qu'il faut sans cesse le retenir pour qu'il ne bâille pas, et sur laquelle on écrit l'intitulé de la séquence, par exemple, ici : La plus belle scène du monde, première, car il n'y en aura pas deux de toute manière, vous n'allez pas revenir sur vos pas uniquement pour satisfaire un caprice du maître, sous prétexte que votre façon de courir en agrippant votre robe ne lui convient pas, qu'il demande plus de légèreté, que vous balanciez des hanches en grimpant la colline pour ajouter une touche de sensualité à votre fuite éperdue. Et puis tiens, il a subitement une idée, dans votre précipitation vous accrochez votre robe à des ronces, et dans l'impossibilité de vous dégager vous vous déshabillez et courez nue vers votre amoureux. Voilà ce qui peut traverser l'esprit d'un maître du cinéma, je préfère vous mettre en garde. Mais dois-je lui rappeler que vous avez rendez-vous avec le destin, le vôtre, et que ce n'est pas la même chose que d'arpenter les Grands Boulevards une ombrelle à la main ?

Un rendez-vous comme celui-là, ça ne se reproduit pas deux fois. De sorte qu'exiger de vous que vous repreniez la séquence — Coupez, on recommence, c'est très mauvais, mais je viens d'avoir une idée : et si votre robe s'accrochait, etc. —, c'est vous condamner à la répétition, et la répétition, c'est ce qui ne change jamais, or la rencontre avec le destin, ce point à partir duquel le cours d'une vie bascule, ce n'est justement pas la routine. Et puis recommencer la séquence, c'est courir le risque de vous donner le temps de la réflexion. Et la réflexion, et c'est en cela qu'elle s'oppose à l'impulsion, se rend le plus souvent aux arguments de la voix de la sagesse. En retournant sur vos pas, vous vous convainquez assez facilement qu'on ne change pas brusquement sa vie sur un simple coup de tête, car c'est bien beau, mais après ? Et d'abord qu'est-ce que je sais de cet homme ? Folle que je suis de me jeter dans les bras du premier venu. Peut-être mes compagnons ont-

400

ils raison ? Et si ces rebelles de Paris n'étaient que des brutes sanguinaires et qu'il profite d'un sous-bois isolé pour m'égorger parce que j'aurais émis une réserve sur l'impérieuse nécessité révolutionnaire de pendre les patrons et par voie de conséquence le père de Louis ?

Décidément vous l'auriez échappé belle, et quand le maître vous demanderait de reprendre une seconde fois votre course vers le réprouvé en veillant toutefois à accrocher votre robe dans ces fils de fer barbelés qu'il a demandé à son décorateur de rajouter, vous refuseriez tout net. Non, non, pas question, on ne m'y reprendra pas deux fois. Je rentre à Saint-Martin-de-l'Our. Le maître s'arrachant les cheveux, mais enfin quel est cet idiot qui a modifié le scénario ?

Pas moi. Moi, je m'en tiens à ce que je sais de vous. Et pour vous, il n'y eut pas de repentir. Cette course, c'est celle commencée sur la bancelle que vous vous autorisez enfin à incurver, à dévier du droit chemin de la filature. C'est une course intérieure qui dure depuis longtemps. L'immobilité des êtres n'est souvent qu'apparente. Au-dedans, c'est parfois une cavalcade effrénée. Mais le maître insiste : Si, si, faites-en un roman. Je serai d'ailleurs très heureux d'apprendre par ce, comment dire, médium, ce qu'il advient de la belle Mme Noirmoutier.

Un roman ? Mais que sait-il du roman ? N'a-t-il jamais entendu dire que le roman était mort depuis belle lurette, disparu en même temps que les marquises qui sortaient à cinq heures, envolé avec les grandes chevauchées épiques et les chevaliers traversant la salle de

401

bal suspendus à un lustre ? Que c'est son fantôme qui depuis hante les esprits, et que désormais les histoires circulent sous des draps blancs, en criant ouh, ouh ?

Une histoire de fantômes ? Mais que ne le suggériez-vous plus tôt. Voilà qui m'intéresse, dit le maître, et pour les dialogues, ouh ouh, on pourrait demander à un lettriste, j'ai un ami qui est un as pour les phonèmes.

(Afin de vous donner une idée succincte mais parlante de ce mouvement poétique éphémère, je vous livre la définition du *Petit Robert*, cousin de l'ami Pierrot : « Lettrisme : école littéraire d'avant-garde qui préconise l'emploi d'onomatopées dans des poèmes dénués de sens. »)

Mais je me sens obligé de doucher son enthousiasme, on ne va pas raconter la semaine sanglante en usant uniquement d'une suite aléatoire de syllabes qui ferait passer Thiers pour un bouffon aimable. Et puis si les amoureux se servent parfois d'un vocabulaire rudimentaire qui emprunte beaucoup au langage des bébés, j'entends qu'ils s'expriment ici comme ils s'exprimaient alors, comme des adultes responsables bouleversés par ce miracle de. Et puis faire d'Octave et de vous des êtres immatériels, qu'il adapte plutôt l'histoire de Maxence de Miremont et nous filme sa rencontre amoureuse sur un tas de sable yéménite avec un sac de chiffon.

Mais à quoi sert que je m'obstine ? On ne voit pas les choses de la même façon lui et moi, et si je vous laissais entre ses mains, ce pourrait vous être préjudiciable. Je ne veux pas qu'on vous abîme. Je ne veux pas qu'on transforme ce qui a été, au nom de critères esthétiques qui consistent principalement à mettre leur auteur en avant aux dépens de votre histoire. Je préfère qu'on en reste là. Après que vous aurez lancé un dernier regard horrifié à la troupe des voyageurs tout disposés à lyncher ce pauvre postillon qui a eu le malheur de vouloir récupérer sa couverture, on ne verra pas votre visage se tourner presque affolé vers le fugitif. J'ai des regrets pour ceux qui en auraient été touchés et auraient glissé un peu de cette braise sous les cendres de leur vie. Et comme je me dirige désolé vers la sortie, le maître me rattrape. Une dernière chose, j'aimerais que vous m'expliquiez. Que je vous explique quoi ? Pourquoi vous vouliez faire un film sur cette Mme Parmentier.

Ma réponse prendra un peu de temps, et je ne manquerai pas de vous l'envoyer. Mais je dois me dépêcher maintenant. Je ne voudrais pas rater la plus belle scène du monde.

Nous voilà seuls. Vous ne pouvez plus compter que sur moi à présent. Or je vous ai honnêtement mise en garde : si on me reconnaît quelque mérite pour rendre les pluies de ma région et le mouvement pendulaire des essuie-glaces qui balaient le pare-brise d'un véhicule à moteur, rudimentaire et lent, une aventure comme la vôtre, ainsi que je vous le disais en ouverture, ce n'est pas dans mon registre. C'est une autre histoire. Elle rejoint, dans une gamme un peu voisine, celle de notre Isabella. Autant dire qu'elle ressortit au genre épique. Remplaçons les Rocheuses par les Cévennes, Mountain Jim par Octave et nous y sommes presque. Or ma région culmine à soixante-seize mètres au-dessus du niveau de la mer et en fait de desperados je n'ai connu qu'un voleur de poules, ce qui me prépare mal à ce rôle d'historiographe que je voudrais tenir pour vous. Je ne peux que déplorer qu'à l'exemple d'Isabella vous n'ayez pas eu une sœur avec laquelle vous auriez échangé une abondante correspondance où vous auriez décrit minutieusement votre imprudente équipée, le cheminement de votre réflexion et les emballements de votre cœur.

(« Ma chère Marguerite, tu ne devineras jamais en compagnie de qui j'ai voyagé aujourd'hui » — et nous serions comme la virtuelle Marguerite suspendus à votre courrier dans l'excitation de la révélation extraordinaire (or nous, nous savons ce qu'ignore encore Marguerite, que le compagnon de route est un fugitif de la Commune, mais on se demande effectivement comment réagirait une sœur plus conventionnelle. Réponse de la sœur : « Ma chère Constance, je n'ose imaginer l'état de terreur dans lequel tu as dû te trouver », etc.)

Car l'écart à combler entre vous et Octave est bien aussi important que celui entre Isabella Bird et Mountain Jim.

Mais vous n'avez pas de sœur, pas de correspondante, et vous n'avez pas tenu votre journal. Celui que vous avez laissé à Saint-Martin-de-l'Our se contente d'accumuler des notes sur vos observations des oiseaux. Il y a bien sûr les cahiers d'Octave, mais outre que je vous en réserve la primeur, ils ont été écrits plusieurs années après votre rencontre et ils n'ont pas cette fraîcheur, cette actualité que rendent une lettre écrite à l'étape et recensant les événements de la journée, ou la page d'un journal où l'on s'accorde cette pause du soir pour dépouiller et disséquer le balancement de ses pensées. Et quel dommage que ce rapt de la diligence nous ait aussi privés des notes quotidiennes de Maxime, quel drame, tandis que dans les cahiers d'Octave, on sent que la tentation du roman est forte dans, et plus encore la pose littéraire, ce qui enlève de la véracité à son récit.

Je le soupçonne d'avoir hésité à adopter un point de vue similaire à celui de Maxime dans sa *Reine de Saba*.

Mais la difficulté à romancer sa propre histoire, la force d'attirance que représente votre rencontre, qui empêche physiquement, au sens des lois physiques de l'attraction universelle, le texte de s'arracher au réel, l'a sans doute poussé à renoncer à son projet romanesque. Il serait intéressant d'avoir ses brouillons, de découvrir que dans une première version le narrateur se prénomme Gustave, par exemple, et l'héroïne Caroline (j'ai pris le prénom francisé de votre sosie contemporain, celle qui éconduit le maître du cinéma à la porte de son ranch). C'est une supposition, bien sûr, mais je suis suffisamment familier des mouvements de l'écriture pour avancer qu'elle n'est peut-être pas infondée. Et contrairement à l'effet souhaité, cette tentation sous-jacente du roman tend à rendre votre histoire assez plate.

De plus, trois ans après les faits, si le récit profite de ce temps mis à disposition pour mieux approfondir les comportements et les motivations, il lui manque une donnée essentielle qui fait tout le piment de l'action, c'est l'emportement, l'élan initial. Par exemple, Octave passe pudiquement sous silence que dans un premier temps il pensa à vous laisser et qu'ensuite, se rappelant sa dette envers vous, il se ravisa. Mais la vérité c'est qu'il n'aurait pas changé d'avis si vous aviez eu un physique revêche. La vérité aussi, c'est que vous ne lui auriez pas couru après, avec un physique revêche. La vérité encore, c'est qu'il ne fut pas toujours charmant, du moins au début. Mais à sa décharge, c'était un homme blessé dans sa chair et dans son esprit, et il redoutait avec raison pour sa vie.

Je me sens donc obligé de prendre sur moi d'être le rédacteur fidèle de ces événements, même si c'est très loin de ma pratique habituelle qui, pour le dire vite, consiste à travers le récit à s'interroger aussi sur la façon de raconter. Car si tout le monde admet que les gens d'aujourd'hui ne s'habillent plus comme de votre temps, on considère que le roman, lui, devrait toujours se glisser dans les mêmes vieux costumes défraîchis et démodés. Ça fait un peu ridicule, un roman à crinoline, non ? Ou alors avançons que le roman c'est le carnaval toute l'année. Peut-être que oui, après tout, peut-être même est-ce sa principale vertu. Alors va pour le carnaval romanesque.

L'inspecteur aussi s'est posé ce genre de question. Pour avoir la réponse il a observé ce qui se faisait autour de lui et a pioché dans ce que votre époque avait de plus moderne à proposer : la pensée scientifique et ses certitudes triomphantes, l'expérimentation et sa reproduction, le positivisme et les fastes du progrès. Rappelez-vous : « Nous enseignons l'amère science de la vie, nous donnons la hautaine leçon du réel. Nous sommes des savants. » Ce qui m'amuse toujours. Mais comme il se moquait de la posture du vieil Hugo et de ses pâles descendants, souvent très niais évidemment — et il s'en moquait d'autant plus qu'il avait commencé par là —, il prit le contre-pied radical du romantisme en s'inspirant de la démarche de Claude Bernard, votre grand biologiste, une espèce d'horreur qui se vantait d'avoir, pour ses expériences, massacré plus de dix mille petits animaux. Tandis que Hugo, non. On nous explique que la connaissance est à ce prix. L'ennui, c'est qu'après les animaux vient le tour des hommes.

(Mais Claude Bernard à l'occasion ne manquait pas d'humour. Alors que soixante pour cent des malades mouraient dans les hôpitaux, il proposa pour faire baisser ce pourcentage effrayant d'en faire sortir les médecins.)

Mais ce choix en faveur de la science plutôt que de la poésie — or ce sont les deux pôles qui bornent le terrain du roman —, de glisser la littérature dans le courant positiviste du temps pour la sortir au nom de la modernité de l'arriération poétique, mise dans le même sac que la religion et la superstition, c'est-à-dire l'incertain, on sait aussi ce qu'il lui en a coûté. Fini les cavalcades et les effusions du cœur. Il est sûr que je pourrais demander conseil à l'inspecteur pour votre histoire, il aimait jouer au maître d'école entouré de ses disciples et il a discouru abondamment de sa méthode dans des ouvrages théoriques, comme *Le Roman expérimental*. Je pourrais toujours m'y référer. Il recommande l'observation, l'étude, la documentation, la lecture d'ouvrages traitant du sujet, et de s'en tenir à ce qui est. Pour vous, c'est exactement ce que j'ai fait. Mais contrairement à l'inspecteur je n'en tire aucune conclusion. Sinon que je suis très heureux de vous avoir croisée et que votre histoire me ravit. Lui, c'était un gros travailleur qui mettait l'ensemble de la société en fiches et abattait sept pages par jour et, à ce train, il lui faudra tout de même vingt-deux ans avant de venir à bout de cette somme colossale que je vous ai annoncée et dont va paraître sous peu le premier volume : *Histoire naturelle et sociale d'une famille sous le second Empire.*

Mais au moment où va se jouer pour vous ce que le monde peut offrir de plus beau à deux êtres, il n'est pas inutile, afin de vous mettre en garde et que vous ne me reprochiez pas le choix que je fais de m'arranger seul de votre histoire, que je vous lise ce qu'il écrit des amours, mais le mot n'est pas forcément approprié, de Thérèse et Laurent, les héros de son premier roman naturaliste, c'est-à-dire, selon sa formule, un roman ayant le sens du réel : « Je n'ai eu qu'un désir : étant donné un homme puissant et une femme inassouvie, chercher en eux la bête, ne voir même que la bête, les jeter dans un drame violent, et noter scrupuleusement les sensations et les actes de ces êtres. J'ai simplement fait sur deux corps vivants le travail analytique que les chirurgiens font sur des cadavres. »

Voyez que je n'invente rien. Après le maître du cinéma et ses « Coupez » à répétition, c'est au tour de l'inspecteur de la littérature scientifique de vouloir vous débiter en morceaux, comme un cadavre, mais vivante. Quand je vous disais qu'après les animaux on en viendrait à expérimenter sur les humains. À noter cependant que cette violence faite au corps, l'inspecteur en a été lui-même la victime quand il avait cinq ans. Eh bien oui. Ce qui peut expliquer beaucoup de choses. Mais je ne veux pas que vous en fassiez les frais. Je ne veux pas que vous, très belle, il vous transforme en bête à pulsions sous prétexte que vous allez vivre jusqu'au bout votre histoire d'amour. Je ne vous abandonnerai pas entre ses mains.

Pour lui, votre sort est déjà réglé puisque le déterminisme qui est la loi naturelle du positivisme ne vous laisse aucune chance. Le déterminisme dit ceci : arrive ce qui devait arriver, toutes choses que j'avais prédites à partir des éléments initialement donnés. Comment mieux dire que le scientifique revendique la fonction honnie du mage qui lisait dans les entrailles des oiseaux ? Quelle curieuse ambition. Quel paradoxe. Un mage dont toutes les prédictions seraient mathématiquement vérifiées et qui ne risquerait même pas en cas d'erreur la sanction du bûcher. Aucune place dans cette mécanique implacable pour le libre arbitre, les sursauts de l'être et les surprises de la vie. Ce qui pour vous donnerait ceci : de par votre mariage avec cet homme beaucoup plus âgé vous êtes inassouvie, à la merci de vos pulsions érotiques vous vous jetez comme une bête sur le premier venu, cet homme forcément puissant puisqu'il a fait le coup de main sur les barricades, et vous finissez, décrépite, au bordel, ou alcoolique à l'Hôtel de France du Puy, le nez dans votre verre d'absinthe. Ah, j'oubliais. Pour vous venger de ce que vous endurez de votre époux, vous avez pris l'habitude pendant toute son enfance de frapper votre fils, lequel en garde une rancune tenace et finit en tueurs de femmes enceintes — en fait il finit sur l'échafaud.

L'inspecteur peut se féliciter de sa pertinente étude : il se trompe sur toute la ligne. Je peux vous rassurer : Louis va devenir un brillant avocat animé par une haute idée de la justice qui n'est pas la même que celle des puissants. Quant à cette rencontre bestiale, que vous prédit l'inspecteur, j'aime autant qu'il aille voir ailleurs.

Il serait traumatisé. L'amour lui fait peur, à cet homme. Il y viendra, apaisé, bien plus tard. Mais cette fois, nous y sommes. C'est le moment où tout explose de ce que vous avez si longtemps contenu. Le sauve-qui-peut des voyageurs, leur figure déformée par la morgue et le mépris, le pauvre postillon renvoyé à son rang qui est le dernier, il vous vient comme une évidence lumineuse que vous ne pouvez continuer avec eux, continuer à faire semblant de partager leurs opinions, leurs façons d'être, de vous extasier devant leurs prétendus bons mots, de rougir de leurs compliments, de vous taire par peur de dévoiler vos origines modestes qu'eux n'oublient pas de toute manière, de refouler sans cesse les remarques et les images qui traversent furtivement votre esprit, de vivre cette vie de convenances, d'internée en votre propre corps, et vous détournant de la vision du groupe impatient de repartir, apercevant le fugitif qui remonte seul la prairie, la couverture sur son dos, péniblement, pas à pas, apercevant un morceau déchiré de sa chemise rougie dépassant de sous sa veste, imaginant la blessure à son flanc, vous avez la surprise d'entendre quelqu'un crier dans sa direction : Je viens avec vous.

Cette voix, vous êtes étonnée de la reconnaître. Elle sort bien de vous, mais ce n'est pas la voix de tous les jours, celle qui vous sert à vous camoufler derrière le rideau des banalités. Comme si cette voix avait secrètement grandi en vous, s'était développée en même temps que vous hébergiez secrètement la petite fille de la bancelle, et que parvenue à maturité, elle, l'ex-petite fille, avait décidé de prendre enfin la parole, de se faire entendre. Au bon moment. Et la preuve en est que la voix est bien sortie de vous, le fugitif s'est soudainement retourné. Ce qui veut dire que dorénavant vous parlez d'une même voix, la petite fille et vous. Ce sont les deux enfin réunies qui ont pris à témoin cet homme condamné pour qu'il vérifie en se retournant qu'il ne voit pas double. Il vous découvre courant vers lui, ne prenant aucun soin de votre robe alors que vous avez glissé une première fois sur l'herbe, vous relevant aussitôt, reprenant votre ascension en vous aidant des mains, négligeant de vous retourner pour jouir du spectacle croquignolesque d'Abeillon congestionné, s'étouffant d'indignation, de la mâchoire décrochée de Valorges, du sourire énigmatique de Maxime, de la moue connaisseuse de Chloé : je l'avais mal jugée, la petite dinde.

C'est la voix d'Abeillon qui lance maintenant un contre-appel : Madame Monastier, qui vous demande de revenir comme on intime à un chien de rapporter une pierre qu'on lui a lancée. Madame Monastier, revenez. Mais vous n'entendez pas. Vous fixez comme un point sublime à atteindre la silhouette déguenillée qui exhibe son torse à la ceinture sanguinolente sous la veste noire. Il dira que vous leviez vers lui un regard implorant, ce qui n'est pas exact. Vous tentiez simplement de lui faire comprendre que vous aviez besoin de lui pour échapper à la triste compagnie de votre vie. Mais il hésite encore, vous ralentiriez sa fuite, il ne veut pas s'encombrer d'un poids mort, quand le poids mort, c'est surtout lui, et comme votre chevelure attrape les rayons d'un soleil rasant, il ne peut s'empêcher de penser que dans n'importe quelle autre situation il regarderait par-dessus son épaule pour découvrir à qui s'adressent les regards pour lui implorants de cette femme lumineuse. Mais vous glissez une seconde fois, décidément vos bottines ne sont pas adaptées à ce genre d'exercice.

Vous voyant à nouveau à terre, Abeillon décide de se porter à votre secours et fait un pas dans votre direction. Madame Monastier, je viens, aboie-t-il. Vous vous retournez. Il est impossible que votre escapade se termine aussi vite, que vous soyez cueillie comme un évadé au pied du mur d'enceinte qu'il vient de franchir. Vous agrippez une touffe d'herbe pour vous relever, il faut qu'il vous fasse un signe maintenant, le spectre que découpe un soleil noir, sinon vous allez vous laisser entraîner par la pente qui vous ramènera à votre point de départ. Abeillon se rapproche : Voyons madame Monastier, pensez à votre mari.

Qu'est-ce qu'il vient faire ici, le maître soyeux, en un moment pareil ? Comme s'il s'agissait de cet homme semblable à tous les hommes que vous côtoyez, comme s'il s'agissait banalement de le quitter. Lui, ce n'est même pas votre problème. Son attitude envers vous, ces irruptions nocturnes dans votre chambre de jeune fille, ces obsessions érotiques, tout cela sera soldé du moment que vous aurez librement choisi votre vie. Ce n'est pas lui qui est en jeu. Vous ne sauriez exactement le formuler à la seconde où vous parvient l'injonction du notaire, mais comment dire, il vous apparaît immédiatement que vous ne parlez pas de la même chose. Ce sont deux mondes, eux et vous. Voilà : il vous apparaît clairement que vous ne vivez pas dans le même monde, et que dans votre monde, on peut rencontrer cette ombre là-haut, qu'on ne risque pas de trouver dans le leur, avec son torse maigre ensanglanté, son regard fiévreux, sa démarche vacillante, laquelle ombre après avoir hésité semble à présent comme un héliotrope se tourner enfin du côté par vous espéré. Car ce n'est pas seulement pour retrouver son équilibre qu'il hasarde ce pas de profil dans votre direction. Pourquoi ? sinon pour mieux aborder l'inclinaison de la prairie. D'ailleurs il est suivi d'un léger saut maintenant, et puis d'un autre, la main pressant le flanc, et cette démarche en crabe, vous ne doutez plus à présent qu'elle se rapproche de vous.

Ainsi le son de votre voix en vertu de lois acoustiques qui nous échappent a peut-être mis un peu de temps à grimper la colline, mais vous avez été entendue. Votre visage alors. Votre visage découvrant l'ombre qui lentement fond sur vous. Votre pâle visage piqué de rouille qui, sans qu'aucun pli ne s'y creuse, dit la joie bien sûr, mais autre chose encore, dit l'apaisement, la réconciliation, comme une joie sans joie, pure, qui efface tous les tourments qui ont précédé, qui les précipitent dans un gouffre d'oubli, tandis que le soleil noir grandit, envahit maintenant tout le ciel. L'ombre boitillante est désormais à vos pieds qui vous offre la main pour vous aider à vous relever, ce qui est peut-être au-dessus de ses forces. L'ombre a même ce geste, de son autre main, de présenter sa paume ouverte tachée de sang au bout de son bras tendu, et vous n'avez pas besoin de vérifier à qui s'adresse ce geste impératif qui arrête les armées du pharaon et commande aux eaux de se refermer. Mais moi, qui ai vos yeux derrière la tête, ne peut que me remplir d'aise l'expression de complète hébétude qui envahit au même moment la face congestionnée du notaire alors qu'il voit sans comprendre, après que la main secourable vous a hissée sur vos bottines, que l'autre main dressée l'a dissuadé d'avancer, votre robe blanche chiffonnée emboîter le pas d'une espèce de gueux.

J'ai maintenant une réponse à donner au maître du cinéma du temps où il me rattrapait et me demandait pourquoi. Pourquoi ?

« Pour ce moment tremblé de la révélation amoureuse, alors qu'écrasés par ce ciel d'anges qui soudain leur tombe sur la tête, elle et lui se dévisagent comme s'ils n'avaient jamais rien vu de pareil. Ce que nous, nous avions pressenti depuis le début, qu'ils étaient faits l'un pour l'autre, nous impatientant même, alors que cette évidence crève les yeux, qu'il leur faille aussi longtemps pour s'en rendre compte. Et c'est comme la lettre volée, là, bien en vue, et nul n'y prend garde, au lieu qu'il leur eût suffi d'avoir la simple curiosité de s'en emparer, de la décacheter, de déplier la feuille glissée à l'intérieur, ils y auraient lu le script de leur amour, où toutes les aventures et mésaventures par eux traversées, subies, qui leur font douter que la vie vaut bien la peine d'être vécue, n'ont d'autre but, et le scénariste y travaille depuis la première minute, que les amener à cette rencontre éblouie, où le temps semble se suspendre entre eux comme les fragrances d'un brûleur d'encens,

416

tandis que leurs mains sur la nappe blanche du restaurant entament une reptation millimétrique en direction l'une de l'autre, s'arrangent discrètement pour écarter au passage les miettes de pain, salière et autres ustensiles qui risqueraient de faire obstacle à cette réunion des deux moitiés de l'amour, si bien qu'il arrive un moment où l'extrémité de leurs doigts se frôle, mais au lieu de s'étreindre, effrayés sans doute par tant d'audace, aussitôt battent en retraite comme sur le coup d'une charge d'électricité dans l'air, et pour se donner une contenance portent à la bouche un croûton microscopique, avant que les convives ne reprennent le ton badin de la conversation, ne s'intéressent enfin à la carte sur l'insistance du serveur qui, excédé, s'en vient pour la troisième fois prendre la commande, tendant le menu entre eux comme un paravent, coupant ainsi le contact, les yeux débranchés tombant sur un inventaire surréaliste où le vol-au-vent fait dans la finance et François-René, vicomte de Chateaubriand, se déguste saignant, mais bien vite ils replient les Tables de la Loi, replongent dans le regard de l'autre. Alors ? s'inquiète l'homme élégant au gilet noir, un torchon noué autour de la taille. « Pareil », quoi « pareil » ? Ce que vous voulez mais « pareil », et encouragés par cette communauté de goût ponctuée d'un petit sourire rougissant qu'accompagne un lent baisser de paupières, ils reprennent leur conversation silencieuse émaillée de paillettes d'or, la main revenant bientôt à la charge, progressant plus vite désormais sur la nappe immaculée jusqu'à se poser hardiment sur la main d'en face, avec le sentiment de jouer gros, bien sûr, qu'en une fraction de seconde tout pourrait s'écrouler, obligeant l'audacieux à un acte de contrition : pardonnez-moi, j'avais cru, je m'étais imaginé que, devant l'air outré de l'autre, qui se lèverait brutalement ; mais qu'est-ce qui vous prend ? qu'est-ce que vous vous imaginiez ? vous renvoyant à la vallée de larmes que vous n'auriez jamais dû quitter, car après, c'est trop dur d'y revenir, mais non, la main saisie ne bouge pas, ne cherche pas à se retirer, au contraire, les doigts de la main s'entrouvrent, s'insinuent, composent avec ceux de l'autre main un petit monticule de phalanges, se serrent jusqu'à devenir aussi blancs que la nappe, pendant qu'elle et lui tracent une droite parfaite d'un iris à l'autre, sans dévier du plus petit degré, et avec une audace inouïe soutiennent cet échange comme à je te tiens tu me tiens par la barbichette, même si en réalité aucun des deux n'a envie de rire, ils sont incroyablement sérieux, au contraire, c'est une sorte d'effroi qu'ils lisent dans les yeux de l'autre, mais qu'est-ce qui m'arrive, échouant à traduire ce qui les dépasse, les mots se bousculant et renonçant sur le bord des lèvres à verbaliser cette pluie de bonheur qui les inonde. Il semble pourtant qu'il veuille dire quelque chose, alors elle approche son visage pour ne pas perdre une miette, que rien ne s'égare entre elle et lui, de ce qui s'annonce comme une révélation magique, le secret ultime de l'humanité, après quoi le monde trouvera tout son sens, mais il se ravise, non, vous allez vous moquer. Se moquer en un tel moment où la vie ne s'est jamais aussi bien portée ? Je vous en prie, dit-elle. Alors il se lance : Eh bien, des réminiscences sans queue ni tête, de drôles de phrases étranges comme, oui ? et il baisse la voix, en s'excusant presque, comme par exemple : la courbe de tes yeux fait le tour de mon cœur, et à peine a-t-il achevé qu'il attend tremblant la sentence, il n'a plus rien à cacher, il est devenu transparent comme le cristal, clair comme l'innocence, vulnérable comme la première aube du monde, mais elle ne se moque pas, elle lui écrase plus tendrement les doigts, et, comme si ça ne suffisait pas, joignant la parole au geste, dit qu'elle comprend, que c'est exactement ce qu'elle éprouve en ce moment, comme pour le choix des plats, pareil, et cela, cette émotion qui vous étreint la poitrine tandis que de votre siège vous assistez à la scène, qui vous fait bruyamment déglutir et amène une inconvenante sécrétion lacrymale au coin de l'œil, au point que vous baissez la tête pour dissimuler à votre voisin votre confusion, c'est cela qu'il faudrait faire passer, c'est même sans doute la seule raison pour laquelle on aimerait faire du cinéma, et d'ailleurs si au générique, avant même de découvrir le titre, nous avons déjà savouré les noms côte à côte de, disons Cary Grant et Deborah Kerr, ce n'est évidemment pas pour que parvenu au mot fin ils ne se soient pas même croisés, ignorant jusqu'à l'existence de l'autre, comme s'ils avaient tourné dans deux films séparés qu'un producteur peu scrupuleux eût panaché pour n'en faire qu'un, mais bien parce que, quels que soient les chemins qu'empruntera le scénario, nous savons qu'il nous mènera inévitablement à ce point de convergence où les parallèles enfin se rejoignent, s'entremêlent comme les regards de ces deux-là, comme leurs mains, comme leurs corps dans un au-delà de l'écran qu'il ne nous est pas donné de voir, et qu'on n'imagine même pas, bien que nous ayons une idée assez précise de la suite, du moins chez les mortels, mais il n'y a pas de vie après le mot fin, elle et lui se sont enfin trouvés, ils s'aiment, ils l'ont dit et, de là, ils nous sont enlevés, ravis, comme saint Paul dans ce tableau de Poussin pris dans un tourbillon ascensionnel, nous laissant seuls avec nos vies, momentanément consolés. »

Pour tout cela je vous remercie.

3

« J'étais partagé entre deux sentiments, le premier me traitait de tous les noms d'oiseaux de compromettre ainsi mes chances d'évasion en m'encombrant de cette femme inconnue qui ne pouvait faire trois pas sans déraper et n'était visiblement pas préparée à cette course-poursuite à travers les montagnes,

(Octave oublie que lui non plus. Il lui est permis à présent, de ce moment où il écrit, de se prendre pour un aventurier, dont il mérite le titre, à l'égal des jeunes gens, comme notre Isabella, Charnay, Mouhot, Maxime ou le garçon de Charleville, qui se lancèrent dans cette recherche frénétique des derniers endroits de sauvagerie à l'heure où le progrès préparait la planète à ingurgiter sa potion de fer. Son second cahier à ce sujet est éloquent où il relate son périple depuis son embarquement non pas de Sète, comme il l'avait prévu, mais d'Espagne puisqu'il franchit à pied la frontière au-dessus de Collioure. Mais jusqu'à sa fuite, il ne semble pas avoir été animé du moindre désir d'aller voir ailleurs. On peut même penser que, sans la Commune, il n'aurait jamais quitté Paris.)

« et qu'il était dans mon intention d'abandonner au prochain village équipé d'un relais de poste, et le second était directement lié à sa personne. Outre sa beauté, son attitude était pour moi une source de trouble. Pour dire la vérité, je me demandais si elle n'avait pas l'esprit dérangé.

« Ce choix de m'accompagner plutôt que de suivre le groupe des médisants, marquait pour elle à n'en pas douter une rupture, dont elle ne semblait pas mesurer toutes les conséquences et dont les raisons m'échappaient. Après s'être affichée ainsi aux yeux du monde, il lui était impossible de reprendre comme si de rien n'était le cours de ses activités. Son geste avait eu un témoin proche de son mari, et le notaire qui avait tenté une ultime démarche pour la ramener dans le droit chemin, jurant avoir fait tout ce qui était en son pouvoir, serait le premier à dénoncer sa conduite inqualifiable et à la vouer aux gémonies. Et à moins de la présenter comme la victime d'un horrible jeteur de sort et de la soumettre à une violente séance d'exorcisme, je voyais mal comment elle pourrait justifier son coup de folie. Cette façon soudaine de tourner le dos à ses compagnons et de me crier « Je viens avec vous » revenait à brûler ses vaisseaux, se couper de toute retraite. En était-elle vraiment consciente ? Mais quelles que fussent mes inquiétudes à son sujet, je n'envisageais pas qu'elle m'accompagnât dans ma fuite. D'autant que le péril eût été aussi grand pour elle que pour moi. Et en admettant que je cède à ma faiblesse, qu'avais-je à lui proposer sinon une vie misérable de proscrit et d'exilé ?

« D'un autre côté, bien que je n'eusse pris aucune part dans sa décision de me suivre, je me sentais responsable de son avenir. Jugeant hautement compromis un retour paisible parmi les siens, sous l'influence d'une de mes récentes lectures, je lui prédisais un sort tragique à la *Germinie Lacerteux*.

(C'est un roman des frères Goncourt, paru sept ans plus tôt, dans lequel une domestique apparemment sans histoire mène une double vie, dissolue, accumulant les amants qui l'exploitent et la bafouent. Devenue au terme de sa déchéance alcoolique et poitrinaire, elle meurt sur un grabat à l'hôpital, ce qui, ce beau portrait de femme, plut évidemment beaucoup à notre inspecteur qui dit son enthousiasme dans le *Salut public* du 24 février 1865 : « À ceux qui prétendent que MM. de Goncourt ont été trop loin, je répondrai qu'il ne saurait en principe y avoir de limite dans l'étude de la vérité. » Mais qu'il vous ait assimilée à une domestique prouve qu'il connaissait votre vie passée et donc que sa réflexion est postérieure à son débat moral au moment de franchir le col. Et puis son délabrement physique et mental ne lui permettait certainement pas de disserter sur l'héroïne des frères Goncourt. Pourquoi n'avoue-t-il pas que cette femme qui s'accrochait à lui comme à une bouée de sauvetage lui plaisait ? qu'il en était flatté ? et que les circonstances de toute manière échappaient à tout raisonnement sensé ?)

« Mais pour l'heure, ce futur hypothétique n'était sans doute pas sa préoccupation première. Comme je percevais sa respiration rapide dans mon dos alors que nous finissions d'escalader le dernier raidillon conduisant à la passe, je comprenais qu'elle dépensait toutes ses forces pour mettre de la distance entre elle et ses compagnons de voyage. Il m'apparut alors que ce qu'elle fuyait avec autant d'énergie, c'était elle. Depuis qu'elle m'avait ramassé presque agonisant sur le bord de la route, je l'avais rangée, à sa mise élégante et soignée, aux côtés de ces femmes de la bourgeoisie bien-pensante que j'avais vues se conduire comme des harpies tandis que les chiens de garde versaillais, qui avaient du mal à les contenir, escortaient les colonnes misérables de prisonniers, exténués de fatigue et de privations, jusqu'au lieu de leur supplice. À travers les ruelles qui nous conduisaient aux jardins du Luxembourg, elles nous insultaient, nous jetaient de la poussière, nous frappaient de leur ombrelle. Certaines même allaient jusqu'à nous cracher dessus pour bien nous manifester leur dégoût. Je l'avais assimilée à ces dames de charité qui, après avoir fait justice, s'en retournaient chez elles, offusquées, prendre le thé et dénoncer en termes châtiés les mauvaises mœurs de cette canaille. Je commençais à reconnaître mon erreur. J'avais beau accuser mon état d'épuisement de mon manque de discernement, je comprenais que ma vision du monde, noircie par les corps martyrisés et les cris de haine, habituée aux jugements sommaires où il fallait décider vite qui était son ennemi sous peine de périr sous ses coups, m'avait aveuglé. Son geste fatal par lequel elle venait de rompre avec son milieu et dont eussent été incapables ces parfaites maîtresses de maison, la rejetait à présent du côté des réprouvés. Qu'elle le cherchât ou non, cette femme désormais était des nôtres.

« Parvenus au sommet nous nous autorisâmes une pause pour reprendre notre souffle. Comme je m'apprêtais à lui signifier que nos chemins bifurqueraient au premier village, je la vis qui suivait des yeux en contrebas la colonne étirée de ses ex-compagnons, minuscules fourmis à flanc de montagne, qui disparaissaient un à un derrière un éperon rocheux que contournait la route. Qui sait si eux aussi ne levaient pas la tête pour suivre le vol de sa robe blanche en échangeant des commentaires acerbes ? C'était d'une beauté sans nom, cette femme élégante enluminée par un soleil déclinant, posée sur ce socle de montagne qui à l'ordinaire ne voyait défiler que des bergers dépenaillés et des myriades de moutons.

« Quand la route fut à nouveau déserte, sa poitrine rosie par l'effort se soulevant toujours par saccades, elle se tourna vers moi. Sans doute à ce moment ressentit-elle crûment qu'elle avait joué sa vie sur un coup de tête comme sur un coup de dés. Après qu'on l'eut dépouillée, tout ce qu'elle possédait elle le portait sur son dos, et elle était seule face à un étranger dont elle ignorait tout et contre lequel ses compagnons l'avaient mise en garde. Et comme si cela ne suffisait pas, il était vain dans ce lieu isolé d'espérer un secours de quiconque. Sans doute s'interrogeait-elle sur son étrange conduite. Comme il me semblait qu'une vague d'anxiété assombrissait son visage, pour tenter de la rassurer : Il est encore temps, lui dis-je. Ce qui eut un effet contraire à celui escompté. Au lieu d'abonder, soulagée, dans le sens de ma proposition et de dévaler la pente sans demander son reste, elle se ressaisit et me fixa presque durement dans les yeux : Je connais le pays, dit-elle, je veillerai à ne pas vous encombrer. Je ne sus à ce moment si elle envisageait que de ce point nous nous séparions, mais alors que quelques instants auparavant cette résolution me semblait la seule responsable, soudain cette perspective, ce retour à la solitude, me glaça. Et détournant les yeux pour n'avoir pas à supporter son regard clair : Vous ne m'encombrez pas, lui répondis-je. Je serai bien heureux que vous me guidiez. »

Octave, cette fois se montre un bon chroniqueur. À quelques mots près,

(il a dit très exactement : Vous ne m'encombrez pas, mais si nous nous séparons ici, je vous demanderai seulement de m'indiquer quel chemin vous semble pour moi le plus sûr — tout en feignant de consulter l'horizon et de dessiner mentalement une voie à travers l'enchevêtrement des montagnes.)

la scène est rapportée fidèlement. On comprend qu'elle ait imprimé durablement sa mémoire. Vous avez fait preuve d'un aplomb extraordinaire. Quand vous lui avez répliqué d'un ton ferme, qu'en substance, la région n'ayant pas de secret pour vous, vous pouviez très bien vous priver de son aide claudicante, il en fut mortifié. Non parce qu'il se sentait incapable de réussir sans vous son évasion — tant bien que mal il s'était débrouillé jusqu'ici, et on aurait encore aperçu son ombre chinoise se faufilant sous la lune — mais je suis persuadé — enfin

c'est mon interprétation, il n'est pas aussi explicite —
que dès cet instant il a craint de vous perdre, qu'il a
éprouvé contre toute raison que se sauver avait moins
d'importance que cheminer à vos côtés. Vos pas l'au-
raient-ils mené jusqu'au bagne, il n'aurait pas fait un
écart pour ne pas risquer de s'éloigner un instant de
vous. Et contrairement à ce qu'auraient laissé entendre
un Valorges et un Abeillon, je suis certain qu'il n'en
demandait pas davantage, juste le bruit de vos bottines
sur le pierrier, le frôlement de votre robe contre les
buissons, vos soupirs dans un passage difficile, un chant
sur vos lèvres.

Depuis des jours et des jours, depuis que l'échec de
la Commune était patent dont ne manquait que la date
de l'écrasement final, enfermant chaque combattant
dans un mélange de désespoir et de colère, il avait vécu
dans une absolue solitude, celle qui se confronte avec
l'imminence de la mort, où tout s'anéantit un à un,
comme des chandelles que l'on mouche, de ce qui faisait la vie. Une solitude intérieure, lourde, désenchan-
tée, au milieu d'un air empuanti par les incendies,
l'odeur de la poudre et des cadavres, des cris lancés par
des combattants affolés et des râles des blessés. Depuis
cet emballement des dernières semaines jusqu'à son
arrestation au petit matin suivie de la rafale de mitrailleuse qui le fit rentrer dans une longue agonie dont vous
l'aviez tiré comme par miracle, aucune pensée consolante n'avait traversé son esprit. Et cette percée dans
son ciel noir, cette apparition de lumière à travers la
couverture sombre de sa vie, c'était la première amorce
d'embellie depuis que son univers portait le deuil de
l'espérance. Il avait oublié ce versant souriant de l'exis-

tence, ne savait comment l'aborder, se demandait même, avec la culpabilité des survivants, s'il en avait le droit. Il comprit aussi que pour vous intéresser durablement il lui fallait se débarrasser définitivement de l'image convenue et suffisante qu'il se faisait de vous. Et comme vous ne correspondiez pas non plus à la figure des combattantes de la Commune qu'il avait l'habitude d'opposer aux femmes de la bourgeoisie, il ne sut trop, vous concernant, sur quel pied danser. Ce qu'il formula ainsi : « Cette femme ne manquait pas de me surprendre. » Litote, pour le moins. Vous l'avez bien perçu à sa façon d'éviter votre regard tout en faisant amende honorable. Ce fut une douce victoire pour vous.

Il vous demanda encore, un brin dépité, car cette fois il marquait son allégeance, si par là, en montrant du bras ce qui devait être une draille, c'était bien la bonne direction. Pour où ? fîtes-vous. Ce qui le décontenança davantage. Et manifestant clairement son agacement : Pour vous, je l'ignore. Mais pensez à quelqu'un qui aurait l'intention de rejoindre la côte languedocienne. Ce qui donne dans les cahiers : « Elle me confirma que cette direction me conduirait à travers les Cévennes jusqu'à la plaine du Languedoc. Et immédiatement je me remis en route sans me soucier de ce qu'elle avait décidé. Mais en vérité, j'avais beau simuler le détachement, je gardais une oreille sur son pas derrière moi. Je ne savais toujours pas à quoi m'en tenir. Je pensais bien qu'il était déraisonnable de cheminer ainsi de concert, mais je repoussais tout aussi énergiquement l'idée de la chasser. Je dois avouer aussi que j'entrevoyais dans quelle mesure elle pourrait m'être utile. Notamment dans ma recherche de nourriture. Car si je n'étais pas sans argent, je ne m'imaginais pas dans mon état frapper à la porte d'une maison pour négocier un morceau de pain sans qu'aussitôt on me gratifiât d'une volée de plombs.

« Quel couple étrange nous formions. Moi marchant devant, le torse nu sous ma veste, ma chemise ensanglantée, nouée autour de la taille, et si peu assuré sur mes jambes que je manquai de glisser dans une ravine, ce qui la fit réagir d'un petit ah étouffé derrière moi, mais je ne lui laissai pas le temps d'accourir car aussitôt je me remis en marche, elle, suivant quelques mètres en arrière, s'arrêtant quand je m'arrêtais, conservant cette distance entre nous quelle que fût la vitesse de mes pas, ne soufflant mot, dont je sentais le regard en permanence dans mon dos où battait la couverture roulée au bout de sa sangle, et son attitude était pour moi si incompréhensible, qu'après une heure peut-être à ce train, alors que la draille se dédoublait et que je ne savais quelle direction emprunter, je me retournai enfin, et au lieu de lui demander conseil, je ne pus m'empêcher de lui lancer : Mais enfin que cherchez-vous ? Et pour toute réponse, elle m'indiqua le chemin qui bifurquait à main droite : C'est par ici, dit-elle. »

Là, vous l'avez bien eu. J'ai adoré ce moment. Le pauvre Octave qui depuis une heure tournait et retournait dans sa tête la façon d'aborder la question qui le turlupinait, fut tellement pris au dépourvu que pour la première fois sa mise pathétique prit à vos yeux un tour comique. Il essaya pendant une poignée de secondes d'établir un lien logique entre sa demande et votre réponse, et ne trouvant rien, docilement fit volte-face et

431

reprit sa marche dans la direction par vous indiquée. Mais pas longtemps en fait. Car comme il l'écrit : « J'étais pris de vertiges, ma blessure me tourmentait à nouveau et je fus bientôt contraint de m'asseoir sur un talus. Les coudes sur les genoux, je plaçai ma tête entre mes mains en essayant de domestiquer ma douleur et de retrouver mes esprits. Elle s'était arrêtée elle aussi, se tenant toujours à distance, hésitant visiblement à s'approcher. Puis, après quelques instants, comme je ne bougeais toujours pas, j'entendis ses bottines progresser prudemment jusqu'à s'immobiliser à deux pas de moi. Je sentais sa présence. J'attrapai par un regard en dessous les fronces de sa robe tachée de vert. Elle se hasarda à avancer sa main qu'elle maintint au-dessus de mon épaule sans la poser, puis la retira précipitamment quand sortant la tête de mes mains je levai les yeux vers elle. C'est alors qu'elle me demanda si je souffrais et comme je gardais le silence, elle ajouta : M'autorisez-vous à examiner votre blessure ? Sa curieuse proposition me fit ricaner : Si vous imaginez me soigner avec des remèdes de bonne femme ? Et elle : J'ai l'habitude. Tous les enfants font de mauvaises chutes.

« De l'entendre assimiler ma blessure à une écorchure comme s'en fait un garnement qui grimpe aux arbres, me fit bondir, et je haussai le ton, sarcastique : Une sacrée chute, oui. Vingt ou trente mille morts. Je n'ai nul besoin de votre compassion. Vous étiez à Versailles, je crois. Vous arrivez trop tard. Alors laissez-moi maintenant. Et comme elle ne réagissait pas : N'avez-vous pas entendu ? Et elle : J'avais cru. Et moi, alors que ses yeux s'embuaient, m'entendant avec effroi proférer : Qu'est-ce que vous avez cru ? Participer à une partie de campagne, avec frissons garantis, en compagnie d'un assassin ivrogne ? »

C'était tellement injuste. J'ai vraiment craint alors que tout ne fût fini. C'était bien la peine : la plus belle scène du monde avec la plus belle ornithologue du monde pour que ce mufle vienne tout gâcher. Ça, un révolutionnaire ? Alors, vive la réaction. Vous vous êtes éloignée lentement, reprenant courageusement votre route, j'imagine sans même vous poser la question de savoir où aller, et il n'était pas besoin d'être fin psychologue pour deviner que vos épaules voûtées dessinaient la courbe de votre chagrin, alors que vous reteniez à petits pas vos bottines de glisser sur le sentier qui descendait au fond d'une combe. À ce moment, j'aurais volontiers abandonné Octave à son sort et, ses chances de s'en sortir sans vous devenant nulles, aux condors importés des Andes. Pour un peu j'aurais donné raison aux ignominieux Flaubert, Dumas, Du Camp et Daudet. Il a fallu que s'interpose la figure de Varlin l'admirable pour que je reprenne mes esprits. Mais vraiment quel idiot. Alors que s'offrait à lui un rêve éveillé, il trouve le moyen de le chasser en le couvrant de ses crachats. Tiens, il ne vaut pas mieux que les harpies endimanchées qui le matraquaient à coups d'ombrelle. Allez-y, les filles. Ne vous gênez pas. Ce garçon a la tête dure.

Que dit-il déjà dans ses cahiers pour justifier son incartade malheureuse ? Ah voilà : « Je crois que je ne voulais pas de sa pitié. » C'est un peu court. D'autant que cette attitude qui consiste à mépriser la pitié est souvent le fait de moralistes prétentieux, voire imbéciles. Mais j'admets que sa condition de vaincu et d'humilié l'ait rendu susceptible et méfiant. Toutefois sans lui commander de se conduire en honnête homme, il pouvait, tout en déclinant votre proposition de l'examiner, au moins vous remercier de l'attention que vous lui portiez. Il s'amende heureusement par la suite quand il prolonge sa réflexion en concédant une vanité de mâle : « Peut-être n'avais-je pas tout bonnement envie de me présenter devant cette femme séduisante en un si déplorable état. Mais je regrettai sincèrement mes propos et la violence avec laquelle je l'avais chassée. Comme elle dévalait la combe, je me remis péniblement sur pied, m'avançai sur le sentier, mis mes mains en porte-voix et puisant dans mes dernières forces lui hurlai mon pardon que l'écho se chargea de répéter. »

L'écho semble de son invention, car le terrain bien que mouvementé ne se prêtait pas à ce genre de phénomène qui réclame des falaises sur lesquelles vient rebondir le son. En revanche il a lui-même réitéré sa demande de pardon, se faisant son propre écho. Et c'est à cette seconde supplique que vous avez paru réagir, ralentissant d'abord votre marche et finissant par vous retourner. Vous aviez atteint le fond de la combe et c'était à son tour de venir à vous, ayant laissé sa couverture au pied du talus, se tenant le flanc, sa chevelure emmêlée par le vent du soir, frissonnant de fièvre et de la fraîcheur qui commençait à tomber des sommets, et vous ne bougeant pas, le regardant se précipiter maladroitement vers vous pour rattraper ses phrases malheureuses, comme s'il se dépêchait d'arriver avant elles, vous demandant ce qu'il allait bien pouvoir trouver pour renouer le charme détruit de votre envolée blanche de tout à l'heure, peu disposée à vous contenter d'un pardon sur parole, c'était à lui maintenant, à lui parvenu en chancelant jusqu'à vous, sa face bohème hagarde, mangée par la fatigue et la souffrance, vous fixant enfin, soutenant l'eau claire de vos yeux, non plus ce regard stupéfait à la descente de la diligence, mais ce regard qui découvre l'autre, l'interroge, se présente, ne se dissimule plus derrière un plissement ironique ou inquisiteur, un regard sans défense, mais qui pour vous ne suffit pas, vous attendez toujours, visage fermé, avec cette même moue que je vous avais vue place de la Gare, au Puy, et au milieu de vos pensées bruissantes, vous surprenant à identifier le sifflement joyeux sur trois ou quatre notes d'un accenteur mouchet, qui pour quelqu'un comme moi passerait pour un moineau, alors que, c'est vrai, il a le bec plus fin, la silhouette moins trapue et le chant plus mélodieux que celui sommaire, comme une sonnette, de notre oiseau de trottoir, et machinalement vous le cherchez des yeux, et aussitôt vous apercevez le petit volatile s'enfournant dans un bouquet de genêts, où doit nicher sa femelle puisque nous sommes en période de ponte, et comme vous pensez à bien observer son manège, à noter le jour, l'heure et le lieu comme vous le faites dans vos carnets d'ornithologue amateur, vous entendez alors, marmonné, ce qui vous amène à reprendre ce face à face insolite avec un inconnu déguenillé dans une combe perdue, quelque chose comme : J'ai besoin de vous, oui, quelque chose dans ce genre.

Mais vous n'êtes pas certaine d'avoir bien compris, vous interrogez votre interlocuteur du regard, regard qu'il ne peut soutenir, s'abaissant à contempler ses pauvres chaussures couvertes de poussière. Et vous : Pardon ? Et lui : Oui, je vous demande pardon. Et vous : On n'offense que soi-même. Et lui : Je vous en prie, restez. Et vous : Pourquoi ? Et lui, confirmant ce que vous aviez cru entendre : Parce que j'ai besoin de vous. Et vous : Pourquoi ? Et lui, acculé, cherchant l'inspiration dans les nuages : Parce que sans vous, ce qui, cette phrase en suspens ne vous apportant qu'un maigre éclairage, vous donne envie d'en apprendre davantage, et poussant encore votre interrogatoire : Quoi donc sans moi, il me semblait que c'est ce que vous souhaitiez, non ? Et lui, avec un air de chien battu, parvenu au bout de lui-même, acceptant cette ordalie tandis que revenant des nuages il croise en contre-jour votre chevelure en partie défaite auréolée de filaments d'or flottant au vent : Sans vous, dit-il, et à ce moment il vous faut le croire, car il n'est plus rien, son combat est achevé, il dépose les armes, et c'est vous qui recueillez ce que les versaillais n'avaient pu obtenir de lui : sa reddition. Sans vous, reprend-il, mon histoire s'arrête ici. Et il est si pitoyable, cet homme qui affirme mépriser la pitié, qui n'a entre lui et lui pas l'once d'un quant-à-soi, ni l'ombre d'une vanité, dont on apercevrait les tréfonds de l'âme comme à travers une vitre, il est si misérable dans sa façon de mettre son esprit à terre et de ployer la nuque, que vous le croyez. Et à ce moment, il me revient ce que j'avais écrit autrefois alors que j'évoquais la rencontre de mon père et de ma mère, échappant par miracle au déluge de bombes qui s'affala sur la ville de Nantes lors d'un énième conflit franco-allemand : Ouf, nous sommes sauvés. Et quand je dis nous, vous me comprenez, n'est-ce pas ?

Je dois me faire discret maintenant, m'effacer pour vous laisser vivre votre merveilleuse histoire, laquelle n'est pas très éloignée dans l'esprit, et c'est pour cette raison que je m'y suis intéressé, de la réponse que je faisais au maître du cinéma. Et c'est une curieuse impression pour moi d'avoir été une sorte de marieur, d'avoir tout organisé pour vous amener tous deux à cette rencontre, alors que je n'ai fait que rendre compte à quelques variantes près de ce qui s'est véritablement passé. Mais ce paradoxe qui me fait tenir le rôle de la mouche du coche, c'est-à-dire ce vibrion ivre de son importance qui se convainc aisément d'avoir à lui tout seul sauvé la diligence par ses encouragements, n'est en réalité qu'apparent. Chaque fois qu'il m'est arrivé par exemple de lire le récit, à travers ses deux procès notamment,

(le premier, inique, qui la conduisit au bûcher, et le second, de sa réhabilitation, voulu par Charles VII vingt-cinq ans plus tard, lequel à l'époque n'avait pas levé le petit doigt pour se porter au secours de celle qui lui avait remis les clés de son royaume, procès cette fois d'une défunte de vingt et un ans, qu'évoquent avec justesse et admiration les témoins défilant à la barre, dont ses parents, ses anciens camarades de combat, et on la voit bien mieux, dans cette suite de portraits fragmentaires, la sacrée jeune fille, que lorsqu'elle livrait ses réponses embarrassées aux savants docteurs qu'on a fait venir tout exprès de la Sorbonne et qui, parce qu'elle a eu la faiblesse un instant de se rétracter avant de revenir à sa déposition initiale, la condamneront comme relapse à illuminer de sa chair vierge la place du Vieux-Marché, à Rouen.)

de Jeanne d'Arc, qui comme Sitting Bull préférait prier pendant la bataille que se battre, et dont les talents considérables devaient tenir à l'étroit à Domrémy auprès de ses moutons, je suis traversé, en chevauchant à ses côtés, en lui déconseillant de marcher sur Paris où l'attend le trait d'arbalète qui perfore, porte de Saint-Honoré, son armure et son épaule, en la mettant en garde contre ces scélérats de Bourguignons acoquinés avec les Anglais, par cette idée que le fait de connaître son destin tragique et toutes les chausse-trapes qui inexorablement y conduisent, est le plus sûr moyen de la détourner du brasier final.

Pas par ici, ma Jeanne, vous brûlez, de préférence par là, où le froid nous saisit. Et ainsi jusqu'au moment où je tente de la convaincre de hâter le pas de son coursier avant que la herse ne s'abaisse du château de Compiègne, la laissant aux mains du vénal félon Jean de Luxembourg-Ligny qui la vendit aux Anglais, mais ne désespérant toujours pas, ne vous inquiétez pas, ma Jeanne enchaînée, vos vaillants camarades, La Hire et compagnie, préparent à la Du Guesclin l'attaque de la froide tour qui vous retient à Rouen pour vous rendre à vos glorieuses cavalcades, et c'est encore cette croyance en mes pouvoirs imaginaires qui me fait jeter un sort à la torche du bourreau pour que, par un regard que je lui lance, elle refuse de s'enflammer, et ce n'est vraiment que lorsque cet Anglais rose, dont on ne sait s'il doit son teint à sa naissance ou aux reflets des flammes, lâche, confus, que nous avons brûlé une sainte, que je me résigne : cette fois, je n'y peux rien, ma Jeanne, tout est consumé, que vos cendres retombent sur moi pour un mercredi perpétuel. Ce qui remonte à loin, cette quasi-certitude de peser sur le cours de vies déjà vécues. Enfant, j'exhortais ce lambin de Grouchy à conduire ses divisions à marche forcée pour se porter au secours de la vieille garde expirant au cœur de la plaine de Waterloo — où l'on voit que j'étais vraiment jeune alors, aujourd'hui, je conseillerais à Cadoudal, embusqué dans la rue Saint-Nicaise, de tripler la dose de poudre de sa machine infernale pour qu'il nous débarrasse au plus vite de ce dangereux petit caporal.

J'ai eu si souvent peur au cours de votre périple que la rencontre n'avorte, que pour un éboulis en travers du chemin la diligence ne s'embarque dans une autre direction, ou que des bandits stupides, conglomérat de Pieds Nickelés et de bras cassés, ne ratent lamentablement leur agression, laissant filer leur butin jusqu'à Saint-Martin-de-l'Our, que j'ai souffert au cours de votre périple autant que si j'avais dû tout organiser en prévision de ce moment où enfin vous cheminez de concert avec votre proscrit. Tout organiser c'est-à-dire : la Commune, le train, la diligence et le reste. Ce qui demande, pour que tous les éléments s'enchaînent au mieux, la précision horlogère d'un chef de gare.

Ainsi je me retire avec d'une certaine manière le sentiment du devoir accompli. Je ne me mêle plus de rien, même si, je ne vous le cache pas, j'ai quelques sujets d'inquiétude. Car je vous vois si démunis tous les deux. Vous n'avez rien à vous mettre sur le dos ni sous la dent, vous ne pouvez même pas sans être inquiétés mendier votre nourriture, et les nuits dans les Cévennes à cette hauteur sont fraîches. Et dans quel état se trouve notre pauvre Octave. Mais je suis bête, ce n'est pas à vous que je vais l'apprendre. D'ailleurs sa contrition vous a émue bien moins que son délabrement physique. Vous n'en êtes pas encore à passer l'éponge sur son attitude de tout à l'heure, quelque chose vous reste en travers de la gorge, mais cette silhouette accablée, à bout de forces, comme une voile qu'on abat, comme une vie qui s'affale, vous retient encore une fois de l'abandonner à son sort, et rebroussant chemin, un peu malgré vous, il suffit de voir vos lèvres pincées et votre front plissé, vous remontez seule la pente jusqu'au talus où vous récupérez la couverture roulée. Car il grelotte cet homme, en dépit d'une température douce encore à cette heure. Revenue près de lui toujours prostré, à demi penchée, vous dénouez la sangle et jetez le plaid malodorant sur ses épaules. Et à ce moment, m'auriez-vous consulté sur ce qu'il convenait de faire, j'aurais été bien en peine de vous conseiller.

J'ai entendu un jour un des grands capitaines d'industrie au faîte de la finance, escroc de haute volée sans doute, déclarer qu'on pouvait le déposer sans un sou, dans n'importe quel endroit de la planète, deux ans plus tard il aurait fait fortune. Ce qui m'a estomaqué, car dans mon cas, exactement au même endroit, deux ans plus tard vous retrouvez un petit tas d'os si les charognards n'ont pas fait leur œuvre de charniers ambulants. Et donc je sais bien ce que je ferais à la place d'Octave, je m'en remettrais totalement à vous. Et je ferais bien car vous avez déjà votre idée.

Sans plus attendre, sans un regard au moine tremblant sous sa chape de bure, balbutiant un remerciement fiévreux et honteux, vous passez devant lui et prenez résolument la tête de la petite caravane branlante, gravissez le raidillon pour sortir de la combe et longez ensuite le sentier à flanc de montagne, encombré de genévriers. Votre robe blanche souffre de cette compagnie, que vous arrachez sans précaution aux longues épines, mais vous vous en moquez. Même vos bottines, qui de temps en temps s'inclinent pour s'être imprudemment posées sur une pierre, ne ralentissent que le temps d'une boiterie votre marche. Un rythme trop vif pour le traînard trottinant qui lève de temps en temps les yeux vers la silhouette blanche s'envolant au milieu des fourrés. À dire le vrai, vous lui en voulez terriblement. Moins de la véhémence de ses propos qui vous chassaient que de son ton vindicatif qui semblait vous reprocher d'avoir chamboulé ses visions d'horreur, qui déplorait que vous l'ayez arraché à ses lamentations. Votre ressentiment, tandis que vous écartez sans ménagement les rameaux qui enjambent le sentier, vous le mettez à macérer, l'écrasant à chaque enjambée, prévoyant à votre tour de vous débarrasser de l'ingrat. Voilà, vous le laisserez entre des mains secourables et après, bonsoir monsieur, je vous laisse à vos chers cauchemars. Et vous, eh bien, vous serez libre, libre comme jamais, enfin libre. Mais libre de quoi, au fait ? Qu'advient-il ensuite de vous ? Et d'abord à quoi ressemblera ce vous inédit, sans la contingence d'un homme, sans les règles de la bonne société qui évitent chaque matin d'avoir à se poser la question : comment va se dérouler ma journée, tant le programme se reproduit chaque jour identique à lui-même, un vous inusité qui vous effraie soudain, qui vous rend étrangère à vous-même, et dont vous ne savez même s'il existe vraiment. Ne serait-ce pas plutôt un vous rêvé, sans consistance, une création de votre imaginaire pour vous aider à traverser l'ennui de vote vie ?

Et soudain la réalité de votre situation vous rattrape, que vous aviez congédiée avec superbe pour vous jouer à vous-même la plus belle scène du monde en lançant au nez et à la barbe de vos compatriotes un Bon appétit messieurs, fringant et réjouissant. Car après, après que vous aurez congédié votre chaperon révolutionnaire, que vous n'aurez plus à vous soucier de sa santé moribonde, que vous tiendrez votre destin en main, qu'est-ce que vous devenez en femme libre ? Vous entrevoyez avec effarement un statut de répudiée sous les quolibets et les injures, le triste déroulé de la solitude, les innombrables difficultés d'une laborieuse subsistance. Vous entendez la voix narquoise de Monastier : Tu es libre de partir, ma petite. Vous rejoignez la cohorte des filles perdues qui donnent leur nom à des romans terrifiants. Et ayant escaladé un talus, parvenue sur un plateau coloré de digitales, de verges d'or, de reines-des-prés, à la vue de cette palette jaune et rose doucement agitée par le vent, vous vous sentez rougir en repensant à votre extravagant comportement. Qu'est-ce qu'il vous a pris de vous accrocher à cette épave d'homme comme à une planche de salut, aux seuls motifs qu'il vous était redevable et qu'il avait paru prendre votre défense en labourant le tibia du vif-argent ? Quand lui n'a rien demandé, n'a pas même cherché à profiter de la situation, alors que sa faiblesse est telle qu'il eût été plus simple pour lui de s'en remettre à vous, comme moi je l'aurais fait si vous étiez passée dans cet endroit du monde où je n'aurais jamais fait fortune, juste avant que je ne le marque du cairn de mes os.

Vous avez honte soudain de vos aigres griefs. Vous vous rappelez que cet homme à demi exsangue a trouvé suffisamment de forces pour empêcher le vif-argent de vous traiter comme toute une théorie de Monastier et consorts, c'est-à-dire comme on s'autorise aussi négligemment une tape sur le crâne d'un chien ou de passer la main sous la robe d'une servante. Et c'est le même qui s'est battu contre la loi des nantis pour expulser la misère du monde et redonner sa dignité à chacun. Ce qui confère alors un tout autre sens au coup de pied magistral qui fit s'évanouir votre peur. Et pour la première fois depuis que sa silhouette sombre a retenu votre attention à flanc de coteau, il vous semble le connaître un peu, cet homme. Il vous vient alors l'envie de le regarder avec cet œil nouveau, et ayant mis un frein à votre marche frénétique, vous vous retournez.

L'ascension du raidillon l'a laissé loin en arrière, il arrive péniblement jusqu'à vous, votre pitoyable sauveteur venu du fond de l'horreur, au milieu des fleurs de juin, la tête penchée, camouflée derrière le rideau de ses cheveux noirs, sa cape brune balayant les digitales. Il s'arrête à quelques pas de vous si essoufflé que vous lui proposez de faire une pause, nous avons un peu de temps avant la nuit, les jours sont longs en cette période. Et vous levez les yeux vers le ciel d'un bleu laiteux où flottent quelques nuages grisonnants qui ne présentent pas un danger immédiat. Oui, nous avons un peu de temps, mais peut-être pourrions-nous d'abord avancer jusqu'à l'extrémité du plateau. Car vous avez besoin de sa position dominante pour faire le point. Vous avez quelque chose à vérifier. Ça ira ? Oui, ça ira, ça ira. Et vous portant à sa hauteur, vous reprenez votre progression hésitante, le champ de fleurs vous autorisant cette marche frontale de deux promeneurs devisant en silence, réglant votre pas sur le sien pour ne pas le fatiguer davantage, vigilante, prête à lui agripper le bras en cas de défaillance. Et à cet instant vous êtes illuminée par une sorte d'évidence : cet homme en haillons est votre compagnon.

Au moment où le plateau s'incline, vous l'installez sur une banquette de pierre en lui demandant de vous attendre quelques minutes, et docilement il s'assoit, le dôme de sa couverture se confondant avec les rochers voûtés, et il vous voit sillonner le bord du plateau où souffle un vent plus violent, qui enroule votre robe autour de vos jambes, vous obligeant à la dégager tandis que vous scrutez avec attention les âpres collines du Gévaudan aux crêtes plongées dans un crépuscule violacé. Et puis vous revenez vers lui. Vous avez abandonné vos lèvres pincées qui vous faisaient marcher si vite. Vous avez l'air satisfait de celle qui ne rentre pas bre-

444

douille. Vous vous accroupissez devant cette sorte de berger épuisé enroulé dans sa cape, et vous lui glissez que vous avez une bonne nouvelle à lui annoncer. Pour moi, c'est que vous avez retrouvé votre beau sourire lumineux, pour lui, c'est qu'il trouvera refuge et réconfort à Notre-Dame-des-Neiges. Nous n'en sommes plus très loin à présent. Les quelques religieux reclus ne poseront pas de questions, et ils vous offriront un repas et une cellule pour la nuit. Mais lui secoue lentement ses cheveux qui balaient son visage, puis vous fixe droit dans les yeux. Non, dit-il, pas sans vous. Mais ils ne m'accepteront pas. Dès qu'ils croisent une femme, ces hommes-là s'enfuient en criant au diable. Elle ne pourra que s'approcher, vous laisser à l'entrée. Non, il secoue toujours la masse de ses cheveux. Pas sans vous. D'ailleurs il n'a aucune confiance en ces gens. Et il a raison, c'est un prêtre qui dénonça Varlin l'admirable. Les curés ont la rancœur tenace, qui, depuis l'exécution de l'archevêque Darboy et de quelques religieux, en veulent à mort aux communeux.

C'est vrai que ces derniers en ont passé quelques-uns par les armes, notamment rue Haxo à Belleville, et il est indubitable aussi que nous aurions préféré qu'ils s'en abstinssent, mais nous sommes le 26 mai, pendant la semaine sanglante, alors que les versaillais qui enlèvent Paris quartier par quartier, aussitôt la barricade enlevée, massacrent, exécutent, se conduisent comme les soldats de Sheridan ou de Custer investissant au même moment de l'autre côté de l'Atlantique les villages indiens, avec la même violence exubérante puisqu'elle répond à un ordre garantissant l'impunité pour tous les actes commis. Pas de différence. Il ne fait pas meilleur d'être communeux que cheyenne, ou arabe, ou annamite. Et pourtant Eugène Varlin tenta encore une fois de s'interposer pour épargner les otages, mais que pouvait-il contre une foule exaspérée à laquelle la République n'avait rien de mieux à proposer que l'écrasement dans le sang de ses aspirations ? Et puis il faut reconnaître, et Octave vous l'expliquera mieux que moi, que les dirigeants de la Commune étaient traversés par un fort courant jacobin qui préconisait un retour au régime de terreur de 1793. Ce sont eux, les blanquistes, les nostalgiques de Robespierre, qui, dans les derniers temps de la Commune, souhaitèrent la création d'un Comité de salut public de sinistre mémoire, auquel s'opposèrent les véritables fédérés, qui rêvaient d'un réseau de villes autonomes, Varlin, Vallès, Lissagaray, Courbet et toutes les plus belles figures de l'insurrection parisienne dont, à un degré moindre, mais de leur bord, votre Octave — sinon, je ne me serais pas démené comme je l'ai fait pour que son train arrive à l'heure en gare du Puy. Autrement, croyez-moi, je l'aurais mis dans le suivant.

Du côté des jacobins, on trouvait par exemple Rigault qui, à vingt-quatre ans, avait, au dire du vieux Blanqui lui-même, l'homme de tous les coups durs depuis 1827, affichant plus de vingt-cinq ans de prison pour ses activités révolutionnaires, l'âme d'un policier. Tout ce qu'on déteste. Vous n'imaginez pas le mal que vont faire ces gens, ces policiers dans l'âme devenus commissaires politiques, pendant tout le xxe siècle. Ce sont eux, les fidèles de l'Enfermé, Rigault, Ferré, qui commandèrent l'exécution des otages, au nom du bonheur du peuple sans doute. L'Admirable qui n'a pu empêcher l'irrémédiable, se prépare dès lors à mourir. Il y a quelque chose de pourri au royaume des insurgés. Et c'est un prêtre qui va se charger de la sale besogne, en le dénonçant aux officiers, après qu'il l'eut reconnu, hébété de fatigue, sur son banc de la place Cadet, attendant dans une sorte d'indifférence la sentence.

Alors les prélats, vous comprenez que pour votre compagnon ils ne sont pas nécessairement synonymes de salut et de bonté. Mais vous insistez, il a besoin de reprendre des forces, et ce sera oui, dit-il, malgré toutes ses préventions, à condition que vous l'autorisiez à jouer la comédie, c'est-à-dire qu'au réfectoire il s'emplira les poches et dès son lever de table se précipitera vers la sortie pour vous retrouver et partager la nourriture. Mais non, il faut rester, ils vous soigneront aussi. La tête continue son mouvement de négation. Je ne vous laisserai pas seule dans la montagne. Il fera comme il a dit. Vous aussi devez avoir faim. Ou bien il n'ira pas. Alors devant son obstination, vous acceptez, et quelque chose vous dit que vous aviez vu juste sur cet homme, que cette silhouette sombre au loin ne vous avait pas menti. Vous pouvez avoir confiance en vous, en votre jugement. Désormais vous vous écouterez davantage. Ce que vous dira votre conscience, vous en tiendrez compte, au lieu de le balayer d'un : ma pauvre Constance, qu'est-ce que tu t'imagines, qui a constitué jusqu'alors le périmètre à ne pas franchir, au-delà duquel on vous a convaincue que vous n'étiez que divagations et sottises. C'est oui, dites-vous, mais à une autre condition, c'est qu'il vous autorise à examiner sa blessure, il faut la nettoyer, et puis vous voyez cette fleur jaune, cette « plante aux feuilles basales, raides, disposées en rosette, d'où monte une tige ramifiée ou non », oui, eh bien ? c'est de l'arnica. Ah. Je commence à saisir.

De l'extrémité du plateau, on surplombe l'abbaye de Notre-Dame-des-Neiges, occupant le fond d'un vallon, vaste ensemble de hauts bâtiments conventuels, disposés en rectangle, enserrant un jardin rigoureusement dessiné au centre duquel coule une fontaine surmontée d'une statue — en réalité, une Vierge noire —, et où se meuvent de petites silhouettes encapuchonnées, blanches et brunes. Et pour mes contemporains qui avanceraient en ricanant qu'elle est bâtie à flanc de montagne et que cette délocalisation en forme de glissade démontre bien que votre histoire est mensongère, je précise que le bâtiment que vous avez sous les yeux a été détruit par un incendie en 1912, et que les pierres de sa façade furent soigneusement remontées, à l'identique, non plus au creux de la vallée, trop humide, mais plus haut, au soleil, et que l'architecte en fut le chanoine de Mende et qu'on ne lui en voudra pas d'avoir convoqué frère Soleil pour adoucir les règles sévères de maître Bernard. Mais hors les occupants, rien de cistercien, ici, du moins selon l'idée qu'on s'en fait, c'est-à-dire rien qui évoque les joyaux de pierre au milieu des lavandes et des chênes-lièges, Sénanque, Silvacane, Le

Thoronet, érigés selon les lois mathématiques du prince de Clairvaux. C'est de l'architecture congréganiste assez moche, de style incertain, disons néo-Contre-Réforme comme on en rencontre dans ma région qui a accouché des sœurs de Saint-Gildas et des frères de Ploërmel. Et la parenté de style s'explique aisément, la construction est contemporaine de ce regain de prosélytisme religieux, qui remonte à une vingtaine d'années.

Elle n'est pour l'heure, et pour trois années encore, qu'un prieuré, c'est-à-dire qu'elle n'est pas dirigée par un père abbé, et qu'elle dépend d'une abbaye mère. Ceci, c'est de la cuisine interne à l'organisation monastique, mais je ne crois pas qu'il faille imaginer qu'on s'y amuse davantage sous prétexte que le chef n'est pas présent. Ce sont des trappistes, tout de même. Ce qui n'inspire que modérément Octave qui note qu'en entendant la cloche de la chapelle annonçant il ne sait quel appel à la prière, il se raidit, que son dégoût profond pour ces serviteurs du pouvoir, toujours prêts au nom du Tout-Puissant à bénir les troupes et les canons, le retient un moment de suivre son plan initial, et que s'il accepte finalement de se lancer dans cette aventure spirituelle c'est bien pour assurer le repas de sa compagne. Vous l'avez convaincu qu'il ne pouvait se présenter dans cet état, pour ne pas affoler les maîtres du silence, et vous l'avez forcé à enfiler de nouveau sa chemise, mais en boutonnant jusqu'au plus haut sa veste, de manière qu'on n'aperçoive que le col. La blancheur n'en est pas impeccable, du moins n'y voit-on aucune trace de sang. Il pourra faire illusion. Et comme un bandage est toujours nécessaire autour de sa taille pour presser contre la plaie votre préparation, vous n'avez pas hésité. Comme vous aviez fait halte dans un bois de pins, vous vous êtes écartée, glissée derrière un fourré, et quand vous êtes revenue en exhibant de larges lanières brodées, nous avons compris que vous veniez de sacrifier votre jupon. Ce fut au tour de votre moine convers de rougir : « Alors qu'elle marchait devant moi, sa silhouette s'était affinée, la partie tout à l'heure bouffante de sa robe épousait à présent de plus près la ligne de ses hanches. »

Il n'a rien oublié de ce qui a précédé. Il est peut-être au moment où il écrit, dans un quartier populeux du Caire, dans ce cube d'adobe sommairement aménagé sur un toit-terrasse, dont il nous fait plus loin l'inventaire et qui sera pendant plusieurs mois sa demeure, c'est-à-dire qu'il subit la chaleur étouffante, qu'il se bat avec les insectes, que son matelas est infesté de cafards, que la flamme de sa lampe dégage une odeur d'huile rance, que les bruits de la ville grouillante l'empêchent de se concentrer, pourtant dans ses lignes il est à nouveau au cœur des Cévennes, dévalant à vos côtés la pente qui conduit à Notre-Dame-des-Neiges. « Elle tenait dans sa main un bouquet de fleurs jaunes qu'elle avait cueillies sur le plateau et dont elle prétendait que pressées sur ma blessure elles contribueraient à sa guérison. »

Je me suis documenté sur les propriétés de l'arnica : « Ses fleurs sont utilisées à des fins médicinales sous la forme d'huile aux propriétés cicatrisantes et antiseptiques », vous saviez ce que vous faisiez, et je repense amusé à l'incrédulité d'Octave, plié en deux sur son rocher, alors que vous aviez entrepris votre cueillette sur le plateau fleuri. Mais qu'est-ce qu'il lui prend ? Est-ce bien le moment d'herboriser ? Est-ce, cette composition florale, pour que le vagabond qui s'invite au souper des moines ne se présente pas les mains vides devant le portier de l'abbaye ? Il vous prenait seulement que vous n'aviez rien perdu des leçons de nature de votre père.

« Comme nous redescendions lentement du plateau, et que les secousses dues à la pente, lorsque le corps retombe de tout son poids sur le talon, me causaient une vive douleur, elle me demanda encore une fois la permission de regarder ma blessure. J'hésitais toujours dans la crainte d'avoir à m'expliquer, redoutant sa réaction. Mais elle insista. Je vous en prie, dit-elle. Nous devions désormais, au vu des difficultés qui nous attendaient, nous faire mutuellement confiance, nous aider l'un l'autre. Elle aussi avait besoin de moi. Ce qui, dans l'état pitoyable qui était le mien, se présentait comme une nouvelle illustration de la fable de l'aveugle et du paralytique, dans laquelle le même homme eût été aveugle et paralytique. Mais je comprenais ce qu'elle cherchait à me dire. Sa situation au fond n'était guère plus brillante que la mienne. Et je me surpris à penser que je n'étais peut-être pas des deux le plus mal en point. Comme nous traversions un bois de pins et qu'un filet d'eau traversait le sentier, elle m'expliqua qu'elle remonterait son maigre cours jusqu'à sa source et elle me demandait de l'attendre. Je vis avec émotion sa silhouette élancée disparaître entre les pins en empoignant sa robe comme je l'avais vue faire à plusieurs reprises dans le franchissement de passages difficiles. Cette femme était une splendeur. Il me vint à l'esprit qu'elle eût été une formidable recrue pour notre pauvre

Paris martyrisé. Je l'imaginais derrière les barricades secourant les blessés, ayant pour chacun un mot de réconfort, encourageant les défaillants, organisant la manœuvre, et ne manifestant sa fatigue qu'en relevant du dos de sa main une mèche sur son front.

« Le débit de la source, bien que faible, était suffisant selon elle pour procéder à ma toilette chirurgicale et elle me demanda, sans dissimuler sa gêne, si j'acceptais d'ôter ma veste et de défaire mon bandage. Ce que je fis. Puis comme à la vue de ma plaie elle pressait sa main contre sa bouche : "Ne vous inquiétez pas, lui dis-je, guettant sa réaction, ce n'est rien, juste une vilaine éraflure." Et comme elle me dévisageait d'un air presque suppliant, peu disposée à gober mes sornettes, comme si j'écornais déjà notre pacte de confiance, il m'apparut que je ne pouvais lui cacher plus longtemps la vérité. J'ajoutai en fixant ses beaux yeux clairs, appréhendant dans le même temps de la perdre : "La balle a traversé de part en part. Il n'est pas besoin d'avoir fait des études poussées de médecine pour savoir qu'à cet endroit elle n'a rencontré aucun organe vital." »

Où l'on voit qu'Octave se présente toujours en meilleure posture qu'il n'était. Beau parleur jusque dans son agonie. Mais c'est là qu'il faut sans doute soupeser le poids de la fiction romanesque et de la prose gourmée de son temps dès lors que le moi se met en scène. Car ce corps d'une effroyable maigreur n'était évidemment pas en mesure de fanfaronner. Vous l'avez forcé à s'allonger sur la couverture malodorante que vous aviez étalée sur le sol jonché d'aiguilles de pin. Et il se laissa faire comme un enfant. Il est exact qu'il vous confia la cause de sa blessure, mais je doute qu'il ait craint à ce moment de vous perdre. De toute manière, balle ou baïonnette, vous aviez déjà deviné qu'il ne fallait pas incriminer une mauvaise chute sur les pavés. Votre première pensée, lorsque vous aviez découvert pour la première fois sa chemise ensanglantée sur le carré d'herbe, avait même été d'en rendre responsable une rixe à couteaux tirés. C'est dire que cette blessure due à une fusillade acquérait ainsi une sorte de noblesse.

Après avoir remonté jusqu'à la source et trempé votre foulard dans la petite vasque creusée par l'eau suintant de la roche, vous avez entrepris de nettoyer sa plaie qui était maculée de sang coagulé, formant des croûtes qui se diluaient en de fines rigoles d'un brun rosacé, découvrant la blancheur de la peau. Alors qu'il se contractait, vous vous êtes inquiétée. Ce n'est rien, souffla-t-il, continuez. Dans ses cahiers il revoit votre front plissé, studieux, le flamboiement de votre chevelure dans la poudre dorée de la lumière du soir traversant la ramure des pins, et dont il eut tout loisir de détailler les nuances, notant jusqu'aux épingles qui retenaient vos mèches de s'étaler sur son buste squelettique. Car tandis que vous êtes penchée sur votre ouvrage, dégageant à présent avec mille délicatesses les bords de la perforation — ainsi la mort se faufile par des trous de souris, à peine une boutonnière —, il vous observe entre deux mimiques grimaçantes, trouvant la vie de plus en plus étrange : comment cette tendre intimité entre deux inconnus dans un sous-bois des Cévennes pouvait-elle être la suite logique de la tragédie parisienne ? Comment la vie s'y prenait-elle pour enchaîner en l'espace de quelques jours la barbarie la plus grande et la plus exquise douceur ?

Et vous ? Par quoi êtes-vous traversée, affairée à raccommoder cet homme dont vous ne savez même pas le nom ? Vous êtes si concentrée que vous ne paraissez pas entendre le raffut des oiseaux dans le sous-bois, qui a repris, rassuré, depuis que vous composez avec votre compagnon un tableau immobile, comme des mannequins de cire commémorant en ce lieu une scène mémorable, vous penchée au-dessus de votre gisant. Un instant, après que vous vous êtes à nouveau inquiétée : Vous ai-je fait mal ? et que vous avez surpris son regard porté sur vous, vous avez paru tendre l'oreille à la musique de vos compagnons, mais je ne jurerais pas qu'ils en aient été la raison. C'était davantage une manière d'évitement. D'ailleurs sitôt après vous vous êtes redressée. Vous avez repris sans un mot le sentier de la source — « l'avais-je froissée ? » note Octave. Mais non, puisque c'est à ce moment que vous avez sacrifié votre jupon. Et cet effeuillage à distance, qui n'eut d'autres témoins que les oiseaux, apportait une drôle de réponse à sa peur d'avoir été inconvenant en vous déshabillant du regard.

À votre retour vous avez détaché une à une les fleurs jaunes de leurs tiges, vous les avez écrasées dans vos mains jusqu'à en faire une pâte huileuse que vous avez étalée sur sa plaie. Et avec les bandes découpées de vos dessous, vous avez entouré sa taille comme le feraient les bras d'une femme aimante.

455

Je voudrais remercier un prénom, a-t-il dit, alors que vous en aviez terminé avec vos soins, qu'il était debout face à vous, sa veste boutonnée ne laissant voir de sa chemise que le col qui lui donnait l'air d'un jeune professeur, même si vous saviez qu'en dessous, ce n'était qu'un suaire sanguinolent. Et ce fut, cette demande venant de lui, beaucoup plus intimidant que votre déshabillage clandestin. Vous avez mordillé votre lèvre inférieure, cherché de l'aide auprès des oiseaux, et vos yeux démesurément ouverts retenaient un formidable sanglot. Souvent vous aviez été ennuyée de n'avoir pas de réponses à apporter, déplorant votre ignorance, regrettant de n'avoir pas fait d'études, ne connaissant du monde que les leçons de choses de votre père, l'enseignement sélectif de la première Mme Monastier et le travail de la soie, et là, alors qu'on ne peut envisager de question plus simple, vous vous sentez comme une écolière dépourvue, qui pourtant s'est récité le matin même sa poésie par cœur, dont tous les mots s'impriment dans son esprit, mais qui au moment clé se refusent à sortir.

Les séances imposées par votre époux ne vous ont jamais dénudée à ce point. C'était de la peur, du dégoût, de l'aversion qui vous traversaient, mais jamais vous n'avez éprouvé ce sentiment d'absolue nudité comme à l'instant de dire à cet homme l'intimité préservée de votre prénom. Il faut voir vos bras qui se croisent sur votre poitrine comme si elle était exposée dévoilée à tous les regards, vos mains qui agrippent vos épaules, vos yeux qui s'abaissent à présent. « J'aurais aimé la prendre dans mes bras, note votre biographe, la rassurer, lui dire qu'elle n'avait plus à craindre désormais, mais je savais que je n'en n'avais pas le droit, n'ayant rien à lui offrir. Et pour mettre un terme à sa torture, je pris les devants : Moi, c'est Octave, lui dis-je. » Dès lors, ce fut facile pour vous. Et dans un beau sourire soulagé vous avez fait don de votre prénom.

Il n'y eut pas de commentaires, vous vous êtes tous deux remis en marche, à pas prudents, dans la direction de l'abbaye, mais ce qu'en a pensé votre opéré et que sur le moment de la révélation il a gardé pour lui, on peut le lire dans ses confessions : « Nulle mieux qu'elle ne pouvait porter ce prénom et aucun autre ne lui aurait mieux convenu. » Il ajoute qu'il lui commandait aussi de ne pas vous décevoir et qu'il se sentait davantage encore votre obligé.

C'est plus tard dans la soirée, sous une clarté lunaire, alors que vous attendiez son retour de l'abbaye ainsi qu'entre vous vous en étiez convenus, que vous avez reçu le dividende de cette mise à la question de votre prénom. Vous avez entendu appeler Constance dans la pénombre. Vous auriez pu répondre immédiatement, mais ce fut une musique si douce que vous avez fait la sourde oreille pour le plaisir de l'entendre une seconde fois, articulé par cette voix-là. Mais la seconde fois, le ton se fit plus anxieux, de sorte que vous êtes sortie précipitamment du taillis en lisière du bois de pins et que vous avez couru vers une ombre.

Peut-être faut-il en accuser le vin, sans doute l'horrible piquette dont une chanson contemporaine prétend qu'elle « faisait des centenaires à ne plus savoir qu'en faire », ce qui n'est pas tout à fait exact, car à Notre-Dame-des-Neiges, en dépit d'une vie frugale, les moines, les registres de l'abbaye l'attestent, ne faisaient pas de vieux os, ou étaient-ils trop sobres, oui, peut-être cette légère griserie provoquée par votre cocktail nocturne où entraient à parts égales les degrés de la boisson, le vélum étoilé, la nappe d'herbe et le grain de la voix de votre maître d'hôtel.

Si vous voulez bien passer à table, avait dit un Octave cérémonieux en sortant de ses poches le fruit de ses rapines, ce qu'il avait réussi à glaner dans le réfectoire des moines, dépliant dans sa main, avec la grâce d'un magicien, une serviette qui enveloppait un morceau de viande bouillie, du fromage, du pain et quelques châtaignes, certifiant qu'il avait soupé, que tout était pour vous, puis tirant un flacon de vin de sous sa veste, ajoutant timidement, comme s'il craignait que vous n'interprétiez mal son geste : À la beauté des étoiles. Et vous n'aviez pas éprouvé le besoin de lever les yeux. Vous aviez appris à les reconnaître dans les pages d'un livre, pour le plaisir de prolonger seule avec votre Louis les soirées dans le jardin, lorsque tous deux le nez en l'air vous récitiez la litanie des constellations et jouiez à qui les repérerait en premier dans la profondeur voûtée des ténèbres. Vous auriez pu pointer un doigt en direction d'Orion, montrer à votre compagnon la petite Lyre à proximité d'Hercule et du Cygne, mais c'était inutile car aujourd'hui le ciel tout entier tenait dans sa main, la manne qui en était tombée il l'avait recueillie dans les plis de sa serviette, et comme vous répétiez après lui d'une voix presque chuchotée : Oui, à la beauté des étoiles, la nuit complice à ce moment vous a empêchée de dévoiler votre rougeur quand soudain vous avez deviné que le compliment s'adressait moins aux objets célestes qu'à vous.

Alors que vous aviez installé votre bivouac dans une clairière au milieu de hauts sapins qui dressaient un cirque noir autour de vous, vous lui avez confié, après en avoir terminé avec votre pique-nique princier de chemineau sur votre nappe de lune, que c'était le meilleur repas de votre vie, et pour vous donner une contenance vous avez de la main chassé quelques miettes imaginaires sur votre plastron. Il en fut touché, flatté aussi puisqu'il le note dans ses cahiers, ajoutant qu'il en avait été de même pour lui : « Je lui racontai à ce moment que mon repas avait pourtant bien mal débuté puisque j'avais dû le partager à l'abbaye avec une tablée de retraitants, parmi lesquels le curé de notre diligence, qui m'apercevant avait eu une telle expression d'effroi que je n'aurais pas été autrement surpris s'il s'était précipité une fiole d'eau bénite à la main pour m'en asperger en criant *Vade retro, Satana.* J'avais hésité jusque-là à lui parler de ma rencontre avec le prélat, le rappel des événements qui nous avaient conduits à cette étrange situation risquant de rompre le charme de notre souper aux étoiles. De fait, alors qu'elle avait entrepris d'arracher des touffes de fougères pour se confectionner un matelas — et elle y mettait une telle ardeur et un tel naturel qu'on aurait pu croire qu'elle refaisait le même geste chaque soir —, elle s'arrêta de faner. "Vous a-t-il parlé de moi ?" s'informa-t-elle. Je lui répondis qu'il m'avait effectivement demandé d'un ton soupçonneux : "Qu'avez-vous fait de la jeune femme ?", et qu'il craignait très certainement que je ne l'eusse jetée dans un ravin après avoir abusé d'elle. "Y avez-vous songé ?" fit-elle en me dévisageant, les sourcils froncés. "Je reconnais que j'ai eu des torts envers vous, mais je m'incline devant le saint homme, lui répliquai-je. Je suis loin d'avoir sa force d'imagination. En d'autres temps j'aurais tout fait pour accréditer ses soupçons, ne serait-ce que pour le voir s'étrangler d'indignation, ce qui eût donc passé pour un suicide, mais il semblait sincèrement se faire du souci pour vous. Peut-être parce que vous lui aviez rappelé son manquement à ses devoirs de charité. Ou plus simplement était-il sensible à vos charmes."

« Je lui ai donc répondu qu'il n'avait pas à s'inquiéter, que pour vous tout allait bien. Et alors que j'emballais quelques provisions : C'est à son intention, lui dis-je. Et il s'excusa d'en avoir terminé avec son repas, quand il aurait volontiers ajouté sa part à votre pique-nique. Et la raison de son attitude, je la compris lorsqu'il me confia en partant qu'il n'aurait pas aimé vous savoir seule avec certains individus, ce qui ne laissa pas de me surprendre. Curieusement, bien qu'ayant paru approuver toutes les critiques ordurières qui s'étaient abattues sur mes compagnons de la Commune, c'est à moi, le réprouvé, qu'il faisait confiance. Pourtant la presse bien-pensante ne s'était pas privée de colporter les plus abjects ragots sur de prétendues bacchanales parisiennes, quand, au lieu de ces orgies annoncées, nous nous préoccupions surtout de ne pas mourir de faim. Je n'ai pas apprécié les propos qu'ils ont tenus après son départ, me dit-il. »

Je peux les deviner, avez-vous simplement commenté en reprenant rageusement, m'a-t-il semblé, votre labeur de matelassier.

Et donc oui, peut-être convient-il d'accuser ce vin guilleret tiré des vignes du Seigneur, mais alors que vous étiez enfouie sous votre couche de fougères, et que le silence n'était plus troublé que par le vent dans les ramures qui faisait cliqueter les palmes des sapins, que les oiseaux s'étaient tus depuis longtemps, à part une pauvre chouette noctambule, ou était-ce un hibou, mais comme vous n'avez pas relevé je suis bien incapable de faire la différence, que les étoiles clignotaient très loin au-dessus de vous qu'à la manière d'un puzzle vous disposiez machinalement dans votre carte du ciel, après avoir proposé sans succès de faire un feu pour lutter contre la fraîcheur des nuits cévenoles et vous être rangée à ses raisons — il n'était pas nécessaire de se faire remarquer —, profitant de la clarté nocturne, vous vous êtes soudain enhardie à demander à votre hôte des bois enroulée à deux longueurs de bras dans sa couverture malodorante, s'il accepterait, mais bien sûr vous comprendriez qu'il refuse, s'il accepterait, parce que beaucoup de choses vous ont échappé et que vous avez beaucoup à apprendre sur le monde dont vous ne savez presque rien, hormis le nom des étoiles, des oiseaux, et l'étrange comportement de certains hommes, s'il accepterait de vous en dire davantage sur sa blessure, à savoir comment, pourquoi, dans quelles circonstances, et qui sont ceux-là qui s'amusent avec les vies humaines comme avec des perdreaux. Mais avant, il a entendu votre voix douce s'inquiéter : Souffrez-vous encore ?

Vous avez cru d'abord qu'il faisait la sourde oreille, ou peut-être dormait-il, mais c'était peu probable. Son esprit était aussi agité que le vôtre. Il s'est ainsi passé de longues secondes pendant lesquelles vous avez fixé la masse allongée de la couverture qui dans la pénombre pouvait passer pour une branche volumineuse jetée à terre, ou pour un cheval mort. Vous avez guetté sa respiration, épié ses moindres mouvements. Vous lui en avez voulu de vous laisser sans réponse, de son manque de confiance et de considération, car vous étiez prête à tout entendre, vous aviez débarrassé votre cerveau des commentaires désagréables proférés par vos ex-compagnons de voyage, vous y aviez fait place nette pour recevoir sa version des faits, celle que vous étiez disposée à adopter, et il paraissait ne pas vous en juger digne ou capable de comprendre, vous prenant pour une sotte. Puis la couverture a bougé, et vous n'avez pas osé lui faire répéter, mais il vous a bien semblé en recomposant les bribes de mots qui vous sont parvenus dans un souffle qu'ils disaient ceci : C'était une boucherie.

Et comme vous avez craint qu'il ne vous abandonne en vous laissant en bordure de rêve avec un étalage de carcasses suspendues à des crocs, de hachoirs fendant des quartiers de viande, de bas morceaux jetés aux chiens, vous l'avez supplié : Je vous en prie, racontez-moi. Et tout cet échange se fit à mi-voix pour ne pas réveiller les esprits de la forêt.

Et c'est venu peu à peu. Et il ne faut pas compter sur ses cahiers pour découvrir ce qu'il vous a dit cette nuit-là. La relecture des événements, trois ans après, a fait basculer l'horreur brute dans un long plaidoyer en faveur de la Commune. La rage qui sous-tend certaines assertions indignées nuit à l'expression nue de la souffrance et du désespoir. Au lieu que dans la nuit cévenole, tourné à présent vers vous, il semblait revivre chaque moment de la tragédie, les images défilaient sous ses yeux dans toute leur atrocité, n'ayant subi aucune altération, dont il pouvait sonder dans son flanc la réalité la plus brutale, de sorte que l'écoutant en fixant la nuit étoilée, vous avez marché avec lui sous les coups des gardes-chiourme quand, après que la barricade qu'il défendait eut été prise à revers, on le conduisit, sous la menace d'une baïonnette dont il sentait la pointe de temps en temps lui piquer le dos, dans une cour d'immeuble fermée où s'entassaient des dizaines de ses compagnons d'infortune.

Tous étaient hagards, épuisés, n'ayant pas dormi depuis des jours, sentant la poudre et la crasse, les vêtements parfois en loques, pour la plupart ne réclamant plus rien que le droit de laisser reposer leur tête barbue sur leur poitrine. Il en arrivait tellement que bientôt il ne fut plus possible de s'asseoir. Certains, blessés, hurlaient, d'autres clamaient leur innocence, jurant qu'ils n'avaient rien à voir avec la Commune. Quelques-uns cherchaient à faire passer des messages griffonnés sur des bouts de papier. On choisissait parmi les gardes ceux qui semblaient les moins farouches. Et contre une pièce de monnaie, contre une montre, on leur demandait de se faire les messagers d'une nouvelle qui se voulait rassurante ou d'un mot dont on pressentait qu'il serait le dernier. Car la majorité ne se faisait aucune illusion sur son sort. Les quelques rescapés des rafles versaillaises avaient témoigné de la brutalité de l'armée et de ses méthodes expéditives. Les exécutions à la mitrailleuse avaient déjà été expérimentées, les soldats des pelotons se fatiguant à recharger leur fusil. Car l'élimination de masse est un réel problème. Un peloton d'exécution traditionnel représente un formidable gâchis humain : dix bourreaux, l'arme à l'épaule, face à un seul supplicié, les yeux bandés, contre son mur. Imaginez combien il faudrait de tireurs pour fusiller trente mille combattants. Une armée n'y suffirait pas. D'où l'intérêt de ces méthodes scientifiques d'extermination, et plus tard le recours aux gaz mortels.

De ses pensées qui le traversent à ce moment, Octave ne dit rien : s'il se résigne ou s'il cherche un moyen de s'enfuir, s'il a peur ou s'il est indifférent, s'il regrette son engagement ou si cette épreuve le confirme dans le choix qui fut le sien quelques semaines plus tôt, s'il se félicite de ses camarades ou s'il s'attriste de certains comportements, il ne commente pas les attitudes de ses frères humiliés. Il est avec le troupeau, il subit avec lui, il n'est plus qu'un membre du grand corps souffrant outragé. Vous lui avez juste demandé, après qu'il eut évoqué la correspondance clandestine échangée avec les gardiens : Avez-vous écrit un mot ? Et je sais que dans votre esprit vous avez songé à une possible fiancée à qui il eût adressé ses dernières pensées, et en imaginant la rivale supposée, vous avez éprouvé un petit picotement désagréable au cœur qui aurait pu s'apparenter à une forme de jalousie. Sans la pénombre nous aurions sans doute aperçu vos lèvres pincées. D'ailleurs vous lui avez prêté des cheveux blonds, ce qui signifie que vous l'envisagez plus belle que vous, tant vous avez souffert enfant des remarques moqueuses que vous attirait votre chevelure. Les surnoms qui fleurissaient sur votre passage s'arrêtèrent brutalement après votre mariage avec Monastier, et vous aviez fini par les oublier. Mais dans des circonstances très particulières, comme ici, ils vous reviennent avec un sentiment d'infériorité. Pour un peu vous aimeriez lui demander : Était-elle jolie ? Mais Octave ne semble pas avoir entendu, qui poursuit le décryptage de ses visions hallucinées.

On les laissa ainsi toute une nuit parqués dans cette cour bondée, veillés à l'étage supérieur par leurs anges gardiens qui des fenêtres s'amusaient parfois à déverser sur un plaignant un seau d'urine. Il n'était même pas possible de s'asseoir, les corps tenaient debout tassés les uns contre les autres, les plus faibles s'effondraient sur eux-mêmes et finissaient piétinés, de sorte qu'au matin, on commença par évacuer une dizaine de cadavres. Puis on fit venir une espèce de cantine roulante qui dans la bousculade, sous la pression des prisonniers affamés, bascula, l'énorme marmite libérant entre les pavés un torrent boueux qui se mêla aux déjections de la nuit, s'attirant ce seul commentaire d'un sergent-chef, ou d'un sous-fifre quelconque, qui affirma que de toute manière c'était très mauvais pour la santé d'être fusillé le ventre plein, on risquait même d'en mourir. Ce qui eut le mérite de mettre la soldatesque en joie. Peut-être à ce moment n'avait-on pas encore décidé du sort des reclus. Mais tous ceux qui avaient été pris sur les barricades en uniforme de la garde nationale savaient à quoi s'en tenir. Ils avaient peu de chances de goûter au camp de Satory.

De fait, en début d'après-midi, un général fit irruption dans la cour, flanqué de ses aides de camp. Impériale au menton, cravache à la main, il entreprit assis dans un fauteuil placé sur le trottoir à la sortie du porche de procéder à la sélection des prisonniers. Pour les membres de la garde nationale il n'y eut même pas d'interrogatoire. Ils étaient aussitôt entraînés par les soldats dans la partie descendante de la rue. Pour les autres, dont Octave — ce qui démontre qu'il n'avait pas d'uniforme (l'avait-il ôté dans l'espoir de se fondre dans la foule des bourgeois ou avait-il refusé de se porter volontaire ?) —, il convenait de se présenter et de dire sa profession : les relieurs, imprimeurs, cordonniers, instituteurs étaient automatiquement invités à descendre la rue. Quand un insoumis protestait, affirmant qu'il n'avait rien à voir avec cette bande de hors-la-loi, qu'il était passé dans la rue par hasard et se proposait d'aider les soldats au démantèlement de la barricade, le général se frisait la moustache et lançait : Es-tu républicain ? Ce qui mettait le plaignant à la torture, car officiellement le général représentait la République mais il

y avait de fortes chances pour qu'il fût plutôt bona-
partiste ou monarchiste. Comme on avait fini par
apprendre que celui-là avait une particule, le premier
qui répondit monarchiste eut droit à la partie montante
de la rue. Un résultat encourageant. Du coup, on
compta dans les rangs quelques chauds partisans du
retour du roi. Mais le premier qui s'enhardit à crier
Vive le comte de Chambord fut invité en dépit de ses
protestations à rejoindre les bataillons de la garde nationale. Ce qui découragea les autres candidats livrés au
seul arbitraire de cette roulette russe.

Mais il y avait aussi les magnifiques, ceux qui n'accordaient qu'un regard dédaigneux au galonné et, négligeant ouvertement son questionnaire, filaient rejoindre
directement les condamnés de la rue basse. Le général
en fut à ce point indisposé qu'il envoya deux soldats
chercher les récalcitrants. Il n'en obtint pas davantage
de réponses, sinon de l'un d'eux un impressionnant cra-
chat au jus de chique qui lui noircit l'œil droit. Il se leva
d'un bond de son fauteuil et abattit rageusement sa cravache sur l'insolent.

Quand le tri fut achevé, la longue colonne descendit
la colline de Belleville, encadrée par des soldats brutaux
qui avaient toute permission de relever à coups de
crosse les corps épuisés qui s'effondraient. Si ceux-là,
en dépit des vifs encouragements des cerbères, demeu-
raient étendus inertes sur le pavé, on les achevait en les
lardant de plusieurs coups de baïonnette, car il fallait se
méfier des truqueurs qui feignaient l'évanouissement. Il
y avait eu des précédents, et le mot d'ordre disait plutôt
deux fois qu'une — il parlait de la baïonnette, bien sûr.

Une fois bien assuré que les morts ne protesteraient pas, on leur faisait les poches, on les délestait de leurs pauvres trésors, une montre, une alliance, quelques pièces, un ceinturon, des bottes, ce dont se plaignaient les fossoyeurs qui passant après n'avaient plus rien à détrousser, entassant dans leurs charrettes les cadavres qui jonchaient les rues pour les jeter dans des fosses creusées par les plus vaillants des prisonniers ou dans des puits, comme au cimetière de Bercy. La colonne traversa ainsi Paris jusqu'au Luxembourg, longeant le Jardin des Plantes vidé de ses animaux sauvages qui avaient été consommés pendant le siège. Soudain de l'autre côté des grilles s'éleva une voix : Vive la Commune, ponctuée d'un crépitement saccadé de mitrailleuse. Dans les rangs, profitant du silence qui suivit, un fédéré salua en écho l'ultime chant de bravoure de cet anonyme d'un : Vive la république sociale et universelle. On le sortit aussitôt de la colonne, et il fut exécuté sur-le-champ devant ses frères d'armes.

La foule qui invectivait les prisonniers sur leur passage était prise elle-même à partie par ceux et celles, sœurs, épouses, pères et mères qui suivaient la cohorte des condamnés. Souvent les soldats devaient s'interposer, menaçant de tirer sur ces femmes courageuses qui s'offraient de mourir avec leurs hommes, avec lesquels elles avaient lutté et dont elles voulaient partager jusqu'au bout le sacrifice. À ce moment vous avez interrompu le long fleuve de sang que charriait le récit d'Octave et vous avez dit : Je les comprends. Puis : J'aurais fait comme elles. Et votre conteur noir a marqué une pause et s'est tourné vers vous. Du moins vous l'avez entendu remuer, et sa voix se fit plus proche, et cette voix ne se trouve pas dans ses cahiers, cette voix sous le cercle étoilé découpé par la cime des sapins parla pour vous seule, parce que soudain il lui semblait que vous marchiez derrière la colonne infernale, et s'il vous raconte la suite, alors que vous y étiez, c'est qu'à l'entrée des jardins du Luxembourg les grilles se refermèrent au nez des accompagnateurs, accrochés aux barreaux, criant quelques noms dans l'espoir d'un dernier regard échangé, tandis que les êtres aimés se traînaient jusqu'au lieu de leur supplice :

Nous avions perdu en chemin un grand nombre des nôtres. Tous n'avaient pas péri, certains avaient réussi, à la faveur d'une bousculade, à s'échapper, même s'ils avaient peu de chances d'aller bien loin, tant il était difficile de se cacher dans la ville investie, à moins d'amis très sûrs, mais ceux-là selon toute probabilité étaient morts ou emprisonnés. On encourageait à dénoncer les fugitifs, il se formait spontanément des groupes de bénévoles pour les traquer et les livrer à l'armée. Du moins, contrairement à la plupart d'entre nous, avaient-ils essayé. Pourtant nous savions à quoi nous en tenir, et perdre la vie plus tôt ou plus tard n'aurait pas dû avoir une si grande importance. Mais nous étions trop épuisés pour que le simple désir de s'enfuir nous vienne à l'esprit. Nous étions comme indifférents à notre sort, anesthésiés par une immense fatigue et la perte de l'espérance, hébétés, hagards. Après avoir emprunté une allée de marronniers on nous fit asseoir tout près du grand bassin, puis par groupes d'une dizaine on nous traîna devant la mitrailleuse derrière laquelle s'affairaient deux servants. Avant qu'elle n'entre en action, un prêtre, la croix à la main, tenue comme une hachette, passait demander à chacun d'entre nous si nous désirions nous confesser, et je dois dire qu'il fut renvoyé par tous mes camarades, avec parfois des remarques plus ou moins acerbes. L'un d'eux, sur le ton de la fanfaronnade, lança qu'on en avait oublié, et s'adressant à l'abbé dont la mine de papier bible exprimait un profond dégoût, qu'il s'occuperait de lui une fois en enfer. Mais la plupart secouèrent la tête sans un mot. Ils n'avaient rien à lui dire. Deux ou trois tentèrent de lui faire passer un message mais le bénisseur de canons décréta que ce n'était pas sa mission.

Dès que la mitrailleuse entrait en action, les corps se pliaient, s'affaissaient, tombaient face contre terre ou en arrière, et une fois couchés, formaient un mikado humain, tressautant à l'impact des balles qui continuaient à fouir les chairs. Quand plus rien ne semblait frémir, alors que le sang coulait sous cet amas et rougissait le gravier, au point de dessiner bientôt une aire sanglante semblable à une arène, l'officier réclamait un cessez-le-feu. Les soldats se précipitaient vers les cadavres, les retournaient, prélevaient leur dîme et achevaient d'une balle dans le crâne les morts douteux. Puis on nous demandait d'évacuer les corps de nos camarades qu'on empilait dans un charroi. Parfois nous reconnaissions un ami et c'est avec mille précautions que nous le déposions sur son char funéraire. Après quelques fournées, comme il faisait une chaleur lourde, on avait distribué aux soldats une forte ration de vin, sans doute aussi parce qu'on ne s'habitue pas facilement à donner ainsi la mort en série et que, si endurcis qu'ils semblassent, ils avaient besoin d'un bon remontant, mais ce qui contribua vraisemblablement à atténuer leur vigilance. Nous avons ainsi constaté que parmi les corps que nous entassions dans la charrette, certains respiraient encore. C'est ainsi qu'on se prend d'un fol espoir. Entre nous nous en parlions à mi-voix. Même si on tremblait à l'idée d'être jetés dans une fosse et ensevelis sous une pelletée de chaux vive.

Les groupes se succédèrent jusqu'au soir, car il en arrivait sans cesse. Quand vint mon tour, la mitrailleuse était entourée d'un nuage de fumée, l'odeur âcre et métallique de la poudre brûlée empuantissait l'atmosphère. Au début je n'avais qu'une idée, qu'on m'autorise à m'allonger par terre sans qu'il se trouve une baïonnette ou une crosse pour me forcer à me relever. J'étais si épuisé que dormir ou mourir, ça revenait au même. Qu'on arrête cette mascarade. Puis l'obligation de transporter les corps, la répétition du même rituel me forcèrent machinalement à noter certains détails. Outre que plusieurs exécutés vivaient encore, j'avais remarqué que la fouille des corps était plus rapide à mesure que l'après-midi passait, moins sourcilleuse. J'avais une très belle montre en or que m'avait offerte ma grand-mère pour mon baccalauréat. Je l'ai sortie de mon gousset et l'ai tenue ostensiblement dans ma main, comme si je tenais à noter l'heure exacte de ma mort. C'est ce qui m'a sauvé. Quand la rafale est partie, j'ai senti une douleur cinglante à mon côté et je me suis immédiatement couché. J'entendais les balles qui secouaient les corps de mes compagnons parmi lesquels certains avaient eu la force de crier : Vive la commune avant de s'effondrer.

Et vous ?

Non, je n'ai rien dit. C'est le cri de ralliement lancé par ces poitrines percées qui m'a ramené à un semblant de réalité. À la vérité on retourne en pensée quelques formules, toujours les mêmes, vive la commune, vive la république, vive le peuple, vive l'humanité, mais ça semble si dérisoire, et à l'instant ultime, on ne se refait pas, les réservés restent réservés et les exaltés s'exaltent. Je veillais surtout à serrer ma montre dans ma main. Et puis après ces semaines d'affrontement où nous avions été confrontés à la barbarie des hommes, l'esprit essoré par le manque de sommeil, le corps affaibli par les privations, on ne se fait pas une montagne de mourir. C'est juste une épreuve supplémentaire. Comme les coups de crosse ou l'effacement sous nos yeux d'un être cher. On est presque étranger à soi-même alors qu'on souhaiterait en un tel moment se ramasser, faire un rapide ménage de tout ce qui ne concerne pas notre être profond, pour se reconnaître enfin, découvrir son vrai visage, qu'on sache au moins qui meurt. Mais non.

Je ne crois pas avoir revu ma vie défiler comme certains le prétendent. Les dernières semaines m'avaient tellement changé que mon existence d'avant la Commune me semblait lointaine, comme si elle avait été vécue par une vague connaissance perdue depuis longtemps de vue. Celui qui s'apprêtait à mourir était vieux de dix ou douze semaines seulement, mais des semaines qui avaient l'intensité de plusieurs vies, et c'étaient ces dernières images qui peuplaient mon esprit. Je fixais l'officier vêtu comme à la parade, qui nous toisait en ricanant, son sabre levé prêt à s'abattre. Toute son attitude montrait qu'il était en train d'éliminer de la vermine, de débarrasser la surface de la terre d'un fléau contagieux. Je pensais sitôt son ordre donné m'écrouler, et je crois que nous étions quelques-uns à échafauder le même plan, mais en fait quand la mitrailleuse est entrée en action, ce fut comme un jeu de quilles. Et donc j'ai ressenti cette fulgurante douleur à mon flanc, comme si on m'avait brutalement cinglé. Le choc était si grand que je n'en étais plus à simuler quoi que ce soit et je serais resté plié en deux à tituber, si un corps ne m'avait bousculé et précipité à terre, et s'abattant devant moi, fait office de rempart. Je le sentais tressauter à chaque impact de balles, m'étonnant chaque fois de n'être pas transpercé en même temps que lui.

Combien de temps a duré la fusillade ? J'avais pour les précédentes compté jusqu'à quinze ou vingt, c'était selon l'humeur des artilleurs. Mais à présent on sentait aussi de leur part le désir d'en finir. Le temps de mitraillage avait plutôt tendance à diminuer. Mais en fait quand ce fut mon tour j'ai oublié de me livrer à mes savants calculs. Ou plutôt il me semble avoir commencé à compter, et m'être dit que si j'atteignais la vingtaine je serais sauvé, mais je n'en suis plus certain aujourd'hui. Je crois que c'est une pensée d'avant, quand on se raconte des histoires. Quand la dernière rafale s'est tue, j'ai attendu que les soldats s'approchent avant de retenir mon souffle. Je tenais la montre par sa chaîne, bien en vue. Je me reprochais de n'avoir pas assez étudié les cadavres de mes camarades quand nous les portions jusqu'au tombereau. Devais-je garder les yeux ouverts, mi-clos, ou les fermer ? Quel était le signe irréfutable de la mort ? J'optai pour une paupière à demi fermée qui me permettrait de mieux juger de la situation. J'étais couché sur le dos, ma main posée sur ma poitrine d'où pendait ma montre en or. Nous étions en début de soirée. Sous les arbres la pénombre commençait à s'installer et je pensais que cet éclairage assombri serait mon meilleur allié. Quand on dégagea le cadavre couché sur moi, je retins ma respiration, contrefis le mort. Le sang en s'écoulant avait inondé ma chemise, de sorte qu'on pouvait croire que la balle avait atteint le cœur. Ma chance fut aussi que les soldats étaient exténués et que le butin de la journée les rendait moins avides. Dès que mon détrousseur aperçut la montre il s'en empara, la glissa dans sa poche et sans même me flanquer un coup de pied passa au suivant, quand ce que je redoutais le plus c'était sa baïonnette.

Il y eut deux ou trois coups de pistolet, dont l'un très proche m'éclaboussa d'un morceau de cervelle. Je pensai alors que c'était fini, qu'ensuite ce serait mon tour, mais rien ne se produisit. Et à ce moment je pensai vraiment que j'avais une chance de m'en sortir. Très vite on me prit par les bras et on me tira jusqu'à la charrette sur laquelle on me jeta. Les corps s'entassant, j'ai craint dès lors de mourir étouffé, d'autant que je ne pouvais esquisser le moindre geste pour atténuer leur poids sur moi. J'entendis qu'on demandait au roulier de nous conduire jusqu'à Montparnasse, parce que les fosses débordaient de cadavres et qu'il était trop tard pour en creuser d'autres. Le cahot de la charrette sur les pavés m'indiqua que nous étions sortis du Luxembourg et que je pouvais entreprendre de dégager avec mon bras les corps qui m'écrasaient. Malgré ma faiblesse, je pris appui avec mon coude sur un autre cadavre et je fis de

474

mon avant-bras un étai pour me permettre de respirer. Un peu plus loin la voiture s'arrêta. Je m'étais aussi arrangé pour avoir une vue sur la chaussée. Il faisait sombre à présent et l'éclairage public n'était plus assuré depuis des mois. À une petite cataracte tombant dans le caniveau je compris la raison de l'arrêt du voiturier, et j'en profitai pour me glisser hors de la charrette. Je me faufilai dans une ruelle et j'entendis les pas du cheval cognant à nouveau sur les pavés. L'homme ne s'était aperçu de rien, qui de toute manière à cette heure devait être complètement ivre.

Parvenu sur un grand boulevard, comme je progressais de porte cochère en renfoncement, je tombai sur un cadavre dont la veste et la chemise me parurent en bon état. Je les lui empruntai. Je cherchai également dans ses poches un signe de son identité, car je me promettais d'écrire à sa famille si j'en ressortais vivant, mais elles avaient été évidemment retournées et fouillées. Si ses vêtements étaient intacts, c'est qu'il portait au milieu du front un trou noirâtre qui ne lui avait laissé aucune chance. Peut-être n'était-il qu'un passant. Ou était-ce l'un des nôtres qui avait dans sa garde-robe de quoi donner le change au moment de s'enfuir. On voyait çà et là des groupes de soldats qui bivouaquaient au milieu des rues, ayant disposé leurs fusils en faisceaux qui formaient de petites huttes indiennes. Il y avait parmi eux des braillards qui lançaient d'une voix avinée des chansons gaillardes, mais la plupart n'avaient qu'une préoccupation, c'était de s'enrouler dans leurs couvertures et de dormir sur place.

J'aurais aimé être ce spectre venant hanter leurs nuits, mais pour eux, ça n'avait pas été autre chose qu'une journée bien remplie. Tous les incendies avaient été éteints. Des immeubles ruinés montait encore de la fumée, dégageant une odeur de bois brûlé. À un carrefour, des officiers étaient installés dans des fauteuils qu'ils avaient sauvés de restes fumants et devisaient tranquillement à la fraîche en tirant sur leurs pipes. Eux aussi avaient le sentiment du devoir accompli. Ils avaient fait ce pour quoi ils étaient faits : massacrer et rétablir l'ordre bourgeois, ce qui prime sur toute idée de justice. J'imagine qu'ils se récitaient leurs hauts faits d'armes, la façon dont ils avaient détruit au canon une pauvre barricade de bric et de broc, en oubliant que quelques mois plus tôt ils s'étaient lamentablement débandés devant les Prussiens. Comment pouvait-on se glorifier d'avoir tiré sur la foule des misérables et en espérer les plus hautes récompenses ? Et tous ceux-là seraient aux premiers rangs à Notre-Dame pour entonner un Te Deum. J'étais plein de rage. Je me reprochais d'avoir cherché à me sauver. Pourquoi ne me suis-je pas lancé sur eux pour dénoncer leurs crimes ?

La réponse vous est venue spontanément, alors que vous écoutiez le récit de la tuerie les yeux perdus dans les étoiles, vous avez dit : Parce que je n'aurais pas connu cette nuit.

Votre remarque interrompit le flot de paroles de l'autre côté de la ruelle d'herbe. Vous avez craint alors qu'Octave ne l'interprète comme la manifestation d'un esprit égoïste ou capricieux. Comme si toute cette tragédie n'avait été qu'un prélude nécessaire à votre décision soudaine de vous écarter du droit chemin. Lui on ne sait ce qu'il en a pensé. Il ne le rapporte pas dans ses cahiers. Peut-être en a-t-il rendu responsable l'ivresse nocturne et le plaisir délicieux de cette nuit pudique sous le plus beau chapiteau du monde. Mais moi, je peux vous dire ce que j'aurais entendu. J'aurais compris que pour vous ce combat n'avait pas été vain puisqu'il vous avait ouvert les yeux, ce qui signifiait que l'idée de la justice en sortait plus forte, plus nécessaire, plus obstinée, et qu'au bout de la nuit il y aurait une douce clarté pour le monde des miséreux, des exploités, des abusés. Comme vous n'avez rien ajouté, il s'est tu, jugeant sans doute impossible de reprendre le cours de son récit après cette incitation à la contemplation céleste : « Jamais je n'avais vu un tel champ d'étoiles, il me semblait qu'un semeur d'épis d'or les avait dispersées dans l'immensité de la nuit. Après être demeuré un long moment silencieux, comme elle semblait sur le point de s'assoupir, je l'ai remerciée et lui ai souhaité bonne nuit, non sans lui avoir proposé la couverture qu'elle a refusée en prétextant qu'elle préférait son édredon de fougères. »

Voyez, il n'a rien su de cette nuit. Et si vous ne lui en avez rien dit, c'est que c'était votre affaire, qu'elle ne regardait que vous. D'ailleurs il aurait sans doute eu beaucoup de peine à vous suivre, à admettre le cheminement parallèle de vos pensées, persuadé que sa tragédie ne se pouvait comparer à rien d'autre. Comment aurait-il pu deviner que pendant qu'il se repassait les images de sa mise à mort, vous vous identifiiez aux victimes ? Ce corps enseveli, ce corps martyrisé sur lequel pèse un autre corps, ce fut soudain le vôtre sous celui de Monastier. Vous aussi, vous vous arc-boutiez pour repousser ce pesant de chair sur vous, les mains à plat à l'équerre soulevant avec répugnance la poitrine flasque de votre tortionnaire, respirant son haleine décomposée. Vous aussi vous avez balancé entre souhaiter vivre pour connaître l'usage de la douceur et mourir pour ne plus éprouver ce cauchemar nocturne. La même force toute-puissante, celle des nantis, qui a pour elle la justice et tous les droits, vous avait couchée, étendue pour son propre plaisir, pour son propre compte, vous avait transpercée, fouillée, vous abandonnant sur le lit comme sur la charrette des morts. Sans cet homme revenu de l'enfer, vous auriez continué de penser que les choses étant ainsi elles ne sauraient être autrement. Vous n'auriez pas connu cette nuit lumineuse qui fut pour vous comme cette nuit du 4 août où furent abolis les privilèges.

Vous avez longtemps épié sa respiration, hésitant à vous accrocher à ce corps recouvert du plaid d'un cheval, à vous coller à cet homme sagittaire dont la constellation gisait à une longueur de bras. Jamais vous n'auriez songé avoir un jour le ciel à portée de vos mains. Vous gardiez les yeux ouverts dans la nuit claire, tournés vers lui à présent. Ainsi ce pouvait être cela, un homme. Vous auriez aimé vous allonger sur lui, écraser vos seins contre sa poitrine, et bouche contre bouche, faire souffle commun. Vous vous convainquiez que sa blessure vous empêchait de le rejoindre. Ce fut une nuit paisible et agitée. De la sienne Octave ne dit rien. Mais au matin, tirée de votre sommeil par le joyeux vacarme des oiseaux et alors que les premiers rayons du soleil faisaient fumer la terre, vous avez senti flotter une odeur de cheval. Le plaid était sur vous.

L'inscription en espagnol, au dos de la photo, dit ceci : « Je suis ici avec Paco Merono, et elle c'est Carmen, que je ne connais pas. Votre fils Rafael. 23 juillet 1936. » Il s'agit d'une petite photographie jaunie, aux bords finement dentés et ici, c'est sans doute à Barcelone. Les deux hommes sont coiffés du calot des soldats. Mais Paco est en chemise au lieu que Rafael porte l'uniforme. Il a d'ailleurs autour de la taille, ce qui fait blouser sa veste, un ceinturon garni de ces petites poches qui doivent servir à la fois de cartouchières et de porte-cigarettes, mais rien de militaire dans sa pose. Carmen a enfilé une salopette d'homme par-dessus une chemise en gros drap à manches courtes. Ce qui ferait une très honorable panoplie de belle jardinière est en réalité une tenue de combat. Cette salopette bleue, ouvrière, c'est l'uniforme le plus couru des miliciens du Front populaire, pour qui les uniformes manquent. Ils sont tous trois assis dans la benne d'un camion, dont les ridelles ont été doublées de sacs de sable. Ils partent certainement au front. Ils sont les acteurs de ce qui constitue, avec la Commune de Paris, l'une des plus belles insurrections populaires.

Également sauvagement réprimée. Songez que leurs adversaires avançaient au cri de Vive la mort. Que peut-on attendre d'un tel programme ? La mort, bien sûr. Les opposants de nos amis, qu'ils soient versaillais ou phalangistes, n'ont que ça à proposer. Quel manque d'imagination. Comment espèrent-ils se faire aimer ? Mais peut-être que l'amour n'est pas leur espérance, qu'il n'est pour eux qu'une manifestation dégénérée de l'esprit humain, que c'est à leurs yeux un signe de faiblesse de se préoccuper du sort de ses semblables. Auquel cas ceux-là ne nous intéressent vraiment pas. Car l'amour, par exemple, c'est le beau visage souriant des trois camarades qui s'apprêtent à défendre leur quartier contre les malades de la mort.

La beauté de Carmen, ses cheveux sombres tirés en arrière dans lesquels joue un rayon de soleil qui dessine comme une mèche blonde sur sa tempe, séduit visiblement Rafael, qui néglige l'ordre du photographe, lequel lui intime de fixer l'objectif, pour s'absorber dans la contemplation de la jeune femme. Peut-être dit-il vrai à ses parents, qu'il ne connaît de cette jeune femme que son prénom, et qu'il la découvre dans une sorte d'éblouissement, mais il est sûr, si dramatique que soit leur situation, que pour rien au monde il n'échangerait sa place à côté de la gracieuse Catalane au sourire d'ange, dont le visage tourné de trois quarts découvre peut-être la foule massée sur le trottoir. Et il est sûr aussi que nous grimperions dans le camion qui emporte Rafael, Paco et Carmen vers leur destin tragique. Nous n'avons pas besoin de leur demander la liste de leurs convictions, nous savons, rien qu'à les regarder, que c'est avec eux qu'il faut être. Que ce sont eux qui ont forcément raison. Et si je vous parle de cette photographie que vous ne verrez jamais, c'est qu'il ne sert à rien de vous demander : aurais-je été de son côté ? tandis que vous cheminez sur les sentiers de Lozère avec Octave qui vous raconte sa bataille de Paris. Quelle question. Évidemment oui. Comme Carmen.

Cette couverture étalée sur vous pendant votre sommeil vous a bouleversée, en dépit du fait que vous aviez hâte de trouver une rivière au plus vite pour prendre un bain et vous débarrasser de cette odeur prégnante. Quand vous avez ouvert les yeux, que vous l'avez vu assis non loin de vous, mordillant un brin d'herbe, et qu'il vous a saluée d'un bien dormi ? souriant, alors que lui n'avait pas dû fermer l'œil de la nuit, et que sentant la fraîcheur de l'aube il avait profité de votre sommeil pour vous recouvrir de son plaid, vous avez pensé : pourquoi n'y ai-je pas eu droit plus tôt, pourquoi m'a-t-on condamnée à tenir le rôle de la servante du seigneur, comment vais-je faire maintenant que je sais que cet homme existe, au lieu qu'avant je me consolais en me répétant que la vie n'avait rien d'autre à offrir, comment renoncer au bonheur entrevu ? Il a vu vos yeux d'océan s'humidifier et a pensé que, découvrant brutalement votre situation au réveil, cette nuit au milieu des montagnes avec un condamné à mort gracié par le sort, vous pleuriez sur vous-même, de sorte que vous l'avez vu s'assombrir et se lever brutalement. Vous allez rentrer chez vous, a-t-il dit.

Son ton était si dur que vous avez alors éclaté en sanglots. Il s'est approché et, d'une voix radoucie, vous a promis de vous accompagner jusqu'à Saint-Martin-de-l'Our, c'est bien ça ? Oui, c'était ça, mais non, il ne s'agissait pas de Saint-Martin-de-l'Our, tandis que vos larmes coulaient de plus belle. Non, non, pas ça du tout, en secouant la tête. Et votre détresse était si grande qu'il s'est accroupi et, passant un doigt sur vos larmes : Je suis désolé, je n'ai ni mouchoir ni jupon. Et vous avez eu un petit hoquet dont on ne pouvait deviner s'il riait ou s'il était un résidu de sanglot. Sa main s'est faite apaisante sur votre joue. Pourquoi ne vous avait-on jamais caressée ainsi ?

Il vous a aidée à vous relever, a épousseté votre robe des feuilles de fougères et tandis que vous vous laissiez faire, vos larmes ont à nouveau coulé, mais cette fois il ne s'y est pas trompé. Il vous a attirée doucement à lui et quelques secondes vous avez posé votre tête sur son épaule. Vous avez senti ses bras autour de vous avant de vous écarter, en pensant à bien vous souvenir de tout ce qui avait composé cette étreinte, comme le picotement de sa barbe de plusieurs jours sur votre front, pour qu'elle vous accompagne tout au long de ces années à venir jusqu'à votre dernier souffle. Aux disparus très chers on coupe parfois une mèche de cheveux qu'on enferme dans un médaillon. Dans le médaillon de votre corps, vous vous préparez à conserver le pieux souvenir de cet enlacement. Il vous semble que de ce peu vous ferez une stèle miraculeuse au pied de laquelle vous déposerez la somme de vos jours en reconnaissance infinie. On pourra y lire cette inscription : Au plus beau moment de ma vie.

Après qu'Octave eut enroulé sa couverture, vous avez repris en silence, tous deux intimidés, le sentier grimpant à travers la sapinière. Vos bottines glissaient sur les palmes sèches tombées à terre, et plusieurs fois votre compagnon qui ouvrait le chemin s'arrêta pour vous offrir sa main et vous aider à franchir un passage délicat. Au sifflement rond, étiré sur deux notes d'un oiseau, comme il tendait l'oreille et levait les yeux vers les branches les plus hautes, vous avez traduit à son intention : C'est une grive draine. En y ajoutant ce petit commentaire : Quand il pleut, c'est un des rares oiseaux à continuer de chanter. Bien qu'elle ne fût pas destinée à faire étalage de vos connaissances, cette remarque qui constituait un prétexte pour renouer la parole entre vous, fit son petit effet. Il vous dévisagea avec étonnement, et je crois que vous n'avez pas été mécontente de votre sortie.

« Je fus stupéfait, note-t-il dans ses cahiers. Alors que je gardais encore la sensation de sa présence dans le berceau de mes bras il me sembla que s'en échappait une nuée de volatiles, comme un lâcher de colombes. Je lui demandai qui lui avait appris cette science que j'avais toujours enviée, moi qui avais passé toute ma jeunesse le nez dans mes livres, enfermé dans de petites chambres humides et sombres, et n'étais pas certain de faire la différence entre le gai rossignol et le merle moqueur. Elle m'expliqua que son premier professeur avait été son père qui était jardinier, et que c'est en partie pour être fidèle à sa mémoire qu'elle avait poursuivi seule après sa mort. Elle était encore enfant, et après que l'employeur de son père l'eut recueillie pour lui éviter l'orphelinat — elle avait perdu sa mère à sa naissance —, c'est en s'aidant de guides illustrés qu'elle progressa dans cette connaissance au point de devenir correspondante d'une société d'ornithologie. Mais cet apprentissage en solitaire exigea de la jeune orpheline de longues heures d'observation. Avant d'identifier l'auteur d'un chant, il lui fallait impérativement le débusquer et le confronter aux descriptifs qu'elle en avait, ce qui n'était pas facile pour certaines variétés — elle m'en cita plusieurs dont j'ai oublié les noms — qui avaient la particularité de vivre cachées. Sans compter qu'entre la grive draine, la grive musicienne et la grive je ne sais plus quoi, les nuances de plumage, selon la saison et qu'il s'agisse d'un mâle ou d'une femelle, d'un adulte ou d'un petit, ne sautent pas aux yeux. »

Où l'on apprend ainsi que vous avez gardé pour vous l'épisode sombre de votre adoption, l'attribuant à la pure charité de l'employeur de votre père. Il semble qu'Octave ignore que lui et Monastier sont une seule et même personne — et s'il l'apprit par la suite il considéra sans doute que ce n'était pas à lui de dévoiler votre vie secrète. Et c'est tout à son honneur. Mais on comprend que pour l'heure vous n'ayez pas envie de ternir cette tendre balade par le récit de vos amours forcées. C'est d'ailleurs afin d'éviter d'autres questions plus indiscrètes que vous avez rompu avec votre propre histoire pour lui demander de raconter les épisodes de sa Commune.

Ce qui vous intéressait c'était pourquoi. Quelles bonnes raisons valent que l'on risque ainsi sa vie. Était-ce la peine ? Quelle peine ? avait-il répondu. Eh bien, tous ces morts. Il est devenu sombre. Ce n'est pas nous qui avons voulu ça. Pas nous qui avons organisé cette battue, cette chasse à l'homme. C'est parce qu'il se

484

trouve des gens pour penser que le peuple appartient au règne animal, qu'il est de leur devoir d'éliminer les animaux malades de la peste, c'est-à-dire de l'idée de justice, que seule compte la force de travail de ceux-là qu'on considère comme des bêtes de trait, lesquelles ont simplement besoin de foin et d'une litière pour accomplir leurs tâches. Pourquoi d'après vous a-t-on inventé le bonnet d'âne ? Il dit que l'ignorant est un âne, que tous ceux qui ne savent ni lire ni écrire sont tout juste bons à faire le travail d'un âne. Qu'ils sont des bêtes de somme. Notre crime fut de vouloir que tous aient accès à la dignité et à l'enseignement, un enseignement où l'on apprendrait en même temps qu'un métier tout le savoir du monde. Un enseignement gratuit, évidemment, pour que tous, sans exception, en bénéficient. Pas cet enseignement dispensé par les congrégations dont le but est de fabriquer des moutons bêlants. Les nantis ont tout intérêt à conserver leurs animaux humains dans l'ignorance. Ils savent eux que c'est par le livre, les libelles et la diffusion des idées que se sont faites les révolutions.

Comment un homme seul, intellectuellement démuni, peut-il imaginer qu'il a droit à autre chose que ce qu'il a, que l'ordre du monde n'est que l'ordre des puissants, que la justice vaut pour tous, et qu'il n'a pas à attendre pour la rétribution de ses peines une hypothétique vie future ? S'il l'imagine, on le convaincra sans mal qu'il est fou et on le traitera en conséquence. C'est pour cette raison que le clergé et la bourgeoisie s'entendent comme larrons en foire. L'Église n'a pas envie qu'on se réfère à d'autres textes que les siens, et la bourgeoisie a tout intérêt à avoir une main-d'œuvre docile, abêtie par les préceptes religieux qui disent qu'il faut laisser à César le soin de faire ses louches trafics. Et vous : Vous ne croyez pas en Dieu ? Et lui : Ce que je sais, pour l'avoir vu, c'est que les crucifix étaient du même côté que les mitrailleuses. Je peux témoigner que l'amour du prochain a du plomb dans l'aile. Et vous, ne sachant si le mot prononcé d'un ton narquois prêtait à sourire, revenant à ce qui vous préoccupe, c'est-à-dire ces enfants de la filature que l'on cache dans des paniers lorsqu'ils affichent moins de douze ans et qui toute leur vie dévideront les cocons : Vous croyez qu'il est besoin de passer par l'école pour faire certains métiers ? Et lui : Vous aimez lire, je crois ?

On peut penser que la réponse en forme de question d'Octave visa juste car c'est exactement ce que vous répliquerez à l'entrepreneur que vous chargerez d'édifier une classe à Saint-Martin-de-l'Our, après la mort de Monastier, quand vous aurez décidé de consacrer votre héritage à l'amélioration du sort des ouvriers de la filature, de donner à tous un logement digne et aux enfants les rudiments du savoir. Ce que vous ferez en mémoire de cet homme qui, une nuit, vous ouvrit les yeux et dont vous portez dans le médaillon de votre corps, pas seulement cette étreinte furtive, mais d'autres, plus profondes, plus enivrantes, qui sont encore à venir. Comme l'entrepreneur vous montrait les plans du bâtiment que vous vous impatientiez de voir sortir de terre, parce que des familles étaient déjà installées dans les coquettes petites maisons de pierre donnant à l'arrière sur un jardinet, et à qui vous aviez promis que leurs enfants iraient bientôt à l'école, il vous regarda soudain : Puis-je vous poser une question, madame Monastier ? Et comme vous acquiesciez : Pourquoi faites-vous tout ça ? Tout ça quoi, avez-vous dit. Et l'entrepreneur poursuivant son idée : Que vous logiez vos ouvriers, je peux le concevoir, vous les tenez ainsi à portée, et leurs salaires vous reviennent en loyers, mais pour leurs enfants, croyez-moi, moins ils en connaissent, mieux ça vaut. Et savez-vous ce que vous lui répondrez : Monsieur l'architecte, vous aimez lire, je crois ? Comme si la citation d'Octave avait mûri des années en vous et qu'à présent, ayant produit son effet, vous pouviez la ressortir, c'est-à-dire la sortir de vous pour la lancer à un autre, qui en fera peut-être le même usage, même si en ce qui concerne celui que vous appelez l'architecte, la cause semble difficile à plaider. Mais peut-être la lâchera-t-il comme une bonne plaisanterie : Décidément cette Mme Monastier a perdu la raison, savez-vous ce qu'elle m'a répondu quand je m'inquiétais de la voir dilapider sa fortune pour des enfants qui de toute façon ne mettront jamais le nez dans un livre : Vous aimez lire, je crois ? et qu'au lieu de s'esclaffer il se trouvera dans l'assistance quelqu'un pour reprendre la réplique au bond et trouver qu'il est d'autant plus injuste de priver qui que ce soit de suivre de ligne en ligne l'aventure de ce vieux fou de Don Quichotte, qu'apprendre à lire, c'est une affaire d'enfants.

Mais l'architecte a fait ce que vous lui demandiez, il a mené à bien les travaux de votre école transformée aujourd'hui en bureau d'accueil pour le musée de la Filature en pays de l'Our. C'est tout ce que nous attendons de lui. C'est d'ailleurs, cette petite école à la sortie de Saint-Martin, construite sur une terrasse et donnant sur le village de Saule, la première chose que vous mon-

trerez à votre initiateur lorsque, dix ans après, il resur-
gira sur la place du village, et que, la traversant, vous
serez d'abord gênée par cet homme aux cheveux grisson-
nants coupés court, assis sur un banc de pierre, les
avant-bras en appui sur les genoux, vous dévisageant
avec insistance.

4

Depuis quelques années vous vous dépensez sans compter et vous êtes toujours souveraine. Le regard de cet homme étranger à la Commune n'est pas différent de celui de tous les hommes qui ne peuvent s'empêcher de se retourner sur vous. Il y a si longtemps qu'il en est ainsi que vous n'y prêtez plus attention. C'est votre intimidante beauté qui dans une certaine mesure a arrêté les commentaires alors que les langues allaient bon train après votre escapade. Mais les mêmes langues disaient aussi, à présent que maître Monastier n'était plus qu'un légume bavant, qu'il avait usé avec vous comme avec les ouvrières de l'usine, et que sans cet enfant qu'il n'espérait plus il vous aurait sans doute employée à dévider les cocons, de sorte qu'on vous accordait des circonstances atténuantes. Votre chevelure est toujours d'un roux doré, votre silhouette toujours longue et fine, mais vos paupières et vos joues creusées, un faisceau de fines ridules au coin de vos yeux, disent que vous puisez profondément en vous pour mener votre combat.

Votre combat ? On peut en suivre la manœuvre sur votre carte du Tendre, où l'accomplissement de l'amour passe par des villages appelés dignité, justice et compassion. De votre voyage de trois jours, à pied à travers le Lozère, vous avez rapporté une riche poignée de talents qu'au lieu d'enfouir dans votre propre jardin vous avez cherché à faire fructifier. Ces trois jours inouïs, dont vous n'êtes jamais revenue, vous ont permis de devenir ce que vous aviez tout pour être, mais qui sans la rencontre de cet homme jeté un jour en travers de votre chemin se serait desséché, n'aurait jamais éclos. Il vous semble voir désormais à travers son regard, comme si une transplantation chirurgicale vous avait donné ses yeux. Et maintenant vous forcez le monde autour de vous à s'adapter peu à peu à cette vision nouvelle. Vous veillez à redresser ce qui était couché, à réparer ce qui était des torts, à ne laisser personne au bord de vos rêves d'avenir. Vous agissez comme vous pensez qu'il l'aurait fait lui-même. Vous vous demandez encore par quelle audace vous avez décidé de le suivre quand vous ne saviez rien de lui, plutôt que de demeurer avec les voyageurs. Chaque nuit vous vous appliquez à fixer les souvenirs de votre aventure qui commence invariablement par : Je viens avec vous. Et chaque fois elle provoque le même étonnement en vous, et vous en souriez en tirant les couvertures sous votre menton. Est-ce bien moi qui ai lancé cette phrase, qui ai couru vers cette silhouette décharnée en rompant avec tout ce qui faisait jusque-là ma vie ?

C'est bien vous. Il y a peu d'occasions au cours d'une existence, deux ou trois, peut-être une seule, où l'on tient son propre destin en main. Où, en équilibre sur la ligne de partage des eaux, il suffit d'un mot pour incliner sa vie et lui faire changer de bassin versant. Et bien sûr que de là plus rien n'est comme avant, mais au fond le paysage intérieur n'a pas vraiment changé. Il a juste été débarrassé des toiles peintes qui composaient son décor imposé. Par une sorte d'ébrouement de l'être il s'est autorisé à se présenter dans sa vérité profonde. Et c'est cette mue dont les plus humbles des habitants de Saint-Martin-de-l'Our ont pu juger de l'effet formidable sur le cours de leur vie, qui vous confirme que quelque chose d'essentiel s'est bien passé. Car, à mesure que le temps passe, il vous semble parfois douter de ces trois jours. Vous peinez à recomposer les traits de cet homme, il vous revient que vous lui aviez trouvé le regard fiévreux mais les mots ne vous rendent pas son regard sur vous, qui vous donnait le sentiment d'une nouvelle naissance, que sa barbe de plusieurs jours avait picoté votre front, mais votre peau, quand vous en cherchez la trace, n'éprouve que la douceur râpeuse de votre main maintenant qu'elle se consacre à vos grands chantiers, que son corps couché sur vous vous donnait à sentir sa maigreur, mais quand vous croisez vos bras sur vos seins de jeune fille vous n'étreignez que vous-même.

Et pourtant c'est ce souvenir évanescent qui depuis dix ans dirige votre vie. Tout ce que vous avez entrepris c'est en entendant sa voix, en vous répétant les quelques phrases qui se sont gravées en vous : Vous aimez lire, je crois, ou bien : Au nom de quoi les en priver ? ou encore : Pourquoi une vie vaudrait-elle moins qu'une autre ? ou enfin : Quelle est cette loi qui permet à certains de vivre grassement du travail des autres ? Mais tous ces préceptes seraient peut-être restés lettre morte, discours assommants d'apôtre vertueux s'ils n'avaient été échangés tout au long de ce qui fut un parcours amoureux jalonné de montjoies sur lesquels on pouvait lire : rencontre, élan, malentendu, brouille, larmes, premier enlacement, premier baiser, première étreinte charnelle, béatitude, séparation, douleur. Et chaque nuit, avant de verser dans le sommeil, vous revivez en pensée les étapes de votre *via amorosa*.

Car après ce furtif enlacement auquel vous aviez refusé de vous laisser aller, peut-être parce que vous n'aviez pas voulu le devoir à vos larmes, il y avait eu ce premier face à face ébloui, ce moment unique où le visage de l'autre est le miroir absolu de la rencontre, le surgissement d'une attente rêvée, alors que vous veniez de retrouver le corps disloqué de la diligence poussée au fond d'une ravine.

Vous veniez de rapporter du Bleymard, je crois — mais je peine un peu à retracer votre itinéraire d'après les seules indications de votre biographe, qui évoque la rivière où vous vous êtes baignée et que je suppose être les sources du Lot —, des provisions achetées avec l'argent qu'Octave avait, en mimant le geste d'un magicien, sorti de sa poche, au moment où vous déploriez qu'on vous ait tout volé. Tout le village ne parlait que de l'attaque de la diligence et vous aviez eu bien du mal à éviter les questions vous concernant. Par chance, Saint-Martin-de-l'Our est de l'autre côté du mont et personne ne vous avait reconnue. Vous aviez raconté que vous étiez jeune mariée, que vous accompagniez votre époux qui visitait une coupe de bois, que peut-être, oui, plus tard, vous seriez bien heureuse qu'il vous laisse seule, mais que pour l'instant vous n'aviez pas envie d'être séparée de lui, que vous aviez inventé de lui faire la surprise d'un pique-nique en amoureux, autant de fables qui venant de vous prenaient un certain accent de vérité. Vous aviez feint l'étonnement quand on avait évoqué devant vous le guet-apens dont vous aviez été la victime, mais vous n'aviez pu vous retenir de rougir quand un ouvrier forestier rapporta qu'il tenait de source sûre qu'il manquait une femme au dire des passagers recueillis par un voiturier de sa connaissance. Lequel les avait déposés à Florac. Et l'homme vous dévisageait avec insistance, ajoutant qu'elle était certainement complice d'un vagabond qui avait fait route avec eux. Et vous : Ils doivent être loin maintenant. Et l'homme : En tout cas, les gendarmes sont sur leurs traces. Ils sont passés ici pas plus tard que ce matin. Et vous avez frémi, réglé vos provisions, remercié et lancé que votre mari devait s'inquiéter.

Il n'était pas votre mari, mais il s'inquiétait. Il écrit qu'il eut peur qu'on ne vous ait reconnue, et qu'une bonne âme ne vous ait proposé de vous reconduire jusque chez vous, à quoi il vous eût été difficile de vous dérober, et qu'il chassait de son esprit l'idée que vous en ayez profité pour déserter. Déserter, c'est le mot qu'il emploie. Sans doute est-il encore dans sa logique d'affrontement où tout abandon de poste équivaut à un passage à l'ennemi. « Ne pouvant demeurer dans cette incertitude, et passant outre aux mesures de prudence que je m'étais imposées jusque-là, je pris la décision de marcher à sa rencontre. Comme je longeais la crête couverte d'une pelouse maigre d'où nous apercevions le village en contrebas, le vent ramena dans mes jambes une page de musique qui ne pouvait qu'avoir appartenu au souffre-douleur de la chanteuse de la diligence. J'avais profité de son petit numéro a cappella à l'auberge pour m'éclipser, et je reconnus les vers inscrits sous les portées : "Vous me dites votre amour, me couvrant de baisers / Que ne le dites-vous en m'offrant un collier." Ce qui avait fait se pâmer le notaire énamouré qui avait insisté pour que fût bissé ce sommet de poésie lyrique. Je supputais qu'il suffirait de marcher contre le vent pour découvrir le reste de la partition quand je vis avec soulagement la merveilleuse silhouette grimper à ma rencontre, les bras chargés de provisions. Ses cheveux s'étaient en partie dénoués et le vent de plus en plus violent à mesure qu'elle s'approchait de la crête lui faisait une traîne dorée. J'étais si heureux de la retrouver après avoir été visité par les plus sombres pensées que je l'accueillis comme une épouse aimée, lui avouant en la serrant dans mes bras, un pain entre nous, que j'avais craint de ne jamais la revoir. Mon geste la surprit, et elle se ravisa : "Nous ne devons pas rester ici, dit-elle, les gendarmes sont passés ce matin dans le village." Sa remarque eut le don de me ramener à une réalité moins souriante et je lui montrai la partition : "Regardez ce que j'ai trouvé." »

Par crainte d'être repérés de la vallée, au lieu de suivre le chemin de crête, vous aviez poursuivi à mi-pente, à l'adret. Vous aviez espéré croiser d'autres signes du passage de la diligence, mais nulle trace, pas même un rail d'herbe couchée par les roues, ou les branches anormalement brisées d'un hallier, et vous en aviez conclu que cette feuille poussée par le vent s'était peut-être échappée du butin d'un brigand curieux, s'étonnant que ces sillons ensemencés de taches noires puissent donner à entendre une mélodie. Et vous aviez récupéré une draille qui avait conduit il y a peu un train de moutons vers le Lozère. Puis le temps s'était couvert, de longues bandes noirâtres avaient peu à peu envahi le ciel, jusqu'à former une couche de plomb écrasant le mont. Connaissant les mœurs du pays, sans grande marge d'erreur vous aviez proposé de vous mettre bien vite à couvert dans le fond d'une ravine car, sans doute, cette averse s'accompagnerait-elle d'un orage. Les premières gouttes n'avaient pas tardé, épaisses, lourdes, tombant de plus en plus serré, denses, laminant les touffes de callunes, pliant les achillées et les fruits plumeux des anémones, et vous aviez été heureux d'atteindre un bois de châtaigniers pour souffler un peu et étreindre vos cheveux au moment où les premiers coups de tonnerre se faisaient entendre. L'éclair n'attendit pas longtemps avant de zébrer rageusement le ciel, mais la foudre s'abattrait plus haut, ici vous n'aviez pas à la craindre.

La course sous l'averse avait ravivé la blessure d'Octave et découvrant sa figure grimaçante sous les rigoles de pluie qui tressaient de petites nattes dans sa jeune barbe, vous lui aviez d'autorité demander de vous attendre sous la coupole d'un arbre pendant que vous chercheriez une aire plus favorable, celle-ci offrant à peine de quoi s'asseoir sur les racines tortueuses s'agrippant aux rochers.

« Afin de l'en dissuader, je l'avais mise en garde contre la présence des voleurs dans les parages, mais elle avait haussé les épaules. Elle était d'un courage à toute épreuve. Je me demandais, la voyant si élégante dans sa robe blanche qui commençait à souffrir des vicissitudes de notre fugue, d'où elle tirait cette force qui lui faisait affronter la vie sauvage comme si elle y était de tout temps accoutumée. Il nous fallait selon elle un endroit mieux approprié où attendre la fin de l'orage et examiner ma blessure. Le ciel obscurci rendait plus ténébreux encore l'éclairage du sous-bois. C'est le cœur serré que je la vis s'éloigner entre les branches, enlaçant les troncs pour ne pas glisser dans la descente. Heureusement son absence fut de courte durée. Aussitôt elle me prit par la main et m'entraîna : "J'ai quelque chose à vous montrer", me dit-elle d'un air mystérieux. En dépit de mon insistance elle refusa de répondre à mes questions. Mon esprit se lassa bien vite d'échafauder des hypothèses lorsqu'il m'apparut comme une évidence que sans elle j'aurais sans doute fini ma course, transpercé par une baïonnette d'or tombée des nuages. Je n'avais qu'à me laisser porter.

« Après quelques minutes de marche à couvert, nous débouchâmes dans une clairière au pied d'une falaise. Comme je la suivais elle s'écarta et tendit son bras pour m'inviter à apprécier la scène : la diligence gisait sur le flanc, les roues brisées, le toit partiellement enfoncé sur l'arrière. La porte ouverte décapitée ne tenait plus que par un seul de ses gonds. Un brancard désarticulé se dressait comme un mât au-dessus de l'esquif échoué, et la toile arrachée de l'auvent coiffait à quelques mètres de ce qui avait été le siège du cocher un roncier, comme une gigantesque visière sur une couronne d'épines. Le sol tout autour était jonché d'affaires éjectées des sacs de voyage éventrés : des caleçons, des gilets, des che-

mises, des dessous, des chaussures, des nécessaires de
toilette, quelques livres ouverts qui ne survivraient pas à
la pluie d'orage, des feuilles volantes d'actes notariés,
des partitions. Une robe de scène flamboyante de la
cantatrice avait vu sa lente dégringolade interrompue
par les branches d'un arbuste poussant dans la falaise et
pendait comme une oriflamme mouillée au-dessus du
corps désarticulé de la voiture. Expulsés d'une malle
ouverte dont l'armature avait résisté à la chute, semblables aux pièces d'un puzzle dispersées, des morceaux
d'un vitrail sombre tranchaient sur le sol grisâtre, sur
lesquels les gouttes de pluie déposaient de petits dômes
tremblotants.

« Constance, qui avançait au milieu de ces débris à la
recherche de ses propres affaires, se saisit d'une pièce
plus grande que les autres, un carré de verre fumé à
l'angle tronqué, et revenant vers moi, le levant au-dessus
de mes yeux, m'incita à le lire en transparence. Comme
un cauchemar éveillé s'interposant entre cette nature
sauvage et moi, je reconnus soudain un mur de pavés
barrant une rue, devant lequel posaient plusieurs
hommes en uniforme de la garde nationale et une
femme en chemisier blanc dont la tête était à rechercher
parmi cet amas de verres brisés. Ce ciel noir jeté à terre,
nul besoin d'être versé en astrologie pour y lire mon
destin, c'était le ciel de Paris avant qu'il ne nous tombe
sur la tête. »

Et vous aviez raconté à votre compagnon prostré
devant le surgissement de cette mémoire à vif, la séance
de lanterne magique offerte par Maxime l'autre soir à
l'auberge, les centaines de plaques de verre rangées ver-

ticalement dans la grande malle tapissée de velours noir, qu'il sortait précautionneusement l'une après l'autre et plaçait devant la chandelle, les apparitions d'un monde absolument inconnu de vous, les explications patientes du montreur d'images qui avait sommairement dressé, à votre demande, l'enchaînement des faits ayant conduit à cette curée terminale. Il avait accompagné chaque vue d'un petit commentaire. Vous vous souveniez notamment d'un beau portrait de femme portant à son bras un panier d'osier rempli de cartouches, d'une composition où des gamins mimaient des poses guerrières devant un canon en brandissant des bâtons en guise de fusils, d'un cadavre étalé à plat dos sur un trottoir, la chemise ouverte sur un torse nu, la mâchoire décrochée et les yeux révulsés, et il avait fallu l'indication de Maxime pour que vous distinguiez dans cette tache sombre à l'emplacement de la pomme d'Adam l'impact d'une balle. Parfois un fragment vous permettait de reconstituer la photo entière. Vous évoquiez alors — et c'était étrange cette redistribution des rôles, ce monde à l'envers dans lequel c'est vous qui racontiez à Octave votre Commune — ce cordonnier coiffé d'un képi, installé sur le parvis d'une église, réparant une chaussure sur la tablette d'un prie-Dieu, ou l'extraction d'une dent par un chirurgien improvisé portant le sabre à la ceinture, un homme à cheval sur le fût d'une pièce d'artillerie, brandissant une bouteille, un pont de la Seine au petit jour contre le parapet duquel étaient assoupis plusieurs soldats écroulés les uns contre les autres, des monuments de Paris dont vous aviez oublié les noms, mais on n'y trouvait pas la façade du nouvel Opéra, vous l'auriez reconnue, et puis toute une série de visages souriants, ce qui vous avait frappée, cette gaieté, cet air que l'on réserve d'ordinaire aux seuls jours de fête, et qui ne va pas sans un sentiment de liberté, et puis tenez, ce fragment contient un des tronçons cyclopéens de la colonne Vendôme abattue.

Et Octave murmure qu'il y était, qu'il a vu la gigantesque stèle à la gloire du tyran s'affaler au milieu de la place, mais la foule était à ce point compacte que tout lui avait échappé de la colonne à terre. Et vous lui aviez expliqué que Maxime avait obtenu de placer son appareil sur l'un des balcons dominant le site, d'où cette vue en plongée qui nous livre l'imposant monument sectionné en plusieurs morceaux, la bande de bronze racontant à la mode de Trajan les victoires désastreuses, déroulée comme l'épluchure spiralée de la peau d'une pomme, et sur d'autres clichés, on apercevait, et vous scrutez méthodiquement des dizaines de morceaux de verre, ah, voilà, cet homme à la longue barbe grisonnante et au ventre proéminent, c'est le peintre Courbet, n'est-ce pas ?

Ces quelques semaines concédées à l'espoir d'une vie meilleure, vous les faisiez défiler sous les yeux d'Octave. Le plus étrange, c'est que lui, le témoin revenu d'entre les morts, au lieu de vous rabrouer d'un vous oubliez à qui vous parlez, vous écoutait avec attention. La Commune, il l'avait vécue enfermé dans un bureau à rédiger des déclarations et des communiqués à partir des informations qu'on lui transmettait, et le soir, à élaborer un programme d'éducation pour tous avec un jeune ingénieur nommé Vaillant. Jusqu'au moment où il lui avait fallu lâcher la plume pour se joindre au dernier carré de la résistance, pour quoi il n'était pas le mieux fait. Les morceaux des photographies de Maxime, recomposés selon le souvenir que vous en aviez gardé, lui parlaient d'un Paris plein de vie, celui d'avant l'apocalypse, dont il n'avait perçu qu'une rumeur bruyante et brouillonne. À vous écouter dérouler le légendaire de ces quelques semaines volées au cours laborieux du temps, il en venait à reconsidérer sa participation au soulèvement parisien. « Je n'avais gardé de ces semaines, hors la rédaction des discours, que le souvenir tragique des derniers jours qui avaient effacé l'exubérance de mars. Au fond, qu'avais-je vu de la Commune ? »

Grâce à cet album feuilleté pour vous par le futur auteur de *La Reine de Saba*, vous aviez pu mettre des images sur les récits de votre compagnon, des pensées sur ces visages souriants, des intentions sur cette effervescence. Vous aviez pu vous glisser parmi cette foule en noir et blanc, ondoyer au milieu de la déferlante parisienne, au point de vous demander si le grand jeune homme émacié au pied de la barricade, n'était-ce pas vous. Non, il ne s'était pas rappelé avoir jamais rencontré ce prétendu photographe (pourquoi prétendu, le soupçonnait-il d'avoir été indicateur de police ?). De toute manière, pendant ces derniers jours, il n'était plus question de prendre la pose. À moins d'être mort, bien sûr, et Octave vous avait regardée durement, comme s'il lui revenait que c'était lui et non vous qui y étiez. Et comme il vous avait interrogée sur le parti de Maxime : Était-il à nos côtés ? Je ne crois pas, aviez-vous répondu, ajoutant que cependant vous n'aviez pas décelé d'hostilité dans ses propos. Commentaire trois ans plus tard du rapporteur dans lequel perce une pointe de jalousie : « Ce gandin aurait sans doute attendu que l'affaire tournât en notre faveur avant de se déclarer chaud partisan de la Commune et d'exhiber sa galerie de clichés. » Ce qui n'est certainement pas juste. Avec ce qu'on sait de lui, pas vraiment le genre de Maxime de se mêler à la liesse populaire, et encore moins de chercher à en tirer des dividendes. Il serait resté à sa place, distant et désabusé, poursuivant son rêve décadent. Et d'ailleurs l'avenir nous donne raison.

Après l'échec de sa *Reine de Saba* et de ses ambitions littéraires, il s'installera photographe de quartier à Paris. Alors que vous retrouverez sa trace par l'intermédiaire de Chloé de Sancy, il vous racontera comment il avait croisé Octave en Égypte (ce que ce dernier se garde bien de mentionner dans ses cahiers, à moins que la rencontre ne soit postérieure à leur rédaction) dans un de ces cercles où les Français exilés, proscrits et aventuriers de tous bords avaient coutume de se réunir. Avant de pousser la porte de sa boutique du neuvième arrondissement, vous examinerez longuement sa vitrine, dans laquelle, au milieu des portraits de mariés et de notables, il avait placé ses clichés des pyramides de Gizeh et du désert yéménite, ainsi qu'un exemplaire de son livre.

Mais nous avons perdu gros dans cette mise à sac de la diligence. Je sais bien que sans cet acte barbare votre aventure se serait résumée au sauvetage d'un vagabond en rase campagne et à un regard échangé dans une cour d'auberge. Votre vie aurait repris son cours normal au rythme de la manufacture et des fluctuations du marché de la soie, et je n'aurais jamais appris que Saint-Martin-de-l'Our avait hébergé la plus belle ornithologue du monde, à moins que vous n'ayez découvert un oiseau formidable arrivant en droite ligne du pléistocène et ayant échappé à l'œil exercé des naturalistes, ce qui ne semble pas le cas, ou on ne vous a pas crue. Et donc pour toutes ces raisons, bien que n'ayant aucune sympathie pour ce genre d'individus, je ne peux que les féliciter pour leur attaque de la diligence, mais nous la payons d'un prix lourd. Quel trésor représenterait aujourd'hui pour nous le reportage de Maxime. Comme nous aimerions croiser le regard de ces gens souriants et courageux. Je suis certain que des photographies comme celles du dentiste ou du sabotier compteraient parmi les clichés les plus célèbres, les plus diffusés de votre siècle. Agrandies, elles seraient affichées dans les chambres d'adolescents, exposées sur les murs de Paris à l'emplacement même où les avait saisies jadis leur auteur, et elles nous donneraient une autre vision de la Commune.

Car en dehors de quelques clichés de barricades sur lesquels les combattants figés ont tous plus ou moins la figure de rodomonts, nous n'avons que les photographies des vainqueurs, lesquels se sont appliqués à diffuser méthodiquement les témoignages accablants de la sauvagerie des communards : les bâtiments ruinés, l'Hôtel de Ville éventré après l'incendie volontaire décidé par Indy, le ministère des Finances fantomatique dont ne subsistent, rue de Rivoli, que les arcades sur deux étages, les Tuileries ravagées, la maison de Thiers réduite à un tas de pierres. Après quoi, preuves à l'appui, il était facile aux bien-pensants de vomir la canaille et de s'opposer farouchement aux idées ayant survécu à l'écrasement des Parisiens. D'ailleurs regardez à quoi ils

504

ressemblaient, voyez leurs cadavres serrés dans des cercueils trop étroits, corps à demi nus, à la mise débraillée, numérotés comme des animaux, aux visages défigurés par la dernière salve, dégénérés par l'habitude de l'absinthe, ça des héros du genre humain ? Eh bien oui, il faudra vous y faire, et vite, car ils vont finir par l'emporter. Dans quinze ans l'école sera comme les plus généreux d'entre eux l'avaient souhaitée, comme Octave et Vaillant l'avaient pensé : enseignement identique et gratuité pour tous.

Cet autre visage de la Commune n'aura donc eu, en dehors de Maxime, qu'un témoin : vous. Car il vous avait confié qu'il n'avait jusque-là montré ses photographies à personne. Et s'il vous en réservait la primeur c'est qu'il avait vu votre inclination pour le vagabond, comme les autres, bien sûr, mais différemment des autres, c'est-à-dire que lui, Maxime, avait considéré votre courage à l'aune de votre mépris des conventions. En conséquence il avait décidé de vous aider. Il avait tout de suite compris que ce faux chemineau était un proscrit. Des semblables à lui, il en avait rencontré des centaines au cours de ses pérégrinations parisiennes, de jeunes lettrés pleins d'idéaux s'engageant dans un combat pour la création, du moins c'est ainsi qu'ils la rêvaient, d'une république sociale et universelle. Ils se reconnaissaient aisément. Même silhouette noire, mêmes cheveux longs, même allure bohème, même regard enfiévré. Son rejet du conformisme bourgeois, sa détestation de l'arrivisme façon Valorges, son dégoût de la vulgarité masculine l'avaient incité à vous offrir son bras. Ce que vous n'aviez pas senti dans la diligence, où il avait paru vous remarquer à peine, mais ce qui vous avait touchée le soir à l'auberge lorsque pour vous il avait sorti tout exprès de sa grande malle son histoire illustrée de la Commune de Paris. D'une certaine manière, et la plus discrète, la plus élégante, il avait préparé votre rencontre avec le proscrit. Sans cette initiation vous n'auriez peut-être pas été en mesure de recevoir le récit de l'exécution d'Octave.

Si nos chemins ne s'étaient pas par hasard et si curieusement croisés, nous ignorerions même jusqu'à l'existence de ces photographies inédites dont Octave, malgré ses préventions contre leur auteur, déplore la disparition dans ses cahiers. « La destruction de ces plaques de verre était pour moi un préjudice plus grave que l'incendie de l'Hôtel de Ville. On peut reconstruire un bâtiment à l'identique, mais faire disparaître un souvenir, c'est jeter aux oubliettes des vies entières. Prouvez-moi qu'elles ont été vécues ? J'aurais aimé recoller tous ces morceaux épars, redonner vie à ces anonymes, les relever d'entre les morts. » À la suite de quoi il se lance dans une longue digression historique et philosophique où il fustige le comportement des tyrans qui effacent des monuments les noms de leurs prédécesseurs afin de réécrire l'histoire à leur façon. Et bien sûr parmi les tyrans, l'ignoble Thiers. Mais maintenant nous savons que nous pourrions disposer d'un fabuleux reportage sur ces quelques semaines d'effervescence tragique. Le temps de pose, trop long encore, ne nous aurait pas permis de nous restituer le beau sourire à la volée de Carmen entourée de ses chevaliers servants en partance pour le front sur leur carrosse de fortune, et d'ailleurs Maxime vous avait expliqué que c'est pour cette raison qu'il avait renoncé aux scènes de foule, lesquelles ne rendaient qu'une vision tremblée. Ce que n'avait pas compris cet autre aventurier natif de Charleville qui, après s'être fait envoyer par sa mère au Harar, en Éthiopie, tout un attirail photographique, rate pratiquement tous ses clichés.

Son idée bien sûr était bonne de faire découvrir au monde des scènes de marché en Afrique orientale, mais il aurait fallu adjoindre à l'expédition maternelle une baguette magique pour changer la centaine d'acteurs en statues de sel au moment de la prise de vue. (Charnay était presque parvenu à fixer une procession à Mérida, la capitale du Yucatán, mais il opérait pendant une des quatorze stations du chemin de croix, les pénitents à l'arrêt, recueillis, prenant naturellement la pose, ce qui n'empêche pas malgré tout un léger brouillage de la foule.) À moins que le même natif de Charleville qui dans sa jeunesse poétique cherchait à se rendre voyant (je vous ai dit qu'il était en ce moment quelque part sur les routes entre Paris et les Ardennes) et prônait pour ce faire un dérèglement des sens, n'ait opté dans ses années de maturité pour un dérèglement des appareils. Mais il est clair qu'il n'avait pas en ce domaine la compétence de Maxime. Le jeune aventurier de dix-sept ans photographiant la Commune de Paris, on n'aurait pas appris grand-chose. Sinon que cette convulsion comme l'écrit le peu ragoûtant Du Camp était vraiment une affaire trouble.

Alors vous comprenez que ces morceaux de verre épars reflétant un ciel noir, c'est pour nous une perte irrémédiable. On aurait envie de vous faire parler, de solliciter davantage vos souvenirs de cette soirée de visionnage à l'auberge. Essayez encore de vous rappeler.

Par exemple, hormis ce jeune homme que vous aviez confondu avec Octave — à moins que ce dernier pour une raison que nous ignorons ne vous ait caché la vérité, ce que très honnêtement je ne crois pas —, n'auriez-vous pas entraperçu, mais quel dommage que je ne puisse vous faire parvenir l'unique portrait que nous ayons de lui pour vous le remettre en mémoire, celui à qui on aimerait annoncer que son sacrifice n'a pas été vain, puisque quinze ans plus tard son souhait d'un enseignement obligatoire et gratuit sera exaucé, un homme à la chevelure massive, solidement implantée et coiffée en arrière, portant un épais collier bien taillé, au regard franc, calmement affirmé, est-ce qu'au hasard des photographies défilant sous vos yeux, est-ce que vous n'auriez pas pu reconnaître, humblement à l'ouvrage, s'attachant à organiser la survie de Paris, de même que quelques années plus tôt il avait créé un restaurant coopératif, la Marmite, et milité au sein de la seule association de relieurs où hommes et femmes étaient à égalité, et maintenant que vous avez compris à qui je fais allusion, est-ce que vous ne vous souvenez pas, au détour d'une de ces scènes inédites de la vie parisienne, d'avoir eu sous les yeux, sinon le portrait, du moins la silhouette affairée d'Eugène Varlin ?

Et puis je n'oublie pas que parmi les débris de verre devait se trouver ce portrait de vous, en pied, sur la place de la gare du Puy, avant le départ de la diligence, quand Maxime vous avait demandé de prendre la pose, et sur lequel, un soleil rasant dans les yeux, vous faisiez la moue. Mais tant mieux au fond. On m'objecterait : C'est cette Constance dont vous nous racontez à longueur de page qu'elle avait le sourire d'un ange ?

Vous vous êtes retournée, et animée d'un pressentiment, revenant sur vos pas sous le regard toujours insistant de cet étranger assis sur un banc de la place de Saint-Martin-de-l'Our, vous plantant devant lui, détaillant ce visage maigre, bruni par les éléments, ces yeux sombres, ces cheveux coupés ras prématurément semés de gris, remarquant la pomme d'Adam saillante de l'homme qui pendant que vous le dévisagez tressaute, comme sous l'effet d'un trouble, l'homme se levant soudain, déployant sa haute taille, et vous, replaçant machinalement une mèche flamboyante derrière votre oreille, d'un ton presque inquiet quand vous aviez imaginé pour ce moment une exubérance joyeuse, d'un air presque effarouché : C'est vous ?

Et aussitôt vous jetez un regard par-dessus votre épaule, comme si dix ans ne s'étaient pas écoulés, vous ramenant à cette traversée aventureuse du mont Lozère où vous aviez partagé la vie d'un hors-la-loi, où vous entriez seule dans les villages pour acheter quelques provisions, alors que lui vous attendait au-dehors à l'abri d'un sous-bois et que vous le retrouviez avec des élans infinis de tendresse. C'est vous ? C'est lui, puisqu'il vous gratifie d'un petit hochement de tête, et il ne vous en veut pas de vos hésitations car il sait de quel prix il a payé les années d'errance, et qu'elles vous changent littéralement un homme, mais pour lui, vous retrouvant, il ne peut y avoir de doute, la belle patine des ans n'y fait rien, vous êtes demeurée la même.

Déjà la veille il rôdait dans Saint-Martin-de-l'Our, intriguant la boulangère par ses questions sur la filature. Il sait que Monastier n'est plus depuis longtemps déjà, aurait-il encore été de ce monde, il vous assure qu'il n'aurait pas cherché à vous revoir et serait reparti, et pour ce deuil lointain, il ne s'encombre pas de formules de condoléances tardives, le peu que vous aviez confié au sujet de votre époux (vous l'aimez ? avait-il autrefois demandé. Et vous : S'il vous plaît, pas lui ici, pas maintenant, juste vous et moi) l'autorise à penser que ce ne fut pas un chagrin insurmontable. Il sait que non seulement vous avez repris l'usine mais que vous avez, oui, fait la révolution dans le village, que tous les ouvriers sont logés dans de coquettes petites maisons bénéficiant chacune d'un jardin, que vous allez bientôt ouvrir une école, que vous réglez les honoraires du médecin, et qu'on vous surnomme, c'est selon, la bonne fée ou la rouge, ce qui, cette insulte, par une sorte de rime du temps vous renvoie à votre enfance et à votre chevelure. Et vous baissez les yeux, car vous avez du mal à vous reconnaître dans ce portrait. Les habitants du village ont oublié ce qui vous définit le mieux : toutes ces années passées dans le souvenir d'un éblouissement.

Et puis il est une chose que vous avez gardée pour vous. Lorsque le soir vous avez franchi la porte de la maison de Saint-Martin-de-l'Our, après avoir laissé Octave dans la filature où vous lui aviez demandé de vous attendre pendant que vous lui chercheriez des vêtements, Monastier était dans le salon, assis dans son fauteuil, une main crispée sur l'accoudoir, son visage décharné creusé par la flamme des bougies, le crâne luisant sur lequel brillent quelques filaments blancs, la lèvre baveuse, vous fixant de son œil unique, la paupière de l'autre ne s'ouvrant plus depuis l'attaque d'hémiplégie qui l'a laissé à demi paralysé, l'obligeant à se traîner sur une seule jambe, en s'aidant d'une canne, celle qu'il ne pouvait plus brandir d'un geste menaçant sous peine de s'affaler lourdement, la moitié de son corps mort entraînant dans sa chute cette demi-vie avec laquelle il vous attendait cette nuit-là. Et vous aviez été un instant glacée par cet œil unique vous dénudant encore une fois, comme s'il cherchait à lire sur votre peau des marques d'amour, le sillage d'autres caresses, l'impression d'autres baisers. Et vous aviez manqué de lâcher un cri d'effroi, à votre habitude votre main étouffant votre bouche, en découvrant cette présence fantomatique dans la pénombre vacillante du salon.

Ce rappel cruel soudain, que vous aviez juré fidélité à cet homme, qu'il était votre époux, que tout ce que vous veniez de vivre, cet absolu de l'amour, ne comptait pour rien opposé à ce serment fait devant Dieu et les hommes. Mais la pensée d'Octave attendant dans ses habits déchirés et tachés de sang votre retour dans la filature vous avait raffermie, il était la preuve, à quelques pas d'ici, que quelque chose s'était bien passé qui renvoyait l'état ancien de votre monde au rang des cités enfouies. Il n'avait rien à voir avec ce rêve éveillé que vous faisiez les nuits de tranquillité où vous vous abandonniez à vous imaginer dans une histoire plus tendre, l'oreiller absorbant vos larmes. Cet homme qui vous attendait dans la pénombre de la filature, vous l'aviez fait revenir tout exprès pour vous d'entre les morts, vous aviez encore son empreinte chaude dans vos bras, vous lui aviez donné votre corps à explorer en souriant aux étoiles, et non en tremblant de dégoût, les poings et la mâchoire serrés, les membres contractés, le ventre dur. Et avançant vers ce spectre qui avait hanté votre jeunesse et qui plus jamais ne vous atteindrait, vous aviez lancé, menton haut : Notre fils va bien, c'est tout ce que vous avez à savoir. Et vous aviez vu son œil unique se figer, la bave couler, et l'effort qu'il avait fait pour se lever n'avait pas été plus loin que sa main vaillante veinée de lourds canaux gris-bleu agrippant plus fermement l'accoudoir. Voilà, il avait perdu la partie. Toutes les années d'humiliation et de malheur étaient d'un coup soldées. Et vous aviez filé à l'étage en volant dans l'escalier tournant.

Retrouvant Octave dans le bâtiment des ouvriers, vous n'aviez rien dit de la scène. Comme il vous demandait si vous n'aviez rencontré personne, vous aviez répondu : Pas une âme qui vive, en lui tendant les vêtements de votre père. Et il vous avait semblé ne mentir qu'à moitié, l'autre moitié était bien une âme morte. Il posa les vêtements sur un établi, fit glisser la bandoulière du havresac rempli de provisions que vous portiez à l'épaule, le posa à terre et vous serra douloureusement dans ses bras. Vous avez avancé : Peut-être pourriez-vous rester ? On peut se cacher dans les montagnes. Il ajoute même dans ses cahiers un commentaire de son cru. « J'aurais pu faire comme les camisards qui résistèrent des années aux dragons de Louis XIV », avouant qu'il dut se raisonner longuement avant de renoncer à cette idée tant l'incompréhension de votre séparation était grande. Et c'est vous qui la première y avez renoncé, disant qu'il lui fallait revenir librement vers vous, que libre, quoi qu'il advienne vous le seriez pour lui, et que dès l'instant où il partirait, vous commenceriez à l'attendre. Il enfila sa nouvelle tenue (au moment de faire le choix des vêtements vous avez délibérément écarté le petit chapeau à ruban de votre père), vous avez souri comiquement devant ses pantalons trop courts, et c'est tout ce que vous avez trouvé pour ne pas pleurer. Il a refusé l'argent que vous lui glissiez dans la poche, disant qu'il y avait plus misérable que lui en jetant un regard à l'état poussiéreux de la filature qui soudain vous fit honte, et que vous en feriez bon usage. En quoi il vous faisait confiance.

Sur la suite de cette nuit, qu'ajouter sinon qu'il y eut un moment où vos deux corps se séparèrent — ce fut à la sortie du bâtiment, au milieu de la rue descendant le village —, que dès lors la distance grandit entre vous, jusqu'à ce que la silhouette d'Octave qui se retourna une dernière fois, guettant un signe de vous, peut-être un rappel qui ne vint pas, une course échevelée jusqu'à lui, s'évanouisse après le tournant qui marque l'entrée de la commune. La nuit des Cévennes tomba alors pesamment sur vous, découpant dans chaque pan de maison les murs de votre tombeau.

Vous êtes revenue lentement vers la grande maison. Il n'y avait aucune lueur dans le village endormi, pas un bruit jusqu'à ce que vos pas réveillent un chien qui se mit à aboyer, ce qui vous contraignit à forcer l'allure. La fenêtre du grand salon rendait une lueur orangée. Monastier vous attendait toujours dans son fauteuil. Mais que pouvait-il faire d'autre s'il avait renvoyé la servante ? Sans un mot vous l'avez aidé à se mettre debout et l'avez soutenu jusqu'au canapé de son bureau, au rez-de-chaussée, qui depuis son attaque lui servait de chambre à coucher. Vous l'avez allongé, recouvert d'un plaid, sans un mot, sans lui accorder le moindre regard. Et vous avez regagné à l'étage votre chambre. Après avoir allumé une bougie vous vous êtes déshabillée, vous avez suspendu à un cintre votre robe grise de poussière, déchirée à l'ourlet, tachée de vert et l'avez rangée dans votre armoire. Puis vous vous êtes installée à votre table devant la fenêtre ouverte sur le jardin où ululait un oiseau de nuit. Vous avez sorti d'un sous-main une feuille de papier à lettres et trempé votre plume dans l'encrier de cristal.

« Mon bel amour, la nuit s'est refermée sur toi, sur nous, sur le bonheur du monde, sur l'espérance la plus grande. Comment vais-je faire maintenant, sans toi, retrouvant ma vie d'avant qui me semble une autre vie, que je ne veux plus vivre, que je regarde avec d'autres yeux qui sont les tiens, à travers lesquels la justice se penche sur le malheur, qu'est-ce que je vais faire de tout ce que tu m'as appris, maintenant que je sais que l'amour existe et que dans le même temps qu'il s'offrait à moi je l'ai vu s'éloigner sur le chemin qui descend de la montagne. Combien de temps vais-je avoir à t'attendre ? Car tu vas revenir, n'est-ce pas ? Et cette fois nous nous donnerons une vraie chance. Que la justice se penche aussi sur nous, et qu'elle nous accorde ce bonheur à quoi nous avons droit. Mon puits de science, je n'oublierai jamais ces jours et ces nuits. Je fais le serment ici que j'accomplirai tout ce qui sera en mon pouvoir pour me montrer digne de toi. Que cette provision d'amour avec laquelle je vais devoir vivre seule à présent m'accompagne jusqu'à ton retour que j'appelle de mes vœux, comme je crois en un monde meilleur. Toute à toi, corps et âme.

« Ta Constance, définitivement. »

Vous n'avez pas besoin de regarder par-dessus votre épaule. Cet homme n'est plus traqué. Il vous explique que le débat a fait rage pendant près de dix ans mais que maintenant ça y est, tous les condamnés de la Commune, du moins tous ceux qui ont eu la chance de survivre à la semaine sanglante, à la prison de Satory, aux pontons de Brest et de Toulon, ou aux bagnes de Nouvelle-Calédonie, peuvent bénéficier de la loi d'amnistie promulguée il y a quelques mois. Par voie de conséquence les rescapés sont autorisés à revenir en France. Désormais il n'a plus à se cacher. Dès qu'il a appris la nouvelle il s'est dépêché de rentrer. De ses années d'errance, il ne laisse rien derrière lui. Des affaires plus ou moins florissantes qui lui ont permis de s'offrir le voyage de retour d'Australie et pendant quelque temps de voir venir. Il était depuis plusieurs semaines déjà à Paris où il n'a pas cherché à renouer contact avec ses anciens compagnons de lutte. Il savait pourtant où les retrouver. Ils se rassemblent par affinités politiques dans certains cafés. Les blanquistes exilés en Angleterre dans l'un, dans l'autre, ce sont les Bruxellois, dans un autre les fédérés proudhoniens réfugiés dans le Jura suisse, dans un autre encore les bagnards de Nouvelle-Calédonie. Comme lui a été l'un des rares à prendre la route du Sud, il n'y a pas de quoi recomposer une tribu.

De toute manière il n'en avait pas envie. Pourquoi ? Parce que la seule pensée qui l'avait fait tenir pendant toutes ces années, ce n'était pas ce combat d'autrefois, cette nostalgie de grognards de la Commune, mais la perspective de vous revoir. Il a hésité, bien sûr, se demandant si vous vous souviendriez encore de lui. Quelle question, nous avions vécu la même chose, non ? Sans doute, mais rien ne lui disait qu'après tout ce temps vous accepteriez de le recevoir. Et vous : Il y aurait eu pourtant un moyen bien simple de le savoir. Pourquoi ne m'avez-vous pas écrit ? Et lui : Je n'oubliais pas que vous aviez un mari. Et vous : Si vous m'aviez fait signe, vous auriez appris qu'il y a longtemps que je n'en ai plus. Et lui : Comment pouvais-je le deviner ? Et vous : Ce n'était pas une devinette. J'ai une lettre qui depuis neuf ans attend d'avoir une adresse.

Vous l'avez vu se troubler, baisser les yeux, puis : Je suis désolé de vous avoir dérangée. Et comme il s'éloignait, vous tournant le dos, redécouvrant cette haute silhouette sombre, tout vous est revenu. C'était bien vers cet homme que vous aviez couru après le vol de la diligence, c'était bien le même que dans la fulgurance d'un instant vous aviez choisi d'accompagner plutôt que ceux supposés de votre espèce, c'était bien lui qui vous avait ouvert les yeux sur vous-même et sur le monde, lui encore que vous aviez accueilli en vous, qui avait déclenché ces vagues de plaisir qui submergent tout ce qui ne participe pas de ce moment, et avaient balayé les cauchemars nocturnes de votre jeunesse.

Vous veniez de tomber par hasard sur les restes éclatés de la diligence. Il avait plu abondamment, et vous étiez tous deux trempés jusqu'aux os, vous dans votre robe plus tout à fait immaculée qui vous collait à la peau, lui dans sa veste noire alourdie par l'averse, les cheveux plaqués sur son visage, la barbe dégoulinante, et vous aviez eu l'idée, lequel de vous deux je ne sais plus, d'utiliser l'auvent de la voiture comme un abri. Vous l'aviez dégagé de son buisson épineux, arrimé à la diligence renversée à l'aide de sangles et de harnais, l'aviez meublé d'une malle en guise de siège et vous vous étiez assis sous cette visière toilée guettant la fin de l'averse qui avait repris de plus belle. Vous frissonniez tous les deux, collés l'un contre l'autre, immobiles, à présent que le froid gagnait en profondeur, attendant en silence la fin du déluge. Comme vous ne pouviez vous retenir de claquer des dents, la pluie ayant cessé et le ciel augurant d'une rémission plus longue, c'est lui qui avait proposé de faire un feu pour vous sécher et vous réchauffer. Vous aviez refusé de peur que la fumée ne signale votre présence. Et comme il insistait, vous aviez précisé : Ce serait trop bête de se faire prendre maintenant. Maintenant ? Pourquoi maintenant ? s'était-il interrogé. Et il a tourné vers vous sa tête de noyé, et comme vous avez fait de même, il n'y eut plus entre vous, alors que vous sentiez son épaule contre la vôtre, que la place d'un pied de nez. De l'extérieur la visière plongeante de l'auvent ne donnait à voir que vos quatre jambes serrées, et la malle bleue qui vous tenait lieu de banquette.

Ce qui s'est passé alors, on l'apprend dans les cahiers d'Octave. Il conserve le souvenir de votre visage inondé, de votre mâchoire tremblotante, de vos longues mèches cascadant en rivières d'ocre rouge sur vos joues, de l'ébahissement qu'il pouvait lire dans vos yeux d'océan cerné de minuscules tavelures rousses. Et donc pourquoi maintenant ? Même si on le devine, vous n'avez pas répondu. Il y eut entre vous ce long regard suspendu, incrédule, ébahi, alors que les gouttes résiduelles s'écrasaient des arbustes plantés dans la falaise sur la capote goudronnée, composant une musique rythmique dont les notes allaient en s'espaçant, un regard intrigué, stupéfait, qui n'oubliait pas que, il y a peu, l'un gisait le corps transpercé sous un tas de cadavres dans un jardin de Paris, et l'autre menait une vie paisiblement bourgeoise dans une grande maison voisine, distante d'une trentaine de kilomètres à vol d'oiseau, et que la probabilité de ce rapprochement dans ce campement grossier au milieu des montagnes tenait d'un hasard insidieusement comploteur ou d'un miracle — mais le miracle de l'amour comme l'avait bien subodoré la brune rêveuse, nourrie de cigarettes, qui accompagnait le maître du cinéma.

« Elle tremblait, mais je ne saurais dire si le froid en était seul responsable. J'aurais aimé couvrir ses épaules de ma veste, mais autant lui verser un baquet d'eau glacée, la réchauffer en la serrant dans mes bras, en lui frottant le dos, mais mon corps était une branche mouillée. Alors je portai la main à hauteur de son visage et entrepris doucement d'évacuer du bout des doigts quelques gouttes d'eau sous ses yeux, comme si je voulais dégager l'espace d'un baiser. Elle frissonna de plus belle. Même ainsi, après cette course échevelée sous la pluie, elle était la beauté même, un composé d'innocence et de bonté. Tout son visage était en attente. Tendu, vibrant. Il me semblait aussi fragile qu'une bulle de savon, ce qui fait que j'hésitais à m'en approcher. Et d'ailleurs aucun geste n'était en mesure de dire ce que j'éprouvais à cet instant. Jamais on n'avait autant espéré de moi. Plus exactement il se trouvait que, par un étrange concours de circonstances, j'étais celui-là qui se tenait face à cette attente. Je vis ses lèvres s'entrouvrir, les tendons de sa gorge se contracter, tandis qu'une goutte de pluie perlait à son menton. Si l'on nous avait alors accordé jusqu'à la fin des temps pour combler le peu d'espace qui restait entre nous, je crois que nous l'aurions occupé pleinement, pourvu que rien ne vînt troubler cette lente approche. Mais maintenant nous étions trop près l'un de l'autre pour continuer à soutenir nos regards, je baissai les yeux vers sa bouche entrouverte, je pouvais sentir son souffle chaud, haletant. Je me penchai vers cette bouche de chaleur. Nous demeurâmes encore un long moment ainsi, à survoler sans y toucher les lèvres humides de l'autre.

« Quand je relevai les yeux je vis que ses paupières étaient fermées. À mon tour je fis la nuit. J'effleurai alors les fines gerçures de sa lèvre supérieure, la bordure d'un mince duvet. Sa respiration se fit plus ample. J'en éprouvais la douce chaleur sur le bas de mon visage. Par étapes successives je fis peu à peu connaissance de sa bouche, peu charnue, mais large, de sorte que le moindre de ses sourires barrait son visage d'un éclair radieux. J'explorai du bout de la langue la commissure des lèvres. Elle ne bougeait pas, paraissait immobile, ayant cessé de frissonner. Mais ce n'était ni de l'indifférence ni de la froideur. Ni même de la timidité. Je n'oubliais pas que la première fois que je l'avais serrée contre moi elle s'était très vite écartée. En dépit d'elle peut-être. Il me semblait avoir compris que cette soudaine prise de distance avait été le résultat d'un combat intérieur où les voix de la conscience l'avaient provisoirement emporté. Cette fois, elle se laissait aller, profitait de chaque émotion, goûtait chaque instant comme une saveur inédite. Je n'osai m'aventurer davantage et m'écartai. Elle ouvrit grands les yeux, s'étonnant de cette interruption, comme si elle venait aux nouvelles. Je lui souris. Elle glissa sa main derrière ma nuque et m'attira vers elle. »

À dire vrai, Octave dans ses cahiers se montre moins disert. Il note simplement : « Je me penchai vers elle et déposai un baiser sur ses lèvres. Comme elle m'avait repoussé la première fois que je l'avais prise dans mes bras, je m'écartai bien vite, pour ne pas donner l'impression de chercher à profiter de la situation. Elle a ouvert les yeux, et je crus lire une nuance d'inquiétude dans son regard. Est-ce que je jouais avec elle ? Ne représentait-elle rien d'autre à mes yeux qu'un engouement passager ? Cet élan n'était-il de ma part que l'expression de ma compassion ? d'un désir ? Je lui souris afin de la détromper en m'efforçant de rejeter en bloc ses appréhensions. Et je fus sans doute suffisamment convaincant puisque c'est elle qui à son tour m'attira à elle. »

Donc je n'invente rien, mais si je me suis permis de doubler son texte c'est que je connais Octave, et sinon Octave du moins la littérature de son temps dont il est forcément tributaire, car on ne crée pas en dehors de son époque, si bien que son récit, mêlant l'aventure et la réflexion, s'interrogeant sur les valeurs et le destin de sa génération, peut se lire comme un calque du roman de Maxime. S'il m'entendait il serait sans doute furieux mais il suffit de lire : même héros en rupture de civilisation partant au bout du monde, même engagement politique pour l'un, artistique pour l'autre, même sentiment de vivre dans une société finissante, même quête initiatique où la femme est le nouveau Graal, vous voyez qu'il n'y a pas si loin des cahiers à *La Reine de Saba*. Mais à cette distance, c'est comme une langue étrangère qui nécessite aujourd'hui pour être comprise une traduction. Non pas au mot à mot. Mais pour dire cette émotion, on ne disposait pas de beaucoup d'espace entre une vision romantique désincarnée, éthérée, et le réalisme brutal de notre inspecteur pour lequel la sexualité se réduisait à une pulsion bestiale. Et puis l'écriture, arrogante comme son époque, manquait d'humilité, d'abandon. De sorte qu'on peut lire entre les lignes d'Octave un vrai trouble, qu'il rend avec les moyens du bord, c'est-à-dire l'art de la narration de son temps, grâce à quoi il est possible de dater un texte comme on le fait d'une poterie ancienne. Et je suis certain d'être plus proche que lui de ce qui s'est réellement passé sous votre dais goudronné. Mais de fait, je reconnais qu'on m'a suspecté d'avoir retravaillé ces fameux cahiers puisque, à certains endroits, j'ai effectivement procédé à quelques retouches. Du coup, ce refus de les publier est d'autant plus vexant pour moi. Mais pour ma défense, les replâtrages ne touchent que les passages vous concernant. Les longues digressions idéologiques, je les ai laissées telles quelles. On a beau faire, c'est ce qui vieillit le moins bien.

Et puis sur vous j'en sais aussi beaucoup plus long. Octave ignore les intrigues de Monastier, ses bassesses, votre calvaire nocturne pendant toute votre jeunesse. Il ne sait pas de quel renoncement, de quel drame est nourri ce baiser, que l'on peut considérer dès lors comme votre premier baiser. Vous êtes une jeune fille. Ce qu'Octave laisse entendre en négatif, en ne rappelant pas, ce dont nous lui sommes reconnaissants, votre situation d'épouse et de mère. Ce qui, en cette circonstance, serait déplacé, et induirait ce que la littérature de son temps assimile à une forme de perdition qui appelle nécessairement un châtiment, lequel ne manque pas de s'abattre sur la femme perdue. Ce qui ici ne serait pas juste du tout, et d'autant moins que, si sentence il y eut, elle fut heureuse.

Et puis disons que cette réécriture du texte d'Octave, c'était une manière de se mettre à sa place, en un moment que nous ne pouvons qu'envier, être celui-là sous l'auvent arraché de la diligence auprès de la belle ornithologue, même si, pour ce faire, en devenant lui, la perspective d'avoir à subir l'épisode dramatique du mitraillage me rend un peu nerveux. Et si je ne bénéficiais pas de sa chance inouïe ? Et si le servant visait juste ? Mais c'est une blague, bien sûr.

Comme il s'éloignait, vous avez crié : Attendez. Il s'est retourné. Oui ? Et vous : J'aimerais vous montrer quelque chose. Il y eut plusieurs témoins de la scène, qui à votre cri se sont arrêtés. Pour eux, cet homme aux cheveux grisonnants était un parfait inconnu dans le village. Mais le fait n'était pas rare depuis que vous aviez entrepris vos travaux de rénovation. Des têtes nouvelles, les villageois en avaient vu défiler, qui passaient, donnaient leur avis et repartaient en s'étant fait copieusement rétribuer selon les dires de certains. Mais d'ordinaire, que ce soit avec les maîtres d'œuvre ou les créanciers, le ton n'était pas aussi familier. Et puis tout dans votre attitude disait que pour vous cet homme n'était pas un étranger. On se rappelait soudain que la sainte Mme Monastier, il y avait une dizaine d'années, avait eu un trou de quelques jours dans son emploi du temps. Lequel alors avait fait beaucoup parler. Le cocher s'était malicieusement répandu, jusqu'à ce que le notaire fasse taire les rumeurs en affirmant que vous aviez choisi de vous arrêter chez une parente où l'un des passagers de la diligence vous avait conduite. Venant du notaire de la famille, cette version fut officiellement adoptée, rencontrant même curieusement par la suite l'adhésion d'un cocher converti qui s'empressait d'ajouter que lui-même s'était proposé de conduire la jeune femme, mais qu'on avait insisté pour qu'il guide les rescapés et les mène à bon port, si bien qu'on lui avait trouvé un autre accompagnateur, d'ailleurs un homme très bien.

Le vieux Monastier de toute manière n'était déjà plus en état d'affirmer ou d'infirmer quoi que ce soit. Ce qui est certain c'est que quelques mois plus tard il trépassait et que sa jeune épouse avait entrepris de rénover la filature, puis de bâtir une cité pour les ouvriers agrémentée d'un dispensaire où passait une fois par semaine le médecin de Saint-Jean et bientôt d'une école dont on annonçait l'ouverture pour la rentrée prochaine.

Ce qui n'avait pas été sans difficulté. Maître Abeillon avait mis en garde à plusieurs reprises la jolie veuve. La fortune de son époux dont elle n'était qu'usufruitière jusqu'à la majorité de son fils, n'était pas inépuisable. Il se permettait de tirer le signal d'alarme. Et le marché de la soie, subissant de plein fouet les importations en provenance d'Extrême-Orient depuis l'ouverture du canal de Suez, connaissait à nouveau une période de forte tension qui pourrait se révéler mortelle. On ne trouverait pas cette fois face à une crise d'un nouveau type un Pasteur pour soigner notre industrie malade. Il n'y avait dans ce cas qu'une seule politique à faire valoir, celle de la canonnière, et ce disant Abeillon levait martialement le menton, se trouvant soudain tout à fait enclin à briguer un siège à l'Assemblée. D'ici là, pour tenir le coup, il fallait envisager de diminuer drastiquement les coûts de production, donc se moderniser, en mécanisant la chaîne de fabrication, en investissant dans des machines compétitives, en pressant la venue du chemin de fer, et évidemment en se débarrassant des ouvriers à faible rendement. De sorte qu'il vous mettait en demeure de renoncer de toute urgence à vos lubies socialisantes, ce qui dans la bouche d'Abeillon ne passait pas pour un mot gracieux — voir sa mine dégoûtée. Peut-être était-il déjà trop tard, mais à tout le moins en continuant ainsi, on était assuré de filer droit à la catastrophe.

Les convocations s'étaient succédé, plus alarmistes les unes que les autres, et vous n'aviez eu à opposer aux colonnes de chiffres du notaire que le souvenir de cet homme qui vous avait inculqué le virus de la justice. Abeillon revenait à la charge. Vous qui vous souciez tant des ouvriers, qu'adviendra-t-il d'eux lorsque la filature aura fermé ? À quoi vous aviez répondu : Si elle continue sans eux, que voulez-vous que j'en fasse ? Et Abeillon, désolé d'avoir à formuler ce qui va sans dire et qu'il est inutile d'expliquer aux gens de sa classe : Eh bien, de l'argent, par exemple. Ajoutant d'un ton narquois : Vous aurez tout loisir ensuite de le distribuer à vos bonnes œuvres. Et vous, vous levant tristement : Je crois que vous confondez, maître. Et lui : Qu'est-ce que je confonds ? Et vous : La charité et la justice. Et lui, s'interrogeant faussement : Mais qui a bien pu vous mettre en tête des idées aussi — il cherche le mot — farfelues ?

Vous vous entêtiez, allant jusqu'à réaliser une partie des biens fonciers pour financer vos projets. Au grand dam du notaire. Il vous semblait pourtant que la fortune de Monastier était considérable. N'avait-il pas confié à son ami des sommes importantes ? Et maître Abeillon se récriait : des placements à long terme, il ne faut surtout pas y toucher. D'accord, on n'y touche pas, mais au moins, les sachant devant vous, vous pouviez voir venir. D'ici là, il convenait de tout mettre en œuvre pour le retour de votre éveilleur de conscience : Il verra et lui au moins m'approuvera, tout ce travail lui montrera à quel point il a vécu en moi à travers ces années, et combien j'ai tiré profit de ses leçons dispensées en cheminant sur les sentiers du Lozère.

Il vous souvenait de cette première veillée amoureuse : Lorsque nous étions réfugiés sous l'auvent de la diligence, il avait insisté me voyant grelotter pour faire un feu. Le bois mort ramassé dans la forêt fumerait un peu, mais protégé par l'épais couvert des arbres il serait relativement sec et s'enflammerait sans trop de difficulté. Comme je m'y opposais de crainte que cette flambée ne nous signale aux gendarmes, il passa outre et c'est lui qui à la première éclaircie s'engouffra dans le sous-bois et revint les bras chargés de branches. Il trouva dans une des malles renversées des dossiers gonflés de factures et autres relevés qui avaient échappé à l'orage et avec lesquels il s'empressa de faire un dôme qu'il recouvrit de brindilles. Mettant le feu à l'un de ces papiers après l'avoir parcouru, il déclara qu'il annulait une créance, que non seulement ce feu nous réchaufferait et nous sécherait mais qu'il était en outre un acte de justice.

À première vue, l'étude de maître Abeillon ne paraissait pas avoir trop souffert de cet autodafé, mais « c'était plaisant d'imaginer un petit artisan étranglé par les traites, s'autorisant soudain à respirer un peu. Je fis plusieurs voyages dans le sous-bois pour alimenter notre foyer. J'avançai notre banquette pour que Constance puisse étendre ses jambes et se réchauffer. À chaque retour je l'embrassais, si bien qu'elle prit l'habitude de me tendre ses lèvres à peine avais-je jeté les branches au-dessus du foyer. Elle avançait les mains vers les flammes puis se les appliquait sur le visage. Je la vis reprendre peu à peu des couleurs. À présent que le feu crépitait haut, dispersant dans l'air des confettis noirâtres de papier, je me livrai à des investigations autour et à l'intérieur de la diligence, espérant y trouver de quoi améliorer les conditions de notre bivouac. Je fus heureux de découvrir, plié sous une banquette, un plaid que les voyageurs, l'hiver, déployaient sur leurs genoux. Peut-être pourrait-elle s'y enrouler le temps de mettre sa robe à sécher ? Je lui précisai en plongeant le nez dans le couvre-pied que j'étais en mesure d'affirmer qu'il n'appartenait pas à la garde-robe du cheval, ce qui la fit sourire, et je le lui tendis. Lorsque je revins de ma énième collecte de bois, elle était enveloppée de la couverture et tenait à bout de bras une longue branche au bout de laquelle pendait sa robe qu'elle approchait des flammes. Ses jambes étaient découvertes jusqu'aux genoux. Je restai un long moment à la contempler. Puis je confectionnai une sorte de trépied auquel je suspendis la robe et retournai m'asseoir près d'elle.

« Elle posa sa tête sur mon épaule, et alors que nous étions absorbés par le spectacle des flammes, je lui racontai le rude hiver dans Paris assiégé, où par manque de combustible, tout le monde, ou à peu près, était logé à la même enseigne. Après quoi elle me posa toutes sortes de questions. Comment tout avait commencé, la guerre, la capitulation, la pseudo-République, ce que voulaient les gens de la Commune, ce que signifiaient les tendances politiques à l'intérieur du mouvement, les blanquistes, les jacobins, les fédérés, comment les idées avaient cheminé jusque-là, les différentes utopies, les saint-simoniens, les phalanstères, les syndicats ouvriers, l'Internationale des travailleurs, la foi des uns dans le progrès industriel qui allait libérer les hommes des tâches les plus pénibles et les plus dégradantes, et la méfiance des autres pour qui ce système concentrait tout le pouvoir dans les mains des possédants, seuls capables de tels investissements (et ils avaient bien raison de ne pas verser dans un optimisme béat vis-à-vis du progrès, puisque parmi les pires requins du capitalisme naissant on trouvait d'anciens saint-simoniens comme les frères Pereire), si bien qu'on avait vu les ouvriers des filatures se rebeller violemment contre l'arrivée des métiers à tisser, qui les privait d'un savoir-faire et les condamnait à des gestes répétitifs sans qualification, et puis certains avaient bien analysé le fait que la richesse produite non redistribuée accroissait encore le capital de quelques-uns, donc leur potentiel d'investissement et d'exploitation, et cette femme sublime écoutait.

« Elle remontait de temps en temps la couverture qui glissait de ses jambes, relançait une question, demandait à développer un point précis, et quand je m'interrompis pour écouter les roulades harmonieuses d'un oiseau alors que le ciel s'était dégagé, elle glissa : C'est un rossignol, il n'y a pas de chant plus beau. Comme le soir commençait de tomber, je proposai de sortir les banquettes de la diligence et de nous en faire une couche en les installant sous l'auvent. Elle me fit savoir qu'elle aimerait m'aider mais qu'il lui fallait d'abord enfiler sa robe. Je me tournai. »

L'auteur des cahiers fait montre d'une grande pudeur concernant la suite, puisque le chapitre se termine sur cette ellipse qui pourrait laisser penser que vous fîtes, disons, lit à part. Et il est vrai que cette nuit vous appartient. Mais une fois qu'elle fut tombée, alors que devant votre abri, le feu finissait de lancer ses flammèches et agonisait en rougeoyant, vous aviez déjà rapproché vos deux banquettes et partagiez la même couverture. Vous êtes restés longtemps enlacés bouche contre bouche, à apprivoiser l'autre par des caresses prudentes, puis c'est vous qui avez pris l'initiative d'attirer Octave sur vous, après avoir retiré votre robe habilement sans vous relever, en la faisant remonter jusque sous les bras et en l'ôtant par le haut. Et de ce moment, de cet acte délibéré, à peine réfléchi, naturel somme toute, c'était comme si Monastier n'avait jamais existé, c'est-à-dire que votre corps s'est librement ouvert, vos jambes, vos cuisses un peu endolories par votre longue marche. Il n'a pas marqué, ce qu'on aurait pu craindre, une sorte de rebuffade au rappel de ce que vous aviez vécu, une tension de tous vos muscles, un rejet nauséeux en revivant les séances forcées imposées par le seigneur de Saint-Martin-de-l'Our. Vous avez senti avec délices cet homme entrer en vous, s'y glisser sans effort, vos bras ont serré de toutes leurs forces son torse tandis que vous faisiez, oui, corps avec lui, que vous étiez parcourue d'ondes inédites qui vous rendaient une et indivisible, et que vos ongles, vous le remarquâtes ensuite en vous reprochant presque d'avoir rajouté des griffures au corps meurtri de votre ami, se plantaient dans son épaule. Ainsi les mêmes gestes pouvaient terroriser ou s'inscrire sans peur dans la plus belle histoire du monde. Et, à dire vrai, pas une seconde la figure de Monastier ne s'est imposée à votre esprit.

Cette fois Abeillon ne pouvait plus rien pour vous. Depuis le temps qu'il vous mettait en garde. Seulement ce qu'il vous disait ou rien, c'était pareil. Il lui semblait parler à un mur. Si vous aviez tenu compte de ses avertissements au lieu de poursuivre vos chimères en faisant fi de la réalité, nous n'en serions pas là. Et là où nous sommes, ça porte un nom, madame Monastier, ça s'appelle la ruine. Mais tout cet argent placé ? Chère Constance, permettez-moi de vous appeler par votre prénom, car vous me semblez toujours une enfant, il se trouve qu'un placement est toujours un pari hasardeux sur l'avenir. Il repose sur un principe qui malheureusement n'est pas une loi mathématique, à savoir la confiance en notre industrie, en ses ingénieurs, en notre capacité d'intervention dans un monde où, pour amener la civilisation jusque dans ses zones les plus sauvages, il nous faut affronter nombre d'aléas et d'inconnues qui échappent à nos prévisions et à nos calculs : les marais, les moustiques, les montagnes infranchissables, le froid, la sécheresse, l'hostilité des populations qui ne comprennent pas toujours que ce que l'on entreprend c'est pour leur bien, les chefs locaux qui rançonnent les sociétés, l'acheminement difficile des matériaux et des hommes, les typhons, le typhus, les fourmis rouges, les coupeurs de têtes, si si, je vous assure, et je vous fais grâce de la fluctuation des cours des matières premières et des marchés. Ceci pour vous dire que la somme, il est vrai importante que m'avait confiée votre mari, considérez, même si je ne désespère pas de voir notre audacieux placement recueillir un jour les dividendes que nous étions en droit d'en attendre, qu'elle est pour l'heure évanouie. Autrement dit, et jusqu'à nouvel ordre, n'y comptez plus. Mais vous ne pourrez pas prétendre que vous n'étiez pas prévenue. Du reste votre fils vient d'avoir vingt et un ans et c'est avec lui que désormais je vais avoir à traiter. Je ne vous félicite pas de votre gestion. Son héritage se compose désormais massivement de dettes et d'impayés. Votre seule excuse ce fut, outre certaines mauvaises influences, d'avoir été sensible à la prétendue détresse des gens du peuple, alors que c'est vous qui les voyez ainsi, avec votre regard, vos habitudes de vie. Eux ne se perçoivent pas comme ça. C'est au contraire si vous leur donnez les moyens de s'instruire qu'ils seront à même de faire la différence et seront perméables à toutes les idées pernicieuses qui voudraient abolir la propriété. Ils sont loin d'être aussi malheureux qu'il n'y paraît, croyez-moi.

Vous auriez pu répondre qu'il ne vous serait jamais venu à l'idée de le croire et que sa profession de foi était bien inutile, mais la vérité, c'est que vous ne saviez plus trop en qui vous fier. Après que vous le lui aviez proposé, l'homme aux cheveux grisonnants vous avait suivie jusqu'à la petite cité. Comme vous marchiez à quelques pas l'un de l'autre, en silence, cherchant en vain comment renouer le fil interrompu, vous efforçant de reconnaître en lui celui qui vous avait accompagnée en pensée pendant dix ans, bousculée par cette irruption déformée de votre plus beau souvenir, quand vous aviez tellement rêvé à ce retour où vous vous précipiteriez dans ses bras, vous cherchiez à vous convaincre qu'il était bien normal de ne pas le retrouver tel qu'il vous avait quittée. Après autant d'années vous n'étiez plus, vous non plus, tout à fait la même — et pas seulement à cause de ces fines ridules au coin des yeux et de vos traits creusés. Pour accomplir cette métamorphose vous aviez mis justement tout ce temps à profit. Vous alliez d'ailleurs lui en apporter la preuve. Il verrait tout ce que vous aviez réalisé pour le bien-être des ouvriers de la manufacture, la rénovation du bâtiment, plus lumineux, plus propre, plus fringant, les petites maisons de deux pièces, exiguës sans doute — et certains vous avaient reproché de n'avoir pas pensé aux familles nombreuses —, mais auxquelles était joint un jardinet qui offrait un délassement et un complément alimentaire non négligeable, puis cet ancien appentis transformé en dispensaire avec ses panneaux incitant à une meilleure hygiène, à bien aérer les chambres, à ne pas cracher, et enfin la toute nouvelle salle d'école où était déjà installée l'estrade du maître, et qu'il ne restait plus qu'à meubler d'un bureau, d'un tableau noir et de quelques pupitres.

D'ailleurs si vous l'aviez rattrapé au moment qu'il s'en retournait, c'est que vous aviez votre petite idée. Octave vous avait dit autrefois son intérêt pour l'instruction, c'était même de toutes les propositions de la Commune celle qui lui tenait le plus à cœur. Vous vous rappeliez aussi qu'il avait été précepteur. Voilà, vous teniez votre accroche. Puisqu'il était venu jusqu'à vous, peut-être était-il libre de son temps ? Accepterait-il de mettre en pratique ses théories en devenant le premier instituteur de son école ?

Il avait posé un regard las sur vos réalisations, sans un commentaire, sans un encouragement. Les maisonnettes de votre cité devant lesquelles jouaient des enfants qui suspendirent leurs sautillements pour vous saluer, ne le retinrent que quelques minutes, tout juste le temps de longer la rue principale jusqu'à la future école bâtie sur une ancienne terrasse. Depuis des années vous vous prépariez à répondre à la foule de questions qu'il ne manquerait pas de vous poser : comment l'idée vous en était venue, comment vous aviez procédé, comment s'était faite l'attribution des logements, comment était gérée la cité — et là vous exultiez à la pensée de lui répliquer : par un comité de locataires démocratiquement élus —, si les occupants appréciaient cette vie nouvelle, quel bénéfice ils en tiraient, au lieu de quoi vous marchiez tous deux en silence, accompagnés par le seul bruit de vos pas sur l'avenue en terre. Et comme devant un jardin méticuleusement entretenu vous l'incitiez à admirer le bon usage que les ouvriers en faisaient, et, passant près du dispensaire, combien les soins du médecin, évidemment à votre charge, avaient permis de sauver de nouveau-nés, il avait approuvé chaque fois d'un air distant, comme si une partie de lui n'était pas revenue des terres lointaines.

Était-ce bien le même homme ? Il arrive parfois que des chocs trop violents anesthésient le cerveau, le rendent imperméable au souvenir, ou qu'une trop grande accumulation d'événements dans une seule vie ne trouve plus la place de s'y imprimer, de sorte qu'il convenait sans doute de lui rafraîchir la mémoire. Alors vous aviez récité devant lui, comme une bonne élève répétant devant le maître sa leçon, les idées qui vous avaient poussée à entreprendre tous ces travaux — pour mémoire idées de justice, d'égalité, de dignité, de meilleure répartition des profits. Lui-même avait sans doute de son côté mis en pratique quelques-unes de ses théories, car vous imaginiez que le monde étant bien mal desservi en humanité, ce n'était pas les occasions qui avaient dû lui manquer dans ses voyages lointains de redresser les torts et les injustices. Il avait haussé les épaules. Alors qu'avait-il fait ? Il avait surtout pensé à survivre. Quand on ignore la langue, les mœurs d'un pays, qu'on est accueilli comme un indésirable et qu'on n'a pas de possibilité de retour, il faut beaucoup batailler pour s'imposer. On y perd une partie de ses illusions.

Et vous, fronçant les sourcils : Celles que vous aviez — et après avoir marqué une pause à peine perceptible dans le déroulé de votre phrase mais qui vous fit un coup au cœur — autrefois ? Quand ça ? avait-il repris. Et sur un ton presque sarcastique : Vous parlez des trente mille morts, des milliers d'exilés, d'internés, de condamnés au bagne ? J'aurais aimé que ce ne soit que des illusions, en effet. Beau résultat, n'est-ce pas ? Si les meilleures intentions du monde aboutissent à un charnier on peut effectivement s'interroger. Depuis, j'ai fait mille métiers, dirigé des chantiers, été négociant, travaillé sans relâche, sans prendre une journée de repos pour accumuler de quoi m'offrir ce voyage de retour et un peu d'aise, et tout ce que j'ai appris c'est que les employés ne pensaient qu'à une chose, me voler et au final avoir ma peau. Pendant des années j'ai dormi avec mon pistolet à portée de main.

Vous étiez à présent dans la salle de classe dont vous vous montriez si fière. Mais déjà vous auriez préféré être à cent lieues, ne sachant comment retenir cette boule de sanglot que vous sentiez gonfler dans votre poitrine. Pour éviter de questionner son regard, vous avez entrepris de ranger deux ou trois planches qui traînaient au milieu de la pièce. Comme il se proposait de vous aider, vous avez repoussé son offre, prétextant que vous aviez l'habitude. Il se sentit obligé de vous féliciter, précisant qu'effectivement l'enseignement était une chose importante, mais au lieu d'abonder, d'amorcer ainsi un triste échange de propos convenus, vous vous êtes dirigée vers la fenêtre donnant sur la vallée, et votre silhouette se découpant dans un rectangle de brume bleutée, comme si vous vous adressiez à la montagne, vous avez commencé à parler : Il y a quelques années, dans des circonstances très particulières, j'ai connu un homme merveilleux. Cet homme m'a ouvert les yeux, m'a ouverte au monde et à l'amour, ce qui est devenu pour moi la même chose. Il m'expliquait qu'il n'était pas normal qu'une poignée d'hommes s'enrichissent du travail de millions d'autres hommes réduits à la pauvreté la plus extrême, qu'il y avait là la plus grande des injustices, car pendant que ces millions travaillaient six jours par semaine et douze heures par jour dans des conditions effrayantes pour des salaires de misère, s'entassaient dans des logements insalubres, voyaient leurs

537

femmes mourir en couches faute d'hygiène et de soins, et leurs enfants tomber comme des mouches, lesquels s'ils survivaient n'avaient de toute manière aucune chance d'accéder à une autre vie puisqu'on n'attendait même pas qu'ils aient douze ans pour les mettre à la tâche, oui, comme ici, sans qu'on se soit soucié de leur apprendre à lire et à écrire pour qu'ils connaissent un jour un monde meilleur, pendant ce temps la poignée d'hommes vivant dans la plus grande opulence, ayant le pouvoir à sa botte, s'arrangeait toujours pour écraser dans le sang l'espoir des millions de miséreux. Cet homme merveilleux était si convaincu de la justesse de sa cause qu'il s'était battu pour elle, c'est-à-dire pour ceux-là qu'on prenait pour des bêtes de somme comme il disait, et il s'était à ce point battu qu'il avait manqué d'en mourir, et d'ailleurs peut-être était-il mort, car elle n'avait plus de nouvelles de lui, oui, sans doute était-il mort.

Pourtant elle aurait aimé lui dire que son combat même perdu à ses yeux, quand il revivait la tragédie de l'espérance, n'avait pas été vain. Ici des femmes et des enfants avaient été sauvés, vivaient dans de meilleures conditions, grâce à lui. Certains enfants remarqués par elle avaient même entrepris des études, et désormais, car c'est cela qu'elle avait retenu de son idée de la justice, tous auraient la même possibilité de s'instruire. Cet homme merveilleux était si aimable, c'est-à-dire si digne d'amour, que sans son enfant elle l'aurait suivi au bout du monde pourvu qu'il continue son juste combat. J'aurais aimé que vous le rencontriez. Je crois qu'il vous aurait amené à voir les choses différemment. Je regrette qu'il ne soit plus là.

Et passant devant lui, comme il avait cherché à vous retenir : Laissez-moi — aviez-vous dit — vous n'êtes pas celui que j'ai connu. L'autre ne vous aurait pas intéressé, il était généreux, il était prêt à donner sa vie pour un monde meilleur. Et lui : Que savez-vous de ce que j'ai donné ? Et vous : Si jamais vous le retrouvez, dites-lui bien à cet autre qu'il sera toujours le bienvenu. Et, l'obligeant à s'écarter — pardon, aviez-vous murmuré —, vous étiez sortie de la salle de classe. Sans plus vous retourner, vous aviez regagné à pas pressés la manufacture, le bas de votre robe flottant derrière vous traduisait votre empressement. Les ouvriers et les ouvrières vous avaient vue traverser en silence l'atelier, alors que généralement vous aviez un mot aimable pour chacun. Et certains affirmèrent que vous aviez des larmes dans les yeux. Ils en conclurent que sans doute vous aviez eu de mauvaises nouvelles concernant l'avenir de la filature. Ce qui n'était pas une surprise. Les rumeurs se faisaient de plus en plus alarmistes. Le notaire avait bien fait passer le message : au lieu de vous pencher sur vos ouvriers comme Marie-Antoinette sur ses moutons, vous auriez mieux fait de vous préoccuper du sort de votre industrie. On murmurait dans l'atelier. On n'avait pas besoin d'une école pour apprendre à défiler les cocons, la meilleure école, c'était l'usine, où les plus anciens enseignaient aux nouveaux le tour de main et les ficelles du métier. Les petites maisons, c'était très bien, mais ils étaient bien peu à pouvoir en profiter. Et pourquoi ceux-là plutôt que d'autres ?

C'est maître Abeillon qui régla quelque temps plus tard, à sa manière comptable, ces querelles de personnes. Il y eut cette dernière convocation où il vous mit devant le fait accompli. C'en était cette fois fini des mises en garde. Comme vous n'étiez pas en mesure de régler l'emprunt hypothécaire qu'il vous avait généreusement forcée à contracter afin d'assurer les traites de la filature — quand vous comptiez sur les faramineux placements porteurs de civilisation — il avait dû personnellement s'en charger, devenant du même coup propriétaire de votre petite cité utopique. Et vous : Jamais. Je vendrai plutôt ma propriété. Et le notaire : Elle n'est pas à vous. Et si j'en crois mes dossiers, vous n'avez pas apporté grand-chose dans votre corbeille de mariage. Et vous : Ma jeunesse. Ce qui aux yeux de maître Abeillon ne suffisait pas. En conséquence, d'ici un mois il allait augmenter de trois cents pour cent les loyers, avec expulsion manu militari dans l'heure pour les locataires récalcitrants. La gendarmerie était prévenue. Vous avez hurlé : Vous n'avez pas le droit. Il vous fit obligeamment remarquer que le droit, c'était lui.

C'était aussi un peu votre fils Louis, qui était désormais bien engagé dans ses études d'avocat. Et puis, désormais c'était à lui, l'héritier Monastier, que revenait le soin de négocier. Vous, de toute manière, vous n'en aviez plus la force. Louis était votre dernier appui. Le train à présent pouvait vous conduire directement d'Alès à Paris puisque la portion manquante jusqu'au Puy venait tout juste d'être achevée. Ce fut pour vous, ce voyage, un triste pèlerinage, hanté par des souvenirs vieux de dix ans, aujourd'hui ternis par des retrouvailles malheureuses. En quelques mois tout s'était retourné : vos espérances, votre amour, le crédit que vous accordaient les ouvriers. Au lieu d'améliorer leur ordinaire, vous les aviez jetés entre les pattes d'un de ces financiers que dénonçait votre compagnon de jadis, et condamnés peut-être au chômage si le notaire et son associé, sur lequel Abeillon se montrait très discret, décidaient la fermeture de la manufacture. Ne manquait plus, pour que votre solitude soit totale, que la défection de votre fils. Après quoi, la vie serait finie. Plus rien, plus personne à attendre, plus d'espérance d'embellie. Qu'une permanente rumination de vos échecs, que la contemplation hébétée d'un insupportable gâchis. La mort volontaire n'étant pas au programme, devant vous un long et pénible retrait en la seule compagnie des oiseaux, pourvu qu'ils parviennent encore à vous faire oublier, le temps d'une roulade et d'un trille, votre désaveu.

La voie ferrée ne suivait que de loin en loin la route du Puy à Alès, pourtant vous n'aviez pu vous empêcher de reconnaître les lieux, de chercher à retrouver dans cet amoncellement de collines le coteau où vous aviez recueilli et sauvé Octave moribond. Parfois l'image d'autrefois s'imposait et contournant la silhouette granitique du mont Lozère, vous aviez marché de nouveau en compagnie de la haute silhouette sombre, lui prenant par instant le bras, tandis que vous devisiez, vous reposant contre le pignon massif d'une maison ruinée, ajouré comme une dentelle de pierre par où s'infiltraient des rayons de soleil, gravant vos deux noms sur une borne disposée çà et là pour reconnaître son chemin dans un paysage enneigé. Cette borne, je l'ai retrouvée. On y lit votre nom, et la lettre O, comme si votre compagnon graveur avait signé ce qui pour lui était son chef-d'œuvre. Mais le plus souvent se glissait entre vos souvenirs et le paysage la figure de l'homme au regard las, à la peau tannée, au menton rasé, à la chevelure grisonnante. Pourtant votre profil dans la vitre, gommant les fines altérations du temps, est demeuré le même. Et quand nous avons passé le viaduc de G..., j'ai repensé au grand condor des Andes et à son introducteur. Moi-même j'avais le cœur plus joyeux, alors.

Louis vous attendait sur le quai de la gare d'Austerlitz. Le petit garçon avec qui vous admiriez la façade du nouvel Opéra et comptiez les colonnes de la loggia conçue par Garnier est un jeune homme portant chapeau, cravate et canne à pommeau. Il n'a pas hérité de la couleur de vos cheveux, ce qui, à sa naissance, alors que cette interrogation avait occupé une grande partie de votre grossesse, vous avait à la fois ravie et déçue, et ses yeux sont bruns. De son père, il a aussi le front haut et, on peut le craindre, une propension future à la calvitie, mais pour le reste on retrouve la finesse de vos traits. Il arbore la mine responsable qu'on se figure à cet âge, mais ce n'est pas, ce haut front soucieux, le signe qu'il vous en veut de votre gestion déplorable. Pour au moins une bonne raison, c'est qu'il n'a aucune envie de graver Monastier et fils sur le fronton de la filature. Pourvu qu'il ait de quoi poursuivre ses études, c'est dans l'immédiat tout ce qui le préoccupe. Son avenir tel qu'il l'envisage est déjà tracé (en quoi il se trompe lourdement, incapable d'imaginer qu'il défendra les autochtones des Marquises, victimes de l'administration coloniale), et il est bien décidé à s'inscrire au barreau de Paris. Retourner dans les Cévennes ? À la rigueur si le démon de la politique le prenait et qu'il lui faille une circonscription. Et celle de

Saint-Martin lui semble tailler sur mesure. Ce qui prouve qu'il a déjà réfléchi à la question. On ne manquerait pas de lui réserver un bon accueil, non ? Tu ne crois pas ? Vous le regardez d'un air étonné : Et tu te présenterais sous quelle étiquette ? Tu fréquentes déjà un parti ? Il rit : On décidera le moment venu.

Il y a peu vous auriez envisagé une réaction indignée d'Octave, c'est-à-dire du premier Octave, et du coup, en écho, vous n'auriez pas manqué de vous récrier. La fonction de la politique n'est pas d'assurer une position sociale. C'est une affaire de valeurs. Et pour ce qui vous concerne il ne peut s'agir que de la défense et de l'application d'une haute idée de la justice au service des plus démunis, un combat toujours recommencé, sans trêve ni repos, mais maintenant que l'écho lointain s'est brouillé depuis la visite du revenant, vous vous taisez. Vous répondez : Oui, ton père était un homme considéré. Tu ne manquerais pas de soutien.

Le soir, pour vous changer les idées, après que vous aviez exposé la situation à votre fils et examiné ensemble les comptes et les dossiers, il vous avait entraînée dans un cabaret. Non qu'il y fût un habitué, mais il n'allait pas vous faire partager les salles enfumées des cafés fréquentés par les étudiants. Il s'est renseigné et on lui a recommandé cet endroit tout à fait en accord avec une maman de province. Lui, semble très à l'aise dans ce milieu, tendant négligemment son chapeau, sa canne et ses gants à la demoiselle du vestiaire, vous aidant à retirer votre capeline, se dirigeant avec autorité vers la table que lui désigne le maître d'hôtel, juste au pied de la petite scène, sur le côté, ce n'est pas trop près ? mais il vous convainc que c'est la meilleure place et la plus tranquille. Tous les hommes, tandis que vous traversez la salle de restaurant, vous suivent du regard. À dix ans de distance, le miracle de l'apparition à l'Hôtel de France du Puy se reproduit. Les couverts suspendent un temps leur cliquetis. La bouchée en transit est priée d'attendre au bout des pics de la fourchette. Votre longue silhouette fine se faufile entre les tables, et sous votre coiffe cuivrée vous baissez vos yeux d'océan. Eh bien oui, chers amis, Constance Monastier est à Paris. Vous, vous préféreriez déambuler sur le mont Lozère en donnant le bras au vagabond de jadis.

À son point le plus haut, sur le pic de Finiels, il soufflait un vent à éclater de rire. Vous marchiez ensemble, pliés en deux, sur la pelouse gazonnée de nard raide envahie de sauterelles et de petits oiseaux, obligés de hurler pour vous faire entendre. À Octave vous demandant de vous éclairer sur ce qu'il appelait en termes génériques des moineaux de montagne, vous aviez crié alouette des champs, traquet motteux, pipit rousseline et d'autres noms emportés avec les nuances de morphologies et de couleurs par la bourrasque. Comme le plateau présente une succession de croupes et de replats, vous aviez couru toujours voûtés vous glisser au creux d'une combe pour souffler un peu dans les bras l'un de l'autre. Le repas bien sûr était frugal, et variait peu depuis deux ou trois jours, qui combinait pain, morceaux de lard, fromage de brebis et cerises glanées dans la montée, ainsi qu'une poignée d'olives noires achetées à un curieux colporteur dont l'âne transportait contre ses flancs deux tonnelets, le premier rempli d'olives et le second scellé dont il refusa de dévoiler le contenu. Mais

544

évidemment, le meilleur repas du monde. Après quoi vous aviez fait l'amour. Ici la lecture du menu vous oblige à vous pencher vers votre fils pour lui demander quelques éclaircissements sur les formulations de tel ou tel plat. Quand il avoue son ignorance il appelle le garçon qui, sa serviette blanche posée comme un bât sur son avant-bras, prend un air d'initié pour détailler la composition d'une sauce.

Sur le menu également on peut découvrir le programme de la soirée : après avoir applaudi aux tours prodigieux du plus célèbre magicien de Pondichéry venu tout exprès des comptoirs de l'Inde, Lola Melinda nous interprétera les plus grands succès du moment. Tu la connais ? Non, mais d'abord il vous faudra refuser de grimper sur la petite scène, en dépit de l'insistance du mahatma de Belleville, qui tient absolument à vous changer en blonde, ce qui fait beaucoup rire l'assistance, et vous beaucoup moins. Ce qui vous avait bouleversée chez Octave : son extrême délicatesse quand il s'adressait à vous, quand il prenait votre visage entre ses mains et demeurait un long moment à vous admirer : Comme tu es belle, disait-il, la plus belle ornithologue du monde (oui, je reconnais que c'est de lui). Et à ce moment des larmes vous montaient aux yeux. Mais c'est au tour à présent de la grande cantatrice adulée des foules espagnoles, je veux dire : Lola Melinda. Discrètement un homme en jaquette apparaît côté jardin, pose ses partitions sur le piano droit et, après avoir évacué en les relevant d'un geste énergique les deux pans de sa queue-de-pie, s'assoit sur le tabouret qu'il règle à la bonne distance du clavier, retourne ses mains en s'emmêlant les doigts, et plaque quelques accords comme s'il allait déclencher un tir d'artillerie. Un signal certainement, car sous ce déferlement symphonique le rideau comme s'il se déchirait s'écarte, ouvrant le passage à une forme imposante, une sorte d'amphore moulée dans un drapé de soie rouge, la face cachée derrière un éventail ouvert qu'elle referme brusquement avant de lancer sa première note par-dessus la tête des convives.

Non qu'elle soit fausse, mais la première note vous fait avaler de travers. Le corps de la cantatrice a amplement profité des dix années passées, le menton a développé un cou de pigeon, la poitrine déborde au point de faire quasiment disparaître cette entaille vertigineuse entre les seins tant ils sont compressés dans le carcan du décolleté, mais aucun doute, Lola Melinda se produisait autrefois sous le nom de Chloé de Sancy. Vous manifestez soudain un vif intérêt pour le contenu de votre assiette, essayez même de vanter les saveurs de votre plat devant Louis qui ne relève pas, occupé à goûter les roucoulades du voluptueux pigeonneau. Il faut sans doute incriminer le choc consécutif à cette métamorphose, mais la qualité du répertoire de la soirée vous échappe. Il vous semble cependant que Chloé a rabattu ses prétentions lyriques — comment s'appelait cet opéra déjà qui devait la propulser au rang de diva ? Ah oui, *La Cerise sur le gâteau* — au profit de Lola et d'une interprétation plus gouailleuse, disons. Laquelle se marie mieux avec le personnage. Quand elle descend en chaloupant dans la salle, qu'elle minaude auprès de messieurs apoplectiques, ou agite son collier de perles sous le nez des dames, elle parvient assez facilement à faire oublier ses aspirations mozartiennes.

Vous voyant plongée dans votre assiette, Louis s'inquiète : Quelque chose ne passe pas ? Vous dites que vous vous sentez mal à l'aise dans ce décor si éloigné de la maison de Saint-Martin-de-l'Our, que vous n'avez pas l'habitude de ce genre d'endroit. Votre fils vous propose d'en finir au plus vite et de rentrer, ce qui vous soulage. Si vous n'aviez pas peur de gâcher sa soirée, oui, je veux bien, mais vous le voyez au même instant sourire à la créature amphorique qui fond sur lui, contourne la table pour lui coller le nez entre ses avantages, et vous découvrant, marque un petit froncement de sourcils qui se résout bien vite par un clin d'œil complice, et se dirigeant vers une autre table, elle vous donne au passage, de son éventail replié, une petite caresse sur vos cheveux. Votre fils vous dévisage avec stupeur : Vous vous connaissez ? Non, pourquoi ? Elle avait l'air de t'avoir déjà vue. Mais enfin, où veux-tu ? Mais, ce disant, vous devenez écrevisse. Louis quoique témoin de votre trouble n'insiste pas et commande l'addition, qu'apporte peu après le garçon. Sur la petite assiette est joint à la facture un billet plié que Louis s'empresse de saisir et de déchiffrer. Il vous dévisage avec une expression d'effroi. Il va être difficile pour vous désormais de nier. Il lit : Rejoignez-moi dans ma loge, j'attends avec impatience que vous me racontiez votre échappée en compagnie du beau révolutionnaire. Lola-Chloé.

Et Louis : Qu'est-ce que c'est que cette histoire de révolutionnaire ? Je peux avoir des explications ? Vous : Rentrons. Lui : Toi, si tu veux, mais je ne partirai pas sans en avoir le cœur net. Et le jeune homme se levant précipitamment, s'engouffre côté jardin derrière le rideau. Louis, je t'en prie. Mais il ne vous a pas entendue, ou a feint de ne pas vous entendre. Tous les regards des convives sont sur vous. Et alors que vous le rejoignez résignée en suivant le même chemin, c'est comme dans ces cauchemars où on se retrouve sur une scène sans avoir appris son rôle.

Ouvrant la porte de sa loge, Lola Melinda, subtile et intuitive dans son déshabillé rose orné de volants, découvrant Louis : Eh bien dites donc, vous les choisissez de plus en plus jeunes. Moi qui vous prenais pour une pimbêche.

Vous n'avez plus de secrets désormais. Sauf un. À la question de votre fils qui à peine de retour dans son petit appartement vous fit toute la soirée subir un véritable interrogatoire : L'as-tu revu ? Vous avez nié. Vous avez gardé pour vous le reliquat sombre de votre belle histoire. Qu'au moins votre juge n'en connaisse que la version lumineuse. Oui, ce fut une aventure merveilleuse, oui, c'est lui qui m'a convaincue qu'on pouvait rêver d'un monde meilleur et qu'il était de notre devoir d'assurer à tous les mêmes chances, oui, sans lui je n'aurais pas entrepris de construire une cité, une école, d'augmenter les salaires, oui, c'est ce qui a conduit la filature à la ruine, avec l'ouverture du canal de Suez et les spéculateurs véreux, oui, je l'ai aimé, oui, je me suis donnée à lui, oui, il m'a fait découvrir le plaisir, oui, j'aurais aimé le suivre au bout du monde si je n'avais pas eu un fils, oui, je me suis conduite comme une putain si c'est le sens que tu donnes à l'amour, oui, jusque-là ma vie avait été un simulacre quand on me jurait que j'avais eu décidément beaucoup de chance, oui, j'avais eu de la chance quand ton père venait me voir dans ma chambre alors que j'étais une toute jeune fille et que sa femme dormait dans une pièce voisine, oui, j'avais eu de la chance qu'il me vole ma jeunesse, oui, j'avais été bien heureuse de trembler toutes les nuits, oui, j'avais connu trois nuits, trois nuits dans mon compte de vie où les étoiles avaient brillé, oui, je me félicite d'avoir couru le rejoindre après le pillage de la diligence, non, je n'en ai pas de regret.

Sur quoi votre fils avait claqué la porte de l'appartement et était parti rejoindre ses amis. Et étrangement, vous retrouvant seule, au lieu de vous effondrer en larmes sur votre lit le visage enfoui dans l'oreiller, vous aviez bientôt retrouvé votre calme. C'était soudain, après ce tribunal d'inquisition qui vous avait contrainte à ouvrir le coffre de vos trésors, comme une évidence retrouvée : vous l'aviez aimé, vous aviez été merveilleusement heureuse. Et pourquoi l'aviez-vous oublié ? Parce qu'il était revenu vers vous. Voilà ce que vous n'aviez pas voulu voir : il était revenu. Aussitôt qu'il en avait eu la possibilité, en homme libre comme il l'avait dit, il était revenu. Avec dix ans de plus pendant lesquels sa vie avait suivi un autre cours, si bien qu'au lieu de le sommer d'applaudir à vos réalisations, il aurait fallu le laisser raconter. Peu à peu vous auriez renoué les fils qui vous avaient si puissamment liés l'un à l'autre autrefois, vous auriez hoché la tête en écoutant le récit de ses tribulations, je comprends oui, et ensuite, qu'avez-vous fait ? Comme vous avez dû souffrir. Ce qui fait qu'on change, bien sûr. Cependant croyez-vous qu'on devienne quelqu'un d'autre ? Êtes-vous certain d'avoir tout oublié du jeune homme qui se battait aux côtés des indigents ? Et il vous aurait regardée d'un air douloureux, comme s'il avait cherché en vous les souvenirs pieusement conservés de ce jeune homme d'alors, dont il aurait perçu une vague silhouette dans le reflet de vos yeux d'océan, et devant cette mémoire en lambeaux, vous auriez pensé : ce que j'ai fait pour les autres, pourrais-je le faire pour lui ?

Par exemple, lui rappeler doucement qu'aussi longtemps que la souffrance sera de ce monde, il se rencontrera de bons docteurs, de bonnes âmes, des ravaudeurs de vie, qu'il fît partie de ceux-là, et que les trente mille morts, non, ils ne sont pas sa faute. Ce sont les autres qui ont massacré, ce sont eux qui ont décidé de nettoyer Paris de la vermine démocratique et internationale, comme l'écrivait *Le Figaro*. Car entre-temps vous vous êtes documentée. Vous avez lu le formidable témoignage de l'incandescent Lissagaray sous sa fausse couverture imprimée en Belgique et portant en titre : *Histoire de France par Henri Martin*. Vous savez que ce n'est pas l'espérance d'une vie meilleure qui a conduit à cette bouillie humaine. Pour les morts, s'adresser à M. Thiers et à la ribambelle de généraux et de maréchaux qui trouvaient tout simplement insupportables ces aspirations au bonheur. D'un bonheur pourtant peu exigeant, bien modeste. Dans l'immédiat, le bonheur de manger à sa faim, ou de ne pas mourir de froid. Celui de s'absorber dans la lecture d'un livre, ou d'accompagner son enfant à l'école, ce sera pour plus tard.

Ainsi il vous venait une sorte de gratitude pour Chloé-Lola. Grâce à sa brusquerie sans gêne elle vous avait délivrée de tout ce qui vous pesait sur le cœur. Le grand déballage que vous avait imposé son impudeur vous rendait plus seule, et peut-être définitivement seule au vu de la réaction de Louis, mais plus libre. Soulagée, en somme. Car après tout vous ne pouviez lui faire le reproche d'avoir affabulé. Elle n'avait rien inventé, c'est vous et vous seule, et c'était votre talisman, votre gloire, qui aviez vécu cette aventure initiatique et amoureuse, et au cours du violent entretien qui s'était ensuivi, parmi les circonstances qui atténuaient la gravité de ce dont il vous accusait, vous n'aviez pas été mécontente d'avouer à votre juriste de fils que votre mariage avec son père n'avait pas été pour vous le conte de fées vaguement honteux qu'on lui avait servi depuis son enfance, et qu'avant de revêtir sa robe de bal la petite orpheline avait été dépouillée sans ménagement de son habit de cendres. Comment oses-tu, avait-il rétorqué, indigné. À quoi vous aviez répondu en le fixant droit dans les yeux : Ce n'est pas moi qui ai osé.

L'échange avec l'amphorique cantatrice avait eu aussi un autre mérite. Chloé-Lola était restée en contact avec Maxime — vous vous souvenez du photographe aux poses de dandy ? — à qui elle avait demandé de faire son portrait. Pas pour elle, bien sûr, mais pour ses admirateurs. Figurez-vous qu'en Égypte, alors qu'il était parti à la recherche de sa reine de Saba, à ce propos il m'a dédicacé son livre — Quel livre ? Eh bien celui qu'il a écrit à son retour, mais rassurez-vous nous n'y sommes pas —, son chemin avait croisé celui de votre ami, comment s'appelait-il déjà ? Octave, lui aviez-vous soufflé sous le regard courroucé de votre fils. Peut-être seriez-vous intéressée d'apprendre qu'il tient une boutique à Paris ? Octave ? Non, Dumesnil. Dans le neuvième arrondissement. Et l'ex-Chloé vous avait noté l'adresse au dos de sa carte de visite (sur laquelle Lola

Melinda prétendait avoir reçu le premier prix de chant au conservatoire de Genève — mais peut-être était-ce vrai, on ne pouvait lui enlever qu'elle avait une jolie voix).

La boutique de Maxime était coincée entre celles d'un tailleur et d'un horloger. Dans sa vitrine, au milieu des portraits divers de mariés et de notables pour lesquels il ne pouvait revendiquer un statut d'artiste, il avait jugé bon d'exposer des clichés de pyramides et de paysages désertiques, de temples ruinés et de dunes, ainsi que son roman, en vente ici, mentionnait un petit carton. Il faut vraiment croire que vous êtes demeurée la même, car à peine le propriétaire avait-il répondu au carillon entrechoquant ses tubes métalliques de la porte d'entrée, qu'émergeant de son arrière-boutique, après s'être placé machinalement derrière son comptoir sur lequel trônaient plusieurs appareils photographiques, il fut saisi en vous voyant. Comme il avait vieilli : visage empâté, élargi par des favoris, tempes dégarnies, léger embonpoint sous le gilet, la même prestance, mais moins hautaine, comme une vieille habitude n'ayant plus trop de raison d'être mais dont on ne se débarrasse jamais tout à fait.

Je n'ai oublié que votre nom, vous dit-il, en s'avançant vers vous, mais c'est un grand plaisir de vous accueillir dans mon modeste établissement, et le geste semi-circulaire de la main qu'il vous tendait, incitant à une visite express du lieu, s'accompagna d'un petit sourire désabusé. Les murs étaient tapissés de sous-verres mêlant photographies et gravures dont il faisait aussi commerce. Et comme vous les parcouriez du regard, vous souvenant de la séance de lanterne magique à l'auberge : Avez-vous pu récupérer quelques photos de la Commune ? Et lui : J'ai appris par votre ami qu'elles gisaient en miettes au pied d'une falaise. Non, c'était toute ma fortune que je comptais mettre à l'abri loin des mouchards de la police, et voyez le destin, farceur, n'est-ce pas ? Aujourd'hui que les gens de la Commune ont été amnistiés, j'aurais eu plaisir à les ressortir. Hélas, ce n'est pas possible. Et vous timidement : Vous avez donc rencontré Octave ? Oui, au Caire. Tous les Français finissaient par se retrouver dans les mêmes cafés ou dans les mêmes soirées au consulat. Il faut que vous sachiez qu'il s'est confié à moi. Nous sommes devenus presque amis pendant ces quelques mois où nous nous sommes fréquentés. Je dis presque parce qu'il était difficile de percer ses sentiments tant il était sombre. Mais je considère que c'est une preuve d'amitié que de m'avoir choisi, au bout de quelque temps, pour confident. Et vous : Comment était-il ? Et lui : Malheureux. Malheureux et amer, moins de l'échec de la Commune que de ces milliers de morts dont il se sentait en partie responsable. Malheureux et triste d'avoir dû vous quitter. Il avait fini par trouver un poste de répétiteur. Puis je suis parti pour le Yémen et à mon retour il s'était évaporé. Et vous : Il ne vous a pas donné de nouvelles ? Et lui : Non, je ne sais pas ce qu'il est devenu, mais peut-être a-t-il profité de la loi d'amnistie pour rentrer en France. Et vous : Oui, peut-être. Et lui : Attendez, j'ai quelque chose pour vous.

Et Maxime disparaissant dans son arrière-boutique en revient quelques minutes plus tard avec une photographie cartonnée qu'il vous tend. On y voit Octave posant au pied d'une pyramide, les bras croisés, vêtu à l'orientale d'une djellaba blanche, les cheveux coupés court, le visage brûlé, joues creuses, regard sombre. Mais il s'agit bien du même homme que vous avez ramassé dans son champ à l'agonie, que vous avez aimé, à qui vous devez d'être vous-même. Au dos du carton on peut lire : Gizeh, avril 72, Octave Keller. Et comme vous vous apprêtez à le rendre à son propriétaire : Si la photographie vous plaît, je vous en prie, gardez-la. Et vous, dévisageant cet homme triste dont les ambitions se sont rétrécies à la dimension de sa boutique : Avez-vous trouvé le royaume de Saba ? Il sourit. Et repartant derrière son comptoir, il en extrait son roman dont on imagine les piles d'invendus sous les appareils photographiques. À l'occasion, si vous avez le temps. La prochaine fois que vous passerez, vous me direz ce que vous en avez pensé. Vous promettez. Et lui : Pardonnez-moi, mais je vais devoir vous quitter. Un mariage à la Madeleine. Et prévenant votre question : Juste un rendez-vous de travail. Je suis un vieux célibataire. Puis avec beaucoup d'élégance il appuie sur le bec-de-cane de la porte d'entrée et s'efface pour vous laisser sortir.

Cette photo est la seule que nous ayons d'Octave, contemporaine à quelques mois près de votre rencontre. Manquent les cheveux longs et la barbe naissante mais la haute silhouette et l'air sombre qui vous avaient impressionnée sur les pentes des Cévennes, on les retrouve sans peine sur ce cliché du désert. On note d'ailleurs que la djellaba est trop courte, dévoilant ses chevilles, et que ses pieds sont chaussés de sandales. On possède aussi bien sûr la célèbre photo prise à Hiva Oa, sur laquelle vous apparaissez tous deux, où vous posez en tenue occidentale, devant votre maison en bois sur pilotis, au toit couvert de palmes, vous, vous appuyant nonchalamment sur l'épaule de votre compagnon qui brandit une canne ou une sarbacane, on ne sait trop, mais elle est tellement plus tardive, et prise de trop loin pour que dans ces deux silhouettes on discerne vos traits. Peut-être en existe-t-il d'autres. Les éditions de l'Our annoncent pour l'an prochain la parution d'une monographie illustrée intitulée : *Une Cévenole aux Marquises*. À moins d'une coïncidence miraculeuse, je ne doute pas qu'il s'agisse de vous. Ce qui me rappelle que je dois me dépêcher de finir votre histoire, sinon j'aurai à craindre qu'on m'accuse de plagiat. Aurait-on mis la main sur quelques inédits ? J'inclinerais plutôt pour une réédition des *Cahiers* d'Octave avec la préface de Louis parue en 1929, à laquelle on aura rajouté quelques lettres, une notice biographique et un reportage photo réalisé sur place. Mais ça m'embêterait tout de même de découvrir un portrait inconnu de vous.

Quant à cette photo d'Octave prise par Maxime au Caire, je ne crois pas qu'on l'ait jamais retrouvée. Louis quand il l'aperçut, alors que vous prépariez vos bagages et que vous l'aviez posée sur une table de chevet, s'en empara si vivement qu'il ne vous fut pas possible de la lui arracher des mains. C'est lui ? Et il la haussait à bout de bras comme pour vous dissuader de la reprendre, marchant jusqu'à la fenêtre pour mieux la disséquer. Et vous fonçant sur votre fils : Donne-la-moi. Et lui, retournant le carton et lisant : Octave Keller, ce n'est pourtant pas un nom de Bédouin. Et vous, pour la première fois de votre vie, giflant votre garçon.

De retour à Saint-Martin-de-l'Our, vous aviez eu à affronter à la fois la pression des créanciers et la colère des ouvriers qui vous rendaient responsable de la situation de la filature. Le désespoir était tout proche quand, un matin, le facteur vous apporta une lettre de Paris. L'écriture n'était pas celle de Louis. Vous avez craint l'apparition d'un nouveau créancier et l'avez déposée sur votre bureau. Ce n'est que le soir après une journée de lutte où vous aviez obtenu d'Abeillon qu'il repousse au mois suivant la venue des huissiers, ce qui vous avait permis d'expliquer que ce mois supplémentaire vous donnerait un sursis qui certainement allait vous permettre de trouver une solution, que vous avez ouvert la lettre de Paris, préparée à un nouveau choc, demandant simplement qu'il ne soit pas mortel. Vous vous êtes approchée de la fenêtre ouverte par où entraient les parfums de la montagne et le charivari des oiseaux, et vous avez lu.

« Ma très chère amie. Merci. Merci pour ce "mort" qui m'a réveillé, merci pour tout. Par vous j'ai appris qu'on peut renaître à la vie, à celle qui est, généreuse, quand elle vous ramène jusqu'à moi, à celle qui sera, belle et amicale, pourvu que les hommes s'en donnent la peine. Vous m'avez fait revenir de loin, de bien plus loin que les pays que j'ai traversés pendant mes années d'exil. Vous m'avez fait revenir d'où l'on ne revient pas lorsque l'espoir est en berne, et qu'on n'est plus bouleversé par la misère et l'injustice. Autant dire que vous m'avez fait revenir du pays des morts. Je crois à la résurrection puisque je crois en une autre vie possible. C'est la résignation qui conduit à la solitude. Je ne serai plus jamais seul. J'ose encore espérer que dans cette nouvelle vie vous serez à mes côtés, c'est mon vœu le plus cher, mais si vous en décidiez autrement, ce que je comprendrais, croyez que rien désormais ne me fera renoncer à ce qui m'animait quand nous nous sommes rencontrés. Inoubliable rencontre. Vous m'avez sauvé. Puis-je à mon tour vous aider ? J'ai fait la connaissance de votre fils Louis qui a cherché à me rencontrer. Vous êtes immensément riche. Vous avez, si vous me passez ce jeu de mots, un Louis d'or. Son jeune âge ne lui permet pas de vous en faire l'aveu, mais vous n'imaginez pas comme il est fier de vous. Il a évoqué vos difficultés et pour avoir connu divers milieux je vous conjure de ne

558

pas ajouter foi au roman de votre ruine que l'on vous a servi. Accordez-moi d'y regarder de plus près et je vous garantis que ces blessures d'argent ne seront pas mortelles pour votre rêve éveillé.

De tout cœur. Octave. »

Comment Louis se débrouilla pour débusquer Octave, il le raconte dans sa préface à l'édition des *Cahiers* de 1929. À l'un de ses camarades travaillant à la préfecture de police il avait demandé de fouiller dans les dossiers des anciens communeux, sachant pertinemment que tous étaient fichés. Il avait suffi à celui-ci de recopier la notice concernant Keller Octave, où avec une précision hallucinante étaient consignés tous ses déplacements, d'Égypte en Australie, jusqu'à son retour à Paris. Il vivait actuellement dans un garni modeste en dépit d'une petite fortune qu'il devait notamment à un trafic d'alcool de contrebande à Sydney. Ainsi, partout où il était passé, il s'était trouvé un indicateur pour noter ses moindres faits et gestes et les envoyer en France. Dans sa préface, Louis évoque aussi sa rencontre avec Octave, dont vous avez sans doute entendu cent fois le récit de la bouche même des intéressés, mais nous, nous n'avons à notre disposition que la version donnée presque cinquante ans après les faits par votre fils. De telles histoires qui constituent souvent le blason des familles finissent à force d'être reprises par s'ossifier. Elles s'organisent comme de véritables fictions — j'en sais quelque chose pour avoir écrit sur les miens — mais, à la différence d'une vraie fiction, ces fictions vraies ne reposent pas sur rien, de sorte que nous sommes plutôt enclins à prendre pour argent comptant la transcription qu'en donne votre fils.

Ce qui l'a conduit à mener secrètement son enquête, sans vous en parler, on peut le deviner. La curiosité, bien sûr, à quoi ressemblait-il cet homme qui avait eu à distance le pouvoir de transformer un village des Cévennes ? Mais pas seulement, sans doute aussi, se remémorant sa conduite lamentable avec vous et l'épisode de la photo, était-il animé d'un sincère désir de contrition. Si vous l'aviez à ce point aimé, c'est que cet homme nécessairement en valait la peine. Une fois connue son adresse, il entreprit d'interroger la concierge de l'immeuble qui ne se montra pas des plus encourageantes, pas très liant ce M. Keller, ombrageux, mais comme elle était sans doute celle par qui la préfecture de police avait été renseignée, elle se tenait manifestement sur ses gardes et votre fils n'avait pas insisté pour ne pas éveiller les soupçons. Rien donc à attendre de ce côté-là. Ce qui le mit en confiance, où il reconnut le portrait que vous lui aviez fait d'Octave, c'est une scène à laquelle il assista alors qu'il planquait devant son immeuble. La rue était étroite et un fiacre déboulant à vive allure bouscula une jeune porteuse de pains dont le contenu du panier se répandit dans le caniveau.

« Au même moment, je vis un homme grand, osseux, aux cheveux grisonnants, sortir précipitamment d'un porche, se précipiter sur le cheval, le saisir par le mors et l'arrêter. Comme le propriétaire du fiacre s'en indignait, agrippé par le revers de sa veste, soulevé de son siège, il fut invité à mettre prestement pied à terre et à dédommager sur-le-champ la jeune fille. Il faut croire que le ton et la manière employés étaient suffisamment éloquents, ou est-ce la peur de l'attroupement qui commençait à se former et des commentaires virulents qui en fusaient, mais l'homme du fiacre sortit un large portefeuille, l'ouvrit, et comme il présentait une pièce de monnaie, notre redresseur de torts se saisit d'un billet qui dépassait du soufflet, et déclara que le contentieux était réglé. Puis il s'écarta, fit remonter le débouté dans sa voiture et commanda au cocher de reprendre sa route, lequel ne se fit pas prier. Octave, car il s'agissait de lui, s'approcha ensuite de la jeune fille qui ramassait son panier et tentait de sauver les pains les moins abîmés, lui glissa le billet dans la main et échangea quelques mots avec elle. Quand il se fut éloigné, je me dirigeai vers la victime et la questionnai. Que lui avait dit son sauveur ? Que ça ne devrait plus se passer comme ça. C'est ainsi que je fis connaissance avec mon futur beau-père. »

La rencontre proprement dite eut lieu dans le logement mansardé qu'occupait Octave. Quand on heurta à sa porte, il cria d'entrer imaginant sans doute qu'il s'agissait de la concierge, de sorte que Louis le découvrit assis à une petite table couverte de feuilles manuscrites qu'il se dépêcha de ranger dans un dossier, lequel portait en titre : *Les Jardins du Luxembourg*. Mais il est peu probable que ce projet littéraire ait vu le jour, en tout cas on n'en trouve trace nulle part. À moins que les éditions de l'Our n'aient mis la main sur ces feuillets, ce qui justifierait cette parution annoncée d'*Une Cévenole aux Marquises*. Comme j'en avais eu l'intuition, il est vraisemblable qu'à son retour d'exil, profitant de sa relative aisance, Octave ait cherché à tirer de ses cahiers un récit romancé, mais ce devait être surtout une manière pour lui de faire le bilan de sa première moitié de vie. Les événements qui le précipitèrent dans la seconde rendirent sans doute ses aspirations romanesques bien secondaires. Il y avait tellement mieux à faire.

Si l'on en croit Louis, le courant passa assez vite entre eux. On peut penser que les choses prirent davantage de temps, votre fils n'a certainement pas balayé d'un seul coup toutes ses préventions. Un garçon ne sympathise pas spontanément avec l'amant de sa mère. Mais tous deux, parce qu'ils avaient un même dénominateur commun, vous, cherchèrent à se comprendre. Et puis il y avait l'urgence de la situation, le péril dans lequel vous vous trouviez, ce qui les obligea à expédier les préliminaires et à mettre de côté les susceptibilités.

Vous avez regretté d'avoir attendu le soir pour répondre à la proposition d'Octave de vous aider. Ce jour de perdu, après ces dix années, vous semblait déjà entamer votre capital de bonheur et, à peine achevée la lecture de la lettre, vous avez griffonné : Je vous en prie, venez vite. Constance.

Il ne se fit pas prier. Je l'imagine dans sa mansarde recevant votre mot, puis s'empressant de rassembler quelques affaires et tirant de dessous son lit un paquet enveloppé qu'il déballe, découvrant un pistolet qu'il passe à sa ceinture. Puis il referme sa redingote, remplit son havresac qu'il accroche à son épaule, quitte sa chambre à laquelle il jette un dernier regard, donne la clé à la gardienne, dit qu'il ne sait pas quand il reviendra, si même il reviendra, oui, qu'elle peut louer sa chambre, qu'un jeune homme du nom de Louis Monastier passera prendre les livres, qu'elle garde le reste. Mais cela, je n'en sais rien. Ce que nous savons c'est que deux jours plus tard il débarquait à Saint-Martin-de-l'Our, après être descendu du train à La Grand-Combe et avoir loué un cheval. Cette scène de la mansarde, disons qu'au cinéma, ça donnerait quelque chose d'approchant.

Et à ce propos un dernier aveu. Au maître du cinéma qui s'inquiétait à la lecture du scénario que j'avais tiré de votre histoire de ne plus avoir de nouvelles de Valorges — il m'avait évidemment fallu lui souffler le nom, comment s'appelle-t-il déjà, votre malfrat ? — j'avais répondu qu'il s'était évaporé dans la nature, que la dernière vision que vous aviez emportée de lui c'était au moment où vous aviez rejoint votre vagabond. Au sommet du col, vous retournant sur votre passé, vous aviez aperçu en contrebas la petite troupe des voyageurs disparaissant dans un tournant. C'est un fait avéré : de Valorges, nous n'avons plus jamais entendu parler. Nous avons d'ailleurs tout lieu de penser qu'il portait un nom d'emprunt, ce qui, dix ans après, n'aurait pas facilité sa recherche. Et étant donné le souvenir qu'il a laissé, nous n'allions pas courir après. Mais pour le maître, ça n'allait pas du tout cette manière désinvolte de se conduire avec les personnages. Si vous l'avez mis dans la malle-poste, et connaissant le rôle qu'il tient auprès de votre Prudence,

(comme si j'y étais pour quelque chose. Vous me voyez abordant cet homme, le poussant de force dans la voiture, et sommé de lui fournir des explications, bredouillant que c'est le maître du cinéma qui me l'a fortement conseillé ? Et lui : De qui me parlez-vous ? Au nom de quel droit ce charlatan m'enverrait-il là où je n'ai pas envie d'aller ? Mais là, le hasard faisait bien les choses, puisqu'il était justement parmi les passagers qui attendaient d'embarquer avec vous.)

il doit impérativement resurgir dans la seconde partie du scénario. Sinon faites-le descendre de votre diligence.

D'abord, ce n'était pas ma diligence mais la Montagnarde reliant Le Puy-en-Velay à Saint-Jean-du-Gard, qu'ils ont été des milliers à emprunter. Ensuite, après l'avoir forcé à monter dans la voiture, place de la Gare, je n'allais pas demander au même Valorges à présent d'en descendre sous prétexte qu'il n'y aurait pas de rôle pour lui dans la suite de votre histoire, pour laquelle je lui demanderais de patienter dix ans. Ce qui faisait bien mon affaire, notez, cette loi d'amnistie, puisque ayant ouvert sur une évocation de *L'Iliade*, je tenais ainsi mon *Odyssée*, je pouvais justifier ce long intermède, cette ellipse de dix ans, nécessaire semble-t-il à tout retour. Mais Valorges se fichait bien de rééditer les exploits homériques, il ne se sentait pas du tout disposé à endosser le rôle de prétendant au trône d'Ithaque et de vain soupirant de Pénélope, et il était d'autant moins enclin à attendre une loi d'amnistie qu'il n'avait rien à voir avec les communeux : Je n'étais pas de leur bord, loin s'en faut, et s'il ne tenait qu'à moi, la canaille pourrait toujours l'espérer, son pardon, je ne passerais pas l'éponge, et puis comment saurais-je où je serai dans dix ans ? Mort, peut-être. Ce qui, de fait, ruinait d'un seul coup mon scénario. Mais le maître insistait. Personne n'est parfait, dit-il, ressuscitez-le. Alors j'ai un peu honte de vous le dire mais pour me donner encore une petite chance de vous admirer sur un écran, même sous les traits de la princesse du Colorado, j'avais imaginé que c'était lui, Valorges, le responsable caché de votre ruine. Un peu à la manière balzacienne, du truand qui dans l'ombre tire les ficelles et après avoir vécu dix années dans les égouts, réapparaît au grand jour pour rafler sa mise au centuple et lancer son rire sardonique à la face du monde.

J'avais donc imaginé qu'au cours de leur randonnée pédestre, après l'attaque de la diligence, Valorges avait convaincu Abeillon d'investir dans des placements mirifiques en Amérique centrale, dans un État dont il connaissait personnellement le dictateur, un homme dont il répondait comme de lui-même, à la fibre sociale inexistante, d'ailleurs osait-on prononcer le mot devant lui qu'il vous faisait fusiller sur l'heure. Ah, dans ce cas, avait rétorqué un notaire séduit qui, à peine arrivé à Saint-Jean-du-Gard, aurait laissé à son homme d'affaires le soin de placer les fonds que lui avait confiés Monastier. Valorges au cours de toutes ces années continuant d'embobiner notre Monsieur Jourdain du notariat, le dissuadant de vendre en lui faisant miroiter des profits plus substantiels pour peu qu'il se montre patient. Jusqu'à ce moment où vous auriez réclamé les fonds dont vous aviez l'usufruit pour sauver la filature. Ou quelque chose dans ce genre, je n'y connais pas grand-chose mais, comme pour l'épizootie séricicole, je me serais renseigné.

Et donc dix ans après, Valorges vous croisait inopinément dans une rue de Nîmes où vous aviez vendu tous vos bijoux pour régler en urgence une traite, et arrêtant son tilbury à votre hauteur : Tiens, tiens, la belle madame Monastier. Vous le repoussiez, il insistait et effondrée, vous lui confiiez bientôt vos malheurs — dont il sait tout évidemment — et il vous propose le plus vieux marché du monde : vous contre le remboursement de vos dettes. Il vous invitait le lendemain chez lui à dîner. Dans votre assiette était posé un écrin que vous ouvriez d'un air contrit. Vous reconnaissiez vos bijoux, et comme cela fait un peu mesquin, votre hôte sortait un pendentif bien clinquant de sa poche qu'il tenait absolument à vous suspendre autour du cou. Puis votre nuque inclinée comme pour la déposer sur le billot du bourreau, les mains de votre souteneur qui en profitent pour relever vos cheveux, je n'ai pas eu le courage d'aller plus loin, même s'il était prévu qu'Octave arrive à temps. J'ai dit au maître du cinéma que ça ne se passerait pas comme ça puisque ça ne s'était pas passé comme ça, que ça ne vous correspondait pas du tout, et c'est ainsi que j'ai renoncé à vous voir sous les traits de la princesse Carolyn du Colorado.

En fait, ce qui s'est passé vraiment, on peut le reconstituer. On sait que cette nuit-là, la maison du notaire à Saint-Jean-du-Gard fut ravagée par un incendie — il suffit de consulter la feuille locale. Maître Abeillon lui-même incrimina un candélabre oublié qui en tombant aurait enflammé un rideau et de là, avec tous ces papiers accumulés, avec une fenêtre entrouverte pour faire entrer la fraîcheur, il n'avait pas fallu longtemps pour que la maison se transforme en une torche gigantesque qui avait éclairé la ville « comme en plein jour », raconte un témoin, cité par le journaliste. Or nous savons que le notaire ne dit pas la vérité, et s'il la dissimule c'est qu'il a tout à craindre d'elle.

Si le maître du cinéma avait eu à filmer l'origine du sinistre, on aurait vu Octave traverser Saint-Jean à cheval à la nuit tombante, longer au pas la rue principale, et s'arrêter devant l'enseigne du tabellion, deux cymbales dorées légèrement entrouvertes fichées au-dessus de la porte d'entrée. Puis de l'intérieur de la maison on aurait vu une fenêtre s'ouvrir, un homme se glisser par l'ouverture, se recevoir doucement sur le plancher et guetter dans l'ombre une réaction de la maisonnée. Puis on serait entré dans la chambre du notaire dormant dans son lit du sommeil du juste. On aurait vu dans la pénombre le canon d'un pistolet se poser sur sa tempe, qu'il aurait tenté d'un balayage de la main de chasser comme s'il s'agissait d'une mouche. Revenu de sa méprise, le dormeur aurait ouvert les yeux, et en même temps qu'on y aurait lu l'effroi, une main se serait aussitôt abattue sur sa bouche pour l'empêcher de crier, que son agresseur aurait levée prudemment, après s'être assuré que sa victime ne broncherait pas. Que voulez-vous ? dirait le notaire. Reconnaîtrait-il l'homme qui sous ses yeux vous enleva ? Il semble que non, du moins pas dans l'immédiat, Octave a beaucoup changé, et n'oublions pas qu'il fait nuit. Le notaire affirmerait aussitôt qu'il n'a pas d'argent dans son coffre, seulement des papiers, ce qui tombe bien, nous allons les regarder ensemble, répondrait l'agresseur d'un type très spécialisé puisqu'il ne s'intéresserait qu'à la succession Monastier. Il entend simplement vérifier certaines choses. Par exemple, ces hypothèques qui ont abouti à rendre le notaire propriétaire de la filature et de la petite cité des ouvriers. On y va ? intime le justicier, comme s'il attendait autre chose de son prisonnier qu'il obtempère sur-le-champ.

On verrait le duo traverser la chambre et descendre le grand escalier jusqu'à l'étude, le gros homme en chemise de nuit ouvrant le chemin, suivi comme son ombre par un pistolet insistant dans son dos. Ensuite, le notaire poserait son bougeoir allumé sur le coffre, introduirait la clé dans plusieurs canons successifs, compterait comme un médecin l'oreille collée à la poitrine d'un malade les clics de la combinaison, avant que la lourde porte blindée ne s'ouvre en grinçant. Il sortirait les dossiers concernés, les poserait en tremblant sur son bureau. Octave ayant appris par Louis que son père paralysé et aphasique était incapable de gérer ses affaires, les dernières années de sa vie, il lui est facile de constater que les signatures sont des faux. Ce qu'il fait obligeamment remarquer au notaire en s'emparant immédiatement des dossiers falsifiés. Tenant la preuve de sa malversation, il menace maître Abeillon de porter l'affaire devant les tribunaux, ce qui ruinerait sa carrière, voire lui ferait goûter de la prison, à moins qu'il ne prenne en note ce qu'il se propose de lui dicter. D'ailleurs on ne lui laisse pas le choix. Dans cette lettre très officielle le notaire annoncera avoir recouvré l'argent placé qu'il met évidemment à disposition de l'héritier. Par voie de conséquence l'arrêté d'expulsion sera instantanément levé. Après s'être exécuté, le notaire tend sa copie à son agresseur en le dévisageant curieusement. Reconnaît-il cette fois le vagabond ? On peut le supposer mais il n'en dit rien.

Emportant les documents et la précieuse lettre, Octave se retourne brusquement en entendant le bruit d'un tiroir que l'on referme. Il voit maître Abeillon toujours assis derrière son bureau brandir un pistolet et faire feu dans sa direction. Octave accuse le coup, avant de brandir à son tour son arme à bout de bras en tenant le notaire en joue. Il s'avance jusqu'à lui qui tremble comme une feuille et supplie qu'on l'épargne, saisit le bougeoir posé sur le coffre et calmement l'approche d'une tenture. Il attend que la flamme prenne de la vigueur et escalade à une vitesse vertigineuse le rideau, puis remettant son pistolet à sa ceinture, glisse au notaire que dans quelques instants il pourra crier au feu.

Ce qui, sur le fond, ne doit pas être très loin de la vérité. Le comble serait que cette édition annoncée d'*Une Cévenole aux Marquises* publie un fac-similé de la lettre extorquée au notaire sous la menace. Ce qui arrangerait mes affaires, notez. Mais la scène suivante, vous la connaissez. On se passera du maître du cinéma. Alors que vous étiez retenue dans la filature et que les hommes et les femmes se relayaient pour occuper les lieux, vous avez entendu le galop d'un cheval. Tous les visages se sont tendus quand le martèlement des sabots s'est arrêté devant la porte. Certains en possession de vieux fusils de chasse ont fait le geste de les armer, retenus aussitôt par quelques hommes responsables, tous ayant en mémoire les répressions brutales de l'immonde maréchal Bugeaud, envoyé par l'immonde Thiers pour écraser les soyeux lyonnais, l'armée n'étant jamais aussi redoutable que contre les siens désarmés. Mais quand la porte s'ouvre, au moment où Octave qui a bousculé sans ménagement les deux piquets de grève qui lui interdisaient l'entrée apparaît dans son encadrement, que l'ensemble des insurgés découvre avec soulagement que ce n'est pas un militaire, à votre réaction au moment où vous identifiez l'intrus, celui que vous n'attendiez plus et qui survient alors que votre désespoir est à son comble, que vous avez été dépossédée de tout, de vos biens, de votre fils, de votre amour, que ceux pour qui vous vous êtes battue, ruinée, se sont retournés contre vous, à voir votre beau visage fatigué s'éclairer, se relâcher instantanément, abandonner le combat, se délester de tous les drames qui l'assombrissaient, je me suis rappelé ce passage de la *Marquise d'O*, où la marquise va succomber aux assauts des soldats qui viennent de s'emparer de la forteresse commandée par son père et qui s'engouffrent dans ses appartements : « Elle allait s'effondrer sous les brutalités les plus odieuses lorsque parut, attiré par les cris de détresse de la dame, un officier russe qui, par de furieux coups, dispersa ces chiens lubriques acharnés à leur proie. Il apparut à la marquise tel un ange du ciel. »

Précisons que les ouvriers n'étaient pas des chiens lubriques et qu'Octave se contenta d'écarter d'une manière ferme ceux qui s'interposaient entre vous et lui et qui vous gardaient comme leur trésor de guerre — comme si Abeillon et l'armée en avaient quelque chose à faire. Mais oui, à cet instant, dans la pénombre de la filature éclairée par trois ou quatre chandelles et un brasero, il vous apparut, cet homme ascétique aux cheveux grisonnants coupés ras, tel l'envoyé du mont Lozère.

Et comme des voix s'inquiétaient, et si cet homme était un espion, un mouchard, qu'il vienne endormir notre méfiance, repérer nos défenses et l'état de nos forces avant de lancer l'assaut, vous avez presque crié, échappant à la vigilance de vos gardiens en vous précipitant vers lui : C'est un ami, et avec un accent de fierté dans la voix, vous avez ajouté, comme une preuve irréfutable, vous gargarisant au passage du mot : c'est un communeux. Et lui, portant sur vous un regard reconnaissant, comme s'il venait enfin d'obtenir de vous son rachat, reprenant au vol vos propos : Oui, j'étais à Paris pendant ces dix semaines de la Commune où on s'est préoccupé d'autre chose que de réaliser du profit sur le dos du peuple, où nous avons rendu aux plus pauvres leurs objets déposés au mont-de-piété, où on a songé à donner à tous les enfants le même degré d'instruction, comme ici à ce que je sais, ce que l'on m'a fait payer de dix ans d'exil, ce qui n'est rien comparé à ceux qui ont dû souffrir les prisons et les brutalités du bagne, rien à côté des dizaines de milliers de morts massacrés par l'armée française, oui, j'étais dans les rues de Paris pendant ces derniers jours de mai où les versaillais écrasèrent dans le sang l'espérance de milliers de gens qui vous ressemblaient, qui avaient les mêmes aspirations à une vie meilleure et qui ne comprenaient pas pourquoi on les en privait. Le souvenir de ces journées atroces a longtemps assombri mon esprit, et je ne sais si je serais revenu à la vie, c'est-à-dire à celle qui vaut la peine d'être vécue, si ma route de proscrit n'avait pas croisé celle par qui j'ai recouvré la vue, et en même temps que la vue, la colère et les larmes, celle pourtant que vous rendez responsable de vos malheurs quand elle n'a eu qu'une idée, une seule magnifique et généreuse idée, qui était de vous rendre l'existence moins pénible. Ce qui me rappelle que nos malheurs ont commencé du jour où nous avons remis à plus tard le paiement des loyers que les propriétaires réclamaient à cor et à cri, alors que Paris assiégé avait tenu tout un hiver sans céder. On ne refera pas le même coup deux fois, on ne vous expulsera pas de vos maisons — et brandissant la lettre du notaire —, j'ai ici la preuve écrite que les poursuites sont levées. Vous pouvez rentrer chez vous.

Et il avait répondu aux questions des ouvriers, les rassurant point par point, élevant le ton lorsque certains, plus agressifs, voulaient en savoir davantage sur ces prétendues révélations, ça semblait bien louche, cet homme débarquant en pleine nuit on ne savait d'où et agitant sous leur nez la levée d'écrou, et lui, rameutant ses souvenirs pour donner plus de poids à ses arguments, retrouvant la vigueur des harangues d'un autre temps — *deposuit potentes de sede et exaltavit humiles* —, mouchant les sceptiques, redonnant du courage aux vacillants, et pendant qu'il parlait, sa haute silhouette enveloppée de l'ombre flottante de la filature, éclairée par la lueur rouge du brasero à ses pieds, vous fixiez sa bouche d'où sortaient les mots qui sauvent, qui s'envolaient sous la charpente et retombaient comme une pluie de pétales sur les corps épuisés par l'inquiétude et les veilles, et vous aviez comme autrefois envie de serrer ses joues creuses dans vos mains, de boire au passage ses mots et de couvrir son visage de baisers.

Il avait ajouté qu'il comprenait leurs doutes quant à ses affirmations, aussi se proposait-il de demeurer avec eux jusqu'au lever du jour, puis il s'était incliné vers l'avant comme sous le poids d'une immense fatigue, avait posé un genou à terre et s'était écroulé sur le sol, déclenchant un oh de stupeur parmi les hommes et les femmes rassemblés. Vous étiez déjà penchée sur lui, soulevant sa tête de votre main passée sous sa nuque : Ce n'est rien, avait-il murmuré, peinant à mêler un sourire à son expression douloureuse. Vous savez bien que j'ai l'habitude.

La balle d'Abeillon avait presque retrouvé le chemin ouvert par la mitrailleuse du jardin du Luxembourg. Mais cette fois elle n'était pas parvenue à traverser le flanc. Un homme s'était proposé de quérir le médecin, avait emprunté le cheval qui attendait à la porte en cognant le sol de ses sabots, et était revenu moins d'une heure après avec le praticien. Pendant ce temps on avait conduit Octave, couché sur une planche, jusqu'à votre dispensaire où l'attendait une armoire remplie de flacons. Tout le long du trajet éclairé par les torches des ouvriers, vous aviez tenu la main de votre récidiviste. Les chandelles qui se penchaient sur le corps pour l'encourager à tenir bon embrasaient de reflets cuivrés votre chevelure. Octave ouvrait de temps à autre les yeux, cherchait votre regard, grimaçait un sourire et retombait dans sa léthargie douloureuse. Escortée de votre garde prolétarienne, progressant au pas cahotant des porteurs, vous pressiez de vos doigts sa main, remontiez un pan de sa veste sur sa blessure où le sang dessinait un disque sombre, votre beau visage illuminé par les flammes exprimant tout à la fois l'inquiétude et l'apaisement.

Chemin faisant, alors que la petite colonne grossissait en traversant le village, vous lui murmuriez du bout des lèvres des mots pleins de dix années de douceur contenue, qui affirmaient que tout irait bien, que désormais, elle en était sûre, la vie vous serait clémente à tous les deux, que vous ne l'aviez pas attendu si longtemps pour le laisser repartir une nouvelle fois sans vous, regarde-moi, mon amour, crois-tu que je pourrais t'attendre dix ans encore ? je me serais tellement desséchée au cours de ces longues nuits recroquevillée autour du vide de mes bras, à écouter mon triste cœur s'épuiser à battre pour rien, que tu ne me reconnaîtrais plus, si nourrie de solitude que tu te détournerais de moi. Cette fois je m'arrimerai si solidement à toi que plus rien ne pourra nous séparer. Tu me guideras à travers le monde qui commence au-delà des montagnes et que je ne connais que de la vitre d'un train passant au-dessus d'un viaduc, tu me feras découvrir la beauté de la terre entrevue sur des gravures où les temples poussent au milieu d'arbres géants dont une seule feuille suffirait à couvrir notre demeure, comme l'auvent autrefois sous lequel je t'ai accueilli en moi, et partout où il y aura de l'injustice, on pourra compter sur nous pour chercher à réparer les torts, panser les blessures, endiguer la misère et encourager l'espérance.

Comme vous avez raison de lui parler ainsi. Plus tard vous feront écho les paroles de Tom Joad confiant à sa mère dans la pénombre, avant de prendre la fuite comme votre proscrit de jadis, que partout où il y aura des gens en détresse, il sera là : Je serai là, martèle-t-il, ponctuant ainsi chaque article de son manifeste. Le mouvement ne s'arrêtera pas. Bientôt, vous compterez dans vos rangs une recrue de poids, l'inspecteur de la littérature scientifique soi-même. Il n'a pas réussi longtemps à conserver sa ligne d'entomologiste et d'implacable disséqueur de cadavres vivants. Bouleversé par sa visite dans les mines du Nord où, son carnet en main, il se disposait à croquer une galerie de gueules noires, ayant amassé des notes sur les grèves du second Empire lorsque l'armée, deux ans avant la Commune, se faisait la main sur les mineurs de La Ricamarie dans la Loire (treize morts dont deux femmes) et d'Aubin dans l'Aveyron (quatorze tués), il ne va pas tarder à basculer et à tenir des propos bien peu scientifiques, comme ceux-là par exemple qui ressemblent à une profession de foi : « Ces ouvriers dont l'odeur de misère le gênait maintenant, il éprouvait le besoin de les mettre dans une gloire », ou encore : « Ah, quel réveil de vérité et de justice », et enfin : « Des hommes poussaient, une armée noire, vengeresse, qui germait lentement dans les sillons, grandissant pour les récoltes du siècle futur, et dont la germination allait faire bientôt éclater la terre. » Même si, se prenant en flagrant délit de manquement à ses préceptes, il ne peut se retenir d'appeler Darwin à la rescousse.

Mais vous voyez, l'espoir, dont aucune formule chimique ne rendra jamais compte, aucun théorème, aucune loi physique, il n'est plus question que de lui. Et nous pensons à Eugène Varlin. Alors que la Commune en danger, noyautée par une poignée de fous dangereux — et il ne faut surtout pas la réduire à ceux-là, les Rigaud, les Ferré, les Delescluze, l'immense majorité du peuple se moquant bien de ces théoriciens à sang froid profitant toujours de la tragédie pour répandre la terreur —, envisageait, comme en 1793, la création d'un Comité de salut public, l'Admirable et les siens, ceux de la minorité, refusaient de s'abriter derrière « une suprême dictature que notre mandat ne nous permet ni d'accepter ni de reconnaître ». Et c'est ainsi qu'il se dirigea sans plus combattre vers son destin de martyr. Car c'est à ceux-là, bien sûr, les fédérés minoritaires de votre Octave, que va notre adhésion, à ceux-là et à la foule des anonymes pour qui aucun monument n'a jamais dressé la liste des massacrés. Louis qui ne manifeste pas le moindre intérêt à l'idée de reprendre la manufacture et préférera — écoutez ce que vous avez semé — plaider la cause des opprimés, va la céder aux ouvriers en créant une structure associative, lesquels ne pourront pas grand-chose contre le lent déclin de la soie dans les Cévennes, et, comme les autres, finiront dans quelques années par baisser les bras, mais du moins auront-ils retardé l'échéance, leurs enfants auront eu le temps de grandir et de s'éduquer dans la petite cité construite par vos soins puisque déjà les vœux d'Octave et de ses amis concernant l'école sont une réalité.

Octave à peine remis sur pied, glissant votre bras sous son bras, vous l'entraînerez faire ses premiers pas jusqu'à la bancelle où roula le curieux chapeau à ruban de votre père. Vous lui montrerez le chemin parcouru par la petite fille à la chevelure flamboyante et aux yeux baignés d'océan, allant se jeter dans la gueule du loup. Et lui, prenant votre visage entre ses mains : C'est fini, maintenant. Puis il sera l'heure de dire adieu à vos montagnes en suivant la voie tracée par les oiseaux. À ce sujet, une dernière chose que je vous dois, que je n'aurais pas relevée si je n'avais croisé un jour sur le Lozère le souvenir de la plus belle ornithologue du monde : on a découvert récemment le secret des migrateurs, ils ont une boussole dans l'œil, des cellules sensibles à la lumière et à la couleur qui leur permettent de gagner ainsi des cieux plus cléments. Les uns se dirigent aux étoiles, d'autres se guident sur le champ magnétique terrestre, alors envolez-vous, suivez la boussole de votre cœur, franchissez les monts et les mers avec votre galant, et soyez heureuse, puisque de ce moment vous l'avez été.